HALİD ZİYA UŞAKLIGİL

BÜTÜN ESERLERİ

Romanlar : 1

Özgür Yayınları Kurucusu: Refik Ulu

Özgür Yayınları: 155

Sertifika No: 1206-34-003825
ISBN 978-975-447-144-1

Yeniden Düzenlenmiş Birinci Basım: Eylül 2001
Yirmiüçüncü Basım: Ekim 2009

Yayın Yönetmeni:
Rahim Tarım

Basım ve Cilt: Kurtiş Matbaası

ÖZGÜR YAYINLARI
Ankara Cad. 31/4-5 Cağaloğlu - İstanbul
Tel: (0212) 528 13 30 - 526 25 13 - 526 35 01
Fax : 527 57 78
www.ozguryayinlari.com
info@ozguryayinlari.com

HALİD ZİYA UŞAKLIGİL

H. Z. Uşaklıgil

BÜTÜN ESERLERİ

AŞK-I MEMNU

Yayına Hazırlayan:
Muharrem Kaya

ÖZGÜR

SUNUŞ

Batılı anlamda Türk romanının öncüsü sayılan Halid Ziya Uşaklıgil'in kendisi ve eserleri üzerine birçok araştırmalar yapılmasına, sempozyumlar düzenlenmesine rağmen eserlerinin bugüne kadar sağlıklı bir yayımının maalesef gerçekleştirilemediği görülmektedir. Oysa, kültürel aktarımda edebiyatın rolü ve önemi düşünüldüğünde bu tür eserlerimizin ihmali affedilemez bir aymazlıktır. Çünkü, 21. yy.'da ulusların ayakta kalabilmeleri büyük ölçüde kültürleri ile mümkün olabilecektir.

Halid Ziya Uşaklıgil'in özellikle modern Türk edebiyatının klasikleri arasında yer alan eserlerinin birçoğu, yazarın sağlığında sadeleştirilmiş olmasına rağmen dil bakımından eskimiş olduklarından genç kuşaklar tarafından anlaşılamamaktadır. Bunların dışında kalan sadeleştirme çabaları ise yazarın en çok aranan eserleriyle sınırlı kaldığı gibi, sadeleştirmeler sırasında bu eserlerin epeyce örselenmiş oldukları görülmektedir. Bir eseri sadeleştirmek, mutlak surette onun taşıdığı edebi değerleri de göz önüne almayı gerektirir. Böyle bir eseri okuyan dikkatli her okuyucu, kuşkuya düştüğü noktalarda eserin sadeleştirmeye esas olan baskısına bakmak isteyecektir. Her iki metni tek kitapta toplamak ise, eseri hacim bakımından hem şişirip hem de edebi değerini düşüreceğinden sadeleştirme çalışmalarında farklı yöntemler aramanın gerekliliği de ortadadır.

Bilimadamlarının yaptığı çalışmalar, okuma ediminin "göz sıçramalarıyla" gerçekleştiğini göstermektedir. Eğer, bir metinde bilinen sözcüklerin sayısı ne denli fazla ise göz, satır üzerinde o kadar büyük bir alanda sıçrama yapabilmekte, "görüş genişliği veya algılama alanı" denilen bu sıçrama yayı da okuma hızını doğrudan etkilemektedir.

İşte, elinizdeki bu çalışmada, bilinmeyen kelime, terkip ve ibarelerin anlamının köşeli parantezler içinde verilmesi bu düşüncenin ürünüdür. Bu yöntemle, eğer sözcüğün anlamı biliniyorsa, göz, sıçramalar sırasında bu parantezi görmezden gelecek ve onu atlayacaktır. Böylelikle hem metne fazla müdahale edilmemiş hem de okuyucu metnin aslını görme olanağına da sahip olacaktır.

Çalışmalarımızın çoğu, yazarın sağlığında sadeleştirdiği metinler üzerinden yapılmıştır. Ancak, yazarın sadeleştirdiği metinlerde de, bazı sözcüklerin yazımında o günlerin anlayışı sergilenmekte olduğundan biz o sözcüklerin bugünkü kullanışlarına yer verdik. Anlamları parantez içinde verildiği için yazar tarafından kaldırılan "izafet kesre"lerini ise genç kuşağın terkiplerin nasıl yazıldığını görmeleri ve terkipleri ayrı ayrı kelimeler olarak algılamamaları için yeniden koymayı uygun gördük.

Anlam verilirken sözcük veya terkiplerin tek tek karşılıkları yerine, cümle içinde oynadıkları role ve ana düşünceye uygun olmalarına dikkat edilmeye çalışılmış; böylelikle, okuyucunun metinden kopmadan akıcı bir şekilde okumayı sürdürmesi amaçlanmıştır.

Metinlerde geçen ve açıklanması gerekli sözcükleri ise dipnotlarda verilmeye çalışılmıştır. Sadeleştirme çalışmaları sırasında yazım konusu bizi en çok düşündüren nokta oldu. Yazımda birlik oluşturabilmek için Türk Dil Kurumu'nun kılavuzunu esas almakla birlikte "inceltme ve uzatmalar" gibi bazı problemli noktalarda Ömer Asım Aksoy'un yazım kılavuzundan yararlanılmıştır.

Bu sadeleştirmeler, bir ekip çalışmasıdır. En büyük problem de kararlaştırılan bu noktaların uygulanması ve denetlenmesidir. Koordinasyondan yoksun bir toplumda böyle bir çalışmanın zorluğu sanırım takdir olunur. Bu nedenle, bu çalışmalar sırasında gözden kaçan birtakım eksiklik veya yanlışlar olabilir. Bu türden olası yanlışlık ve eksikliklerde, her türlü yapıcı eleştiriye de açık olduğumuzu söyleyelim. Bu yolda, gerekli uyarılar geldiği takdirde bunların değerlendirmeye alınacağından kimsenin kuşkusu olmaması gerekir. Ancak, olası eleştiri sahiplerinden tek dileğimiz, eleştirilerini yaparken önceki yayımları, Halid Ziya Uşaklıgil'in yeniden yayımının önemini de göz önüne alarak yargıda bulunmalarıdır. Çünkü, bir şairimizin dediği gibi "Biz bu işin tadındayız. Ne paraya çevrilmez, biz onun ardındayız."

Yayın Yönetmeni

ÖN SÖZ

Aşk-ı Memnu'nun yazarı olan Halid Ziya Uşaklıgil, Türk romanının batılılaşmasında çok önemli bir role sahiptir. *"Kahramanlarının ihtiras ve duygularını tahlil etmeyi, onları muhitleri içinde göstermeyi esas gaye bilerek, sanatkârâne bir üslup ile Türk dilinde hakiki batılı romanı o yarattı."*(1) Halid Ziya, ilk romanlarında romantizmin etkisiyle kahramanlarının duygularını anlatıcının bakış açısıyla ve değerlendirmeleriyle okuyucuya yansıtmıştır. Fakat *Ferdi ve Şürekası* adlı romanından başlayarak daha sonraki romanlarında realist ve naturalist akımların etkisiyle gerek olay örgüsünün oluşturulması ve şahısların canlandırılmasında gerçekçi bir tutum takınarak gerekse anlatıcının değerlendirmelerini sınırlayarak gerçekçi bir yol izlemiştir.(2) Böylelikle Türk romanının da realist bir zemine oturmasını sağlamıştır.

Halid Ziya Uşaklıgil'in romanlarıyla ilgili makale, kitap yazan, araştırıcı, incelemeci ve eleştirmenler

---

(1) Mehmet Kaplan, "Halid Ziya Uşaklıgil", *Türk Edebiyatı Üzerinde Araştırmalar 2*, Dergâh Yay., İstanbul, 1987, s. 172.

(2) Olcay Önertoy, *Halid Ziya Uşaklıgil Romancılığı ve Romanımızdaki Yeri*, Kültür Bakanlığı Yay., Ankara, 1995, s. 194-195.

onun en iyi romanının *Aşk-ı Memnu* olduğunu belirtmişlerdir. Ahmet Hamdi Tanpınar, bu romanın *"sadece realist teknik ve psikoloji itibariyle bakılırsa, her zaman için mükemmel sayılabilecek bir eser"* olduğunu ileri sürer.(3) Türk romanı üzerine bir kitabı yayınlanmış olan Robert P. Finn *"Türkçede yazılmış tekniği en kusursuz romandır belki de."* diyerek bu romanın önemini vurgular.(4) Selim İleri *"Yapısal özellikleri bakımından Aşk-ı Memnu modern romancılığımızın en büyük klasiği sayılmalıdır."* der.(5) Fethi Naci, Türk romanının gelişim zinciri dikkate alındığında bu romanın kronoloji olarak değil, edebi olarak ilk Türk romanı olduğunu belirtir.(6) Ö. Faruk Huyugüzel, bu roman için *"birkaç farklı bakış açısının bir kurgu dünyası içinde çok başarılı bir şekilde birleştiği ölmez eserlerden birisi"* der.(7) Durali Yılmaz ise romanımızın abc'si olarak niteler.(8) Bu romanı sinemaya uyarlayan Halit Refiğ, *Aşk-ı Memnu*'dan *"kadınların sağlam bir biçimde edebiyatımıza girdiği ilk eser"* diye bahseder.(9)

Türk romanında bu kadar önemli bir yere sahip olan *Aşk-ı Memnu* neyi anlatmaktadır? Romana tematik açıdan bakılınca Bihter'in yasak aşkının, Ni-

---

(3) Ahmet Hamdi Tanpınar, "Türk Edebiyatında Cereyanlar", *Edebiyat Üzerine Makaleler*, haz. Zeynep Kerman, Dergâh Yay., 3. baskı, İstanbul, 1992, s. 119.

(4) Robert P. Finn, *Türk Romanı (İlk Dönem 1872-1900)*, çev. Tomris Uyar, Bilgi Yay., İstanbul 1984, s. 176.

(5) Selim İleri, *Aşk-ı Memnu Ya Da Uzun Bir Kışın Siyah Günleri*, B/F/S Yay., İstanbul, 1985, s. 11.

(6) Fethi Naci, *60 Türk Romanı*, Oğlak Yay., İstanbul, 1998, s. 33.

(7) Ö. Faruk Huyugüzel, "Halid Ziya ve Roman Sanatı", *Türk Dili*, sayı: 529, Ocak 1996, s. 162.

(8) Durali Yılmaz, "Aşk-ı Memnu Romanımızın Abc'sidir", *Hürriyet Gösteri*, sayı: 223, Kasım 2000, s. 24.

(9) "Aşk-ı Memnu Uyarlamaları", *Hürriyet Gösteri*, sayı: 223, Kasım 2000, s. 25-26.

hal'in çocukluktan genç kızlığa geçişinin, Adnan Bey'in temsil ettiği, on dokuzuncu yüzyılın sonundaki yüksek sosyetenin yaşayış tarzının, Behlül'ün aşk hayatının anlatıldığı ileri sürülebilir.(10) Bunların hepsi de anlatılmaktadır. Fakat bütün bunları bir araya getirip okutturan roman şahısları arasındaki çatışmalardır. Bu çatışmalar hem şahıslar arasında hem de şahsın iç dünyasında gerçekleşmektedir. Bu açıdan bakılınca şahısların, romanın olay örgüsündeki rolleri daha anlaşılır hâle gelir.

Ahmet Hamdi Tanpınar, bu romanın *"bovarysme ve esthétisme'de mahpus"*(11) olduğunu belirtir. Berna Moran da Bihter'in, sebepleri değişik de olsa, sonunun benzerliği itibariyle Madam Bovary ve Anna Karenina ile benzeştiği üzerinde durur.(12) Bu romandaki Bovarizm etkisi, özellikle olay örgüsü ve şahıs özelliklerinde dikkati çeker. *"Bihter, büyük ölçüde Madame Bovary'dir."*(13) Bihter'i bu kötü sona hazırlayan, biraz da, örnek alınan bu romanlardır.

Aşk-ı Memnu için, *"bir tür yeniden doğuşla, cennet bahçesine ya da altın çağa dönüşle sonuçlanıyor"*(14) diyen Berna Moran, Nihal'in romanın başındaki ve sonundaki durumuna dikkati çekerek onun pek çok şey yaşayarak olgunlaştığını ve romanın bu yönüyle bir Bildungsroman olduğunu belirtir. *Aşk-ı Memnu*

---

(10) Şerif Aktaş, "Halid Ziya Uşaklıgil'in Romanlarında Tema", *Türk Dili*, sayı: 529, Ocak 1996, s. 111.

(11) Tanpınar, "Türk Edebiyatında Cereyanlar", a.g.e., s. 119.

(12) Berna Moran, *Türk Romanına Eleştirel Bir Bakış 1*, İletişim Yay., 2. baskı, İstanbul, 1987, s. 96.

(13) Rahim Tarım, "Servet-i Fünûn Romanı ve Bovarizm", *Est&Non*, sayı: 7, Şubat-Nisan 2001, s. 84.

(14) Moran, a.g.e., s. 102.

romanı, Nihal merkez alındığında bu mitolojik kalıba uyar ama bu roman sadece Nihal'in romanı değildir. Bu romanda en başat unsur, yine Berna Moran'ın deyişiyle trajik bir kahraman olan Bihter'dir. Ayrıca Bildungsroman'ın sonunda kahramanın ulaştığı bir üst seviye vardır, fakat bu romanın sonunda görürüz ki Nihal yine babasına bağımlı bir genç kızdır, yani geriye dönmüştür.

Aşk-ı Memnu romanı, özellikle kahramanlarının ruh tahlilleriyle bir psikolojik roman özelliği göstermektedir. Romana bu gözle bakıldığında kahramanlar arası bağlantılar ve çatışma sebepleri de ortaya çıkmaktadır. Nihal'le Bihter'i karşı karşıya getiren sebep ikisinde de çok yoğun olan sevgi tatminsizliğidir. İkisi de sahip olarak tatmin olmayı denerler. Bihter, Adnan Bey'in zenginliğine sahip olur ama duygusal ve cinsel tatminsizlik, evin tek hâkimi olmasını da anlamsız kılar. Bihter, Behlül'ü sevdiği için onu kendisine bağlamak, hayatına hâkim olmak ister, fakat uçarı bir kişiliği olan Behlül ondan kaçar. Nihal'in sevdiği babasına ve evine hükmeden Bihter, onunla olan çatışmasından galip çıkmıştır ama kendi tatmin edilemeyen duygularına yenilmiştir. Nihal de babasını önce kaybeder sonra kavuşur, fakat sevebileceği ve sevileceği bir erkeği, Behlül'ü kaybederek. Aynı şekilde onu seven Beşir de karşılık beklemeden seven, koruyan bir âşıktır, fakat o da bu aşkının kurbanı olur, veremden ölür.

Romandaki şahıslar arasındaki çatışmalar, olay örgüsü içinde özellikle üç noktada düğümlenmektedir. Birincisini Bihter'in annesine benzememe mücadelesinde başarıya ulaşıp ulaşamayacağı; ikincisini

Bihter'le Behlül'ün ilişkilerinin nasıl sonuçlanacağı; üçüncüsünü ise Nihal'le Behlül'ün evlenip evlenemeyecekleri oluşturur. Bu düğümler de Bihter'in annesi gibi anılmaktansa ölmeyi tercih etmesi, bu anlamda ona benzememesi, Nihal'le Behlül'ün evlenememesi ve Behlül'ün kaçması ile çözülür.(15)

Bihter'in ve Nihal'in başından geçenlerin, romanda iki ayrı olay örgüsü oluşturur gibi görünmesine rağmen bu iki şahsın ortak bir noktada çatışmaları bunları bir bütünlük hâlinde görmemizi sağlar. Olay örgüsünde işlevi olmayan şahısların yer almaması ve şahıslar arasında birbirine bağlı ilişkiler ağı yüzünden, roman, Tanpınar'ın deyişiyle bir satranç oyununa benzer.(16) Berna Moran, bu romanın yapısını dans figürlerine benzetir. Nihal ve Adnan Bey'in yakınken, bir ara uzaklaşmaları sonra tekrar yakınlaşmaları, Bihter ve Behlül ile Nihal ve Behlül'ün önce ayrıyken, bir ara birleşmeleri sonra tamamen ayrılmaları dansı andıran biçimsel kalıpları oluşturur.(17)

Aşk-ı Memnu romanı gerek olay örgüsünün kuruluşundaki ustalık, gerekse şahısları tahlil, eşyayı, tabiatı tasvir etmekteki başarısı(18) onu yüz yıl sonra bile okunabilen bir roman hâline getirmiştir. Roman kahramanları her ne kadar Türk toplumundan uzak, evrensel, genel bir insan özelliği gösterse de Meşrutiyet ve Cumhuriyet döneminde Halide Edip Adıvar, Yakup Kadri Karaosmanoğlu, Ahmet Hamdi

---

(15) Önertoy, a.g.e., s. 101.

(16) Tanpınar, "Halid Ziya Uşaklıgil" a.g.e., s. 280.

(17) Moran, a.g.e., s. 103-105.

(18) Abdullah Uçman, "Aşk-ı Memnu Tahlil ve Tasvirleri Nedeniyle Önemlidir", *Hürriyet Gösteri*, sayı: 223, Kasım 2000, s. 19.

Tanpınar'ın yazdığı romanlardaki şahıslar, kendi toplumumuzun insanını bir roman kahramanı haline getirmiştir. Sosyal hayattan uzak olmaları biraz da devrin şartları gereği zorunluydu; bunu da görmek gerekir. Servet-i Fünûn edebiyatının zor anlaşılan kelimeleri, tamlamaları, imgeleri bu romanda da etkisini hissettirir, fakat değişen edebiyat ve dil anlayışını gören Halid Ziya, kendi eserlerinin dilini daha anlaşılır bir şekilde sadeleştirerek, *Aşk-ı Memnu* romanının uzun bir süre daha okunmasını sağlamıştır.

Muharrem Kaya

BİR KAÇ SÖZ(1)

Kitabın sadeleştirilmiş olmasına fazla genişlikte bir mana vermemelidir: Yeni nesil için pek tanınmamış olan kelimeler, terkipler Türkçe'ye çevrilmiş, fakat üsluba, ibarelerin teşkilatına *[cümlelerin düzenine]* hiç dokunulmamıştır.

İmla hakkında fikirlerimin ne olduğuna kitap okunurken vukuf hasıl olacaktır *[anlaşılacaktır]*. Bugün Türkçe'nin imlası büyük bir karışıklık göstermektedir. Kullanılan imla Türkçe'nin bünyesine, esas kaidesine uygun olmadığındandır ki ne bir sarf *[dilbilgisi]*, ne bir lügat kitabı *[sözlük]* yapılamamıştır. Mektep çocuklarının elinde bir sarf, bir lügat olmadıkça tahsil çağından çıkacak olanlar kendi dillerini bilmeden hayata atılacaklar demektir. Her şeyden evvel imlayı lisanın esas yapısına uyacak surette tespit etmek ve gençlere bir sarf, bir lügat verebilmek lazımdır.

Bu kanaati şu birkaç sözle icmal etmek *[özetlemek]* istedim.

H. Z. Uşaklıgil

---

(1) Yazarın Hilmi Kitabevi'nde 1939'da yayımlanan baskı için yazdığı önsözdür.

1

Maun[1] sandalla müsademeyi *[çarpışmayı]* andıran bu tesadüflere artık o kadar alışmış idiler ki bugün Kalender'den[2] dönerken gene onun adeta çarparcasına yakından sıyırıp geçişini fark etmemiş göründüler. Beyaz sandalın şık, zarif süvarilerinde küçük bir telaş eseri, bir ufak haşyet sayhası *[korku haykırışı]* bile uyandıramayarak geçen maun sandala –her iki tarafı görebilmek üzere biraz yan oturan– Peyker başını bile çevirmedi, arkasını sahile vererek Anadolu kıyısına dumanlarını serpen bir vapura dalmış gözleriyle Bihter'in beyaz örtüsünün içinde vakar *[ağır başlılık]* ve endişe dolu çehresi tamamıyla kayıtsız kaldı; yalnız, valideleri, sarıya boyanmış saçlarının altında gözlerinin manasına derin bir müphemlik *[belirsizlik]* veren geniş bir sürme çemberiyle çevrilmiş gözlerini çevirdi, ucunda gizli teşekkür manası titreyen bir serzeniş *[sitem]* bakışıyla maun sandala büsbütün yabancı kalmadı.

Aralarında mesafe biraz uzanır uzanmaz bu üç kadının kayıtsız vakarına birden halel geldi *[bozul-*

---

(1) Tespih ağacıgillerden bir orman ağacının, parlak kırmızımtırak renkte, sert ve iyi cilalanan kerestesi.
(2) Yeniköy'le Tarabya arasında bir sayfiye yeri.

du], en evvel valide -kırk beş senenin henüz izalesine muvaffak olamadığı *[yok edemediği]* bir şebap vehmiyle *[gençlik kuruntusuyla]* mesirelerde *[gezinti yerlerinde]* etrafa dağılan tebessümleri kendi lehine isnat etmek *[dayandırmak]* itiyadını *[alışkanlığını]* takip ederek- dedi ki:

— Bu Adnan Bey de!.. Artık âdet oldu, mutlaka her çıkışta tesadüf edeceğiz; bugün Kalender'de yoktu, değil mi Bihter?..

Validesinin şikâyet şekli altında gizli bir memnuniyeti kâfi derecede saklayamayan sözlerini Bihter cevapsız bıraktı. Peyker, validesine doğrudan doğruya cevap vermeyerek:

— Bugün çocukları da yanında değil, dedi; ne güzel çocuklar, değil mi anne? Hele oğlan! Yumuk yumuk gözleriyle bir bakışı var ki...

Bihter, eğilmeyerek, dudaklarının ucuyla sordu:

— Validelerini tanır mıydınız, anne? Kız annesine çekmiş olmalı...

Firdevs Hanım, Bihter'in sualini anlamamışçasına donuk gözlerle bir saniye baktı, sonra başını çevirerek artık gözden kaybolan sandalı araştırdı; tekrar Bihter'e bakarak ve bu defa kendi zihninden cereyan eden *[aklından geçen]* efkâr silsilesini *[düşünce akışını]* takip ederek:

— Ne tuhaf bir bakışı var, dedi. Israr eden bir bakış!.. Ne zaman gözlerim tesadüf etse...

Firdevs Hanım, ikmal etmeden *[tamamlamadan]* evvel biraz tevakkuf etti *[duraksadı]*. Galiba «Bana» diyecekti, fakat kızlarına karşı bu kadarcık bir lisan ihtiyatına *[sakınmasına]* tamamıyla sönmesi kabil *[mümkün]* olamayan bir annelik vakarıyla *[gururuy-*

la] lüzum gördü ve «Buraya bakarken görüyorum...» dedi.

Validelerinin bu küçük lisan ihtiyatı ikisinin de dikkat nazarından *[bakışından]* kaçamadı, Peyker'le Bihter manalıca bakışarak gülümsediler, hatta Peyker bu gülümsemenin ifadesini açıklamaktan çekinmeyerek:

— Evet, gözlerini Bihter'den ayırmıyor, dedi.

Bu cümlenin tesirini görmek için validelerine baktılar; o, cevap vermemek için uzaklara baktı.

Firdevs Hanım, Melih Bey takımının hususi *[özel]* şöhretinden en ziyade hissesi olan bir çehredir ki işte otuz seneden beri –on beş yaşından kırk beş yaşına kadar– bütün mesirelerin en maruf *[bilinen]* hayat temasilinden *[örneklerinden]* biridir. İstanbul'un seyranları *[gezinmeleri]* takviminde ismi silinemeyen, hâlâ silinemeyecek görünen, hayatından her sene geçtikçe gençliğe daha ziyade asılan bu kadın, beyazlığını saklamak için sarıya boyadığı saçlarıyla, taravetinin *[tazeliğinin]* izmihlalini *[yok oluşunu]* örtmek için düzgünlere(3) sıvadığı simasıyla *[yüzüyle]* kendisini o kadar aldatmış, henüz tazeliği vehminin içine öyle bir fikir dalaletiyle *[düşünce saplantısıyla]* nefsini tevdi etmiş *[kendini bırakmış]* idi ki Peyker'le Bihter'in yaşlarını –birinin yirmi beş, ötekinin yirmi iki senesini– unutarak onları bütün bu tebessümlerden, bu takiplerden hisse alamayacak kadar çocuk zannederdi.

Bu, iki kızla valide arasında ebedi bir cenk ve istihza *[iğneleme]* zemini idi ki tamamen vuzuh ve sa-

---

(3) Kadınların tenlerini pürüzsüz göstermek için yüzlerine sürdükleri boyalı krem, fondöten.

rahat kesp edememekle *[anlaşılırlık ve açıklık kazanamamakla]* beraber hemen her gün tekerrür eder *[yinelenir]*; Peyker'in manalı bir kelimesi, Bihter'in insafsız bir tebessümü güya bu iki genç vücudun gençlik muzafferiyetini hâlâ genç kalmak isteyen bu validenin harap ve fersude *[yıpranmış]* kırk beş senesine çarpardı.

O, böyle hain bir kelime, merhametsiz bir tebessüm kulaklarına müthiş bir istihza *[alay]* ıslığı ile kırk beş yaşını bağırırken dudaklarında acı bir irtisam *[görünüm]* ile dalgın dalgın Peyker'le Bihter'e bakar, sonra ufak bir titreyişle gözlerini bu hakikatten ayırarak tekrar şebap vehminin iğfal *[aldatma]* hazzına avdet ederdi *[dönerdi]*.

Şimdi, dört aydan beri müziç *[rahatsızlık veren]* bir fikir beynini tırmalıyordu: Peyker biraz sonra onu büyük valide *[nine]* edecekti. Buna vukuf hasıl ettikten *[anladıktan]* sonra büyük validelik bir kâbus ağırlığıyla onu bunaltmaya başladı. Kendi kendisine güya bu fikri silkip atmak isteyerek: «Mümkün değil!» derdi.

Büyük valide!..

Melih Bey takımının içinde kadınlar hatta zor valide olurken büyük valide olmak onun için bir zül *[alçalma]*, bir ayıp hükmünde idi. Şimdiden buna bir çare düşünüyor, saçlarının beyazlarıyla çehresinin harabisine *[geçkinliğine]* bir tamir tedbiri bulduktan sonra büyük valideliğe de bir şey icat etmek istiyordu, öyle bir şey ki ona şebap vehminin mestliğinde *[sarhoşluğunda]* gizlenebilmek için imkân bıraksın: Çocuk annesine abla, ona da anne diyecekti.

Melih Bey takımının içinde böyle garip bir istisna teşkil etmek zilletini *[alçalmasını]*, tali *[kader]* onun için mi alıkoymuş idi? Bu vaka hayatını telvis edecek *[kirletecek]* bir leke kadar onu korkutuyor ve artık Peyker'e, onu büyük valide edecek olan bu mahluka, açıkça husumet *[düşmanlık]* ediyordu.

Peyker'in son cümlesinden sonra sandalda hep sükût ettiler *[sustular]*. Adnan Bey artık unutulmuş göründü.

★ ★ ★

Melih Bey takımı!.. Bu takımın İstanbul hayatında mertebesinin tayini metin *[sağlam]* bir kaideye müstenit olamaz *[dayanamaz]*. Tamamıyla kibar âlemine mensubiyet *[aitlik]* iddia edecek kadar sağlam bir asalet sahibi olmayan bu ailenin yarım asır evveline kadar mevcudiyeti meşkuk *[varlığı şüpheli]* ve müphemdir. Aile efradı *[fertleri]* içinde kibar hayat sicilinde tanınmış isimler bırakanlara uzaktan yakından –biraz karışık olmakla beraber– tesadüf etmek nesiller şecereleri mütevaggıllarına *[soyağacı uzmanlarına]* belki mümkün olur. Asıl takımın hususi hayat tarihi işte bu aileye namını terk eden *[adını veren]* Melih Bey'den iptida eder *[başlar]*. «Melih Bey takımı» unvanı ailenin bütün ruhi tarihini rumuz ve şümulüyle *[kapsamıyla]* telhis *[özetleyen]* ve icmal eder *[toplayan]* bir ifade vüsatine *[genişliğine]* maliktir *[sahiptir]*.

Melih Bey kimdir?

Bu suale sarih *[açık]* bir cevap vermek külfetine lüzum görülmemiştir. Melih Bey vefatından sonra devam edebilecek hiçbir hatıra bırakmamıştır: Yalnız Anadolu kıyısında bir yalı ile bu yalıdan İstanbul'un hemen her tarafına yayılarak bugün «Melih Bey takımı» unvanıyla bir temayüz *[üstünlük]* noktasında birleşen kadınlar...

Melih Bey'in yalısı yarım asrın inkılap silsilesinden *[değişiklik zincirinden]* geçmiştir. Bugün kim bilir kimindir? Fakat ne zaman önünden geçilse Boğaziçi'nin hususi hayatına vâkıf olanların *[bilenlerin]* kalplerinde gizli bir parmak uzanarak orasını gösterir ve müphem *[belirsiz]* fakat zengin manalar vererek:

— Melih Bey'in yalısı der...

Bir vakitler yalının pencerelerinden taşan tarap *[şenlik]* ahengi hâlâ rıhtımın taşlarını yalayan suların zemzemelerinde muhtefi *[ezgilerinde gizlenmiş]*, geceleri Boğaz'ın suları bir zamanlar buradan topladıkları neşve şaşaasının hâlâ iltima bakiyesiyle füruzan *[parlaklıklarının kalıntılarıyla pırıldar]* zannolunur, onun için yalının o hayat devresini bilmeyenler bile yalnız onun manasını hissederek buradan geçerken bir âlemin meçhul bir sergüzeştine *[serüvenine]* ait zevkleri duyarlar ve kendi kendilerine:

— Evet, Melih Bey'in yalısı, derler.

Bu yalı şehrin tarihinde mümtaz bir nevi *[seçkin bir tür]* çiçek yetiştiren bir camekân hükmünde hizmet etmiş ve İstanbul'un kibar hayatına bu mümtaz mahsulden numuneler *[üründen örnekler]* serpmiştir. Bunlar yarım asırdan beri bu büyük şehrin muhtelif *[çeşitli]* noktalarına dağılmışlardır; fakat onları dağılmakla beraber birbirinden ayırmayan, bütün bu muhtelif çiçekleri bir rabıta *[bağ]* ile toplu bir demet şeklinde bağlayan bir şey vardır ki, ailenin unvanıdır. Bu, aileyi, cereyanının dalgaları içinde sürükleyip götüren inkılap nehrinin üstünde, batmaz bir tahta parçası şeklinde yüzmekte devam etmiştir.

Melih Bey takımında garip bir isticnas hassası *[kendine benzetme özelliği]* vardır: Hangi aile ile nispet peyda eylerse *[bağlılık kurarsa]* o aile için Melih Bey takımından olmak muhakkaktır. Melih Bey takımından bir kız –galiba bu ailenin temayüz esbabının vikayesi *[ortaya çıkış sebeplerinin koruması]*, kadınlara müvekkel olduğundan *[bırakıldığından]* kaderin husus bir müsaadesiyle takımdan hemen bütün kız evlat çıkmıştır– bir diğer aileye intisap etmekle *[bağlanmakla]* manevi hüviyetinin *[kimliğinin]* bu yeni ailenin hamiresinde massolmamasını *[hamurunda yok olmamasını]* o isticnas hassası emniyet altına alır. Hatta bu camekânın en güzide *[seçkin]* çiçeklerinden Firdevs Hanım –aile tarihi içinde bir harika nevinden– henüz on sekiz yaşında iken Rumeli sahilinin mini mini zarif bir yalısına –bugün Kalender seyranından sonra beyaz sandalın rıhtımına yanaşmak üzere olduğu açık sarı boyalı yalıya– gelin gider gitmez izdivaç *[evlilik]* hediyesi olarak oraya derhal aile unvanını götürmüş oldu; o günden başlayarak kocasının ismi silindi ve yerine:

— Firdevs Hanım'ın beyi, denildi.

Firdevs Hanım birçok akraba kızları gibi kocasız kalmamak lüzumunu düşünmekte acele etmiş idi. Bütün mizacının hoppalığıyla ve dünyada güzel giyinmekten ve mümkün olduğu kadar eğlenmekten başka bir şeye ehemmiyet *[önem]* vermeyen dimağının muhakemesiyle *[kararlaştırmasıyla]* her ne olursa olsun bir koca –elbiseleriyle arabalarının masarifini temin edecek *[harcamalarını karşılayacak]* bir kese– bulmaya karar vermiş idi. Ailenin etrafında yavaş yavaş kuvvet kesp eden *[kazanan]* bir uzak kalmak hissi evlenecek kızları için yalnız bir izdivaç zemini bırakmış idi: Mesireler... Bir gün Göksu'da[4] –nasıl oldu bilinemez– Firdevs Hanım'ın izdivacından bahsolundu. Bu rivayet *[söylenti]* derenin sevda taşıyan sularının üstünden hafif bir hande *[gülüş]* ile uçtu; güzergâhında *[yol boyunca]* hayretler uyanıyordu, bütün Göksu güya bir rivayete karşı mebhut ve mütehayyir *[şaşmış ve hayrette kalmış]*, bir taaccüp nidasıyla titredi:

— Bu kadar erken!..

Henüz on sekiz yaşında, henüz bu çiçekten Göksu kendisine bir tesliyet *[avunma]* yadigârı bırakacak bir koku almaya vakit bulmadan... Fakat ertesi hafta –iki hafta arasında bir izdivacın mühim inkılabı *[değişimi]* vuku bulmamışçasına *[olmamışçasına]*– Firdevs Hanım yine Göksu'da yine bir hafta evvel etraftan selam toplayan gözleriyle görünüverince bütün dere bir inşirah *[ferahlık]* nefesiyle şişti ve bu defa artık etrafında dolaşmakta izdivaç ihtimallerinin girdapları açılan on sekiz yaşında şiir ve şebap *[gençlik]* ile dolu bir tehlike değil, izdivacının vukuu akabinde *[evliliğinin sonrasında]* seyran hayatına sadakat ispatı için Göksu'yu selamlamaya gelen Firdevs Hanım'ın sandalına bütün derenin sevda arkasında gezginci sandalları tam bir teslimiyet ile takıldı, sürüklendi gitti.

---

(4) Anadolu Hisarı'ndaki dere. Döneminde mehtap safalarıyla ünlü bir eğlence yeridir.

Göksu'da bundan evvel Firdevs Hanım'ın izdivacı rivayeti –ucunda ağır bir kurşun parçası sallanan olta iğnesi gibi– düştüğü noktanın etrafında gittikçe genişleye genişleye açılan daireler tersim etmiş idi *[çizmişti]*; herkes bu dairelerin haricinde kalmak, yalnız ufak muhteriz *[çekingen]* bir temasla iğnenin ucundan biraz yem koparmış olduktan sonra kaçmak isterdi, bir safderunun *[bönün]* avlanmasını bekleyerek yalnız temaşa *[seyir]* halinde kalmak tercih olunurdu.

Safderunun kim olduğu taayyün ettikten *[belli olduktan]* sonra merak zail olmuş *[giderilmiş]*, hatta bu biçare *[çaresiz]* kurbanın mevcudiyeti *[varlığı]* bile unutulmuş idi; artık ortada iğnesinin ucu kırılmış bir sayyad *[avcı]*, avlamaktan ziyade avlanmaya muntazır *[bekleyen]* ve müheyya *[hazır]* bir Firdevs Hanım kalmış idi.

Daha doğrusu bu izdivaçta Firdevs Hanım aldanmış idi: İzdivaç ona beklediği şeylerden hiçbirini getirmiyordu, yahut bunlardan o kadar az bir hisse getiriyordu ki birden kendisini hulyalarında aldatmış olan bu adama husumet *[düşmanlık]* etti. Bu izdivaç ona saf bir genç kız emelini tatmin etmiş olmak tesliyetini bile vermiyordu. O izdivacında şebabının hiçbir sevda temayülüne *[eğilimine]* tebaiyet etmemiş *[uymamış]* idi, bütün aşk ve garam *[şiddetli arzu]* emellerini feda ettikten sonra bu fedakârlığa mukabil *[karşılık]* elinde hemen bir hiç görünce acı bir nedamet *[pişmanlık]* duydu; kendi kendisine: «O halde, mademki böyle olacaktı, niçin...» der, bu sualin arasında hep kendisine zengin bir izdivaç yaptıramayacaklarından dolayı ihmal edilen çehreleri görür. Ve «Evet, o halde ne için onlardan biri olmadı?» sualiyle cümlesini ikmal ederdi *[tamamlardı]*.

Firdevs Hanım tamamıyla serbest idi, hatta denebilirdi ki bu kadın izdivaç münasebetlerinde vazifeleri değiştirmiş, kocalık sıfatını kendisine alıkoymuş idi. Bir hafta içinde zevcini *[eşini]* Melih Bey takımından yapmış idi.

Bir gün kocasının gözleri önünde Göksu'da Firdevs Hanım'ın sandalına –içinde bir pembe zarfın yazısı saklanmış– bir demet atıldı. O akşam birinci defa olarak bir kıskançlık kavgasına girişmek kastıyla kocası demeti, mektubu sordu; Firdevs Hanım her türlü kavga mukaddemelerini *[başlangıçlarını]* birden kesen bir nazarla doğruldu:

— Evet, dedi... Bir demet, içinde de bir mektup! İstersen okuyabilirsin. Daha yırtmadım. Fakat sonra? Ne olacak sanki? Halkı çiçek atmaktan, mektup yazmaktan menedecek ben değilim. Bence yapılacak bir şey varsa cevap vermemektir.

Sonra kocasına eğilmiş ve parmağını sallayarak işaret etmiş idi:

— Hem baksanız ya, size tavsiye ederim, bana kıskançlık meseleleri icat etmeyiniz, belki beni cevap yazmaya mecbur edersiniz...

İki sene sonra Peyker, üç sene fasıla *[ara]* ile Bihter doğuyordu. Firdevs Hanım için bu iki vaka iki mühim musibet darbesi hükmünde idi. Kendisini böyle birbiri üstüne valide eden bu adamla artık her gün cenkleşiyor; ona, çocuklarına, kendisini gençliğinden ayırmak isteyen bu şeylere her şeyi cidal *[kavga]* vesilesi ittihaz eder *[sayan]* bir düşman kesiliyordu.

«Ömrüm sana çocuk yetiştirmekle mi geçecek?» cümlesi en beklenmeyen zamanlarda kocasının yüzüne vurulacak bir kamçı idi. O, bu kamçı darbelerine yüzünü uzatır, gülerek bu müthiş kavgaların neticesini beklerdi. Karşısında bu erkeği o kadar zelil *[aşağılanan]*, o kadar miskin görmekten husumetine bir de teneffür *[nefret]* rengi karışırdı. Bu, ikisinin arasında senelerce süren bir cehennem hayatı oldu...

Bir gün Firevs Hanım, İstanbul'dan eve avdet ederek *[dönerek]* odasına çıkınca birden garip bir manzara karşısında dondu: Çekmesinin gözleri kırılarak açılmış, öteye beriye çamaşırları, kurdeleleri, mendilleri dağıtılarak atılmış idi. Birden bunların arasında buruşturulmuş, yırtılmış, etrafa serpilmiş kâğıt parçaları gördü ve hepsini anladı.

Nihayet, kocası, senelerden sonra damarlarında birdenbire bir kocalık kıvılcımının tutuştuğunu hissederek gelmiş, bu kadının hususi hayatına ait sırlar mahfazasını *[kutusunu]* parçalamış idi.

Mütehevvir *[öfkeli]* bir isyan ile bir dakika beklemeyerek, odasından fırladı; önüne Peyker –o zaman ancak seziş yaşında olan büyük kızı– geçti:

— Anne, dedi, beybabam bayıldı, hasta yatıyor...

Çocuğu kollarından tutarak fırlattı, kocasının odasına koştu; bütün hayatının saklanmış kirlerini bu adamın başına çarparak artık her şeyi kırmak, rabıtaları *[bağları]* parçalamak istiyordu; lakin odaya girince, sedire yığılmış yatan bu yıldırımla vurulmuş vücudun karşısında dondu. O, gözlerini çevirerek karısına baktı, bütün telvis olunan hayatının serzenişleriyle memlu *[dolu]* bir nazar... Birinci defa olarak kocasına cevap vermedi; mebhut *[şaşkın]*, dudakları titreyerek, gözlerini ayıramayarak, durdu; kocasının gözlerinden iki sakit *[suskun]* yaşın yuvarlandığını gördü.

Bir hafta sonra dul kalıyordu. Dul kaldıktan sonra birden kocası hakkında bir merhamet, hatta bir muhabbet duydu; onun ölümüne bir parça da kendisini müsebbip addediyordu *[sorumlu sayıyordu]*. Fakat bu, bir ay sonra mesirelerde tekrar görünmekten onu menetmedi. Bu defa onun hulyasında on sene evvelki emel gayesi tekrar can bularak parlamaya başlamış idi: Bir kese bulmak, fakat öyle bir kese ki içinden avuç avuç, saymaksızın, alabilmek mümkün olsun.

İşte seneler insaftan mahrum bir seri cereyan ile *[akışla]* hep geçiyor ve Firdevs Hanım'ın hulya dolu gözlerine karşı altın iltimaı *[pırıltısı]* ile parlayan o kesenin şaşaası *[görkemi]* hep taliin *[kaderin]* kıskanç elinde sönüyordu.

Peyker, Adnan Bey için: «Evet, gözlerini Bihter'den ayırmıyor.» cümlesiyle onun kalbini burmuş idi. Demek bunu da elinden Bihter alacaktı? Peyker'den sonra Bihter?.. Bu iki kız onun nazarında *[gözünde]* birer rakibe, onu böyle elinden ümitlerini ala ala öldürecek birer düşman idi.

Peyker'in izdivacı onun için müthiş bir darbe olmuş idi: Mesele çıkar çıkmaz kızının izdivaç fikrine karşı isyan etti, hususuyla *[özellikle]* Peyker'in yapmak istediği gibi bir aşk izdivacına affolunmaz bir kabahat nazarıyla bakıyordu. Muvafakat etmemek *[razı olmamak]* için bir müddet uğraştı, sonra Peyker'in firar etmek *[kaçmak]* tehdidine mukabil *[karşılık]* bütün kuvvetleri düşerek mağlup bir teslimiyetle rıza gösterdi. İlk önce evde kendisine resmiyet dairesinde bir eda ile «Valide hanımefendi» diyen bir damat görünce birinci defa olarak ihtiyarlamış olmak acısını duymuş idi, sonra yavaş yavaş zaman bu acının üzerine ince bir kül tabakası çekmiş idi; fakat şimdi büyük valide olmak tehlikesi o külleri savuruyordu.

Çevik bir hareketle Bihter, rıhtıma atladıktan sonra elini Peyker'e uzattı. Gebeliğinden beri kendisinin böyle küçük dikkatlere mazhar edilmesinden *[değer görülmesinden]* Peyker haz alıyor ve henüz hamli *[gebeliği]* mahsus bir yük olacak derecede ilerlememiş olmakla beraber yürüyüşünde, gezinişinde yardıma muhtaç görünen bir mecalden mahrum vaz'ı *[güçten yoksun tavır sergilemeyi]* süs ittihaz ediniyordu *[sayıyordu]*. İki kız kardeş rıhtımda annelerine intizar ederek *[bekleyerek]* durdular. O, bilakis kimsenin muavenetine *[yardımına]* ihtiyaç göstermek istemezdi. Kendisinden beklenemeyecek bir hiffetle *[hafiflikle]* sandalda ayağa kalktı, rıhtıma atladı.

O zaman bu üç kadın giyiniş tarzlarının nadir zarafetiyle meydana çıktılar.

Giyinmek... Eğlenmekten sonra Melih Bey takımının başlıca hassası *[özelliği]* giyinmekte bütün zevk erbabına her vakit mukallet olan *[örnek olan]* fakat hiçbir zaman tamamıyla taklidine –anlaşılamaz bir sebeple– muvaffakıyet hasıl olamayan *[taklitte başarılı olunamayan]* zarafetleriydi.

Eğlenmekte bu aile efradının *[fertlerinin]*, hele bugün en ziyade tanınan Firdevs Hanım'la kızlarının ne dereceye kadar ilerlediklerini herkes tamamıyla tayin edemezdi *[belirleyemezdi]*. Onları İstanbul'un zevk hayatında tefevvuk *[üstün olma]* mertebesine çıkaran hususi bir şöhret vardı ki sebepleri pek araştırılmaksızın herkesce kabul olunmuş idi. Bütün Göksu, Kâğıthane,[5] Kalender, Bendler[6] müdavimleri onları tanırlar; Boğaziçi'nin mehtap âlemlerinde en ziyade onların sandalı takip olunur; en ziyade onların yalısının önünde tevakkuf olunarak *[duraklayarak]* pencerelerin saklı şeyler ifşa etmesine intizar edilir *[ortaya çıkarması beklenir]*; bir piyano sesine, perdelerin arkasından fark edilen bir iki zarif gölgeye dikkat olunur; Büyükdere çayırında[7] onların arabası halkın nazarlarını arkasına takıp sürükler; nerede görülse onlar hemen fark edilir. «Melih Bey takımı» fısıltısı mesirenin havasında uçar, herkeste bir tecessüs *[merak]* hareketi uyanır ve güya bu fısıltının ihtizazlarından *[titreyişlerinden]* bir sırlarla dolu mana serpilir. Bu nedir? Hiç kimse sarih tafsilat *[açıklamalar]* ile bunu tayin edebilecek emarelere *[belirtilere]* malik *[sahip]* değildir. Birtakım rivayetler vardır ki başkalarının aleyhine hizmet edecek şeylere halkın kolaylıkla itimadı neticesiyle tetkik olunmak *[incelemek]* zahmeti ihtiyar edilmeksizin *[inceleme zahmetine katlanmaksızın]* revaç bulur *[değerlendirilir]*, hatta ihtimal tetkik olunursa hakikatı sabit olamayacağı *[gerçekliği kanıtlanamayacağı]* ve o halde

---

(5) Haliç'in kuzeyindedir. Özellikle Lale Devri'nin ünlü bir mesire yeridir.

(6) İstanbul Boğazı'nın kuzeybatısındaki Belgrat ormanlarında, Osmanlı döneminde yapılan su bentleridir.

(7) Sarıyer ile Kireç Burnu arasında bir sayfiye yeri.

bunlara inanmak lezzetinden mahrum kalmak icap edeceği için bu rivayetlerin neşredildikleri suretle *[yayıldığı şekilde]* kabul olunması mukarrerdir *[kararlaştırılmıştır]*.

Onlar bu rivayetlere ne kadar ehemmiyet vermezlerse rivayetler o kadar kuvvet almış bulunurdu. Bütün gezişleri, bakışları birer manaya mahmul *[çekilmiş]* olurdu; fakat onlarda bu rivayetlerden pek de memnun olmuyor değil gibiydiler, hatta Firdevs Hanım'ın bir omuz silkintisiyle: «Oh! Halka bakarsanız hiçbir şey yapmamak lazım gelir; bence insan halk için değil nefsi için yaşamalıdır!..» deyişi vardı ki bütün ailenin felsefesini icmal ederdi *[özetlerdi]*.

Fakat, ne denilirse denilsin, işte onlar yarım asırdan beri bütün mesirelerin zarafet ruhu idiler. Bu, aile efradına miras olarak intikal etmiş *[geçmiş]* bir hassa idi ki onları daima İstanbul'un en iyi giyinen kadınları mertebesinde tutmuş idi. Hayatları tarzının tabii icaplarıyla *[doğal gerekleriyle]* yavaş yavaş bütün aile efradında tevessü ve teessüs eden *[genişleyen ve yerleşen]* bir zarafet ihtiyacıyla giyinmek sanatının ruhundaki sırları keşfetmişler, o bir hususi kaideye itba *[bağlı]* olunamayarak yalnız zevkin müşkülpesent *[zor beğenen]* miyarıyla *[ölçüsüyle]* tevzin olunabilen *[tartılabilen]* giyinmek sanatında bir icat harikası bulmuşlardı. En harim *[kutsal tutulan]* giyecek şeylerden yüzlerinin peçesine, eldivenlerinin rengine, mendillerinin işlemesine varıncaya kadar öyle bir nefis ve müstesna zevk hükmederdi ki sadelikleriyle beraber en özenilmiş, en ihtimam görmüş *[özenilmiş]* ziynetleri bayağılığa indirirdi. Onlar görülünce bu güzellik fark edilmemek mümkün olmazdı, yalnız bu neticenin husul *[ortaya çıkma]* esbabı *[sebepleri]* dikkatten kaçardı. İşte Pygmalyon'dan[8] alınmış siyah işlemelerle açık kül rengi eldivenler, işte Au Lion D'or'dan[9] çıkma keçi derisinden potinler, işte siyah saten de Lion'dan[10] herkesinkine benzer çarşaflar... Fakat herkesinkine benzeyen bu ufak tefek şeylerde zarafetlerinin ruhunda tayaran eden *[uçuşan]* bir nefaset *[güzellik]* havası bu manasız şeyleri öyle bir mümtaziyet aguşu *[seçkinlik kucağı]* içinde sarardı ki bunları adilikten çıkarır ve başka bir dünyanın müstesna metaı *[nesnesi]* hükmüne getirirdi. Onlardan taklit edilemeyen şey giydikleri değil giyinişleriydi. Peçelerini bir iliştirişleri vardı ki onu herkesin peçesinden başka bir şey yapardı. Mesela onlardan biri bir gün eldivenlerinden birini iliklemeyi unutmuş olurdu: Eldivenin tersine devrilen kapağının arasından türlü türlü ince gümüş tellerle, yahut altın zincirler arasında sıra ile inci ve mini mini yakut parçaları sıralanmış zarif bileziklerle dolu beyaz bir bilek öyle latif *[hoş]* bir ihmal ile açık kalırdı ki bir saniye görülebilen bu bilek artık unutulamazdı. Çarşaflarının kıvrımları, omuzları, kalçalarını sıkarak dökülüşü onları görenlere, tanıyanlara hemen kim olduklarını ifşa ederdi *[açığa çıkarırdı]*.

Gördüklerinden fikirler çıkarırlar; ötede beride tesadüf olunmuş numuneleri birbirine karıştırarak, birinden alınmış bir şeyi diğerine ilave ederek bir başka şey vücuda getirirler ve bu, başkalığıyla, hepsine

(8) Beyoğlu'nda İstiklal Caddesi'nde ve Galata'da bulunan bir büyük mağaza.

(9) İstiklal Caddesi'nde bulunan ayakkabı dükkânı.

(10) İstiklal Caddesi'nde, 1896'da Avusturyalı bir aile tarafından açılan ve her tür ticari eşya satılan şirket.

tefevvuk ederdi *[üstün gelirdi]*. Onlar, iki kızla anne, saatlerce müzakereler, mücadeleler yaparlar, nihayet yeni bir alet icat eden bir muhteri *[yaratıcı]* zaferiyle bu celselere yeni bir keşfin sevinçleriyle hitam *[son]* verirlerdi.

Bazen, dururken, onları bir görmek ihtiyacı alırdı. Sanihalarına *[esinlenmelerine]* sahraların *[çöllerin]* ilhamından taze bir şevk bekleyen bir ressam ihtiyacıyla Beyoğlu'na inerek yeni gelmiş kumaşları, Tünel'den Taksim'e kadar giyilen yeni elbiseleri görmeye çıkarlardı. O zaman alınacak ufak bir şey sebep teşkil ederek mağazalara girilir, saatlerle yığın yığın kumaşların karşısında müzakereler edilirdi *[görüşülürdü]*. Beğenilmeyen kumaşları ellerinin tersiyle iterek yahut gözlerinin bir ucuyla reddederek asla aldatmayan ani bir zevk ile mahkûm ederler, sonra dikkat ve muayeneye layık olmak üzere ayrılan parçaları ellerinin bir iki üstat darbesiyle peykenin üstünde kabartırlar, bunların tesirini uzun uzun keşfe çalışırlardı. Onların itiraz kabul etmeyen bir isabetle kati *[kesin]* hükümleri vardı ki dükkânlarda her vakit bir şakirt *[öğrenci]* hürmetiyle dinlenirdi. Bir ufak reyleri *[görüşleri]* telebbüs *[giyinme]* zevki için bir hüküm ehemmiyetiyle telakki olunur *[kabul edilir]* ve ekseriyet üzere *[genellikle]* asıl dükkân sahipleri satmak hevesinden ziyade onların fikirlerini almak lezzeti için saatlerle üşenmeyerek önlerine kumaş yığarlardı. Onlar bir müşteri sıfatıyla değil alınacak şeyi binlerce şeylerin arasından seçip ayıran birer sanat üstadı ehemmiyetiyle telakki olunur; aldıkları, beğendikleri şeylere hususi bir imtiyaz *[ayrıcalık]* verilirdi. Müşterilere karşı: «Bunu beğenmediniz mi? Geçen gün Melih Bey'inkiler bunu pek beğenmişlerdi!..» demek kumaşın kıymetini derhal tezyit edecek *[arttıracak]* kavi *[güçlü]* bir tavsiye idi.

En ziyade sanatlarının sihri, bu zarafeti inanılamayacak bir ucuzlukla vücuda getirmekte idi. Zaten ailenin mali kudreti *[parasal gücü]* bunu tebdil edilemeyecek *[değiştirilemeyecek]* bir esas kaide hükmüne getirmiş idi. En ziyade tekellüfe *[gösterişe]* lüzum gördükleri, mesirelere mahsus kıyafetleriydi. Zarafet zevkinin bu basit ve dar zemini onlar için gayet geniş bir cevelan *[gezinme]* sahrası olurdu: Hatta bugün Kalender'de yeni bir kıyafetin reşmi teşhiri *[sergilenmesi]* icra olunmuş, birinci defa olarak ancak bir sandalda giyilebilecek bir şey icat edilmiş idi. Bu, omuzlarından düşerek dirseklerinden birkaç parmak aşağısına kadar ancak inebilen beyazla eflatun tülden karıştırılmış ve yine beyaz ve eflatun kurdelelerle yer yer tutturulmuş bir harmaniden(11) ibaretti. Başlarında gayet dar fakat uzun ince bir Japon ipeğinden yapılmış, uçlarına eski işlemeleri takliden *[benzeterek]* beyaz ipekten hafif bir su işlenmiş bir örtü vardı ki boyunlarından dolanarak uçlarının uzun beyaz ipekten püskülleri harmanilerin ifrata hamlolunabilecek tantanası *[aşırılığa yorumlanabilecek görkemi]* muaheze nazarından gizlemek isteyerek kısmen saklıyordu. Daha sonra eflatun canfesten bir eteklik ki harmaninin mütemmim *[tamamlayıcı]* bir zeyli *[eki]* olmak üzere telakki edilebilirdi *[düşünülebilirdi]*, fakat bu, evde giyilecek bir eteklikten başka bir şey değildi... Valide kızlarına benzemiyordu. O, bir müddetten beri kızlarının giyiniş tarzını beğenmeyerek onlardan ayrılmaya başlamıştı, aralarında elbiselerden görünen bir iftirak hâsıl oluyordu *[farklılık*

(11) Vücudu saran, kolsuz, üst giysisi, pelerin.

oluşuyordu]. Sinlerin ihtilafından *[yaş çatışmasından]* hâsıl olan bu iftiraka o, kızlarının zevkini ifrat ile itham ederek *[aşırılıkla suçlayarak]* bir sebep göstermek isterdi; fakat gayet hafi *[gizli]* ve samimi bir his onu haberdar etmiş idi ki hâlâ kızları gibi giyinmekte devam ederse gülünç olacaktır. Onun için bugün o da başka bir şey icat ederek harmanileri taklit edememenin intikamını almış idi: Beline kadar ince ince kıvrımlarla sıkı sıkıya inip belinden sonra bol dalgalarla aşağıya dökülen yensiz gayet açık kahve bir yeldirme(12) yapmış ve bunu her yeldirmeden tefrik edecek *[ayıracak]* bir icat eseri olarak arkasına ucu zarif bir ipek püskülle sallanan bir başlık koymuş idi.

Bu başlık Peyker'le Bihter için bir şaka silsilesi *[zinciri]* husule getirmiş idi. Anneleri kendileriyle bir örnek giyinirken inceden inceye bu bitmek tükenmek bilmeyen gençlikle eğlenirlerdi; anneleri giyinmekte onlardan ayrıldıktan sonra latifeler *[şakalar]* başka bir zemin üzerine intikal etmiş *[ulaşmış]* oldu. Onda bu başlık fikri doğunca evvela ciddi sormuşlardı: «O ne için anne? Örtü almayacaksınız da başlık mı koyacaksınız?» O, fikrini müdafaa *[savunmak]* için cevap vermişti: «Hayır, yalnız arkada duracak, düşün Peyker!.. Gayet bol bir başlık, kenarları katlanarak gene o renkten dantelalarla örtülmüş... Hani va, çocuklara mahsus başlıklara benzer gürültülü kalabalık bir şey.» Onlar bu izah *[açıklama]* ile kanaat etmeyerek *[yetinmeyerek]*, ciddi başlıkları suallere doğrudan doğruya istihza karıştırarak devam etmişlerdi:

— Evet, fakat mademki giyilemeyecek, o halde bir yeldirmede bir başlığa ne lüzum var?

---

(12) Kadınların baş örtüsüyle giydikleri hafif üstlük.

— Ne için lüzum olmasın? Gece havada rutubet olursa pekâlâ giyilebilir.

— O halde gece giyilebilecek bir başlığı gündüze mahsus bir yeldirmeye koymak ne için lazım gelsin! Gece zaten başlık görünmez ki...

Bu mübahese *[konuşma]* böyle uzanıp gitmiş, nihayet anneleriyle her bahsin neticesi gibi bunun neticesi de altı saat imtidat eden *[uzayan]* bir dargınlığa ve kadının ağlamasına sebep olmuştu. Yavaş yavaş süslenmek hakkının kendisinden firarını *[uzaklaşmasını]* yine kendisine en ziyade dost olmaları lazım gelen kızlarından işiten bu anne böyle ara sıra tekerrür eden *[tekrarlanan]* mücadelelerden aciz bir çocuk zafıyla *[alınganlığı]* ağlayarak çıkardı. Bir vakitler onu en hırçın kadınlardan biri yapan sinirlerine şimdi bir yumuşaklık bir gevşeklik geliyor, onu en umulmaz vesilelerle ağlatıyordu. Yanı başında gittikçe gençleşen, güzelleşen bu kızlar onun için mücessem *[belirgin]* bir itiraz, müşahhas *[somut]* bir istihza hükmüne giriyor, zaten hiçbir zaman aralarında valideliği çocuklarına rapteden *[bağlayan]* duygularla küşayiş bulamayan *[açılamayan]* bu üç kadının münasebeti bir rekabet münasebetinden harice çıkmıyordu.

Bugün o artık taravetini *[tazeliğini]* kaybettikten sonra ağır bir semenle *[yağlılıkla]* dolgunlaşmaya başlayan vücudunu yeni yeldirmesinin içinde genç tutmaya çalışarak önden ilerledikçe iki hemşire *[kardeş]* arkasından gözlerinin ucuyla başlığı göstererek gülümsüyorlardı. Peyker, kendisinin de ilave ettiği bir fazla mecalsizlikle *[güçsüzlükle]* sanki yükünü taşımaktan yorgun bir vaziyetle ince sarılmış düz beyaz şemsiyesine bir baston gibi dayanarak ilerlerken, Bihter, beli son derece sıkılmış, vücudu daradar *[güçlükle]* sararak ta arkasında iki tarafa dalga vuran etekliğiyle, belinin inceliğine nispetle *[oranla]* geniş duran omuzlarından biri ipek ihtizazı *[titreyişi]* ile titreyerek akan harmanisi beline kadar büsbütün düşemeyerek beyaz pike gömleğini etekliğine raptеden *[bağlayan]* siyah meşin kemerinden iki parmak yukarıda kalmış, sağ elinden çıkardığı eldiveniyle beraber kavranılarak tutulan şemsiyesiyle, alçak ökçeli sarı potinlerinin üstünde, yere basmıyormuşçasına bir sekişle, yürüyordu. Bu iki hemşire aynı süratle yürüdükleri halde birinin dinleniyor, diğerinin koşuyor denecek bir hali vardı.

Rıhtımın köşesini döndüler. Yukarıdan inen bir vapur düdüğünü çalarak ileride iskeleye yanaşıyor, uzaktan Paşabahçe'nin çıplak toprakları üstünde akşamın gölgeleri solgun bir çimenlik koyuluğuyla titriyor, önlerinde koy, şu son geçecek vapuru bekleyerek uyumaya hazırlanıyordu. Her vakit onlar sandaldan biraz beride inerek böyle eve girmeden evvel yürürlerdi.

Birden, Bihter, şemsiyesini ileriye, mini mini açık sarı boyalı yalıya uzatarak Peyker'e dedi ki:

— Baksanıza, enişte değil mi?

Peyker durarak baktı:

— Evet, bugün galiba çıkmamış olmalı. Uzaktan iki kadınla şehnişinde[13] duran genç adam arasında bir tebessüm teati olundu *[alışverişi oldu]*.

(13) Odaların dışarı doğru çıkmış, kapalı balkon şeklindeki yerleri.

Onlar takarrüp ederken *[yaklaşırken]* Nihat Bey, şehnişinin parmaklığına dayanmış, şimdi bütün çehresini kaplayan geniş bir tebessümle, onları bir an evvel eve çekiyor gibiydi. Bihter Peyker'e: «Eniştemde bir şey var, bakınız nasıl gülüyor!..» diyordu.

Meraklarından, içeriye girmeden evvel şehnişinin altında durdular. Hep istifsar eden *[soran]* bir sükût ile ona bakıyorlardı, o bir kelime söylemek istemeyerek ve daima gülerek duruyordu. Peyker sabırsızlandı:

— A, sıkıldım, dedi; ne için öyle gülüyorsunuz, sanki?.. Ne var? Rica ederim...

O, vaziyetini tebdil etmeyerek *[değiştirmeyerek]* omuzlarını silkiyordu, «Hiç! » dedi, sonra ilave etti:

— İçeriye giriniz de anlatayım. Büyük bir haber...

O vakit iki hemşire içeri atıldılar. Firdevs Hanım biraz daha ağır davranarak girdi. Şimdi Nihat Bey başı açık, arkasında bol beyaz ketenden bir ceketle, ayaklarında altı yumuşak beyaz keten iskarpinlerle merdivenleri inerek onları istikbal ediyordu *[karşılıyordu]*. Bihter örtüsünü attı, harmanisinin kopçasını çözmeye çalışıyordu. Peyker eldivenlerini çekiyordu, Firdevs Hanım saklanmış bir «Of!..»la bir sandalyeye oturdu ve Nihat Bey şehnişinde başlayan cümlesini tekrar ederek:

«Büyük bir haber!» dedi; sonra üç kadın bu büyük haberi istifsar eden gözleriyle yüzüne bakarken onu ortalarına, gökten düşmüş gibi, attı:

— Bihter gelin oluyor!...

Hep hayretten dondular. En evvel Bihter ancak beş saniye süren bu hayret vakfesini *[duraklamasını]* bozarak ve harmanisinin kopçasını çözmekte devam ederek bir kahkaha içinde eniştesine:

— Alay ediyorsunuz, dedi.

Validesiyle Peyker havadisin bakiyesini *[kalanını]* bekliyorlardı. Nihat Bey vereceği haberin ehemmiyetinden, onların üzerinde hâsıl olacak tesirinden emin olan bir natuk tavrıyla *[nutuk çeken biri gibi]* sözünün ciddiyetine evzaının *[tavırlarının]* şehadetini *[tanıklığını]* ilave ederek elini uzattı:

— Şimdi, dedi; şimdi henüz on dakika evvel burada resmen Bihter'in dest-i izdivacı *[evliliği]* talep olundu *[istendi]*. Ben de işte hepinize, hususuyla Bihter'e resmen tebliğ ediyorum *[açıklıyorum]*.

Bu haber o kadar katiyet *[kesinlik]* ve ciddiyetle veriliyordu ki ötede Bihter bu müsahebeye bigâne *[sohbete yabancı]* bir kayıtsızlıkla eldivenlerini, örtüsünü harmanisinin üstüne atarken Firdevs Hanım'la Peyker, ikisi birden sordular:

— Kim?..

— Adnan Bey!

Bihter başını çevirdi, bu isim bir şimşek darbesiyle onu birden sarsmış idi. Firdevs Hanım, ağzı yarı açık bir hayret heykeli şeklinde duruyor, bunun bir latife olup olmadığını anlamak istiyordu. Dudaklarına kadar bir sual geldi:

— Bihter'i mi istiyor, emin misiniz, diyecekti, eğer Peyker'in gülümseyen bir nazarla yüzüne bakışı onu menetmeseydi *[engellemeseydi]*.

Birden zihninde Adnan Bey'in aleyhine bağıran takım takım sualler ayaklandı: Utanmıyor mu? Ellisini geçkin herif! Henüz bir çocukla izdivaca talip olsun! Hiç olmazsa yaşlarda mutedil *[ölçülü]* bir nispet *[oran]* gözetmek lazım değil miydi?

Bütün bu sualleri icmal eden bir istihfaf *[toplayan bir küçümseme]* edasıyla Firdevs Hanım mevcut olanlardan hiçbirinin yüzüne bakmaya cesaret etmeyerek:

— Adnan Bey, şu, demin gördüğümüz, dedi.

Sonra birden ayağa kalkarak bu latife o kadarcıkla terk olunacak bir şeymiş hükmünü veren kati bir sesle:

— Ben de ciddi bir şey haber vereceksiniz zannediyordum, dedi ve ilerleyerek artık basamakları gıcırdatmaya başlayan vücuduyla merdivenlerden çıkmaya başladı.

Peyker gülerek diyordu ki:

— Annemin hiç hoşuna gitmedi. Benden sonra Bihter! Yeni bir münazaa *[çekişme]* esası daha...

Bihter gülümsedi, yüzünde şimdi pembe bir tabaka dalgalanıyordu; nazarında bir istifsar *[açıklama isteme]* tebessümüyle eniştesine baktı. Bu nazar: «Sahih *[gerçekten]*! Verdiğiniz haber doğru mu? Eğer öyle ise anneme bakmayınız; bilirsiniz a, bu bana ait bir mesele...» demek istiyordu. Peyker, kardeşlere mahsus anlaşma kolaylığıyla bu nazarın manasını tefsir ederek *[yorumlayarak]* sarih bir sual irat etti *[açık bir soru sordu]*:

— Doğru mu söylüyorsunuz, bey? Bakınız Bihter merakından çatlayacak. Siz anneme ne ehemmiyet veriyorsunuz?

Bihter atıldı:

— A, ne için merakımdan çatlayayım? Siz de tuhaf söylüyorsunuz!..

Nihat Bey, vakayı iki hemşireye *[kız kardeşe]* anlattı:

İki saat evvel, tam kendisi dışarıya çıkmak için giyinmeye hazırlanırken Adnan Bey'in maun sandalı yalının önüne yanaşmış, «Sizi bugün gezmekten menedeceğim!» mukaddemesiyle *[başlangıcıyla]* Adnan Bey içeriye girerek işte şurada, küçük odada ufak bir mukaddemeden, biraz müteferrik bahislerden *[çeşitli konulardan]* sonra «Size bugün belki garip görünecek bir mesele için müracaat ediyorum.» sözleriyle başlamış idi. Ondan sonra biricik müracaat yeri olarak kendisini bulabildiğinden, valide hanımefendinin nezdinde tavassutunu *[aracılığını]* rica ederek, Bihter Hanımefendi'nin dest-i izdivacı talep olunmuş idi.

Nihat Bey devam ederken Bihter'in tebessümüne bir endişe manası kaim oluyor *[geçiyor]* ve Peyker kızarıyordu. Hikâye bitince Peyker birden itiraz etti:

— Lakin çocuklar! Bihter bu yaşta üvey analık mı edecek?

Bihter bu tesahubun *[sahip çıkmanın]* altında gizlenen haset *[kıskançlık]* hissini bekliyormuşçasına gözlerini indirerek sükût etti.

Nihat Bey cevap verdi:

— Oh çocuklar!..

Adnan Bey onların da lakırdısını etti. Küçük oğlan, bu seneden itibaren mektepte kalacak. Kız, şimdi on ikisini geçiyor, birkaç sene sonra o da elbette evlenmiş olacak. O halde?..

Nihat Bey baldızının bütün ruhunu delerek orasını görmek için güya bir pencere açmak isteyen bir nazarla Bihter'e baktı ve ikmal etti *[tamamladı]*:

— O halde o koca mutantan *[görkemli]* yalı yalnız Bihter'e kalacak.

Bihter'in yüzünde pembe tabaka daha ziyade kuvvet kesp etti *[kazandı]*. Peyker'in itiraz silahı düşerek duruyordu. Onun da kalbinde şimdi ufak bir his, mahiyeti *[içeriği]* pek belli olmayarak bu izdivaç tasavvurunu *[düşüncesini]* soğuk bulduruyordu. Bihter bir kelime söylemeyerek, eniştesinin son sözüne cevap vermemeyi tercih ederek eldivenlerini, örtüsünü, harmanisini toplayarak çıktı.

Bir his ona derhal bahsin hemşiresinin yanında devam etmesinden çekinmek lüzumunu ihtar etmiş *[uyarmış]*, bu meselede Peyker'in validesiyle birleşeceğini haber vermiş idi. Ta odasına, tam bir serbesti ile *[özgürlükle]* düşünebilmek, itirazlara hedef olmadan evvel ya galip ya mağlup olmak için bir karar vermek azmiyle mini mini odasına çıktı; kapısını kapadıktan sonra elindekileri yatağının üstüne attı, pencereye koşarak elinin tersiyle pancuru itti, Yakup –uşakları– bahçeyi sulamıştı, son kovanın bakiyesini Bihter'in penceresine kadar tırmanan hanımelinin topraklarına boşaltıyordu. Henüz sulanmış bahçeden toprak kokusuyla karışık çiçek rayihaları *[kokuları]* odanın beyaz leylak sularıyla meşbu *[dolu]* havasını serinlendirdi. Bahçenin yeşilliklerine bürünerek koyulaşan esmer bir ziya *[ışık]* girmiş, sanki buraya sönmeye amade *[hazır]* bir zaaf ile yanan yeşil bir fanusun renklerini serpmiş idi. Bihter penceresinin yanında, sedirin koluna oturarak, birden muhakemesinin önünde dikilen sualin hallini bu kelimenin ahenginden bekliyormuşçasına kendi kendisine:

— Adnan! Adnan Bey, dedi.

Bu haberin Bihter üzerinde sihirli bir tesiri olmuş idi. Eniştesinin son sözü hissiyatını *[duygularını]* uyuşturan bir zemzeme *[ezgi]* ile kulaklarında ihtizaz ediyordu *[titriyordu]*. O büyük yalının yegâne hâkimesi olmak!..

Ümitlerini geçen bir hulya gibi onu düşünmekte çok ısrar ederse silineceğinden korkarak düşünmemek istiyordu; fakat odanın içinden ısıtan ve uyuşturan bir ses, bütün hulyalarının sesi, gizli bir terennümle *[şarkı söylemeyle]* gelip kulaklarına fısıldıyor ve o hulyaların kâffesini *[hepsini]* birden ihya edecek bir kelime şeklinde ona:

— Adnan! Adnan Bey, diyordu.

Bu isim gözlerinin önüne şık, zarif, en güzide bir âleme mensup, birçok ikbal ihtimallerine namzet *[aday]*, uzaktan kır mı kumral mı fark olunamayan sakalları çenesinde hafif bir hatla ayrılarak iki tarafına taranmış, daima güzel giyinen, daima güzel yaşayan, ince eldivenlere mahpus parmakları altın telli gözlüğünü seri bir hareketle beyaz zarif keten bir mendilin ucuyla sildikten sonra her tesadüfte kendisine bir rica nazarıyla bakan, güzel, o kadar maharetle saklanan elli yaşına rağmen hâlâ güzel bir koca koyuyordu.

O yaş ile iki çocuğun mevcudiyeti bu isimle şu yirmi iki yaşında kızın tantana ve servet emelleri arasında bir fazla açıklık teşkil edecek *[ortaya çıkaracak]* derecede mesafe bırakmıyordu. Zaten Adnan Bey o adamlardan biri idi ki onlar için yaş en adi bir ehemmiyet derecesinde kalır. Çocuklar?.. Bilakis Bihter'in hoşuna gidiyordu. Hatta şu dakikada düşünürken bir tuhaflık bile buldu: «Bana, anne diyecekler, öyle mi? Mini mini bir anne! Yirmi iki yaşında iken bir genç kızın annesi olmak!.. Şu halde onu on yaşında doğurmuş olacağım. Hele oğlan!.. Oh! Sahih, ablamın hakkı var: Yumuk yumuk gözleriyle bir bakıyor ki...»

Onlara giydirilecek elbiseleri bile düşünüyordu, sonra acelesine kendisi de güldü.

Bu izdivaçta onu ne çocuklar, ne de Adnan Bey'in elli senesi korkutuyordu, bunlar öyle küçük şeyler kabilinde *[türünden]* idi ki asıl meselenin şaşkınlığıyla hemen örtülüveriyordu. Eğer Adnan Bey herkese benzer bir adam olsaydı, eğer çocuklar her vakit babalarının yanında görülen güzel giyinmiş o güzel bebekler olmasaydı, bu mesele çıkar çıkmaz omuzlarını silkecek, eniştesinin yüzüne bir kahkaha savurarak kaçacaktı. Lakin Adnan Bey'le izdivaç demek Boğaziçi'nin en büyük yalılarından biri; o önünden geçilirken pencerelerinden avizeleri, ağır perdeleri, oyma Louis XV ceviz sandalyeleri,(14) iri kalpaklı lambaları, yaldızlı iskemleleriyle masaları, kayıkhanesinde üzerlerine temiz örtüleri çekilmiş beyaz kikle(15) maun sandalı fark olunan yalı demekti. Sonra Bihter'in gözlerinin önünde bu yalı bütün hayali-

(14) Fransa'da XV. Louis döneminde moda olan, Osmanlı'da ise Kırım Savaşı'ndan sonra kullanılan yaldızlı oymalı mobilya.

(15) Kik: Dar, uzun sandal. Yarışlar için kullanılır.

nin tantanasıyla yükselirken üzerine kumaşlar, dantelalar, renkler, mücevherler, inciler serpiliyor; bütün o çılgıncasına sevilip de alınamayarak mütehassir kalınmış *[özlem çekilmiş]* şeylerden mürekkep *[oluşan]* bir yağmur yağıyor, gözlerini dolduruyordu.

Bihter pek iyi biliyordu ki validesinin unutulamayacak derecede süren eğlence hayatı kendisine parlak ve asıl kibar hayatını açacak bir izdivacı meneden kavi *[güçlü]* bir sebep idi. Firdevs Hanım'ın kızlarına, Melih Bey takımının artık sönmeye yaklaşmış hatıra şaşaasının bu son çiçeklerine nihayet eniştesine, şu Nihat Bey'e benzer bir talip çıkabilirdi.

Eniştesine fikrini irca ederken *[geri yöneltirken]* dudaklarında bir istihfaf handesi *[küçümseme gülüşü]* teressüm ediyordu *[şekilleniyordu]*. Kendi kendine: «Ahmak!» diyordu; «Selanik rıhtımının birahanelerinde öğrenilmiş Fransızcasıyla kendisine meslek yapmak için İstanbul'a gelip de...» Bihter eniştesinin Peyker'e, sade geçici bir meftuniyetin *[gönül vermenin]* hükmüne tebaiyet ederek *[bağlanarak]* değil, biraz da belki asıl ailenin münasebetlerinden istifade etmek, İstanbul'un kibar hayatına karışmak hevesiyle koca olduğunu bilirdi.

Kelimenin olanca kuvvetini veren bir telaffuzla ve bu defa açık sesle «Ahmak!» diyordu.

Evet, nihayet işte böyle bir koca!.. Birkaç yüz kuruş maaş, hısımından, akrabasından, bilinemez nereden ufak tefek yardımlar, daha sonra bir çocuk, daha sonra?.. Bihter ellerini birbirine sürterek: «Daha sonra hiç!..» diyordu.

Birden aklına bir şey geldi, Peyker'in muhalefetine rağmen eniştesinin bu izdivaca taraftar olacağına hüküm verdi. Bu izdivaç ona müfit *[yararlı]* olabilir, Adnan Bey'in nüfuzundan, haysiyetinden bir fayda bekleyebilirdi. Eniştesinin her türlü hissiyatı iskât edecek *[kandıracak]* derecede menfaat gözettiğine kanaati vardı.

Onun bu meselede kendisine bir müttefik *[birleşik]* olabileceğine karar verdikten sonra kardeşini düşündü. «Zavallı Peyker! Adnan Bey ismini işittikten sonra ne tuhaf oldu. İşte bu işe mâni *[engel]* olmak isteyeceklerden biri daha... Bu defa anneme âlâ *[iyi]* bir muavin *[yardımcı]* var, fakat...»

Cümlesinin aşağısını Bihter zihninde ikmale *[tamamlamaya]* lüzum görmedi, ayağa kalkarak tekrar pencereden mini mini bahçeye baktı. Şimdi böyle yukarıdan şu özenilerek muntazam *[düzenli]* tutulmaya çalışılan bahçeciğe bakarken gözlerinde hulyasının yüksekliklerinden alçaklara düşen bir istihkar *[hor görme]* nazarı vardı.

Bu köşecikte, şu fakir evceğizde, her zaman bir gidişle gelen gidene benzeyen saatleri sürükleyerek geçen günleri, yirmi iki senelik hayatını bir an içinde gördü. Bütün eğlenceler, seyranlar, hatta o zamana kadar sevile sevile yapılıp giyilmiş elbiseler, yirmi iki senelik hayatının en güzel hatıraları bile birden nazarında adi ve hakir *[zavallı]* hiçler derecesine indi.

Sonra kendisini düşündü: Gözlerinin önünde kendi çehresini, kendi endamını, saçlarını, yolda geçerken görenlerin nazarlarından sevgiler, ihtiramlar *[saygılar]* toplayan o zarif, güzide heyeti gördü; bu hayale gözlerini süzerek gülümsedi. Bu güzelliğe refakat *[eşlik]* eden ufak tefekleri birer birer kendi kendisine saydı.

Firdevs Hanım'ın, hiçbir zaman bir valide takayyütlerini *[üstüne düşmelerini]* hissetmeyen bu kadının ihmallerine, tesamühlerine *[kayıtsız davranmalarına]* rağmen –bu aileye mahsus fıtri *[yaratılıştan]* bir bilgiçlikle– Bihter de, hemen her şeyden bir parça bilirdi: Mecmuaları karıştıracak, hikâyeler okuyacak derecede Türkçe, Beyoğlu dükkânlarında sarf olunacak kadar Fransızca, hatta her vakit Tarabya'dan tedarik olunan *[bulunan]* hizmetçi kızlardan öğrenilmiş Rumca bilir; piyanoda valsler, kadriller, romanslar çalar; icap ederse gayet vakar *[ağırbaşlılık]* ile, his ile okuduğu şarkılara hemen kendi kendine öğrenilmiş uduyla pek güzel refakat ederdi.

Bunlar öyle bir meziyet yekûnu *[üstünlük toplamı]* teşkil ediyordu ki onun emellerini her halde bir Nihat Bey derecesinin fevkine *[üstüne]* kadar sevk etmek için kâfiydi; fakat annesinin hayat tarzı, bütün ailenin şöhreti o emelleri kapayan birer set şeklinde yükseliyordu. Böyle kendisini emellerinin husulü *[gerçekleşmesi]* imkânını ümit edebilmekten menettikleri için ailesine kalbinde derin bir husumet vardı. Oh! Şimdi onlardan ne güzel bir intikam vesilesi bulmuş olacaktı!..

Artık tamamıyla karar vermiş idi. Bu kararından döndürebilecek hiçbir kuvvete mağlup olmayacaktı.

Odasında gezindi, geçerken aynada kendisine tebessüm etti; orada artık kocasız kalmak tehlikesine maruz biçare Bihter'i değil Adnan Bey'in zevcesini güya selamlamış, tebrik etmiş idi. Tekrar penceresine geldi, bir sarmaşık pancurun arasından girerek ona gülüyor gibiydi, bundan ince bir filiz kopardı, düşüncelerinin humması arasında ucunu inci gibi küçük ve beyaz dişlerine götürdü; onu ısırarak, artık odaya çöken karanlığın içinde, dalgın dalgın, gözleri süzüldü; bahçenin çiçeklerine, çemenlerine baktı; bahçe şimdi değişmiş, hulyalarının türlü renklerle bir meşheri *[sergisi]* olmuş idi.

Artık bahçeyi değil, gözlerinin önünde küme küme yığılmış kumaşları, bunların üzerine dökülen mücevherleri görüyordu. Burada bir kavs-i kuzah *[gökkuşağı]* parçalanmış, ondan yeşil, mavi, sarı ve al ipek tufanları serpilmiş idi ve bu renk fevvaresinin *[fıskiyesinin]* üstüne zümrütlerden, yakutlardan, elmaslardan, firuzelerden mürekkep güneş parçaları dökülüyor gibiydi.

İşte, işte, bütün o çılgıncasına sevilip de alınamamış şeyler, işte onlar ihtiyarının *[isteğinin]* kabzası önünde en küçük bir emeline münkad *[boyun eğme]* ve amade bekliyor, mülevven *[renkli]* gözleriyle onu çağırıyordu.

Ah! O zarafeti sadelikte araştırmaya mecbur edip de bu alınamayan şeylerin acısını, gizli hüsranını saklamak için sahte bir teneffür *[tiksinme]* talim eden fakir hayat... Artık o hayattan, bunları görmemek için gözlerini kapamaktan usanmış idi.

Onlar çarşıya çıktıkça kıymettar *[pahalı]* bir mücevheri, ağır bir kumaşı kabalıkla itham ederek ellerinin anif *[sert]* bir hareketiyle iterlerdi: Evet, iterlerdi, fakat Bihter'in kalbinde bir şey kopardı. İşte şimdi hayal mahşerinin nefais *[güzel şeyler]* tufanı gözlerini doldururken bütün çarşılarda camekânların önünde annesiyle, kardeşiyle uzun uzun tevakkuflarını *[duraklamalarını]* tahattur ediyordu *[hatırlıyordu]*. Hemen her geçişlerinde şurada burada dururlar;

mebhut *[şaşkın]* bir sükût *[sessizlik]* ile, birbirlerine göstermeyerek, bir mütalaa teati etmeyerek *[karşılıklı konuşmayarak]* bunlarla kendilerine bir göz ziyafeti keşide ederlerdi *[çekerlerdi]*.

Bihter şu gerdanlığı boynuna takar, öteden bir pırlanta bileziği koluna geçirir, bir mini mini serçenin gagasında nohut kadar incisiyle saçlarının arasında mevkiini tayin eder, beş dakikalık bir istiğrak *[kendinden geçme]* içinde böyle hayalinde süslenir, sonra buradan ayrılırken kolunda şıngırdayan gümüş halkaları, ince altın zinciri koparıp atmak isterdi.

Bugün bunların hepsinin tahakkuk edebileceğini *[gerçekleşebileceğini]* düşünürken hayatının meskeneti *[fakirliği]* daha vuzuh ve sarahat *[anlaşılırlık ve açıklık]* ile taayyün ediyor *[belirliyor]*, sanki bu hulya ona hayatının mahrumiyetlerini daha sıhhat ve sadakatle gösteriyordu. Bugünün hakikatini hulyasının tantanasına alışan gözleriyle seyrediyordu.

Üstündeki elbiselerden, etrafındaki eşyadan fakir bir şikâyet intişar ederek *[yayılarak]* onu müziç *[bunaltıcı]* bir hava içinde kucaklıyordu. O eskilikleri saklanmak için üzerlerine işlenmiş şeyler, atılan sandalyeleri, çatlamış eski ceviz dolapla yaldızları silinmiş demir yataklığı, pencerelerden melül *[bıkmış]* ve mariz *[hastalıklı]* bir köhne eda ile sarkan perdeleri, artık hoş göstermek için maharetin kifayet edemediği *[yetemediği]* bu şeyleri uzak bir meskenet *[yoksulluk]* âleminin bir daha görülmemek üzere terk olunan yadigârları kabilinden görüyordu. Sonra, birden, bu âlemin yanında terütaze *[taptaze]*, müzehhep *[yaldızlanmış]*, muşaşa *[gösterişli]* bir konağın dehlizleri *[koridorları]*, odaları açılarak ziyalar içinde kaynıyordu.

Bunların içine kendisince beğenilip de alınamamış şeyleri atacaktı. Hep birer birer tahattur ettiği heykellerden, küplerden, resimlerden, saksılardan, o bin türlü şeylerden yığacak; duvarları, hücreleri, doymak bilmeyen bir heves mebzuliyetiyle *[bolluğuyla]* örtecekti. Demek, Adnan Bey'le izdivaç bütün bu şeyleri yapabilmekti. İşte yemin ediyordu ki onu, ne annesi, ne kardeşi, dünyada hiçbir kimse bu hulyalarına kavuşmaktan menedemeyecek...

★ ★ ★

Kapısına vuruldu. Katina'nın sesi haber verdi:

— Sofra hazır!..

Bihter odasından çıkınca Katina'nın genç, şakrak çehresinde bir tebessümün *[gülümsemenin]* sevinçle dolu ifadesini fark etti:

— Ne gülüyorsun, dedi.

Katina:

— Oh! Ben anlamadım mı? Bilseniz küçük hanımcığım, nasıl seviniyorum!..

Sonra ufak ufak parlak siyah gözlerini Bihter'e süzerek:

— Beni beraber götürürsünüz değil mi?

Bihter cevap vermedi, bu genç kızın ağzında şu vakanın bir sevinç medarı *[sebebi]* olarak tekrar edilmesinden kalbine bir fazla kuvvet geldi. Bu izdivacın *[evliliğin]*, hariçte hasıl olacak tesirlerine şu saf sözler metin *[sağlam]* bir bürhan *[delil]* hükmünü almış idi.

Sofrada Adnan Bey'den bahsolunmamak için Firdevs Hanım her şeyden bahsediyor ve bu bahislere gözlerini tabağının içinden ayırmayarak somurtan Bihter'i karıştırmak, güya onunla aleni *[açık]* bir kavganın önünü alacak bir barışıklık tesis etmek *[oluşturmak]* istiyordu. Kalender'de görülen kıyafetlerden, Yeniköy'e doğru geçen bir arabanın demir kırı hayvanlarından, mızıka çalınırken bastonunu sallayarak ıslıkla dem tutan *[tempo tutan]* ceketinin yan cebinden kırmızı ipek mendili taşmış bir beyden bahsetti. Bihter annesinin bu gevezelikten maksadını anlıyordu. Birinci defa olarak validesiyle mühim, ciddi bir cenk yapmak *[savaşmak]* lazım geleceğini hissetti.

Birden gözlerini cezbeden bir kuvvetle başını kaldırdı, eniştesiyle bakıştılar. Bu adamla beyinlerinde *[aralarında]* büsbütün silinemeyen bir yabancılık kalmış, onları iki kardeş hükmüne getirecek olan samimi bir münasebeti meneden irade haricinde bir tevahhuş *[korku]* Bihter'i hemşiresinin kocasından uzak tutmuş idi. Bu uzaklıkta cismani bir nefrete benzer bir şey de vardı. Ara sıra onun kendisiyle göz tesadümünden *[karşılaşmasından]*, mesirelerde yabancıların musır *[ısrarlı]* bakışlarına karşı titremeyen nazarı, ufak bir eza lerzişiyle *[titreyişiyle]* ayrılmaya lüzum görürdü. Bu gece gözleri tesadüf edince Bihter nazarını çevirmedi; eniştesine musır ve onunla bir ittifak muahedesi akit eden *[ortaklık anlaşması yapan]* derin bir mana ile baktı. Onun gözlerinde kendisine muti *[itaat eden]* bir nazar, bir teslimiyet gördü; böyle; yalnız gözlerinin sade bir bakışıyla aralarında bir ittifakın imzası teati edilmiş oldu.

Nihat Bey, bir aralık ufak bir musahabe vakfesinden *[sohbet duraklamasından]* istifade ederek Firdevs Hanım'a sordu:

— Adnan Bey meselesine ehemmiyet vermediniz?

Firdevs Hanım evvela işitmemiş gibi:

— Katina, dedi, sürahiyi alıversene...

Sonra damadına baktı:

— Ehemmiyet verilecek bir şey değil ki... Evvela yaşlarda bir nispet *[uygunluk]* yok, ondan sonra çocuklar...

Firdevs Hanım söylerken Peyker kocasını devamdan meneden bir gazap nigâhıyla *[bakışıyla]* bakıyordu. Yemek ağır bir sükût *[sessizlik]* ile bitti.

Firdevs Hanım'ın âdetiydi; sıcak gecelerde, yemekten sonra şehnişine çıkar ve burada uzun sandalyesine(16) yatarak denizin bitmez tükenmez mırıltılarını dinlerdi.

Nihat Bey iki günden beri kuşakları çözülmemiş gazetelerini açıyor; Peyker bahsi arzu edilmeyen zeminlere sevk etmekten ihtiraz *[çekinme]* ile sükûtu tercih ederek, sarı kalpaklı lambanın altında bir koltuğa gömülmüş, gözleri yarı kapalı, düşünüyordu. Bihter biraz dolaştı, bir şey bahane ederek bir aralık odasına gitmek için kayboldu, sonra yine geldi, bu gece onda bir duramamazlık vardı.

Aklına gelen şeyi tehir *[geciktirme]* ve daha münasip *[uygun]* bir zamana talik *[bırakma]* imkânını bı-

---

(16) Şezlong.

rakmayan bir tez canlılıkla yapılması icap eden *[gereken]* şeyleri hemen yapmak onun için bir ihtiyaç idi. Şehnişinin açık kapısından taze, müferrih *[ferahlık veren]* bir hava tül perdeleri şişirerek içeriye giriyordu. Perdeler açıldıkça uzaktan annesinin beyaz bir gölge müphemliğiyle *[belirsizliğiyle]* sandalyeye uzanmış heyetini görüyor, hemen oraya gitmemek için şehnişinden gözlerini çeviriyordu... Ortada, masanın üstünde eski risaleleri *[dergileri]* karıştırmak, resimleri seyretmek istedi; fakat bunları bir karartı içinde görüyor, zihninde mütevali *[üst üste]* darbelerle vuran bir ses ona: «Ne için şimdi değil de sonra? Eğer bu gece meseleye bir karar verilemeyecek olursa sabaha kadar uyuyamayacaksın...» diyordu. Annesiyle görüşmekten gittikçe artan bir korku artık kalbine ufak çarpıntılar vermeye başlamış idi. Pek iyi biliyordu ki bu gece şimdiye kadar aralarında söylenmekten çekinilmiş ağır şeyler söylenecekti. Birden kendi kendisini bu derece cebin *[korkak]* olduğundan muaheze etti *[kızdı]* ve Peyker gözlerini kapamış uyuklarken eniştesinin yüzüne bir duvar çeken gazetesinin önünden geçti; sofanın ta öbür ucuna, şehnişine kadar hafif adımlarla yürüdü, başını kapının tül perdelerinin arasından soktu, «Size refakate *[eşlik etmeye]* geliyorum, anne!» dedi.

Hafif bir rüzgâr önlerinde denizi okşayarak, koyu siyah kütleleri koyu karanlık sularında çalkalanan sandalların, gemilerin uzayan gölgelerini şikeste *[kırık]* ve meftur *[bezgin]* hamlelerle sahile kadar uzatmaya çalışıyordu.

Bihter annesinin yanına, açılır kapanır küçük iskemleye oturdu; halinde bir sokulganlık, annesinin dizinden ayrılmayan çocuklara mahsus *[özgü]* bir şey vardı, yavaşça kolunu annesinin dizine koydu, üstünde iri siyah bir yığın şeklinde duran saçlarıyla başını kolunun üzerine dayadı; gözleri bu karanlık gecede sönük sönük, dargın dargın süzülen, bir yetim mağmumiyetiyle *[kederliliğiyle]* ıslak kirpiklerini titreten birkaç ziya *[ışık]* parçasına dalarak bir müddet gökleri seyretti.

Bir gece kuşunun perişan, münkesir *[kırık]* pervazı *[uçuşu]* gözlerini bir aralık sürükleyip götürdü. Annesi uyuyormuş gibi ona bir kelime söylememiş, sanki orada vücudundan habersiz durmuş idi. Bir aralık Bihter başını kaldırdı, karanlıkta annesinin gözlerini görmek isteyerek uzandı.

Tül perdelerin arasından süzülerek yavaşça şehnişine dökülen sofanın ziyası altında anne kız birbirine baktılar. Bihter gülümsüyordu; sonra yavaş, hafif, saçlarının arasından kayıp firar eden rüzgâra benzer bir sesle:

— Anne, dedi, niçin Adnan Bey meselesine ehemmiyet vermediniz?

Firdevs Hanım şüphesiz böyle bir suale intizar ediyordu *[soruyu bekliyordu]*, doğrulmayarak o da öyle yavaş sesle cevap verdi:

— Sebebini zannederim ki senin yanında söylemiştim.

Bihter gülerek omuzlarını silkti:

— Evet, fakat onlar, sizin itiraf ettiğiniz sebepler o kadar hafif şeyler ki bu izdivaca muvafakat etmemeniz *[evliliğe razı olmamanız]* için, bilmem, kifayet eder *[yeter]* mi?

Firdevs Hanım yavaşça doğruldu, şimdi seslerinin gizli bir fırtına saklar gibi uyanmaya başlayan deruni *[içten]* heyecanını zapt etmek isteyerek ikisinin de dudaklarında bir kısıklık vardı. Bihter başını kaldırmıştı, annesinin dizinden kolunu çekti.

— Seni bu izdivaca pek heves ediyor görüyorum, Bihter!..

Bihter muhakkak bir mücadeleyi mümkün mertebe geciktirmeye çalışan bir sesle cevap verdi:

— Evet, çünkü daha iyi bir fırsat zuhur edebileceğine *[ortaya çıkabileceğine]* artık ümit kalmadı. Öteki kızınızın nihayet bir Nihat Bey'i zorla bulabildiğini pek iyi tahattur edersiniz *[hatırlarsınız]*. Şimdiye kadar benim hakkımda da size bir müracaat vukuuna vâkıf değilim...

Firdevs Hanım:

— Beni mütehayyir ediyorsun *[şaşırtıyorsun]*, Bihter, dedi; mutlaka gelin olmak için bu kadar acele ettiğini bana haber vermiş olsaydın...

Bahsi sükûn *[yatışma]* ile bitirmek için azmetmekle beraber Bihter birden, her vesile ile parlamaya müheyya *[hazır]* olan tabiatına mağlup oldu. Keskin bir sesle:

— Oh! Taaccüp edecek *[şaşıracak]* bir şey yok, anne, dedi, yirmi iki yaşında bir kız, birinci defa olarak, kabul edilecek bir izdivaç talebi karşısında bulunur da nihayet rey beyan etmeye *[fikir açıklamaya]* lüzum görürse acele etmiş olmaz zannederim. İtiraf ediniz ki Adnan Bey'i reddetmek için gösterdiğiniz sebepler belki başka bir kız için düşünülebilir. Fakat, kabahat kendisinin olmadığı halde, kimbilir nasıl sebeplerle koca bulmaktan ümidini kesen bir kız...

Bihter'in sesine gittikçe asabi bir ihtizaz *[sinirli bir titreme]* geliyordu. Boğaz'ın sakin sularını yararak Karadeniz'e doğru yol alan cesim *[büyük]* bir yük vapurunun velvelesi Bihter'in son sözlerini boğmuştu. Firdevs Hanım şimdi büsbütün doğrulmuştu. Anne kız, karanlıkta, yekdiğerini boğmak isteyen iki düşman gibi, yüz yüze, nefes nefese, gözleriyle birbirini araştırarak duruyorlardı.

Firdevs Hanım sordu:

— Ne vakitten beri kızlar annelerine karşı izdivaç hakkında serbest serbest lakırdı söylemeye başladılar?

Bihter, beş dakika evvel pamuk pençeleri altında tırnaklarını saklayan bir kedi sokulganlığıyla gelen bu kız, artık silahlarını çıkarmıştı; derhal cevap verdi:

— Anneler anlaşılamayacak sebeplerle kızlarının izdivaçlarına mümanaat etmeye *[engellemeye]* başlayalıdan beri...

— Bihter!.. Annene karşı idare edilecek lisanı tayin edemiyorsun. Sana daha ziyade terbiye verdim, zannediyordum.

Artık mücadeleyi açık bir harp olmaktan menedecek bir kuvvet kalmamış idi. Sesleri yükseliyor, nihayet fırtına patlıyordu; sofadakiler, Nihat Bey'le, Peyker, belki işitebilirlerdi. Bihter daha ziyade yaklaştı ve nefesi annesinin cildine dokunarak cevap verdi:

— Bunu terbiye noksanından ziyade kızlarınıza muhabbet *[sevgi]*, hürmet ihsas edememiş *[hissettire-*

memiş] olmanıza hamletmek *[yormak]* doğru olur. Teessüf ederim ki size birinci defa olarak ihtimal bir daha unutulamayacak şeyleri söylemeye mecbur oluyorum; fakat kabahat sizin... Kızınızı muahezeden *[eleştirmeden]* evvel bir kere, sizi davet ederim, kendinizi düşününüz. Adnan Bey'i niçin reddettiğinizi tamamen biliyor musunuz? Yaşıyla çocukları için, diyeceksiniz. Nihat Bey'in de yaşı elli miydi? Onun da çocukları mı vardı. Halbuki bugün bana yapmak istediğiniz şeyi o zaman Peyker'e yapmış idiniz. Nihayet mağlup oldunuz *[yenildiniz]*, bu defa yine mağlup olacaksınız, fakat bu mağlubiyet size daha acı geliyor, çünkü...

Firdevs Hanım hırsından boğularak sordu:

— Çünkü?..

Bihter, şimdi karşısındakinin ıstırabından haz alan, yaraladıktan sonra bıçağını yaranın içinde kanırtarak çeviren bir vahşet insafsızlığıyla söylüyordu:

— Çünkü?.. İşitmek istiyorsunuz, öyle mi?.. Çünkü, ben bu evde birisini bilirim ki eğer Adnan Bey onu istemiş olsaydı...

Firdevs Hanım'a artık zaptı mümkün olmayan bir hiddet feveran etti *[köpürdü]*; elinin tersiyle, Bihter'in ağzından cümlesinin aşağısını tevkif etmek *[durdurmak]* isteyerek, çarptı. Bihter, bir çılgın gibi iki ellerinin bir takallüsüyle *[kasılmasıyla]* annesinin iki ellerini tuttu ve dişlerinin arasından ıslık çalan bir sesle:

— Evet, onu istemiş olsaydı, dedi; koşacaktı, sevincinden çıldırarak koşacaktı...

Firdevs Hanım kendisini sandalyesine salıverdi. Beş saniye evvel mariz asabında *[hastalıklı sinirlerinde]* kalan bir kuvvet bakiyesiyle isyan ettikten sonra tekrar bir zaaf, onu bir müddetten beri her mübahesede *[konuşmada]* artık mağlup eden çocukça bir zaaf cevap vermekten menetti; gözlerine yaşlar hücum etti ve bütün hayatının cezası bu gece kızının ağzından dökülen bu kadın, orada, karanlık gecenin içine birer hazin katre *[damla]* ile ağlayarak dökülüyor zannolunan semanın sönük, dargın yıldızları altında uzun uzun ağladı.

Bihter, birden, onu ağlıyor görünce, istemeksizin, düşünmeksizin, belki iki buse *[öpücük]* arasında bitirilebilmek ümidiyle başlanıp da gözyaşlarıyla bitirilen bu mücadelenin neticesine *[sonucuna]* karşı donmuş, duruyor; karşıda kırmızı fenerin ateşin *[coşkun]* bir yılan gibi kıvranıp uzanan ziyasına dalarak başını çeviremiyordu.

Meselede galip çıktığından emin idi, bütün annesinin bu gözyaşları onun galibiyetine birer bürhan *[delil]* demekti; lakin şimdi bunlar ona da ağlamak hevesini veriyordu, bir kelime söyleyecek olursa kendisini zapt edemeyeceğinden korktu. Dudaklarını ısırarak, sahili küçük küçük şamarlarla tokatlayan dalgaların çarpıntısı arasında annesinin iri iri nefeslerini işiterek durdu; kalplerinde valideyi çocuklarına rapt eden *[bağlayan]* hürmet ve muhabbet *[saygı ve sevgi]* ilgisi teessüs edememiş bu iki vücut, iki düşmana benzeyen bu anne ile kız, derin, ağır, soğuk, sanki aralarında yatan bir tabutun mateminden gelen bir sükûtla hareketsiz kaldılar.

İkisinin arasında kırılmış bir şey, lakin yapılmış bir izdivaç vardı.

★ ★ ★

Bu gece Bihter odasına bir zafer neşatıyla *[sevinciyle]* girdi. Şimdi artık tahakkuk edeceğinden *[gerçekleşeceğinden]* emin olduğu hulyasıyla yalnız kalmak için acele ediyordu. Üstündeki şeyleri koparıp atmak isteyen ellerinin seri hareketleriyle soyundu, omuzlarından kayan gömleğiyle pencereye kadar gitti, pancurları çekti, camı indirdi, kandili yaktı, mumunu söndürdü, yatağının kenarına oturarak çorapları çekip attı; her şeyden uzak, her şeyden ayrı, yalnız hulyasıyla beraber kalmak için yatağına girdi, eliyle cibinliğini(17) çekti.

Ötede kandilin titrek ziyası odanın mahrem gölgeleriyle boğuşuyor gibiydi; masanın üzerine şişelerin irileşen, nispet haricinde şişen gölgeleri odanın döşemesine dökülüyordu. Şimdi Bihter yatağının içinde, hakikatle hulyanın arasına cibinliğinin tül duvarını çekerek yatıyor, odanın sükûnunda bir uyku nefesi uçmaya başlıyordu. Yalnız –ufuklardan bir parça güneş istemek için yuvasının kenarında bekleyen beyaz bir güvercin yavrusu gibi– yataktan, cibinliğin arasından küçük, beyaz, tombul bir ayak sarkıyor; asabi bir hırçınlıkla sallanarak şuh, çapkın bir davet manasıyla güya bu emel yatağına takım ta-

---

(17) Cibinlik: Yatağın üstüne ve yanlarına sineklerden korunmak için örtülen tül.

kım hulyalar çağırıyor; «Evet!» diyordu. «Buraya geliniz mutantan *[görkemli]* yalılar, beyaz kikler, maun sandallar, arabalar, kumaşlar, mücevherler, bütün o güzel şeyler, bütün o müzehhep *[yaldızlanmış]* emeller... Siz, hepiniz, buraya geliniz...»

2

Bugün Adnan Bey açık sarı boyalı yalıdan çıktıktan sonra maun sandalına kalbinde büyük bir hiffetle *[hafiflikle]* atlamış idi. Kendisini aylardan beri içinden çıkılmaz tereddütler arasında yoran bu müracaat işte nihayet yapılmış, onun kalbini ezen sıkleti *[ağırlığı]* güya göğsünün üstünden büyük bir taş gibi nihayet kalkmış idi; fakat sandalında kendisini yalnız bulduktan sonra bu hiffetin arasında ufak bir helecan *[yürek çarpıntısı]* hissetti. Bugün mutadın hilafına *[alışılmışın dışında]* olarak işte sandalda yalnızdı, Nihal ile Bülent babalarına refakat *[eşlik]* etmiyorlardı; lakin onların boş kalan yerinde iki masum, mütehayyir *[şaşkın]* çehrenin gölgesi titriyor; mini mini iki ses, iki muhteriz, mütereddit *[çekingen, kararsız]* çocuk sesi:

— Beybaba, diyordu; nereden geliyorsunuz? Ne yaptınız?..

Evet, ne yapmış idi? Şimdi uzaktan, akşamın son ziyaları içinde yeşillikleri gülümseyen karşı tepelere bakarak o da kendi kendisine bu suali irat ediyordu *[soruyu soruyordu]*. O zaman, bu müracaata karar vermeden evvel aylarca devam eden tereddütler, cenkler *[savaşlar]* bir dakika içinde tekrar uyandı; zihnen bu mücadelenin bir tarihini, bütün o harp tafsilatının *[savaş ayrıntılarının]* bir fezlekesini *[özetini]* çizdi. Kendisini vicdanına karşı muhik *[haklı]* göstermek için her vakitten ziyade şu dakikada bir ihtiyaç duydu. O zaman, emeline vusulü *[ulaşmayı]* temin için tehyie olunan *[hazırlanan]* bütün sebeplerin ve bürhanların hücumu altında bunaltılan vicdan her vakitki olduğu gibi gene o küçük itiraz sadasına cevap vermek için bu binlerce sebeplerle bürhanların yükselen, kendi sesini örten savlet *[hücum]* velvelesini işitti.

Evet, böyle daha ne kadar devam edebilirdi? İşte dört seneden beri hayatını çocuklarına hasretmiş, evin içinde bir annenin kaybolduğundan onların mini mini ruhunu mümkün mertebe *[olabildiğince]* gafil tutabilmek için çocuklarına valide olmuş idi; fakat şimdi artık bu fedakârlıkta devama makul *[akla uygun]* bir sebep görmüyordu. Bülent zaten mektebe gidecekti, Nihal birkaç sene sonra gelin olacaktı. Çocuklarının rabıtaları kendisinden yavaş yavaş çözülecek, nihayet bütün çocuklarla babaların arasında açılan uçurumlar onların arasında da –hatta şimdiki rabıtaların samimiyetine nispetle daha büyük bir boşluk bırakarak– açılacaktı. O zaman bu boşluğun yanında yalnız, ara sıra yalnızlığına tesliyet *[avutma]* bahşetmek için uğrayan çocuklarının birkaç tebessüm sadakasıyla metruk *[terk edilmiş]* kalp ısınamayarak, o yalnızlığın bütün kar parçaları hayatının semereden *[verimden]* mahrum kalmış fedakârlıklarını kalın bir kefenle örterek, evet, yapayalnız kalacaktı.

Zaten bütün geçen hayatı bir fedakârlıktan ibaret değil miydi? Tereddütlerine karşı fazla bir galebe *[üstünlük]* silahı bulmak için izdivacının bütün şiir ve aşk hatıratını inkâr ediyor, bu ikinci sevdanın mutasavver *[tasarlanmış]* beşiğini süslemek için biçare ölmüş aşkının mezarından çiçeklerini söküyor, koparıyordu.

O, otuz yaşına kadar nispetle masum bir hayat geçirmiş idi, hayatının en büyük aşk vakası izdivacıydı. Şimdi düşünürken on altı senelik izdivaç devresi hatıralarında bir zayıf papatyanın bile neşvesinden *[sevincinden]* mahrum uzun, çıplak bir çöl parçası şeklinde uzanıyordu. Bu on altı sene yalnız zevcesinin bitmez tükenmez hastalıklarından mürekkep *[oluşan]* hatıralar bırakmış idi. O hastalıklarla cenk etmiş çocuklarının annesini kurtarmak için senelerle uğraşmış idi; nihayet, zaten beklenen netice bütün gayretlerini hiçe indirerek işte çocuklarını öksüz bırakmış idi. O zaman sarf olunan emekler şimdi mükâfat *[ödül]* bekleyen seslerle hatıralarının arasında bağırıyordu. O vakit ifa edilen *[yapılan]* bir vazife şimdi bir hak hükmünü almış idi. Lakin kalbinde ufak bir helecanın iskâtı *[susturulması]* kabil olamıyor, bu sebepleri Nihal ve Bülent'in fikirlerine nasıl kabul ettireceğine karar veremiyordu. İstiyordu ki vicdanına karşı kendisini tebrie eden *[temize çıkaran]* bu esbap *[sebepler]* onu çocuklarına da affettirsin...

Birden gözlerini karşı tepelerden ayırdı. Kalender'e takarrüp ediyorlardı *[yaklaşıyorlardı]*; onlara, Bihter'e, tesadüf edebileceğini düşündü. Dümene ufak bir darbe ile daha ziyade yanaştı; işte uzaktan beyaz sandalı fark etmiş idi; dümene yine bir küçük darbe ile ufak bir inhina *[eğilme]* daha tersim etti *[çizdi]*, iki sandal yekdiğerinden *[birbirlerinden]* ancak çarpmayacak derecede açık kalmış idi.

Adnan Bey kendi kendisine: «Şimdi, on dakika sonra haber alacaklar.» diyordu. Bihter'in muvafakat *[kabul]* cevabı vereceğinden emin idi, bunu genç kızın zaten gözlerinde sarahaten *[açıkça]* okumuş, gözlerinin bakışında müracaatta teahhüründen *[gecikmesinden]* şikâyete benzer bir şey bile fark etmiş idi.

Kendi kendisine bir nakarat gibi: «Evet,» diyordu; «şimdi on dakika sonra...» tekrar birden aklına Nihal'le Bülent geldi. Eve gidince onun da yapılacak bir işi vardı. Bugün çocukları hazırlamak istiyor, saadetinin tam olmasına mâni olacak olan şu helecanı da hemen iskât için acele ediyordu.

Maun sandal artık yapılacak bir işi kalmamış gibi süratle suları yararak ilerlerken bu helecan büyüyordu. Hâlâ bir kolay tarik *[yol]* bulamamış, aklına gelen çarelerin hiçbirine karar verememiş idi. Bir aralık Şakire Hanım'ı –zevcesinin *[eşinin]* gelin halayığı(18) iken Nihal'in doğmasını müteakip *[doğumundan sonra]* çırak edilen(19) ve o zamandan beri evde aile efradından olmak ehemmiyetiyle kalan kadını– düşünüyor; ara sıra «Hayır, mürebbiyesini *[öğretmenini]* tavsit etmek *[aracı kılmak]* daha iyi olur...» diyordu. Sandal rıhtıma yanaşıp da kapının önünde muntazır olan *[bekleyen]* küçük Habeş Beşir koşunca Adnan Bey hemen sordu:

— Çocuklar gelmediler mi?

Gelmediklerini anladıktan sonra bir inşirah duydu *[ferahladı]*; şimdi onları hem görmek istiyor, hem görmek zamanını tehire *[ertelemeye]* çalışıyordu. Bu-

---

(18) Halayık: Kadın köle, cariye.

(19) Evlendirilip azat edilen ve aileden biri olarak kabul gören cariye, hizmetçi, uşak için kullanılır.

gün yalnız kalmak için çocukları mürebbiyeleriyle beraber Bebek Bahçesi'ne göndermiş idi.

Soyunup ev içinde giydiği ince şayaktan[20] pantalonunu, beyaz saten gömleğini taktıktan sonra siyah alpağa[21] ceketini aradı; asabi ellerle aynalı dolabın kapağını çekti, odanın köşesinde duran elbise askısına baktı, ceketini bulamıyordu. Eliyle zile bastı, Nesrin'e çıkıştı: «Her şey karmakarışık, hiçbir işime bakılmıyor, işte bir saattir siyah ceketimi arıyorum...» diyordu.

Siyah ceketin bir kolu iskemlenin kenarından sarkıyordu, Adnan Bey arkasından çıkardığı elbiseleri onun üzerine atmış idi. Nesrin ilerleyerek ceketi elbiselerin altından çıkardı.

O, «Gördünüz mü? İskemlenin üstünde bırakmışsınız, hiçbir şeyi yerine koymak âdetiniz değil ki...» diyordu. Bir müddetten beri böyle hizmetinin noksan görüldüğünden, hiçbir şeye bakılmadığından, hanımsız evde ne kadar dikkat edilse hizmetçilere meram anlatmak mümkün olmadığından bahsetmeyi âdet etmiş idi.

Nesrin çıkarken sordu:

— Çocuklar gelmediler mi?

Yatak odasından aşağı indikten sonra bir aralık sofanın penceresinden denize baktı, artık sabırsızlanıyordu. Sonra odasına, iş odasına girdi; bir şeyle meşgul olmak istiyordu. Onun başlıca merakı tahta

---

(20) Şayak: Kaba dokunmuş, dayanıklı yün kumaş.

(21) Alpaka: Güney Amerika'da yaşayan lama da denilen hayvanın yününden dokunan kumaş.

üzerine oymacılık idi; bütün boş saatlerini kâğıt bıçakları, hokkalar, kibrit kutuları, üzerinde kabartma resimlerle kâğıt baskıları oymakla geçirirdi. Birkaç günden beri ortasında Nihal'in yandan çehresiyle bir küçük tabak çıkarmak için uğraşıyordu. Bunu eline almak, çalışmak istedi; çalışamadı. Tekrar zile bastı. Nesrin tekrar içeriye girdi:

— Nihal'le Bülent gelmediler mi?..

Nesrin bu defa gülümseyerek cevap verdi:

— Gelmediler, efendim, fakat şimdi nerede ise gelirler.

Kız çıktıktan sonra Adnan Bey kalbinde vazıh *[belirgin]* bir korku hissi duydu. Evet, şimdi gelecekler; o zaman, o zaman ne yapacak?

En ziyade Nihal'i düşünüyordu. Tereddütlerine galebe çalmak için icat ettiği sebeplerin arasında hiçbir zaman susturmaya muvaffak olamadığı bir korku, bu vakanın Nihal üzerindeki tesirini düşünmekten mütevellit *[doğan]* bir korku vardı. Babasıyla kendisinin arasında başka bir vücudun, başka bir muhabbetin hail *[engel]* olmasına bu nazik, rakik *[ince]*, suda yetişmiş bir çiçeğe benzeyen kızın lakayt *[ilgisiz]* kalamayacağından emin idi. Pek iyi hissediyordu ki henüz pek çocuk iken onu annesiz bırakan matemin *[yasın]* o zaman tamamıyla duyulmayan acılarını sonradan, büyüyüp düşünmeye başladıkça birer birer duymuş, onlar çehresine gittikçe derinleşen bir yetim mazlumiyetinin hüzünlerini çekmiş idi. Babasına gülümseyerek bir bakışı vardı ki ta gözlerinin içinde, ta o tebessümün altında tamamıyla tanıyıp sevmeye vakit bulunamamış, hatta siması bile tahattur olunamayan *[hatırlanamayan]* annesi için bir matem giryesi *[ağlayışı]* saklıyor gibiydi. Şimdi bu babayı, bu ikinci anneyi bir parça onun elinden alacaklardı. O biçare yüreği bu ikinci iftiraktan *[ayrılıktan]* nasıl elim *[acıtan]* bir ceriha *[yara]* ile yırtılacaktı! Bunu düşündükçe kalbinde Nihal için ağlayan bir damar sızlardı; fakat bu artık nazarında önüne geçilmek mümkün olmayan, hatta vukuuna *[oluşmasına]* müsaade edilmek lazım gelen bir zarar hükmünü almış idi.

Adnan Bey şimdi odasının kahve renginde uzun perdeler altında yarı bir zulmete *[karanlığa]* boğulan derinliklerine dalarak iş masasının yanında meşin yarım koltuğa yaslanmış, ayaklarını uzatmış, düşünürken Nihal ile bütün refakat *[arkadaşlık]* hayatı parça parça levhalarla *[tablolarla]* koparak gözlerinin önünde yaşıyordu. İlk önce annesini kaybettikten sonra çocuğun huysuzluklarını, o bin türlü olmayacak sebepler icat olunarak saatlerce devam eden ağlayışlarını görüyordu. O vakitler babasından başka onu kimse susturamazdı. Onda bir de asabi maluliyet *[hastalık]* vardı ki ıttıratsız *[düzensiz]* fasılalarla *[aralarla]* mini mini nahif *[zayıf]* vücudunu saatlerce süren buhranlar *[sıkıntılar]* içinde ezer, hırpalardı. Küçük yatağının yanında, o matem devresinde, o sinir buhranı saatlerinde, geçirdiği ıstırap gecelerini düşündü. İşte şimdi hatırına geliyor: Bir gece uykusunun arasında, çocuğun, kim bilir nasıl bir rüyadan sonra, korkulu bir sesle onu uyandırmak için «Baba! Baba!..» dediğini işitmiş, yatağından kalkmış, yanına giderek sormuş idi: «Ne istiyorsun, kızım?» O zaman o, babasını yanında gördükten sonra müsterih *[gönlü rahat]* olarak, gülümseyerek, annesinin vefatından sonra birinci defa olmak üzere istintak etmiş *[konuşmuş]* idi: «Yarın gelecek mi?» Böyle, ismini söylemeyerek, kim olduğunu tasrih etmeyerek *[belirtmeyerek]* annesinden bahsederdi. «Hayır, kızım!..» Her vakit yalnız bu cevapla kanaat ederken bu gece uykusunda galiba bir rüya ile başlayan bu bahsi takip etmiş idi: «Pek mi uzaklara gitti? Oradan gelmek zor mu, beybaba?..» O cevap vermeyerek başını sallamış, bu iki suali tasdik etmiş *[onaylamış]* idi. Çocuklara mahsus bir inat ile o mutlaka bir cevap istiyordu: «Öyle ise biz oraya gidelim, olmaz mı? Baksanıza o gelmiyor, hiç, hiç, bir gün olsun gelmiyor...» Sonra babasının sükût ettiğini *[sustuğunu]* görerek birden küçük çıplak kollarını yorgandan çıkarmış, onun başını çekerek, ağzını kulaklarına yapıştırarak, kandilin titrek ve zulmete *[karanlığa]* benzeyen ziyası altında etraftan gizli bir şey söylüyormuşçasına hafif, bir kuş nefesine benzeyen sesiyle «Yoksa öldü mü?» demiş idi. Bu hakikat birinci defa olarak ağzından çıkıyordu. Sonra mini mini parmağını uzatarak ve babasının gözlerinden akan birer katre muhteriz *[çekingen]* yaşı silerek ilave etmiş idi: «Lakin siz ölmeyiniz, babacığım siz ölmezsiniz, değil mi?»

O, çocuğu teskin etmiş *[sakinleştirmiş]*, yatağına biraz zorla yatırarak örtüsünü çekmiş, fakat yanından ayrılamayarak saatlerle, sakit *[suskun]*, uyumasını beklemiş idi. Çocuk o gece bütün içini çekerek nefes almış idi.

Geceleri onu bir müddet yanından ayıramaz, beraber yatardı. Şimdi bile Nihal'le Bülent aralık kapısı daima açık duran yanında bir odada yatarlardı; daha ötede mürebbiyelerinin –ihtiyar Mlle de Courton'un– odası vardı. Yalnızlık bu baba ile kızı o kadar sıkı rabıtalarla bağlamış idi ki ancak birbirinin havası muhitinde yaşamaktan haz alabiliyorlardı; mürebbiye Nihal'den ziyade Bülent'in bir refikasıydı *[kadın arkadaşıydı]*. Gece Nihal, Bülent'in uykusunu bekler, kadınla beraber çıktıktan sonra babasıyla yalnız kalmakta garip bir lezzet bulur. Güya hayatının bir türlü dolmayan boşluğu içinde babasıyla böyle başbaşa kalış kalbinin bütün ıssız köşelerini saadetle dolduracak bir samimiyet kesp ederdi *[kazanırdı]*.

Adnan Bey kızıyla bu refakat hayatının tafsilatını görürken etrafına, odasına; hatıralarının, kızıyla beraber geçen saatlerin sakit *[sessiz]* şahitlerine bakıyordu. İşte ta odanın karşı duvarını boydan boya kaplayan yüksek, geniş, oyma cevizden, yekpare *[tek parça]* camlı kapaklarıyla kütüphane, bütün vakur, iri kitaplarla memlu *[dolu]*; ötede, kapıya karşı, yan tarafta bir vakitler merak edilerek toplanmış güzel yazılardan mürekkep zengin bir levhalar mecmuası ki karmakarışık, fakat perişanlığından gözleri okşayan latif *[güzel]* bir zevk ile tertip edilerek *[düzenlenerek]* duvarı kaplamış; sonra, diğer duvarda, son merakının yadigârları: Oyulmuş tahtadan mini mini hücreler, resim çerçeveleri, mendil kutuları, aralarından kurdeleler geçirilerek tutturulmuş yelpazeler, ta ortada büyük bir parça kök üstüne kabartma çıkarılmış bir ihtiyar başı... Bugün, bu şeyler ona tuhaf bir nazarla bakıyorlar gibiydi.

Duvarda oymaları uzun uzun temaşa ediyordu *[seyrediyordu]*. Bu ufak tefek bütün Nihal'in yanında, işte şurada yeşil kalpaklı lambanın altında geçirilen muhabbet ve rikkatle *[merhamet]* dolu saatlerin mahsulleriydi *[ürünleriydi]*.

Adnan Bey elini uzattı, masanın üstünden daha ikmal edilemeyen *[tamamlanamayan]* Nihal'in çehresini aldı. Bu henüz bitirilememişti; henüz ne saçlarının simasını ipekten bir çerçeve içine alan dalgaları, ne de nahif *[zayıf]* çehresinin mariz *[hastalıklı]* süzgünlüğü belliydi; fakat o, yüzüne baktıkça kendisine ağlamak arzusunu veren hasta simayı şu müphem *[belirsiz]* çizgilerin arasından tam bir vuzuh *[açıklık]* ile görüyordu.

Ah! Nihal'in o yaşamaktan şikâyet ediyor zannolunan sarı, sarılığında uçucu bir pembeliğin aldatıcı neşveleri hemen solacak bir gül rikkatiyle *[inceliğiyle]* titreyen hazin çehresi! O hasta iken sizi yalancı handeleriyle *[gülüşleriyle]* aldatmaya, etrafındakileri sahte bir saadet içinde iğfal etmeye *[aldatmaya]* çalışan, derinliklerinde mariz ruhu ağlarken gülen gözleri! Bunların bütün manalarıyla görüyordu. O vakit kızının hastalıklarını, o sinir buhranlarını, o ta ensesinden başlayarak haftalarca devam eden baş ağrılarını tahattur ediyordu...

Birden, karşısında, Nihal'in bu hazin simasını ağlayarak kendisine bakıyor zannetti. Bir dakika içinde hayatından bugünün silinmiş olmasını arzu etti. Evet, bugün silinmiş olmalıydı, bugün de bütün diğer günler gibi netice vermeyen mücadelelerle geçmeliydi, mağlup olmamalıydı; fakat şimdi yapılmış olan müracaat geri alınamayacak bir adım gibi görünüyordu; onu tebdile *[değiştirmeye]*, geçilmiş olan mesafeden ricate *[gerilemeye]* imkân bulmak hatırına gelmiyordu. O ağlayan mariz çehrenin arkasında diğer bir çehre, siyah saçlarıyla, uzun kaşlarıyla, iri mahmur *[uykulu]* gözleriyle, şiir ve şebap *[gençlik]* dolu bir çehre ona çıldırtıcı tebessümlerle gülümsüyordu.

★★★

Nesrin kapıdan görünerek haber verdi:

— Geldiler, efendim!..

Nesrin'in arkasından Nihal'in sesi işitildi:

— Baba, diyordu, siz bizden evvel mi geldiniz?..

Kuşaksız açık mavi elbisesinin içinde yaşına nispetle uzun duran ince vücuduyla, zarif bir keçi yavrusu çehresinin rikkatini ihtar eden *[inceliğini hatırlatan]* süzgün simasıyla, Nihal, koşarak içeri girdi; iki elleriyle babasının iki ellerini tuttu ve potinlerinin ucuna basıp yükselerek alnını babasının dudaklarına uzattı.

— Siz bizi başınızdan savar, kaçarsınız, öyle mi, diyordu: Nereye gittiniz, bakayım?.. Niçin bize çıkacağınızı söylemek istemediniz? Şimdi Beşir'den haber aldık. Oh! Benim mini mini Beşirciğim, bana hepsini haber verir...

Babası gülerek dinliyor; o, durmaz dinlenmez çocuklara mahsus bir kıpırdaklıkla kâh masanın üstünde bir şeye dokunarak, kâh elleriyle eteklerine vurarak, ağzından çıkan her kelimeye bir hareket terfik ederek *[katarak]* söylüyordu:

— Biz de ne iyi eğlendik. Bilseniz, bugün Matmazel'in bütün tuhaflığı üstünde idi. Bülent'e kendi çocukluğunda tanıdığı bir dilencinin hikâyesini naklediyordu *[anlatıyordu]*. Ne tuhaf! Ne tuhaf!.. Bu bir ihtiyarmış ki bir büyük parça ekmeği...

Nihal naklederken ince, arasından güneş geçebilecek zannolunan nahif ellerini birbirine birleştiriyor, ağzına götürerek güya koca bir parça ekmeği küçük ağzının renksiz dudaklarıyla yutuyordu:

— İşte böyle! Matmazel yaparken görmelisiniz ki... Bülent'i bilirsiniz ya? Çıngırak gibi kahkahasıyla gülerken bütün bahçe halkı bize bakıyordu. Matmazel'e söyleyelim de sofrada size de yapsın, babacığım...

Şimdi babasının dizlerine dayanarak halının üstüne diz çökmüş, Bebek Bahçesi'nde seyranlarını, en küçük tafsilata *[ayrıntılara]* kadar, fikri oynak bir kelebek gibi oradan oraya sıçrayarak, naklediyordu. Sonra birden lakırdısının arasında ciddi bir çehre ile sordu:

— Siz nereye gittiniz, söyleyiniz bakayım, siz bizden gizli nereye gittiniz?

Düşünmeksizin:

— Hiç, dedi; sonra bu cevap, bu yalan ağzından çıkar çıkmaz zapt edilemeyen bir hicap *[utanç]* ile kızardı, tashihe *[açıklamaya]* lüzum gördü:

— Kalender'e!..

O, birden sinirleri mariz *[hastalıklı]* çocuklara mahsus garip bir hadise ile bu yalanı keşfetti:

— Değil, babacığım işte, işte kızarıyorsunuz, demek bizden saklamak istiyorsunuz.

Ayağa kalktı, sahte bir küskünlük vaziyetiyle, başını eğerek, dudaklarını kabartarak, gözlerinin eğri bir nigâhıyla *[bakışıyla]* babasına bakıyordu. Şimdi, hemen şu dakikada, hiçbir şey hazırlamaksızın, hiçbir ihtiyata *[sakınmaya]* teşebbüs etmeksizin bu masum çocuğun karşısında, semavi bir mahluk *[ulu bir yaratık]* huzurunda tenzih-i vicdan edercesine *[vicdanını arıtırcasına]*, hepsini söylemek, göğsünün üzerinde bir taş ağırlığıyla duran hakikati bu zayıf kızcağızın önüne atmak için mübrim *[kaçınılmaz]* bir ihtiyaç duydu. Elini uzatarak Nihal'in bileğinden tuttu; bu ince, içinden bir kadın vücudu çıkabileceğine ihtimal verilemeyen nazik bir dala benzer nahif çocuğu kendisine çekti; parmaklarını küçük başının üstünde ipekten bir bulutu andıran saçlarına soktu. Bir saniye evvel neşeli neşeli öterken, birden asabının hassasiyetiyle, aşiyanının *[yuvasının]* sükûnundan bir kış nefesinin geçeceğini duyan kuş gibi şimdi çehresinde bir endişe manasıyla bekliyordu. O vakit kendisini zapt edemedi, sordu:

— Nihal! Beni seviyorsun, değil mi? Çok, pek çok seviyorsun, değil mi?..

Çocuklara mahsus bir hilekârlıkla bu sualin künhünü *[özünü]* anlamadan evvel cevap vermek istemedi.

Babası devam etti:

— Nihal, senin için bir şey düşünüyorum.

Bu yalanı söylerken kalbini bir pençe sıkıyordu:

— Fakat bana vaat et, bakayım, yemin et ki itiraz etmeyeceksin, kabul edeceksin; beni sevdiğin için evet, beni sevdiğin için...

İkmal edemiyordu, kendi sesinde öyle bir şey fark etmişti ki soğuk bir raşe *[ürküntü]* ile vücudunu titretiyordu. Cinayetini itirafa kuvvet bulamayan bir müttehim cebanetiyle *[suçlu korkaklığıyla]* bu çocuğun karşısında sustu. Nihal yavaşça elini çekmişti, babasından bir hatve *[adım]* uzaklaştı; sakit *[sessiz]*, sapsarı, dudaklarında bir sualin ihtiraz *[çekinme]* nefesi titreyerek babasına baktı. Bu suali irat etmedi *[söylemedi]*. Niçin? Bilinemez. Hiçbir şey farz etmeyerek, babasının sözlerinde hiçbir fikir keşfetmeye çalışmayarak birden hissetmişti ki şu dakikada dünyada her şeyden ziyade sevdiği bu adam, bu baba, birinci defa olarak, her vakitkine benzer bir hiç için ufak bir yalanla değil, hayatını hemen orada kırıverecek müthiş bir yalanla kendisini aldatmak istiyor.

Şimdi oda karanlıktı, yekdiğerini bir gölge arasından görüyorlardı, beyinlerinde *[aralarında]* bir gecenin sinirleri üşüten soğuk rüzgârı uçuyor gibiydi. Baba kız, bir kelime söylemeyerek, sinirlice bir ihtiraz hissiyle hareket etmeyerek, bakışıyorlardı. Başlandıktan sonra mutlak devam etmesi lazım gelen bu muhavere *[konuşma]* birden bir sekte *[durma]* ile kopmuş, kesilmiş oldu; fakat bu sükûttan çıkmalıydı. Adnan Bey şimdi kendisini muaheze ediyordu *[eleştiriyordu]*; evet, hemen bugün, henüz bir şey yapılmadan henüz bir cevap bile alınmadan, niçin söylemeye lüzum görmüştü?

Birden sofada Bülent'in bir çıngırağa benzeyen kahkahalarıyla koştuğunu işittiler, arkasından birisi kovalıyordu. Bülent kaçıyor, kâh kahkahalarıyla mini mini ayaklarının gürültüleri bir sakit *[durgun]* facianın kenarına kadar gelip yuvarlanıyor, kâh sofanın uzak köşelerinde kayboluyordu. Adnan Bey bir şey söylemiş olmak için:

— Yine Bülent'i Behlül kovalıyor, galiba, dedi.

Nihal:

— Zannederim, dedi; söyleyeyim de bıraksın. Çocuk yorgun, bugün bütün yürüdük...

Nihal, şüphesiz, kaçmak için bir sebep arıyordu. Fakat bu muhavere *[konuşma]* orada bırakılamazdı, şimdi o noktada tevakkufu *[duraksamayı]* daha fena bularak Adnan Bey mutlak söylemek ve Nihal'e söyleyemezse başka birisine söylemek için o anda karar verdi:

— Nihal, dedi; mürebbiyene söyler misin? Kendisini görmek istiyorum.

Nihal, karanlıkta beyaz bir gölge gibi hafifçe silinerek çıktı. Sofada gürültü devam ediyor; Bülent kendisini sanki tutamayarak kovalayan Behlül'den kaçmak için, artık yorulmuş nefesi kahkahalarına kifayet edemeyerek *[yetemeyerek]*, koltukların arkasına, köşelere sokuluyor; muakkibin *[ardından gelenin]* hamlesine muntazır *[hazır]*, heyecanla, bekliyor; hamle vuku bulunca bir çığlıkla tekrar sofada cevelan *[gezinme]* başlıyordu.

Nihal çıkar çıkmaz ciddi bir sesle Bülent'e bağırdı:

— Bülent!.. Yeter artık, yine terleyeceksin, seni böyle azdıranlarda kabahat!..

Bu, Behlül'e karşı sarih *[açık]* bir itirazdı. Nihal, Behlül'ün yüzüne bakmıyordu. Onlar –bu iki kardeş çocukları– evin içinde iki düşman idiler. Yine üç günden beri Nihal, olmayacak bir sebepten, mürebbiyenin şapkasına dair Behlül'ün bir itirazından doğan müthiş bir kavgadan sonra onunla lakırdı etmiyordu.

Behlül onu görünce durdu, dişlerinin arasından çıkardığı diliyle ince sarı bıyıklarını ıslatarak müstehzi *[alaycı]* gözlerle yandan bakıyordu. Nihal, Bülent'i elinden yakalayarak yukarıya götürürken Behlül burnunun ucunu kaşıyarak arkasından bağırdı:

— Mlle de Courton'a arz-ı hulus ederim *[samimi saygılarımı sunarım]*.

Heceleri çekerek ilave etti:

— Ve o güzel şapkasının latif *[güzel]* çiçeklerine...

Nihal mukabele etmedi *[karşılık vermedi]*, her zaman bu kadar bir istihza *[alay]* saatlerle kavga için kifayet ederken bu defa şüphesiz deruni *[içten]* bir mukabeleye *[karşılığa]* tercüman olan latif bir dudak burmasıyla kanaat etti. Hâlâ salıvermemek için bileğinden tuttuğu Bülent'le koşarak çıkıyordu. Bülent artık zapt olunamayan tutuşmuş taze kanıyla, şimdi ablasının elinde, sıçrıyor, basamaklardan hopluyordu. Yukarıya sofaya çıkınca bileğini kurtardı ve birden serbest kalmış bir tay sevinciyle koşmaya başladı. Nesrin avizenin bir iki mumunu yakıyordu, yetişebilmek için bir iskemlenin üstüne çıkmıştı, «Aman paşam, bana çarparsan düşerim...» diyordu. Bülent ona cevap vermiyordu. Arkalarından, sakit, takip ederek yukarıya çıkan Beşir'i görmüş, ona koşarak ancak beline yetişen mini mini kollarıyla, kızlığa yakışan zarafeti henüz on dört senelik tazeliğiyle daha ziyade teeyyüt eden *[belli olan]* bu zarif, ince Habeşi'nin vücuduna sarılmış idi. Ona yalvararak, Peyker'in hoşuna giden yumuk yumuk gözleriyle Beşir'in insana öpmek hevesini veren süzgün rakik çehresinden *[nazik yüzünden]* bir muvafakat cevabı bekleyerek: «Haydi,» diyordu. «Yine arabaya binelim, hani biliyorsun a, geçen gün nasıl koşmuştuk!.. Haydi, Beşir'ciğim, haydi!..» Ona tırmanarak, artık biraz muvafakate razı görünen bu çehreyi buselerle örtmek için yükselmeye çalışarak yalvarıyordu. Beşir, şimdi gözleri Nesrin'in yaktığı avizenin fanuslarına merkuz *[dikilmiş]* zihninin dağınıklığı içinde yukarıya ne yapmak için çıktığını arayan, Nihal'e bakıyor; ondan bir emir, bir küçük işaret bekliyordu.

Onun böyle, nefes almak için muvafakatini bekleyen bir teslimiyet nazarıyla; itaat etmekten, emir almaktan, hayatına tasarruf edilmekten *[sahip çıkılmaktan]* bahtiyar olan gözlerle Nihal'e bakışları vardı ki bu biçare mahlukun ruhunu genç kızın ayaklarının altına sererdi.

Birden Nihal tahattur etti, kendi kendisine: «Matmazel!..» dedi. Nesrin şimdi elinde şema *[mumlu fitil]* ile yukarı katın işini bitirmiş aşağıya inmek için gecikiyor, artık serbest kalan iskemleyi Beşir'in önüne getiren Bülent'e: «Aman paşam, o iskemle bana lazım, daha aşağıdaki sofanın avizesini yakacağım...» diyerek fakat asıl araba oyununu seyretmek için sırıtıyordu. Nihal geçti, sofanın bir kapısından yatak odalarına giden bir dehlize girilirdi. Üçüncü odanın kapısına vurdu.

Mürebbiye her seyrandan avdette *[gezintiden dönüşte]* çocukların elbiselerini değiştirdikten sonra odasına kapanır, soyunmak, yıkanmak, tekrar giyinmek için saatlerle orada kalırdı. Bu esnada ihtiyar kızın mahrem hücresi *[özel odası]* çocuklara, herkese karşı mesdut *[kapalı]* idi.

Nihal bağırdı: «Matmazel! Babamın yanına gider misiniz? Sizi görmek istiyor...» sonra, cevabı işitmeden kaçtı, tekrar sofaya çıktı.

Sofada şimdi araba cevelanı *[dolaşması]* başlamıştı. Seyirciler bile çoğalmıştı: Nesrin hâlâ elinde şemasıyla iskemlenin serbest kalmasına muntazırdı *[beklerdi]*; Şakire Hanım'ın kızı Cemile –henüz on yaşında bir çocuk– oyuna iştirak etmek *[katılmak]* için hevesle dolu gözleriyle seyrediyordu, Nesrin'i çağırmak için yukarı çıkan Şayeste –Şakire Hanım'ın izdivacından sonra baş kalfa olan– ara sıra: «Kız, ne duruyorsun? Aşağıda göz gözü görmüyor, beyefendi ne der?» Sualini fırlatarak Bülent'in seyranına bakıyordu.

Nihal oturdu. Evvela biraz tereddüt ederek oyuna ufak bir fasıla *[ara]* veren Beşir, onun itiraz etmediğini görerek tekrar üzerinde Bülent'le iskemleyi çekmeye başlamıştı.

Ara sıra Mlle de Courton çocukları Beyoğlu'na indirir; onları, öteden beriden bin türlü şeyler almak heveslerine serbest bir cevelan vermek için, mağazadan mağazaya dolaştırırdı. Bu seferler esnasında Bülent'i en ziyade çıldırtan araba seyranıydı. Yaz kış mahkûm oldukları yalı hayatından böyle nadir vesilelerle kurtularak arabada gezmek onun için bir bayramdı.

Şimdi Beşir'le beraber Beyoğlu'nda böyle bir araba seyranı yapıyorlar, koltukların önünde tevakkuf ederek *[durarak]* mağazalara uğruyorlar, ufak tefek alıyorlardı:

— Arabacı, diyordu; şimdi Bon Marché'ye!..(22) Ah! geldik mi? Evet, geldik! İşte camlığın içinde bir kılıç!.. Baksanıza, bu kılıç kaç lira! Beş lira mı?.. Hayır, pahalı! Onbeş kuruş... Amma iyi sarınız? Hazır mı?.. Ne kadar da uzun! Arabaya sığmayacak...

Kim bilir, bu, hayalhanesinde *[hayalinde]* o kadar büyüyen kılıç, ne kadar uzun bir şey oluyordu ki Bülent güya elinde tuttuğu paketi koyacak bir yer bulamıyordu. Sonra nihayet arabanın bir köşesine sıkıştırarak bir itminan *[emin olma]* nefesiyle arabacıya o tekrar emir veriyordu:

— Şimdi şekerlemeciye, Löbon'a!..(23) Biliyorsun ya, arabacı, şekerlemeci Löbon'a!..

Araba hareket ediyordu. Cemile nihayet dayanamamış, iskemleyi arkadan itmek suretiyle oyuna karışıyordu; Nesrin: «İlahi! Paşam, beni işimden alıkoydun!» diyerek iskemlesinden vazgeçmiş, aşağıya inmişti. Şayeste öteden bağırıyordu:

— Beşir, çok koşma!.. Çocuğu düşüreceksin.

Nihal, hareketsiz, sakit, asabına *[sinirlerine]* çöken bir gevşeklikle, Bülent'in gevezeliklerini dinleyerek, dalgın dalgın gözlerle duruyordu. Bülent şimdi şekerlemeciye diyordu ki:

---

(22) Fransız Bartoli kardeşler tarafından İstiklal Caddesi'nde kurulan büyük bir mağaza.

(23) İstiklal Caddesi'nde, Tünel civarında bir şekerlemeci dükkânı.

— Hayır, hayır! Anlamadınız. O değil, öteki sepet, görmüyor musunuz? İşte üstünde torbası, kurdelelerinin arasında bir kuşu var... Onu ağabeyime götüreceğim. Bildiniz ya? Behlül Bey... Haniya bana her vakit çikolata getirir... İçine fondan koydunuz mu? On tane de kayısı koyunuz... Tamam!.. Aman bozulmasın...

O vakit büyük ihtiyatla güya şekerlemecinin elinden sepeti alıyor, «Burada dursun, dizlerimin üstünde!..» diyor, sonra arabacıya tekrar emir veriyordu:

— Köprü![24] Köprü'ye!.. Artık alınacak bir şey kalmadı... Çabuk ol, vapura yetişemeyeceğiz, koş, koş... Geç kalırsak beybabama ne deriz?..

Öteden Şayeste, Beşir'e yine bağırıyordu:

— Şimdi konsola çarpacaksın. Sen de!.. Çocuğun dediğine bakıyorsun.

Bülent artık Mlle de Courton'un taklidini yapıyor, iki elleriyle başını tutarak ihtiyar kızın Fransızcasıyla:

— Oh! Aman yarabbi!... Zannolunacak ki bir kasırga içinde yuvarlanıyoruz, diyordu.

Sonra birden Türkçe'ye, fakat Mlle de Courton'un Türkçesine çevirerek arabacıya bağırıyordu:

— Ağabacı, duğ! Duğ!..

Bülent, ihtiyar mürebbiyenin tavrını, edasını, telaşını o kadar güzel taklit ediyordu ki, Nihal'in ince

(24) Galata Köprüsü. Boğaz seferleri bugün de, bu köprünün yanından, Eminönü tarafındaki iskelelerden yapılmaktadır.

dudaklarında bir tebessüm beliriyordu; birden yanı başında Mlle de Courton'un sesini işitti:

— Nihal! Kapıma siz vurdunuz, değil mi?

Sıçrayarak, derin bir hulyasında birdenbire uyandırılmış gibi ayağa kalkarak, bir saniye cevap veremedi; sonra tahattur ederek *[hatırlayarak]* ve birden kalbinde meçhul bir musibetin önsezen korkusu uyanarak haber verdi:

— Beybabamın yanına inmenizi söylemiştim, sizi görmek istiyor... Bir şey daha ilave etmek istiyormuşçasına duruyordu, sonra o ilave olunacak şeyi bulamayarak ve gözlerini Mlle de Courton'un yüzünden ayırarak oturdu.

İhtiyar kız aşağıya inerken o, gene Bülent'i seyretti. Bülent arabacıya Köprü için emir verdiğini unutmuştu, şimdi Taksim Caddesi'nden iniyorlardı: «Hah! Burada duralım,» diyordu; «artık bahçede gezeriz...»

Nihal, gözleri Bülent'in arabasına dikilmiş, fakat artık kardeşinin ne dediğini işitmiyordu; küçücük dimağında siyah bir bulut parçalanmış, orasını gecelere boğmuş gibiydi.

★ ★ ★

Bu akşam sofrada Behlül'den başka hep sükût ettiler *[sustular]*. Bülent yorgun, vaktinden evvel uykusu gelmiş, somurtuyordu. Behlül tuhaf bir hikâye anlatıyordu galiba.. Söylerken gülüyor, hatta kahkahaları ötede Nihal'in arkasında duran Beşir'e bile sirayet ediyordu *[ulaşıyordu]*.

Nihal onun yüzüne bakmıyordu. Bir aralık gözlerini bir kuvvet cezbetti *[çekti]*; Behlül'ü dinliyor görünmek için gülümseyen babasının garip, güya ifadesinden merhametler saçılan bir nazarla kendisine baktığını gördü. Bu nazar onu sıktı, gözlerini çevirdi, fakat hep bu gözlerin bakışındaki ağırlığı hissediyordu.

«Kızım! Bu akşam yine etlerini yemiyorsun?»

Bu her sofrada tekerrür eden *[tekrarlanan]* bir nakarattı. O zorla et yerdi, Adnan Bey için bu bir daimi dertti. Boğularak cevap verdi: «Yiyorum, babacığım!..» ağzında lokma büyüyor, mümkün değil yutmak için kuvvet bulamıyordu. Gözlerini kaldırdı, karşısında Mlle de Courton'a baktı. İhtiyar kız dalgın ve güya bir facianın matemini tutuyor zannolunacak kadar gamla dolu bir nazarla ona bakıyordu. Birden, tayin edilemez bir rikkat, babasıyla bu ihtiyar kızın iki taraftan merhamet nazarı, o kendisine ağlıyor gibi bakan nazarları arasında bulunmaktan mütevellit *[doğan]* derin bir mazlumiyet yeisi *[üzüntüsü]* duydu. Bu iki nazar ona babasıyla mürebbiyesinin mülakatı neticesi *[görüşmesi sonucu]* göründü, daha mahiyetini keşfedemediği musibetinin orada beliğ *[düzgün]* bir senedini okumuş oldu. Lokmasını hâlâ yutamıyordu, birden boğazına bir şey tıkandı ve oraya, sofranın üzerine kapanarak, zapt olunmaya vakit bulunamadan coşan gözyaşlarıyla, şedit *[şiddetli]* hıçkırıklarla ağladı...

★ ★ ★

Ertesi gün, sabahleyin, babasının iş odasına girdi: «Baba!.. » dedi «Bugün benim resmime çalışacak mısınız?» Sonra, oraya girmek için bir vesile olan bu sualin cevabını beklemeyerek koştu, kollarıyla babasının boynuna sarıldı, başını omuzuna koydu: «Baba!.. » dedi, «Beni yine seveceksiniz, şimdi nasıl seviyorsanız öyle seveceksiniz, değil mi?»

Babası, dudaklarına sürünen bu yumuşak saçları öperek mırıldandı:

— Elbette!..

Nihal, bir saniye, güya söyleyeceği şeye kuvvet bulmaya çalışarak durdu; sonra başını babasının omuzundan, güya ziyasından korkup da kaçırmamak istediği bu istinat *[dayanma]* noktasından kaldırmayarak: «Öyle ise zarar yok, gelsin!..» dedi.

3

Mlle de Courton'un, Behlül'ün o kadar istihzalarına *[iğnelemelerine]* hedef olan serpuşları *[şapkaları]* ne derece müzeyyen *[süslenmiş]*, mutantan *[şatafatlı]* ise sergüzeşti *[macerası, hayatı]* bilakis o derece sade, muhtasar *[kısa]* idi. Servetinin son kırpıntılarını Paris'in Longchamps koşularında(25) kaybettikten sonra ancak bir kuş kafasını doldurabilecek kadar beynini kurşunla yakan bir babanın kızıydı; o vakit evlenmek için pek geç kalan Mlle de Courton ya ailesinin bütün asalet tarihini lekeleyecek bir hayat ile Paris kaldırımlarına düşmek, yahut ömrünün sonuna kadar fakir fakat asilzade bir kız sıfatıyla vilayetlerden birinde, hısımlarının yanında sığınacak yer bulmak çarelerinden birini ihtiyara *[seçmeye]* mecbur idi. İkincisini tercih etti. Hatta burada tamamıyla sığınmış bir mahluk menziletinde *[derecesinde]* kalmamak, sofrada yediği ekmeği kazanmış olmak için evin çocuklarının talim ve terbiyesini üzerine almış idi. Bu hayatının o veçhesini *[yönünü]* tebdil etmiş *[değiştirmiş]* oldu. Bir gün ufak bir iğbirar *[gücenme]*, o iğbirarın arasına giren küçük bir fırsat sebep olarak

---

(25) Paris'te at yarışlarının yapıldığı yer. Kadınlar manastırı kaldırılınca buranın arsasında bu yarışlar düzenlenmeye başlamış.

bu fakir asilzade kız, ta Fransa'nın bir köşesinden Beyoğlu'nun güzide *[seçkin]* bir Rum ailesine mürebbiyeliğe *[öğretmenliğe]* geldi. Burada uzun bir zaman, İstanbul'un Beyoğlu'ndan Şişli'ye, Köprü'den Büyükdere'ye kadar sokaklarından, denizlerinden başka bir yerini bilmeyerek senelerce kaldı; Adnan Bey'in yalısı mürebbiyelik hayatının ikinci ve galiba sonuncu sahnesiydi.

Nihal henüz dört yaşında idi. Adnan Bey bir mürebbiyeye lüzum gördü. Çocuklarına mürebbiye arayanlara ilk kabul ettirilmek istenilen mahluklardan, o henüz Fransa'dan geldiklerini iddia eden, ancak bir nihayet iki yerden ziyade bulunmuş olduklarını itiraf etmeyen, rahibelerin yetimhanelerinde yahut terzi çıraklığında nakıs *[eksik]* öğrenilmiş Fransızcalarını sahte bir telaffuzun süslerine boğmaya çalışan kızlardan takım takım gelmişlerdi. Adnan Bey'in müşkülpesentliğine *[zor beğenirliğine]* galebe çalabilecek bir tanesine tesadüf olunamadı. Bazen ikinci günü bir bahane ile izin verilmeye lüzum görülenlerden nihayet iki ay oturmalarına tahammül edilebilenlerine kadar bunların her çeşidinden iki sene bir geçit resmi yapıldı. Bugün Alman olduğunu iddia ederken ertesi gün Sofya Yahudilerinden olduğu anlaşılan, geldiği zaman bir İtalyan kocadan dul kalmış görünerek bir hafta sonra hiç teehhül etmediğini *[evlenmediğini]* ağzından kaçıracak kadar yalancılıkta hatırası sağlam olmayan bu mürebbiyelerden o kadar korkmuştu ki Adnan Bey kızı için başka çareler düşünmeye başlamıştı.

Bir tesadüf –İstanbul'da mürebbiyeler için ancak tesadüfe itimat olunabilir– Adnan Bey o bulunamayan şeyi buldurdu: Mlle de Courton.

Mlle de Courton'un İstanbul'da bir merakı vardı: Bir Türk evine girmek, bu Türk memleketinde bir Türk hayatıyla yaşamak... Adnan Bey'in yalısına girerken asıl hulya yuvasına giriyormuşçasına kalbi sevincinden helecan içinde kalmıştı. Girdikten sonra bu helecan hayrete münkalip oldu *[döndü]*. O, mermer mefruş *[döşenmiş]* azim *[büyük]* bir sofa; taştan sütunlar üzerine kondurulmuş bir kubbe; cabeca *[yer yer]*, sedef işlenmiş, şark halılarıyla döşenmiş sedirler; bunların üzerinde elleriyle çıplak ayakları kınalı, gözleri sürmeli, başları daima yaşmaklı, sabahtan akşama kadar zencilerin darbukalarıyla uyuyan yahut bir kenarda küçük gümüş mangaldan amber kokuları etrafa dağılırken elmastraş nargilelerinin yakutlara zümrütlere müstağrak *[batmış]* marpuçlarını ellerinden bırakmayan çifte çifte kadınlar tahayyül etmiş *[hayal etmiş]*, bütün o garp muharrirlerinin *[yazarlarının]*, ressamlarının şarka dair hurafe ve efsanelerinden hatırasında kalan uzak yadigârlarla bir Türk evinin başka bir şey olabileceğine ihtimal vermemişti. Kendisini yalının şık küçük misafir odasında görünce istifsar eden *[soran]* gözlerle delilesine *[kılavuzuna]* bakmış idi: «Sahih! Beni bir Türk evine getirdiğinizden emin misiniz?»

İhtiyar kız hulyasında aldatılmış olduğuna bir türlü kanaat edememişti, işte senelerce Türk kibar hayatının içinde yaşamış iken hâlâ kalbinde bir şey o mefruz *[var sayılan]* şark hayatının mutlaka mevcut olmasına inanmak ister.

Aradığının hilafını *[tersini]* bulanlara mahsus bir şevk inkisarıyla *[kırılmasıyla]* daha birinci günü avdet etmek emelini duymuştu; avdet edecekti, eğer o gün soluk, süzgün mariz simasıyla, iki senedir ikide birde tebeddül eden *[değişen]* bu mürebbiye çehrelerinden bezgin, yorgun bir vaziyetle gelen, ona mini mini elinin ince parmaklarını müessir *[dokunaklı]* bir teslimiyet manasıyla uzatan Nihal için kalbinde derhal derin bir merhametle karışık bir muhabbet hissetmemiş olsaydı...

Onun sevmek için azim bir ihtiyacı vardı: Dünyada annesini tanıyamamış, babasını sevememiş, kimse için gönlünde bir merbutiyet *[bağlılık]* duyamamış olan, sevmekten mahrumiyet içinde çırpınan bu biçare kalbin yaşlanmış bekâreti daima sarf olunacak bir şey arar; etrafında bulunan çocukları, bulunduğu evin hizmetçilerini, kedisini, papağanını dost eder; bunlara yüreğinin o saklanmış hazinesini dökerdi; fakat bir gün bu söylenen şeylerde birden açılan bir boşluk keşfederek, kalbinden akan muhabbet selsebilinin *[çeşmesinin]* nasıl çorak bir kum sahrasına *[çölüne]* döküldüğünü acı bir vuzuh ile görerek beş dakika evvel dostları olan çocuklara, hizmetçilere, kedilere, papağana düşman olurdu.

O gün Nihal'in elini elinden bırakmayarak: «Küçüğüm, bakayım, gözlerinize!..» demiş ve Nihal uzun, uçları yukarıya kıvrık, nigâhına *[bakışına]* garip bir yorgunluk hali veren sarı kirpiklerini kaldırarak mavi gözlerinde bahar safiyetiyle *[saflığıyla]* parlayan bir tebessümle yüzüne bakınca Mlle de Courton delilesine *[rehberine]* dönerek birden karar vermişti: «Evet, kalıyorum!..»

Ertesi gün bütün ev halkıyla dost oluyordu. Lisanlarını anlamaksızın, yalnız ona gülerek «Matmazel!..» deyişleri için Şakire Hanım'a, Şayeste'ye, Nesrin'e kalbinde derhal muhabbet duymuş; o zaman henüz paytak paytak yürüyen Cemile'yi yerden kaparak hoplatmış; Beşir'in, ortasında küçük bir çukuru, çehresine daimi bir tebessümün dalgalarını seren çenesini okşayarak «Oh! Mini mini siyah mücevher!» demiş idi. Adnan Bey'in terbiyesinden, zarafetinden pek hoşnut idi; hususuyla o, sofrada kendisine karşı takayyüt *[özenli davranma]* eserleri göstermişti. Behlül için o kadar sarih bir meyelan *[açık bir eğilim]* duymamış olmakla beraber muayyen *[belirli]* bir soğukluk da hissetmemişti. Fakat bütün bu ev halkının üstünde, hatta Nihal'den ziyade, muhabbeti evin hanımına teveccüh etti *[yöneltti]*.

Nihal'in annesi hasta ve Bülent'e gebe idi. Mlle de Courton evin içinde en son onu tanıdı. İki gün sonra onu, Adnan Bey refakat ederek, hastanın odasına götürmüştü. Tabipler, hastanın yürümesine, gezmesine mümanaat ediyorlardı *[yasaklıyorlardı]*; genç kadın odasında geniş bir koltuk içinde penceresine mahkûm idi. Hastayı, beyaz elbisesinin, sarı saçlarının arasında daha solgun görünen ince zayıf çehresiyle görür görmez ihtiyar kızın kalbinde derhal bir merhamet uyanmıştı. O gün hasta, şüphesiz iki senedir görülen mürebbiye çehrelerinin ihsas edemedikleri *[sezdiremedikleri]* itimadı ihtiyar kızın elli senelik bir safvet *[saflık]* hayatıyla ferih *[neşeli]* ve asude *[rahat]* duran simasından duyarak hazin bir tebessümle ve kocasının vesatetiyle *[aracılığıyla]*: «Ümit ederim ki Nihal sizi çok sıkmayacak» demiş idi; «Biraz şımarıkça büyüdü, fakat tabiatında bir mazlumluk var ki şımarıklığının fazlasını affettiriyor. Ben bir hayli zamandan beri onunla meşgul olamıyorum. Hatta bilmem ne için, belki bensiz kalıverecek korkusuyla onu mümkün mertebe görmemek, düşünmemek, istiyorum. Nihal size yetim kalmış bir çocuk hükmünde bırakılıyor demektir. Siz onun için bir muallimeden ziyade bir valide olacaksınız...».

Bu sözler ölmekten ziyade çocuğunu yalnız bırakmaktan korkan bir valide tesiriyle, titrek bir sesle söylenmişti. Mlle de Courton, Adnan Bey'in tercümesini dinlerken bu sözlere hastanın ruhunu terfik etmek *[katmak]* isteyerek gözlerini, üzerinde rica eden bir tebessümün mevceleri *[dalgaları]* uçan mariz simadan ayırmıyordu. Son cümle onun kalbinde en hassas, en ziyade titremeye meyyal *[eğilimli]* bir teli canlandırdı: Valide!.. Nihal'in validesi olmak fikri hayatının bütün mahrumiyetleri içinde en acısıyla o kadar samimi bir irtibatı haiz idi *[sahipti]* ki... Neseviyet *[kadınlık]* emellerinden feragat etmiş *[vazgeçmiş]* bütün biçare kadınların kalbinde her türlü mahrumiyetlerin gözyaşları sükût edebilir; fakat bunlardan biri, analıktan mahrum kalmış olmak acısı, daima zehirden birer katre ile damlayan iltiyam bulmaz bir cerihadır *[kapanmaz bir yaradır]*. Zannolunur ki tabiat kadınların ruhuna boş kalmaya tahammül edemeyen bir beşik koymuştur. Bu ihtiyar kızın da ruhunda böyle boş bir beşik, o beşiğin yanında hiç olmazsa boşluğunu uyutmak isteyen bir ananın mersiye kabilinden *[ağıt türünden]* ninnileri vardı. Birden, hastanın o son sözüyle, bu boş beşiği dolmuş zannetti ve bugünden başlayarak rikkatle *[merhametle]* karışık bir muhabbet onu hastaya meftun etti *[bağladı]*.

Mlle de Courton'un asalet vakarına *[onuruna]* karşı feda olunamayan birtakım hisleri vardı. Bunlar, Adnan Bey'in evine intisabı *[kapılanması]* esnasında hükmünü icra ederek birkaç esas şartın takarrürüne *[kararlaştırılmasına]* sebebiyet vermişti: Çocuğun adi hizmetlerine karışmayacaktı, giydirilmesine nezaret edecekti, fakat yıkanmasına müdahale etmeyecekti, kendisinin yalnız nefsine ait bir odası olacaktı, şöyle yapılacaktı, böyle edilecekti... Bu esas şartlar resmi bir muahede *[anlaşma]* kadar ehemmiyetle tadat ve tayin olunmuştu *[sayıp dökerek belirlenmişti]*. Hastayı gördükten sonra o gece Mlle de Courton çocuğu yatırmadan evvel ayaklarını yıkamak için Nesrin'den sıcak su istedi. Nesrin, bilhassa *[özellikle]* ayaklarından pek ziyade gıcıklanan Nihal'i güldürerek yıkarken bir aralık Mlle de Courton bütün asalet vakarını unuttu, Nesrin'in yanına oturarak ve ıslanmamak için yenlerini çekerek ellerini leğenin içine soktu; bu mini mini beyaz şeylerden birini alarak, okşayarak, gıcıklayarak, Nihal'i fıkır fıkır güldürerek, güya Nesrin'e ders verdi. Nihal için bir valide olmak fikri bütün o esas şartları mefsuh bir nüsha *[iptal edilmiş bir belge]* hükmüne getirmişti.

Her gün öğleye yakın, derslerini bitirdikten sonra, çocuğu alır, hastanın odasına gider, bir dakika bir yerde duramayan Nihal ortalığı karıştırırken, o hastanın karşısında gülümseyerek otururdu. Bu iki kadın yalnız gözlerinin sakit *[suskun]* ifadesiyle birbirine kalplerini dökerlerdi. Böyle ne kadar beliğ *[düzgün]* sükûtlarla birbirinin ruhunu duymuşlar, görüşemeksizin ne demek istediklerini anlayarak dost olmuşlardı.

Bülent doğduktan sonra hastada o kadar inhitat *[çökme]* eseri görünmeye başlamıştı ki herkesle beraber Mlle de Courton da çocukların annesiz kalmaya mahkûm olduklarını anlamıştı. Hasta iki sene, bir camekânın içinde yavaş yavaş kuruyan nazik bir nebat *[bitki]* gibi güya katre katre *[damla damla]* can vererek, sürüklendi; nihayet Nihal bir gün mürebbiyesiyle Büyükada'ya, Adnan Bey'in ihtiyar halasına gönderildi. Çocuk, orada geçirdikleri on beş gün zarfında hiçbir kere ne annesini sormuş, ne evi aramış idi. Yalnız avdet ettikleri gün birden, kendisini istikbal eden *[karşılayan]* yaşlı gözlerin karşısında hakikati anlayarak bağırdı: «Anne!.. Annemi görmek isterim!..» Sonra etrafında cevap veremeyerek yüzlerini çeviren bu perişan ev halkını görünce çocuk kendisini yere atmış, kollarıyla bacaklarını kıvırıp buran asabi bir ihtilaç *[çırpınma]* içinde, boğazını yırtan ve heyhat, cevapsız kalmaya mahkûm olan «Anne!.. Anne!..» feryatlarıyla ağlamaya başlamıştı.

O zaman ihtiyar kızın gözlerinin önüne olanca mehabet *[korkunçluk]* ve azametiyle *[büyüklüğüyle]* bir mukaddes *[kutsal]* vazife dikilmiş oldu: Bu validesiz çocuğa validesizliğini unutturmak...

★ ★ ★

Nihal'de bazı şeyler fark eder ki bunlar kalbinde ufak bir korku uyandırırdı. Bu çocukta garip, tahlilden *[açıklamadan]* firar eden *[kaçan]* tezatlar vardı. Babasından başlayarak bütün ev halkına kadar ona gösterilen muhabbette her vesile ile bir merhamet hâkim olur ve bu acınarak sevilmek zaten çocuğun mevrus *[irsi]* bir zaaf ile mariz *[hasta]* asabında daha ziyade bir incelik, daha ziyade bir hassasiyet uyandırırdı. Bu, onu bir mazlumiyet havası içinde sarıyordu ve sanki bu havadan şu narin çiçeği öldürmeyecek fakat daima sarartıp solduracak bir müsemmim *[zehirleyici]* nefes intişar ederdi *[yayılırdı]*. Onun için Nihal'de herkesin gözlerinde katre katre içilen merhamet manasının bir yetim elemi vardı. İhtimal bu, o kadar dikkati celp etmeyecekti *[çekmeyecekti]*, eğer yanında tezatlar teşkil eden şeyler olmasaydı. Bu tezatlar mazlumiyetini, daha ziyade vuzuh ve sarahat *[açıklık]* veren, bir daire ile kuşatırdı. Öyle şımarıklıkları vardı ki Nihal'i birden başka bir çocuk olmuş zannettirirdi. Hele babasına karşı ara sıra birkaç yaş küçülür, dizlerine tırmanır; sakallarının altından, ta dudaklarını kılların tırmalamayacağı yerlerden, öpmek ister; güya sevildiği kadar sevilmek ruhunu tatmin etmiyormuşçasına daha ziyade sevilmek için muacciz *[usandırıcı]* bir çocuk olurdu. Bir yerde beş dakikadan ziyade durmak, bir şeyle beş dakikadan ziyade eğlenmek; daimi bir sıkıntıdan, gizli, durmadan ruhunu ezen, derin bir yürek üzüntüsünden firar etmeye çalışıyor zannolunan Nihal'den beklenemezdi.

Mlle de Courton en ziyade bundan bizar *[rahatsız]* idi; Nihal'e yarım saat muntazam *[düzenli]* imla yazdırmaya, piyanosunda temrin *[alıştırma]* yaptırmaya muvaffak olamazdı; dersler daima sektelere *[kesilmelere]* uğrayan kırık kırık parçalardan teşekkül ederdi; fakat bir gün, bilinemez nasıl, Nihal, o kazazede, derslerden öğrenmiş olarak çıkardı.

Uzun uzun hırçınlıkları vardı ki eğer bir gözyaşlarının tuğyanı *[coşkunluğu]* ile, bir asap buhranı *[sinir krizi]* ile sükûn bulmayacak olursa günlerle sürerdi. Gözyaşlarından, çırpınmalardan, tepinmelerden sonra fazla uyku uyumuş gibi simasına bir yorgunluk çöker, sanki bu buhran onu hırpaladıktan sonra dinlendirirdi. Muayyen *[belirli]* olmayan fasılalarla *[aralarla]*, olmayacak vesilelerle bu dökülen yaşlar ruhunun rikkati fazlası idi ki mutlak taşmaya muhtaç idi. Ondan sonra çılgınca bir şetaret *[sevinç]* devresi başlardı; Bülent'le, Cemile'yle, Beşir'le yalının geniş sofalarını, büyük bahçesini bitmez tükenmez cevelanların *[dolaşmaların]* gürültülerine boğardı.

Mlle de Courton korkardı ki bu tezatların arasında Nihal'in zayıf, rakik vücudu muhtelif rüzgârların tesadüm *[çarpışma]* noktasına tesadüf etmiş ince, narin bir dal mukavemetsizliğiyle *[dayanaksızlığıyla]* kırılmasın.

Adnan Bey'le ne kadar uzun istişareler etmişler *[danışmışlar]*, bu tezatları mümkün mertebe tahfif ederek *[hafifleterek]* çocukta bir mizaç ıttıradı *[düzenini]* vücuda getirebilmek için ne çareler düşünmüşlerdi; fakat buldukları tedbirlere karşı bu asap muamması *[bilmecesi]* her defasında isyan ediyordu.

Asıl Bülent'le idaresinde zorluklar görülürdü. Annesinin karnından bir bebek çıkaracakları haberini daima sevinerek, sevincinden ellerini çırparak telakki ederken *[karşılarken]* o doğduktan sonra birden bu meserrette *[sevinçte]* bir tebeddül vukua gelmiş idi *[değişiklik olmuştu]*. Evvelce annesinin yanına ancak günde bir iki defa giderken artık oradan ayrılmamak, başkasının bu yeni bebekle meşgul olmasına meydan bırakmamak, annesinin yatağına tırmanarak muttasıl *[sürekli]* Bülent'i öpmek için türlü huysuzluklar icat etmiş idi. Bir hafta, çocuk annesinin odasında kaldığı müddetçe, Nihal kıskançlığından çıldırmış zannolundu. Çocuğu hastanın yanından ayırıp da yalının bir köşesine, Şakire Hanım'ın yanına atmaya mecburiyet görüldükten sonra Nihal, Bülent'i unutmuş göründü. Çocuğu annesine nadir ve gizli getirirlerdi, yalının içinde Bülent arızi *[ara sıra]* görülürdü.

Daha sonra Şakire Hanım'ın yanından alınarak Mlle de Courton'a verilebilmek için Nihal'in reyine *[görüşüne]* müracaat olundu: «Bülent'i sana vereceğiz, onu sen terbiye edeceksin, yanında yatıracaksın, soyup giydireceksin, Bülent artık senin olacak...» denildi. Nihal bu desiseye *[hileye]* kapılmış göründü, Bülent'in kendisine verileceğini çılgınca bir sevinçle kabul etti ve işte o günden beri Bülent Nihal'in, yalnız Nihal'indir, başka hiç kimsenin değildir.

Nihal'in kıskançlığında, ta küçüklüğünden beri, hemen bütün çocukların kıskançlığına karışan hıyanet fikri yoktu; çocuğun ne gizlice parmağını ısırır, ne yavaşça kolunu çimdiklerdi. Onun kıskançlığında başka bir şey vardı: Herkesi Bülent'ten değil Bülent'i herkesten esirgiyor, başkalarıyla onun arasına kendi kalbini koyarak ona herkesten ziyade yakın olmak istiyor zannolunurdu.

Evin içinde âdet olmuştu –ilk önce latife *[şaka]* olarak başlanıp yavaş yavaş bir kaide hükmünü ve kuvvetini alan bir âdet– ne zaman Bülent'e dair bir şey olsa Nihal'e müracaat edilir, Bülent'e tembih olunacak şeyler Nihal'e söylettirilir, hatta Bülent de daima Nihal'le tehdit olunurdu. Annelerini kaybettikten sonra ruhunun gizli bir ihtiyacıyla Nihal, Bülent'e daha ziyade takarrüp etmiş idi *[yakınlaşmıştı]*. Bir tabii his sanki mini mini kızı küçük kardeşine bir valide olmaya sevk ediyordu; fakat öyle bir valide ki çocuğunu herkesten kıskansın, ona başka birisinin eli sürüldükçe kalbinde bir şey yırtılsın.

Bir gün Adnan Bey, Bülent'i dizlerinin üstünde hoplatıyordu, Nihal onları görmemek için o tarafa bakmıyordu, bir aralık babası Bülent'in gevrek gevrek kahkahalarına dayanamayarak mini mini tombul yanaklarını öperken Nihal başını çevirdi, duramayarak ilerledi, ta yanlarına gitti, sokuldu, o kadar ki bu buselerin arasına bir hail *[engel]* çekmek istiyordu, sonra birden babası tevakkuf ederek *[durarak]* kendisine bakınca kızardı, fakat itiraf etti: «Oh! Yeter artık, baba... Fena oluyorum!» dedi. Nihal'in bütün hassas ruhu bu son sözün içinde idi. Adnan Bey o günden sonra Nihal'in yanında Bülent'i sevmekten nefsini menetti; lakin Nihal artık bir kaide ittihaz etmiş *[kural koymuş]* oldu: Bülent'i sevmek, okşamak için birisinde, bilinemez nasıl bir keşif hissiyle, arzu olduğuna vâkıf olur olmaz *[anlar anlamaz]* kendisinden izin alınmaksızın bu arzuya müsaade olunmasından korkarak: «Bülent'i hiç sevmiyorsunuz!..» cümlesine benzer bir şey söylerdi.

Dünyada bu endişelerden mütecerrit *[soyutlanan]*, bu bin türlü kayıtlardan azade, etrafında cereyan eden bütün bu şeylerden haberi olmayan birisi varsa o da Bülent'ti. Onun yalnız bir şeye merakı vardı: Gülmek... Ve dünyada en ziyade onu güldürecek, en neşveli *[sevinçli]* kahkahalarına serbest bir tayaran *[uçuş]* verecek Nihal'dir; hususuyla iki kardeş yalnız, aralarına bir üçüncü kalp girmeksizin, yapayalnız bulundukları zamanlar...

Yatak odaları yalının en üst katında, bahçeye nazır olan cenahta idi *[bakan taraftaydı]*. Büyük sofadan buraya genişçe bir dehlizden *[koridordan]* gidilirdi. Birinci odada Adnan Bey, üçüncüde Mlle de Courton, ikisinin arasındakinde onlar yatarlardı. Burada hem yalnız idiler, hem bir taraftan babalarıyla diğer taraftan ihtiyar kızla beraberdiler. Odaların arasında birer aralık kapı vardı ki geceleri yalnız perdelerin kapanmasıyla set olunurdu *[kapatılırdı]*. Daha sonra, dehlizin dördüncü ve sonuncu odasında çocuklara bir dershane teşkil olunmuş idi. Dershaneye tahsis olunan *[ayrılan]* bu oda mürebbiyenin bir derd-i daimisiydi *[sürekli derdiydi]*, Bülent'in derslerinden ziyade kasırgalarına zemin olan bu oda kadar dünyada karışıklığa mahkûm bir yer daha olamayacağına yemin ederdi. Evin içinde bir sigara iskemlesinin yer değiştirmesine kıyametler koparacak kadar intizam *[düzenlilik]* merakında ifrat *[aşırılık]* gösteren Adnan Bey çocukların bu odasına giremezdi, oraya ne zaman girse sinirlerinde bir hastalık hissettiğini iddia ederdi.

Yalıda başka hiçbir yere ilişmemek ahdine *[yeminine]* mukabil *[karşılık]* burada bütün istediklerini yapmak için Bülent'e müsaade *[izin]* verilmiş idi, Bülent de bu müsaadeden yalının hiçbir yerine bir tahrip eseri bırakamamak mecburiyetinin intikamını alacak derecede istifade ediyordu. Mini mini bir yazıhaneleri vardı ki babasının bir gün birkaçını aşırdığı oymacılık aletleriyle kenarlarına kendine mahsus rişeler *[saçaklar]* hakketmiş idi *[kazımıştı]*. Mlle de Courton sırasıyla gelen Figaro(26) nüshalarından gemiler, külahlar, sepetler yapılmış, duvarlara, pencerelerin mandallarına, siyah yazı tahtasının kenarına asılmış idi. Ablasının bütün eski kitaplarından, musavver *[resimli]* nota kapaklarından resimler oyulmuş camlara, kapıların arkasına, ta duvarda Avrupa haritasının denizlerine yapıştırılmış idi; böyle oyulmuş bir şemsiye vardı ki ta bahr-i muhitin *[okyanu-*

(26) Le Figaro, Fransızların ünlü muhafazakâr eğilimli gazetesi.

sun] bir tarafına atılmış, bir rüzgâra kapılarak Amerika seyahatine çıkmış idi. Daha sonra bin türlü kırılmış oyuncaklar, koparılmış kitaplar, o her gün sabah akşam toplanıp da Bülent'in yalnız bir uğramasıyla güya canlanarak haşarı kedi yavruları gibi odanın her tarafına dağılan ufak tefekler ayak basacak, oturacak yer bırakmazdı. Şimdi Bülent yeni bir merak çıkarmış idi: Elinde kurşun kalemiyle duvarlara resimler yapıyordu. Hayalinden bugün bir gemi, yarın bir deve çıkıyor, duvarın bütün etekleri yavaş yavaş doluyordu. Artık boyu yetişebilecek kadar yer kalmadığı için şimdi iki günden beri Bülent'in zihnini başka bir fikir gıcıklıyor. Nihal'in daha gönlü olup da müsaade etmemiş idi, fakat onun öteden beri hep âdeti öyle idi: Evvela müsaade etmemek, kendisine itaat olunduğunu gördükten sonra artık mümanaata *[engellemeye]* lüzum görmemek... Oh! Ne güzel olacaktı!.. Behlül ona bir kutu boya getirmiş idi, bunların içinde her renkten vardı, bütün o resimler boyanacaktı... Deveyi kırmızı yapacaktı, «Değil mi, abla, deve kırmızı olur, değil mi?» Nihal henüz yumuşamamıştı, «Deli misin?» diyordu, fakat devenin rengini haber vermiyordu.

Hemen bütün hayatları bu odada geçerdi. Sabahleyin uyandıktan sonra yıkanırlar, giyinirler; Mlle de Courton'la beraber aşağıya, yemek odasına inerek sütlü kahvelerini içerler; güzel havalarda bir saat kadar bahçede gezerler, Bülent, Beşir'le koşar, Nihal büyük kestane ağacının altında Matmazel'le beraber oturur, sonra ihtiyar kız hiçbir vakit göğsünden eksik olmayan küçük saatine bakarak haber verir, «Vakit geldi!..» der, tekrar içeriye girerler ve odalarına çıkarlar.

Artık ders başlardı. Nihal şimdi akşamları babasına tashih ettirilmek *[düzeltilmek]* üzere küçük ahlak parçaları tercüme ediyor, kolay manzumeleri nesre tahvil ediyor *[çeviriyor]*, cari *[günlük]* hayata dair esaslar üzerine mektuplar yazıyordu. Mlle de Courton, Nihal'le meşgul olurken Bülent her vakit geri kalan fiil defterlerini doldurmak için yazıhanenin ta öte tarafında kalemini hokkadan çıkarmazdı. Bazen Mlle de Courton'un gözü Bülent'e ilişirdi ve sert bir sesle bağırırdı: «Bülent!..» Bülent, nihayet emr-i hazır sigalarına *[ikinci şahıs emir çekimlerine]* kadar ciddiyetle yazabildiği bir fiilden usanarak oraya, suret-i emriye *[emir kipi]* ile suret-i inşaiye *[dilek kipi]* arasına, ya sekiz on eğri büğrü çizgiyle bir köşk, yahut ortasında hiçbir çiçeğe benzemeyen bir şeyle bir saksı kondurmak üzere bulunurdu.

Bülent'in sebebiyet verdiği bu fasılalar Nihal için ganimet sayılacak fırsatlardı; o mutlak sekiz satırlık bir iştigalden *[uğraşmadan]* sonra bir nefes almak, derste tesadüf olunmuş bir kelimeden inşiap ettirilerek *[türetilerek]* uzun uzun devam eden bir muhavere *[konuşma]* açmak, yahut Mlle de Courton yerinden kalkıp Bülent'in defterinden köşkleri saksıları kaldırırken o da pencereye koşup bahçeye bakmak için vesile kollardı. Nihayet bu arızalar arasında Nihal'in dersi biter, on dakikalık bir tatilden sonra Bülent'in derslerine başlanırdı.

Mlle de Courton, Bülent'le meşgul olurken Nihal'in piyanosuna, gergefine, dikişine, işlemelerine çalışması mukarrerdi *[kararlaştırılmıştı]*; fakat onun yarım saat bir şeyle iştigali *[oyalanması]* mümkün olmadığı için canı ne zaman isterse piyanosundan dikiş takımına, dikiş takımından gergefine geçmesine müsaade olunurdu. İhtiyar kız, bu kelebek için başka bir çare bulamamıştı.

Mlle de Courton, Nihal'in hiçbir şeye dikkat etmeyerek, hiçbir şeyle meşgul olmayarak her şeyi öğrenmesine artık o kadar alışmış idi ki şaşmıyordu; fakat piyanoda terakkisine hayretten nefsini menedemezdi *[ilerlemesine şaşırmaktan kendisini alamazdı]*. Mutlak parmakların uzun işlemesine istihsal olunabilecek *[elde edilebilecek]* şeyleri Nihal bir gün, yapıvermiş bulunurdu.

Bütün Cerni'nin(27) temrin *[alıştırma]* silsileleri böyle can sıkacak bir oyun kabilinden geçmiş idi, şimdi Clementi'nin(28) Mlle de Courton'u bile titreten Gradus ad Parnassum'una hazırlanıyordu. İtalyan musikisinin Cimarosa'larından,(29) Donizetti'lerinden,(30) Merkadante'lerinden, Rossini'lerinden,(31) Adnan Bey'in takım takım getirdiği operaları güya evvelden görmüş, işitmiş, hissetmiş denecek bir his ve ihsas kolaylığı ile, Mlle de Courton'un inanmak istemeyen mütehayyir gözlerinin önünde, gelişi güzel okuyuverirdi. O vakit ihtiyar kız Adnan Bey'e: «Bilir misiniz, bu altı senede olmayacaktı.» derdi; «Fakat bunda ne benim, ne kendisinin meziyeti var; bu kızın parmaklarına Rubinstein'ın(32) ruhundan bulaşmış olacak...».

---

(27) Karl Czerny (1791-1857), Çek asıllı Avusturyalı piyanocu. Eğitim amaçlı eserleri kuruluklarına rağmen önemlidir

(28) Muzio Clementi (1752-1832), İtalyan besteci. Sonatlarıyla ünlüdür. Gradus ad Parnassum onun ünlü eğitim kitabıdır.

(29) Domenico Cimarosa (1749-1801), İtalyan besteci. Dramatik yapıtlarıyla ünlenmiştir.

(30) Gaetano Donizetti (1797-1848), İtalyan besteci. Operalarıyla tanınmıştır.

(31) Gioacchino Rossini (1792-1868), İtalyan besteci. Lirik besteleriyle, özellikle operalarıyla tanınır.

(32) Antoine Rubinstein (1829-1894), Rus piyanist ve besteci.

Nihal'in parmaklarına o üstadın sanat dehasından bir şey bulaşmış olması fikri öyle bir şey idi ki Mlle de Courton'un nazarında anlaşılmaz bir hakikati izah ederek bu musiki muammasını *[bilmecesini]* tefsir etmiş *[yorumlamış]* oluyordu, artık başka bir sebep aramaya da lüzum görmezdi.

Nihayet derslere bir mücadele ile hitam *[son]* verilirdi. Babasının getirttiği operaların arasında Wagner'den[33] de vardı ki Mlle de Courton kati bir memnuiyet *[kesin bir yasaklama]* ile çalınmasına mâni oluyordu. Nihal de bilakis bu menedilen şeyi mutlak her gün eline alır, mürebbiyeyi Bülent'in pek ziyade hiddetlendirdiği bir sırayı kollayarak piyanosundan tecrübe etmek *[uygulamak, çalmak]* isterdi. O zaman Mlle de Courton Bülent'i unutur, piyanoya koşardı: «Lakin çocuğum, size bin defa söyledim ki bunu çalmak için insanın Alman parmakları olmalı. Parmaklarınızı kıracaksınız, yalnız o kadar değil, fikrinizi, musiki zevkinizi berbat edeceksiniz. Düşününüz bir kere: Bir fırtına ki bacaları deviriyor, kiremitleri atıyor, ağaçları söküyor, kayaları yuvarlıyor, düşününüz o gürültüyü, bundan bir musiki yapınız, işte Mösyö Wagner!..

Onun Wagner için sükûn bulmaz bir husumeti *[düşmanlığı]* vardı. Mösyö Wagner derken bütün bu asilzade Fransız kızının damarlarındaki kanlar Alman dâhisini tezyif *[alay]* ederek ıslık çalıyor zannolunurdu.

Artık ondan sonra derse devam olunamaz, ihtiyar kız yemek vaktine kadar odasına çekilir ve çocuklar istedikleri yere gitmek için hür bırakılırdı.

---

(33) Richard Wagner (1813-1883), Alman besteci. Operalarıyla tanınır.

Nihal babasının yanına giderdi. Aşağıda, iş odasında Adnan Bey ikide birde saate bakarak kızının bu sabah ziyaretlerini sabırsızlıkla beklerdi.

İkisinin arasında böyle sürur *[sevinç]* ve saadetle geçen saatler ne tatlı saatlerdi! Onun babasına bir iptilası *[düşkünlüğü]*, bir meftuniyeti *[tutkunluğu]* vardı ki hiçbir zaman tatmin edilmiş olmazdı. Daima sevilmek, her vakitten ziyade, saniyeden saniyeye teşeddüt edecek *[kuvvetlenecek]* bir muhabbetle sevilmek için ruhunda asla teskin edilemeyen *[sakinleştirilemeyen]* bir ihtiyaç vardı. Babasının yanında pek ziyade şımarır, geveze bir kuş, yaramaz bir kelebek olurdu. Sonsuz bir lakırdı sermayesi vardı: Derslerinden, gördüklerinden, işittiklerinden bir küçük esas sebep olurdu, babasına birbiri ardınca sualler irat ederdi *[sorardı]*. O, yorulmayarak hatta eğlenerek, ara sıra Nihal'in bir şeytanet *[şeytanlık]* ve istihza fikriyle üzerine bir parça neşve serptiği bu muhaverelerden *[konuşmalardan]* gülerek, çocuklaşırdı; aralarında bir yaş seviyesi hasıl olurdu.

Yemekten sonra Adnan Bey, İstanbul'a inerdi. Çocukların o gün Mlle de Courton'la uzun bir seyranları yoksa yalının içinde Adnan Bey'in avdetine *[dönüşüne]* kadar süren cevelanları olurdu. Nihal'in hususuyla vakit geçirmek için hoşuna giden yer Şakire Hanım'ın mutfağıydı.

Haremde bu mutfak bir oyuncak kabilinden yaptırılmıştı. Ara sıra Adnan Bey senelerden beri ıttıradına halel gelmeyen *[bozulmayan]* aşçısının yemeklerinden usanır, Şakire Hanım'dan bir midye dolması, bir tatarböreği, bir çerkeztavuğu isterdi. Bu, Hacı Necip'ten gizli tutulurdu, haber alacak olursa Hacı Necip günlerce surat asar, günlerce Adnan Bey'e görünmezdi.

Bir gün midye kabuklarını görmüş, kırk senelik aşçı olduktan sonra Şakire Hanım kadar midye dolması dolduramazsa ayıp olacağını söyleyerek gitmeye kalkmıştı. Şakire Hanım'la aralarında daimi bir çekişme vardı: Mutlaka Şakire Hanım dönme dolaptan harç verirken kavga olur, Hacı Necip ikide birde: «Ya kiler dışarıya çıksın, ya mutfağı büsbütün içeriye alın.» derdi.

Bazı defalar bu mücadeleler o kadar şiddet kesp ederdi *[kazanırdı]* ki Şakire Hanım'ın kocası, vekilharç Süleyman Efendi, barış için vesatetini istimale *[aracılığını kullanmayı]* lüzum görürdü. Bu mücadelelerden evin içinde iki kişi pek memnun idi. Bülent'le Beşir... Hatta onlar biraz da iki tarafı kızıştırmaya yardım ederlerdi.

Şakire Hanım'dan bir şey istenilince Nihal yalvarırdı:

— Kuzum, bacı, beni bekle, e mi? Beraber yapalım...

O gün Nihal, Cemile, Nesrin, hatta ara sıra Nesrin'e çıkışmak için gelerek avdette teehhür eden *[geciken]* Şayeste, Şakire Hanım'ın etrafında dönerler, küçücük mutfağı bir mahşere çevirirlerdi.

Burası yalının ikinci katında bahçeye nazır, müşemmes *[güneşli]*, pencerelerini sarmaşıklar kaplamış, beyaz mermer mefruş *[döşenmiş]*, daima son derece temiz, bir nezafet *[temizlik]* havasıyla insana iştiha *[iştah]* veren bir yerdi. Bazar Allemand'dan[34]

---

(34) İstiklal Caddesi'nde mutfak eşyası satan bir mağaza. Sonra adı Bazar du Lavant olmuş, daha sonra yerini Paşabahçe Şişe Cam Fabrikası'nın satış mağazasına bırakmıştır.

alınmış tencereler, sahanlar, bütün o bir salon eşyası zannolunacak kadar zarif ve narin şeyler, sarmaşıkların yeşilliklerinden süzülerek giren güneş ziyaları altında nezafetlerinin şaşaalarını serperlerdi. Artık burada, bu sevimli mutfağın içinde, kendisine merbutiyetlerini *[bağlılıklarını]* bütün ruhuyla hissettiği bu mahlukların arasında latifelerle, sahte kavgalarla, itişip kakışmalarla, kahkahalarla geçen saatleri, Nihal bütün kalbini ısıtan bir saadet duyarak geçirirdi.

Akşam babasının avdetine sabırsızlıkla intizar eder *[bekler]*, ta merdivenlerin üstünden bağırırdı:

— Baba!.. Bugün size bir şey pişirdim ki... Şakire Hanım'a sorunuz da bakınız, onlar hiç karışmadılar.

Güzel havalarda babalarıyla beraber akşam seyranlarına çıkarlardı. Mlle de Courton bu saatleri yalının bahçesinde Alexandre Dumas'nın(35) hikâyelerine hasrederdi *[ayırırdı]*.

Genç kızlara roman okutmamak Mlle de Courton için en ziyade tatbiki *[uygulamalı]* bir terbiye kaidesi idi ki şiddetle Nihal hakkında meriyetini *[yürürlüğünü]* muhafaza ederdi; fakat kendisinin hikâyelere, hususuyla Alexandre Dumas'ya derin bir meftuniyeti vardı. Nihal'in suallerinden azade kalabilmesine müsait fırsatları bütün hikâyelere hasrederdi. Bu itiyadın neticesiyle onun hayatına, hissiyatına *[duygu dünyasına]* Alexandre Dumas ve ona benzeyenlerden bir şeyler sirayet etmişti *[bulaşmıştı]*. Sanki hikâyeler ihtiyar kızın gözlerine renkleri de-

(34) Alexandre Dumas Fils (1824-1895), ünlü Fransız yazar ve tiyatrocu.

ğiştiren bir gözlük takmış idi; o, ancak kenarından hisse aldığı hayatı hep bu gözlüğün arasından görür, önüne tesadüf eden çehreleri anlamak, hayatının ufak tefek vakalarına bir hüküm vermek için bütün zihninde yaşayan hikâye hatıralarına müracaat eder, onlarla bir müşabehet *[benzerlik]* nispeti kurduktan sonra bir netice çıkarırdı. Hemen hikâyelerinden birinin bir sahifesiyle tetabuk edemeyen *[uymayan]* vakalar ehemmiyet verilemeyecek bir yalan derekesine *[aşağı derecesine]* inerdi.

★★★

Nihal o akşam Adnan Bey'in kendisini görmek istediğini haber verince işte altı seneden beri birinci defa olarak böyle talep olunan mülakat için ihtiyar kız derhal bir şüphe duydu. Bunun hikâye hatıralarından hangisinde bir tatbik zemini bulabileceğini hemen düşünmüş idi.

Adnan Bey hayatının bu şartlar içinde devam edemeyeceğine dair bir dolaşık nutukla ihtiyar kızı kendi efkârı *[düşünceleri]* dairesine celp etmeye *[çekmeye]* çalışırken o hâlâ düşünüyordu, nihayet izdivaç fikri bu nutkun bulutları içinden bir şimşek parıltısıyla nazarından tutuşunca Mlle de Courton mebhut *[şaşmış]*, mütehayyir, ağzı yarı açık durdu. Hayır hikâyelerinden hiçbirinde bu vakaya bir tatbik zemini bulamıyordu, inanmadı ve kendisini zapt edemeyerek Adnan Bey'le bütün resmi tekellüflerine *[özenişlerine]* rağmen: «Latife ediyorsunuz!..» dedi.

Bu latifenin müthiş bir hakikat olduğunu anladıktan sonra ihtiyar kız duramadı, ayağa kalktı, «Lakin Nihal, lakin Nihal! Bu onu öldürür, anlıyor musun?» diyordu. Sonra Adnan Bey'in gözlerini indirerek cevap vermediğini görünce hissetmişti ki Nihal'in başı ağrısa çıldıran bu babada o ihtimalin feryadı bir makes *[karşılık]* bulamıyordu. Nihayet Adnan Bey cevap verdi:

— Hayır, dedi; yanılıyorsunuz. Nihal'i o kadar yakından tetkik etmemişsiniz *[incelememişsiniz]*, yalnız ittihazına *[tasarlamaya]* lüzum görülecek bazı tedbirler var. Hatta size de müracaattan maksat bu...

O zaman bu mühim vazife kendisine teveccüh olunmuş idi. Kabul etmemek için çırpındı, hatta bu vazifeyi icraya mecbur olmamak için bu evden kaçacağını söyledi; sonra birden Nihal'in asıl bu zamanda kendisine muhtaç olacağını düşündü, bu müthiş hakikat ile o narin vücudun arasında müsademeyi tahfif edecek *[çarpışmayı hafifletecek]* bir kalp lazımdı ve o kalp ancak kendisinin kalbi olabilirdi.

Adnan Bey'in odasından çıkarken Mlle de Courton sallanıyordu. Yemek zamanına kadar Nihal'den kaçtı, sofrada ona bakarken hep ağlamak istiyordu.

O gece Nihal'e mutlak haber vermek için kati talimat almış idi. Bülent uyuduktan sonra orada, yavaş sesle, ikisinin arasında cereyan eden muhavereden sonra Mlle de Courton, müsterih *[gönlü rahat]* oldu. Kendi kendisine «Galiba babasının hakkı var» dedi.

Nihal'e yalnız eve bir kadın geleceğinden, bu kadının herkesle beraber sofraya oturacağından, onun da bir odası olacağından, bu kadının Nihal'i pek ziyade seveceğinden bahsetmişti. Nihal bütün bu şeyleri pek büyük bir sükûn *[sakinlik]* ile dinlemiş, sanki yeni bir şey işitmiyormuşçasına küçük bir hayret eseri bile göstermemiş idi. Yalnız birtakım teferruatı *[ayrıntıları]* merak ediyordu: Odası nerede olacaktı? Bu kadın güzel, kendisinden daha mı güzeldi? Beybabası ona ne diyecekti? Hangi odada yatacaktı. Bülent'e karışacak mıydı? Beşir yine Nihal'in olacak değil miydi? Ondan sonra... –Bu suali en nihayet irat etmiş idi– ondan sonra babası Nihal'i gene evvelki kadar sevecek miydi?..

Bu sualin cevabını aldıktan sonra Nihal, henüz kapanmamış cibinliğinin altında şüphesiz gene bir araba seyranına gülerek uyuyan Bülent'e bakarak uzun uzun düşünmüştü. Nihayet Mlle de Courton demiş idi ki:

— Şimdi beybaban senden izin bekliyor, eğer sen izin verecek olursan gelecek. Yarın sabahleyin beybabana söylersin, değil mi çocuğum?...

Nihal, yalnız başını hafifçe sallayarak sakit *[suskun]* bir «Evet!» demiş ve o gece yalnız kaldıktan sonra Bülent'in yataklığına eğilerek rüyasının saadetiyle gülen bu çehreyi, güya saadet tebessümünü orada tespit etmek isteyerek, uzun bir buse *[öpücük]* ile öpmüş; daha sonra, bilinemez nasıl bir hisle, o geceden başlayarak aralarına bir duvarın çekilmesi lüzumunu anlamışçasına, babasının odasıyla kendi odalarının arasındaki kapıyı birinci defa olarak kapamış idi.

★ ★ ★

— Behlül Bey!..

— Nihal Hanım!..

— Niçin bana bakmadan cevap veriyorsunuz?

Behlül bir iskemlenin üstüne çıkmış, duvarda bir levhanın *[tablonun]* köşesine resim sokuşturmakla meşgul idi. Nihal'in son sualine gene başını çevirmeyerek cevap verdi:

— Dargın değil miyiz?

Nihal, kin tutmaz çocuklara mahsus bir barışıklık hevesiyle:

— A, dedi, ben tamamıyla unutmuştum. Sahih, dün akşam dargındık, değil mi? İstersen çıkayım...

Behlül iskemleden atladı:

— Çerçevenin hiç aralığı yok. Biraz daha zorlansa cam kırılacak... –Elinde resmi sallayarak duvarlara bakıyordu– Şimdi bunu nereye koymalı?.. Nihal! Ben sana bir şey söyleyeyim mi? Sen benimle niçin dargın duramıyorsun, bilir misin? Çünkü dargın duracak olsan kavgaya imkân bulamayacaksın. Yeniden kavga etmek için mutlak barışmak lazım geliyor...

Nihal gülerek Behlül'ün indiği iskemleyi çekip oturdu:

— Bak, bunda da yanılıyorsun. Sen bugün İstanbul'a ineceksin, değil mi? Sana ısmarlanacak birçok şeyler var. İşte barışmak için âlâ *[iyi]* bir sebep...

Behlül birden reddetti:

— Mümkün değil; Nihal... Başkasına havale et *[devret]*. Bu ufak tefek beni yoruyor. Hem bugün..

Elini sallayarak işlerinin çokluğunu anlatmak istiyordu. Sonra aklına bir şey gelerek:

— Çantanı göster bakayım, Nihal... Ne kadar paran var?

— İşte saygısızca bir sual...

— Canın isterse! Ben şimdi ücret almadan hiçbir iş görmüyorum. Bana ikraz edecek *[borç verecek]* kadar paran varsa mesele değişir.

Nihal çantasını cebinden çıkardı, açtı ve içindekileri eteğine dökerek:

— Oh! bilsen, dedi; bana bugün o kadar şeyler lazım ki... İpek alınacak bir; Bülent makası ikiye ayırarak beline hançer yapmış, makas alınacak, iki; Beşir ne kadar zamandan beri yalvarıyor, kıpkırmızı bir fesle mavi bir püskül istiyor onlar alınacak, üç...

Behlül dönerek uzaklaştı:

— Ben vazgeçtim. Bir de Beşir'in şeylerini havale ediniz; tamam olsun. Kırmızı fesle mavi püskül nereden bulmalı? Çarşıya kadar çıkılacak. Hem bana ikraz edecek kadar paran yok... –Tekrar Nihal'e döndü– evvela buradan çıkar, babana gidersin, paralarını gösterirsin, anlıyor musun?..

Nihal yerden paralarını toplayarak çantasına doldurdu, «Vazgeçtim», dedi. Bugün gidip babasından para istemek fikri Nihal'i ani bir tesir ile değiştirmiş idi. Dalgın bir nazarla karşısında bekleyen Behlül'e baktı, sonra dedi ki:

— Büyük meseleden elbette haberin vardır. O senden bir şeyi saklamaz ki...

Şimdi birden yekdiğerine karşı yine düşman gibi söylemeye başlamışlardı. Bu iki kardeş çocuğunun arasında böyle her dakika çocukluktan beri tutuşmaya müheyya bir cidal şeraresi *[hazır bir kavga kıvılcımı]* vardı.

Behlül sordu:

— Kim?

Nihal dudaklarını kısarak cevap verdi:

— O!..

— Baban için o demek terbiyeye pek muvafık *[uygun]* bir şey değil. Sen gittikçe büyüyeceğine günden güne şımarık bir çocuk oluyorsun, Nihal. Evin içinde bunu sana söyleyecek kimse yok da onun için ben söylüyorum. Mlle de Courton şapkasının çiçeklerine, esvabının *[giysilerinin]* dantelalarına bakmaktan vakit bulamıyor ki... Dün akşam sofrada o ağlamak ne oluyordu, sanki?..

Nihal sapsarı idi. İskemlede, hareketsiz, Behlül'ü dinleyerek duruyordu. Boğuluyor gibi yutkundu, şüphesiz ağzından çıkmak isteyen şeyleri zapt etti, dedi ki:

— Görüyorsun ki bugün seninle kavga etmeye hiç arzum yok... –Sonra ellerini iki tarafına salıvererek ilave etti– kuvvetim yok...

Sesinde öyle acı bir makhuriyet *[bitkinlik]* manası vardı ki Behlül birden bu başlayan mücadelenin bir çocukluk mücadelesinden başka bir şey olacağını anladı. Birbirine bakışarak durdular. Sonra Behlül sakin bir sesle dedi ki:

— Nihal! Ben öyle zannediyorum ki sen bu meselede fena hareket ediyorsun. Bilsen, onu görsen, birden seveceksin... Bundan sonra senin için artık bir kadın olmak zamanı gelecek. O zamanın da bir hususi *[kendine has]* terbiyesi vardır ki onu ne Mlle de Courton'dan, ne de Şakire Hanım'dan öğrenebilirsin. Daha sonra evin intizamı *[düzeni]*... Itiraf et ki şimdi bu bir evden başka her şeye benziyor. Buraya öyle bir kadın girecek olursa...

Nihal gittikçe sararıyordu. O bu sabah babasının yanından çıktıktan sonra buraya Behlül'ü kendisiyle müttefik bulmak *[beraber hareket etmek]* ümidiyle gelmiş, onun hiç olmazsa bu meselede kendisiyle beraber olacağını zannetmiş idi. Hep, öyle hareket etmeden, duruyordu. Behlül devam ediyordu:

— Evet, öyle bir kadın girecek olursa bütün ev birden değişecek; bugün istedikleri gibi yaşayan bu hizmetçiler, bak, onun elinde ne olacak; hatta Bülent, hatta sen, anlıyor musun, Nihal!.. Senin için öyle şık, zarif, genç, güzel bir anne...

Behlül ikmal edemedi *[tamamlayamadı]*, birden mihaniki *[mekanik]* bir kuvvetle yerinden fırlayan Nihal ellerini uzattı ve yorgun bir sesle bağırdı:

— Oh! Yetişir, yetişir, fena oluyorum, Behlül...

Behlül sustu, birden hatasını anlamıştı, her vakitkine benzer bir latife ile muhavereyi kapamak *[konuşmayı bitirmek]* istedi, kuvvet bulamadı. Nihal bir şey söylemeye çalışarak bakıyordu, sonra vazgeçti ve yavaş yavaş çıktı.

Behlül o gençlerden biri idi ki onlar yirmi yaşında hayatı tamamıyla öğrenmiş olurlar, mektepten hayata çıkarken sahneye ilk defa çıkan mübtedi *[acemi]* bir sanatkârın helecanını *[çarpıntısını]* bile duymazlar, hayat onlar için mektepte bütün sırlarıyla öğrenilen bir mudhike *[komedi]* hükmündedir, onu o kadar iyi öğrenmişler, onun esas mahiyetini öyle nafiz *[içe işleyen]* bir vukufla teshir etmişlerdir *[büyülemişlerdir]* ki sahneye çıkınca ufak bir iptida tehaşisinden azadedirler *[başlama çekingenliğinden uzaktırlar]*. Behlül bir seneden beri geniş bir mudhike sahnesi olmaktan başka bir sıfatla telakki etmediği *[saymadığı]* hayata girmişti: Burada hissettiği yegâne hayret evvelden bilinip öğrenilmiş, keşfedilip anlaşılmamış bir şey bulamamaktan ibaret idi.

Babası vilayetlerden birine memur olup gittikten sonra Behlül, Galatasaray'da leyli *[yatılı]* olarak bırakılmış idi, haftada bir gece Adnan Bey'in yalısına giderdi; babası o kadar uzakta idi ki tatil zamanlarını uzun bir seyahat için israf etmektense İstanbul hayatı hakkında mektepte başlanan taallümü tevsi *[öğrenimi genişletmeyi]* ve ikmal için istimali *[kullanmayı]* tercih etmiş idi. Hayallere kapılır değildi, hayatı bütün maddiyat ve hassetiyle *[sezgisiyle]* görürdü. Mektepte hendese *[geometri]* kitabının üstüne başını koyup da pencereden bir köşesi görünen semaya dalarak fikrinin bir hulya nuhbesi *[seçkinliği]* arkasından tayaranı vaki olmuş bir şey değildi. Öğrendiklerini öğrenmek için, bilmemiş olmamak için öğrenirdi, ne istikbaline ait bir emel kâşanesi *[sarayı]* kurmuş, ne şebabına *[gençlik]* ait bir şiir demeti bağlamış idi. Hayat onun için uzun bir eğlence idi. En ziyade eğlenebilenlere yaşamak için en ziyade istihkak *[hak]* sahibi olanlar nazarıyla bakardı.

Eğlenmek... Bu kelimenin manası da Behlül de tebeddüle *[değişime]* uğramış idi. O hakikatte hiçbir şeyden eğlenmezdi. Bütün eğlence yerlerine koşardı, bütün gülünecek şeyleri arardı, ihtimal herkesten ziyade gülerdi; fakat eğlenir miydi? Eğleniyor görünürdü, onun için eğlenmek, eğleniyor görünmek demekti. Bütün gülüşlerinin, eğlenişlerinin altında saklı bir can sıkıntısı vardı ki onu daima bir zevkten diğerine sevk ederdi. Geceyi Tepebaşı'nda(36) bir opereti dinleyerek geçirdikten sonra ertesi gün Erenköy bağlarında bir siyah çarşafın peşinde dolaşırken görülürdü; bir pazar günü Konkordiya(37) muganniyelerinden *[kadın şarkıcılarından]* birini araba ile Maslak'a kadar götürür, bir cuma günü Çırçır Suyu'nda(38) saz dinlerdi. İstanbul'un hiçbir eğlence yeri yoktu ki Behlül oradan bir zevk hissesi almasın. Ramazan'da akşamları Direklerarası(39) seyranına devam eder, kışın Odéon'un(40) balolarında ortalığı neşvesinin velvelesine boğardı. Henüz mektepte iken kendisine muhtelif ülfetler *[dostluklar]* peyda etmiş idi *[edinmişti]*. Mektebin her unsurla karışık hayatı içinde başlayan bu ülfetler mektepten çıktıktan sonra inşiap etmiş *[çoğalmış]*, ona memleketin bütün muhitlerinde selamlanacak çehreler, sıkılacak eller vücuda getirmiş idi.

O kadar çok adam tanır, muhabbetini o kadar muhtelif çehrelere taksim ederdi *[bölerdi]* ki bunlardan bir tanesine biraz fazla bir merbutiyet *[bağlılık]* hissesi ayırmaya vakit bulamamıştı. Onun için lazım olan şey Beyoğlu'ndan yalnız geçmemek, Lüksemburg'a(41) giderse kendisini dinleyecek bir muhatap

(36) Beyoğlu'nda bulunan Tepebaşı'nda şimdiki Şehir Tiyatroları'nın sahneleri varmış.
(37) İstiklal Caddesi'nde, önceden Saint-Antoine Kilisesi'nin yerinde bulunan yazlık bahçe.
(38) Boğaziçi'nde Büyükdere'den Bentler'e giderken yol üzerinde suyu ile ünlü bir mesire yeri.
(39) Şehzadebaşı'nda Ramazan eğlenceleriyle ünlü semt.
(40) İstiklal Caddesi'nde bir tiyatro binası. Yabancı tiyatro grupları burada oyunlar oynamışlar.
(41) İstiklal Caddesi'nde kıraathane.

bulmak, Kâğıthane'ye gidecek olursa arabada bir kişi kalmamaktı. İnsanlara bu yolda hizmetler, bu tarzda lüzumlar için yaratılmış nazarıyla bakardı; hiçbir zaman refakat edebilecek birisine tesadüf edememek vuku bulmamış idi *[olmamıştı]*.

Onu herkes sever, herkes arardı. Öyle kahkahaları vardı ki en derin melallere *[sıkıntılara]* galebe çalarak yanındakine neşve iras ederdi *[neşe verirdi]*; öyle nükteler *[espriler]*, mazmunlar yağdırır ki bunlar geçtiği yerlere fikrinin israf olunacak çiçekleri kabilinden serpilir, toplanır; memleket içinde gezerdi. Bir vaka olsa, bir yeni şey işitilse arkasından Behlül'ün zarif bir sözü, hoş bir latifesi naklolunurdu.

Her vesile ile naklolunacak hikâyeleri vardı; bir kitapta okunmuş bir sahife, bir ceridede *[gazetede]* tesadüfen görülmüş bir fıkra Behlül'e bir nakş-ı zemini *[anlatma ortamı]* olurdu. Onu dinlerler ve mutlaka gülerlerdi. Nazarında bütün kendisini dinleyenler, dinlediklerine gülenler bir alay ahmaklardan başka bir şey değildi; asıl eğlenen kendisiydi. Etrafındakilere kendisinin zevki için ancak böyle lüzum görüldükçe istimal olunacak *[kullanılacak]* aletler kadar ehemmiyet verirdi.

Başlıca merakı herkes tarafından taklit edilmekti. Bir sınıf gençlerin giyiniş ibresi hükmünde idi, ufak tefekler hakkında onun reyine bir nefis zevk düsturu *[kuralı]* hükmünde müracaat olunurdu. Kokular, kravatlar, bastonlar, eldivenler, bütün o lüzumsuz fakat o nispette mühim şeyler için Behlül'de taklit olunacak mutlak bir yenilik vardı.

Bu adamın ahlak hüviyeti nasıldı?

Bu öyle bir sual idi ki Behlül şimdiye kadar nefsine karşı bile iradına *[söylemeye]* lüzum görmemiş, vakit bulmamıştı. Bazı şeylere itikadı *[inancı]* vardı: Parayı büyük bir kuvvet olmak üzere telakki ederdi, iyi bir adam olmak için güzel giyinmek başlıca bir şart olduğuna zahipti *[kapılmıştı]*; insanlara karşı vazifesinin onlarla mümkün mertebe beraber eğlenmek, memleketine karşı vazifesinin mümkün mertebe mesirelerinden istifade etmek, nefsine karşı vazifesinin bu haşarı çocuğu mümkün mertebe sıkmamak noktalarından ibaret olacağında tereddüt etmemişti.

Hayatta hiçbir şeye şaşmazdı, yalnız bu ahlak felsefesine iştirak etmeyenlerin *[katılmayanların]* safvetine şaşardı, lehçesinde hayret kelimesini yalnız bunun için muhafaza etmiş idi. Edison'un yeni bir ihtiraını *[buluşunu]* mesela canbazhanede görüle görüle bıkılan bir sanat eseri kabilinden öteden beri muntazar *[beklenilen]* bir şey hükmünde telakki ederdi. Hayatta bütün yeni şeyler için onda bir alışıklık, bir aşinalık vardı; sanki onlar eski imiş de herkes vâkıf olmak için kendisinden sonraya kalmışçasına, ağızlarını açarak hayret edenlerin arasından o, omuzlarını silkerek geçerdi. Herkes için günlük vakalar arasında garip addolunanlar Behlül için eski zaman tarih-i marufiyetine *[bilinen tarihine]* inerdi.

Refiklerini *[arkadaşlarını]* hayretlere düşüren bir vaka naklolunurken o «Bundan adi bir şey olamaz» hükmünü vererek başını çevirirdi. Hatta Adnan Bey ona «Haberin var mı, Behlül? Firdevs Hanım'ın kızını alıyorum, sana bir şık yenge...» dediği zaman Behlül'de küçük bir hayret eseri bile uyanmamış, «Ben zaten bekliyordum.» demiş idi.

Nihal çıktıktan sonra Behlül hatasının fena tesirini nefsine unutturmak isteyerek resmi tekrar eline aldı, etrafına baktı, nihayet bir Japon yelpazesinin arasına koymak için karar verdi. Oraya iliştirirken kendi kendisine «Bu izdivaç fena değil, fakat Nihal için hiç iyi bir şeye benzemiyor. Zavallı çocuk!..» dedi. İkisi ta çocukluktan beri daima birbirine karşı cidalci, hatta kinci olmakla beraber türlü küskünlüklere, kavgalara rağmen aralarında, şüphesiz kan bağlarıyla, büsbütün kaybolamayan bir dostluk vardı.

Onların münasebeti hiç bitmeyen bir cenk *[savaş]* idi. Behlül, aralarındaki sekiz senelik yaş farkının verdiği salahiyetle *[yetkiyle]* bir büyük birader sıfatını alır, Nihal'in bütün çocukluklarını muaheze eder *[azarlar]*, ona verilen terbiye tarzının aleyhinde bulunur, bu kızın şımarık bir çocuktan başka bir şey olmayacağını söyler, onu tazip etmekten *[eziyet etmekten]* garip bir haz alırdı. Bunlar Nihal'i çıldırtırdı: Keskin bir kelime ile, anif *[kaba]* bir vaziyetle Behlül'ün hiçbir itirazını mukabelesiz *[karşılıksız]* bırakmazdı; nihayet kavga başlardı. Bu kavgalarda Behlül, Nihal'in hırçınlıklarını istihzalara *[alaylara]*, mukabele olunamayacak kahkahalara boğarak galip çıkmaya çalışırdı. Aralarında her vakit halledilecek bir mesele, hatime *[son]* verilecek bir kavga vardı.

Bu münasebet tarzı onları neticesiz kalmış bir müsademede *[çarpışmada]* galebe fırsatı bulmak için dakikaların tesadüf lütfuna muntazır *[bekleyen]* iki muharip *[savaşçı]* sıfatında tutardı. Birbirlerini ararlar; her kavgadan sonra birbirine sokulurlar; önceden gülerek, bütün cidal *[kavga]* hatıralarını unutarak başlarlar; sonra, birdenbire, bir kelime, bir nazar, bir hiç sebep olur; Behlül güya bir çocuğu kızdırarak eğlenen bir adam sıfatından düşmeyerek, Nihal bu sahte taarruz vazından *[savaş halinden]* daha ziyade kudurarak kavga ederlerdi.

Bugün Nihal'de mukabeleye kuvvet yoktu. O çıktıktan sonra Behlül kalbinin ta derin bir köşesinde merhamete benzer bir şey duymuş, bu hissin istemeksizin bir nidasını zapt edememiş idi. Resmi nihayet Japon yelpazesinin bir tarafına iliştirdikten sonra geri geri çekilerek baktı ve hiçbir şeye ehemmiyet vermek istemeyen felsefesi kalbinin o nidasına *[çağırmasına]* cevap verdi:

— Bir hafta sonra alışacak, değil mi?

Hâlâ resme bakıyor; fakat onu görmeyerek, zihninde hep o meseleyi takip ederek duruyordu. Bir aralık amcasının sözü aklına geldi, kendi kendisine:

— Evet, dedi; şık bir yenge, şık bir izdivaç, şık bir valide ile şık bir hemşire! Bütün şık!.. Biz de Melih Bey takımından oluyoruz. Odasının bütün duvarlarını dolduran resimlere bir fikir anlatmak isteyerek elini savurdu ve içinden gelen bir raks havasıyla tuğyan ederek *[coşarak]* iki vals devresinden sonra kendisini ta ötede koltuğa attı, bağırdı: Hurra!..

4

Sıcak bir ağustos günüydü. On beş günden beri Mlle de Courton dersleri tatil etmiş idi. Sabahları bahçede uzun mücaleseler yapılıyor *[birlikte oturuluyor]*, bunlara ara sıra Adnan Bey'le, Behlül bile iştirak ediyorlardı. Bu sabah kameriyede(42) büyük meşguliyet vardı. Behlül nihayet Beşir'in kırmızı fesiyle mavi püskülünü getirmişti; fakat Beşir'e, biraz büyükçe kafasının mutattan *[alışılmıştan]* ziyade uzayan kıvırcık saçlarıyla, fes küçük geliyordu. Saçları makinenin sıfır derecesiyle kırkmaya karar vermişlerdi, Beşir iki günden beri makineyi saklayarak bu vazifeyi başka kimseye bırakmak istemeyen Bülent'ten bucak bucak kaçıyordu, Bülent'te o kadar arzu vardı ki nihayet Nihal tavassuta *[aracılığa]* lüzum görmüştü:

— Neden korkuyorsun, Beşir? Bir tarafını kesmez ki, demiş idi.

Nihal'in bu sözü Beşir'in bütün korkularını birden söndürmüştü; şimdi orada, yere diz çökmüş, başını Bülent'e teslim etmiş idi. Bülent kahkahadan işleyemiyordu ki.. Beşir gıcıklanarak kıvrandıkça,

---

(42) Bahçelerde, mehtaplı gecelerde oturmak için yapıları, kubbeli, çiçekli yer; çardak.

«Aman, küçük bey!..» ricalarıyla ensesini kıstıkça Bülent'in gülmekten parmakları gevşiyor, diğer eliyle karnına basarak kırılıyordu. Ötede dalgın gözlerle, dudaklarında müphem *[belirsiz]* bir tebessümün gölgesi uçarak, Mlle de Courton Beşir'e bakıyor; kendisine: «Oh! Fransızlar fena bir asır geçiriyor, Matmazel! Sizi temin ederim ki Fransa'yı terk etmekte isabet ettiniz. Damarlarında biraz asalet kanı cevelan edenlerin bu pisliklere kayıtsız kalabilmesine imkân yok.» kabilinden *[türünden]* sanki ismet *[temiz]* hislerinin isyanına tercüman olan nakaratlar terdif ederek *[ardı sıra söyleyerek]* Paris'in son ceridelerinden bütün mülevves tafsilatıyla *[iğrenç ayrıntılarıyla]* hikâye olunan bir rezalet vakasını nakleden Behlül'ü galiba dinlememek için Beşir'e bakıyordu. Behlül'ün başlıca zevklerinden biriydi: Bütün okuduğu açık hikâyeleri, gördüğü çapkın mudhikeleri türlü ahlak mütalaalarına terdif ederek *[düşüncelerine katarak]* ihtiyar asilzade kıza nakleder, onun azabından, sarı çehresini tabaka tabaka istila eden iffet humretinden *[namus kızıllığından]* eğlenirdi. Kameriyenin kenarında, sedirin üstünde Nihal, Cemile'ye yeni öğrenilmiş bir el işi göstermeye çalışıyordu. Nihal'in tabiatı idi: Doğrudan doğruya öğrenmeye sabrının kifayet edemeyeceği *[yetmeyeceği]* şeyleri Cemile'ye öğretmeye çalışarak öğrenmiş olurdu. Bu, gayet ince, muhtelif renkte kurdelelerin nohut kadar boncuklarla tutturulmasından müteşekkil *[oluşan]* bir örgü idi ki Mlle de Courton son gelen kadın işi risalelerinden *[küçük kitaplarından]* birinde bulmuş idi. Bu örgüden bir sigara iskemlesi için örtü yapılacaktı; Nihal bir yandan yapmaya çalışıyor, bir yandan Cemile'ye ders veriyordu:

— Şimdi, diyordu; sarı ve kırmızıyı ekledik, boncuğu geçirmeli, sonra bunun yanına mavi ile yeşil koruz...

Sonra karşıdan Mlle de Courton'a hitap ediyordu:

— Değil mi, Matmazel? Sarı ile kırmızıdan sonra mavi ile yeşil?.. Oh! Hiç de iyi olmuyor, ben usanmaya başladım bile; şu sırayı bitirdikten sonra Cemile'ye vereceğim.

Mlle de Courton renklerin imtizacına *[uygunluğuna]* bakmak için fakat asıl Behlül'den kaçarak onların yanına gelmiş, Behlül nihayet Beşir'in saçlarını eğri büğrü kestikten sonra şimdi bitirmeye üşenen Bülent'e koşarak elinden makineyi almış idi. Cemile kendisine verilecek olan bu yeni işe heveslenerek tostoparlak çehresini uzatmış, ihtiyar mürebbiyenin Nihal'e tariflerini dinliyordu.

Bahçenin üstünde ağustosun sıcak gecesinden sonra henüz dağılmaya vakit bulamayan bir sis uçuyor; kameriyenin hanımellerinden, sarı güllerinden, yaseminlerinden bahçede karanfillerden, şebboylardan ağır bir koku üstüne çöken bu sis arasında nefes alamayarak güya bunalmış, yüzüyordu. Bu sabah Nihal'le beraber bahçe seyranına çıkan Fındık –sarı kedi– ötede muhteriz *[çekinen]* pençesini uzatarak bu kıvırcık siyah şeylerin mahiyetini anlamak isteyen temaslarla Beşir'in yere dökülmüş saçlarına dokunuyor, kameriyenin çardağında, çiçek kokularından mest olmuş bir arı mütemadi *[sürekli]* bir vızıltıyla dönüyor, ta bahçenin bir köşesinde kelebeklerden korkan bir çift serçe oradan oraya sıçrıyordu.

Bahçenin üzerinde derin bir saadet sükûnu kanatlarını germiş bir hayat köşesini bir ârâmiş *[huzur]* havası içinde uyutuyor gibiydi.

O günden beri yalıda büyük vakaya unutulmuş denebilirdi. Hiç kimse bundan bahsetmiyordu. Şakire Hanım'ın o günden sonra başlayan baş ağrısına bile fasıla *[ara]* gelmiş, alnını sıkan yemeni çıkmış idi. Yalnız bir gün yukarıda yatak odalarında bir tebeddül olacağından bahsedilmiş, Nihal'den yatak odalarıyla dershanelerinin birleştirilecek dördüncü odanın serbest kalmasına muvafakati istihsal edilmişti *[izni ele geçirilmişti]*. Nihal, yalnız başını eğerek rıza göstermişti; sonra bu da unutuldu, ne o ve ne etrafındakiler buna dair artık bir şey söylememişlerdi. Nihal tatlı bir rüya içinde gibiydi. Artık hiçbir şey olmayacak vehmiyle *[kuruntusuyla]* hiçbir şey düşünmüyordu. Babasına her vakitten ziyade sokuluyor, onu her vakitten ziyade kendisine hasretmek *[ayırmak]* istiyordu.

Nihayet bir gün yalının içinde büyük bir telaş olmuş, rıhtıma bir mavna yanaşmış idi. Gürültüler vardı, mavnadan bir şeyler çıkıyordu. Nihal penceреden koşmuş, bakmış: Bir yatak odası takımı!..

Bu, isfendan ağacından güzel bir takımdı. Nihal birden anladı. Odalarda yapılacak tebeddülün *[değişikliğin]* sebebi asıl bu yatak takımının karşısında vuzuh kesp etti *[açıklık kazandı]*. Daha ziyade görmek istemeyerek bahçeye kaçtı.

İki günden beri takım yukarıda sofada duruyordu. Adnan Bey, Nihal'in bir şey sormasına muntazırdı *[bekliyordu]*, iki günden beri Nihal sofayı dolduran bu kalabalığın önünden sanki görmeyerek geçiyordu.

Bugün Mlle de Courton:

— Hayır, hayır, mavi ile yeşil hiç imtizaç etmiyor *[uymuyor]*, başka bir şey bulmalı... derken Nihal birdenbire sordu:

— Matmazel! Ne için odaları boşaltmadılar?

İhtiyar kız başını kaldırarak baktı. Bu sual o kadar beklenmiyordu ki hemen cevap veremedi.

— Bugün boşaltsak nasıl olur?

Mlle de Courton biraz tereddütle cevap verdi:

— Evet, fakat sonra işçiler gelecek, perde değişecek, oda...

İkmal etmedi [*tamamlamadı*]: «Oda boyanacak...» diyecekti.

— ... Birçok iş var, bu gürültünün içinde kalacağımıza... Bu sene de Ada'ya hiç gitmemiştik, değil mi Nihal? Halana gitsek bir iki hafta misafir kalsak...

Mlle de Courton bu fikri icat etmişti, ikide birde onu öne sürüyor, Nihal'i annesinin vefatından kaçırdığı gibi bu yeni annenin gelmesinden de kaçırmak istiyordu. Nihal hep dudaklarını burarak muhalefet gösterirdi *[karşı gelirdi]*, buradan uzaklaşacak olursa bir şey olacağından ve o şeyin babasını büsbütün elinden alacağından korkuyordu. Bir gün, tereddüt etmeden muvafakat cevabı verdi:

— Bülent'le Beşir de beraber, değil mi? Öyle ise, bugün, hemen şimdi gideriz. Yalnız ders odasını boşaltırken bekleriz, ondan sonra... Ondan sonra ne yaparlarsa yapsınlar.

Odaların boşalacağına, Ada'ya gidileceğine vâkıf olur olmaz *[öğrenir öğrenmez]* son ameliyatta muvaffakıyetini görerek tekrar berberliğe hevesi tazelenmeye başlayan Bülent birden Beşir'i unuttu. Elinde Beşir'in kırmızı yeni fesini mavi püskülünden tutup savurarak bağırıyordu:

— Göç var! Göç var!.. Ada'ya gidiyoruz, merkeplere bineceğiz!.. –Sonra ablasına koşuyor, ona sarılarak yalvarıyordu– Merkeplere bineceğiz, değil mi, abla? Ben artık düşmem. O vakit küçüktüm, şimdi büyüdüm...

Bacaklarının üstünde dimdik durarak büyük görünmeye çalışıyordu. Hep beraber koştular, Bülent neşesinin kasırgasıyla onların hepsini yalıya sürüklemişti.

Adnan Bey'e haber verdiler: «Oda boşalıyor, çocuklar Ada'ya, büyük halalarına gidiyorlar» denildi. Mlle de Courton bunu söylerken Adnan Bey'le gözleri, başka bir lisanla fikirlerini takrir ediyor *[anlatıyor]* gibiydi. Adnan Bey yavaşça, sakit *[durgun]*, yüzüne bakan Nihal'i çekti; galiba onu, teşekkür etmek için, öpecekti. Öpmedi, Nihal'de öyle bir şey vardı ki şu dakikada, odanın boşalacağı, Ada'ya gidilerek burasının serbest bırakılacağı için öpülmekten firar ediyordu *[kaçıyordu]*.

Bülent bu göç etmek fikrinden çıldırıyordu: Şayeste, Nesrin, Beşir, evvela soğuk ve mahkûm bir itaat ile başlayan bu hizmetçiler, çocuğun şetareti sirayetinden *[sevincinin yayılmasından]* kurtulamıyorlardı. Piyanoyu dışarıda sofaya sürüklerken Bülent muşamba perdenin kaytanını piyanonun halkasına takarak, akıntıda yedek çekenlere mahsus bir vaziyetle asılıyor, olanca sesiyle «Varda, kimse olmasın, matmazelin eski potinlerini çekiniz, hepinizi çiğneriz...» diye bağırıyor, kahkahadan sinirleri gevşeyerek artık çekemeyen Nesrin: «Aman, paşam, güldürme de işimizi bitirelim» diyor, fırsattan istifade ederek soluyan Şayeste, Nesrin'e çıkışarak: «Çılgın kız! Gülecek ne var? Gülünecek zamanı buldun ya...» hitabıyla bir mana kastediyordu.

Bülent ter içinde idi, Şayeste bir iskemleyi, Nesrin yazıhanenin gözlerini yüklenerek yürürlerken, o Beşir'in sürükleye sürükleye götürdüğü perdenin bir ucundan yapışarak «Yol verin, hamallar geçecek, bir tarafınıza çarpmasın» nidalarıyla koşuyordu.

Bülent'in bu gürültüleri arasında Nihal birden sıkıldı, Mlle de Courton'a:

— Gidelim... Gidelim artık buradan, dedi.

Buradan, bu evden kendisine hıyanet eden birisinden firar edercesine uzaklaşmak istiyordu.

★ ★ ★

On beş günden beri Ada'da idiler. Burada her şey unutulmuş gibiydi; fakat Mlle de Courton Nihal'de gizli bir hissin yavaş yavaş tırnaklarıyla içini kazıdığını, çocuğun bahsetmek istemeksizin bir şeye muntazır olduğunu her vakitten ziyade artan duramamazlığından anlıyordu. Bugün yine Bülent'in ibramına *[zorlamasına]* dayanamayarak sabahleyin bir merkep seyranı yapıyorlardı, Ada'yı büyük bir halka içinde sıkan yolu dolaşacaklardı. Merkebe binmekten teneffür *[nefret]* eden Mlle de Courton ile Nihal, hala hanımın tek atlı, iki tekerlekli arabasında idiler; Bülent'le Beşir onlara yetişebilmek için çığlıklarla merkeplere biraz daha sürat vermeye çalışıyorlardı. Beşir'in kırmızı fesiyle çehresinin üstünde şimdi tozdan beyaz bir bulut vardı, Bülent'in fesinden taşan ince kumral saçları terden alnına, şakaklarına yapışıyordu, tombul yanakları al al yanıyordu.

Merkep süvarilerini pek geride bırakmamak için arabayı yavaş yavaş idare ediyorlar, arkalarında Bülent'le Beşir'in seslerini, merkeplerinin mini mini ayak gürültülerini işitiyorlardı. Ara sıra Beşir arkada kalıyor, recüliyetini *[erkekliğini]* kaybetmiş Habeşlere mahsus ince ve rakik sesiyle:

— Beyim, çok koşuyorsun; düşeceksin, beni bekle, diye bağırıyor, o zaman Bülent ablasına sesleniyordu:

— Durunuz, bir parça dursanıza, işte benimkini zapt edemiyorum.

Mlle de Courton Nihal'in elinden terbiyeleri *[dizginleri]* kaparak, tek tük geçenlere yol bırakmak için kenara çekerek arabayı durduruyordu. Yine böyle durmuşlar, ta arkada, uzakta küçük bir arızaya uğrayan merkep süvarilerini bekliyorlardı: Galiba Bülent'in kamçısı düşmüş idi, Beşir inerek onu arıyordu.

Ada'nın üstünde sıcak bir gün hazırlanıyor; etrafta, ufkun müphem *[belirsiz]* maviliklerinde bati *[yavaşça]* bir sis uçuyordu. Uzakta İstanbul, minareleriyle, camilerinin kubbeleriyle, tepelerinin yeşil ağaç kümeleriyle köpükten bir deniz içinde titriyor gibiydi.

Sabahtan beri aralarında nadir kelimeler teati olunmuş idi *[karşılıklı alıp verilmişti]*. Nihal başını çevirmiş, Beşir'in şimdi boş kalarak yavaş yavaş ilerleyen merkebine bakıyordu. Birden, on beş günden beri birinci defa olarak Mlle de Courton'a sordu:

— Ne vakit gideceğiz?

— Ne vakit isterseniz, çocuğum!

Nihal, ihtiyar kızın yüzüne baktı, ilk önce hayretini zapt edemedi:

— Ah!..

Sonra biraz durarak ilave etti:

— Demek artık bitti mi?

Nihal hayatı mahdut *[sınırlı]* bir daire içinde geçen, hayattan ancak babasıyla mürebbiyesinin *[öğretmeninin]*, kitaplarıyla dadılarının söyledikleri kadar malumat alan, bilgiç refikalara malik *[sahip]* olmayan alelumum *[genellikle]* on iki yaşında çocuklardan fazla bir şey bilmezdi. Hayata dair bildikleri bütün tesadüfle işitilmiş, sokakta araba ile geçerken görülmüş şeylerden küçük muhakemesinin müşevveş istintaclarına münhasır kalmış idi *[karışık sonuçlarıyla sınırlanmıştı]*.

Eve bir kadın geleceğine vukuf hasıl eder etmez *[anlar anlamaz]* bunun esas mahiyetini düşünemeksizin sırf hissi, sırf asabi bir eza duymuş idi; bu meselede muhakemesinin hiçbir tesiri yoktu. Bu his en doğru olarak kıskançlık tabiriyle kabil-i icmal *[toplayan]* idi: O gelecek kadından her şeyi, hele babasını, Bülent'i, daha sonra Beşir'i, bütün ev halkını, evi, eşyayı, hatta kendisini kıskanıyordu; bu sevilmiş şeylerin içine girmekle o kadın bunları çalacak, elinden alacak; evet, nasıl, pek iyi tahlil edemiyor *[çözümleyemiyor]*, vuzuh ile düşünemiyor, fakat ruhu hissediyordu ki o geldikten sonra kendisi şimdiye kadar sevdiklerini artık sevemeyecekti.

Bu söz çıktıktan sonra yanında fazla lakırdı etmemek için ev halkı kendisinden kaçıyor; o Şakire Hanım'ın odasına girerken önüne diz çökmüş bir şeyler anlatan Şayeste birdenbire susuyor, Nesrin ikide birde göğüs geçirerek «Of!» diyor; bütün bu etrafındakilerden bir gizli mana intişar ediyordu *[yayılıyordu]*. Demek bir şey olacaktı ki o anlayamıyordu; hatta Cemile'nin bile yuvarlak çehresinde parlayan gözleri bu küçük kızın Nihal'den ziyade malumatı *[bilgisi]* olduğuna delalet ediyordu *[gösteriyordu]*.

Evvela galebe çalınamaz bir tecessüs *[öğrenme merakı]* hissiyle Mlle de Courton'un ibramına *[ısrarına]* rağmen Ada'ya gelmemek için inat etmiş idi. Orada hazır bulunmak, müdekkik bir müverrih ihtimamıyla *[araştıran bir tarihçi özeniyle]* bütün vakanın tafsilatına müteyakkız *[gözü açık]* bir şahit sıfatıyla kalmak istemiş idi. Kimseden bir şey sormuyordu, o vakaya dair bir kelime söylemiyordu; yalnız anlamak, görmek istiyordu. Sonra, odalarının dağılacağına, o güzel isfendan takımın oraya konulacağına vâkıf olunca artık daha ziyade durmaya kuvvet bulamamış, vakanın henüz şu ilk sadmesinde *[çarpmasında]* mağlup olarak kaçmak istemiş idi.

İşte on beş günden beri, güya uzakta ölen kıymettar bir hastanın ihtizari *[can çekişme]* ezasını duyarak fakat bir kelime söylerse neticeyi tacil etmiş *[çabuklaştırmış]* olacağından korkarak, hep onu düşünüyordu. Ada'ya gelmek için muvafakat ettiğine pişman idi. Daha ziyade, nihayetine kadar durmalıydı. Kalbinde öyle bir korku vardı ki avdetlerinde *[dönüşlerinde]* yalı, babası, her şey kaybolmuş, bir rüzgâr onları kavurmuş olarak zannettiriyordu. O, orada kalsaydı bu rüzgâr esmeyecek, bu rüzgâr hiçbir şey yapamayacaktı.

Daha sonra babasına sarih *[açık]* olamayan bir kini vardı. Her vakit onlar Ada'ya geldikçe o da ikide birde gelir, günlerce beraber kalırdı; bu defa hiç, hiç uğramamış, hatta merak ederek bir adam bile göndermemiş idi. Son günlerde Mlle de Courton'a babasından asla bahsetmedi.

★ ★ ★

Adnan Bey çocukların avdetini mümkün mertebe tehir etmek *[geciktirmek]* istiyor, Bihter bilakis her gün onlardan bahsederek:

— Artık getirtseniz! Bilseniz onları görmek için ne büyük hevesim var, diyordu.

Çocuklarla ilk mülakattan *[konuşmadan]* Bihter de korkuyordu, onlarla bütün müşterek *[ortak]* hayatta münasebet tarzının bu ilk mülakatla hasıl olacak tesire tebaiyet edeceğine *[uyacağına]* zahip idi *[kapılmıştı]*.

Bugün Adnan Bey izdivacından sonra birinci defa olarak İstanbul'a inmek üzere Bihter'den, saçlarının üstüne kondurulmuş bir buse ile, ayrılıyordu. Genç kadın yalvaran bir sesle:

— Bugün artık haber gönderirsiniz, değil mi, diyordu.

Birden merdivenin aşağısında bir gürültüyle taze, şakrak bir kahkaha işittiler. Adnan Bey durarak:

— İşte onlar! Bülent'in kahkahası... Artık sabahtan akşama kadar Bülent'in bu kahkahasını her gün dinleyeceksiniz, dedi.

Şimdi Bülent, koşarak merdiveni çıkmış, arkasından takip edenlerden –Şayeste ile Nesrin'den– kurtulmuş idi. Doğru babasına atıldı, mini mini kollarıyla sarıldı, dudakları babasının ancak yeleğine yetişebiliyordu; bu küçük küçük lacivert çiçeklerle beneklenmiş beyaz pikeyi on beş günlük iştiyakının feveranıyla *[özleminin taşkınlığıyla]* öptü, öptü; sonra birden durarak, karşısında, bir tebessümle intizar eden *[bekleyen]* kadına bakarak gözlerini babasının yüzüne dikti. Ondan bir cevap, bu kadına ne yapmak lazım geleceğine dair bir emir bekliyordu. Adnan Bey sadece:

— Annen, Bülent, onu da öpmez misin, dedi. O zaman Bülent, belki biraz da çocukların şık, genç, güzel kadınlara sokulmak için duydukları arzuya tebaiyetle gülerek ilerledi ve iki ellerini Bihter'in uzanan ellerine teslim ederek, yine bu güzel annenin latif bir buse hevesiyle uzanan dudaklarına dudaklarını uzatarak, öpüştü.

Nihal'le Mlle de Courton bu sırada sofanın son merdivenini çıkıyorlardı. Adnan Bey, kendisine kuvvet vermek için ilk önce mürebbiyeden başladı:

— Bonjour matmazel! Nihayet ihtiyar haladan sıkıldınız, galiba... Nihal, beni öpmüyor musun?

Nihal, hâlâ Bihter'in yanında, onun bir sualine gülerek cevap veren Bülent'e bakıyordu, kalbinde bir şey yırtılarak gözlerini oradan ayırdı, babasına ilerledi; küçük, ince elini uzattı. Adnan Bey, bu eli tuttu, güya kızından bir af isteyerek onu sıkıyordu, çekti, çekti, baba kız evvela kısa bir buse ile öpüştüler, sonra bilinemez neden, birden doğan bir hisle, Nihal tekrar sivri çehresini babasına uzattı, o her vakit öptüğü yerden, çenesinin altından kılsız yerden, uzun bir buse aradı.

Şimdi Bihter kendisine ilerliyordu. Adnan Bey, Mlle de Courton'u göstererek takdim etti:

— Mlle de Courton...

İhtiyar kızla genç kadın selamlaştılar. Bihter, ilerlemekte devam etti ve tatlı, birden ilk münasebetlerin serinliğini latif bir muhabbet havasıyla ısındıran tebessümüyle, bir elini Nihal'in omuzuna koydu, diğer eliyle elini tuttu ve çocuğun nahif *[zayıf]* vücudunu çekti. Ondan latif bir menekşe rayihası intişar ederek *[kokusu yayılarak]* Nihal'i taze bir bahar havasında sarıyordu, çocuğun başı Bihter'in sinesine *[göğsüne]* dayanmış oldu. Demek, o kadar korkulan şey, onun biçare ruhunu müthiş bir afetin kâbusları içinde ezen şey bu genç, güzel, mütebessim *[gülümseyen]* kadın, bu bir demet menekşe kadar havasında taze bir bahar nefesi uçan vücuttan ibaretti, öyle mi?.. Bu rayiha Nihal'in ruhunu güya tebahhur ettirerek massediyor *[buharlaştırarak emiyor]* gibiydi. Gözlerini kaldırarak, başı hep orada, Bihter'e baktı, o da gülüyordu. Artık Bihter'in o tebessümünün altında bütün ruhunun teslimiyeti bir tebessümün gülleri içinde açılıyor gibiydi. O zaman Bihter, heceleri biraz çekerek terennüm eden *[şarkı söyleyen]* sesiyle dedi ki:

— Beni seveceksiniz, değil mi? Zaten beni sevmemek mümkün olmayacak... Ben sizi o kadar seveceğim, seveceğim ki nihayet siz de beni seveceksiniz.

Nihal, cevap olarak ince dudaklarını uzattı, Bihter başını eğdi, yekdiğerine düşman olmak lazım gelen bu iki vücut bir dakika içinde doğan bir muhabbetle öpüştüler, dost oldular. Evet, birbirinin hemen dostu olmuşlardı. Nihal, korkunç bir rüyadan çıkmış gibiydi. Artık elbiselerini değiştirmek ve soyunmak için yukarıya çıkarken Mlle de Courton'a sokularak dedi ki:

— Ne güzel, değil mi Matmazel? Ben zannediyordum ki...

Bülent'in elinde çam dallarından yapılmış, büyük ihtimamla *[özenle]* Ada'dan buraya kadar getirilmiş bir çelenk vardı; onu kütüphanenin üstüne asacaktı. Mürebbiye ile ablasının önünden koştu. Dershaneye gidiyor, her şeyden evvel bu mühim işi bitirmek istiyordu. Kapıyı eliyle itti, sonra birden, uzun bir hayret nidasıyla bağırdı:

— A a!..

Odaların değiştiğini hep unutmuşlardı. O zaman zapt olunamayan bir tecessüsle *[anlama merakıy-*

la] Bülent'in arkasından gittiler. Bülent odanın ortasında, burasının bir vakitler duvarları kurşun kalemiyle yapılmış gemi resimleri dolu o mümkün değil intizam altına alınamayan ders odası olabileceğine inanamayan gözlerle, bir hareket etmeksizin, elinde duran çam dallarından çelengi bu zarif yatak odasının neresine talik etmek *[asmak]* lazım geleceğini düşünüyormuşçasına duruyordu.

Nihal'le mürebbiye yavaşça girdiler. Mlle de Courton:

— Odamıza gidelim, buraya girmemek icap ederdi, diyor, fakat görmek hevesiyle o da gecikiyordu.

Nihal etrafına bakındı. Evvela pencereleri gördü. Gayet açık, beyaz bir bulut altında saklanmış zannolunacak kadar donuk mavi atlastan yer yer boğularak kaldırılmış yarım perdelerin arasından beyaz tüller dökülüyor, Kula'nın Garp *[Batı]* zevkinin tesiriyle son zamanlarda vücuda getirdiği solgun halılardan birinin üzerinde küçük küçük kümeler yapıyordu. Tamamıyla açılmış pancurlardan dalgalanarak giren ziya ile bu perdeler mavi bir kayalıktan dökülen, döküldükçe köpüren beyaz bir şelaleye benziyordu. Yine öyle açık mavi ile boyanmış duvarlar, o renkte atlasla gerilerek etrafına ince sarı kornişler çekilmiş tavan, ortasında sarkan eski mabetlere mahsus fanuslara takliden *[benzeterek]* mülevven *[renkli]* muhtelif camlarla yapılmış bir büyük kandil; köşede, tam vaktiyle Nihal'in piyanosunun yerinde yatak, tavanda azim *[iri]* bir sarı halkadan dolaşarak dökülen atlas ve tül karışık bir cibinlik; karşıda, iki pencerenin arasında, tuvalet takımı; yanda kapısı unutularak açık bırakılmış aynalı dolap, uzun bir sedir, yine açık mavi kalpakla bir uzun yer lambası, ufak bir geridon,[43] mini mini bir şamdanla birkaç kitap, ta aynalı dolabın karşısında babasının kara kalemle yapılmış tabii cesamette *[büyüklükte]* bir resmi...

İşte Nihal'in ilk bakışta gördüğü şeyler. Bülent hepsinden ziyade cesaretle davranarak ilerlemiş, tuvalet masasının üstüne, o bin türlü ufak tefeklere, biraz eğilerek, güya içinden birisinin başı çıkıverecekmiş gibi korkarak, aynalı dolaba bakıyor, her gördüğü şeye bir hayret kelimesi terdif ediyordu *[katıyordu]*.

Mlle de Courton, Nihal'i çekip götürmek istedi. Nihal birden aklına gelen bir fikirle ilerledi. Dehlizden değil, odanın aralık kapısından geçmek istiyordu; eliyle aralık kapının tül perdesini iterek yol açtı:

— Oh! Matmazel, bakınız, dedi. Sizin oda buradan kaçmış...

Mlle de Courton, biraz tutuk, cevap verdi:

— Evet, çocuğum, size haber vermemişler miydi? Ben ta oraya, birinci odaya, beyin eski odasına gidiyorum. Fakat bu ziyaretlerle vakit kaybediyoruz. Hâlâ üstünüzü değiştireceksiniz.

Nihal sapsarı idi. Hiçbir cevap vermedi. Bülent, şimdi kanepenin üstünde unutulmuş, beyaz kurdelelerle ipek bir kumaştan hafif bir omuz atkısını alarak sırtına koyuyor, küçücük boyuyla kırıştırarak,

---

(43) Genellikle üstü mermer; tek ayaklı yuvarlak masa.

yumuk gözlerini süzerek çalkana çalkana odanın içinde dolaşıyordu. Mlle de Courton nihayet ciddiyete lüzum gördü. Bülent'in arkasından atkıyı çekerek:

— Küçük yaramaz, dedi. Size bin kere söyleniyor ki başkalarının şeylerine dokunmak ayıptır.

Bülent gülerek cevap verdi:

— Evet, hakkınız var, matmazel! Kıraat *[okuma]* kitabımda bile bu söz var, değil mi?

Nihal ilerlemişti. Kendi odalarına isal eden *[ulaştıran]* aralık kapısının topuzunu çevirdi, kapı açılmadı. Bir kelime söylemeksizin döndü. Hep beraber, mürebbiye Bülent'in elinden çekerek, dehlize çıktılar. Nihal kendi odalarının kapısını itti, bir adım attı. Bu defa Nihal ufak bir hayret sayhasını *[haykırışını]* zapt edemedi. Bülent, arkasından, kasırgalı telaşıyla atıldı.

— Bu ne, dedi. Aman, abla! Bu bizim odamız mı? Bu ne güzellik!.. Bu ne süs!.. Bu karyolaların cibinlikleri yeni mi yapılmış? Kütüphanenin kırık camı değişmiş, boyanmış... Bakınız, yazıhanede bir şeyler olmuş... Benim oymalarımı bütün çıkarmışlar. Ya perdeler... Oh! Bizim de şimdi ipekli ve tüllü perdelerimiz var. –Birden Bülent'in gözlerini yeni boyanmış duvarın üstünde iğne ile tutuşturulmuş iri yazılarla bir kâğıt cezbetti– A, Matmazel, bu ne?..

Nihal, odasının büsbütün değişmiş manzarasının karşısında, bir dakika evvel dudaklarında irtisam eden *[görünen]* endişe hattını kaybederek, gülümsüyor, demir karyolasının kubbesinden mavi kurdelelerle boğula boğula inen beyaz cibinliğe bakıyordu. Bülent'in gösterdiği levhayı okudu: Duvarlara gemi resimleriyle insan başları yapmak memnudur *[yasaktır]*.

Bülent:

— Ağabeyimin işi, diyordu. Demek deve resimleri yapabileceğim, öyle mi abla?

Mlle de Courton diyordu ki:

— Bundan sonra Bülent'e kurşun kalemi vermek bitti. Artık odayı temiz tutmak lazım geliyor. Bütün lüzumsuz oyuncakları da atarız. Bülent şimdi evin içinde intizam *[düzen]* seven bir küçük efendi olacak. Bu akşam bu güzel oda için beye teşekkür etmek de hatırımızdan çıkmayacak, değil mi Nihal?..

Nihal cevap vermedi.

5

Mlle de Courton diyor ki:

— Lüzumundan fazla inat ediyorsunuz, Nihal! İşte tam bir saat oluyor ki Cerni'nin hep o temrinine *[alıştırmasına]* çalışıyorsunuz. Bu merak da yeni başladı. Altı senede bir kere fasılasız *[aralıksız]* bir saat çalıştığınızı görmemiştim. Sizi bu kadar yorulmaktan menediyorum, anlıyor musunuz?

Nihal birden yuvarlak iskemlesinin üzerinde döndü:

— Tuhafsınız, Matmazel, dedi. Bana her vakit piyanonun çalışmadan öğrenilmeyeceğini söylerdiniz. Tam ben çalışmaya heves duyarken şimdi de bu kaide çıktı.

Adadan avdet edeliden *[döndüğünden]* beri Nihal mutadının hilafına *[alışılmışın dışında]* olarak mürebbiyesine karşı ara sıra böyle asabının serbest bir hamlesiyle cevap vermeye başlamıştı. İhtiyar kız bu cevaplara yalnız serzenişle *[sitemle]* dolu bir nazarla mukabele ederdi *[karşılık verirdi]*. Bugün dedi ki:

— Nihal, rica ederim, biraz muhakeme edelim *[düşünelim]*. Maksat piyanoya çalışmak değil mi? Aynı temrini bir saat durmadan çalmak beyhude *[boşuna]* yorulmaktan başka bir şey değildir...

Nihal atıldı:

— İşte yine tenakuz *[çelişki]*... Bana daima parmakların başka suretle çeviklik kesp edemeyeceğinden *[kazanamayacağından]* yine siz bahsederdiniz.

İhtiyar kız küskün tavrıyla:

— Bana itaat etmemek için bu kadar ısrar edeceğinizi bilseydim ihtara *[uyarmaya]* hiç lüzum görmezdim, dedi.

Nihal sustu. Önüne bakıyordu, sonra gözlerinin eğri bir nigâhıyla *[bakışıyla]* mürebbiyesine baktı, dedi ki:

— Matmazel! Beni artık sevmiyor musunuz?.. İşte bakınız, cevap vermiyorsunuz... –İskemlesinden kalktı, Mlle de Courton'un yanına, kanepenin üzerine oturdu– Matmazel! Ne vakit derslerimize başlıyoruz? Artık sıcak havalar bitmedi mi? İşsizlikten ne kadar sıkılıyorum, biliyor musunuz? Şimdi istiyorum ki sabahtan akşama kadar odamızda okuyalım, okuyalım. Okumak hiç bitmesin.

★ ★ ★

Nihal'de şimdi evin içinde bir uzak durmak, tenha köşeler aramak, kendisini saatlerce odasından çıkarmayacak işler bulmak merakı başlamış idi. Bu merak babasının evde bulunduğu zamanlar hükmünü icra ederdi *[yerine getirirdi]*. O gittikten sonra Nihal eski kıpırdak çocuk olur, evin içinde gezer, hususuyla Bihter'in yanından ayrılmazdı. Garip bir his hadisesiyle bu izdivacın *[evliliğin]* bütün kini babasına inhisar etmiş *[yöneltmiş]*, asıl Bihter'le onun arasına bir soğukluk koymamış idi. O günden beri babasından kaçıyor, güya biçare ruhu kendisini aldatan kalbin hıyanetinden intikamını ondan uzak kalmakta arıyordu.

Artık sabahları babasının odasına giderek onu yatağından kaldırmıyordu. Bu sabah mülatafaları *[şakalaşmaları]* tamamıyla bitmişti. O zamanlar Nihal, henüz Bülent yatağında uyurken, uyanır, çıplak ayaklarına terliklerini takarak yavaşça babasının odasına girer, ekseriyet üzere onu yatağında bulurdu. O, kalkmakta iltizam ederek *[direnerek]* nazlandıkça Nihal muziplikler icat ederdi.

Henüz çocuktu. Babasının kasr-ı basarını *[miyopluğunu]* bir türlü anlamayarak ve gözlük istimalinin *[kullanımının]* lüzumu mahiyetine bir türlü akıl erdiremeyerek bir gün yine o, yatakta gecikirken: «Sabah oldu, bakınız güneşe... Yoksa görmüyor musunuz? Gözlüğünüzü getireyim mi?» demiş idi. O gün bunu ciddiyetle söylemişti. Sonra bu hemen her gün tekerrür eden bir latife *[tekrarlanan bir şaka]* olmuş idi. Nihal ikide birde gözlüğü alır, babasının gözüne tutar, «Bakınız, şimdi güneşi görüyor musunuz?» der, Adnan Bey bu latifeden asla usanmayan bir kahkaha ile yatağından atlardı. O zaman Nihal için ufak tefek hizmetler başlardı: Babasının havlusunu tutar, diş macununun kapağını açar, leylak suyu şişesinin topuzunu sıkarak Adnan Bey'in beyazlıkları kumrallıkları içinde kaybolan saçlarına muattar *[güzel koku-*

lu] bir yağmur serperdi. Bütün bu şeyler bitmez tükenmez latifeler, kahkahalar içinde yapılırdı. Başlıca oyunlarından biriydi: Nihal'in bu sabah hizmetlerine mahsus bir halayık ismi vardı: Pervin!.. O zaman Nihal dudaklarını büzer, gülmemeye çalışır, başını biraz ciddice tutar, küçük bir Pervin olur, Pervin sıfatıyla koşar, Pervin sıfatıyla hizmet eder; sonra birden, bir kahkahanın tarrakasıyla *[gümbürtüsüyle]* Pervin'in içinden Nihal'in neşve *[sevinç]* saçan siması çıkar, ince kollarıyla boynuna sarılır, güya büsbütün Pervin kalıvermekten korkarak bir buse ile kendisini bulmakta acele ederdi. Arada bir Pervin'e darılır, çehresini çatarak hiddetle çıkışırdı: «Pervin! Kız ben sana söylemedim mi? Ne için bu sabun kâsesini yıkamadın? Şimdi ben sana ne yapayım? Söyle bakayım: Kulaklarını mı çekeyim? Dudaklarını mı koparayım?..» Adnan Bey bu hiddet oyununu o kadar güzel yapardı ki Nihal, mebhut *[şaşmış]*, adeta korkarak dinlerken, birden şaşırır, işin oyunluğunu unutur, muhayyel *[hayal edilmiş]* Pervin için bir merhamet mi duyar yoksa velev *[hatta]* bir oyun arasında velev bir latife içinde kulaklarının çekilip dudaklarının koparılmasına rakik *[ince]* ruhu tahammül mü edemez, ne olur; birden babasına sokularak oyunun ciddiyetini bozmak için kesik kesik gülerdi. Bir gün hem böyle gülmüş hem ağlamış idi.

Şimdi, şimdi bu latifelerin arasında, nasıl olmuş bilinemez, kilitlendikten sonra anahtarı kaybolan bir kapı vardı. Bu kapı... O, aralarında soğuk bir mezar taşı şeklinde dikiliyordu. İhtimal bu izdivacı tamamıyla affedecekti, eğer babasıyla arasına böyle bir duvar çekilmemiş olsaydı.

Onun izdivaç hakkında müphem *[belirsiz]* fikirleri vardı. Muhakemesinde karı kocanın yekdiğerine «Bey!» «Hanım!» diyen bir kadınla bir erkek olmasından fazla malumat o kadar müşevveş *[karışık]* bulutlar arasında kaybolurdu ki istidlalleri *[delillendirerek anlamlandırmaları]* takibe imkân bulamazdı. Onun için yalnız bir şeyin ehemmiyeti vardı: Babasıyla kendisinin arasında bir kapı kapanırken onunla bir yabancı kadının arasında mavi atlaslarla, beyaz tüllerle müzeyyen *[süslenmiş]* zarif bir kapının açılmış olması...

O günden sonra bir daha o odalara girmemişti; fakat o gün Bülent'in bulduğu beyaz omuz atkısını unutamıyordu. Kapının ötesinden ayak sesleri, ufak gülüşler işitirken gözlerinin önüne hep o omuz atkısı geliyordu. Nedir, yarabbi! Bu omuz atkısı ki çocuğun dimağına böyle musallat olmuş *[takılmış]*, uykularına karışıyordu?..

Hele ikisini beraber görmeye tahammül edemiyordu. Onlarla beraber bulunmak mecburiyeti sofrada ictinabı *[uzaklaşması]* mümkün olmayan bir eza *[üzüntü]* idi. İlk günleri Nihal mutadını *[alışkanlığını]* bozmamaya, yine o gevezelikleriyle sofrada geçen saatleri doldurmaya azmetmiş idi; fakat bulduğu lakırdılarda, lakırdılarının arasına serptiği kahkahalarda, hatta kendisini telattufla *[lütfederek]* dinleyenlerin sükûtunda, tebessümünde sanki yanlış bir perdeye basılmış olmaktan mütevellit *[kaynaklanan]* öyle sahte bir nağme fark etmiş idi ki bir gün sebepsiz bir huysuzluk çıkarmış, sofradan kalkmış idi. O günden sonra sofrada musır bir sükût iltizam ediyordu *[ısrarlı bir sessizlik yeğleniyordu]*.

Adnan Bey uzaktan bu küskünlüklerin alametlerini *[işaretlerini]* fark ediyor ve Nihal'le bir müsalahanın *[barışmanın]* tesis zamanına henüz gelmemiş nazarıyla bakıyordu. Biliyordu ki Nihal kendisinden uzaklaştıkça Bihter'e takarrüp edecek *[yakınlaşacak]*. O da asıl bunu istiyordu.

Bihter'le Nihal iki dost idiler. Babası gittikten sonra Nihal bir aralık kendisine ait olan halktan, Bülent'le Beşir'in ve Cemile'nin teşkil ettikleri o çocuk halkından kaçar; biraz da on iki ile on dört arasında bulunan kız çocuklarına mahsus bir büyümek, büyüklerle beraber olmak hevesiyle, Bihter'in yanına gelirdi.

Bihter'e henüz verecek bir unvan bulamamıştı. Ona «Anne!» demeyecekti, kendi kendisine buna karar vermişti. Başka bir isim de bulamıyordu. Beraber bulunurken başlıca ona bu isimle hitap edememekten sıkılırdı. Bir gün ona bir şey söyleyecekti, âdeti idi, mutlaka birisine lakırdı söylemeye başlarken bir hitap kelimesiyle başlardı, onu bulamadı, bulamadığı için söyleyeceğini unuttu. Bihter fark etmişti, gülerek dedi ki:

— İşte yine bana verecek bir isim bulamadınız. Durunuz, sizinle bir mukavele *[sözleşme]* yapalım: Bana sadece Bihter deyiniz, olmaz mı? Ben de size kısaca Nihal derdim. Böyle aramızda bütün külfet *[sıkıntı]* de kalkardı.

Nihal kıpkırmızı oldu:

— Oh! Kabil *[mümkün]* değil...

Bihter ısrar ediyor, Nihal'in ona bir isim bulamamak azabına mutlak hatime *[son]* vermek istiyordu:

— Hayır, hayır, mademki benim hoşuma gidecek. Söyle bakayım, Bihter!.. Bihter!..

Nihal gülerek:

— Bihter, dedi.

O günden sonra daha teklifsiz oldular, artık aralarında sıkılacak hiçbir şey kalmamıştı, bir yaşta iki refika *[arkadaş]* sıfatını alıyorlardı. Bu refakate, Bihter ufak ve hissolunmaz bir himaye manası ile ilave ediyordu: Bir gün Nihal'in bütün elbiselerini, çamaşırlarını, ufak tefeklerini muayeneden geçirdi; hepsini beğeniyor; Nihal birer birer gösterdikçe başıyla hep «Güzel!» diyordu. Muayene bitince dedi ki:

— Nihal! Bilir misin? Artık bunların hepsini atmak zamanı geliyor. Ben isterim ki sen küçük bir çocuk değil genç bir kız olasın. Bu kısa etekler... Bunlar on ikisine kadar pek iyidir. Fakat on ikisinden sonra...

Artık bir genç kız olmak fikri Nihal'i hazzından şaşırttı. Mürebbiyesinin yüzüne baktı. İhtiyar kız buna muterizdi *[karşıydı]*. Bihter'e diyordu ki:

— Lakin Madam, zannederim ki pek erken... Fransa'da bu kadar çocuklar bahçede çember çevirir. Nihal'in eteklerini uzatmak için hiç olmazsa iki sene daha beklemek lazım gelir.

Bihter gülerek cevap verdi:

— Evet, Fransa'da, alelumum *[genellikle]* Avrupa'da, hatta Beyoğlu'nda; fakat bizde Nihal artık sokağa açık bile çıkamayacak. Değil mi Nihal? Şık bir çarşaf...

Nihal çarşaf fikrine çıldırdı. Ellerini çırpıyordu, mürebbiyesine koştu:

— Oh! Çarşaf, çarşaf...

Sonra bu sevinç arasında birden ağzından bir şey çıktı. Bihter'e:

— Babama söylersiniz, değil mi, dedi.

★ ★ ★

Bihter evin tertibatını *[düzenini]* değiştirmek istiyordu. Artık Nihal'le hep buna dair görüşüyorlardı. Bütün tasavvurlarına *[düşüncelerine]* Nihal'i teşrik *[ortak]* ediyor, yapılacak şeyler için Nihal'e: «Değil mi, öyle yaparız, değil mi?» diyordu.

Beraber gezeceklerdi. Bihter, Nihal'in bütün elbiseye müteallik *[ilgili]* şeylerine nezaret edecekti; bu kış geçtikten sonra, baharda bir gün Kâğıthane'ye yaşmakla gideceklerdi. Bihter hemen hayalinde doğuveren bu yaşmağı Nihal'e anlatıyor; o, bütün kadınlık için uyanmaya başlayan hislerinin ilk küşayişiyle *[açılışıyla]* dinliyor; ruhunu mest eden bu süslü şeyler, şu küçük muntazam dişleriyle, ince kırmızı dudaklarıyla insanı garip bir hararetle ısıtan tebessümü ile, müterennim *[ezgili]* sesiyle tasvir eden güzel ağızda bir başkalık alıyordu. Sonra genç kadının muhitinde *[çevresinde]* öyle esirî *[uçacak gibi]* bir bahar nefhası *[esintisi]*, şuh bir menekşe havası vardı ki Nihal'in rakik hüviyeti tebahhura müheyya bir jale katresi *[buharlaşmaya hazır bir çiy damlası]* gibi erir, onda imtisas ederdi *[emilirdi]*. O zaman bu genç kadınla bu henüz bir genç kız olacak çocuk ruhlarını birden bir kanat darbesiyle bir meserret *[sevinç]* ufkuna atan müzeyyen *[süslenmiş]* tasavvurlarının arasında öpüşürlerdi.

— Beybabanız geliyor...

Nesrin'in sesi bu haberi atınca birden soğuk bir raşe *[titreyiş]* Nihal'i sarsardı; dudaklarını çeker; kendisini sarhoş eden muattar havadan, yabancı bir ufka düşmüş bir kuş tevahhuşuyla *[ürkmesiyle]*, kaçmak ister, güya bir müsemmim nesimden *[zehirleyici rüzgârdan]* kurtulmak için acele ederdi.

★ ★ ★

Eylül nihayetlerinde idi. Bir gün sofrada Adnan Bey dedi ki:

— Nihal! Matmazel'den haber aldım ki derslerinize çoktan başlamışsınız. Türkçe'ye ne vakit başlayacağız? Haniya birçok niyetlerimiz vardı ki unutmuş görünüyorsun...

Nihal'in Türkçe'sine hemen tamamıyla Adnan Bey çalışmış idi. Bu sene ona eski yeni, manzum, mensur müntehap *[şiir, düzyazı seçilmiş]* parçalar yazdırılacak, seçme yazılardan bir defter vücuda getirilecek, bunlar okutturulacak, izah olunacak, bir yandan da Nihal'in mümkün değil ıslah olunamayan *[düzeltilemeyen]* imlasına bir çare bulunacaktı. Adnan Bey ta öteden beri okuduklarından parçalar çizmiş, Nihal'in mutasavver *[tasarlanmış]* defterine sermayeler teşkil etmiş idi.

Nihal, günlerce babasının bu sözünü unutmuş göründü, Adnan Bey de unutmuş gibiydi; fakat tekrar babasıyla başbaşa saatlerce o küçük iş odasında kalmak ihtimali öyle bir şeydi ki Nihal'in o akşamdan sonra fikrini terk etmedi. Nihal yine kendi tarafından iltizam olunan *[gerekli görülen]* bu babasından uzaklık içinde, uzun bir kışın siyah günlerini kafesinde güneşler düşünerek geçiren bir kanarya gibiydi. Bir gece, yemekten sonra, Adnan Bey'le Bihter, Nihal'in odaya, o ne kadar zamandan beri tebaüdünü *[uzaklaştığını]* hissettikleri iş odasına girdiğini gördüler. Adnan Bey gülerek:

— Ders mi? dedi.

Nihal:

— Evet, eğer isterseniz, cevabını verdi.

Bu gece dersler başladı; fakat baba ile kızın arasında o eski samimiyet, o eski tekellüfsüzlük *[özensizlik]* yoktu; şimdi aralarında bir şey eksilmiş gibiydi; hayır, daha doğrusu fazla idi. Bir üçüncü vardı...

İlk geceleri o eski samimiyet hararetini bulmak için her ikisinin gayretiyle dersler gidiyordu, Nihal küçük titrek sesiyle bir küçük manzumeyi okumaya çalıştıkça hatta hep beraber gülüyorlardı. O mümkün değil nazmın musiki hareketini anlayamıyordu. Adnan Bey diyordu ki:

— Lakin, Nihal, şaşıyorum, ne için anlamıyorsun? Fransızca nazımları pek güzel okuyorsun, fazla olarak musikişinassın, nazımda vezin *[ölçü]*, kelimelerin mücaveretinden *[yakınlığından]* hasıl olan musikiden başka bir şey değil.

O zaman efail ve tefaili *[aruz ölçülerini]* izaha başlar, o anlatırken Bihter'le Nihal uzaktan bakışarak gülerlerdi. Nihal'in beceriksizlikleri derslerin can sıkan ciddiyetine böyle ara sıra neşveler serperdi. Sonra, bir gece, Nihal tabii bir sevk ile mevzun *[ölçülü]* okumaya başlayınca artık başlıca gülünecek şey kalmamış oldu. Yavaş yavaş derslerin üstünde esnemek hevesi veren bir hava uçmaya başladı. Buna kim sebepti? Şimdi ara sıra Bihter'e bakarak bitirmek için acele eden Adnan Bey mi, bazen eline vakit geçirmek için alınan kitabı ağzına tutarak esneyen Bihter mi, hatta bir vakitler ruhunun harimi *[kutsal]* olan bu odada şimdi fazlalığını hissederek ikide birde defterini hemen fırlatıp kaçmak arzularını duyan Nihal mi? Dersler artık topallaşmaya, hasta bir çocuk mecalsizliğiyle emeklemeye başlıyordu. Bir gece Adnan Bey'in ufak bir baş ağrısı sebep oldu: «Bu gece ders kalsın» denildi, ondan sonra dersler unutulmuş oldu.

★ ★ ★

Genç kız olmak üzere bulunan çocukların müstesna bir devresi vardır ki o esnada bu nahif, narin mahluklarda bir kadınlık istihzar *[hazırlama]* hayatının müphem inkişafları *[belirsiz açılımları]* görülür. Bu devre manevi, cismani tebeddüllerle *[değişimlerle]* başlar. Çocukta sebepsiz herkesten bir ürkeklik, bir kaçınmak, bir gürelik *[enerjik olma]* fark olunur. Onda artık oyun zamanı geçmiş bir kedi yavrusunun vahşetleri uyanır; size eskisi gibi çocukça neşvesiyle elini uzatmaz, yanınıza o eski teslimiyet ile sokulmaz; babasına dudaklarını uzatışında bile bir soğuk raşenin seyelanı *[ürpermenin akışı]* vardır, lakırdılarında biraz daha ihtiyatlıdır *[tedbirlidir]*, gülerken kızarıverir; teneffüs *[soluma]* havasının içinde gariplik, yabancılık veren bir yeni nesimin *[esintinin]* dalgaları vardır; o zaman kaçar, tenha köşeler arar; uzun uzun düşünceleri vardır, kendisinde bir başkalık hisseder; fakat mahiyetini bilmez, yalnız anlar ki artık bir çocuk değildir. Yeni bir hüviyet mayası zapt olunamayan bir inkişaf kuvvetiyle bu çocuk vücudunu parçalayıp taşmak, bir şedit feveran *[şiddetli fışkırma]* ile harice çıkmak ve artık tahakküm etmek *[hükmetmek]* ister. Bu hadise çocuğun iradesinden, vukufundan, ihtiyarından *[seçiminden]* hariç bir şeydir ki kendi kendine tabiatın tayin ettiği inkılap hattını *[değişim yolunu]* takip eder; çocuk vücudunda garip bir şeyin, mahiyeti anlaşılmaz bir hastalığın yürüdüğünü, ilerlediğini, bütün hüviyetini dolaştığını hisseder; o zaman ona yürüyüşünde, söyleyişinde, gülüşünde, bütün hariçle münasebetlerinde korkaklıklar, beceriksizlikler gelir. Birden tavrında zarafet ve tabiiyetinden *[doğallığından]* bir şey eksilmiş zannolunur. Boyu haddinden fazla uzun, vücudu nispetten hariç ince gibidir; yürürken uzun bacaklarının üstünde nispetsiz bir gövde ile yürüyen bir kuş hali vardır, elini uzatışında, başını tutuşunda o eski hoş ahenk kaybolmuştur. Kendine mahsus vaziyetlerini terk etmiş de henüz yakışacak vaziyetler bulamamış bir vücut hükmündedir. Lakırdılarının arasında birden kızarışları vardır, sebebi bilinmez, bu kendiliğinden taşan sıkıntılara galebe de çalamaz *[galip de gelemez]*, o zaman herkesten uzak kalmak ister; büyüklerin arasında durmaya cesaret edemez, çocukların arasında kalmaktan utanır.

Uykularında kâbuslar, hummalar vardır, geceleri birden uyanışları içinde ölümü düşünür, korkar, yorganının altına sokularak titrer.

Bu öyle bir devredir ki çocukların ıttılaında *[öğreniminde]* yeni ufuklar açar. Onlara kimseye bir şey söylemeksizin, hiçbir yerde bir emare *[ipucu]* görmüş olmaksızın, birdenbire, kendi kendine, o zamana kadar tamamıyla anlaşılamayan binlerce şeyler bir ifade vüsati kesp eder *[genişliği kazanır]*, birçok hakikatleri anlayıvermiş bulunurlar. Bu ıttıla nasıl istidlaller *[anlam çıkarmalar]* neticesiyle böyle birkaç aylık bir devre içinde husule geliverir? Bunu tarif mümkün değildir; denebilir ki bu sırada yeni inkişaf eden hüviyet, genç kız hüviyeti; o eski çocuk hüviyetine yeni yeni ilimler getirmiş, her şey için «İşte bu sudur» diyen sesiyle o vakte kadar bulutlar altında şöyle bir göz gezdirilen sahifelerin üzerine sihirli bir ziya dökmüştür.

Nihal hayatının bu devresinde idi. Dersler böyle sekteye *[kesilmeye]* uğrayıverince, babasının tekrar başlamak için bir şey söylemediğine kin duymakla beraber, gizli bir memnuniyet hissetti. O artık Bihter'le babasının yanında, hususuyla kendisinden başka kimse yok iken, ilk zamanların sıkıntısına benzemeyen bir şey adeta bir hicap *[utanç]* duyuyordu.

Kış, yağmurlarıyla, karlarıyla gelmişti. Bihter'le Nihal bir açık havaya intizar ediyorlardı *[bekliyorlardı]*. Beyoğlu'na gidilecek, aylardan beri tasavvur olunan şeyler, bilhassa Nihal'in ilk çarşafı için kumaş alınacaktı. Açık sarı yalıdan artık bir haber vürudu *[gelme]* zamanı yaklaşmış idi. Bihter, Nihal'e vaat etmiş idi ki o haber gelip de Peyker'in mini mini bebeğini görmek için oraya gitmek lazım gelince Nihal bir çocuk değil bir genç kız sıfatıyla gidecekti. Kaç gündür Nihal merak ediyor, böyle her gün yağmur bahanesiyle inilemeyecek olursa çarşafın yetişemeyeceğinden korkuyordu.

Bugün nihayet havada bir müsaade vardı. Artık ineceklerdi: Adnan Bey sabahtan beri gülümseyerek tuhaf bir nazarla:

— Aman, Nihal Hanım'ın çarşafı unutulmasın, diyor, Behlül amcasının cümlesine mütalaalar *[düşünceler]* ilave ediyordu:

— Artık işimiz var. Evin içinde yeni bir hanım peyda olacak *[belirecek]*; Nihal Hanım!.. Muameleleri *[davranışları]* bütün tebdil etmeli *[değiştirmeli]*: Hele ben... Artık kavga edemeyeceğiz, o eski yaramaz çocuğa ikide birde çıkışılamayacak. Şimdi teveccühü celp olunacak *[yakınlığı kendine çekilecek]* bir hanıma karşı yapılan yaltaklıklar lazım değil mi Nihal? Ah! Affedersiniz, değil mi küçük hanımefendi?.. Behlül ayağa kalkıyor, Nihal'in karşısında tuhaf vaziyetlerle eğilerek sahte bir tekellüf *[özenme]* sadasıyla soruyordu:

— Küçük hanımefendi, bugün iyi midirler? Küçük hanımefendi parmaklarının ucunu öpmek için bana müsaade verirler mi? Küçük hanımefendi mini mini bir tebessümle tuhaflıklarımdan mahzuziyetlerini *[hoşlanmalarını]* işarete tenezzül buyururlar mı? *[alçak gönüllülük gösterirler mi?]*

Nihal kızararak gülümsüyordu.

Behlül ilave etti:

— Küçük hanımefendi yine ara sıra odama gelip bir parça kavga etmek için inayet *[iyilik]* buyuracaklar mı?

Sonra birden Bihter'e döndü:

— Yenge! Çarşafın rengi ne olacak? Bakınız, bana nasıl bir fikir geliyor: Bu ilk çarşaf olacak, şu halde göze çarpar bir şey bulmalı, bir renk ki geçenlerin zorla nazarını celp etsin. Mesela sarı, ama sapsarı, çiğ, haniya gözleri ısıran sarı. İstanbul'a şık bir kanarya hediye edelim. Matmazel de Courton'un da bu renge bilhassa merakı var, değil mi Nihal? Haniya bir yaz sapsarı bir kumaştan gömlek yapmıştı...

Nihal gözlerinde bir cidal şeraresiyle *[kavga kıvılcımıyla]* cevap verdi:

— Yok, bu meselede sizin zevkinize müracaat edelim. Kırmızı, kıpkırmızı, gözleri tırmalayan bir kırmızı intihap edelim *[seçelim]*. Haniya sizin bir vakitler, o kadar kabarık kırmızı bir kravatınız vardı ki üzerinde yeşil mineli iğnenizle koca bir domatese benzerdi...

Adnan Bey:

— Kavga başlıyor, dedi.

Behlül tevakkuf etmeden mukabele etti *[duraksamadan karşılık verdi]*:

— O kravat o kadar hoşunuza gittiyse Mlle de Courton'a hediye edelim. Sarı gömleğinin üstüne takar.

Nihal:

— Aman, ne büyük fedakârlık, dedi; yazık olur, o size o kadar yakışıyor ve size yakışan şeyler o kadar az tesadüf ediyor ki...

Bihter fenalaşmak istidadını kesp eden *[eğilimini kazanan]* kavganın arasına girdi:

— Nihal! Hazırlanmayacak olursan vapuru kaçıracağız. Beşir beraber geliyor, değil mi?

★ ★ ★

Bugün, artık çarşafa girmek fikri zihninde yerleştikten sonra, Nihal yine kısa koyu lacivert şayaktan elbisesiyle, ta dizlerinden aşağıya kadar dökülen uzun paltosuyla, kendini sokakta çıplak zannediyordu. Birinci defa olarak, hemen Bihter'in boyuna yaklaşan ince boyu ile, sokakta açık bulunmaktan sıkıldı. Bihter'in yanında yürümesini idare edemiyor, kendisini lüzumundan fazla öne geçmiş buluyor, sonra yanından ayrılmaya çalıştıkça onun mevzun *[düzgün]* yürüyüşünden kendi yürüyüşüne bir sakatlık, usulden düşen bir nağmeye mahsus bir vezinsizlik sirayet ediyordu *[bulaşıyordu]* ve vakitsiz genç kız oluvermekten mütevellit *[doğmuş]*, bu beceriksizlikler ona vahşi bir güzellik, garip bir hoşluk veriyordu.

Alınacak birçok şeyleri vardı: Nihal, eski elbiselerinden hiçbirini alıkoymak istemiyordu, ona her şey yeniden yapılacak, hele geçen senenin birden kısalıveren şeyleri hep Cemile'ye verilecekti. Nihal'de bir kadınlık hevesi uyanıyor, ona o vakte kadar düşünülmemiş şeyler için arzu veriyordu. Utanarak Bihter'den kokular istedi, çamaşırları için sevsen tohumundan yastıklara hevesini saklayamadı. Dükkândan dükkâna dolaştıkça yeniden arzular peyda oluyor, Beşir'in ellerinde küçük paketler taşınamayacak bir raddeye *[dereceye]* geliyordu. Nihal için bu güzel şeyler alındıkça Beşir'de de bir saadetin hazzı uyanıyor, gözleriyle Nihal'e fikirler veriyordu. Bir aralık tüllerle, kurdelelerle siyah bir büyük güle benzeyen bir şemsiyeyi gösterdi. Yavaşça:

— Şemsiye, dedi, küçük hanım şemsiye almadınız!..

Sonra çarşaf için kumaşların karşısında düşünülürken o hep, muhteriz *[çekinen]* sesiyle, cesaret edemeyen ellerinin korkak temaslarıyla bu düşüncelere karışıyor, eğilerek, ötede, diğer bir peykede(44) başka hanımların karar verdikleri açık lacivert üzerine ince limon küfü çizgilerle bir kumaş göstererek, yavaşça Nihal'e:

— Bakınız, ne güzel, ondan alsanıza, diyordu.

Birden Nihal sabırsızlandı:

— Aman Beşir! Susacak mısın? Biz çarşaflık düşünüyoruz...

Beşir çekildi. Onun böyle çekilişinde sokulmaya çalışırken kafasına vurulmuş bir kedi mazlumiyeti *[çekingenliği]* vardı ve bu mazlumiyette birden öyle bir acılık buldu ki Nihal hemen pişman oldu. Beşir'e bakarak:

---

(44) Peyke: Tahta sedir, kerevet.

— O kadar hoşuna gittiyse esvabı ondan yaparız, dedi.

O kumaşı Bihter de fena bulmuyordu:

— Aferin Beşir, diyordu.

Çarşaftan evvel ona karar verdiler. Nihayet çarşafın da şu küçük parlak benekli siyahtan olmasında ittifak hasıl oldu *[karar verildi]*. Beşir paketlerin hepsini yüklenmek istiyordu, onlar razı olmadılar, bir araba getirtildi, daha o kadar yerlere uğranacaktı ki... Bihter:

— Değil mi, Nihal, diyordu. Terziden sonra büyük salon için Patriano'dan(45) bir fikir alırız...

Son vapura ancak yetişebildiler, Nihal o vakte kadar Beyoğlu'na inmekten bu derecede bahtiyar olmamış idi. Yanlarında paketler koca bir yığın teşkil ediyordu. Nihal'in hemen bütün istedikleri alınmış idi. Bihter yalnız Peyker'in çocuğuna hediye edilmek üzere Patriano'ya mavi pelüşler(46) içinde zarif bir beşik sipariş etmekle kanaat etmiş idi. Bu aralık, kamarada yalnız kaldıkları vakit bahtiyarlığının taşıveren bir hamlesiyle Nihal, Bihter'e sokuldu ve ta dudaklarının yanından çenesinin üstünden öperek:

— Sizi bugün her vakitten ziyade seviyorum, dedi.

★ ★ ★

(45) İstiklal Caddesi'nde bir mobilya mağazası.

(46) Pelüş: Kadifeye benzeyen bir kumaş türü.

Nihal'in genç kız kıyafetine duhul resmi *[giriş töreni]* bu yeni hayatın bir küşat rasimesi *[açış töreni]* kabilinden icra olundu:

Nihayet açık sarı boyalı yalıdan beklenen haber alınmış idi. Bugün Bihter'le Nihal oraya gidecekler-di. İkinci teşrinin *[kasım ayının]* bahar hatıraları veren günlerinden biriydi. Adnan Bey'le Behlül aşağıda büyük salonda bekliyorlardı. Bu hazırlık o kadar uzun sürmüş idi ki ikisi de sabırsızlanıyordu. Bir aralık, yukarıdan Bülent'in sesi işitildi. Aşağıdakilere soruyordu:

— Hazır mısınız? Biz geliyoruz... Oh! Ablamı görmeyiniz...

Yukarıda küçük bir telaş, kahkahalar arasında fısıltılar, Nesrin'in: «Ah canım! Meğerse koca kız olmuş!..» diyen sesi vardı, sonra Bülent'in koştuğu duyuldu. Bülent bağırıyordu: «Bırak, Şayeste! Ben onunla bayrak yapacağım, bayraksız alay olur mu?..»

Nihayet merdiven gıcırdadı: En önde küçük dimağının içinde doğan bayrakla, mühip *[heybetli]* bir sancaktar vaziyetiyle vücudunu büyüte büyüte yürümeye çalışan Bülent, alayı açıyordu. Bu bayrak Nihal'in arkasından çıkarılan kısa elbisenin Adnan Bey'in bir bastonuna takılmasıyla hasıl olmuştu. Bülent onu omuzuna almış, dalgalandırarak yürüyordu:

— Kimse kalmasın. Yolu kapamayınız, alay geçecek. Ah! Bir trampet olsaydı...

Nihal'le Bihter arkadan geliyorlardı, daha sonra, kolunda Nihal'in çarşafıyla o iri siyah bir güle benzeyen şemsiyesi, Beşir ve hepsinin yüzünde geniş bir tebessümle Şayeste, Nesrin, Cemile geliyorlardı. Bülent'in gürültüsüyle Şakire Hanım bile Hacı Necip'i dönme dolabın önünde bırakarak salonun kapısından bakıyor ve Nihal'i bu heyette, artık bir genç kız kıyafetinde görmekten teessür ederek *[duygulanarak]* gözlerinin ucunu siliyordu.

Adnan Bey'le Behlül ayağa kalkmışlar, mütebessim *[gülümseyerek]*, bekliyorlardı; Nihal son basamaktan inip de bir hatve *[adım]* daha atmaya cesaret edemiyormuşçasına durunca Behlül:

— Oh, dedi, bu kim? Bu küçük, zarif, ince hanım kim? Sizi temin ederim ki tanımıyorum...

Bihter gülerek:

— Size takdim ederim: Nihal Hanım, dedi.

Bülent şimdi sevincinden çıldırıyordu. Bayrağı bir tarafa, bastonu bir tarafa fırlatıyor, hoplaya hoplaya ablasının etrafında dönerek: «Nihal Hanım! Nihal Hanım!..» diye bağırıyor, sonra etrafına bir göz gezdirerek güya bütün dünyayı haberdar etmek isteyen bir ilan borusu gibi mini mini sesinin en tiz perdesiyle ilave ediyordu:

— Artık hep Nihal Hanım denecek, anlıyor musunuz? Kim yalnız Nihal derse defterine beş yüz kere Nihal Hanım yazacak, değil mi Matmazel?..

Mlle de Courton en arkada, henüz merdivende gülümsüyordu. Nihal iki adım attı; şimdi salonun boş yerinde her türlü hailden *[engelden]* azade, bütün ince ve uzun boyunun zarafetiyle büsbütün meydanda idi. Behlül onu tanıyamamakta haklıydı:

Bihter'in sanat elinden o, değişerek çıkmış idi. Ne tam bir genç kız ne de henüz çocuk dedirtmeyecek bir kıyafet bulunmuş idi, eteğinde ufak, gayr-ı mahsus *[belirsiz]*, inceliğine nispeten uzun duran boyunun fazlalığına çocuk hafifliği veren bir kısalık bırakılmış idi. Açık limon gazlar üzerine geçirilmiş dantelalar ta sırtından başlayarak kollarının altından dolaşmış, Nihal'in henüz genişlememiş gövdesiyle göğsünü bir cepkenin bolluklarında saklamış idi. Yakasından inerek bu cepkenin arasına sıra sıra helezonlarla dökülen yine açık limon gaz kalabalıkları altında bu henüz çocuk göğsünün farkı saklanmıştı. Bütün bu ipeklerin sanat oyunları müphem dolgunluklar fark ettiriyordu. Nihal'in uzun saçları çocukluğundan bir hatıra olarak arkasına salıverilmiş, yalnız altında düz kesilerek, iki taraftan alınan birer demetle tepesinin üstünde bir küçük topuz, ancak peçesiyle çarşafını tutacak kadar bir şey yapılmış idi.

Nihal alnını babasına uzattı, Behlül'e yalnız elini uzatıyordu. O itiraz etti:

— Yalnız bu kadar mı, diyordu, demek, artık küçük hanımefendi ile bayramlarda öpüşülemeyecek...

Nihal dudaklarını burarak, başını biraz eğerek, gözleriyle «Öyle!..» dedi; Bihter çarşaflanmış idi, «Haydi Nihal!» diyordu; «Çarşafını, asıl çarşafını görsünler...».

Şimdi Beşir koşmuş idi. Şayeste, Nesrin, Nihal'in başına üşüştüler, Şakire Hanım bile salona iki adım daha attı, Bülent elinde Nihal'in peçesiyle acele ediyordu. Bihter yetişti, peçeyi ta alnının üstünde biraz büzerek, kabarıkça iliştirdi; Nesrin bir firkete ile Nihal'in eldivenini ilikliyordu; sonra birden hep çekildiler ve bu defa Nihal çarşafın gözleri aldatan çizgileri altında, henüz bir çocuk sıfatıyla değil, ince bir genç kız endamının leventliğiyle ortada kaldı. O zaman Behlül koştu. Şimdi eğilerek, kollarının, ayaklarının türlü tuhaf vaziyetleriyle selamlar resmederek, ona kolunu takdim etmek istiyordu. Bülent sıçrıyor, ablasının boynuna sarılmak, onu bu heyette öpmek için ısrar ediyordu. Nihal eğildi, yeni çarşafının bozulmasına, peçesinin buruşmasına ehemmiyet vermeyerek Bülent'le dudak dudağa, uzun uzun, birbirini hırpalayarak öpüştüler. Şakire Hanım artık açıkça ağlıyordu.

Behlül:

— Yürüsün de görelim, diyordu; değil mi yenge? Asıl çarşafın içinde yürüyebilmeli, bu öyle nazik bir sanattır ki bir kadının bütün müstesna zarafetini gösteriverir.

Nihal elinde şemsiyesiyle ilerledi:

— Amma, hep bana bakıyorsunuz, diyordu; elbette şaşırırım...

Behlül şimdi tek gözlüğünü takmış, eğilerek, geniş, raks ediyor zannolunan adımlarla, Nihal'i süzerek arkasından gidiyordu:

— Olmuyor, zavallı Nihal, olmuyor, diyordu.

Nihal'in yürüyüşünde biraz fazla acele, hatvelerinin vüsatinde *[adımlarının genişliğinde]* biraz mevzuniyeti *[uyumu]* bozan bir genişlik vardı; ellerini nereye koyacağından mütehayyir *[şaşırmış]* gibiydi. O zaman Behlül taklidini yaptı, kollarını çekerek, ellerini sarkıtarak, garip, tuhaf bir vaziyetle Nihal'in yürüyüşünden bütün beceriksizlikleri istiare eden *[ödünç alan]* bir taklit ile yürüyor: «İşte böyle yürüyorsun!» diyordu. Sonra yengesini yürütmek istedi:

— Oh! Bakınız, diyordu, bu sanat yengemde son zarafet noktasını bulmuş...

Bihter:

— Teşekkür ederim; dedi; fakat kendimizi size beğendirmek için vaktimiz yok... Beşir, çantaları aldın mı? Şayeste nerede? Çarşafını giymeye mi gitti?

Sonra Adnan Bey'le Behlül'e sordu:

— Siz de geliyorsunuz, değil mi?..

6

Behlül ayaklarını uzattı, zorla gülen bir adam vaziyetiyle başını arkasına salıvererek güldü:

— Off, dedi; bilir misin azizim? Ağlamamak için gülüyorum. Bu yolda çocukça fikirler bana ağlamak hevesi verir. «Kadınlar şiirli aşklar hulya ederler ve aşklarında şiir ile bahtiyar olurlar.» İşte güzel bir cümle! Bunun altına imzanı atar, edebi risalelerden *[dergilerden]* birine gönderirsin; senin gibi binlerce saf insanlar vardır ki buna: «Oh! Ne güzel...» derler. Güzel? Belki, fakat doğru değil. Kadınlar şiirlerle dolu aşklar hulya ederler, evet, yüzde bilmem ne kadar, herhalde ekseriyeti teşkil edecek kadın beyinlerinin içinde böyle açık lacivert bir semanın üstünde altın handelerle *[gülmelerle]* sevda rüyaları vardır; fakat bu rüya işte yalnız oraya, o mini mini beyinlerin bulutlarına mahsustur. Hayatta, aşk hayatında, kadınlara şiirden bahsederseniz ne yaparlar, bilir misin? Gülerler ve içlerinden, hatta belki açıktan açığa «Ahmak!» derler... Şiir? Lakin azizim, bu senin dediğin şey on beş yaşında pek iyidir. O zaman ağaçlarının arasından parça parça güneşler akan sık ormanlarda seyranlar *[gezintiler]* düşünülür, mehtap gecelerinde sandalın kürekleri bırakılarak denizin zemzemeleriyle *[ezgileriyle]* semanın çiçekleri arasında ebediyet kadar imtidat edecek istiğraklar *[uzayacak kendinden geçmeler]* hulya olunur; daha, bilir miyim? Ben o devri öyle acele ederek geçtim ki tamamıyla tahattur edemiyorum *[hatırlayamıyorum]*. Fakat aşk, asıl aşk, hakiki hayatta aşk, bunların hiçbiri değildir. Bunlar kadınları bir müddet belki aldatır, bir kere, iki kere, nihayet üç kere, bu rüyalarla eğlenirler, lakin dördüncüsünde asla... Bütün o şiirine asılıp kalan kadınlar, nihayet onu bulamayarak, çünkü o mümkün değil bulunamaz, bulamamak hüsranını ve hatta ihtimal bir gün bulmak ümidini saklamakla beraber aşkta asıl bulunan şeyi ararlar: Hakikat.. Evet, bütün maddiliğiyle, o şiirlerden, hulyalardan, çiçeklerden mücerret *[soyut]* hakikat!.. Biz erkekler de böyle değil miyiz? Hayatımızın bir devresi vardır ki o sırada fikirlerimiz arzın *[yeryüzünün]* üstünde uçmaya, emelini tatmin edecek hulya heveslerini semaların esir menbalarında *[kaynaklarında]* aramaya muhtaçtır; yükselir, gözlerini aldatan bu mavilikleri geçmek, daha yukarılarda bir şey, bir başka sevda havası bulmak için yükselir, fakat yükseldikçe daha geçilecek mavilikler bulur, o iğfal eden *[aldatan]* ufuklar bitmez tükenmez... Bu semavi seyahat ne kadar imtidat eder? Bu, mizaca ait bir şeydir, o kadar devam edebilir ki dönmeye imkân kalmaz. İşte sen oradan hiç dönemeyecek, biraz topraklara hiç düşemeyecek gibisin. Ben? Ben hatta uçmak için heves bile duymadım. Uçup uçup da düşenler, bütün o kırık kanatlarıyla topraklarda sürüklenen, nihayet topraklarda ruhunun gıdasını arayanlar gözlerimin önünde o kadar beliğ *[güzel]* dersler teşkil ettiler ki ben onların bitirdikleri yerden başlamaya lüzum gördüm. Rica ederim söyleme, sizin, hulyacıların bütün felsefenize vâkıfım. İşte ne demek istediğini anlıyorum: Bana o semalar seyahatinin fecirlerinden *[tan ağarmalarından]*, kehkeşanlarından *[samanyollarından]*, kavs-i kuzahlarından *[gök kuşağından]*, mülevven *[renkli]* güneşlerinden, şaşaa tufanlarından, bütün bu güzelliklerin mestisinden *[sarhoşluğundan]* bahsedeceksin. Bir yığın şiir!.. Lakin asıl şiir kadınlardır, bu çiçeklerden teşkil edilerek odanızın yaldızlı hücrelerinde rakik çiçekliklerde muattar hatıralarıyla size gülümseyen demetlerdir. Bence işte aşkın felsefesi bundan ibarettir: Bu demetlerden mümkün mertebe çok bağlayabilmek... Sevda hayatı bir mezheredir *[çiçekli yerdir]* ki buradan sadece bir temaşa gözleriyle geçenler de vardır, onlar biraz ilerde bir şey koparabilmek ümidiyle geçerler, geçerler, nihayet artık koparılacak bir şey kalmaz, geri dönmek de mümkün değildir, bunların mezar taşına «Yaşamadılar» hakkolunabilir *[kazınabilir]*. Bunlar öyle bir sınıftır ki beceriksizliklerden, mahcuplardan, korkaklardan müterekkiptir *[oluşmuştur]*. Bu sınıfın biraz üstünde yakalarına yalnız birer gonce takmakla, bu sevda mezheresinden bütün hislerini almış olmakla çıkanlar gelir: Kanaatkârlar. Daha sonra henüz mezherenin kenarına gelir gelmez eli boş yahut birkaç hatve ötede avuçlarında bir demet kurumuş otla «Oh! Ne güzel...» diyen, hemen oraya, bir ağacın uyku getiren gölgesine düşerek uyuyanlar gelir: Tembellerle yorgunlar... Daha sonra muzafferler, galipler, bu mezherenin İskender ve Daraları, Cengiz ve Timurları, bizler, ben... Evet, ben, kucak kucak, etek etek o çiçeklerden toplayan, toplamak için bitmez, sönmez bir heves duyan ben... Görsen, böyle, kâh elimin anif *[sert]* bir hırsıyla koparılmış, kâh dişlerimin keskin bir darbesiyle kesilmiş, yahut çalıların arasında türlü güçlüklerle toplanabilmiş, dikenlerinde emellerimin kanından fedakâr katreler bırakılarak ancak yetişilebilmiş, ara sıra şurada burada mürüvveten *[iyilikseverlik sebebiyle]* alınmış çiçeklerden bende ne güzel demetler var.. Bunların içinde şuh kahkahalarıyla güller, baygın sevda bakışlarıyla nergisler, har *[sıcak]* ve muhteris *[ateşli]* nefesleriyle karanfiller, bin türlü manalarıyla nesrinler, şebboylar, laleler, sümbüller, bütün o şairlerin lehçelerini dolduran çiçekler, ötede beride mini mini, küçük küçük, muhteriz tebessümleriyle serpilmiş yaseminlerle inci çiçekleri, hatta manasız, ruhsuz zannolunan otlar, o mütevazı, zelil *[alçak]*, hakir edalarıyla biçare otlar.. Bu demetler o kadar çoğalacak, o kadar çoğalacak ki nihayet odamın hücrelerinde boş yer kalmayacak. Odamda bunlardan o sevda mezheresini daima yaşatan bir hatıra mezheresi vücuda gelecek. O zaman, işte yalnız o zaman ta odamın ortasına, bütün o hatıraları safvet *[saflık]* şaşaasıyla, bikrinin *[el değmemişliğinin]* beyaz nezahetiyle *[temizliğiyle]* örtecek bir zambak, tertemiz, lekesiz, bir zambak koyacağım. Ötekiler kurudukça bu, tazeliğinin, şetaretinin ratıp nesimini *[sevincinin nemli esintisini]* üzerlerine serperek, kendisi yaşamaktan bahtiyar yükseldikçe, o biçare solgun hatıralara da bir parça neşve *[sevinç]* verecek; böyle, gözlerimin önünde hep beraber, gaşyeden muattar *[kendinden geçiren kokulu]* bir hava içinde yaşarken ben mest olarak müzehher *[çiçekli]* rüyalar içinde uyuyacağım; anlıyor musun, azizim? O zaman uyuyacağım...

Birden Behlül bastonunu yakaladı:

— Gördün mü, bir kere? Bana bu bahsi açtırmaya gelmez; bütün yapılacak işlerimi unutuyordum. Yarın için büyük bir sahra *[kır]* âlemi var. Bana bin türlü şeyler sipariş ettiler. Yetiştirilemezse amcamın ziyafeti mahvoldu...

7

Ne vakitten beri tasavvur olunup da yapılamayan ziyafetin nihayet bugün için takarrüründen *[kararlaştırılmasından]* sonra Behlül bir şey keşfetti:

— Durunuz bakayım, dedi; geçen sene düğün ağustos nihayetlerinde değil miydi? Şu halde bu ziyafet bir yıl dönümü ziyafeti olacak. Amcamla yengemin mesut bir senesini kapayarak onlara yeniden bir saadet senesi küşat edeceğiz *[açacağız]*...

Bütün ev halkıyla beraber öyle bir sahra âlemi yapmak fikri Nihal'i o güne kadar sevincinden çıldırtırken Behlül'ün bu sözünden sonra onda nahoş bir şeyin ezasını uyandırdı. Her vakit yaptıkları gibi Bihter'le sevinerek bir seyran yapacaktı *[gezecekti]*. Fakat böyle aylardan beri hazırlanan kalabalık bir ziyafet, bu ziyafete takılan unvan, daha sonra artık ikide birde en küçük vesilelerle hayatlarına iştirak eden *[katılan]* Firdevs Hanımlar, Peyker Hanımlar, hatta bütün eskiden sevdikleri, hele babası, o mesut izdivaç senesini kapayarak yeniden mesut bir izdivaç senesi açacak olan adam, evet, bunların hepsi şimdi onu kızdırıyorlar, onda herkes için adavete *[düşmanlığa]* benzer bir şey uyandırıyorlardı. Lakin bunlar anlamıyorlar mıydı ki, içlerinde hiçbiri hissetmiyor muydu ki bu yapılan ziyafetlerin, bu eğlencelere sebep olan saadetlerin arasında onun kırılmış kalbinden parçalar, birer şikâyet nevhasıyla *[ağıtıyla]* işitilmez sesleri titreyen kırılmış hisleri var? Onları duymuyorlar mıydı?

Bu sabah oraya gitmek için onu erken kaldırmaya gelen Mlle de Courton'a metanetine *[dayanıklılığına]* galebe çalan bir asap humması içinde bir seneden beri söylemediklerini söyledi. Elinin altına geçen şeyleri koparmak, yırtmak, zapt olunmuş elemlerinin intikamını onlardan almak istiyormuşçasına asabi hareketlerle ayağına takılacak çorapları, sırtına geçirilecek gömleği alırken, bu ziyafete gitmek için bir yangından kaçar gibi giyinirken kesik kesik, bazen ara sıra durarak, «Lakin siz de bir şey söyleyiniz!..» demek isteyen haliyle mürebbiyesinin yüzüne bakarak söylüyordu:

— İşte düne kadar oraya gitmek istiyordum; diyordu; fakat bugün gitmek istemiyorum. Bilir miyim neden?.. Bu gece bütün gitmemek için bir çare düşündüm. Yok, bir çare bulamıyorum ki... Bana hep «İşte Nihal kıskandı.» diyecekler, gülecekler... Siz bilirsiniz a, onlarda birbirine bakarak bir nevi gülüş var. O her vakitki gülüşleri değil, dudaklarının sağ tarafı, yalnız sağ tarafında bir köşesi yavaşça kalkarak gizli bir gülüşleri var. Annelerinde de, kendilerinde de... Onu en evvel Bihter'de gördüm. Bir gün, neydi yarabbi! Babama bir lakırdı söylüyordu, bilmem nasıl bir şey birden gözlerimi ona sevk etti. O, işte bu gülüşüyle babama bakarak bir fikir vermek istiyordu. Siz o gülüşlerini fark ettiniz, değil mi? Sizinle istihza *[alay]* mı ediyorlar, size merhamet mi ediyorlar, anlaşılamayan bir şey... İşte o günden beri hep babamla lakırdı ederken zannediyorum ki o yine öyle, o gülüşüyle gülüyor... Matmazel, sarı potinlerimi giyeyim, değil mi?.. Oh! Şimdi siz mesela inseniz, deseniz ki: «Nihal bir parça rahatsız, onun için...» hemen annesi kızlarına, sonra üçü birden babama bakarak öyle, dudakları titreyerek –Nihal taklidini yapıyordu– işte böyle, gülecekler... Onlar böyle gülerlerken ne istiyorum, biliyor musunuz?..

Mlle de Courton tevkif etmek *[durdurmak]* isteyerek diyordu ki:

— Saçlarınızı taramayacak mısınız, çocuğum?..

O dinlemeyerek devam ediyordu:

— Saçlarım!.. Bana başka bir şey söylememek için saçlarımı düşündünüz. Ben biliyorum ki siz, siz hepsini anlıyorsunuz. Evet, onlar bir gün yine öyle gülerken birden ortalarına atılmak ve bağırmak istiyorum: «Lakin, siz, siz kimsiniz? Nereden geldiniz? Bırakınız bizi, babamla beni...»

Bülent aşağıdan bağırıyordu:

— Abla! Seni bekliyoruz. Matmazel! Ablama söyleyin, çabuk olsun.

— Bunlar bütün çocukluk, Nihal. Bu gece fena bir uyku uyumuş olmalısınız, o kadar... Eldivenlerinizi sakın unutmayınız...

Nihal eldivenlerini giymeye çalışarak omuzlarını silkti:

— Çocukluk! Fena uyku!

Sonra birden eldivenlerini giymekten vazgeçerek avucunda sıktı:

— Lakin ben bir seneden beri fena uyku uyuyorum, anlıyor musunuz? İşte bugün de fena uykularımın şenliğini yapmaya gidiyoruz...

★ ★ ★

Göksu'yu ve tenha bir gün olmak üzere, perşembeyi ihtiyar etmişlerdi *[seçmişlerdi]*. İki evin halkı hemen hep orada idiler. Dört sandal olmuşlardı. Bülent Beşir'i kandırarak kürek çekmeye çalışıyordu, onların sandalı en önde idi. İçinde Matmazel de Courton, Nihal'i güldürmek için fazla bir korku ile Bülent'e:

— Lakin bu küçük gemici bize Göksu'nun lezzetini tattıracak, diyordu.

Bir aralık sandal «Gırrrt!.. » dedi. Bülent küreği elinden bırakarak:

— İşte Amerika'yı bulduk, diyordu, Christophe Colombe çıkabilir. Yaşasın Christophe Colombe! Yaşasın Yeni Dünya!

Arkada, kikte, Nihat Bey, Adnan Bey'e diyordu ki:

— İşte gördünüz mü? Dört kürek çekerseniz, bir sığa tesadüf edersiniz.

O, dereye girileliden beri, Adnan Bey'e, Göksu'ya dair birtakım imar tasavvurlarından bahsediyordu. Bir aralık arkadan Behlül'ün sesi işitildi. Başlarını çevirdiler. Behlül, Bihter, Peyker sahilde idiler. Behlül:

— Biz yürüyerek geliyoruz, diyor, Bihter yürümek istemeyerek sandalda kalan annesine:

— Sakın sandaldan kendi kendinize çıkmayınız, ihtarına *[uyarısına]* lüzum görüyor.

Peyker kollarını uzatarak, Katina'nın kucağında etrafına yadırgayarak bakınan bebeğine, mini mini Feridun'a, sahilden kendisini tanıtmaya çalışıyordu:

— Cicim! Gel, bana gel... Hani bunun annesi? Canım bunun annesi nereye gitmiş?

Nihayet sandal kurtulduktan sonra Nihal:

— Artık biz de çıkalım, dedi.

Behlül, Peyker'le Bihter'in arasında yürüyor, Peyker'e diyordu ki:

— Böyle sahraya çıkınca bende zapt olunamaz bir arzu uyanır! Koşmak... Muvafakat etseniz *[razı olsanız]* bugün sizinle ne güzel koşmak oyunları icat ederdik! –Peyker'e biraz daha sokularak bir mâni kastettiğini anlatır bir sesle ilave ediyordu– siz kaçardınız, ben kovalardım, öyle zannediyorum ki sizin kaçmakta maharetiniz var, fakat bende de kovalamak için öyle bitmez tükenmez bir sabır, bir sebat *[direnç]* var ki nihayet...

Peyker gülerek sordu:

— Nihayet?

— Nihayet sizi tutardım...

Bihter onlardan biraz fasıla ile, bir yalnızlık içinde imişçesine, işitmeyerek, işittiklerine iştirak etmeyerek *[katılmayarak]* yürüyordu. Peyker'in arkasında gayet hafif beyaz ipekten kolsuz bir yeldirme vardı ki yalnız boynundan bir toka ile omuzlarının üstünde uçacak bir hafiflikle durarak, tenhalığın verdiği serbestlikle, gayet ince, göğsünün yarısına kadar teninin pembeliklerini ifşa edecek *[açığa çıkaracak]* derecede şeffaf muslin(47) gömleğini, bol yenlerinin festonları(48) arasında saklanamayan bileklerini açık bırakıyor; Behlül «Nihayet sizi tutardım» derken o beyaz ince muslinin altında, bol yenlerinin saygısız açıklıkları arasında gözleri bir cevap arıyordu.

Bir müddetten beri Peyker'i böyle gözleriyle, sözleriyle takip ediyordu. Peyker bundan hiddet ediyor görünmüyordu. Onun için bu öyle bir eğlence idi ki çocukluktan beri mesirelerde başlanmış latifelerin tabii bir devamı hükmünde idi. Behlül'ün takibi bir latife sıfatından çıkmadıkça buna hiddet etmek fazla bir külfet idi, hatta mensup oldukları sınıfın ahlak felsefesine göre bu ictinap olunacak *[sakınılacak]* bir kabalık addolunabilirdi. Yalnız Behlül'ün emelinde biraz fazla cüret görüldükçe küçük bir istihza, ufak bir kahkaha, tuhaf bir kelime ile takiplere bir fasıla *[ara]* verilir, meselenin bir latifeden harice çıkarılmasında biraz düşünüleceği anlatılırdı.

Behlül, Peyker'i kendisi için mevut *[vaat edilmiş]* bir şükufe *[çiçek]*, o muaşakalarından *[sevişmelerin-*

---

(47) Musul'da yapıldığından dolayı (mousseline) muslin denen yumuşak bir tür kumaş.

(48) Bugün fisto da denen, kadın elbiselerinin kol, etek, göğüs, omuz kısımlarında kullanılan kenar işlemesi.

den] müteşekkil demetlere mutlaka ilave olunacak bir süs olmak üzere telakki ediyordu *[kabul ediyordu]*. Bugün kendi kendisine diyordu ki:

— Tamamıyla bana benziyor; Peyker'le muvaffak olmamak için en muhakkak tarik *[yol]* onu bir şiir vadisine sevk etmektir. Peyker öyle kadınlardan ki onlarla ya sonuna kadar böyle latifeler edilir, yahut bir gün büyük bir cüretle galebe çalınır. O halde, evet, o halde cüret etmeli...

Peyker, Behlül'ün son sözüne bir istihza ile cevap verdi:

— Ben de bilakis böyle eğlencelere geldikçe kendimde zapt olunamaz bir arzu, fakat sizinkine benzemeyen bir arzu hissederim: Eve avdet etmek, ne koşmak, ne kaçmak, ne de kovalanmak aklıma gelmez, hele tutulmak hiç tabiatımla uygun düşebilecek bir şey değil. Bakınız size söyleyeyim, dünyada benim kadar kendisini uzun uzun dinlemiş, hislerinin muammasını *[bilmecesini]* benim kadar vuzuh *[anlaşılırlık]* ile görebilmiş bir kadına nadir tesadüf edebilirsiniz. Beni mesut edecek nedir, bilir misiniz? Haniya geçen hafta bir gün yine bugünküne benzer şeylerden bahsetmek için bana gelmiştiniz. Hatırınıza geliyor mu, bizi nasıl bulmuştunuz? O küçücük bahçenin bir köşesinde, Feridun'u salıncağının içinde havalanırken, Nihat'ı uzun sandalyesinde yatmış, o bitmez tükenmez gazetelerini okurken görmüştünüz, değil mi? Ben de onların arasında düşünüyordum. Evet, düşünüyordum ki saadet işte emellerini böyle bir bahçenin köşesinde bir salıncakla bir yığın gazetenin arasına koyabilmektir. Bu saadet köşesinin sükûn *[huzur]* dairesinden sizi hazfediyorum *[çıkarı-*

yorum], düşüncelerimin arasından o gün sizin mırıldandığınız teraneleri *[nağmeleri]* hep çıkarıyorum...

Peyker, yavaş yavaş, elinde şemsiyesini otların üstünden sürterek, dudaklarında bir tebessümle söylüyor; Behlül inanılmayacak bir şey dinleyenlere mahsus bir şüphe edasıyla gülümsüyordu. Peyker'e:

— Acaba, dedi.

Peyker birden, sesine bütün ifadesinin samimiyetini koyarak cevap verdi:

— O kadar sahih *[gerçek]* ki işte şimdi, daha on dakikalık bir zaman geçmeden, Feridun'u görmek ihtiyacını hissediyorum. İşte şimdi koşmak istiyorum, fakat kovalanmak için değil, Feridun'a yetişmek için.

Uzaktan Nihal'le Mlle de Courton'u gördüler. Daha ileride Bülent'in sandalı diğer bir Amerika'ya daha uğramış idi. Bihter Bülent'e bağırıyordu: Bülent! Yetişir artık, çıkınız bakalım...

Bülent hep Christophe Colombe oyununu takip ederek Beşir'e sahildekileri gösteriyor:

— İşte, diyordu, vahşiler! Çıkmaya gelmez, anlıyor musun? Sonra...

Eliyle bir şey anlatmak istiyordu. Nihayet hepsinin ısrarına karşı sandalı yanaştırmaya karar verdi. Behlül yavaşça Peyker'e diyordu ki:

— İster misiniz, sizi sandalla ta derenin nihayetine kadar götüreyim? Öyle başbaşa ne güzel olurdu!..

Peyker cevap vermedi. Artık sıkılmaya başlıyordu. Hep beraber yürüdüler. Bülent en önde yürüyordu. Haber verdi:

— Geldik! Geldik! İşte babamla Nihat Bey...

Hep orada idiler. Nesrin'le Şayeste kahvecinin hasırlarını seccadelerle örtüyorlar, Firdevs Hanım beraber getirilen açılır kapanır uzun sandalyesini bir ağacın altına yerleştirmeye çalışıyordu. Katina kucağında Feridun'la Peyker'e koştu, Şakire Hanım'la Cemile ötede sepetten tabakları çıkarıyorlardı.

Bugün hiçbir şeyden memnun olmayan Nihal Mlle de Courton'a diyordu ki:

— İşte geldik. Şimdi, şimdi ne olacak, sanki? Akşama kadar böyle oturulacak, değil mi? Bugün yanımdan hiç ayrılmayınız, olmaz mı, Matmazel?

Peyker şimdi bir iskemleye oturmuş Feridun'a lakırdılar söylüyordu. Behlül biraz arkasına oturdu, o kadar yakınında ki genç kadının göğsünden, ensesinden, saçlarından çıkan ılık, muattar *[güzel kokulu]* hava ile ciğerleri şişiyordu. Çocuğa takayyüt ediyor *[dikkat ediyor]* görünerek diyordu ki:

— İşte tamamıyla sizin gözleriniz...

Ötede, derenin kenarında Nihat Bey kolunu uzatarak Adnan Bey'e tasavvurlarının havada bir haritasını çiziyordu:

— Bilmem, diyordu; dere, yapmak istediğim şeylerle gözlerinizin önüne geliyor mu? Denizin sularından istifade etmek için dereye o kadarcık bir derinlik vermek kâfidir *[yeterlidir]* zannediyorum. Sonra bunun içine mini mini muşlar[49], zarif gondollar, dünyanın muhtelif memleketlerine mahsus bin türlü kayıklardan, sandallardan birer numune *[örnek]* koyunuz, burasını bir küçük gemiler meşheri *[sergisi]* haline getiriniz. Sahillere de Çin'den, Hint'ten, Acem'den, Japon'dan alınmış köşkler koyunuz; mesela şurada hurma ağaçlarının arasında kaybolmuş bir Arap köşkü, beride muz ağaçlarının ortasında bir pagod,[50] bir kenarda eteğine bir gondol yanaşmış bir Venedik sarayı... Güya bu dere şark ve garbın, şimal ve cenubun nefais *[doğu ve batının, kuzey ve güneyin güzel şeyleri]* sergisi olsun, bu muhtelif şeylerin gölgeleriyle televvün ederek *[renkten renge girerek]* akıp gitsin. Sahillerinde elektrikle mütaharrik *[hareket eden]* omnibüsleri koşarken bir taraftan esir *[hava dolu]* bir balon yükselerek Boğaz'ı, İstanbul'u, Haliç'i, Adalar'ı, Marmara'yı seyretsin. İsterseniz buna sırtında mini mini bir köşkle bir fil, çıplak ayaklarıyla Hintlilerin omuzlarında bir tahtırevan, bir Arap mahamili *[taşıma sepeti]*, geyik koşulmuş bir kızak, daha bilir miyim, dünyanın her tarafından bir şey ilave ediniz. İşte o zaman buraya bir mesire diyebilirsiniz ve buraya hanımlarımızı, çocuklarımızı...

Adnan Bey bu müzeyyen *[süslenmiş]* hulyayı dudaklarında sabırlı bir tebessümle dinlerken Göksu sanki hafif bir istihza zemzemesiyle *[nağmesiyle]* dalgacıklarının feşfeşesini *[fışırtısını]* sürükleyerek akıp gidiyordu. Kirli suları üzerine boşanan ağustos güneşiyle paslanmış bir ayna kesafetiyle *[yoğunluğuyla]*

(49) Buharlı küçük gemi, çatana.
(50) Uzak Doğu'da çam ağacı şeklinde kat kat yapılan tapınaklar, konaklar.

parlayarak, sahilin perişan yeşillik kümelerinden, bütün o asaba *[sinirlere]*, yılanların, kurbağaların karanlık aşiyanı *[yuvası]* olmak haşyetini *[korkusunu]* veren ot yığınlarından siyaha benzer bir yeşile boyanıyor, erimiş yeşil bir güneş gibi akıyordu. Daha sonra bu yaz güneşinin ağır hareketiyle ötede sahraların yandığı, ağaçların kavrulduğu, bütün tabiatın bunaltıcı bir hava içinde güya esnediği hissediliyordu.

Hep yorgun gibiydiler; Firdevs Hanım uzun sandalyesinde gözlerini kapıyordu. Peyker'le Behlül'e dikkat eden yoktu. Feridun, Katina'nın çehresini yarı yarıya örtüyordu. Behlül yavaş sesiyle, Peyker'in kulağına, o saçlarının arasından pembe ucunu görebildiği kulağına mırıldanıyordu:

— Evet, sizin gözleriniz... Feridun'un henüz takarrür etmemiş *[yerine oturmamış]* simasında bütün sizi görüyorum: Gözleri, dudakları, hatta çenesi... Hele bu çene, o ortasında ancak belli bir çukurla insana gülümseyen çene!.. Bilmem onda öpülmek, okşanmak için davet eden bir mana var ki...

Peyker, böyle arkasından mırıldanan bu sesi, dinlemiyor görünüyordu; hep Feridun'a lakırdılar söylüyor, onunla meşgul oluyordu. Behlül'ün bu cümlesine yalnız bir:

— O!.. O, dedi.

Behlül devam ediyordu:

— Evet, Feridun sizin bir küçük numuneniz! Sanki bir sanatkâr sizin bütün güzelliklerinizi toplayarak onlardan mini mini bedi *[mükemmel]* bir eser yapmak istemiş...

Behlül devam edemedi. Önünde, dudaklarının kenarında duran bu yarı açık enseden sıcak bir şehvet rayihası *[kokusu]* onun yüzünü yakıyor, gözlerine bir perde çekiyor, bu yaz gününün ağır havası içinde onu bunaltıyordu. Peyker'in başında ince bir tül vardı ki yalnız saçlarını sararak arkasından bütün ensesinin beyazlıklarını açık bırakıyordu. Behlül şimdi o kadar yakın idi ki bu beyaz cildin hararetini *[sıcaklığını]* içiyor, bundan mest olarak çıldırıyordu. Peyker'in saçlarından bir tel genç adamın terli alnına dokunuyor, bir saniye yapışıyor, Behlül'ü titretiyordu. Bu tel saç, genç kadınla onun arasına sanki bir busenin visalinden *[ulaşmasından]* bir nebze *[parça]* koyuyor gibiydi. Behlül oradan ayrılmıyor, bu bir tel saçı arıyor, ona sürünmek ve bununla Peyker'den bir şeye tasarruf *[sahip olmak]* heyecanını duymak istiyordu. Artık kendisinde zapt olunamayacak bir heves vardı. İki elleriyle Peyker'in omuzlarından tutmak ve şimdi dudaklarını yakan bir buse ihtiyacını işte şurada, şu ensenin bellisiz küçük küçük kumral tüylerle, gölgelenmiş bir dalgacığa benzeyen noktasında tatmin etmek istiyordu. Boğazında bir kuruluk vardı ki artık sözlerini kavuruyordu, Feridun'u tamamıyla unutmuş idi. Şimdi yalnız Peyker'den bahsediyordu:

— Bilseniz, bilseniz, diyordu; sizde bir şey var ki insanı çılgınlıklar yapmaya sevk ediyor...

Devam ediyordu, fakat şimdi sesi boğuk idi, Peyker anlayamıyordu, onun da kulaklarında bir şey uğulduyor, işitmeden menediyordu.

Behlül etrafına baktı; ötede Firdevs Hanım'ın gözleri kapalıydı, Adnan Bey'le Nihat Bey'i derenin kenarında arkadan görüyordu; Nihal'le Mlle de Courton uzakta yavaş yavaş yürüyorlardı. Onlar burada unutulmuş gibiydiler, kimse görmeyecekti, hatta karşılarında Katina bile, Feridun'la çehresi kapanarak, bu buseyi hissetmeyecekti. Şimdi, her türlü tehlikeyi gözüne kestirerek Peyker'i oradan, ensesinin şu gölgeli noktasından öpmek için Behlül öyle bir ihtiyaç hissediyordu ki buna cesaret edemezse kendisini hemen orada ölüverecek zannediyordu. Peyker arkasından onun yalnız nefesini hissediyordu, fakat birden bu nefeste sanki o busenin yakıcı bir havasını duyarcasına kadınlık hassasiyetinde bir şey, ta ensesinin ta o gölgeli noktasında, bir saniye sonra gelecek olan bu busenin bir titremesini uyandırdı; bir neşterin yaklaşan temasından kaçınan asabi bir tevahhuşla *[ürküntüyle]* başını çekti, artık zapt olunamayan bir ismet tuğyanıyla *[namus coşkunluğuyla]* elini Behlül'ün omzuna koyarak:

— Yok, dedi. Yetişir! Aldanıyorsunuz...

Yalnız o kadar söyleyebildi, sonra annesine seslendi:

— Anne! Behlül Bey'i çağırsanıza, size naklolunacak hikâyeleri varmış...

Daha sonra kocasına bağırdı:

— Bey! Feridun sizi bekliyor...

Behlül sapsarıydı, birden ayağa kalktı ve dört adım ötede, ta karşısında, sanki birden orada peyda oluvermişçesine yengesini gördü. Bihter'le Behlül ancak bir saniye süren bir müddet zarfında bakıştılar. Bihter gözlerini çevirdi, Behlül şimdi gülerek eliyle kendisini çağıran Firdevs Hanım'a giderken Bihter Peyker'e doğru yürüdü.

İki hemşire yekdiğerine *[birbirlerine]* baktılar, Peyker bu defa nefsini zapta lüzum *[kendini durdurmaya gerek]* görmedi, dedi ki:

— Biliyor musun, Bihter? Kaynınız mıdır, yeğeniniz midir, nedir, tuhaf ve cesur bir çocuk! Eniştenin hukukuna ufak bir tecavüze tahammül edemeyeceğimi bilirsin. Ben kocama hıyanet etmek fikriyle evlenmedim, beni rahat bırakmayacak olursa evime kabul etmemeye mecbur olacağım...

Bihter kıpkırmızı olmuş idi. İzdivacından beri iki hemşire arasında husumeti *[düşmanlığı]* andıran bir vaziyet başlamıştı. Peyker'in bazı cümleleri olurdu ki Bihter'de, ihtimal sebepsiz, ısırıcı, tırmalayıcı bir tesir hasıl ederdi.

O «Ben kocama hıyanet etmek fikriyle evlenmedim» derken, ihtimal, bu sade bir sözden başka bir şey olmamak pek mümkün olmakla beraber, Bihter mukabeleye *[karşılık vermeye]* lüzum görüyordu; fakat Katina orada idi, işitebilirdi; şimdi Adnan Bey'le Nihat Bey de onlara iltihak ediyorlardı *[katılıyorlardı]*. Adnan Bey, Feridun'un çenesini okşuyor, Nihat Bey, Bihter'e:

— Akşama kadar böyle mi vakit geçecek? Bir şeyler icat ediniz, diyordu.

Buraya gelmek fikrini hepsi büyük bir sevinçle telakki ederken şimdi akşama kadar geçirilecek uzun saatlerin boşluğu hepsini ürkütüyor, eğlenmek kastıyla gelen bu fikirlerde eğlendirecek bir şey doğmuyordu. Nihat Bey:

— Durunuz bakalım, Behlül Bey nerede? O bir şey icat etsin, olmaz mı, dedi.

Peyker'le Bihter cevap vermediler; Adnan Bey, şimdi Firdevs Hanım'ın uzun sandalyesinin yanında kısa bir iskemleye oturarak, şüphesiz pek haz verici bir hikâyeyi nakleden Behlül'e seslendi:

— Behlül! Burada sana ihtiyacımız var. Bize bir oyun, bir eğlence bulacaksın...

Firdevs Hanım itiraz etti:

— Yok, Behlül Bey'i bana bırakınız, bizim birbirimize söyleyecek şeylerimiz var...

Birden Nihat Bey bağırdı:

— A!.. İşte eğlence...

Ortalarına, ta Peyker'in ayaklarına koca lastik bir top gelip yuvarlanmıştı. Arkasından Bülent, daha sonra Beşir koşarak geliyorlardı. Bülent bağırıyordu:

— Topumu!.. Topumu!..

Adnan Bey:

— Bülent, dedi, biz de beraber oynayacağız...

Nasıl? Babası da beraber mi oynayacaktı? Bülent çıldırdı. Yerinde zıplıyor, ellerini birbirine vurarak:

— Ne güzel! Ne güzel, diyordu.

Sonra, birden, bu pek ziyade güzel bulduğu şeye, aklına geliveren birisini de teşrik *[ortak]* etmek istedi:

— Nihal, dedi, Nihal nerede?

Etrafına bakıyor, Nihal'i arıyordu. Bağırdı:

— Abla! Abla!.. Neredesin? Top oynayacağız, babamla beraber...

Uzaktan Şakire Hanım'ın sesi haber verdi:

— Küçük hanım Matmazel'le beraber gezmeye gittiler.

Nihal unutuldu; şimdi Nihat Bey topu atmış, oyun başlamıştı. Adnan Bey, Behlül'ü çağırıyordu:

— Seni bekliyoruz, Behlül!..

Firdevs Hanım diyordu ki:

— Bırakınız, onlar oynasınlar, bırakınız, biz burada ne iyiyiz!

Firdevs Hanım'ın sürme çemberleri içinde karanlıklara boğulmuş derin bir fikir saklı zannettiren gözlerinin süzgün bir nazarı Behlül'ü kucaklıyor, burada, şu ağacın altında böyle, iki kişi, mahrem bir hasbıhalle *[sohbetle]* geçecek zamanın sanki tatlılıklarını anlatmak istiyordu. Diyordu ki:

— Bir gün sizi mecbur edeceğim, bana hepsini nakledeceksiniz. Birer birer, anlıyor musunuz? Bütün tafsilatıyla *[ayrıntılarıyla]*... Kim bilir, sizde böyle ne güzel hikâyeler, ne garip aşklar vardır, değil mi? Bana hep anlatacaksınız. Bir gün odamda, siz yine böyle dizlerimin dibine oturarak, anasına kabahatlerini itiraf eden bir çocuk gibi, ben de çocuğunun kabahatlerini dinleyen, dinlemekten lezzet alan bir anne gibi...

Behlül gülerek:

— Oh! Anne, diyordu; bunu nereden çıkardınız? Size bir şey söyleyeyim mi? Lakin, hayır söylemeyeyim...

O ısrar etti, mutlak söyletmek istiyordu. Behlül ısrarına mağlup olmuş göründü:

— İşte söylüyorum. Öyle zamanlar oluyor ki sizi seyrederken, kendi kendime sizin Peyker'le Bihter'in annesi olabileceğinizden şüphe ediyorum. Siz o kadar gençsiniz ki...

Firdevs Hanım şuh bir kahkaha içinde cevap veriyor ve hep o siyah daireleri içinde gözlerinin derinliklerinden garip bir mana tereşşuh ediyordu *[sızıyordu]*:

— Biraz daha gayret etseniz bana müzeyyen *[süslenmiş]* bir cümle ile ilan-ı aşk edeceksiniz...

Behlül de gülüyordu, şimdi ikisinin kahkahaları arasında ne dedikleri pek işitilmiyordu. Behlül'ün, dirseği Firdevs Hanım'ın türlü yüzüklerle donatılmış hâlâ beyaz, hâlâ tombul eli Behlül'ün elinin üstünde unutuluyordu.

Ötede, sepetlerin yanında, Şakire Hanım'la Nesrin'den ve Şayeste'den mürekkep bir müfreze *[oluşan bir birlik]* vardı; Katina ile Cemile artık huysuzlanmaya başlayan Feridun'u uyutmak için iki ağacın arasına bir salıncak kuruyorlardı; beride top oyunu kızışıyor, şimdi Bihter'le Peyker büyük bir neşe ile eğleniyorlardı. İki hemşire arkalarından yeldirmelerini atmış idiler. Nihal'le mürebbiyesi hâlâ görünmemişlerdi.

Şayeste gözünün ucuyla Firdevs Hanım'la Behlül'ün müfrezesini göstererek Şakire Hanım'a diyordu ki:

— Küçük beye âlâ *[iyi]* bir eğlence çıktı ki...

Nesrin, pek sarih mütalaalar serdine *[açık düşünceler ileri sürmeye]* cesaret edemeyerek kıs kıs gülüyor, gülüşünün belagatıyla kalfasının cümlesini ikmal ediyordu. Son söz Şakire Hanım'a kalıyordu:

— Böyle gittikçe işi azıtırlarsa ben yalıda kalıcılardan değilim. Bizimkinin işi olur olmaz Cemile'yi alınca kaçıyorum. Siz artık küçük beyin eğlencelerini istediğiniz kadar seyrediniz...

Şakire Hanım'ın itidal *[ılımlı olmayı]* kabul etmeyen şedit *[şiddetli]* ahlak duyguları vardı. Bir müddetten beri, Firdevs Hanım'la Peyker'in arasında Behlül'ü gördükçe kendisini zapt edemiyordu. Şayeste ile Nesrin buna gülünecek bir şey ehemmiyetinden fazla bir kıymeti zait ederken *[gereksiz görürken]* o, bundan hastalanıyor, ikide birde Behlül'ü Peyker'in yahut Firdevs Hanım'ın yanında gördükçe baş ağrıları tutarak alnını bir yemeniyle sıkıyordu. Hatta bir gün Şayeste ile Nesrin'e itiraf etmiş idi ki Süleyman Efendi'nin bir belediye çavuşluğu ile kayırılmasına teşebbüs edilmişti. O zaman karı koca kızlarını alarak artık bu yalıdan kaçacaklardı...

— Yaşarsak görürüz a, diyordu; –Bihter'i kastederek– bu kadın beyin başına ne belalar getirecek...

Üçünün arasında böyle ilk gününden başlayarak gittikçe artan bir husumet yavaş yavaş Bihter'e karşı patlamaya müheyya *[hazır]* bir isyan kuvvetini alıyor, hemen bütün hizmetçilerin hanımları hakkında mevcut olan kin noktası bu sonradan gelen hanım için büyüyen, nihayet kalplerini büsbütün istila edecek, bir adavet derecesini buluyordu. Artık ikide birde evin içinde üçü birleşir, hatta Cemile'den bile ihtiraz olunmayarak *[çekinmeyerek]*, yalnız Şakire Hanım'ın ara sıra çocuğa «Ağzından bir şey kaçırırsan dudaklarını koparırım!» tehdidiyle iktifa edilerek *[yetinilerek]* Firdevs Hanım'dan, Peyker'den, bilhassa *[özellikle]* Bihter'den bahisler olur; yarı işitilmiş sözlerden, nakıs *[eksik]* dinlenilmiş hikâyelerden türlü hükümler çıkarılırdı.

Artık top oyunundan hep yorulmuşlardı. Bihter iki ellerini kilitleyerek Adnan Bey'in omuzuna asılıyor, «Ne, tuhaf! Başım dönüyor!» diyordu. Bülent henüz oyuna kanamayarak topu ta öteye, Şakire Hanım'la Şayeste ve Nesrin'in müfrezesine fırlatıyordu. Sonra, onların yanında ağızları açılmış sepetleri, tabakları görünce birden aklına geldi:

— Karnımız aç!.. Artık acıktık, diye bağırdı.

Behlül:

— Sahih! Yemek ne vakit yenecek, rica ederim, diyor, Firdevs Hanım, uzun sandalyesinde doğrulabilmek için iki ellerini genç adama uzatıyordu. Onun bir müddetten beri dizlerinde birtakım sızılar vardı ki herkesten saklıyor, fakat böyle yerinden kalkmak için yanındakilerin muavenetine *[yardımına]* müracaat ediyordu...

Adnan Bey, Beşir'e sordu:

— Nihal'le Matmazel nerede Beşir? Haydi şunları bul, yemek yiyeceğiz...

İhtiyar mürebbiye ile çocuk onlardan kaçmak için yürümüşler, içeri suya doğru gitmişlerdi. Burada yalnız Bülent'in top sayılarını haber veren ince sesini ara sıra fark ediyorlardı. Hava sıcaktı. Nihal bunalıyordu; bir ağaç buldular; ikisi, yan yana, ağacın cılız dalları altında parça parça dökülen gölgede oturdular. Artık Nihal bir seneden beri saklamak için biçare *[çaresiz]* kalbine iktidarının fevkinde *[gücünün üstünde]* tahmil ettiği metanete *[yüklediği dayanıklılığa]* lüzum görmüyordu. Bu sabah başlayan feverandan *[köpürmeden]* sonra perişan bir ifade ile, şimdi babasından bahsederken bir saniye zarfında Bihter'e intikal eden *[geçen]* bir lisanla ihtiyar kıza kalbinin bütün mahrem dertlerini, bir seneden beri ruhunun yetim matemlerini döktü. Bu sıcak ağustos günü, sahralardan yakıcı bir hava getirerek onu sersemletiyor, sarhoş ediyordu. Gözlerinin içi, dudakları, ciğerleri yanıyordu. Elinde Bülent'in kamçısıyla kavrulmuş otlara vurarak, ara sıra ta uzaktan beyaz bir alev içinde yanan, titreye titreye eriyor görünen dağlara bakarak birer birer bütün elemlerini takrir ederken *[anlatırken]* birden en büyük hakikati söyledi:

— Ben de öyle zannediyordum, dedi. Bilir miyim? Onda bir şey vardı ki beni aldatıyordu. Seviyorum, onunla beraber mesut olacağım, ikimiz bu evin içinde evvelkinden ziyade eğleneceğiz zannediyordum... Şimdi oh!.. Şimdi anlıyorum ki, mümkün değil, onunla beraber yaşamaya işte kuvvet bulamıyorum. İnanır mısınız? Matmazel, öyle zamanlar oluyor ki, anneme düşman oluyorum. Ne için ölmeliydi, sanki? O ölmeyecek olaydı bu gelmeyecekti, değil mi? Bilmem, çocukluğumda ne farz edermişim? İçimde daima bir şey, bir müphem ümit. Sanki annemin tekrar dirilerek geleceğini zannettiren garip bir şey vardı. Şimdi kendi kendime: «Artık bu geldi, anneme yer kalmadı ki...» diyorum; o zaman bu kadın nazarımda bir hırsız oluyor. Halbuki ben artık bir çocuk değilim, değil mi Matmazel? Bana hep: «Bir genç kız oldun şimdi...» diyorsunuz, bunları anlamalıyım, evet anlamalıyım ki ölenler ölmüştür, artık onlardan hiçbir şey beklenemez... Oh! Bu da ne acı, bilseniz!.. Demek şimdi ben hep böyle annesiz kalacağım, öyle mi? Hep böyle, hep bu kadınla beraber... Lakin o yalnız annemin yerini değil, işte babamın muhabbetini de, hatta Bülent'i de çalıyor, yarın Beşir de onun olacak, ihtimal Fındık da onu sevecek... –Nihal bu ıstırabını söylerken gülüyordu– Evin içinde şimdi hep bana yabancı duruyorsunuz. Şakire Hanım'da bile bir tutukluk var. Ya siz, siz, Matmazel, siz ki beni o kadar severdiniz?..

Mlle de Courton gözlerinden iki küçük yaşın aktığını hissetti, gülerek dedi ki:

— Nihal, bak çocuğum, benim zaafımı suiistimal ediyorsunuz *[kötüye kullanıyorsunuz]*. Gördünüz mü bir kere? Az kaldı bütün bu çocukluklarınıza beni ağlatıyordunuz... Halbuki bunlar gülünecek fikirlerden başka bir şey değil. İşte bana sabahtan beri hiçbir şey söylemediniz ki mantığa muvafık *[uygun]* olsun, böyle meselelerde insan yüreğine bir parça sükûn, zihnine bir parça mantık koymak icap eder...

Nihal dudaklarını büzüyor, kamçısıyla otlara küçük küçük asabi darbeler yağdırıyordu:

— Mantık! Mantık! İşte sevilmeyecek şeylerden biri daha...

İhtiyar mürebbiye cevap veriyordu:

— Evet, belki!.. Fakat müfit *[yararlı]* bir şey.. Bir nebze mantıkla ne muğlak *[karışık]* meseleler halledilir, bilseniz Nihal!.. Bakınız, mesela bu mesele, bırakınız beni, size bunu sadece halledivereyim...

Nihal başını sallıyordu:

— Evet, evet, biliyorum, sizin mantığınızla halledeceksiniz; nihayet öyle bir netice çıkaracaksınız ki ben dünyanın en bahtiyar kızı hükmünde olacağım, değil mi? Bunu biliyorum. Hiç zahmet etmeyiniz... Lakin mademki ben işte bir seneden beri ölmek istiyorum, sizin mantığınızla ispat olunacak bahtiyarlıktan ne çıkar? Hem, ben size bir şey söyleyeyim mi, Matmazel? Bana gücenmeyeceksiniz ya... Siz yalan söylüyorsunuz, Matmazel, yalan! Beni yine seviyorsunuz, onun için yalan söylemeye lüzum görüyorsunuz, bütün bu söyledikleriniz, söylemek istedikleriniz yalan... Sizde hakiki, ciddi ne var, biliyor musunuz? Demin gözlerinizden akan o iki damla yaş yok muydu? İşte onlar, yalnız onlar, doğru idi...

Nihal'in sarı çehresinde şimdi dalgalanarak yanan bir pembe tabaka vardı, yüzünü kaldırmıştı, çocukla ihtiyar kız uzun bir nazarla bakıştılar, ikisinin de kirpikleri titredi, Mlle de Courton boğuk bir sesle:

— Ağlayınız, çocuğum, dedi. Öyle zamanlar olur ki gözyaşları mantıktan ziyade selamet verir.

Şimdi Nihal hıçkıra hıçkıra ağlıyor, ihtiyar kızın da yanaklarından iki sakit *[suskun]* gözyaşı dereciği süzülüp gidiyordu.

Beşir onları böyle, ağlıyor görünce dondu.

— Küçük hanım ağlıyor mu? Küçük hanım niçin ağlıyor, diyordu.

Şimdi, Nihal, gözlerinde hâlâ yaşlarla, gülerek:

— A, deli misin, Beşir, diyordu; niçin ağlayayım?..

Onlar avdet ettikleri *[döndükleri]* zaman hepsini yemeğe hazırlanmış gördüler. Peyker'le Bihter, yüzleri kızarmış, yorgunluktan biraz göğüsleri kabarmış, seccadenin birer kenarına ilişerek oturuyorlardı. Bihter ayaklarını uzatmış, açık iskarpinlerinin üstünde ince ipek çorapları görünüyordu.

— Yerimden kımıldanamayacağım, diyordu, benim hissemi bir tabakla bana verirsiniz, burada dizlerimin üstünde yerim.

Bu fikir hepsine hoş geliyordu. Uzun iskemlesini oraya kadar çektiren Firdevs Hanım'la seccadenin üstünde biraz kocasına dayanarak oturan Peyker buna iştirak ettiler *[katıldılar]*. Behlül:

— Amcamla ben de hizmet ederiz, diyordu.

Nihal'i görünce hep bağırdılar. Babası diyordu ki:

— Nereye kaçtınız? Bak, güneşlerde gezmişsin, yüzün gözün kıpkırmızı...

Bülent, elinde koca bir tavuk söğüşü parçasıyla:

— Abla! Buraya gel, diyor; bulunduğu yerin yenecek şeylerle pek ziyade yakınlığını bir göz kırpmasıyla anlatmak istiyordu.

Elinde bir tabağa soğuk et kızartmasından kesen Behlül, Fidevs Hanım'a soruyordu:

— İki tane sardalya, biraz havyar... Havyarı sade mi seversiniz? Dün bu havyarı bulabilmek için tam bir saat kaybettim, tavsiye ederim. Amca, oradan bir çatal veriniz...

Firdevs Hanım'a tabağı uzattıktan sonra Peyker'e döndü. O küçük vakadan sonra birinci defa olarak ona lakırdı söylüyordu:

— Size tavuk vereyim mi?

Peyker:

— Hepsinden, hepsinden koyunuz, diyordu; oyun bana o kadar iştiha *[iştah]* verdi ki hiç doymayacağım, zannediyorum.

Artık barışmış idiler. Behlül kendi kendisine diyordu ki: «Yarın sizin kollarınıza atılacak olan kadınlar hep böyle başlamazlar mı? Bugün kocalarından, çocuklarından; vazifelerinden, ismetlerinden *[namuslu oluşlarından]* bahsederler, yarın artık sevda hummasına nefislerini tamıyla *[kendilerini tamamıyla]* teslim ettikten sonra bir garam hezeyanı *[şiddetli arzu sayıklaması]* içinde bir gün evvelki perestidelerini *[sevgililerini]* inkâr ederler. Beni kim temin eder ki Peyker yarın aşkı benimle öğrendiğini, o güne kadar benim kollarımın haricinde hissettiklerinin bütün bir yığın yalan olduğunu söylemeyecek? Ne diyordu? Kendisini dinlemiş, tetkik etmiş bir kadın olduğundan bahsediyordu; ne boş söz!..» Evet, artık barışmış idiler. Behlül birden genç kadının deminki cümlesini düşündü:

— İşte biraz ciddi, biraz zeki görünmek isteyen kadınların ağzından tekerrür eden *[tekrarlanan]* felsefe cümlesi, diyordu, kendilerini dinlemek? Lakin bu mümkün değil... Kalplerinin o bin türlü kadın sesleri arasında asıl tıynetlerinin *[yaratılışlarının]* hakikatini haber verecek bir ses işitebilirler mi? Hep kendilerini dinlediklerinden bahsederler, hepsi aldanmışlardır. Kadınlar, bizleri, erkekleri aldatırlar, fakat bizden evvel ellerinin altında daha kolay aldatılacak, daha çabuk kandırılacak bir şey vardır: Kendileri; onun için evvela kendilerinden başlarlar. İşte Peyker! Bugün kendisini aldatmaya çalışıyor. Ben pek safderun *[kalbi temiz]*, pek ters gören bir adam olmalıyım ki bunu anlamayayım, görmeyeyim.

Sonra içinden bir hitabe ile ilave ediyordu:

— Oh! Civanım! O zaman bunlardan beraber bahsederken nasıl güleceğiz!...

— Behlül Bey! Rica ederim, üzüm, bana üzüm veriniz.

Behlül, küçük bir tabakla Peyker'e üzümü uzatırken: «Artık barıştık, değil mi?» demek isteyen bir nazarla bakıyor, sonra kendi kendisine ilave ediyordu:

— Şüphesiz, barıştık. Lakin itiraf etmeli ki ben de bugün komşu kızını takip eden bir mektep çocuğundan daha beceriksiz idim. Burada herkes tarafından görülebilecek bir yerde!.. Ondan sonra, kadınlar, bu âlemin kadınları adi bir aşüfte *[oynak]* gibi alınmak istemezler. Bu öyle bir şey, öyle beklenmemiş, öyle birdenbire zuhur edivermiş *[ortaya çıkıvermiş]* bir vaka olmalı ki her şeyden ziyade bir kazaya benzemeli...

Firdevs Hanım'a soruyordu:

— Siz de üzüm istemez misiniz?

Adnan Bey'le Nihal yan yana tesadüf etmişlerdi. Bir seneden beri baba kız birbirine bu kadar yakın oturmamışlardı. Şimdi ikisinin arasında birbirini pek çok zaman görmemişlere mahsus bir şey vardı, güya böyle yakın bulunmanın hazzını tamamıyla hissetmek için hep birbiriyle meşgul oluyorlar, etrafı unutarak, yavaş sesle, kalabalığın içinde yalnız kalıyorlardı. Nihal evvela tutuktu; fakat babasının bir sözü, bir nazarı, ona bütün kinini unutturmak için kifayet ederdi *[yeterdi]*. Beş dakika zarfında babasıyla bir sene evvele avdet etmiş *[dönmüş]* oldu.

— Bana üzüm vermez misin, Nihal?..

Nihal gülerek elindeki salkımı gösteriyordu:

— Buradan yiyiniz...

Adnan Bey'in bu fikir hoşuna gidiyordu, onda da şimdi kızı ile yine evvelkine benzer çocukluklara bir ihtiyaç uyanıvermişti:

— Ben senin çocuğun olayım, diyordu; koskocaman bir bebek! Sen de benim annem, mini mini bir anne...

Sonra bir çocuk ihtirazıyla *[çekingenliğiyle]* elini uzatıyor, Nihal'in salkımından bir tane koparıyor ve bu bir hiçten çıkarılan adi oyun, onlara o kadar hoş geliyordu ki ikisi de her defasında gülüyorlardı.

Yemekten sonra Mlle de Courton, Nihal'e diyordu ki:

— Sizi tebrik ederim, çocuğum, işte sizi her vakit öyle görmek isterim. Sabahtan beri asabınızın o tuğyanıyla *[sinirlerinizin o kabarmasıyla]* beni o kadar korkuttunuz ki...

Nihal güldü:

— Oh! Onlar hep bir latifeden *[şakadan]* ibaretti, Bülent!... Haydi bakalım, bir oyun!.. Ben sabahtan beri hiç koşmadım...

Şimdi Firdevs Hanım beraber getirilip sandalda unutulan hamak için Behlül'e rica ediyordu:

— Sandal orada olmalı...

Hamağın bir ucu şu ağaca, bir ucu buraya bağlanacak, Firdevs Hanım yatacak, Behlül onu yavaş yavaş sallayacaktı. Behlül soruyordu:

— Ninni de söyleyecek miyim?

Firdevs Hanım bu suale fazla bir mana verdi, yelpazesiyle Behlül'ün eline hafif bir darbe indirdi:

— Sizinle görüşmek tehlikeli, –sonra birden aklına bir fikir geldi– kolunuzu bana verseniz, sandala kadar beraber gidelim, biraz yürümüş olayım...

Şimdi bir genç kız vaziyetiyle, biraz yorgun bir eda ile Behlül'ün koluna asıla asıla yürüyordu. Bihter uzaktan seslendi:

— Anne! Nereye gidiyorsunuz?

Onlar cevap vermediler. Adnan Bey'le Nihat Bey, Nihal'le Bülent'in oyunlarına iştirak ediyorlardı; Mlle de Courton:

— Lakin bu çılgınlık, diyordu. Yemekten sonra, bu sıcakta, Nihal, hasta olacaksınız, Bülent sizi koşmaktan menediyorum...

Fakat onlar dinlemiyorlardı. Matmazel de Courton'un sözünü Bihter kesti:

— Bırakınız, Matmazel! Daha iyi, Nihal biraz oynasın, sabahtan beri büsbütün başka türlü idi.

İhtiyar mürebbiyeye, genç kadın manalı bir nazarla bakıyordu. İkisi yan yana ayakta duruyorlardı. Peyker ötede, Katina'yı serbest bırakmak için Feridun'u seccadenin üzerine yatırmış, kendisi de yanına uzanmış idi. Adnan Bey'le Nihal, Bülent'le Nihat Bey iki muharip fırka *[savaşçı topluluk]* teşkil etmişlerdi. Bülent'in tiz sesi sayıları haber veriyordu:

— Dört!.. Beş!..

Genç kadın birden bir mahrem edası kesp eden bir seslc ihtiyar kıza sordu

— Matmazel! Nihal'in nesi vardı, rica ederim? Siz ki her sırrına vâkıfsınız...

Bu sesin edasında saklanamayan bir cidal şemmesi *[kavga kokusu]* vardı ki Mlle de Courton'un hassasiyetinden firar edemezdi *[kaçamazdı]*. Sükûnla cevap verdi:

— Nihal kadar bir çocuğun ne sırrı olabilir ki, Madam... Nihal'in hiçbir sırrı olmadığı için her şeyine vâkıfım, herkes de benim kadar vâkıftır, zannederim.

Bihter, başını kaldırarak manalı bir tebessümle ihtiyar kızın sakin çehresine baktı:

— Benim daha ziyade tecessüsümü *[anlama merakımı]* davet ediyorsunuz, Matmazel. Ben Nihal'in hissiyatına vâkıf olmakta, anlaşılan, herkesten sonraya kalıyorum. Bir müddetten beri onda öyle ufak tefek şeyler, hele bu sabahtan beri öyle tuhaf küskünlükler görüyorum ki... İnanır mısınız? Matmazel, size bir şey itiraf edeyim, bazı günler öyle zannediyorum ki evin içinde çocuğun zayıf asabından istifade etmek isteyenler var. –Bihter'in tebessümüne daha ziyade bir kuvvet geliyordu– Mesela aleyhimde olmaları şüphesiz bulunan bütün o hizmetçiler... Siz bilirsiniz ki Nihal'i sevmek, kendimi ona sevdirmek için bir kadın için mümkün olabilen şeylerden fazlasını ben yaptım, hâlâ yapıyorum, değil mi Matmazel?..

Mlle de Courton'la Bihter arasında böyle bir hasbıhal *[söyleşi]* birinci defa olarak vuku buluyordu *[oluyordu]*. Birden ihtiyar kız kendisini bir üvey ana ile kız arasında, müşkül *[zor]* bir vaziyette bulmuş oldu; birden hissetti ki bugün şurada, bu sahra âleminde, şu top oyununun karşısında cereyan eden bu muhavere *[konuşma]* ile artık evin içinde vaziyeti değişmiş ve o zaman artık kendisi için tahammülü muhal *[olmayan]* bir hayat başlamış olacak. Nihayet o korkulan şey, bir seneden beri teehhür eden *[geciken]*, fakat muhakkak vukuu izale edilemeyecek *[gerçekleşmesi engellenemeyecek]* olan şey, nihayet işte başlıyordu. Bihter'le Nihal birbirini tırmalamak ihtiyacıyla kaşınan tırnaklarını çıkarıyorlardı. İhtiyar kız kendi kendisine diyordu ki:

— Kabahat kimde? Hiç!.. Vakanın kendisinde... Üvey ana ile kız! Lakin bu insanların hayatı tarihiyle beraber başlamış bir mudhike *[komedi]* yahut bir faciadır. Bihter'le Nihal arasında bu oyun nasıl bitecek? Korkarım ki biri için mudhike diğeri için facia olmasın...

Bihter'e bir daha bir muhavereye imkân bırakmayacak bir surette cevap vermek istedi:

— Madam, siz vazifenizi o kadar güzel ifa ediyorsunuz *[yapıyorsunuz]* ki Nihal'i sevmekte de, kendinizi ona sevdirmekte de tamamıyla muvaffak oluyorsunuz. Zannetmem ki Nihal'in zayıf asabından istifade etmeye kalkışacak olanlar bulunabilsin. Nihal'de eğer sizin için endişeye bâis olacak *[sebep olacak]* ufak tefek şeyler görüyorsanız bunları başkalarının tesirine hamletmekten *[yakıştırmaktan]* ziyade o zayıf asabın kendisine atfetmek *[çevirmek]* daha makul *[akıllıca]* olur zannediyorum. Evin içinde öylelerini tanırım ki... –İhtiyar mürebbiye kimden bahsettiğini anlatmak isteyen nazik bir tebessümle maksadını teşrih ediyordu *[açıyordu]*– Evet, öylelerini tanırım ki vazifelerine sizin kadar mütekayyittirler *[dikkatlidirler]* ve icrasında sizin kadar muvaffak oluyorlar.

Bihter ufak bir can sıkıntısını saklayamadı. Şimdi onun ellerinde asabi hareketler vardı, Nihal'in fırlattığı topu nazarıyla takip ederken elleri baş örtüsünün ipek püsküllerini hırpalıyordu. Kuru bir sesle dedi ki:

— Matmazel, dolaşık cümlelerden hiç hazzetmem. Kimden bahsediyorsunuz?

İhtiyar kız derhal cevap verdi:

— Hiç dolaşık değil, pek sade bir cümle. Ez cümle *[özellikle]* kendimden bahsetmek istiyorum.

Şimdiye kadar aralarında zarafete mugayir *[uymayan]* bir küçük kelime, bir ufak hareket cereyan etmemiş olmakla beraber ihtiyar kızla genç kadın hiç sevişmemişlerdi. Mlle de Courton herkesi sevmek zaafıyla beraber Bihter'le münasebetlerinde kendisini ürküten bir şey hissederdi; hissederdi ki bu kadın kendisini sevmiyor, Nihal üzerinde hükmünü yürütmek için onun vücudunu bir mâni addediyor. Bu çocuğa, ihtiyar kız kalmış olmak hüsranının tek neşvesi *[sevinci]*, akim *[başarısız]* ömrünün münferit bir şükufesi *[tek bir çiçeği]* nazarıyla bakmamış olsaydı, o biçare ruhunun ana olamamak ebedi cerihasına *[yarasına]* Nihal'in muhabbetinden tesliyet katreleri *[avutma damlaları]* serpilmiyor olsaydı, ta bu izdivacın tasavvuru başlangıcında hepsini orada kendi hallerine bırakacak, buradan kaçacaktı. Fakat o zaman, yarabbi! Nihal, kimsesiz, bu fırtınanın içinde elleri bir tahta parçası bile bulamayarak, ne yapardı? Nereye asılır, bir sine *[kalbin]* şefkatine dökülmek isteyen yaşlarını nereye serperdi?

Muhavere orada kalmış oldu. Bihter bugün, sebebini pek iyi tayin edemeyerek, kendisinde öyle bir taşmak, birisiyle kavga etmek, bir hırçınlık yapmak ihtiyacı keşfediyordu ki ihtiyar mürebbiye bir kelime fazla söyleyecek olursa kendisini zapt edememekten korkuyordu.

İki kadın öyle, ayakta, hariçten bir vesile zuhur etmedikçe birbirinden kaçmış olmak istemeyerek oyun seyrediyor gibi durdular. Ötede seccadenin üstünde Peyker uzanmış Feridun'u yuvarlıyor, beride nihayet getirilip ağaca bağlanan hamakta Firdevs Hanım, Behlül'ün lütfuyla sallanıyordu.

Hava şimdi büsbütün ağırlık kesp etmiş idi *[kazanmıştı]*. Sahra *[kır]*, nefes alamayan bir sine ıstırabıyla, güya çatlayacak bir gerginlikle, şişkin, duruyordu. İki kadının arasında beş dakikadan beri devam eden sükût bu sıcak havanın kasvetine *[sıkıntı-*

sına] başka bir ağırlık ilave ediyor gibiydi. Bihter bir şey söylemiş olmak için:

— Ne sıcak, dedi. Bugün geldiğimize pek fena ettik. Şu dakikada kendimi evde uyuyor bulmak istiyorum.

Mlle de Courton cevap verdi:

— Evet, Madam! Bunaltıcı bir hava, bugün akşama kadar bilmem ne yapılacak?

İkisi de biraz evvel cereyan eden muhavereyi unutmuş oldular.

★★★

Bugün akşam üzeri avdet ederken Behlül bir aralık yalnız yürüyen Peyker'e yaklaşarak dedi ki:

— Sandalda beni yanınıza kabul edecek misiniz? Yoksa yine taciz eden bir kedi gibi kovulacak mıyım?

Peyker gülerek cevap verdi:

— Kediler insanı eğlendirdikleri müddetçe pek iyidir, fakat taciz etmeye başlarlarsa...

— Kovulurlar, değil mi?.. Ben size söyleyeyim mi, siz beni ne için kovuyorsunuz? Çünkü benden korkuyorsunuz, demek bana karşı büsbütün kayıtsız değilsiniz. İtiraf ediniz, bakayım, itiraf ediniz ki bana karşı tamamıyla kayıtsız değilsiniz...

Peyker zapt olunmuş bir kahkaha içinde sordu:

— Bunu size farz ettiren *[düşündüren]* nedir? Ben de bunun aksine kendimi size karşı o kadar kayıtsız zannediyordum ki dünyada bir kadın ancak o kadar böyle olabilir.

— Evet, bir kadın!.. Fakat unutmayınız ki bir kadın kendisine bütün gençliğinin samimiyetiyle kalbini vermek isteyen, ruhunun bütün garam hummasıyla *[aşk ateşiyle]* ayaklarına atılarak nihayet aşkının feryadını saklamamaya müsaade dileyen bir biçareye karşı hiçbir zaman tamamıyla kayıtsız kalamaz.

Peyker gülüyordu:

— Facia âşıklarına mahsus bir lisan...

Sonra artık bu latifeyi burada bırakmak isteyen bir sesle ilave etti:

— Behlül Bey! Müsaade eder misiniz, size söyleyeyim? Siz fena terbiye almış bir çocuktan başka bir şey değilsiniz...

Behlül'ün cevabını işitmemek için kocasına bağırdı:

— Nihat! Sandallar nerede, rica ederim? Yorgunluktan düşeceğim...

8

Bu akşam sofrada Nihal'le Bülent'in yerleri boş kalmıştı. O kadar yorgun idiler ki hemen odalarına çekilmelerine müsaade olunmuş idi. Behlül, peşkirini *[havlusunu]* ağzına kapayarak esneyen Bihter'e diyordu ki:

— Bahsederim ki yenge, sofradan kalkar kalkmaz uyuyacaksınız. İşte sahra âlemleri böyledir, insan eğlenmek ümidiyle gider; eğlenmemiş, yorulmuş, kırılmış olarak avdet eder. Hususuyla *[özellikle]* sizin için... Daima evde, odaların basık havasında yaşayıp da birden güneşin tufanları altında geniş havalara çıkıveren kadınlar bir serbestlik meyli ile kafesinden kaçıp da henüz evin çatısından ayrılmadan bayılıveren kanaryalara benzerler.

Bihter:

— Oh! Ne uyku! Ne uyku, diyordu; bir hafta hiç yataktan kalkmadan uyuyacağım zannediyorum.

Yemeklere hemen dokunmuyorlardı. Bihter'in ağzında, çatalının ucuyla alınmış vişne reçelinden tek bir tane büyüyor, şişiyor, yutulamayacak azim *[büyük]* bir lokma oluyordu. Peşkiriyle dudaklarını silerek:

— Ben kaçıyorum, dedi; müsaade eder misiniz?

Yalnız kalmaya ihtiyacı vardı. Bu akşam kendisi de bir şey hissediyordu ki yapyalnız, odasının bütün samimi mahremiyeti içinde, benliğiyle başbaşa kalmak, dinlenmek için ona bir ihtiyaç veriyordu.

Odasına çıktı. Burası karanlıktı. Yavaş yavaş, güya bu sükûn hücresinde uyuyan mahremiyeti uyandırmaktan ihtiraz eden hafif adımlarla ilerledi. Karşısında, açık, karanlığın içinde, beyaz tüllerinin arasında donuk bir gümüş rengiyle titreyen pencere, ona gecenin serin nefesinden mini mini hamlelerle dalgacıklar püskürüyordu. Karanlıkta aynalı dolabın önünden geçerken beyaz bir bulut müphemiyetiyle *[belirsizliğiyle]* kendi gölgesini gördü. Ötede karyolanın yükselen cibinlikleri titriyor, lambanın kalpağı azim bir baş sallantısıyla güya ona bakıyordu. Her şeyden evvel pencereyi kapamak, sonra, karanlıkta, büsbütün karanlıkta, hemen o haliyle kendisini halının üstüne atarak, bilinemez nasıl bir yorgunluktan dinlenmek istiyordu. İstiyordu ki buraya şu gecenin nefesinden bir parça şey bile girmesin. Orada, bahçede, yalnız yüksek dalı görünen bir erik ağacı vardı ki ona kollarını uzatarak yaklaşıyor gibiydi. Karşısında bu pencere ile, karanlıkların sırlarında gizlenmiş garip, korkunç rüyalara mahsus mahluklardan güya bir haşyet *[korku]* nefesi ürperme getiren bu gece rüzgârıyla, orada kollarını sallayan, belli bir saniye sonra odaya giriverecek olan bu gölge ile yalnız kalmış olmayacak zannediyordu. Halbuki o öyle bir yalnızlık istiyordu ki rüyasız bir uykuya benzesin. Kandilini bile yakmayacaktı; küçük bir ziya bu eşyanın ruhunu uyandıracak, o zaman yatak, kanepe, perdeler, şimdi bütün bu uyuyan, karanlığın içinde ölmüş, gömülmüş şeyler bir hayat havasıyla silkiniverecek uyanacaklar, dirilecekler ve onların arasında, kendisine gülümseyen bu aynanın, hususuyla o aynanın içinde kendisinin, kendi resminin yanında artık yalnız kalmayacaktı. Yalnız!.. Yalnız!.. Hatta, işte şimdi kendisinden de korkuyor, kendisini görürse, evet, bu karanlıkta kalmak isteyen kadın, Bihter'le karşı karşıya gelirse bir tehlike vücuda gelecek, birbirlerine söylenmemek icap eden şeyleri söyleyecekler; o zaman yalnızlıktan, karanlıktan, sanki bütün mevcudiyetin yokluğundan aranan şey; o uyku, o derin, tehi *[boş]*, ziyasız, rüyasız, uyku, bir daha avdet etmemek üzere silinecek zannediyor ve bundan korkuyordu.

Pencereye yaklaştı. Serin, yıldızlarla dolu bir geceydi. Gündüzün sinirlerde takat *[güç]* bırakmayan sıcağından sonra taltif eden *[gönlü hoş eden]* bir rüzgâr ratıp *[nemli]* nefesleriyle havayı okşuyor, güya şedit *[şiddetli]* bir hummanın ateşlerinden sonra bir kerem eli hastaya güzel kokulu bir suyun damlalarını serpiyordu. Eli pencerenin kenarında, kapamadan evvel biraz durdu, uzun bir susuzluktan sonra serin bir pınara tesadüf etmiş bir sahra yolcusu hırsıyla bu havadan içti, azim bir inşirah *[ferahlık]* hazzı duydu.

Hasta mıydı? Ne oluyordu? Ciğerlerinde bu soğuk havanın tesliyet *[avutma]* lütfu beş dakika evvel onu aşağıda uyutmak isteyen yorgunlukla o kadar tezat teşkil ediyordu ki birden kendi kendisine sordu:

— Evet, ne oluyorum? Hasta mıyım?..

Şimdi başını soğuk bir yere dayamak, bu soğuk havayı böyle içmekte devam etmek, üşümek, evet, bir kış yağmuru altında çıplak kalmış kadar titreye titreye üşümek istiyordu. Ah! Böyle üşüyebilse! Bir serin rüzgârın temasından sonra keşfettiği ateşe, başının, ciğerlerinin, bütün mevcudiyetinin ateşine bu üşümek, şifa verecek zannediyordu.

Kalplerimizde bazı illetler vardır ki vücudun tamamıyla ensicesine hulul ettikten *[dokusuna girdikten]* sonra keşfolunamayan hafi emraza *[gizli hastalıklara]* mahsus bir nüfuz hıyanetiyle kendisini göstermeden, tahriplerini haber vermeden deruni *[içten]* bir yangın dumansızlığıyla yanar, yanar; bu bir ateştir ki mahiyetini bilmeyiz, vücudundan haber almayız; o yavaş yavaş, vazifesinden emin, devam eder; nihayet bir gün birdenbire, bir hiç, bir dakikalık bir vukuf *[anlama]* bize gösterir ki kalbimizde bir yangın var. Nedir? Nereden tevellüt etmiştir *[doğmuştur]*? Bu yangın nasıl serseri bir rüzgârın kanatlarıyla düşerek orasını tutuşturmuştur? Bilmeyiz.

Bihter bu serin gecenin karşısında işte böyle bir ateş hissediyor ve üşümek, üşümek istiyordu. Mesela, şimdi, denizde, suyun içinde olsaydı... Rüzgâr hep hamle hamle püskürüyor, yakasından, omuzlarından girerek, sinesinden kayarak onu soğuk dudaklarla öpüyordu. Böyle, rüzgârın bu buseleriyle ihata edildikçe *[sarıldıkça]*, daha ziyade açılmak, daha ziyade öpülmek istiyordu. Arkasında ince bir pikeden kolalı erkek gömleği vardı; boyun bağını çekip attı, yakasının, göğsünün düğmelerini çözdü, belinden kemerini çekip fırlattı, asabi bir el ile korsesiz, yalnız iç gömleğinin[51] nim-küşade *[yarı açık]* bıraktığı sinesiyle rüzgârın şimdi serbest serbest sürünen dudaklarına, güya gecelerin esrar getiren ufuklarından, ta semaların o uzak karanlık sinesinden peyda olmuş buseler getiren o dudaklara karşı öyle durdu. Evet, denizde, suyun içinde, böyle koyu mavi bir semanın, ötede beride parlayan o sarı gözlerin altında, karanlıkta, bütün vücudunu serin bir safa aguşuna *[kucağına]* çeken dalgalar arasında olsaydı... O küçük küçük şamarlarla gerdanına, sinesine dokunan, suların ipek temaslarıyla kollarını, bacaklarını okşayan dalgaların vehminde hissediyor, gecenin bu serin havasında yüzüyordu. Daha ziyade soyunmak, bu havaya, onun buselerine *[öpücüklerine]* nefsini teslim etmek, vücudunu, bütün çıplaklığıyla vermek istiyordu. Etekliğinin kopçalarını çözdü, sıyrıldı çıktı; iskarpinlerini, çoraplarını, hepsini çekiyor, hırpalayarak, buruşturarak atıyordu; artık üstünde yalnız omuzlarından birer kurdele ile bağlanmış ince ipekten iç gömleği, şimdi rüzgârlarla titreyerek, o da uçup gitmek ve bu taze kadın vücudunu gecelerin haris *[hırslı]* dudaklarına büsbütün çıplak bırakmak isteyerek çırpınıyordu.

— Bihter! Daha yatmadın mı, gülüm?..

Kocasının sesiyle titredi. O şimdi yanında idi. Ta pencereye kadar gelmiş idi. Onu, böyle yalnız gömleğiyle, karanlıkta, üryanisinin *[çıplaklığının]* bütün cazibeleriyle *[çekiciliklerile]* görüyor; oradan kovulmamak, bu taze vücudun gaşyeden *[kendinden geçi-*

(51) Kombinezon.

ren] havasında bir parça alıkonulmak lütfunu dilenen gözlerle karısına bakıyordu. O:

— Rica ederim, beni yalnız bırakınız, bu gece, öyle yorgun, öyle hastayım ki, diyordu.

Adnan Bey:

— Fakat bu çılgınlık! Çırılçıplak, pencereye karşı, diyordu.

Onun vücuduna dokunuyor, omuzlarından tutarak üşüyüp üşümediğine bakıyordu; sonra birden genç kadının vücudunu ellerinin altında hissedince eğildi, karısını öpmek istedi. O çırpınıyor, bu gece, böyle karanlıkta, beklemeden odasına geliveren bu kocadan korkuyordu. O şimdi bir yabancı, hiç görülmemiş bir adam, gece karanlıklardan istifade ederek şikârını *[avını]* parçalayıp öldüren canavarlardan biri gibiydi; bağıracaktı. Onun ellerinin altında, öpülmemek için yüzünü çekerek, kollarının arasından kayıp akmak isteyerek çırpınıyordu. Boğuk boğuk:

— Hayır, beni bırakınız, rica ederim, hayır, bu gece yalnız kalmak istiyorum, diyordu.

Bu gece, bu dakikada vücudunda bir şey isyan etmiş, bu adamın kollarının arasında kalmamak istemişti. Firketeleri düşmüş, uzun saçlarının gür dalgaları onun hâlâ kaçınmak isteyen dudaklarını haris bir buse ile kilitleyen kocasını örtüyor, sanki bu karanlık odada, bu genç kadınla bu ihtiyar adamın busesini daha karanlık bir gece içinde saklamak istiyordu.

İkisi de, biri mukavemetinden *[direnişinden]*, biri tasallutundan *[sarkıntılığından]* mahcup, bir söz söyleyemeyerek bakıştılar. Bu boğuşmaktan sersemleşmiş gibiydiler.

Bihter sitemle dolu bir sesle:

— Beni kırdınız! Bilseniz, ne kadar yorgun, ne kadar istirahate *[dinlenmeye]* muhtacım. Artık gidiniz, evet rica ederim, gidiniz, diyordu.

O, yine yaklaşmış, karısının ellerini okşayarak soruyordu:

— Beni affettin, değil mi? Söyle, bakayım... –kulağına sokularak– bilsen, seni ne kadar seviyorum! Sen de beni seviyor olsan, bundan emin olmak mümkün olsa...

Bihter asabi bir kahkaha ile gülüyor, onu yavaşça iterek çıkarmak, odasından kovmak istiyordu:

— Koca bebek, diyordu, haydi bakalım, artık dışarıya, pekâlâ biliyor ki karısını çıldırtıyor. Sonra yine şüpheler icat ediyor... Haydi, şimdi uyku! Uyku!..

Onu okşaya okşaya, güle güle dışarıya çıkarıyordu. O, birden:

— Lakin pencere açık, dedi, onu kendi elimle kapayayım. İhmal edersen hasta olmak muhakkaktır.

İtiraz etmedi. Pencereyi kapadıktan sonra odasına geçerken, orada, eşikte karı koca kısa bir buse ile öpüştüler.

Bihter:

— Bu gece kapı kapanıyor, dedi.

Genç kadın âdet etmiş idi, ikide birde aralık kapı kapanıyor, anahtarı çevrilerek kilitleniyordu. Adnan Bey'in cevabını işitmedi. Şimdi artık yalnız, o indirilen pencereden, şu kapanan kapıdan sonra büsbütün karanlık içinde yapyalnız idi. Geniş bir nefes aldı.

Lakin bu gece ne oluyordu? Bu mücadele ile alınan buse, o boğuşmak suretiyle kadınlığından hemen cebir ile *[zorla]* gasp edilen aşk sadakası, bu koca, evet onu birden üşütmüş idi. İşte şimdi üşüyordu, fakat inşirah veren, onu sefalı dalgalarla saran bir üşümek değil, hasta eden, ıstırap veren bir üşümekle üşüyordu.

Bu gece şu dakikada ona adeta bir ıstırap vererek tahakkuk eden *[gerçekliği anlaşılan]* bu hakikat ta izdivacının mukaddemesinde *[başlangıcında]* başlamış idi. Bu adamın ilk buse temasında, bütün gençlik garamının *[aşkının]* emellerini almak için haris buselerle yüzüne gözüne sürünen dudaklarında cismaniyetinin bir isyanıyla titremiş, bir asap lerzişi *[sinir titreyişi]* içinde bu izdivacın kendisi için hep böyle titretecek dakikaları olacağını hissetmiş idi. Bunlar öyle dakikalar idi ki her türlü muhakeme metanetine, kalp azmine karşı mağlup eder, gittikçe haşin manası teeyyüt eden *[kuvvetlenen]* lerzişlerle vücudunu sarsardı. Onun kollarının arasında gözlerini kapamak, kendisini ve onu görmemek, bu muaşaka *[sevişme]* saatlerini onunla beraber yaşamamak isterdi. Hayır, istemezdi, bunun tersine isterdi ki ona vücudunu gençliğiyle beraber kalbinin emellerini de versin. Fakat kendisini bundan meneden bir şey vardı, öyle bir şey ki onun kollarının arasında iken bütün vücudunda bir kaçınmak, bir erimek, hemen orada o dakika için ölmüş bulunmak ihtiyaçlarını uyandırırdı. Buna galebe edemiyordu. Bir müddet bu hissi tahlil etmemek *[çözümlememek]*, bu titreyişlerin altında saklanan müthiş hakikati görmemek istedi. Bu muaşakalardan kırılmış, güya tazeliğinden bir şey eksilmiş, hayır, öyle de değil, daha doğrusu kirlenmiş bir çiçek pejmürdeliği *[perişanlığı]* duyarak çıktıkça düşünmemek için vücudunu, zihnini susturmaya çalışırdı. Lakin onun buselerinden kalan tırmalayıcı eserler, hele dudaklarının yanında bir köşe vardı ki sanki sızlardı. Sonra bu muaşakaların hummaları arasında verilmiş buselerden, kendi dudaklarının aşk sadakasından onda günlerce üşüyen bir şey kalırdı.

Bu muaşaka ezasını burada, bu odada hissederdi; buradan başka yerlerde teati edilen *[karşılıklı verilen]* buseler onun için bir dostluk samimiyeti manasından başka bir şey kesp etmezdi *[kazanmazdı]*; lakin burada onunla yalnız kalıp da ona; sade bir dost değil hayatının bütün aşk kitabı beraber okunacak bir koca nazarıyla bakmak lazım gelince ürkerdi. Onun dostuydu, evet, bu adam için kalbinde derin bir hürmet, hatta bir muhabbet vardı. Lakin onun bütün ruh teslimiyetiyle karısı olamıyordu. Bu odadan başka yerlerde onu seviyordu. Beraber gezerken, aşağıda o küçük odada otururken, hatta onun odasında, evet, şu yanı başlarındaki odada, Bihter'de bir sokulmak, onun mümkün mertebe *[olduğunca]* yakınında bulunmak hevesleri uyanırdı. Arada bir başını omuzuna kor, ya bir çocuk sokulganlığıyla dizine yatardı. Bütün izdivaç hayatı böyle geçseydi, onu lekesiz, arızasız bir muhabbetle sevecekti, mesut olacaktı. Lakin ondan fazla bir şey, muhabbet değil, aşk isteniyordu ve kendisini tamamıyla haksız, insafsız bulmakla beraber bu aşkı veremiyordu. O zaman bu aşk, bu verilmeyen, verilemeyen aşk, kendisinden mukavemet olunamayan *[direnilemeyen]* bir hakla alındıkça, vücudundan, kalbinden bir şey gasp edilmiş zanneder, ağlamak, feryat etmek, ıstırabından kıvranmak isterdi. Demek kendisi için izdivaç bu idi, aşk bundan ibaret olacaktı; her zaman, her zaman, ondan böyle cebir ile aşk alınacaktı ve o, ruhunun asıl aşkını vermiş olmayacaktı; asıl ruhuna tasarruf edecek *[sahip olacak]* bir buse dudaklarını araştırıp bulmayacaktı, kendisini üşüten bu buselerden başka bir şey görmeyecekti, hep böyle olacaktı, her zaman, her zaman...

Artık itiraf etmeliydi. İşte bir seneden beri bu hakikati görmemek için lüzum görülen mücahedeler *[savaşmalar]* onu daha ziyade yormuş, daha ziyade ezmiş idi; evet, itiraf etmeliydi, hep böyle olacaktı.

Bu gece, işte aralık kapının anahtarını çevirdikten sonra, karanlıkta, hareket etmeden, bu aşk odasını dolduran zulmetlere *[karanlıklara]* bakarak, güya bu siyahlıklarla bütün hüviyeti dolarak, düşünmeksizin bu hakikati her vakitten ziyade vuzuh *[açıklık]* ile söyletti. Bu dakikaya kadar o hakikat, ne söyleyeceği anlaşılan, fakat söylenmesine müsaade olunmayan bir ses hükmünde idi; bu gece, şu dakikada artık müsaade olundu: Evet, hep, hep böyle olacaktı. İşte bu karanlık muaşaka hücresi... Ne bir şeffaf ufuk, ne bir parlak hande *[gülüş]*, ne bir uçan bulut parçası; hiç, hiç, hatta hafif bir ziya, donuk bir kandil bile olmayacaktı; siyah, mümkün olabildiği kadar siyah bir gece, O, bu karanlıkların içinde bir haşyet *[korku]* lerzişiyle titreyerek, okşayıcı temaslarıyla inşirah veren serinlikler duyarak değil sanki bu karanlıklardan yağan siyah kar parçalarının tırmalayan temaslarıyla üşüyerek bütün gençliğin garam açlığını azim, boş bir siyah uçuruma gömecekti; hep, hep... Böyle olacaktı.

Demek, bu izdivaç, o kadar arzu edilen, tahakkukuna o kadar çalışılan bu izdivaç, işte şu karanlık şeyden ibaretti. Şimdi bu izdivacın meziyetlerini teşkil eden şeyler, o genç kızlık yatağının üzerinde bir kavs-i kuzah *[gökkuşağı]* açan mücevherler, kumaşlar, ziynetler hep bir avuç hulya külleri şeklinde odanın karanlıklarına serpiliyor, dağılıyordu.

Hemen oraya yataklığının yanında alçak yer iskemlesine oturmuş, dirseğini dizine dayayarak, başı elinde düşünüyordu. Şimdi bu izdivacın bütün fena cihetlerini küçük küçük hiçlerden terekküp ederek *[birleşerek]* onu sıkacak bir mecmu *[toplam]* teşkil eden şeyleri kendi kendisine sayıyor; artık bir kere o hakikati söylettikten, kendisinin bahtı kötü bir kadın olduğuna karar verdikten sonra, ona kuvvet verecek, süsleyecek daha ziyade faciaya benzetecek sebepler bulmaya çalışıyordu.

Her şeyden evvel bu evi düşünüyordu. Bu ev onundu, bir vakitler önünden geçtikçe pencelerinden tantanasını hissettiği bu koca yalının işte tek hâkimesiydi *[sahibiydi]*. Evet, fakat buraya tasarrufunda bir noksan hissediyordu, açıkça tayin olunamayan lakin her zaman duyulan bir noksan vardı ki evi ona ait bir şey olmaktan menediyordu. Anlıyordu ki henüz görülmemiş köşelerinden mahalleri tebdil edilememiş *[yerleri değiştirilememiş]* eşyaya kadar, yüzlerini görmeksizin kendisini sevmediklerini anladığı uşaklardan bütün harem halkına kadar bu evde ona karşı bir yabancılık, hatta bir adavet vazı işrap eden *[düşmanlık durumunu düşündüren]* manalar vardı. Evin ruhu ondan kaçıyor gibiydi. Kendisini kocasına bütün benliğiyle vermekten meneden şeye benzer bir mana vardı ki bu evle kalbinin arasına sahte bir busenin soğukluklarını koyuyordu.

Yavaş yavaş eve tasarruf hakkını teyit etmiş *[sağlamlaştırmış]* idi. Şimdi bütün anahtarlar elinde idi. Yatak takımlarına, ince kilere, bir evde bütün saklanarak tutulan şeylere doğrudan doğruya nezaret *[eşlik]* ediyordu, onlarla başka bir vasıtanın müdahalesine müsaade etmeyecek kıskançca münasebetleri *[ilişkileri]* vardı, lakin belinde ince bir zincirle şakırdayarak sallanan bu anahtarların arasında asıl evin ruhunun anahtarı eksik idi.

Artık üvey analık sıfatından da sıkılıyordu. İşte bir seneden beri Nihal'le sevişmek için mütemadi *[sürekli]* bir mücadele içinde yaşamıştı. O Nihal'i seviyordu, fakat bu kızın kendisini hiçbir vakit tamamıyla sevemeyeceğinden emin idi. Biliyordu ki Nihal yalnız bir defa hissiyatını tahlil ederek kendisine kalbinde tahsis ettiği *[ayırdığı]* muhabbetin zorla tesis olunmuş *[oluşturulmuş]* bir muhabbet olduğuna, şu sevdiği kadının sevilmemesi lazım gelen bir üvey anadan başka bir şey olmadığına vukuf hasıl eder etmez o zamana kadar türlü uğraşmalarla kurulabilen samimiyet binası birden yıkılacak ve onun yerine artık bir daha dolmaz bir uçurumun boşlukları açılacak; evet, yalnız bir dakikalık bir vaka sebep olarak ikisinin arasında bir şey kırılacaktı. Ahvalin icabı *[durumun gereği]* ile bu iki kalp birbirine düşman olmaya mahkûm idiler. Henüz olmamışlardı, ihtimal daha olmayacaklardı, fakat bir gün bunun vukuu muhakkaktı.

Bir müddetten beri Nihal'de artık dostluğa hatime *[son]* vermek için bir acele, şüphesiz kendisini sıkan bu sulh halinden çıkarak açık bir cenge *[savaşa]* meydan verecek bir sebep bulmaya hafi *[gizli]* bir arzu keşfediyordu. Bugün ihtimal dostluklarının son günü olacağından korkmuş idi. Sabahtan akşama kadar Nihal kendiliğinden ona bir kelime bile söylememiş idi. Eğer evde bir dakika itidalini *[soğukkanlılığını]* kaybetse demek yarından başlayarak artık bir cehennem hayatı başlayacak, bu çocukla cenk etmek lazım gelecekti. Buna imkân bırakmamak için nefsini zapta, bu gizli harbin bütün üzüntülerini hazma mahkûm idi. Onun fedakârlıkları anlaşılmayacaktı, hatta etrafında bunu takdir edecek kimse bulunmayacaktı; bilakis Nihal'in en haksız hırçınlıklarından, en sebepsiz ağlamalarından o mesul *[sorumlu]* olacak, herkes dudaklarını bükerek ona husumetle bakacak, Şakire Hanım'ın yine baş ağrıları tutacaktı.

Şimdi Şakire Hanım'ı, alnını sıkan bir yemeniyle karşısında bir muaheze *[azarlama]* timsali somurtkanlığıyla görüyordu; daha sonra Şayeste, Nesrin; hanımsız evde hep itiraf olunamayan bir ümitle yaşayarak ikinci hanıma zeval bulmaz *[sona ermez]* bir adavet besleyen bu kızlar, hatta evin içinde ondan hep korkulacak bir mahluk gibi kaçınan Cemile, birer düşmandan başka bir şey değildi; bunlar yalnız yarım bırakılan cümleleriyle, gözlerinin kinli bakışlarıyla, sükûtlarıyla, her şeyleriyle Nihal'in etrafında bir soğuk daire çeviriyorlar ve o, işte bir senelik uğraşmalar neticesinde bu daireyi geçerek Nihal'i tamamıyla alamıyordu.

Yalnız Bülent'le dost idiler. Onların ikisini birleştiren, dost eden bir şey vardı: Gülmek... Bu noktada birleşmişlerdi ve onunla her zaman dost olacaklardı. Lakin bu dostluk Bülent için bir kabahat olacaktı; çocuk evin içinde kimseye, hele ablasına itiraf edemeyecekti ki onu bir anne kadar değilse bile her halde bir üvey anadan pek çok ziyade seviyor. Sonra, birden, Bülent'in arkasında, onun kahkahalı şatır *[şen]* çehresinin fevkinde *[üstünde]* başka bir hayal irtisam etti *[göründü]*: Behlül!

Düşünmedi, düşünmemek istedi. Evet, ne için düşünecekti? Behlül hatırına geldikten sonra zihninde başka bir hatıra uyandı: Onu Peyker'in arkasında dudakları muhteris *[ateşli]* bir buse ile titreyerek hemen eğiliyor; yakıcı, ısırıcı bir buse ile Peyker'in ensesinden öpmek için orada can veriyor gördü; daha sonra çapkın bakışlarıyla hamakta Firdevs Hanım'ı sallarken gördü.

Düşüncelerine ufak bir vakfe geldi *[duraksama oldu]*. Mülahazalarının *[düşüncelerinin]* cereyanı titriyor, başka bir mecrayı *[yolu]* takip için tereddüt ediyor gibiydi. Bu noktada durmamak ve bu yeni mecrayı takip etmemek için bu hayali bir kelime ile tebit etmek *[uzaklaştırmak]* istedi. Hemen açıktan:

— Çapkın, dedi.

Evet, bu, kelimenin bütün manasıyla çapkınlıktan başka bir şey değildi. Kendi kendisine şimdi hiddet ediyordu. «İcap ederse söylerim; bu, yapılır bir şey değil, Peyker'in hakkı var...» Evet, fakat Firdevs Hanım'ın?..

Birden Peyker'in bir sözünü tahattur etti *[hatırladı]*. Ne diyordu? O kocasına hıyanet etmek maksadıyla evlenmemişti. Bunu söylerken gözlerinde ne celi *[açık]* ve ne hain bir mana vardı. Ne demek istiyordu? Başkaları, kendisi, Bihter, kocasına hıyanet etmek maksadıyla evlenmişti, öyle mi? Bunu yapmayacaktı, bir Firdevs Hanım'a benzemeyecekti. Bu valide!.. Hayatının daimi bir züllü *[yüz karası]* idi. İşte bugün o Behlül'le şakalaşırken Bihter üzerine atılmak, «Lakin artık utanınız, siz bir ihtiyar karısınız, ihtiyar, ihtiyar, anlıyor musunuz?» demek istemiş idi. Evet, asla Firdevs Hanım'a benzemeyecekti, işte yemin ediyordu.

Kendi kendisine, içinden, annesine benzememek için yemin ederken aklına başka bir şey geliyordu. Ta küçüklüklerinden beri Peyker'e babasına benzer, Bihter için annesine çekmiş derlerdi. Mademki bunu söylemekte herkes müttefikti *[birleşikti]*, demek hakikatte o annesine benziyordu. Bu müşabehetten *[benzerlikten]* korkardı. Kalbinde bir şey vardı ki cismani müşabehetin hayatlarını da benzeteceğini zannettirir ve onu titretirdi.

O da babasına benzemeliydi: Peyker gibi... Biraz kumral, biraz daha geniş omuzlarla dolgunca bir vücut, kısa ve kılsız kaşlar, beyazdan ziyade saza yakın bir renk; İşte Peyker... Şüphesiz Bihter daha güzeldi, fakat babasına benzemiş olmak için daha az güzel olmaya kalbi *[gönüllü]* bir rıza gösteriyordu. O tanınmamış baba için derin bir muhabbeti vardı, annesine verilemeyen kalbini tamamıyla bu ölünün hatırasına veriyordu. Ve bu hatırayı süslerdi: Tesadüfle işitilmiş şeylerden, parça parça tedarik olunmuş tafsilattan babasına bir tercüme-i hal *[öz geçmiş]* icat ediyor, sonra onu Firdevs Hanım'ın elinde işkenceler içinde yaşatıyor, her şeyden habersiz namuslu bir koca mazlumluğu ile babasının izdivaç hayatına bir facia rengi veriyor, nihayet onu müthiş bir darbe ile, makhur *[kahrolmuş]* öldürüyordu. Babasını ne kadar seviyordu!.. Peyker'i babasına benzemiş olmaktan adeta kıskanıyordu.

Zannediyordu ki Peyker babasına benzediği için hayatında mesut olacak ve o, Bihter, bu bir hata neticesiyle vücuda gelen izdivaçta bedbaht olacaktı. Peyker elbette mesut idi kocasını seviyordu, aralarında mini mini bir Feridun vardı. İşte asude *[sakin]* bir aile hayatı!.. Onun, onun nesi vardı?..

Bu suali kendi kendisine irat ederken *[söylerken]* karanlıkta ellerini kavuşturarak siyahlıklara gömülen bu odanın isfendan takımlarından, atlas perdelerinden, bütün bu mutantan *[şatafatlı]* eşyadan bir cevap bekleyerek duruyordu. Sevmek, sevmek istiyordu. Hayatında yalnız bu eksikti; fakat hayatta her şey bundan ibaretti: Sevmek, evet, bütün saadet yalnız bununla istihsal edebilirdi *[elde edilebilirdi]*. Küçük, sefil, üryan bir oda, demir bir yatak, beyaz perdeler, iki hasır iskemle, işte yalnız bu kadarcıkla fakir bir muaşaka *[sevişme]* hücresi; fakat sevmek, yarabbi! Sevmek istiyordu, hummalar içinde mecnunca *[delice]* bir aşk ile sevecek bir mesut olacaktı. İşte şimdi bu mutantan odanın servetleri içinde siyah mermerlerle örülmüş bir mezarda diri diri medfun *[gömülmüş]* gibiydi. Nefes alamıyor, boğuluyordu; bu mezardan çıkmak, yaşamak, sevmek istiyordu.

Yerinden fırladı. Artık bu karanlıklardan kurtulmak istiyordu. İşitilmemek için yavaşça, iskemlenin üstüne çıkarak tavanda kandile, o eski mabetlere mahsus bir fenere benzeyen kandile uzandı, yaktı. Kandil evvela yanmıyor gibiydi, sonra birden ufak bir çıtırtı ile bir küçük ziya mevcesi ihtizaz etti *[ışık dalgası titredi]*. Ve odanın karanlıklarında sarı bir duman şeklinde kayarak serpildi. Fenerin koyu sarı, yeşil, mavi, kırmızı camları vardı; bu hafif ziya o koyu renklerin arasından donuklaşarak siyahlaşarak odayı yeşil denizlerin altında mülevven *[renkli]* gecelere boğulmuş bir mağaraya benzetiyordu. Bu ziyanın altında eşya bir samit rükudet *[sessiz durgunluk]* ile duruyor; yalnız ince, şeffaf tüller; yekdiğerini mahv ve ispat eden yeşiller, maviler, sarılar, kırmızılar gölgelerin üstünden kayıp akıyorlardı. Eşyanın, duvarların, ta ötede gayet uzak bir resim şeklinde Bihter'i gösteren aynanın üstünden sakit birer şelale seyelan ediyordu *[akıyordu]*.

Bihter karanlık bir rüyadan mülevven *[renkli]* bir rüyaya çıkmış gibiydi. Bu, perilere mahsus bir âlemi ihtar eden *[hatırlatan]* odasının müphem *[belirsiz]* ziyaları arasında ta ötede, uzakta sanki tabaka tabaka derinleşen bir yeşil mağaranın kaybolmuş ufuklarında, kendisine titrek bir hayal şekliyle takarrüp ediyor *[yaklaşıyor]* görünen Bihter'i, o aynanın Bihter'ini gördü; donuk bir gümüş levhaya yalnız beyazla tersim olunmuş *[çizilmiş]* bir kadın ki ince ipek gömleğinin içinden sıyrılarak uçacak, bir bulut olacak zannedilirdi. Bilinemez nasıl bir hisle, karşısında bu ince gömleğin içinde titriyor görünen vücudu üryan *[çıplak]*, tamamıyla üryan görmek istedi; omuzlarından kurdeleleri çözdü, gömlek kayarak, göğsünün üstünde, belinde ufak bir tereddütten sonra ayaklarının dibine düştü. Uzun siyah saçlarını ellerinin asabi darbeleriyle tuttu, kıvırdı, bunların tam çıplaklığına nakısa *[eksiklik]* vermesini istemeyerek kaldırdı, ta başının üstüne, perişan bir küme şeklinde tutturdu. Böyle, büsbütün çıplak, kendisine baktı.

Uzun bir temaşa *[seyrediş]* ile bu levhaya *[tabloya]* bakıyordu. Hemen kendisini bu haliyle hiç görmemiş idi, bu yeni bir şey, başka bir vücut gibiydi. Demek Bihter işte bu idi. Yaklaşmaktan korkuyordu, o kadar vuzuh ile görmek istemiyordu; biraz daha yaklaşırsa kendisiyle bu hayalin tevemiyeti teeyyüt edecekti *[ikizliği belli olacaktı]*; uzak, uzak kalmak ve bu güzel vücudu böyle uzaktan, bir rüya arasından sevmek istiyordu.

Evet, bu vücudu seviyordu. Şimdi kalbinde bu vücut için bir muhabbet, bir meftuniyet *[tutulma]* vardı. Bu vücut kendisinindi, ona hafif bir tebessümle bakıyordu. Aynanın içinde bu beyaz resim, ince, gayet bellisiz *[belirsiz]*, havaya benzer bir mavi çizgiyle zemininden ayrılmış gibiydi ve böyle etrafında açılan ince mavi halenin *[ışık halkasının]* arasında kabarıyor, bir cismaniyet kesp ediyor, levhasından ayrılarak Bihter'e, diğer Bihter'e yaklaşıyor; orada iki Bihter, bütün zapt olunmuş aşkları inkişaf ettirecek *[açığa çıkaracak]* ciğerleri yakan bir busenin lerzişleri içinde, mahv ve harap eden bir kucaklaşma ile birbirinin kollarına atılmaya müheyya *[hazır]* iki vücut peyda oluyordu. Şimdi bu aynanın donuklukları içinde derin bir mağaranın yeşil ufuklarından şeffaf tirşe gölgelere boyanarak gelen bu sevda hayaline bir recüli *[erkeklikle ilgili]* tasarruf emeliyle bakıyordu. Henüz dolgunlukları tamamiyet kesp etmemiş sinesinden çizgilerin hafif bir inhinasıyla *[eğilmesiyle]* daralarak inen müdevverliğinden *[yuvarlaklığından]* sonra gözleri titriyor, artık uzak beyaz bulutlardan dökülmüş sayelerle *[gölge]* örtülü görünen bu beyazlıkları daha ziyade soymaktan asabi bir tevahhuş *[korku]* hissediyordu. Omuzlarının genişliğinden sonra biraz uzunca gövdesini lüzumundan fazla incelte incelte nihayet belinde nispetsiz *[oransız]* bir darlık yapmış olmaktan korkan hilkat *[yaratılış]* oraya kadar bu tiraşide *[yontulmuş]* eseri darlaştıran hutut imsakini *[çizgilerin cimriliğini]* affettirecek bir semahat *[cömertlik]* göstermek istemiş, bir kısmı genç kız kalmaya mahkûm bir vücut tersimine başlamışken diğer kısmı tazeliğinin bütün münkeşif *[açılmış]* servetiyle bir kadın vücuda getirmiş idi.

Bihter şimdi kendisinden başka bir vücut hükmüyle seyrettiği bu hayali ufak bir hareketiyle kaçırmaktan ihtiraz ederek *[çekinerek]* hareket etmeden duruyor, onu tutmak, ona sarılmak için ellerini, dudaklarını uzatacak olursa ikisi birden orada ölüverecekler, delice bir busenin hummaları arasında can verecekler zannediyordu. Lakin onun böyle, ruhu sarsan bir visal *[ulaşma]* humması içinde ölmeye, can vermeye ihtiyacı vardı. İşte bu ihtiyaç şimdi bir iştika enini *[şikâyet inlemesi]* ile bütün hüviyetinde feryat ediyor, cismaniyetinde ıstırap veren bir ateş oluyordu. Evet, şu dakikada bu vücut, güya bir kaza anı içinde gasp olunan bikrinin *[kızlığının]*, küçük bir tesliyet lütfu, hafif bir neşve bakiyesi *[kalıntısı]* bırakmaksızın verilmeyerek alınan buselerin, asabını isyan ettirerek derin bir ıstırap ile sızlanan muanakaların *[sarılmaların]*, evet, bütün izdivaç hayatına ait o çirkin, sefil muaşaka hatıratının ıstıraplarını duyuyor; bunlar kendisinden alındıktan sonra o asıl ruhunun, sevda ruhunun bikrini, o asıl dudaklarının, kadınlığına ait dudaklarının busesini verememekten inliyordu. Öyle bir muanaka düşünüyordu ki onu ta hüviyetinin amakına *[derinliklerine]* kadar titretsin, hırpalasın, ezsin; öyle bir aşk istiyordu ki onun ruhunda mest eden baygınlıklar bıraksın... Şimdi bu hayalin, o kendi hayalinin karşısında ıstırabından kıvranmamak için nefsini zapt ediyordu. Kendisini hiç bu haliyle görmemişti. Bu hayalin kendisinden başka bir şey olmadığından şüphe edecekti. Onu güzel, pek güzel buluyor ve bu güzelliğe ağlamak istiyordu. Biraz genişçe alnının fazlalığını kabarıkça duran kıvırcık, gür saçlarının siyah dalgaları öyle muhteşem bir vakar *[ağır başlılık]* ile tezyin ediyordu *[süslüyordu]* ki bu baş biraz daha küçük, bu alın biraz daha dar olsa bütün bu kadın levent kameti *[boyu]* küçülmüş, tamamiyetinden *[bütünlüğünden]* bir şey eksilmiş zannettirecekti. Uzun kaşları ta şakaklarında ufak bir tereddütten sonra biraz daha devam ediyor ve büsbütün incelmeye vakit bulamamaksızın birdenbire kalıveriyordu. Bu kaşların şu müstevi irtisamında *[düz çiziminde]* öyle bir yükseliş hali vardı ki vechinin *[yüzünün]* ifadesine, hususuyla gözlerinin manasına yukarılara doğru bir tayaran *[uçma]* meyli, güya bütün vücudunu daha ziyade yükselten, daha ziyade uzun gösteren, bir vakar havası bahşediyordu. Gözlerin içinde siyah bir şule *[alev]* orada bir hafi *[gizli]* tebessümün neşvelerini *[coşkunluğunu]* kaynaştırırdı. Bu kadın gözlerinin derinliklerinde bir çift şuh çocuk gözü kimsenin haberi olmaksızın size şetaretinin *[sevincinin]* manasıyla bakıyor zannolunurdu. Bu gizli handeden, başının vakar ihtişamıyla garip bir tezat *[karşıtlık]* teşkil eden bir neşve nebean ederek *[kaynayarak]* simasının ifadesine deruni bir eğlence ile eğleniyor farz ettiren bir çocukluk kor, ona henüz çocuk iken başı bir saltanat ikliliyle tetviç edilmiş *[tacıyla taçlandırılmış]* bir melikenin şuh vakarını verirdi. Bellisiz bir çukurun yalnız gölgesiyle müdevver bir çene, küçük dişlerini ince bir beyaz hat şeklinde biraz açık bırakan etlice fakat solgun dudakları, nigâhının *[bakışının]* çocukça neşvesini itmam ederdi *[tamamlardı]*. Ta sağ kaşının altından başlayarak dudağına kadar inen bir çizgi, sanki bir tel saç üstünde yatmış olmaktan mütevellit *[doğan]* bir ince hat vardı ki münteha *[son]* noktasında, sağ dudağının ta köşesinde sabit bir tebessümle titremeye müheyya bir mini mini çukur bırakırdı. Bihter gülmek üzere iken gözlerinde akan bir neşve o ince çizgiyi takip ederek burada, dudağının bu köşesinde küçük bir girdap teşkil ettikten sonra artık taşardı.

Şimdi, hep öyle hareketsiz, dalgın bir nigâh ile kendisine bakarken yine gözlerinden bir tebessüm o bellisiz çizgiyi takip ediyor, dudağının üstünde o mini mini çukur titrek bir gölge gibi duruyor, dudağının yalnız dişlerinden birinin ucunu gösteren bir tarafı hafifçe kalkıyordu. Kendisine, kendi güzelliğine gülüyor ve böyle, istifade olunmamaya mahkûm bu güzelliğe gülerken ağlamak istiyordu. Demek bundan sonra, evet bu gece, nihayet bir senelik muhacemeden *[saldırıdan]* sonra artık galebe olunamayan vücudunun gençlik isyanı her vakit böyle karşısına çıkacak, sevmek, deraguşlar *[kucaklamalar]* içinde mest olmak isteyen mustarip ruhu onu böyle hırpalayacak, ezecek ve bu güzellikler boş emeller içinde çırpına çırpına mahvolacaktı...

Kendi kendisine böyle hüküm veriyor, o hafif tebessüm ile gülerken ağlamak isteyen gözleri bu güzel, fakat güzelliği beyhude *[boş yere]* çürümeye mahkûm hayali derin bir merhamet hissiyle ihata ederek *[kuşatarak]* faydasız, ümitsiz emeller içinde soluyor görüyordu.

Birden bu yarı karanlık odanın içinde, evin uyuyan sükûnunun arasında, başının üstünden fenerin mülevven *[renkli]* camlarından renk renk gölgeler yağarak bütün etrafında eşyayı sanki hissedilmez bir rüzgârla canlandırırken kendisini böyle çıplak bulmaktan titredi, bu yalnızlıktan korktu. Hayır, bu öyle bir his idi ki korkudan ziyade utanmaya yakın idi. Utandı, büyük bir ayıp yapmış, ismetine *[namusuna]* karşı düşünmeksizin bir günah işlemiş olmaktan utanıyordu; odasının mahremiyetine gizlice hulul etmiş *[girmiş]* meçhul bir sevdakârın kolları arasına düşüvermiş, mukavemet olunamayan bir asap lerzişi içinde ilk aşk günahı vücuda gelmiş kıyas ediyordu.

Bütün perdelerin şişiyor zannolunan gölgelerinin altında, kapıların üstünden dökülen tüllerin, atlasların arkasında birçok gözler kendisine bakıyor; o ilk aşk günahından sonra bu kadın vücudunu seyretmek için gecelerin zulmetleri *[karanlıkları]* içinde peyda olmuş eller pancurları açıyorlar; bu eşya birden esiveren bir hayat havasıyla uyanıyor, mühip *[heybetli]* bir baş sallantısıyla bakıyor zannolunan lambanın kalpağı yaklaşıyor gibiydi; buradan kaçmak istedi.

Artık yatağında idi. Yatağına o haliyle atılmış idi. Ellerini yastığının altına sokmuş, başını oraya koyuvermiş, yatıyordu. Karşısında biraz daha uzak, biraz daha müphem, artık gölgelerle boğulmuş, artık başka bir vücut olmuş o hayali yine görüyor; şimdi daha calip *[çekici]* görünen bu vücudu yalvaran bir tebessümle çağırıyordu.

Genç kızlık hayatında hiç böyle bir şey hissetmemiş, aşk hummasının cismaniyetini sızlatacak bir ıstırabını duymamış idi. Hatta genç kızlık hayatında bütün sevda rüyaları, müphem *[belirsiz]* hatlarla çizilmiş bulutlardan ibaretti; fakat izdivaç hiçbirini tatmin etmemeksizin o vakte kadar mektum *[gizli]* kalan emelleri uyandırmış, hiçbirine çare getirmiş olmaksızın ruhunun sevda ihtiyaçlarını tutuşturmuş idi. Demek izdivaç bunlardı ve onun izdivacı bunlardan biri değildi.

Oh! Ne yanılmış idi!.. Ona sevmek, sevmek lazımdı, sevemeyecek olursa ölecekti. Fakat nasıl sevecek? Sevmek, bu artık kendisi için memnu *[yasak]*, muhal *[olanaksız]* bir şey değil miydi?

Kocasına hıyanet etmek için mi evlenmiş idi? Bu sual müthiş bir istihza *[alay]* ile kulaklarında ihtizaz ediyordu *[titriyordu]* ve beynini uyuşturan, kulaklarını dolduran bir uğultu arasında hep o davet eden tebessümüyle karşısında, uzak, müphem, gölgelere boğulmuş hayali çağırıyor, bütün varlığını ona vermek istiyordu.

Asla, evet, asla hıyanet etmeyecekti, edemezdi, hem, ne için hıyanet edecek? Bugün bir izdivaçta bulunamayan şey bir hıyanette mi bulunacak? Annesini, daha sonra kardeşini düşünüyordu. Artık düşünceleri karışıyor, gözleri bulutlanıyordu. Şimdi tavanda fener parçalanıyor, yeşil, sarı, mavi, kırmızı dalgalarla akıyor, kanepeler, dolaplar, perdeler, duvarlar, bütün sel tuğyanından *[taşmasından]* sonra alçalarak, yükselerek yüzüyor; renkler, gölgeler birbirine karışarak azim bir hercümerç *[büyük bir karmaşıklık]* içinde her şey akıyor, ta uzakta güneşlerin altında bir siyah dere koyu sularını sürükleyerek ilerliyor, kenarından beyaz bir etek savrulan bir hamak yavaş yavaş sallanıyor, havada bir top garip daireler çizerek bir yandan bir yana inip çıkıyor, kollarını kaldırarak bir çocuk koşuyor, ötede müphem bir çehre dudaklarında haris bir buse ile eğiliyor, bunu eliyle itmek istiyor, eli kalkmıyor, başını çekiyor zannediyor, fakat çekemiyor, o haris buse orada, işte geliyor ve bütün hayal izdihamı içinde nihayet karşıdan aynanın içinden, Bihter, o diğer Bihter dudaklarını, kollarını uzatıyor, bu Bihter'i, mukavemet edilemeyen bir cazibe ile çekiyor, çekiyor, dudakları, kolları kilitleniyor, takatını kıran, ciğerlerini söken bir deraguş içinde ikisi beraber tavanda fenerden akan yeşil, sarı, mavi, kırmızı dalgalarla, bütün eşyasıyla oda, bütün ağaçlarıyla Göksu, hep beraber, azim bir kıyamet tufanı içinde bitmez tükenmez bir boşluğa yuvarlanıyorlardı...

9

Nihal piyanosunda bir sürat temrininin velvelesi *[alıştırmasının gürültüsü]* arasında başını çevirmeden mürebbiyesine sordu:

— Matmazel! Bülent bugün kaçta gelecek?

Bir haftadan beri Bülent mektepte idi. Çocuğun mektebe verilmesinden o kadar bahsedilmiş, Bülent, Behlül'den teneffüs *[dinlenme]* zamanlarının eğlencelerine, avluların güneşleri, tozları içinde bir alay çılgınla beraber bitmez tükenmez oyunlara dair tuhaf hatıralar dinleye dinleye bu mektebe verilmek fikrini o kadar sevinçle telakki etmiş idi *[kabul etmişti]* ki nihayet bir gün çocuk artık bir hafta sonra yalnız bir gece için avdet etmek üzere yalıdan ayrılırken Nihal'le güle güle öpüşmüşlerdi. Bülent'i o kadar sevindiren şey, Nihal için de sevinmeye bir vesile olmuş idi. Lakin o gün Bülent, yalının kapısından çıktıktan sonra Nihal pencereye koşmuş, arkasından bakmış idi. Bülent, önünde bugünden başlayarak açılacak olan o Behlül'den dinlenilmiş eğlencelerden mürekkep *[karışık]* yeni ufka bir an evvel vasıl olmak *[ulaşmak]* için rıhtımın taşları üzerinde koşarak gidiyordu; başını çevirip, arkasından bakan ablasına son bir selam göndermek aklına bile gelmemiş idi. O zaman Nihal'in ruhunda derin bir şey sızladı. Bülent, artık rıhtımın köşesinden dönüp kaybolduktan sonra Nihal hâlâ bakıyordu.

Akşam sofrada yerini, gece odalarında yatağını boş görünce ağlamak hevesini duymuş idi. Demek bu gülünecek bir latifeden başka bir şeydi? Demek artık bu iki arkadaşın arasında bir deniz, uzun bir mesafe, yüksek duvarlar, yabancı bir hayat peyda olmuş idi *[oluşmuştu]*? Onun başka dostları, başka sevdikleri olacak, ona ablasından başka adamlar karışacak, gece ablasından başka çocuklarla yatacak, her şey, her şey başkalaşacaktı. O zaman bu küçük vakanın mahiyetini tahlil edememekle beraber ruhu bütün hükmünü hissetti: Onlar yalnız ayrılmış değil, ruhları birbirinden uzaklaşmış olacaktı; kalplerinin bütün tellerinde mevcut rabıtalar *[bağlar]* birer birer çözülecek, hayır, bunlar Nihal'de kırılacak, parçalanacaktı.

O gece, artık odasında yalnız, yatağının içinde uyuyamayarak, bunları düşünürken kendisini dünyada yapyalnız kalıvermiş kıyas ediyor, bu yalnızlığın bütün acılığını duyuyordu, lakin Bülent'i ona bırakamazlar mıydı? Bu mektep meselesi ne için icat edilmiş idi? Çocukları böyle evlerinden, onları kucaklamakla mesut olan kollardan ayırıp mekteplere mi atmak lazımdı?

Hayat bu muydu? İki kalbi kendi hallerine bırakmamak bu hayatın zalim bir kanunu muydu?..

Bülent'in mektep meselesi icat olunduktan sonra babasından hep böyle, hayata dair nutuklar işitmiş idi. Hayat... hayat... Bu ne demekti? Bu o kadar fena bir şey miydi? Mini mini muhakemesinde hayat bir şekil ve suret alıyor; uzun yırtıcı tırnaklarıyla, korkunç, yakıcı gözlerle mühip *[tehlikeli]* bir canavar oluyor; sonra insanlar, şaşırmış, çıldırmış, bunun tırnaklarının kancalarından kurtulamıyorlar, gözlerinin ateşlerinden kaçamıyorlar.

İşte annesini bu hayat almış idi, yine bu hayat babasını değiştirmiş idi; sonra yine o, hep o, Bülent'i tırnağına takmış, ta uzaklara atmış idi. Muhakemesinin bütün bu hükümleri bir aralık bir noktaya saplanıp kalıyor ve kendi kendine: «Eğer o gelmeseydi hayat bizi rahat bırakacaktı...» diyordu.

Evet, bunların bütün mesuliyetini, hatta annesizliğini, her şeyi, her şeyi ona atfediyor, «Oh! Bu kadın!..» diyordu. Artık düşünceleri bulanıyor, uyuyordu; birden odasının kapısında muhteriz *[çekingen]* bir elin tahtayı tırmaladığını hissetti. Silkinerek sordu:

— Kim o? Sen misin Fındık?..

Fındık cevap veriyordu. Bu gece Fındık ona yalnızlığını unutturmak için refakate geliyordu. Bu gece Fındık'a şu refakati için ne kadar, ne kadar müteşekkir *[teşekkür eden]* olmuş idi!

Ertesi gün sabahleyin erkenden Nihal, babasının iş odasından takvimi almış, Behlül'ün odasına giderek onunla beraber mektebin bütün tatil günlerini kırmızı kurşun kalemiyle işaret etmiş idi.

Bugün ancak akşam üzeri geleceğini bilmekle beraber sabahtan beri onu bekliyordu. Mürebbiyesi cevap verdikten sonra kendi kendisine: «Daha beklemeli!» dedi. Mlle de Courton ötede, kendisine yünden yarım bir eldiven örüyordu. Uzun bir müddet sürat temrininin velvelesinden başka sofada bir şey işitilmedi, yalnız Fındık mürebbiyenin dizinden kayıp yuvarlanan yün yumağını pençesinin bir şamarıyla oradan oraya fırlatıyor, kuyruğunu dikerek arkasından atılıyordu.

Birden, Nihal iskemlesinin üzerinde döndü:

— Matmazel, dedi, bakınız, aklıma ne geldi? İtiraz etmeyeceksiniz, değil mi? Siz ilk önce itiraz etseniz bile sonra yine muvafakat edersiniz *[uyarsınız]*. Bugün doğrudan doğruya muvafakat ediveriniz, olmaz mı? Bahsederim ki aklıma gelen şeyi anladınız...

Mlle de Courton dedi ki:

— Çocuğum, aklınıza ekseriyet üzere o kadar garip şeyler gelir ki siz söylemeden keşfetmek mümkün değildir.

Şimdi Nihal iskemlesinden kalkmış, mürebbiyesini daha kolay kandırmak için yanına yaklaşmış idi:

— Anladınız! Anladınız, işte gülüyorsunuz... Ne olur, sanki?.. Daha onların mektepten çıkmasına iki saatten ziyade var. Sizinle buradan vapura binerdik, doğru Beyoğlu'na... Düşünün bir kere, Bülent mektepten çıkar çıkmaz bizi karşısında görünce... İşte, işte, itiraz edemiyorsunuz, muvafakat ettiniz... Ben beş dakikada hazırım, Matmazel!

Bir söz söylemesine meydan bırakmadan Nihal, ihtiyar kızın boynuna sarıldı ve iki yanaklarından öptü. Sonra koşarak merdivenlerden aşağı bağırdı:

— Beşir! Haydi, Bülent'i almaya gidiyoruz...

★ ★ ★

Nihal istiyordu ki Bülent mektep hayatını en küçük şeylerine kadar anlatsın. Suallerin arkası alınmıyordu: Mektep nasıldı, neler yiyorlardı, gece nasıl uyuyorlardı, muallimlerinin isimleri, şekilleri neydi?.. Hemen dostlar bulmuş muydu? Komşuları kimlerdi?.. Bu isimleri hep zapt etmek, Bülent'in mektep hayatına uzaktan iştirak edebilmek *[katılabilmek]* için en küçük teferruata *[ayrıntıya]* kadar tekrar tekrar izahat *[açıklama]* almak istiyordu.

Bülent, mektebe yeni girmiş bütün çocuklara mahsus sahtekârlıkla, bütün tafsilatı süsleyerek, mektebe ait tasvirlerini mübalağalara boğarak, küçük küçük yalanlarla muhatapta *[karşısındakinde]* bir gıpta uyandıracak renkler vererek anlatıyordu. Mektep azim *[büyük]*, ucu bucağı bulunamayan bir bina oluyor, teneffüs avluları her biri Bebek Bahçesi'ni dört kere içine alacak kadar cesamet kesp ediyor *[büyüklük kazanıyor]*, muallimler, mubassırlar *[öğretmenler, okul gözetmenleri]* hep koca koca, iri iri adamlar oluyorlardı. Ondan sonra çocuklar... Kim bilir onlardan ne kadar vardı? Sayılabilecek kadar değildi ki... Dört bin tane mi? Hem hepsi tuhaf, güzel, nazik idiler. Şimdiden hemen yarısıyla dost olmuş idi. İsimlerini haber veriyor, Namık Bey'in bir hikâyesinden, Raşit Bey'in bir vakasından bahsediyordu. Hele yemekler... Her akşam tatlı vardı. Dün akşam revaniye benzer bir şey yemişlerdi, ömründe böyle güzel tatlı yememiş idi. Artık Hacı Necip'in tatlılarından yiyemeyecekti.

Nihal:

— Ya beni, beni hiç aramadın mı? diyordu.

Oh! Nasıl aramamıştı? İlk gece bütün yatağında

yavaş yavaş, komşular duyup da eğlenmesinler diye hiç sesini çıkarmayarak ağlamıştı. Bülent bunu söylerken ablasına sokuluyor, iki kardeş o gece hep birbirini düşünmüş olmaktan rikkat *[sevecenlik]* duyarak öpüşüyorlardı.

Nihal:

— Bana mektepten mektup yazsan olmaz mı? diyordu. Her gün küçük bir kâğıt, iki üç satır...

Bu fikir Bülent'in hoşuna gitti:

— Ne iyi olur. Sen de bana yazarsın, değil mi abla? diyordu. Sonra bu muhaberenin *[haberleşmenin]* zorluklarını düşündü: Lakin bu mektupları kim getirip götürecek?

Nihal ona da çare buluyordu:

— Saklarsın, gelirken, beraber getirirsin, diyordu.

Bu muhabere tarzını yeni icat etmiş olmaktan ikisi de o kadar müftehir *[övünen]* idiler ki o gün evin içinde Adnan Bey'den başlayarak herkese haber verdiler.

★ ★ ★

O günden sonra Nihal'in eğlencelerinden biri her sabah Bülent'e küçük bir mektup yazmak oldu. Behlül'den yalvararak bir kutu mektupluk kâğıtla zarf almış idi; yatağından atladıktan sonra bunlardan birine üç satırlık, nihayet bir sahifelik yazacak sermaye bulur, zarfına kor, üstüne: «Ablasından Bülent'e» der, yazıhanesinin üstüne dizerdi. İkinci hafta nihayetinde cumartesi günü sabahleyin yazılan mektup şu idi:

«Bugün Şakire Hanım'ın mutfağına gireceğim. Geçenlerde ev idaresi kitabımda Matmazel'le beraber bir İngiliz tatlısının tarifini okumuştuk. Senin için ondan yapacağım. Bakalım, mektebin revanisinden daha güzel olmayacak mı?»

Bugün Mlle de Courton mümkün değil Nihal'i bu fikrinden döndüremedi. Mutlak, mutlak Bülent'e öyle bir tatlı yapacaktı ki mektebin revanisinden daha güzel olsun.

İhtiyar mürebbiye:

— Lakin çocuğum, diyordu; bu tarifler okunurken pek âlâdır, yapmaya kalkışınca pek fena olur.

Nihal, Şakire Hanım'ı fikrine teşrik *[ortak]* etmek için aşağıya indi. Onun odasına doğru gidiyordu. Karşısında Cemile'yi gördü. Çocuk Nihal'i görür görmez bir şey söylemeyerek geri döndü ve koşarak odalarına girdi. Nihal orada bir telaş olduğunu işitti, sonra, o henüz odaya girmek üzere iken kapıyı içeriden kapadılar ve kilitlediler.

Bu o kadar garip bir suretle olmuş idi ki Cemile'nin bir oyunu olmak üzere telakki edilmek mümkün değildi.

— Cemile!.. Cemile!..

Cemile cevap vermiyordu. İçeride fısıltılar, telaşlar vardı. Ne oluyordu? Ne için Cemile ondan kaçmış, bu odayı, bu odadakileri ondan gizlemek istemiş idi? Nihal birden sabırsızlandı. Mutlak, mutlak görmek, anlamak istiyordu:

— Cemile, dedi, ne için kapıyı kilitledin, sanki? Seni oraya girerken görmedim mi zannediyorsun.

Kapı açılmamakta devam ettikçe onun içinde bir şey eziliyor gibiydi. Nihal'de böyle birden tuğyan ediveren tecessüsler *[kabarıveren araştırma isteği]* vardı ki derhal tatmin edilmezse onu ağlamaya, tepinmeye sevk ederdi. Eliyle kapının topuzunu kavrayarak sarsıyordu. Ve artık darılarak bağırıyordu:

— Cemil! Cemile! A, ne için açmıyorsun?

Şimdi içeride birçok fısıltılarla istişare ediyorlar *[konuşuyorlar]* gibiydi. Bir şeyin kapandığı işitildi. Sonra birden Nihal, kapıya bir elin temasını hissetti, anahtar kilidin içinde yavaşça döndü ve kapı açıldı.

Hep orada idiler: Şakire Hanım'la Nesrin, Şayeste ile Beşir, Cemile... Büyük bir kabahat esnasında yakalanmış gibi perişan bir vaz *[hal]* ile ona bakıyorlardı. Nihal ilk önce anlamadı. Sonra odanın indirilmiş perdelerini, yerden çıkarılarak toplanmış keçesini, sökülmüş karyolayı, ortada yığılmış bohçaları, yerlerinden çekilmiş sandıkları görünce kendisinden saklanan bir şeyin hazırlanmak üzere olduğunu anladı. Dudaklarında çıkmaktan ihtiraz eden *[çekinen]* bir sual titreyerek, Nihal, hepsine ayrı ayrı bakıyor, sanki onun sormasına hacet *[gerek]* bırakmadan birisinin izah etmesini bekliyordu. Nesrin duramadı, artık şimdiye kadar durdukları, bu çocuğu bütün o gizli konuşmaların haricinde tuttukları yetişmiyor muydu?

Şakire Hanım'a bakarak dedi ki:

— Söylemeyeceksiniz de ne olacak, sanki? Biraz sonra sizi burada görmeyince hepsini anlamayacak mı? Söyleyivereyim de bitsin...

Bir kere başladıktan sonra artık duramadı ve söylemek vazifesini başkalarına bırakmayarak Nihal'e döndü:

— Gidiyorlar, artık bu evde oturamayacaklar. Sade onlar değil, bu evde hiçbir kimse oturamayacak. Biz şimdi hepimiz göze batıyoruz. Anlıyorsunuz ya, kimin gözüne batıyoruz... Birer birer hep kolumuzdan tutularak, sokağa atılacağız. Bizden kurtulduktan sonra artık rahat etsinler...

Nihal ayakta duramamıştı. Ortada sandıklardan birinin üstüne oturdu. Ezilmiş gibiydi. Hiç beklenilmeyen bu vaka, onun nazarında azim, müthiş, bir musibet ehemmiyetini alıvermiş, onu şaşırtmış idi.

Demek gidiyorlardı. Hep böyle gideceklerdi. İşte Bülent de gitmemiş miydi? Bütün bu etrafındakiler gidecekler de yalnız o mu kalacaktı? Bir kişi, dostsuz, refiksiz *[arkadaşsız]*, hamisiz *[koruyucusuz]*, yapyalnız... Lakin bu kadın, yarabbi! Ne yapıyordu ki onun, Nihal'in, sevdikleri hep böyle kollarından tutulup sokağa atılıyordu?

Artık hep söylüyorlardı. Şakire Hanım, oraya, Nihal'in karşısına çömelmiş, hıçkıra hıçkıra ağlıyordu. Karışık bir lisan ile, biri tarafından başlanıp diğeri tarafından ikmal edilen *[tamamlanan]* cümlelerle o güne kadar Nihal'den sıkı bir ihtiyat *[sakınma]* ile saklanan küçük küçük şeyler, bütün hizmetçiler için hanımlardan şikâyete vesile olan bin türlü hiçler, beyden işitilen bir tekdirle *[azarla]*, hanımın bir gün tesadüfle fark olunmuş bir fısıltısı arasında kurulan münasebetler, sade bir nazardan çıkarılan fazla manalar, daha sonra bir göğüs geçirilmesiyle izahından vazgeçiliyor zannettirilen sanki daha mühim vakalar, bütün bu bir yığın şikâyet Nihal'in önüne dökülüyor, «İşte görüyor musunuz? Bunlarla bizi kaçırıyorlar, öldürüyorlar, hem bunlar sizin gözlerinizin önünde cereyan ediyor da siz bizi himaye etmiyorsunuz.» demek isteniyordu.

Ona böyle dinletilen hiçler müfrit *[aşırı]* bir tesir kesp ediyordu. Bu nakledilen şeyler hep insanı kaçırmak, öldürmek için kâfi bulunuyordu.

Lakin o böyle durup aczinden ellerini kilitleyerek yalnız dinlemekle mi kanaat edecekti? Bir şeyler yapmayacak mıydı ki bunları kaçmaktan, ölmekten menetsin? Öyle bir şeyler bulup yapmak istiyordu ki her iş birden değişiversin, yine eski hayat, o eğlenceleriyle, neşveleriyle, Bülent'in kahkahalarıyla yine o eski hayat başlasın. Fakat ne?.. Evet, ne yapmak lazım geliyordu?..

Şakire Hanım'a dedi ki:

— Hayır, gitmeyeceksin, anlıyor musun? Siz giderseniz ben ne yaparım?

Bunu söylerken Cemile'ye bakıyordu. Cemile de ağlamamak için gözlerini indiriyordu. Ona izah ettiler: Artık gitmemek mümkün değildi. Süleyman Efendi bir iş bulmuştu, Eyüp'te bir ev tutmuşlardı, hatta eşyayı almak için rıhtımda bir pazar kayığı(52) bile bekliyordu.

Şayeste, Nesrin, Şakire Hanım'ın gitmesini münasip buluyorlardı. Yalnız Beşir, ara sıra bir söz söy-

---

(52) Yolcu ve eşya taşıyan, beş, yedi çift kürekle çekilen büyük kayık.

lemek hevesiyle Nihal'e bakıyor, sonra, cesaret edemeyerek, yine susmaya karar veriyordu.

Onlar, artık kalmak mümkün olmadığını izah ettikten sonra Nihal sustu, dalgın bir nazarla Şakire Hanım'a, Cemile'ye, bütün toplanan eşyaya baktı ve birden ayağa kalkarak:

— Oh!.. Siz beni sevmiyorsunuz, dedi, sevseniz böyle gitmek istemezsiniz...

Başka bir kelime ilave etmeyerek, artık hiçbirinin yüzüne bakmayarak çıktı. Şimdi hepsine birden küsmüştü. Onu böyle bırakıp gitmek isteyişlerini affetmiyordu. Odadan çıktıktan sonra Bülent için yapılacak tatlı aklına geldi. Artık bu mutfak eğlenceleri de bitmiş olacaktı. Oraya Şakire Hanım'ın mutfağı denilmeyecekti; ihtimal orasının da anahtarı alınacak ve diğer anahtarların yanına, o Bihter'in belinde sallanan zincire takılacaktı.

Babasının odasının önünden geçerken birden durdu. Oraya girse ve söylese?.. Lakin ne söyleyecekti? Söyleyecek bir şey, yüreğinin acısını ifade edebilecek bir kelime bulamıyordu. Kapı açıktı, başını uzatarak baktı. İşte odada yalnız, o yalnız babası vardı; oraya girer ve onun kollarına atılarak: «Hayır! Ben istemiyorum, gitmesinler!..» diyebilirdi.

Girmedi...

— Nihal, ne için gelmiyorsun?

Cevap veremedi. Kaçmak istedi, kaçamadı, bir ihtiyaç onu babasına sevk ediyordu, odanın ortasına kadar ilerledi, sonra daha ziyade gidemeyerek durdu. Adnan Bey birden, mutat *[alışılmış]* haricinde bir vaka olduğunu anlamıştı. Baba kız birbirine baktılar. Nihal, yavaş ve helecandan *[çarpıntıdan]* örtülü bir sesle:

— Baba, dedi; Şakire Hanım'la Süleyman Efendi gidiyorlarmış...

— Evet, kızım!..

— Ne için gidiyorlar, babacığım?.. Hep böyle gidecekler mi? Geçen hafta Bülent gitti, bu hafta onlar, gelecek hafta kim bilir kimler... Ben, ben ne yapacağım, baba?.. Ben yapyalnız mı kalacağım?..

Sakin, mazlum bir sesle söylüyordu. Adnan Bey, bu suretle başlayan muhaverenin *[konuşmanın]* tehlikelerini anladı. Muhavereyi devam etmek istidadından tecrit etmek *[eğiliminden uzaklaştırmak]* istedi. Biraz sert, biraz ciddi cevap vermiş olmak için:

— Sen hiç yalnız kalmıyorsun. Şimdi senin bütün o çocukluk arkadaşlarına tercih olunmak icap eden bir dostun, bir refikin var. Hem, kızım, rica ederim, bu kabilden *[türden]* şeylerde biraz muhakemeye lüzum görmelisin. Süleyman Efendi ölünceye kadar bir uşak sıfatıyla kalamazdı, değil mi? Onu bir ev sahibi olmaktan, bir iş bulmaktan menedebilir miydim?..

Nihal şimdi oraya, bir yer iskemlesine oturmuş, babasına bakıyordu. Adnan Bey hafif bir tebessümle bu suallerin cevabını beklerken o, hissiyatını ifade edecek kelime bulamıyordu. Demin önüne dökülen şikâyetleri o da burada babasının önüne dökmek, «İşte görüyor musunuz? Onlar dediğiniz şeyler için değil bunlar için kaçıyorlar...» demek istiyordu; fakat şimdi dimağının *[zihninin]* bütün faaliyeti donmuş gibiydi. Başının içinde bir buz tabakası vardı ki tersine çevriliyordu, iskemlesinin üzerinden kayıyor, vücudunu zapt edemeyerek derin bir yere düşüyor zannetti.

Birden, orada, daha ziyade kalırsa, bayılmaktan korktu; ayağa kalktı, bir kelime söylemeyerek çıktı.

Mlle de Courton'un odası kapalıydı. Ona haber vermeyerek uzaklaşmayı daha münasip buldu, yavaşça geçti, odasına girdi. Sallanıyor gibiydi. Ne oluyordu? İki elleriyle başını tuttu. Şimdi, ta kulaklarının arkasında, iki tarafında birer nokta vardı ki bir burgu ile deliniyor gibiydi. Soyunmadan yatağının üzerine, arkası üstü yattı.

★ ★ ★

Öğleyin oluyordu. Mlle de Courton, Nihal'in tatlısından bir haber almak üzere aşağıya inmek için hikâyesinden başlanmış bir babı *[bölümü]* bitirmeye çalışıyordu, birden odasının yanında birisinin geniş bir nefes aldığını hissetti:

— Nihal, sen misin çocuğum?..

Kimse cevap vermiyordu. Yanılmış olduğuna hükmetti. Gözleri hikâyesinin satırlarını takip ederken kulakları hep öyle birisinin geniş geniş, uzun uzun nefesler aldığını zannediyordu. Kitabını elinden bırakarak kalktı, aralık kapıyı açtı. Nihal yatağında uyuyordu.

İhtiyar kız şaşırdı. Çocuk ne vakit gelmiş, ne vakit yatağa yatmış, hususuyla ne için uyumuştu:

— Nihal!.. Çocuğum niçin uyuyorsun?..

Yatağın yanında idi, eğilmiş bakıyordu; o zaman birden, bu vakitsiz uykunun karşısında titredi. Nihal'in yumrukları sıkılmış, iki kolları dik ve düz uzanmış, dudakları bir öksürüğü zapt etmek için gibi çenesinde bir çekiklikle kısılmış idi. Birden Nihal'in eski hastalıkları aklına geldi, o ufak tefek teessürlerin *[duygulanmaların]*, mariz *[hasta]* sinirlerinde ifrat *[aşırılık]* kesp ederek bu nahif *[zayıf]* vücudu aylarca devam etmiş bir hastalık kadar ezen buhranları tahattur etti *[hatırladı]*. Bunlardan bir tanesini, henüz Nihal sekiz yaşında iken şimdi artık tahattur bile edilmeyecek kadar adi bir sebeple başlayıp çocuğu bütün bir sene nekahete *[zayıflığa]* girmiş bir hasta halinde bırakan bir buhranı düşünüyordu. O vakit de böyle bir uyku ile başlamıştı. İhtiyar kız, yüreğinde bir azap düğümüyle yatağa eğiliyor, Nihal'in zayıf göğsünden sanki dahili dalgalarla yuvarlanıp gelen ve ta boğazında, iki tarafından gerdanının cılız adalelerini sıkarak, tıkanan nefeslere bakıyordu. Nihal, böyle, yaşsız, sessiz, içinden ağlıyor gibiydi.

— Nihal!.. Nihal!..

Şimdi kolonya şişesini almış, çocuğun bileklerini, ensesini oğuşturuyordu. Nihal gözlerini açtı; donuk, hâlâ uykuda bir nazarla ihtiyar kıza baktı. İhtiyar kız diyordu ki:

— Ne oluyorsun, çocuğum? Ne için böyle uyuyordun?.. Bana cevap vermez misin? Bahsederim ki başına kömür vurdu. Ah! Benim küçük Nihal'im, senin öyle fikirlerin vardır ki...

Nihal hep bakıyor, tahattur edemeyerek duruyor, bileklerini kendine malik *[sahip]* olmayan bir vücut teslimiyetiyle bırakıyordu. Sonra birden tahattur etti, ihtiyarsız *[düşünmeksizin]* bir hareketle ellerini çekti, gözlerinde bir titreme dolaştı ve ihtiyar kız iki damla yaşın, çocuğun solgun yanakları üzerinde yavaş yavaş, bir mecra *[yol]* tayin edemeyerek tereddütle akıp gittiğini gördü. Sonra bu yaşlardan birbirini kovalayarak ayrı ayrı katreler tevali etti *[damlalar sürüp gitti]* ve yanaklarından kayarak, sanki mahrem bir derdin mahrem giryeleri *[gözyaşları]* kalmak hevesiyle, iki tarafında saçlarının arasında saklanacak yer arıyorlardı.

Mlle de Courton bir kelime söylemeyerek, bir hareket etmeyerek onun serbest serbest ağlamasına müsaade ediyordu. Bu gözyaşları ona bir afiyet *[canlılık]* müjdesi getiriyor gibiydi. Nihal, böyle ta o Şakire Hanım'ın odasında, hırsından, hiddetinden çıkmaya vakit bulamayarak biriken yaşlarla uzun uzun ağladıktan sonra yatağında doğruldu. Hemen silinmekte acele eden bir tebessümle mürebbiyesine baktı: «Kim bilir beni ne kadar çocuk buluyorsunuz!» dedi, sonra, birer birer Şakire Hanım'ın Cemile ile beraber gittiğini, ona dinlettikleri şeyleri, büyük birer musibet vakası ehemmiyetiyle anlattı.

Babasını kastetmek isteyerek ilave etti:

— Oh! Artık beni sevmiyor, hep onu seviyor, o kadını... Bilir misiniz? Şimdi ben de onu sevmiyorum. Onu bugüne kadar ne için sevmişim, sanki?.. Artık buradan ben de kaçmak istiyorum. Mesela Şakire Hanım'la beraber gitmek... Onlar Eyüp'e gidiyorlarmış. Orası neresidir? Uzak, pek uzak bir yer değil mi? Ben de öyle uzak bir yer istiyorum ki... Sizinle bir kere oraya gitmiş miydik? Ne için o vakitten sonra tekrar gitmedik? Oraya yine gitsek, buradan uzak bulunsak... Gidelim, olmaz mı, siz ve ben?..

Sonra, birden yatağından indi. Bacaklarının üzerinde kendisini o kadar zayıf bulmaktan taaccüp etti *[şaşırdı]*. Uzun bir hastalıktan kalkmış gibiydi. Bu zafı o tuhaf buluyordu. Gülerek dedi ki:

— Yürümekte zorluk çekeceğim zannediyorum, Matmazel. Sizinle beraber sofaya çıkalım mı? Pencereden vapurlara bakardık. Bülent artık gelir, değil mi?

Beraber sofaya çıkarken yavaş sesle sordu:

— Babama bir şey söylemeyeceğinizi vaat ediyor musunuz?

Bu akşam Bülent koca bir defterle geldi. Vaadini tutmuştu. Ablasına birçok mektuplar yazmıştı. Defterinin üzerinde bir güvercin, güvercinin gagasında bir zarf vardı. Bunun üzerine de Bülent ince bir yazı ile satır koymuştu: Nihal Hanım'a mahsustur.

Bunları hep kendisi okumak istedi. Nihal, hafif bir tebessümle sakit *[suskun]* dinliyordu. Sonra birden onu tevkif ederek *[durdurarak]* haber verdi:

— Bülent! Biliyor musun? Evin içinde yeni bir vaka var: Şakire Hanım'la Cemile gittiler.

Bülent omuzlarını kaldırarak:

— Biliyorum, dedi; Beşir'den haber aldım: O da annemle uğraşmasaydı...

Nihal, ihtiyar *[istek]* haricinde bir hareketle Bülent'in defterini itti, bugünün en büyük yarasını Bülent'in bu sözü açmış oldu. Nasıl? Demek o kadını haklı buluyordu, öyle mi? Annesi!.. Lakin onu büyüten, ona bakan, ta doğduğu günden beri annelik eden Şakire Hanım'dı. Bunun mükâfatı işte bu sözdü, öyle mi? Annesi!.. O kadın...

Bir kelime söylemeyerek çocuğun yüzüne bakıyordu. Tekrar defteri itti:

— Artık istemem, yoruldum!..

Bülent anlamayarak soruyordu:

— Sen, sen bana mektup yazmadın mı, abla?..

Nihal yalan söyledi:

— Hayır, yazmadım. Bu o kadar gülünç bir şey ki, dedi.

Kalbinde bir damar kopmuş zannediyordu. Bülent'i şu dakikada daha ziyade görmek istemedi:

— Bülent, dedi; babanın yanına gitmez misin?

10

Kânun-ı evvel *[aralık ayı]*... Yarım saatten beri mebzul *[bol]* bir kar bulutu parçalanmış, havanın baygın esmerlikleri içine iri iri parçalarla, lapa lapa dökülüyordu. Bihter, yavaşça Behlül'ün kapısını açarak, içeri girmeye cesaret edemeyerek, başını uzattı. Yalnız ötede henüz tutuşturulmuş sobanın kapağından kayan kırmızı alevlerle zulmetleri *[karanlıkları]* titreyen odada Behlül'ü aradı.

— Behlül Bey! Benim şekerlerimi yine unuttunuz mu?

Behlül, büyük odanın ta diğer ucunda, pencerenin önünde idi:

— Siz misiniz, yenge? Şekerleriniz mi?.. Hayır, hiç unutur muyum?..

Bihter odaya girdi. Behlül ona doğru geliyordu. Bu yarı karanlık odanın içinde, titreyerek halının bir kısmını, biraz ötede kanepenin kenarını, küçük bir masanın ayaklarını kırmızı dilleriyle yalayan alevlerin parıltısı arasında birbirini gölge şeklinde görüyorlardı. Behlül:

— Şekerleriniz, şekerleriniz... Durunuz; bakayım, onları nereye koydum? Ah! İşte burada, masanın üstünde...

Küçük mukavva kutuyu alırken masanın üzerinden bir şeyler kaydı ve birbirini müteakip *[takip eden]* halının kırmızı alevlerle yaldızlanan parçalarına döküldü.

Bihter:

— Oo!.. Bunlar ne? Bir alay kadın resmi, hep kadın resmi. Sizde başka ne resim bulunabilir? Veriniz bakayım...

Behlül:

— Gördünüz mü, bir kere, diyordu; bütün kabahatlerim ayaklarınızın altına serildi. Şimdi, kim bilir, hakkımda neler düşüneceksiniz, ne olmayacak şüphelere zahip olacaksınız *[kapılacaksınız]*. Halbuki, bilseniz bu resimler nasıl saf bir emelle, bir sanat hevesiyle alınmıştır. İşte gülüyorsunuz. Ne için oturmuyorsunuz, yenge?..

Bihter hemen oraya, sobanın yanında kanepeye oturdu. Şimdi Behlül de halının üstüne, ta genç kadının ayaklarının altına oturmuş, resimleri topluyordu. Bihter eğilmiş, bir tanesini almıştı, görebilmek için alevlere tutarak bakıyordu.

Behlül diyordu ki:

— Bilseniz, tiyatro kıyafetlerine ne kadar merakım vardır. Bunlar bu yaz size o kadar bahsettiğim İtalyan Operet Kumpanyası'nın kadınları... Sırf elbiselerin tuhaflığı için alınmış şeyler...

Bihter gülüyordu:

— Elbiseler mi? Lakin bunlarda elbiseden başka her şey var. Veriniz, bakayım, onların hepsini veriniz...

Eğilerek Behlül'ün elinden bütün resimleri alıyor, Behlül beraber bakmak için kanepeye yaslanıyordu.

Bihter yüzünü buruşturarak hepsine:

— Of!.. Yarabbi!.. Ne çirkin şeyler! Bütün yaz bunları görmek için mi kalırdınız, diyordu.

O kadar yakın idiler ki Bihter'in kolu Behlül'ün yanağına sürünüyordu. Şimdi sobada odunların alevleri yavaş yavaş sönüyor, sanki bu köşeyi zulmetlerin tamamıyla mahremiyet dairesinde yalnız bırakmak arzusuyla, muhteriz *[çekingen]*, çekiliyordu.

Behlül'ün eli, sanki tesadüfle, Bihter'in dizine düşmüştü. Karşılarında donuk camların arkasında çılgın bir raks ile karlar oynaşırken yanlarında sobadan latif *[yumuşak]* bir hararet onlara mest eden bir rehavet *[gevşeklik]* veriyordu. Artık karanlıktı, Bihter bir söz söylemeyerek, şimdi fark edilemeyen resimler hâlâ elinde, bilinemez nasıl bir korku ile bir hareket etmeye cesaret edemeyerek, duruyordu. Yalnız sobanın kapağında iki kırmızı göz sönük, hemen büsbütün örtülecek bir nazarla onlara bakarak, gülümsüyor gibiydi. Birden ikisi de titrediler; şurada, bu karanlık odanın mahrem havasında, ikisi de aynı saniyede öyle bir şey hissettiler ki onları bir kelime söylemekten, bir hareket etmekten ürkütüyordu. Tehlike ile dolu bir rüya içinde gibiydiler; bir küçük şey bilinemez nasıl bir tehlikeye sebep olacak zannediyorlardı.

Bu dakikaya kadar bu hissi bu derece sarahatle *[açıklıkla]* duymamışlardı. Behlül, Bihter'de kendisinden kaçıyor zannolunabilen bir hal fark etmişti. Hemen hiç böyle yan yana, böyle karanlık bir mahremiyetin yalnızlığı içinde bulunmamışlardı. Öyle zamanlar vardı ki Behlül kendi kendisine sigarasının dumanları içinde düşünceleri takip ederken bu dumanlı hulya ufkunda Bihter'in çehresini görür:

— Oh! Ne olmayacak şey!.. Bu yolda fikirler bana mahsustur, derdi.

Sonra Bihter'de gittikçe vuzuh kesp eden *[kazanan açıklık]* kaçışlar için bir hüküm vermekten nefsini menedememiş, aşk nazariyelerinden *[kuramlarından]* birini tatbik etmiş idi *[uygulamıştı]*:

— Bir kadın ki sizden ictinap ediyor *[uzaklaşıyor]*, sizden korkuyor demektir; daha doğrusu size karşı kendisinden korkuyor demektir.

Peyker hakkında takipleri hep öyle, en cesaret verecek bir tarika *[yola]* giriyor görünürken birden en umulmaz bir inada tesadüf ederek netice vermeden kalıveriyordu. Kendi kendisine: «Ahmak bir kadın! Aptalca bir iffet!..» diyor, sonra Nihat Bey'e karşı bu ismet sebatını o kadar yersiz buluyordu ki bundan Peyker için bir istihkar *[hor görme]*, kocası için de bir husumet *[düşmanlık]* hissi çıkarıyordu.

Hâlâ, eli, Bihter'in dizinde idi, hâlâ onun kolu yanağına sürünüyordu; işte saatler kadar uzun görünen dakikalar geçmiş idi ki ne bir söz söylüyorlardı, ne resimlere bakıyorlardı. Bu dakikalar uzadıkça ikisinin de kalbine bir korku titreyişi veren tehlike manası daha ziyade vuzuh kesp ediyor gibiydi. Artık şurada geçirilen masum birkaç dakika aralarında bir kabahat ağırlığıyla kalacaktı. Birden Bihter bu vaziyetten çıkmak için kuvvet buldu:

— Şekerler!.. Şekerler!.. Onlar nerede, dedi. Bunu söylemek için öyle bir hareket yapmış idi ki artık Behlül'den uzak ve ayağa kalkmaya müheyya *[hazır]* idi.

Demin yanı başında onun taze hararetini, bütün vücudundan esen ve mest eden menekşe kokusunu duyarak galebe çalınamaz *[yenilemez]* bir korku hissederken Behlül şu dakikada onu artık gidiyor, ihtimal bir daha böyle bir mahremiyet ve emniyet içinde yapyalnız kalmamak üzere kaçıyor görünce birden vahşi bir arzu ile onu alıkoymak için çıldırmışa döndü:

— Yenge, dedi; nereye gidiyorsunuz?

Sonra bu «Yenge» hitabı vücudunu soğuk bir ürperme ile sararak onları üşütmeyecek, hatta birbirine yaklaştıracak bir hitap ile tekrar sordu:

— Bihter!.. Ne için gideceksiniz?.. Oh!.. Beş dakika daha... Bakınız, böyle karanlıkta...

Bihter, bu hitabın, bu sesin yalvaran manasını anlamamak isteyerek:

— Çıldırdınız mı, diyordu; böyle, karanlıkta ne için oturmalı?..

Artık ayağa kalkmıştı. Behlül de, elinde şekerleme kutusu ile, ayakta ona bakıyordu. Karanlıkta birbirini tamamıyla göremiyorlardı. Yalnız geniş geniş soluduklarını hissediyorlardı. Bugün şurada en umulmaz bir suretle o zamana kadar birbirine karşı vuzuh kesp edemeyen vaziyet birdenbire sarahat peyda edivermişti *[açığa çıkıvermişti]*. Bir saniye içinde Behlül o kadar ileri gitmişti ki artık ricat etmek *[geri dönmek]* mümkün değildi. Yine bir saniye içinde uzun bir muhakeme silsilesine vakit buldu:

— Ne için ricat etmeli, diyordu: Bütün hayat benim için Bihter'in ayaklarına dökülen o resimlerle, satın alınan bu münasebetlerle mi geçecek? İşte bir kadın ki beni seviyor, henüz sevmiyorsa bile yarın sevecek; evet, bir kadın ki mutlak beni yahut bir başkasını sevecek... Şu halde ne için beni sevmeyip de başka birini sevmesine müsaade etmeli?..

Şimdiden onun başka birini sevebilmesi ihtimalini düşünerek müthiş bir kıskançlık duyuyordu. Bu akşam onları tamamıyla bağlayacak bir vaka olmaksızın, Bihter'i salıverecek olursa artık onun kendisi için ulaşılamaz, yakalanamaz bir ufukta uçan bir hayalden ibaret kalacağına ve işte o zaman, ıstırabından öleceğine kanaat etti.

Şimdi Bihter'e yaklaşmıştı. Dudaklarıyla saçlarına sürünerek bu karanlığın içinde daha ziyade samimiyet, daha fazla mahremiyet kesp eden, rica ile dolu sesi titreyerek:

— Gitmeyiniz, hayır gitmeyiniz, diyordu. Sizin yanınızda o kadar mesut oluyorum ki, fakat böyle, yanınızda yalnız ben, anlıyor musunuz, yalnız ben varken... Sizinle bir arada nasıl bahtiyar olurduk!..

Bihter işitmiyordu. Kulaklarında bir uğultu onu işitmekten, beyninin içinde bir donukluk anlamadan menediyordu.

Odaya girerken hiç böyle bir tehlike tasavvur etmemişti. Şimdi kendisini muaheze ediyordu *[eleştiriyordu]*: Buraya niçin gelmiş idi? Ta o günden beri, o Göksu âleminden beri bu adamdan kaçmak lazım geleceğine hükmetmiş iken, evet buraya ne için gelmiş idi ve hususuyla hâlâ ne için buradan kaçıp gitmiyordu?

Başını çekerek boğuk bir sesle:

— Lakin Behlül Bey, dedi; siz çılgınsınız; bırakınız, rica ederim.

Sonra birden Behlül'ü o gün Göksu'da Peyker'in arkasında, dudakları haris *[ihtiraslı]* bir sevda busesiyle *[öpücüğüyle]* titreyerek eğiliyor gördü:

— Peyker'den sonra ben mi?.

Bu ağzından öyle ihtiyarsız *[istemeden]* çıkmış idi ki derhal nedamet etti *[pişmanlık duydu]*. Fakat şimdi Behlül onun iki ellerini yakalamıştı ve küçük küçük mütemadi *[sürekli]* buselerle bu elleri öperek:

— Hayır, hayır, diyordu. Peyker'den sonra değil, her şeyden evvel siz, yalnız siz, anlıyor musunuz? Hayatımda yalnız siz olacaksınız... Düşününüz bir kere! Ne için birbirimizi sevmeyelim, evet, ne için?

İhtiyarsız bir tehaşi *[korku]* ile o çekiliyor, Behlül ona tebaiyet ederek *[uyarak]* arkasından sürükleniyordu. İkisi de pencerenin önünde bulunmuş oldular. Bihter bir şey söylemiyordu, Behlül de pencerenin yarı aydınlığı içinde birden hakikate avdet ederek *[dönerek]*, sanki korkunç bir rüyanın halecanıyla göğsü şişkin, duruyordu.

İkisi de pencereden bakıyorlardı: Bütün sis... Yalnız küçük küçük beyaz karlar mütemadi bir sukut *[devamlı bir düşüş]* ile karşı sahilin artık hep gölgelerden ibaret manzaralarını titretiyordu. Karşıda azim bir dumanla mürtesem bir levha *[resmedilmiş bir tablo]* parça parça koparak denize dökülüyor gibiydi. Bihter, dalgın, bakıyordu; fakat düşünemiyordu. Onun da zihninde şimdi böyle dumanlarla tersim olunmuş *[çizilmiş]* bir şey vardı, onun da zihninde bütün muhakemeleri böyle sislerle bunalarak parça parça bir denize dökülüyor gibiydi. Şimdi, şu dakikada o Göksu âlemini takip eden gecenin kâbusuna benzeyen bir şey onu derin bir uçurumun içine yuvarlıyor zannediyordu.

Birden, son bir metanet *[dayanıklılık]* hamlesiyle döndü:

— Bırakınız beni, diyordu. Fakat Behlül bir şey söylemeyerek onu omuzlarından tutmuş, şimdi dudaklarının çılgın buseleriyle yüzünü, boynunu, dudaklarını, saçlarını örtüyordu.

Ötede sobanın kırmızı gözleri büsbütün kirpiklerini indiriyor, dışarda küçük küçük beyaz karlar mütemadi bir sukut ile bütün ufku beyaz dumanlara boğuyordu.

11

Bu bir rüya gibi olmuş idi. Odasında yalnız kalınca inanamadı, sahih, bir iki dakika evvel burada bir kadın vardı, bu kadın Bihter'di, öyle mi?.. Karanlıkta, bir şeye çarpmamak için halının üzerine ayaklarını sürterek, geziniyor, sanki Bihter'in biraz evvel orada vücudundan kalmış bir eser, o rüyadan bir bakiye *[kalıntı]* arıyordu. Düşüncelerine bir intizam veremiyordu. Sonra birden aklına düşünebilmek için bir şeyin noksan olduğu geldi: Ziya *[ışık]*... Evet, bu karanlık onu düşünmekten menediyor, dimağını bulutlara gömüyordu. Kibrit kutusunu bulmak için elini geridona sürüyordu, parmaklarına bir şey ilişiyordu. İlk önce anlayamadı. Sonra «Ah! Şekerler!..» dedi. Karanlıkta kendi kendine tebessüm ediyordu. İşte bu, Bihter'le rüyasından bir bakiye değil miydi? Kutuyu açtı, parmaklarını uzatarak fondanlardan bir tane aldı. Şeker dilinin üstünde erir erimez pek taze bir hatıra ile ruhunun aşinası olan bir rayiha *[koku]* duydu. Bu parça menekşeliydi: Bihter'in rayihası, Bihter'in nefesi, Bihter'in ruhu... Bir his vehmi içinde Bihter'i henüz orada, kollarının arasında zannetti. Şimdi bu rayiha onu mest ediyor, bütün hüviyeti ağzında ezilen şekerle beraber gaşyedici *[bayıltıcı]* bir menekşe zülalinin *[suyunun]* içinde uyuşarak eriyordu.

Sahih, sahih Bihter artık kendisinin olmuştu, öyle mi? Bu o kadar emellerinin fevkinde *[üstünde]* bir şey, hatta arzu edilmeye cesaret olunamamış bir şey idi ki hiç beklenilmeyen bir vesile ile tahakkukundan *[gerçekleşmesinden]* sonra onu uyuşturmuş, sersemletmiş idi. Kalbinde bir helecan, asabında bir hararet, dimağında bir buhran bile yoktu; hiç, hiçbir şey hissetmemişti. Tamamıyla ümitsizlikten ümit tahakkukuna o kadar seri geçilmiş idi ki his bile edilmemişti. Kendisini bu şaşılacak şeyden bu derece kayıtsız, hararetsiz kalmış buldukça Behlül şaşıyordu.

Tekrar kibrit kutusunu aradı. Kendisini odasının eşyası arasında, o düşüncelerinin daimi refikleri *[arkadaşları]* olan ufak tefeklerin karşısında görürse şimdi bunalmış, uyuşmuş kalan duygularının tutuşacağını farz ediyordu. Kibriti çaktı, yazıhanesine doğru yürüdü, mini mini bir İspanyol tefinin arkasında saklı duran mumu yaktı. Elini yazıhanenin üstünde sigara kutusuna uzatarak bir Havana(53) aldı...

Şimdi artık çehrelerinde bir tebessümün ihtizazı *[titreşimi]* dalgalanan ufak tefeklere bakarak sigaranın dumanları içinde uzun uzun düşünebilirdi. Sevda hayatında, bu akşamdan başlamış bir müstesna fasıl *[bölüm]* açılıyordu. Birden kendisini yükselmiş, adi muaşakaların *[sevişmelerin]*, sefil münasebetlerin fevkine *[üstüne]* çıkmış buluyordu. Artık hayatının küçük küçük garam *[aşk]* hikâyeleri kapanmış, şimdi her türlü ihtiraslarıyla, emelleriyle, hummalarıyla, saadetleriyle uzun bir sevda hikâyesi başlamış idi. Bütün o eski hatıraları muhakkar, zelil *[alçak]* buluyordu. Onlar çocuklukta karalanıp da artık vücutla-

---

(53) Havana purosu, yaprak sigarası anlamında kullanılmıştır.

rından *[varlıklarından]* utanılan, yırtılıp atılmak, yakılıp kül edilmek istenen müsveddeler zilletine *[alçalmasına]* inmiş idi. Şimdi aşk hayatının bir bedi *[mükemmel]* eserini yazacaktı ve artık bu eserinden sonra sevda hayatını kapayabilirdi.

O eski hatıraların hemen hepsinden bu odada birer nişane vardı. Mumum titrek ziyasının altında sallanıyor zannolunan duvarlarda gözleri öteye beriye ilişiyor, hepsinde birer hikâye canlanıyor; sonra bunları, aşk hatıralarının bu kıymetli yadigârlarını insafsız bir istihza sadmesiyle *[alay darbesiyle]* kırarak artık atılacak oyuncak enkazı haline getiriyordu. Evet, artık bunlar, Bihter'den sonra, atılacak çocukluk oyuncaklarından başka ne olabilirdi? Bunlara vaktiyle o kadar ehemmiyet verdiğine şaşıyordu. İşte burada kurşun kalemiyle yapılmış müphem *[belirsiz]* bir genç kadın çehresi vardı ki Behlül'ü en ziyade işgal eden aşklarından biriydi. Bütün bir yaz onu görebilmek için Emirgân rıhtımında dolaşmış idi. Yalnız gözlerle bir muaşaka *[sevişme]*... Nihayet ondan muhtelif renklerde dört karanfile bağlanmış pembe bir kurdele almış idi. Zavallı çiçekler, zavallı atlas parçası! Bunlar o muhtelif renkleriyle kim bilir ona ne demek istemişlerdi?.. Bütün bu sergüzeştten *[serüvenden]* işte bir kâğıt parçasına kurşun kalemiyle çizilmiş müphem *[belirsiz]* bir hayal, etrafında o solgun pembe kurdeleden yapılmış bir çerçeve, bir köşesinde artık kurumuş karanfiller kalmış idi. Daha ötede bir hücrenin altında balo defterlerinden bir demet sallanıyordu: İşte zengin bir hatıra mecmuası. Hususuyla bir tanesini tahattur ediyordu, Operia İtaliana'nın(54) bir müsameresinde *[gösterisinde]* ta-

---

(54) İstanbul'a gelip oyunlar oynayan bir İtalyan tiyatro grubu.

nınmış Alman Yahudilerinden bir kız ki Behlül'ün şık bir yere başşehbender *[başkonsolos]* olacağına dair o aralık devran eden bir şayia *[dolaşan bir söylenti]* üzerine kendisini bir Türk memurunun karısı görmek hulyasıyla çıldırmış idi. Ona o geceden başlayarak her görüşünde izdivaçtan bahsederdi. Bu hikâye, kızını Behlül'e zevce olarak veremeyen annesinin kendisini vermesiyle netice bulmuş idi. Sonra Behlül'ün gözleri hücrenin üstünde bir Vişnu(55) heykelinin kafasına takılmış al atlastan zarif bir nikaba *[örtüye]* ilişiyordu. Kendi kendisine:

— Ah! Şarlot, diyordu, çapkın kız... O gece beni ne üzmüştü! Nihayet, Gambrinus'un(56) üstünde nikabını çıkarıncaya kadar tanımak mümkün olmamış idi. Kim düşünebilirdi ki bir İngiliz, İncil naşiri *[yayıncısı]* kadar vakur görünen bu ciddi mürebbiyeye bir karnaval gecesi Odéon'da tesadüf etmek mümkün olsun?..

Bir aralık bir Japon saksısının içinde kurumuş bir demet eğrelti otlarına bakarak gülümsedi. Bunları Alemdağı'nda ormanda bir seyran esnasında toplamış idi. Kendi kendisine:

— Biçare İkbal, diyordu. Mutlaka benimle beraber bir orman âlemi yapmak istiyordu. Bir hikâyede mi okumuştu, bir şiirde mi görmüştü; bilmem... Bunun için bütün tehlikeleri göze alıyordu. Bu, onun için öyle bir cesaret idi ki bana muhabbetini her türlü yeminlerden ziyade ispat etmiş olacaktı. İşte hemen kadınların hepsinde mevcut bir illet *[hastalık]*: Fedakâr görünmek...

---

(55) Brahmanların üç mertebesinden ikincisinin adı. Bunların insan şeklinde heykelleri de yapılır.

(56) İstiklal Caddesi'nde bir birahane.

Böyle odasının ötesine berisine nişaneleri serpilen bütün aşk hatıralarını tezyif ediyordu *[değersiz gösteriyordu]*. Bunları şimdi insafsız ellerle çekip koparacak, o takım takım resimleri, yazıhanesinin gözünde deste deste mektupları yırtıp yakacak, artık hayatında yalnız o, yalnız Bihter kalacaktı.

Birden aklına Peyker geldi. Dudaklarının arasından: Ahmak, diyordu. Sanki ne için muvafakat etmemiş idi? Bir buçuk seneden beri tezelzül etmeyen *[sarsılmayan]* bir ahmaklığa tesadüf ediyordu. Bir kadın tarafından ona mukavemet edilmiş *[direnilmiş]* olmasına felsefesince yalnız bir sebep buluyordu: Ahmaklık! Bihter'e temellük etmiş *[sahip olmuş]* olmakla Peyker'den ne güzel intikam almış oluyordu. Şimdi ona gitmek, kulaklarına bağırmak istiyordu:

— Lakin sizin haberiniz yok.. Bihter, anlıyor musunuz?

— O nefis kadın bu akşam kollarımın arasında idi. Siz, siz bana parmaklarınızın ucunu vermek istemediniz...

Lakin bu muzafferiyeti *[başarıyı]* yalnız Peyker'e söylemek kifayet etmeyecekti *[yetmeyecekti]*, bütün dünyaya haber vermek istiyordu ki o bugün İstanbul'un en güzel, en güzide *[seçkin]* kadınına maliktir *[sahiptir]*. Kendi kendisine:

— Ne kadar yazık, diyordu. Bunu yalnız ben bileceğim...

Onda en ziyade kuvvetle hüküm süren bir âdet vardı: Nakletmek... Aşk münasebetlerini, başkalarına dinletmek hevesiyle tesis ederdi *[kurardı]*. Duyulmamış bir muzafferiyet, yarı yarıya vaki olmamış *[gerçekleşmemiş]* hükmünde idi. Bütün münasebetlerini, vakalarını, isimleri saklayarak; hatta iftihar olunacak *[övünülecek]* isimlerin keşfedilmesine müsaade ederek, türlü ilavelerle, süslerle anlatır ve en büyük lezzeti asıl anlatırken hissederdi.

Uzun bir nefesle sigarının dumanını çekti; hâlâ bir menekşe rayihası ciğerlerine nüfuz ediyor, ona bir visal *[sevgiliye kavuşma]* rüyasının nefhalarını *[yellerini]* getiriyordu. Birden şedit *[şiddetli]* bir arzunun mengenesinde kalbinin sıkıldığını hissetti. Bihter'i arzu ediyordu. Şu dakikada yine onun yanında, dudakları onun saçlarında bu menekşe rayihasını içerek, onun kollarının arasında bulunmak istedi. Bu, ıstırap veren bir arzu idi. Şimdiye kadar Bihter için hiç bu şiddetle arzu hissetmemiş idi, hatta demin o burada iken bu kadının yanında herhangi bir kadın için duyulan şeyden başka bir şey duymamış idi; fakat şimdi, şu dakikada öyle bir kuvvetin hükmü altında idi ki her türlü çılgınlıklar yapabilirdi.

Bu aşk, hayatının bütün o eski aşklarından hiçbirine benzemeyecekti. Her zaman aşklarından galip çıkarken bu aşkından mağlup olabileceğini hissetti. Bu defa her zamankinden başka bir fark vardı: O gidip Bihter'i almamış, Bihter gelip kendisini almış idi. Bu fark muaşakanın bütün cereyan tarzına tesir icra edebilirdi. Temellük hükmü bu defa onun elinde değildi.

O zaman bu muaşakanın bütün tehlikeleri gözlerinin önüne dikildi. Şimdi sigarı elinde onu rahatsız ediyordu, atacak yer aramak için etrafına bakıyordu, Beşir'in sesini işitti:

— Küçük bey! Sizi yemeğe bekliyorlar.

Düşünmeden ret cevabı verdi. Bu akşam sofraya gitmeyecekti. Gidemeyecekti. Birden kendi kendisine sordu:

— Lakin ne için?.. Karnım aç olmakla beraber gitmek istemiyorum; ne için?..

Birisinden kaçıyordu. Hissetti ki ancak birisinden, Adnan Bey'den kaçtığı için düşünmeden, yalnız sinirlerinin bir iradesiz ictinabı ile düşünmeksizin ağzından ret cevabı çıkıvermiş idi.

Bu cevabı verdikten sonra nedamet etti *[pişmanlık duydu]*. Böyle bir sebebe mağlubiyetini utanılacak bir zaaf olmak üzere telakki ediyordu; çocukça, ahmakça bir zaaf.. Şüphesiz Adnan Bey'i severdi, onunla hatta bir parça refik gibiydiler, elbette aşklarını onun mahremiyet-i haclesinden *[gelin odasının gizliliğinden]* başka yerlerde aramak kendisince bir vazife idi. Vicdanına karşı bunu itiraf ediyordu; lakin sonra bir mazeret silsilesi buluyor, bu hıyaneti, vicdanı için bir azap olmak kabiliyetinden tecride çalışıyordu. Bu izdivaç dünyanın en çılgın bir şeyi idi. Elbette böyle bir kadın böyle bir kocaya sadık kalamazdı. Şu halde onun ne kabahati olabilirdi? Kabahat asıl izdivacın idi. Hususuyla mademki o bu hıyanetin vukuu esbabını ihzar *[ihanetin gerçekleşmesinin sebeplerini hazırlamak]* için bir şey yapmamış idi.

Sigarını *[purosunu]* atmak için açtığı sobanın önünde çömelmiş muhakeme ediyordu. Birden kendisini bu vaziyette, böyle muhakeme ile meşgul fark edince güldü. Felsefesinin hallinde zorluklara uğrayan meseleler hep böyle bir kahkaha ile biterdi:

— Tamam, dedi, şimdi de vicdan azabı! Bir bu eksikti. Lakin, azizim Behlül, sen felsefende tedenni *[gerileme]* mi ediyorsun yoksa?.. Mademki Adnan Bey en bahtiyar bir kocadır ve şüphe yok ki, bu bahtiyarlığa zerre kadar halel verecek *[bozacak]* bir şeye vâkıf olamayacaktır; şu halde vaka, vaki olamamış hükmündedir.

Vicdanında uyanan muaheze avazesini *[ayıplama sesini]* felsefesinin bu sade kaidesiyle iskât etmiş idi *[susturmuştu]*. Ondan sonra kendisinde uçmak, oynamak hevesi veren bir hiffet *[hafiflik]* duydu. Bu muaşaka bütün tehlikeleri ve zorlukları ile onun için daha cazibeli, daha ihtiraslı bir şey olacaktı. Kendisini bir hikâyenin kahramanı ehemmiyetiyle telakki ediyordu. Eski muaşakalarının hepsini inkâr ediyor, onların hiçbirinde, asıl aşktan beklenen şeyleri, o ruhu titretip mahveden heyecanları, cinnetleri, hatta gözyaşlarını, ıstırapları duymadığına, görmediğine hüküm veriyordu; fakat Bihter bunları hep verecekti, asıl onu sevecekti, hayatının hemen tek aşkı bu olacaktı. Ötekiler hep bir yığın oyuncaktan ibaret kalacaktı.

Şimdi odasının içinde geziniyordu. Kendisini meşgul etmek için yavaş yavaş, kesik kesik ıslıkla uydurma bir hava çalıyordu. Bir tefekkür *[düşünme]* ihtiyacı onu penceresinin yanına sevk etti. Dışarıda karlar küçük küçük parçalarla gecelerin siyahlıklarına beyaza yakın bir esmerlik vererek mütemadi *[sürekli]* bir sukut ile düşüyordu. Hiçbir şey görünmüyordu: Ne karşıdan küçük bir ziya, ne denizden ufak bir köşe... Yalnız siyah bir uçurumun içinde bu beyaz şeyler kaynaşarak dökülüyordu.

Artık oradan ayrılamadı. Bu siyah manzaranın karşısında donuk bir beyinle bu geceden başlayacak ihtiras hayatını düşünüyordu. Herkesin gözleri önünde kimseye hissettirmeksizin sevişmek... Oh!

Bu gizli şeyde öyle küçük saadetler olacaktı ki onları o zamana kadar duyulmamış bir bahtiyarlık içinde yaşatacaktı. Herkesin içinde Bihter'e yabancı dururken onun bir nazarı olacaktı ki kendisine: «Ben seninim, yalnız seninim!» diyecekti. Bir hafta birbirine bir kelime söyleyemeyeceklerdi, aynı evde yaşarken bir hafta hicran *[ayrılık]* işkenceleri içinde ezileceklerdi, sonra herkesin tecessüs nazarından *[meraklı bakışlarından]* çalınabilen on dakika içinde bütün o işkencelerin mükâfatını göreceklerdi.

Bu zorlukların her biri onların aşklarını tazeleyecek, ölmekten menedecek idi ve onlar her vakit taze bir aşkla sevişeceklerdi.

12

Bu ilk aşk günahından sonra Bihter hastalanmış gibiydi, Behlül'ün odasından çıkınca hiçbir şey duymamış idi. Bütün hissini uyuşturan bir uyku içinde idi. Bir şey düşünmeyerek hep sükût etmek *[susmak]* istiyordu. Yatağına girince hemen uyumuş idi; fakat sabahleyin gözlerini açar açmaz, henüz yatağından kalkmadan, bütün o çirkin hakikati kendisiyle beraber uyanmış buldu. Demek bu sabah Bihter, her sabahkinden başka bir Bihter'di. Artık bedbaht *[mutsuz]*, bedbahtlığına acınacak bir kadın değil, bir daha silinmeyecek bir leke ile televvüs etmiş *[kirlenmiş]*, sefil, murdar *[pis]* bir mahluk idi. Nihayet işte şimdi büsbütün Firdevs Hanım'ın kızı olmuş idi. Bunu kendi kendisine söylüyor ve kendisinden iğrenilecek bir vücuttan kaçarcasına kaçmak istiyordu. Lakin ne için böyle olmuş idi? Bu günahı affettirecek bir sebep de bulamıyordu... Behlül'ü sevmiyordu, hayır, bundan emindi; çapkın bir çocuktan başka bir şey olmayan bu adam hakkında aşka benzer hiçbir şey duymamış idi. Şu halde oradan kaçmak, onun kim bilir kimlere karşı binlerce defa tekrar olunmuş sözlerini dinlememek, hatta onun odasına girmemek o kadar mümkün iken ne için, evet ne için gidip adi bir sefile *[fahişe]* zaafıyla bu adamın kollarına atılmış idi? Bu sukutu *[düşüşü]* affettirecek hiç, hiçbir şey bulamıyordu. Hatta bundan bir küçük saadet bile bekleyemezdi. Kocasına karşı, vazifesine karşı, bundan sonra artık herkese, kendisine hürmet edecek olanların kâffesine *[hepsine]* karşı hıyanet ederek, hatta kendi nefsine karşı bir mazeret vesilesi bulamayarak kendi kendisini sefil bir mahluk yaptıktan sonra mı, bu suretle mi mesut olacaktı? Şimdi nefsinden iğreniyordu; hayattan her şeyden iğreniyordu.

Nihayet Firdevs Hanım'ın kızı olmuş idi; evet, yalnız onun için gitmiş, bu adamın kollarında mülevves *[kirli]* bir kadın olmuş idi. Başka bir sebep bulmuyordu. Demek onun kanında, kanının zerrelerinde bir şey vardı ki onu böyle sürüklemiş, sebepsiz, özürsüz Fidevs Hanım'ın kızı yapmış idi. Bütün bu günahın, bu levsin mesuliyetini *[kirin sorumluluğunu]* annesine atfediyordu *[yüklüyordu]*. Bu kadına bir düşman idi, ondan nefret ediyordu, kendisini bu kadının kızı yapan kadere küsüyordu.

Şimdi ne yapacaktı? Bundan sonra artık bir heves baziçesi *[oyuncağı]* hükmünde Behlül'ün tasarrufu *[sahiplenmesi]* altına geçmiş demekti. Buna muvafakat edecekti; bir kere sukut etmiş olmak, artık büsbütün uçurumlara yuvarlanmak için bir sebep, bir hak teşkil etmiş olacaktı, öyle mi? Ondan sonra herkese yalan söyleyecekti, kocasına yalan söyleyen gözlerle bakacaktı, Peyker'e «Ben de kocamı seviyorum, ben de kocama hıyanet etmedim ve etmeyeceğim» demek isteyen bir gururla görünmeye çalışacaktı; hayatı artık baştan başa bir yalan, iğrenç bir yalan olacaktı. Lakin buna nasıl tahammül edecekti? Herkes ona «Yalan söylüyorsun!» demeyecek miydi?

Filanın, kocasına bir hıyanetinden bahsedilirken o kızarıp gözlerini indirmeyecek miydi? Ya Behlül'e, o cinayet şerikiyle *[ortaklığıyla]*, bu evin içinde, hep beraber, hep aynı havayı teneffüs ederek *[soluyarak]* nasıl yaşayacaktı?

Hayır, bunların hiçbirine tahammül etmeyecek, hiç olmazsa mütemadi yalanlardan müteşekkil *[oluşmuş]* bir hayata katlanmayacaktı. Gidip şimdi kocasına diyecekti ki: «Biliyor musunuz? Ben size layık değilim, ben sefil bir mahlukum, Firdevs Hanım'ın kızıyım. Bırakınız beni, gideyim. Annemin yanına, ben yalnız oraya layığım. Lakin siz de düşünmeli değil miydiniz? Niçin gidip bir Firdevs Hanım'ın kızını almak istediniz?..»

Oh! Bunu söylemeye kuvvet bulsaydı, kendi cinayetinin intikamını yine kendi alsaydı o lekeden nefsini temizlemiş olacaktı. Fakat buna değil, hiçbir şeye kuvvet bulamadı. Bu sukut onda bütün müdafaa *[savunma]* kabiliyetlerini, metanet *[dayanıklılık]* hislerini mahvetmiş idi; böyle, sabahleyin, o sukutun heyecanı ferdasında *[yarınında]* kendi kendisinden iğrenirken hüviyetinin gizli derinliklerinde bir vukuf leması *[anlayış parlayışı]* hissediyordu ki artık bu başlayan sukutu takip etmemek, yine o odaya, yine onun kollarına avdet etmemek *[dönmemek]* mümkün değildir. Behlül'ün hatırasında tesadüfle temellük edilmiş *[sahip olunmuş]* bir sefile hükmünde kalamazdı; artık onun hayatına tasarruf etmeliydi *[sahip olmalıydı]*, onun olmalıydı, onu sevmeliydi, sevmeye çalışmalıydı; bu aşk günahına öyle bir istikbal mecrası *[gelecek yolu]* tayin etmeliydi ki onu tenzil *[alçaltmak]* değil ila etsin *[yükseltsin]*. Evet, bunu yalnız aşk temizleyebilirdi.

Bu sabah Adnan Bey onun odasına gelip de «Gülüm, beni bu sabah öpmüyor musun?» dediği zaman Bihter hiçbir şey duymayarak, hatta dudaklarında bir asabi tehaşi *[çekinme]* bile hissetmeyerek kocasını öpmüş ve sonra bu kadar kayıtsız kalışına taaccüp etmiş idi. Demek, böyle kalbinde hiçbir şey titremeden vücudunu başka birisine verdikten sonra dudaklarını kocasına uzatabilmiş idi; demek, bu kadar hissiz, bu kadar kayıtsız idi? Kendi kendisine şaşıyordu. Onda bir şey bu sukuta karşı isyan ederken diğer bir şey onu kabul ediyor, tabii buluyordu.

Bir hafta bir ikinci sukutun vukuu ihtimalini hazırlayabilecek vesilelerden kaçındı. Behlül'le münasebetlerinde, o eski kayıtsız, endişesiz münasebetlerde, hiçbir tebeddül vaki olmamış *[değişim gerçekleşmemiş]* gibiydi; sanki o akşamın hatırası karanlıkların içinde bir rüya hükmünde kalmış idi. Bihter onunla yalnız kalmıyordu, ona ayrıca bakmıyordu, hatta o evde yokken bile odasına girmiyordu. Bu odadan kaçıyor, orada uyuyan bir hatıranın havasını teneffüs ederse *[solursa]* boğulacağından korkuyordu. Bu bir hafta içinde o sukutun vukuundan o kadar uzaklaşmış idi ki hatta şüphe etti. Yoksa hiçbir şey vaki olmamış mıydı? Yoksa bu yalnız bir rüyadan mı ibaretti? Bazı dakikalar olurdu ki bir şimşek süratiyle zihninden böyle bir şüphe geçer ve o sırada herkese bağırmak isterdi: «Lakin yalan, yalan! Aldanıyorsunuz...»

O vakaya herkes vâkıf *[biliyor]* da kendisine merhamet ederek bir şey söylenmiyor gibi bir şey hissediyordu. O günden beri herkesin nazarında sanki bir şey değişmiş idi, hatta eşyada, bütün evin içinde yüzüne bir vukuf nazarıyla bakan bir hal buluyordu.

Behlül hep o her vakit gülünecek bir hikâye söyleyen, Nihal'i kızdıracak bir mübahase *[konu]* bulan, en sakit *[suskun]* zamanlarda bir kahkahanın hayatını uyandıran Behlül'dü. Onda o akşamı ihtar edecek *[hatırlatacak]* ne bir kelime, ne bir nazar vardı.

Bihter'e yine hep eski tabiiyet sadasıyla öyle fütursuz *[umursamaz]* hitap edişleri vardı ki genç kadını şaşırtırdı. Behlül kendi kendisine diyordu ki:

— Dikkat! İkinci sukut hemen daima birinci sukuttan daha müşkül *[zor]*, daha naziktir. Birinci sukuttan sonra buhranlar, ıstıraplar, bütün bir kadını sizden kaçıran o şeyler vardır. Kadınlar ekseriyet üzere ikinci sukuta mâni olmakla ilk sukutun günahını affettirmiş olacaklarına inanırlar. Bu devre esnasında onlara ya tekrar tesadüfle temellük etmek yahut onlara karşı kayıtsız kalmak icap eder. Kadınlar takip edildikçe müsterihtirler *[kaygısızdırlar]*. Sizin hâlâ onlarla meşgul olmanız, hâlâ onların arkasında koşmanız ekseriyet üzere kalplerinin ihtiyacını tatmine kifayet eder *[yeter]*; fakat kayıtsız kalmanızı asla affedemezler ve o zaman o ilk sukuttan sonra onlar sizi takip eder.

★ ★ ★

Bir gün Behlül, İstanbul'a inmek üzere odasından çıkarken yukarı kattan Bihter'le Nihal'in çarşaflanmış olarak indiklerini gördü.

— Nereye gidiyorsunuz?..

— Anneme!..

Birden, Behlül, Bihter'i çarşafının içinde o levent kametiyle *[boyuyla]* görür görmez ona bu haliyle refakat etmek için mukavemet edilemez bir arzu duydu:

— Oh, dedi, ne güzel fikir! Bahis ederim *[bahse girerim]* ki sandalla gidiyorsunuz. Yazdan bir gün... Beni de beraber alıyorsunuz, değil mi? Durunuz, bakayım, annenizi görmeyeli kaç gün oldu?..

Bihter gülerek muhalefet gösteriyordu *[karşı geliyordu]*:

— Siz bizi sıkacaksınız. Biz kadınca görüşmek istiyorduk, değil mi Nihal?..

Behlül'e ziyaretinin sebebini izah ettiler: Aileye ait bir düğün vardı, oraya hep davet edilmiş idiler, Nihal için Bihter de gidecekti. Bugün yapılacak elbiseler için istişare olunacaktı *[danışılacaktı]*.

Behlül:

— Beni beraber almak için bundan iyi bir sebep daha olamaz, diyordu; size ne güzel fikirler vereceğim, göreceksiniz. Şemsiyelerinizle çantaları bana veriniz.

Behlül şemsiyelerle çantaları ellerinden alıyor ve bir uşak vaziyetiyle önlerine geçiyordu. Sandalda Nihal'le Bihter'in ortasında idi. Hemen bütün Nihal'le lakırdı ediyordu. Bugün en iyi günlerinden biriydi. Diyordu ki:

— Ben bugün mini mini Nihal'ime bir esvap *[giyecek]* icat edeyim ki bütün düğün halkının içinde Nihal'den başka kimse görünmesin. Lakin Nihal, bilir misin? Sen şık, hoş bir kız oluyorsun. Gözlerini bana kaldır, bakayım...

Nihal gözlerini kaldırarak soruyordu:

— Beyefendi, Nihal'in gözlerinden memnun oldular mı? Biraz da güleyim mi? Dişlerimi görmek ister misiniz?..

Nihal ince dudaklarını kısarak, dişlerini göstererek Behlül'e eğiliyordu. Behlül hüküm verdi:

— Değil mi? Nihal hoş, şık bir kız... Güzel değil, sen de bilirsin ya, Nihal, haniya güzel dedikleri bir şey değilsin, fakat güzelden başka her şey: Zarif, nazik, nasıl tabir etmeli, ince, evet ince bir kız... Haniya Japonya'dan, ta o Şark'ın garip memleketinden gelmiş müphem üç dört çizgiden ibaret resimler var ki insandan ziyade bir çiçeğe, letafetine, hoşluğuna doyulamayan, dokunulursa kırılacak zannolunan bir çiçeğe benzer; işte Nihal, sende bir hal var ki bana onları ihtar ediyor. İnce bir şiir, sanki yalnız gözler için yapılmış yaseminden bir kız...

Nihal, Behlül'e cevap vermeyerek Bihter'e soruyordu:

— Zannederim ki metholunuyorum *[övülüyorum]*. Buna nasıl mukabele etmeli *[karşılık vermeli]*, rica ederim?

Sonra Behlül'e dönerek, gayet resmi, başıyla selam vererek:

— Aman efendim, diyordu; mini mini Nihal ne güzel bir kız, ne de ince bir çiçek, yanılıyorsunuz;

Nihal elinde küçük bir yelpaze, saçlarında uzun iğnelerle bir Japonyalıdan başka bir şey değil...

Birden Behlül'ün aklına bir fikir geldi:

— Nihal! Ne için sanki o düğüne bir Japonyalı kıyafetiyle gitmeyeceksin?..

Nihal derhal bu fikre meftun oldu *[tutuldu]*:

— A, dedi; bakınız bu tetkik edilecek bir fikir...

Bihter itiraz ediyordu. Hiç böyle bir şey görülmemiş, yapılmamıştı. İstanbul'un içinde herkes buna gülecekti, Behlül fikrini müdafaa etti:

— Gülmek! Lakin o bizde kaidedir *[kuraldır]*, biz her şeye gülerek başlarız. Fakat bu, bizi gizli gizli, ta içimizden, hatta ekseriyet üzere nefsimize karşı bile saklayarak, yapanları kıskanmaktan, yapılan şeyleri beğenmekten menetmez. Güleriz, gülmekle yapamamak hüsranının intikamını alırız; sonra yavaş yavaş biz de yaparız, artık gülünüp eğlenmekten usanç hasıl olduktan sonra yapmakta bir beis *[sakınca]* görmeyiz; fakat vakit geçmiş, o şey adileşmiş, bayağılaşmıştır.

Behlül müddeasını *[savını]* ispat için misaller getiriyordu. Bihter yavaş yavaş muvafakat ediyor gibiydi. Düğün hususi *[özel]* bir müsamereden ibaret kalacaktı. Firdevs Hanım'ın teyzelerinden birinin kızı gelin oluyordu. Nihal'in böyle bir kıyafetle gitmesi pek yapılamayacak bir şey değildi.

Behlül, Nihal'e:

— Bana vaat et, bakayım, diyordu; beni o kıyafetinle yelpazeleyeceksin, değil mi Nihal?..

Ondan sonra... Nihal'in ince kaşının ucunu göstererek:

— Ondan sonra şuradan bir buse...

★ ★ ★

Firdevs Hanım'ı uzun iskemlesinde uzanmış buldular. Bu kış iptidasından *[başlangıcından]* beri o bir türlü itiraf etmek istemediği sızılar onu artık iskemlesine mahkûm eder olmuştu. Bihter annesini öperek:

— Yine rahatsız mısınız anne? dedi.

Firdevs Hanım:

— Hayır, o kadar değil, dedi; sonra Nihal'in başını çekerek alnını öptü. Behlül kulağına eğilerek diyordu ki:

— Beni, beni öpmez misiniz?..

Firdevs Hanım iki parmağıyla Behlül'ün dudaklarını koparmak isteyen bir işaretle:

— Koca bebek, diyordu.

Nihal'le Bihter yeni icat olunan fikri Peyker'e anlatıyorlardı, Firdevs Hanım, Behlül'e yanını göstererek:

— Oturunuz bakayım oraya, diyordu. Behlül bir yer iskemlesi çekerek ta yanına oturdu.

— Bana ne vakitten beri gelmiyorsunuz, bilir misiniz? Bu günle tam on sekiz gün oluyor. Görüyor musunuz? Artık bana günleri saydırıyorsunuz. Bu on sekiz günü nasıl geçirdiniz?..

Behlül gülerek cevap verdi:

— Sizi gelip görmek arzusuyla...

— İşte koca bir yalan!.. Kim bilir bu on sekiz gün içinde ne kadar naklolunacak, yok, hayır, saklanacak şeyleriniz vardır.

Kendisini Behlül'den uzak buluyor, iskemlesinde daha ziyade doğrulmak istiyordu:

— Yastıkları biraz düzeltir misiniz, Behlül Bey?..

Behlül ayağa kalkıyor; onu biraz omuzundan çekerek, arkasında yastıkları düzeltiyordu. Avucunun içinde bu kadının yumuşamış vücudunu, bir teslimiyet arzusuyla eriyor, hissediyordu. Kendi kendisine: «Ne kadar yazık ki tam on sene geç kalmış oluyorum» diyordu.

Yastıkları düzelttikten sonra Firdevs Hanım geniş bir nefesle ona baktı, sonra ağır bir süzgünlükle gözlerini kapayarak elini uzattı ve Behlül'ün elini tutarak, öyle, gözleri kapalı, sanki gözlerinin içinde hayaline tasarruf ederek, sıktı...

Behlül kendi kendisine:

— Ooo, diyordu, mesele ciddiyet kesp ediyor *[kazanıyor]*. Nihayet aşk ilan olunacak. Annelerden sonra kızlar; evet, fakat bilmem ki sevda felsefesinde bu kaidenin makûs *[ters çevrilmiş]* bir sureti var mıdır?

Behlül hiçbir zaman Firdevs Hanım'la şakalaşmaktan başka bir münasebet tarz-ı tesisini *[kurma yo-*

lunu] düşünmemişti. Firdevs Hanım'a bir kadın değil, bir hususi nevin *[türün]* tetkik olunacak numunesi nazarıyla bakardı. Bu dakikada elini bu kadının elinde sıkılıyor hissetmekten garip bir eza *[incinme]* duydu. Nefsinde henüz öyle bir şey kalmış idi ki bu kadınla gülüşmekten başka bir şeyi andıracak münasebetlerden kaçınıyordu. Yavaşça, Firdevs Hanım'ın uzak bir rüya üzerinde uyumaya çalışan kapalı gözlerine bakarak, elini çekti.

Firdevs Hanım bir kelime söylemeden gözlerini açtı ve o derinlerden geliyor zannolunan nazarının bir sitem manasıyla baktı. Behlül şimdi ayağa kalkmış idi. Ötede kanepenin üstüne, geridona, yere serilen moda ceridelerinin *[dergilerinin]*, karşısında istişare eden Peyker'le Bihter ve Nihal'den mürekkep zümreye *[oluşmuş gruba]* sesleniyordu:

— Eminim ki bensiz karar veremiyorsunuz!.. Nihal için düşündüğünüz şeye Peyker Hanım ne diyor?..

Cerideleri demet demet Firdevs Hanım'ın yanına taşıdılar, artık hep birleşmiş idiler. Bihter kendisi için düşündüğü şeyi gösteriyordu. Bihter muhalefet gösterdikçe Behlül'ün fikrini kabulde ısrar eden Nihal, Bihter artık itiraz etmemeye başladıktan sonra Japonya kıyafetinden uzaklaşıyor gibiydi. Behlül, Peyker'e:

— Ya siz, ya siz, diyordu; bilir misiniz? Ben sizin yerinizde olsam nasıl bir şey yapardım.

O zaman giyinmek hakkında bir nazariye *[kuram]* silsilesine başlayarak bunları Peyker'in güzellik tarzına tatbik ediyor:

— Siz, asıl sert çiğ renklerden kaçmalısınız, diyordu. Sizin sarıya benzeyen gözleriniz, kumral zannolunan saçlarınız, hafif saz renginiz, bütün o müphem renkleriniz donuk, solgun şeyler ister. Sizin güzelliğinizi ben güneş çekildikten sonra renkleri silinmeye, tatlılaşmaya başlayan bir akşam güzelliğine teşbih ederim *[benzetirim]*, buna öyle bir çerçeve lazımdır ki renklerin o muhteriz tecellisine *[çekingen belirişine]* kuvvetten ziyade zaaf versin. Daha solgun, daha müphem, nasıl tabir etmeli, daha akşam güzelliğiyle güzel olasınız...

Behlül, Peyker'le ziyade iştigal ediyor *[uğraşıyor]* ve onunla iştigal ettikçe hâlâ bu kadın için kalbinde sönmez bir arzunun vücudunu bulmaktan şaşıyordu. Peyker eliyle onu tevkif ederek *[durdurarak]*:

— Kâfi! Kâfi, diyordu, bütün bu kaidelerinizle bizi büsbütün şaşırtacaksınız...

Bihter sükût ediyordu. Behlül, Firdevs Hanım'la, Peyker'le, hatta Nihal'le iştigal ederken kendisinde tahlil edilemez *[açıklanamaz]* bir eda hissediyor; hepsini orada bırakıp yalnız başına bunların yanından kaçmak hevesi veren bir şey duyuyordu. Asabi ellerle cerideleri karıştırıyor, Behlül'e ters bir şey söylemek için fırsat bekliyordu. Annesine sordu:

— Siz anne, nihayet karar verebildiniz mi?

Firdevs Hanım'ın zihninde bir fikir yuvarlanıyordu. Alla karıştırılmış düz siyah bir şey yapacaktı ki göğsü pek aşağıya inmeksizin omuzlarına kadar yayılarak açık olacak, kolları pazılarına kadar yalnız bir düğme ile tutturulduktan sonra ince ince kıvrıklarla aşağıya kadar bir cepken tarzında dökülecekti.

Behlül:

— Evet, evet, anlıyorum, diyordu; bütün yaşlarının ilerlediğinden korkan kadınlara göstereceksiniz ki bir kadın seneleri yalan çıkararak genç kalabilir ve her zaman gösterilecek bir göğüsle kollara malik *[sahip]* olabilir.

Bihter avdet etmek için acele ediyordu. Bugün Behlül onun üzerinde iğrenç bir adam tesirini husule getiriyordu ve bu adam tarafından temellük edilmiş olmak onu kendisinden de tenfir ediyordu *[iğrendiriyordu]*. Birden burada karar verdi:

— Bir şey icat edecekti, kocasına söylenecek öyle bir şey bulacaktı ki bu adamdan onu kurtarsın.

Avdet ederken sandalda bir kelime bile teati etmediler; fakat Bihter'de Behlül'e bir şey söylemek, onu tahkir etmek *[aşağılamak]*, bir kelime ile aralarına artık unutulamayacak bir adavet *[düşmanlık]* koymak ihtiyacı vardı. Sebebini pek iyi bilmiyordu, fakat bu adamı tokatlamak istiyordu.

Yalıda Nihal önden koşa koşa çıkıyordu, onlar merdiveni yan yana çıktılar. Behlül'de ufak bir helecan vardı, Bihter'de galeyan eden *[coşan]* hiddeti uzaktan hissediyordu ama bunu kendi istemiş, kendi hazırlamış idi; onu bir haftadır devam eden kayıtsızlıktan çıkarmak için her şeyi yapacaktı; fakat şimdi onun yanında bir kelime söyleyemiyordu. Ayrılacakları sırada, sofada durdular ve birbirine baktılar.

Behlül dedi ki:

— Size bir şey söylemekliğime müsaade etmez misiniz?

Bihter:

— Söyleyiniz, dedi.

Behlül eliyle odasını göstererek:

— Orada, diyordu. Burada nasıl olur? Düşününüz bir kere, bizi işitebilirler... Bihter'e daha ziyade sokulmuş, fısıldayarak söylüyordu. Bihter başını sallayarak «Sizin odanıza mı? Asla.» diyordu.

Sesinde bir istihza *[iğneleme]* ile Behlül sordu:

— Niçin? Benden korkuyor musunuz?

Bihter cevap vermeyerek dönmüş idi, gitmeye hazırlanıyordu. Behlül elinden tuttu, eğilerek kulağına diyordu ki:

— Lakin neden?.. Beni dinlemeden gidemezsiniz. İşitiyor musun Bihter? Gidemezsin...

Ve yavaş yavaş onu odasına çekiyordu. Bihter elini kurtarmaya çalışıyordu. Fakat artık odada idiler. İkisini de bir helecan lakırdı söylemekten menediyordu. Tekrar uzun bir nazarla, düşmanca bakıştılar; birden Bihter hemen oraya, bir iskemleye düştü ve hırsından iki eliyle yüzünü kapayarak, ağladı.

Behlül şimdi dizlerinin dibine oturmuş onun serbest serbest ağlamasına müsaade ediyordu, bu buhran çok sürmedi. Bihter artık yalvarıcı bir sesle diyordu ki:

— Rica ederim, beni bırakınız; bırakınız... Nedir bilmiyorum, fakat bu beni öldürecek. Sizin ne iyi bir dostunuz idim, şimdi size düşman oluyorum, sizden nefret ediyorum, sizinle beraber kendimden nefret ediyorum. Yine sizinle eskisi gibi sadece bir dost olurduk; birbirimizi lekesiz, azapsız bir muhabbetle severdik.

Behlül kendisini sevdirmek isteyen bir çocuk sokulganlığıyla onun dizlerine dayanıyor, başını koluna koyuyordu:

— Lakin, dedi, sizi böyle sevememek kadar azap olur mu? Bilseniz bir haftadan beri ne kadar mustarip oldum *[acı çektim]*. Bir daha seninle böyle yapyalnız kalamayacağım, bir daha sizi böyle dizlerinizin dibinde dinleyemeyeceğim zannediyordum. Nasıl mümkün olur, Bihter? Sizi sevmemeye mahkûm olduktan sonra ben nasıl yaşarım? Fakat sizi böyle sevmek, ayaklarınızın altında bahtiyarlıktan ölerek, ölmekten bahtiyar olarak sevmek... Ah! Sizi sevemediğim, size bunları söyleyemediğim dakikalar, işte onlar birer azaptı, birer işkence idi. Siz de beni seviyordunuz, uzaktan uzağa bunu hissediyordum, şu halde bahtiyar olmak için ne mâni vardı? Bugün bahtiyar olduktan sonra sevişmemeye, bu saadeti kendi ellerimizle öldürmeye sebebiyet verecek ne olabilir?

Bihter şimdi daha ziyade söyletmemek, bu muhakeme zemini üzerinde onu daha ziyade dinlememek için elinin tersiyle Behlül'ün ağzını kapıyordu. Behlül bu eli öpüyordu. Burada, bu kadının yanında, onun şu gaşyeden *[kendinden geçiren]* havasında Behlül kendisini değişmiş buluyordu. Artık söylediklerini hissediyordu, artık bir oyun icra eden sahte sıfatından çıkıyor, söylediklerinin gerçekliğine nefsini teslim ediyordu. Yavaşça Bihter'in yanına oturmuş idi, onu yavaşça kendisine çekerek hafif bir sevda zemzemesi *[ezgisi]* kabilinden ancak mahsus bir sesle:

— Oh! Bilseniz, sizi sevmekle neler kazanıyorum; hayatımı, kendimi, varlığımı, işte siz bana bunları kazandırıyorsunuz. Sizi sevmeden evvel hissiz, ruhsuz bir şeydim; bütün o koştuklarım, o uğraştıklarım yapılmak için yapılmış şeyler, boş geçirilmek istenilmeyen bir gençliği doldurmuş olmak için icat olunan yalanlardı. Anlıyor musunuz? Bütün o hayat baştan başa bir yalandı. O yalanların içinde ruhumun bozulduğunu, artık onda saf ve ulvi bir muhabbetle titremek istidadının *[yeteneğinin]* mahvolduğunu hissediyordum. Siz bunların hepsini değiştirdiniz, o ölmüş zannolunan ruhun bütün saf ve pakize *[temiz]* emellerini uyandırmış oldunuz. Artık sevmeye iktidarı yok kıyas edilen kalbin o vakte kadar hiç sevmediğini bundan sonra, yalnız bundan sonra ve yalnız sizi seveceğini siz gösterdiniz.

— Bilsen Bihter seni nasıl seviyorum? Seni ölünceye kadar, öldükten sonra bile, nasıl seveceğimi bilsen... Sen de beni seviyorsun, değil mi, Bihter? Benim olacaksın, yalnız benim, değil mi?

Dudaklarıyla genç kadının dudaklarını araştırıyor, beklenen cevabı oradan dudaklarıyla toplamak istiyordu. Uzun ve bu defa ruhlarının bütün ateşleriyle ciğerlerini söken bir buse içinde dudakları birleşti. Birden Bihter silkindi:

— Lakin bu çılgınlık, dedi. Bir saatten beri buradayım...

Ayağa kalkmış idi, gitmek istiyordu. Behlül de şimdi ayakta idi, onu ellerinden tutarak salıvermemek istiyordu. Birbirine bakıyorlardı. Tekrar öpüştüler ve genç kadın ellerini kurtararak kaçtı.

Bu ikinci mülakattan *[konuşmadan]* sonra Bihter'in bütün azapları sükût etmiş *[acıları dinmiş]* oldu. Artık kendi kendisine itiraf ediyordu ki Behlül'ü seviyor. Yavaş yavaş son endişeler, sevdasının ufkundan siliniyor, orada gittikçe incila kesp eden *[parlaklık kazanan]* bir münevver *[aydınlık]* sabah inkişaf ediyordu. Bu aşk günahının bütün memnu *[yasak]* lezzetleri onun garam atşını *[aşk susuzluğunu]* öyle mest ederek teskin ediyordu ki artık bu sevdanın haricinde kalan hayatı siliniyordu. Bu muaşakaya *[sevişmeye]* bütün hüviyetiyle nefsini teslim ediyor ve şimdi bundan ne bir azap, ne küçük bir endişe hissediyordu. Kendisini bahtiyar, tamamıyla bahtiyar buluyordu; yalnız, dakikadan dakikaya, kalbinde birdenbire inkişaf ediveren bir korku, ancak bir saniye uyanıp sönen bir his, onu bahtiyarlığının içinde titretirdi.

Bu muaşaka onlar için asıl tehlikeleriyle, zorluklarıyla cazibeli oluyordu. Herkesin gözü önünde herkesten saklanan, yalnız, ikisine ait gizli bir hayat vardı ki bütün gizlilikleriyle onları daha ziyade birbirine yakınlaştırıyor, münasebetlerine bir fazla samimiyet veriyordu.

Dakikalardan ibaret fırsatlar oluyordu ki onlara birbirinin elini sıkmak, küçük bir buse teati etmek, iki kelime ile bir mülakat vaadi almak için ancak müsaade ediyordu. Mülakatları pek nadir idi, yalnız kalmak için fırsat bulamayan nişanlılara mahsus daimi bir iştiyak *[özlem]* içinde idiler.

İkisinde de her vakit tatmin olunacak hevesler kalıyor, aşklarının bu nadir ve kısa zamanlarında teskin edilememiş emellerle birbirine mütehassir bulunuyorlardı *[özlüyorlardı]*. Bütün etraftan korkuyorlardı, münasebetlerinden evvel pek tabii görülecek şeyler şimdi fark ediliverecek olursa bütün esrarı meydana çıkarmak için kâfi birer sebep hükmünü alıyordu. Bir gün karşı karşıya, yalnız gözleriyle birbirine gülümserken birden Adnan Bey'in gözlerini onlara bakıyor görmüşler ve ikisi birden sapsarı olmuşlardı. Böyle bakışırken fark edilmiş olmak Bihter için o kadar ehemmiyet kesp etti ki o gün saatlerce kocasının birden üzerine yürüyerek ve ellerini kavrayarak «Bana hıyanet ediyorsun, bunu senin gözlerinde gördüm!» demesinden titredi. Bütün ev halkını, vâkıf da sükût ediyorlar kıyas ettiren bir şüpheden kendisini kurtaramıyor; onların yanında adeta yavaş söylemeye, Nesrin'le Şayeste'nin mümkün mertebe uzaklarında kalmaya lüzum görüyordu. O vakte kadar bu hizmetçilerde vücudu nazar-ı dikkatinden *[varlığı göz önünden]* kaçamayan isyanı ezmek için bir fırsat kaçırmazken şimdi halinde onlarla artık uğraşmaktan feragate *[vazgeçmeye]* benzeyen bir şey vardı.

Bihter, Nihal'le birbirinden uzak gibiydiler. Şakire Hanım'ın ayrılışından sonra aralarına artık saklanmak mümkün olamayan bir kin girmiş idi. Nihal ondan hep kaçıyordu. Şimdi o babasından da kaçıyordu, evin içinde hemen herkese karşı süzgün çehresinde dargınlıklar hissediliyordu.

Ara sıra Bihter'de Nihal'e sokulmak, bu çocukla tekrar muhabbet tesis etmek için çare bulmak ihtiyacı uyanırdı. Onu beraber almak için sokağa çıkmaya lüzumlar icat ederdi. Nihal onunla beraber bulundukça başkalaşır, fakat eve avdet edince yine ondan kaçan, mürebbiyesiyle köşelere çekilen bir çocuk olurdu.

Şimdi Bihter, bir evin içinde bulunmakla beraber bu çocuktan böyle ayrı kalışına memnun oluyordu. Ondan korkuyor denebilirdi, hissediyordu ki Nihal kendisinden kaçmasa o ondan kaçmaya mecbur olacaktı.

Bir gün bunu Behlül'e itiraf etmiş idi:

— Bilsen, demiş idi; en ziyade Nihal'den korkuyorum.

Behlül bunun manasını anlayamayarak sormuş idi:

— Nihal'den mi? Sebep? Kıskanıyor musun, civanım?

Nihal'i, bu çocuğu kıskanmak mümkün müydü? Ne için kıskanacaktı? Behlül'e yalnız:

— O! Ne garip bir sual, demiş idi; beyinlerinde *[aralarında]* buna dair başka izahat teati edilmedi.

Bir gün Behlül ondan büyük bir şey istedi, ilk önce söylemeye cesaret edemiyordu. Bu ricası o kadar icrası mümkün değil gibi görünecekti ki Bihter onu dinlemeden reddedecekti. Söylemeden evvel ondan muvafakat vaadini almaya çalışıyor, ne olduğunu haber vermeden onun icrasındaki kolaylıktan bahsediyordu. Bihter anlamadan evvel vaat etmek istemiyordu. Nihayet o söyleyince hayretinden bir küçük sayhayı *[haykırışı]* zapt edemedi:

— Benim odamda?.. Bütün bir gece! Siz çıldırmışsınız...

Daha ziyade dinlemek istemiyordu. Kabil değil, buna muvafakat edemeyecekti. Bütün melhuz olan *[düşünülebilen]* tehlikeler mümkün olmasa bile kocasına ait olan bu mahremiyet köşesini telvis etmeyecek idi *[kirletmeyecekti]*. O zaman artık kendisine o kadar alçak bir kadın nazarıyla bakacaktı ki yaşamaya kuvvet bulamayacaktı. Elleriyle bu fikri itmek isteyerek:

— Mümkün değil, diyordu.

Sonra birden aklına başka bir fikir geldi. Bir geceyi tamamıyla Behlül'le geçirmek sevda saadetini ikmal edecek *[tamamlayacak]*, bütün nakıs *[eksik]* kalan emellerinin mükâfatını verecek bir şey hükmünde idi. Bu öyle bir şeydi ki onu tamamıyla âşığının edecekti. Behlül'e:

— Hayır, öyle değil, dedi; fakat bir gece sizin odanızda...

Bu fikir ikisini de helecan *[titreme]* içinde bıraktı. Bir geceyi beraber geçirmekle birbirinin üzerinde temellükleri teeyyüt etmiş *[sahiplenmeleri gerçekleşmiş]* olacak, artık aralarında hiçbir yabancılık kalmayacaktı; asıl o gece birbirinin olacaklardı.

Fakat nasıl?

Bihter:

— Bana bırakınız, diyordu; bir gece, yalnız bir gece değil mi?

Behlül'ün yazı odasından bir kapı ile geçilir küçük bir yatak odası vardı ki Bihter burasını yalnız eşiğinden bakmış olmakla tanırdı, bu oda onun için Behlül'ün bir esrar mahfazası *[sırlar kutusu]* idi. Evet, burada bir gece geçirecek ve bu suretle Behlül'ün bütün ruhuna tasarruf etmiş *[sahip olmuş]* olacaktı.

Bu fikir, onlarda doğduktan sonra, münasebetlerinde bir helecan devresi başladı. Bihter buna cesaret etmekle her şeyi tehlikeye koymuş oluyordu. Odasında gaybubeti *[bulunmayışı]* hissolunabilir, yahut gecenin vakitsiz bir hengâmında *[anında]* bir tesadüfle her şey meydana çıkmış olurdu. Bihter bu tehlikeleri düşünüyor ve bu tehlikelerin verdiği korkularla o tasavvur başka bir kıymet kesp ediyordu. Aşkta asabını uyutacak bir sükûn değil, böyle korkular, heyecanlar, titreyişler istiyordu. Buna bir de fedakârlık lezzeti inzimam ediyordu *[katılıyordu]*. Böyle tehlikelere atılmakla: «Görüyor musun? İşte bunlar bütün senin için!» demiş olacaktı.

Bir gece, herkes uyuduktan sonra, o, yatağından süzülerek inecek, çıplak ayaklarına terliklerini takacak, omuzlarına bir şey atacak, nefes almaktan korkarak kapısını açacak... Ah! O heyecan dakikası!.. Kalbinin çarpıntısını işittikçe ayak sesleri tevehhüm edecek *[kuruntusuna kapılacak]*, bir demirden el bileklerini sıkıyor, bir boğuk ses kulaklarına «Nereye gidiyorsun?» diyor zannedecek. O zaman hepsini itiraf edecek. «Oraya! Ötekinin odasına!» diyecek; kalbinin taze emellerine bir tesliyet *[avutma]* katresi *[damlası]* serpilemeyen bu zifaf haclesinden *[gerdek odasından]* kaçarak ötekinin, o günahının ihtiras yuvasına koştuğunu söyleyecek, bunu söyledikten sonra orada, bilinemez nasıl bir intikam darbesiyle yıkılacak, önünde korkunç bir ati *[gelecek]* girdabı bırakarak bütün hayatı mahvolacak; fakat o yine bahtiyar, böyle her şeyi kaybetmekten, hatta ölmekten bahtiyar, yine aşkına koşacak...

Kaç kereler böyle yatağından, karanlıklarda bir cinayet fikrinin hummasıyla hareket edenlere mahsus ateşlerle kavrularak inmiş, odasının kapısına kadar gitmiş idi; fakat orada tevakkuf ediyor *[duruyor]*, gözleri karanlıkta bir noktaya dikilerek uzun bir intizar *[bekleme]* içinde hareket edemeden, kalıyordu, böyle ne beklerdi? Zulmetlerin *[karanlıkların]* bir ilham lütfuna muntazır *[bekler]* gibi dururdu.

Hissederdi ki o dakikada, onun gibi nefes almaya cesaret edemeyerek, birisi kendisini bekliyor, helecanından bayılarak her dakika odasının kapısında bir hareket tevehhüm ediyordu. Onun da böyle intizarını *[bekleyişini]* düşündükçe garip bir itminan *[güven]* duyar ve artık daha ziyade cesaret etmekten vazgeçerdi.

Behlül gözleriyle «Yine gelmediniz!» derdi. O, bir dakika, fırsat bekleyerek Bihter'e bakar, yalnız kalmak için, yalnız bir kelime söyleyecek kadar onu yalnız görebilmek için gözleriyle rica ederdi. Bihter bir gecesini ona vermeden evvel onun hiçbir şey söyleyebilmesine imkân bırakmıyordu.

Behlül şimdi her gece evde idi. Haftasının hemen yarısını hariçte geçirmek itiyadında *[alışkanlığında]* iken işte bir aydan beri bir gece bile gaybubet etmiyordu. Adnan Bey ikide birde onunla latife *[şaka]* ediyor: «Behlül tarik-i dünya oldu *[dünyayı terk etti]*!» diyor, sonra buna birtakım sebepler icat ederek Behlül'ü böyle inzivaya mecbur eden bir meyus *[umutsuz]* aşkın vücuduna zahip oluyordu *[kapılıyordu]* «Behlül bütün muvaffakıyetlerini nakleder, mümkün olsa da mahrumiyetlerini de naklettirebilsek!» diyordu.

Bihter bu latifeler esnasında gözlerini çevirir, ikisine de bakamazdı; mümkün olsaydı da herkese bağırsaydı: «Lakin anlamıyor musunuz? Behlül benim için, yalnız benim için her şeyi terk etti.»

Evet, yalnız onun için her şeyi terk etmiş idi de o bir gece bulup ona veremiyor, «İşte ben de bütün hayatımı senin için tehlikeye atıyorum!..» diyemiyordu.

Nihayet bu geceyi bulabildi.

Düğüne artık karar verilmiş idi. Düğün yalnız aileye mensup olanlarla pek sıkı dostlara mahsus olarak bir müsamere ile başlayacaktı. Firdevs Hanım kızlarıyla, Nihal'le bu müsamereye davet edilmiş idiler; çarşamba günü gidecekler, perşembe günü akşam üzeri avdet edeceklerdi *[döneceklerdi]*.

Çarşamba günü yalıda azim *[büyük]* telaş vardı. Henüz sabahleyin Firdevs Hanım'la Peyker, elbise kutularıyla gelmişlerdi. Burada hazırlanılacak ve mahsus tutulan bir istimbotla(57) düğün evine gidilecekti. Beraber götürülecek şeyler o kadar çok idi ki başka bir çare bulunamamıştı: Gecelik esvaplarından, tuvalet takımlarından, perşembe günü giyilecek elbise kutularından mürekkep bir alay eşya vardı. Herkes bu gürültüde şaşırıyor, Firdevs Hanım kendisine bir muavin bulamayarak bağırıyor, Nesrin'le Şayeste, bu müstesna günde herkesten ziyade kendileriyle iştigali *[uğraşmayı]* daha muvafık *[uygun]* bularak odalarından çıkmıyorlar, Bihter dolabının bulunamayan anahtarı için kıyametleri koparıyor, Peyker korsesinin şeridini çekerken koparan kocasıyla kavga ederken, Firdevs Hanım'a yardım et-

(57) İstimbot: Filika büyüklüğünde, buharla işleyen tekne, çatana.

mek için Katina'nın yalnız bıraktığı Feridun ağlıyordu. Karısına muavenet *[yardım]* etmek için odasından çıkmayan Adnan Bey'e Bihter:

— Beni yalnız bırakırsanız daha rahat giyineceğim, diyor; sonra kocasının eline pudra tüyünü tutuşturarak omuzlarını gösteriyordu:

— Mademki gitmek istemiyorsunuz, bari iş görünüz.

Uzaktan Firdevs Hanım'ın sesi işitiliyordu:

— Bihter! Bana maşalarını göndersene!..».

Nihal'in potinlerini iliklerken düğmesini koparan Beşir, iğne iplik istemek için Şayeste ile Nesrin'in kapandıkları odaya vuruyor, aşağıdan nihayet iğne ile iplik bulan Mlle de Courton, Türkçesine mahsus telaffuzla bağırıyordu:

— Beşiğ! Beşiğ!.. Buğaya gel. Buğda vağ!..

Behlül oda kapılarına uğrayarak soruyordu:

— Muavine ihtiyacınız yok mu? Evin içinde boş adam var...

Bihter hepsinden evvel hazırlanmış idi, yalnız belinin kurdelesini iğnelemekte Adnan Bey umulmaz bir beceriksizlik gösteriyordu. Behlül'e bağırdı:

— Behlül! Buraya gel. Burada iş var...

Bihter gülerek sıkılıyor, bunu Behlül'e havale edilemeyecek kadar mahrem bir iş buluyordu. Behlül diz çökmüş, amcasının elinden iğneyi alıyor:

— Nihayet, diyordu; sabahtan beri boş yere hizmet teklif etmekten usandım.

Behlül bitirerek ayağa kalktı, Adnan Bey galiba uzaktan kahkahası işitilen Nihal'e bakmak üzere aralık kapıdan geçmiş idi, Bihter'le Behlül yalnız idiler, birbirine baktılar.

Behlül sokuldu ve yavaş bir sesle:

— Ne güzelsiniz, dedi; sizi böyle güzel gördükçe ağlamak istiyorum.

Bihter bütün şebabının *[gençliğinin]* şaşaa ve ziynetiyle, gerdanının, kollarını açık bırakarak iki taraftan sinesini *[göğsünü]* sardıktan sonra dökülen ve uzun eteğiyle billurdan bir bahar heykelinin dalgalanan devamını teşkil eden ipeklerin beyazlıkları içinde ince ve uzun kametiyle *[boyuyla]* güzelliğin bir zafer timsali gibiydi.

Behlül'e bakarak müphem *[belirsiz]* bir tebessümle gülüyordu. Birden o güne kadar söylenmemiş bir şeyi ona söylemek, bu haliyle kendisini bir kelime içinde ona vermek için bir ihtiyaç duydu:

— Ne için, dedi, mademki seni seviyorum.

Behlül ellerini tutmak ve öpmek istiyordu, Bihter etrafına bakarak ve Behlül'ü iterek mırıldandı:

— Bırakınız, çıldırdınız mı? Yarın gece...

Yarın gece!.. Bunu düşünmeden söylemiş idi. Nasıl? Yarın gece mümkün olabilecek miydi? Bilmiyordu. Fakat Behlül'ün ona bakışında öyle derin bir meftuniyet *[tutkunluk]*, demin dudaklarından çıkan birkaç kelimede öyle samimi bir istirham *[yalvarış]* var idi ki mümkün olsun olmasın artık yarın gece ona gidecekti.

Behlül bir şey söylemeye vakit bulamadı. Adnan Bey:

— Size şık birini getiriyorum, diyen sesiyle orada idi.

Nihal'i getiriyordu. Nihal, nihayet herkesin gülünç bulduğu Japonyalı kıyafetinden vazgeçmiş idi. Ona simasının bütün rakik *[ince]* zarafetini teyit edecek *[kuvvetlendirecek]* bir şey bulmuşlardı. Solgun bir sarı ile beyazdan hasır şeklinde dokunmuş bir şeydi. Corsage *[korse]* gövdesinin yarısından başlıyordu. Boğazından oraya kadar beyaz boncuklarla işlenmiş bir göğüslük takılmış, yenler ince kollarını yarı üryan *[çıplak]* bırakan ince gazlardan yapılmış idi.

Yalnız o kadar; ne saçlarında bir çiçek, ne üzerinde bir mücevher parçası; sade, zarif bir elbise; fakat Nihal bu elbisesinin içinde öyle ince, öyle havai bir güzellikle güzel idi ki Bihter bir hayret nidasını *[çığlığını]* zapt edemedi:

— Oh! Benim mini mini Nihal'im!..

Koştu, Nihal'in iki ellerinden çekerek onu öptü, ellerinden bırakmayarak çekiliyor, ona bakıyordu; sonra Adnan Bey'e bakarak:

— Ne güzel kızımız var, diyordu.

Behlül diyordu ki:

— Bilir misin, Nihal? Ne giysen sende yine bir Japonyalı kız görüyorum. Bilmem bu fikir bana nereden geldi? Fakat öyle zannediyorum ki sen güzel, insanın parmakları arasında kırılacak kadar zarif, ince bir Japonyalı'dan başka bir şey değilsin...

Sonra kulağına eğilerek soruyordu:

— Haniya Nihal, sen bana şuradan, kaşının ucundan, o Japon yelpazelerinin üzerindeki çizgilere benzeyen kaşından öptürecektin...

Nihal gülerek, eliyle kaşını saklayarak çekiliyor:

— Beni hâlâ çocuk zannediyorsunuz, diyor, sonra babasına bakarak soruyordu:

— Değil mi, baba, artık Behlül beni öpemez, değil mi?..

Bihter ötede aynasının önünde mücevher takımlarını çıkarıyordu. Ona Adnan Bey tarafından izdivacı müteakip *[evliliği izleyen]* nefis bir zümrüt takım hediye edilmiş idi ki şimdiye kadar takılmak için bir fırsat bulanamamış idi. Nihal bunu görmemiş, yalnız kızlardan işitmiş idi. Ne kadar demişlerdi? Hizmetçilerin ağzında ifrat *[aşırılık]* kesp eden bir fiyat mukabilinde *[karşılığında]* alınmış idi. Nihal'in yalnız kulaklarında etrafı mini mini incilerle ortasında tek birer küçük taştan ibaret bir küpesi vardı. Kaç kere onları görmek için Bihter'den rica etmeye niyet etmiş idi. Her defasında da kıskanıyor görünmek korkusu mâni olurdu.

Şüphesiz kıskanıyordu; yalnız bunları değil, en küçük şeyleri kıskanıyordu ve bu, biçare ruhunu daimi işkenceler içinde ezerdi. Nihal bu hissini pek iyi anlamış idi. O şeylerin kendilerini değil, onların delalet ettiği *[gösterdiği]* manayı, evet, babasının kendisini unutarak hep bu kadını düşünmesini kıskanıyordu.

Bugün hayatında birinci defa olarak bir düğüne gitmek sevinciyle bahtiyar iken orada, Bihter'in bir kanepe üstüne henüz kapağını açmaksızın bıraktığı al kadife kutunun müşahedesiyle *[görünmesiyle]* kalbinde bir şey buruldu.

Şimdi kutuyu Adnan Bey açıyor, hem tarak hem iğne olarak kullanılabilen bir parçayı göstererek Bihter'e soruyordu:

— Saçlarına mı takacaksın, gülüm?..

Nihal kaçtı. Sofada Peyker hazırlanmış, içeride Katina'yı salıvermemek isteyen annesine sesleniyordu. Şayeste, Nesrin nihayet inmişlerdi. Beşir siyah setresini(58) giymiş, al kravatını takmış idi. Nihal kravatın bağlanışına itiraz ediyor, parmaklarının bir iki darbesiyle tashih ediyor *[düzeltiyor]*:

— Aman Peyker Hanım! Bakınız benim Beşir'ime, ne güzel, değil mi, hepimizden güzel, değil mi rica ederim, diyordu.

Nihayet hep hazır oldular, hep sofada Firdevs Hanım'a muntazır idiler *[bekliyorlardı]*; Nihal muhteriz bir nazarla Bihter'e bakmış tarağı, küpeleri, parmağındaki yüzüğü görmüş idi. Nesrin'le Şayeste perşembe gününe mahsus esvap kutularını, gecelik çantalarını istimbota konmak üzere indiriyorlar, Mlle de Courton, Nihal'e çarşafını giydiriyordu. Uzun eteğiyle çarşaflanamayan Bihter'le Peyker mantolarını giyeceklerdi. Hâlâ odasından çıkmayan Firdevs Hanım'a, sabırsızlanarak, hep bağırıyorlar, Feridun'u susturmak vazifesiyle memur edilen Nihat Bey:

---

(58) Düz yakalı, önü ilikli bir tür ceket.

— Bari Katina'yı salıverin, çocuk üzüldü, şikâyetiyle odanın kapısına vuruyordu.

Birden Behlül bağırdı:

— Dikkat! Kapı açılıyor...

Nihayet kapı açılmış idi, Katina yol vererek duruyordu. Hepsi mütebessim *[gülümseyerek]* bekliyorlardı. Bir feşafeş mukaddemesi *[fışırtı başlangıcı]* Firdevs Hanım'ın ilerlediğini haber verdi. Onu eşikte görünce hep birden bir hayret nidasını zapt edemediler. Bir müddetten beri artık daha ziyade ihtiyarlayan, daha ziyade çöken bu kadın bugün, sanki tamamıyla sönmeden evvel letafetinin *[güzelliğinin]* son bir şaşaa halesi *[gösteriş ışığı]* içinde görünmek isteyerek büsbütün değişmiş, on sene evvele avdet etmiş idi. Onu az kaldı tanıyamayacaklardı. Küçük Feridun haber verdi: «Anne!»

Firdevs Hanım'ın sıfatı, o büyük anneliğin müthiş sıfatı bile çocuğun ağzından düzgünlenerek, boyalanarak, gençleşerek çıkıyordu. O, şimdi etrafında uyanan bu hayreti fark etmemişçesine, daha düne kadar onu uzun iskemlesinde esir eden sızıları, sanki onları da sanatının sihriyle örterek, elli yaşının içinde genç ve güzel kalmış olmak zaferiyle ilerliyordu. Üzerinde o tasavvur olunan *[düşünülen]* elbise vardı: Siyah bir eteklik, alla siyahın tezadı imtizacı *[uygunluğu]* içinde göğsünün ve kollarının beyazlıklarına bir fazla taravet *[tazelik]* veren corsage ve sinesinin ta ayrılık noktasında iri bir kırmızı gül...

Firdevs Hanım etrafa:

— Sizi beklettim, dedi ve gözlerinin derinliklerinden kopup gelen bir süzgün ve sitemli nazarla Behlül'e bakarak:

— Görüyorsunuz ya, hâlâ genç ve hâlâ güzelim, demek istedi.

Bihter şimdi telaşla bağırıyor, herkese söylenecek bir söz, sorulacak bir şey buluyordu:

— Nesrin! Annemin çarşafını... Peyker! Feridun, Nihal'in odasında yatacak değil mi? Matmazel, rica ederim, gece çocuğu ara sıra yoklayınız...

Sonra birden unutulmuş bir şey tahattur etti *[hatırladı]*:

— A, çanta, çanta nerede, benim küçük el çantası?..

Etrafa cevap bekleyerek bakıyordu. Herkes meşgul idi. Çarşaflar giyiliyor, peçeler iliştirilmek için Nihal'le Firdevs Hanım aynayı paylaşamıyorlar, yeldirme giyen Peyker ince tül örtünün saçlarını bozmasından korkuyor, Nesrin'le Şayeste bellerinden sarkan çarşaflarını başlarına iliştirmek için hanımlardan uzak bir köşeye sokuluyorlardı. O zaman Bihter, Behlül'e baktı:

— Rica ederim, dedi, odama bakar mısınız? Zannederim ki orada kaldı...

Behlül koşarak gidiyordu, o dehlizde *[koridorda]* kaybolunca Bihter başka bir şey daha tahattur etti, kendi kendisine soruyordu:

— Ya eldivenler? Onları çantaya koymuş muydum?

Şimdi herkes merdivenlerden iniyor, Nihal, Mlle de Courton'la öpüşerek veda ediyor, Adnan Bey, Nihat Bey'le rıhtımdan istimbota binişlerini görmek için pencereden sarkıyorlardı. Bihter eldivenleri için koştu. Behlül odada, etrafa dağılan, kanepelerin, sandalyelerin üzerine serilen elbiseler, çamaşırlar arasında çantayı arıyordu.

Bihter:

— Bulamadınız mı? dedi. Sonra birden çantayı yere, halının üstüne düşmüş gördü:

— İşte burada...

Behlül çantayı aldı, fakat vermeyerek Bihter'e bakıyordu:

— Yarın gece, dedi.

— Evet, yarın gece!.. Çantayı veriniz, rica ederim, herkes indi, yalnız kalışımıza bir mana verirler...

Behlül çantayı verirken birden bu yalnız kalmış olmak sözüyle tutuşan bir heves onu Bihter'in ellerinden tutmaya sevk etti. Dudakları birbirine kilitlendi; uzun bir buse ile, birbirini hırpalayarak öpüştüler, ikisinin de başları dönüyordu; ihtimal şu sırada, her türlü tehlike içinde, birbirinin kollarına düşeceklerdi. Birden bir gıcırtı, bir kapı gıcırtısı işittiler; titreyerek birbirini ittiler. Bihter dehlize atıldı; Behlül, kendini toplayarak takip ediyordu. Bihter, önünden geçerken, Mlle de Courton'un kapısı sallanıyor göründü. Şüphesiz hiçbir şey değildi, ihtiyar mürebbiye odasına girmiş olacaktı...

★★★

Nihayet o kadar heyecanlar içinde beklenen bu gece gelmiş idi. Evin içinde herkes uyuyordu, Bihter kocasıyla kısa bir buse teatisinden sonra aralık kapısını kapayalı belki saatler olmuş idi.

Düğün evinde hemen uykusuz, çılgınca bir eğlence içinde geçirilen bir geceden, perşembe gününün izdihamından, gürültüsünden sonra sersemleşmiş bir halde idi. Odasında çini sobaya ayaklarını uzatarak ısınıyordu. Birden kalbinde bir şey oraya gitmek için en emin dakikanın geldiğini haber verdi. Gecelik haliyle, omuzlarına yalnız bir atkı alarak, kapısına gitti; bu gece kapısının topuzunu çevirirken ne vücudunda bir korku raşesi *[titreyişi]*, ne kalbinde bir helecan vardı; sanki gayet tabii bir şey yapıyordu. Odasının anahtarını beraber almış idi, kapıyı dışardan kilitledi; işitilmediğinden emin idi. Dehlizi geçtikten sonra artık hiçbir korkuya mahal *[yer]* yoktu; sofada, merdivenlerde, aşağı katta ne görülmek, ne işitilmek mümkündü. Dehlizde bir tesadüf ihtimaline karşı bir cevap hazırlamıştı. Uykusunun kaçtığından, kocasının kütüphanesinden bir kitap almak için indiğinden bahsedecekti. Merdivenlerden, sofadan geçerken kendisini düşünmekten menediyordu. Düşünürse, tereddüt ederse ihtimal geri dönecekti ve geri dönmek istemiyordu, mutlak oraya gidecekti. Bir sairfilmenam *[uyurgezer]* ihtiyarsızlığıyla *[iradesizliğiyle]* oraya sürükleniyordu. Behlül'ün kıynaşık *[az aralık]* kapısını itti. O kendisine muntazırdı *[hazırdı]*. Bir kelime söylemeden, onu dinlemeden elinden tuttu; buradan, bu kapıdan uzaklaşmak, o gidilecek yere, o esrar *[giz]* ile dolu sevda odasına bir an evvel giderek, artık geri dönmek ihtimalini mahvetmek için kendisi onu sürükledi.

Ve nihayet Behlül'ün menekşe sularıyla tatir ettiği *[kokulandırdığı]* bu odanın havasında, kendisini gece vakti evin yalnızlıklarında ihtiyarsız dolaştıran bir müthiş uykudan uyanırcasına, silkindi ve birden kırmızı kalpaklı lambanın pembe ziyasıyla etrafı, Behlül'ün serseri hevesleriyle bu yatak odasına yığılan bin türlü ufak tefeği, hususuyla orada, köşede perdeleri çekilerek sanki saklanan yatağı görünce bunları, şu ayıbı canlandıran bütün bu ziyayı görmemek isteyerek iki elleriyle yüzünü kapadı.

Behlül onu çekiyor:

— «Çocuk!» diyor, sonra ona teşekkür etmek için kelimeler buluyor:

— Beni seviyorsun, Bihter! Oh! Bundan eminim, bu gece gelmiş olmak için her halde beni seviyorsun, diyordu.

Sonra Bihter vicdanının azabından, hıyanetinin bu züllünden *[alçaklığından]* bahsetmek istedi; bunlardan bahsederse bir cinayet itirafından duyulan hiffeti *[hafifliği]* bulacağına zahipti *[kapıldı]*.

Fakat sadasında *[sesinde]* bir şey fark ediyordu ki bu kendi kulaklarında bile yanlış bir nağmenin tesirini uyandırıyordu. Yoksa bu söyledikleri hep yalan mıydı? Hiçbir vicdan azabı duymuyor, bu hıyanetin züllünü ruhunun samimiyetiyle hissetmiyor muydu?

Behlül:

— Niçin böyle fikirler icat ediyorsunuz, diyordu; bu gecenin saadetini hissetmiyor musunuz? Bırakınız, bu saadet, lekesiz, endişesiz kalsın.

Bihter onu haklı buluyordu, sustu; sonra birden başını Behlül'ün omuzuna koydu:

— Evet, mademki seni seviyorum, dedi.

Bu uzun geceyi beraber nasıl geçireceklerdi? İkisinin arasında hâlâ soğuk bir hava, bir yabancılık, münasebetlerinin soğuk bir nefesi vardı ki onları tamamıyla sevişmekten menediyor gibiydi. Bihter odanın bütün eşyasını görmek istiyor, uzun uzun tevakkuflarla *[duraksamalarla]* en olmayacak şeylerin karşısında kalarak odayı dolaşıyordu. Duvarda kadın resimlerine bakarken güldü:

— Bütün elbise merakıyla alınmış şeyler, diyordu.

Birden aklına bir fikir geldi. Behlül ona bütün muaşakalarını anlatsa, birer birer, bütün tafsilatıyla *[ayrıntılarıyla]* onları nakletse nasıl olurdu? Sevinerek, bir çocuk haliyle, bu fikre ellerini çırpıyordu. Behlül nazlanıyordu. Onun hayatında hiç muaşaka yoktu. En büyük günahı bir serçenin yüreğini bile dolduramazdı. Kendisi dünyada bütün erkeklerin en safı olmakla beraber en fena tanınmışı idi.

Behlül söylerken gülüyordu. Bihter ısrar ediyordu, hayır, mutlak bu gece onun bütün hayatına, mazisine vâkıf olmalıydı. O zaman Behlül hikâyeler icat etti, gülünç muaşakalar anlattı; bu günahlar o kadar tuhaf şeyler idi ki Bihter hep affediyordu.

— Lakin hiç, hiç kimseyi sevmediniz mi, diyor ve bu sual ile kaşları derin bir endişe ifade ederek yükseliyordu. Bu tuhaf hikâyeleri dinledikçe gülerken onda hafi *[gizli]* bir elem uyanıyordu. Bu adamın hayatında bu gece de böyle gülünecek ve güldürmek için başka bir kadına naklolunacak bir tuhaflık olabilirdi.

Behlül bu endişeyi anlayarak onun ellerini alıyor, göğsüne çekerek:

— Seni, yalnız seni, diyordu ve sadasında öyle bir samimiyet vardı ki genç kadın bu vicdan nidasını ta menbaından *[sesini ta kaynağından]* içmek için dudaklarını uzatıyordu.

Oh! Ne kadar bahtiyar idiler. Böyle, daimi bir aşkla sevişeceklerdi. Bihter bir aralık bir cümleye başlamak istedi:

— Lakin, dedi.

Behlül soruyordu:

— Lakin?..

— Ya bir gün, mesela burada, böyle bahtiyarlıktan sermest *[sarhoş]* iken öyle bir şey olsa ki o...

Kocasının ismini söyleyemiyordu. Behlül onu hemen temin etti:

— Ne iyi olurdu, dedi. O zaman sizinle beraber buradan giderdik. O zaman büsbütün bahtiyar olurduk!..

Bihter anlamıyormuşçasına yüzüne bakıyordu. Buradan nereye gideceklerdi, demek o kendisiyle beraber yaşamak için her şeyi terk edebilecekti? Sahih *[gerçekten]*, sahih, buradan beraber, yalnız iki kişi, artık bir daha avdet etmemek üzere, birbirinin kollarında ölmek üzere uzak, uzak bir yere gidebileceklerdi, öyle mi? Bu fikir onu mesut ediyordu, kalbinde adeta hemen şu dakikada görülmek, anlaşılmak için bir emeli bile uyanıyordu. İki ellerini Behlül'ün omuzlarına koyarak, gözlerini gözlerine dikerek soruyordu:

— Demek o zaman buradan giderdik!.. Lakin nereye? Nasıl?...

Behlül:

— Bilir miyim, diyordu; uzak, her şeyden uzak bir yere...

O zaman gene kadına bir sevda kasidesinin rüyalar içinde uyutan şiir ufuklarını açıyordu. Ummanları geçeceklerdi; aşklarına bir naz ile, neşe ile örülmüş yuva, öyle müstesna bir köşe bulacaklardı ki ebedi bir baharın taravetlerine aşiyan *[tazeliklerine yuva]* olsun. Ağaçlarının arasında kaybolunacak korular, saf mevceleri *[dalgaları]* kenarında istiğraklar *[kendinden geçmeler]* içinde uyuyacak şelaleler, sevdalarının daimi bir bahar sahnesi olacaktı. Onları mini mini bir selamla alkışlayan kuşlar, saf tebessümleriyle tebrik eden çiçekler arasında kol kola, baş başa gezeceklerdi, sonra yuvalarına, gece kamerin *[ayın]*, işitilmez hazin bir musikinin mezamirine *[ezgilerine]* benzeyen ziyaları altında deruni *[içten]* sevda nağmeleri dinleyerek avdet edeceklerdi *[döneceklerdi]*. Küçük, zarif yuvalarında, yeşillikler içinde boğulmuş yeşil bir kafese benzeyen o kutunun içinde sevişecekler, hep sevişeceklerdi; o kadar sevişeceklerdi ki senelerin geçtiğinden habersiz, daima genç, daima bahtiyar, artık ölmemek isteyeceklerdi; belki bu sevda köşesi o kadar cennetten bir parçaya benzeyecekti ki ölüm bile onları unutacaktı.

Behlül yavaş yavaş, bu sevda şiirinin kendisini de latif bir hararet içinde saran tesiri ile mest olarak, söylüyordu. Bu hulya levhası *[tablosu]* Bihter'i uzaklara götürüyor, meçhul bir âlemin şiirle, aşkla örülmüş ufuklarına atıyordu. Bir kelime ilave ederse bu kasidenin saadet rüyasını ihlal etmiş olacağından korkarak sükût ediyordu. Yalnız bir şey düşünüyordu: Behlül kendisiyle beraber gelebilecekti, her şeyi onun için terk edecekti... Şimdi onun boynuna atılmak, teşekkür etmek, «Bilsen beni ne kadar bahtiyar ediyorsun!» demek istiyordu. Evet, artık bahtiyar idi; artık günahının işte mükâfatını topluyordu.

Bu gece avdet etmek zamanının geldiğine hükmedince Bihter birden bir korku duydu. Gelirken hiç avdeti düşünmemiş idi. Neden korktuğunu tayin edemiyordu. Geldiği gibi gidecekti. Giderken melhuz olan *[düşünülebilen]* tehlike aynıyla gelirken de mevcut idi. Odasından hiçbir helecan duymaksızın çıkmış iken şimdi tekrar oraya avdet etmek için korku duymasına bir mana veremiyordu. Karanlıktan, gecenin nefesinden, uzun sofalardan, duvarlardan, her şeyden korkacağına, birtakım eller uzanarak kendisini tutacağına, bir haşyet *[korku]* sayhasıyla *[haykırışıyla]* zulmetlerin içinde düşüp bayılacağına hükmediyordu; fakat gitmek lazımdı, daha ziyade duramazdı, sabaha karşı evin içinde uyananlar olabilirdi.

Behlül kapısını yarı açık bırakacaktı. Bihter omuz atkısını kaparak bir cesaret hamlesiyle atıldı. Sofada karanlıktan geçerken koşuyordu, merdivenlerin bir basamağında tahta gıcırdadı, bir adım daha atamayarak durdu, sonra durmaktan korktu. Kapısının önüne kadar nasıl geldiğine vâkıf değildi. Orada anahtarı tahattur etti. Anahtarı nereye koymuş idi? Bunu düşünmeden evvel anahtarı bulamamak ihtimalinin neticelerini düşündü. Mümkün değil anahtarın nerede olabileceğine hatırasını sevk edemiyordu. Ebediyet *[sonsuzluk]* kadar uzun bir dakika geçti; artık takatını *[gücünü]* kıran bir mücadelede son kuvvetini sarf etmişçesine oraya düşüverecekti. Birden tahattur etti, anahtar atkının kurdelesine bağlanmış, göğsünde sallanıyordu. Nasıl olmuştu da bunu görmemişti?

Kapıyı açarken titriyordu. Gürültü olup olmadığını tayin edemedi, odasına girip kapısını kapadıktan sonra bir müddet durdu, etrafı dinliyordu. Hiç, hiçbir ses yoktu. Bu büyük ev derin bir uyku içinde, her şeyden habersiz, geniş geniş nefeslerle uyuyordu.

Demek gecelerin kara gözlerinden başka hiçbir göz onu görmemişti, demek bu kadın bu geceyi başka bir odada geçirmiş idi ve buna kimse vâkıf olamamıştı. Bihter bunun bu derece kolay olabildiğine şaşıyordu. Şu halde isterse yarın gece, isterse her gece oraya gidebilecekti.

Nihayet belki bir defa görülebilirdi, fakat bundan artık korkmaya sebep yoktu; mademki onunla beraber gideceklerdi, ta ummanların öte tarafına... Bihter kendisini Behlül'ün kolunda, yeşil ormanlar içinde, mavi şelaleler arasında bir aşk istiğrakı *[gömülmesi]* içinde yavaş yavaş yürüyor görüyordu.

13

Nihal için bu düğün o vakte kadar sarahatle *[açıklıkla]* anlaşılamamış, yalnız hissedilerek müphem kalmış birçok hakikatlerin birden inkişafı *[açığa çıkması]* hükmünde olmuş idi. Hep gördükleri, tanıdıkları hayatın uzaktan görülmüş mahdut *[belirli]* köşeleriydi. İnsanları, hususuyla kadınları, kendi âleminin kadınlarını bu derece yakından görmemişti.

Düğünde hiç eğlenmemişti, daha ziyade, o zamana kadar uzaktan görülerek tamamıyla temyiz *[ayırt]* edilemeyen birçok hakikatlerin anif bir sadmesi *[sert bir darbesi]* ile ona çarpmasından yaralanmış gibiydi. Düğünden avdetinden sonra bu iki gün içinde görülen çehreler, işitilmiş cümleler, bir düğün evinin vukuatını *[olaylarını]* teşkil eden bütün o küçük küçük levhalar, gürültüler, çalgılar, karmakarışık, hep birden bir âlemin patlayarak bulutlar içinde deveran eden *[dönen]* bir perişan enkazı şeklinde, beyninin içinde çalkalanıyordu.

Neler görmüştü, neler işitmişti? Bunlara bir intizam *[düzen]* veremiyordu; düğünü sıra ile birisine hikâye etmek lazım gelse kaybedecek, vakaları birbirine karıştıracaktı.

İlk gece hususi bir müsamereden ibaretti: Buna yalnız akrabadan olanlarla pek iyi görüşülen birkaç aile davetliydi. Bu gece herkes eğlendiğine kani idi *[inanmıştı]*. Nihal eğlenip eğlenmediğine pek vâkıf değildi. Göğsü korsesinden taşan şişman bir genç kadın vardı ki Kadıköy sahnelerinde(59) dinlenen muganniyelerin *[kadın şarkıcıların]* taklidini yapmak için saatlerle boğazını yırtmış, nihayet Peyker'i piyanoya geçirerek bu taklit ziyafetine bir çoban raksıyla hatime *[son]* vermiş idi. Bu o derece temaşaya şayan *[seyretmeye değer]* bir şey addediliyordu ki hizmetçiler bile gülmekten kırışarak sofanın kapılarına yığılıyorlardı. İskemlede oturamayarak kendisine yere bir minder koydurtan bir ihtiyar hanım vardı ki şişman genç oynarken ikide birde vecde gelerek *[coşarak]*: «Oh! Ömrüne bereket!..» diyor, sonra eliyle gelin olacak kıza bir şey işaret ederek sesleniyordu:

— Elmas kızım! Senin elinden istedi gönül! Bu yok olası ihtiyarlık! Beni yerimden kaldırmıyor ki...

Gelinin annesi Firdevs Hanım'ı ara sıra kaldırıyor, ikisi beraber çıkarak kapısının bir kanadı kapalı duran bir odaya giriyorlar, bir iki dakikalık bir gaybubetten gülerek, birbirinin kulaklarına bir şey fısıldayarak avdet ediyorlardı.

Bir aralık saz takımı tertip edilmişti. Peyker piyanoda kaldı, Bihter için bir ud buldular, şişman genç «Daireyi(60) kimseye veremem!» diyordu, minderde oturan ihtiyar hanım, «Firdevs'ime de bir da-

(59) Şimdiki Söğütlüçeşme istasyonu ile Fenerbahçe stadı arasındaki Kuşdili çayırında bulunan ama bugün olmayan eğlence yerleri.
(60) Tempo tutmak için kullanılan büyük tef.

ire bulunuz. O karışmazsa dinleyemem.» diye bağırıyor, sonra takıma seslenerek «Hiç seni sevmeyeni sevmede lezzet mi olur?» şarkısının unutulmamasını tembih ediyordu. Validelerden biri kızının unutulduğuna tahammül edemeyerek ev sahibesine: «Hemşire! Kanun yok mu? Naciye de takıma girsin.» dedi.

Nihayet Naciye Hanım'a bir kanun bulundu. Kara kaşlı, kara gözlü, tombalak bir kız, teklif olunmadan, kalkıyor, sazendelerin *[çalgıcıların]* yanına gidiyor ve uzaktan Nihal'e soruyordu: «Siz okumaz mısınız?»

Nihal cevap vermiyordu.

Udla taksim(61) olunurken minderde oturan ihtiyar hanım gözlerini kapamış, iki tarafına sallanarak, dudaklarının arasından anlaşılmaz şeyler mırıldanıyordu.

Suzinak faslı yapılıyordu. Ev sahibesiyle Firdevs Hanım yan yana, zapt olunmuş kahkahalarla gülüşüyorlar; gelin Nihal'in yanına oturak kulağına, «Başka odaya gidelim mi? Sıkıldınız galiba!» diyordu. Gelinle Nihal'in arasında böyle yavaş sesle bir muhavere *[konuşma]* başlamış idi. Gelin birer kelime ile orada bulunanları anlatıyordu. O şişman hanım bir zabiti severek iki çocuğuyla kocasından ayrılmış idi, şimdi zabit de onu almıyordu. Şarkı okuyan tombalak kızın gelecek hafta nikâhı vardı. Çamlıca'da yanlarındaki köşkün beyiyle... Nişanlısı daha on sekiz yaşında, henüz mektepten çıkmamış idi; onun için nikâhtan sonra bir sene bekleyeceklerdi.

---

(61) Taksim: Türk müziğinde başta, ortada, çalgıcının doğaçlama yaptığı gezinti.

Nihal, mebhut *[şaşmış]*, anlamayarak, cevap vermeyerek dinliyordu. Öteden Bihter'in sesi hepsinin fevkinde tayaran ederek *[üstünde yükselerek]* «Çekme elem ü derdini bu dehr-i fenanın *[geçici dünyanın]*» şarkısına başlanıyordu. Gelin şu on dakikalık muarefe *[tanışma]* ile hasıl olan teklifsizlikle Nihal'e: «Hemşire,» diyordu; «Size görücüler geliyor mu?» Nihal kızarıyor ve «Bilmem!» diyordu. «Her ne var ise halet-i mestanede *[sarhoşluk halinde]* vardır» mısraı okunurken ev sahibesi yine Firdevs Hanım'ı yerinden kaldırıyor, minderde oturan hanım gözlerini açarak bulanmış nigâhıyla *[bakışıyla]* gelini arıyor; «Besime'ciğim! Neredesin, bakayım? Beni yine unuttun!..» diyor, gelin aldırmayarak Nihal'i: «Başka odaya gidelim. Burada görüşemiyoruz ki...» şikâyetiyle yerinden kaldırıyordu.

Kapısının bir kanadı kapalı duran odanın önünden geçerken gelin içeri baktı, sonra Nihal'i eliyle çağırdı. Firdevs Hanım kanepeye yaslanmış, gelinin annesini bir koluyla boynundan sararak omzuna çekmiş, ikisinin de gözleri kapalı, hâlâ o şarkıyı mırıldanıyorlar.

Gelin gülerek Nihal'e:

— İkisi de olmuşlar, diyordu, Nihal tamamıyla anlamıyor ve ahmak görünmemek için sormuyordu.

Başka bir odaya çekildikten sonra gelin ona kendi düğününün tarihini anlatmış idi. Bu düğün içeride minderde oturan ihtiyar hanımın bir eseriydi. Bu hanımı Nihal'in bilmemesine taaccüp olunuyordu *[şaşırıyorlardı]*. İstanbul'da onu tanımayan hemen kimse bulunamazdı. Bütün gelin olacak kızlarla evlendirilecek gençlerin bir hayır işler perisi olan bu kadına daima koynunda birkaç resimle, birkaç pusula ile tesadüf olunurdu. Anneler onu tenha odalara çekerler, uzun uzun konuşurlar, genç kızlar elini öperlerdi. Her kıza bir koca bulan bu kadın yalnız kendisine bir tane bulamamış idi. Menşeine *[kökenine]* hatıralar erişemeyen bir zamandan beri dul idi, ihtimal dul olarak doğmuş idi. Başkalarının izdivacıyla o kadar meşgul idi ki kendisini ihmal edebilirdi. Bir gün genç kızı olmayacak bir sebeple bu kadının refakatinde Kalpakçılarbaşı'na(62) göndermişlerdi. Orada hiçbir şey almayarak dükkân dükkân gezilmiş idi; fakat her dükkâna uğradıkça onlarla beraber bir müşteri daha oraya uğruyor, o da dükkânın başka bir köşesinde, hep onlara, hayır yalnız ona bakarak, bir pazarlığa tutuşuyordu. Genç kız bu Kalpakçılarbaşı seferinin hikmetini derhal anlamış idi. Ondan sonra bir gün annesi ona yakasında erkânıharp *[kurmay]* nişanesiyle bir zabit resmi gösterince artık hiç şüpheye imkân kalmamış idi. Daha sonra...

Genç kız biraz tereddütten sonra Nihal'e itiraf etmiş idi ki hep o hanımın vesatetiyle *[aracılığıyla]* nişanlısıyla mektuplar teati etmişlerdi, onun mektuplarını anlatıyordu. Nihayet...

— Nihayet, diyordu; yarın koltukta(63) göreceksiniz ya, ancak yirmi beş yaşında...

İçeriden ihtiyar hanımın sesi işitiliyordu:

— Besime Hanım! Besime'ciğim! Nerdesin elmas kızım?..

---

(62) Beyazıt'ta büyük bedestenin Beyazıt kapısı ile Nuruosmaniye kapısı arasındaki cadde.

(63) Düğünde, damadın gelini, arabadan eve götürmesi törenine denir.

Gelin nihayet Nihal'i isticvaba *[sorgulamaya]* başlamış idi. Beybabasına dair tafsilat almak istiyor, izdivacının vukuuna müteallik *[gerçekleşmesiyle ilgili]* sualler irat ediyordu *[soruyordu]*. Sonra, Nihal'in müphem bir cevabı arasında sözünü keserek, birden samimiyet kesp eden sesiyle:

— Gücenmeyiniz ama beybabanız Bihter Hanım için pek ihtiyar değil mi? Firdevs Hanım olsaydı, diyor, bu son cümleyi bir kahkaha içinde bitirmiyordu.

Nihal babasının ihtiyarlığından bahseden bu kıza karşı hafi bir infial *[gizli gücenme]* hissetmekle beraber, pek iyi tayin edemeksizin, bir de memnuniyete benzer bir şey duyuyordu. O ihtiyarlık bu izdivaçta bir nakısa *[eksiklik]* teşkil ederek güya Nihal'in intikamını alıyordu. Tabii bir cereyan ile musahabe *[sohbet etme]* Firdevs Hanım'a intikal etmiş idi *[geçmişti]*. Gelin Firdevs Hanım'a müteallik bildiklerini anlatıyordu.

— Uzaktan akrabalık olmakla beraber, diyordu, siz de yabancı değilsiniz ya! Siz benden ziyade bilirsiniz...

Hayır, Nihal hiçbir şey bilmiyordu; Nesrin'le Şayeste'nin gevezelikleri bir muayyen *[belirli]* haddi geçemezdi. Şimdi bu yanında, bir küçük musluk şırıltısıyla durmadan söyleyen genç kızı dinledikçe gözlerinin önünde birer birer perdeler düşüyordu. Demek Bihter'in annesi bir... Nihal tabir bulamıyor ve zihninde başlanmış cümlesini yarım bırakıyordu.

Artık hepsini anlıyordu, birdenbire artık o kadar çok şey anlıyordu ki daha ziyade dinlemek istemiyordu. Bir aralık gelin Behlül'den bahsetmiş idi. Behlül kimdi? Genç miydi? Güzel miydi?

Onu niçin soruyorlardı? Sonra doğrudan doğruya Nihal'den bahsolunmuş idi. Hiç gelin olmayı düşünmüyor muydu? Kimin karısı olmayı isterdi?

— İşte, işte kızarıyorsunuz, deniyordu.

Nihal kızardığına vâkıf değildi, fakat artık bu baş başa konuşmaktan sıkılıyordu. Şimdi içeride saz bir oyun havası yapıyordu. Tazelerden oynayanlar oluyordu. İhtiyar hanımın sesi yine yükseliyordu:

— A, gelin nerede, çocuklar? Gelini bulunuz...

Nihal ayağa kalkmış idi. İçeriye girdiler. Siyah kaşlı, kara gözlü, tombalak kız Nihal'e musallat oluyor, mutlaka onu oynatmak istiyordu. Nihal başını silkerek: «Lakin bilmem!» diyor, sonra tombalak kız kanun çalan Naciye Hanım'a eğilerek işittirecek bir sesle fısıldıyordu:

— Ne soğuk şey! Ne şarkı söylüyor ne oyun oynuyor...

Nihal bu gece mini mini yüreğinin üstünde bir ıstırap ukdesiyle *[derdiyle]* uyumuş idi. Bütün işittikleri, gördükleri onu incitmiş idi. Perşembe günü sabahleyin kalkar kalkmaz Bihter'e sordu:

— Ne vakit gideceğiz?

Bihter de itiraf ediyordu: O da sıkılmış idi, fakat gidilemezdi, asıl bu gün için gelinmiş idi. Şimdi gelini giydireceklerdi, kendileri hazırlanacaklardı, koltuk olacaktı, yemek yenecekti, nihayet...

Nihal o günün vakalarını karıştırıyordu. Zayıf asabı hiçbir zaman bu kadar kalabalığa, bu kadar şamataya maruz olmamış idi. Şimdi gözlerini kapayınca bir bulut içinde, bir kanepe üstüne oturtulmuş gelini görüyordu. O gece durmadan söyleyen genç kız bugün gelinlik esvabının *[giysilerinin]* içinde, kulağına şüphesiz tuhaf şeyler fısıldayan refikalarına *[kadın arkadaşlarına]* bile bir tebessümü esirgeyecek kadar nazlanıyordu.

Bugün herkeste bir resmiyet vardı, gündüz için davetlileri ciddiyetle istikbal eden *[karşılayan]* şişman taze dulun gece Kadıköy sahneleri muganniyelerini *[şarkıcılarını]* taklit eden zevzek kadın olduğuna ihtimal verilemezdi.

Bu düğün evi bir tezat mecmuası *[karşıtlar topluluğu]* idi. Nihal birbirine benzemeyen çehrelerin, kıyafetlerin böyle garip bir halitasına *[karışımına]* hiç tesadüf etmemiş idi. En güzide *[seçkin]*, en şık tuvaletlerin yanında en garip kıyafetler görülüyordu. Bir yaşlı hanım vardı ki şal örneği entarisinin üstünde mor kadife kaplı elma kürkünün azametiyle *[büyüklüğüyle]*, yanında sarı krepten hotozu ile gözlerini kaldırmaya cesaret edemeyen bir tazeyi kaşıyla, gözüyle tekdir ediyordu *[azarlıyordu]*. Nihal bunların bir kayınvalide ile işkence altında yaşatılan, «Biz zamanımızda böyle gördük!» hükmüyle başına sarı krepten hotoz giydirilen bir gelin olduğunu haber almış idi.

Düğün evinin kalabalık sofasında aşağıdan yukarıya uzun eteklerini sürükleyerek kol kola dolaşan iyi giyinmiş kadınlar vardı ki şüphesiz bu seyranı *[gezintiyi]* zarafetin son haddi olarak telakki ediyorlar *[kabul ediyorlar]*, kalabalığın içinde herkesin ayaklarına dolaşan uzun eteklerinden pek mağrur görünüyorlardı. Saz takımı için bir köşede yapılan hususi mevkiin etrafında çömelmiş kadınlar, dadılarının kucaklarında huysuzlanan çocuklar, Şam fıstığı yiyerek kabuklarını halının üstüne atan hanım kızlar vardı.

Daha sonra arkalarından çarşaflarını, başlarından örtülerini çıkarmayarak bilinemez ne bekleyen seyirciler vardı ki bunların içinde, Nihal, hizmetçiler arasına karışmış mükellef *[özenle süslenmiş]* hanımlar fark ediyordu. Bunlar gelini görmeye gelmişlerdi; hep gelin odasına hücum ediyorlar, perdelere, ayna ile konsola, kanepelere, koltuklara bir fiyat takdir eden gözlerle baktıktan sonra gelinin esvabını muayene ediyorlar, nihayet buradan kâfi bir fikir almış olmakla nefislerini tatmin edince kapısının önüne bir parmaklık konan yatak odasına uzaktan bir göz atarak gelinin cihazına *[eşyasına]* bakıyorlardı.

Merdivende itişenler, kakışanlar, omuzlarıyla yol açanlar vardı. Ve bütün bu halkın fevkinde, elindeki kahve tepsisiyle geçemeyerek bağıran bir hizmetçinin, annesiyle beraber gelini seyretmeye gelerek kalabalığın içinde sıkıntısından uluyan bir çocuğun, ayağına basıldığı için öfkesini etrafındakilere beddua etmekle çıkaran bir zenci karının, yüzüne düzgün sürdüğü için bir hanım nineden çimdik yiyerek «Kör olasıca!» diye haykıran bir fersude *[eski]* halayığın, ta uzakta yemek odasından gelen tabak şakırtısının, yukarıda fark edilmez bir terane *[makam]* ile devam eden ince sazın birbirine karışmış feryat ve şamatası azim bir gulgule ile tayaran ediyordu *[büyük bir gürültüyle uçuşuyordu]*.

Nihayet o kadar beklenilen koltuk resmi icra edilmiş idi. Nihal bunu ancak görebilmişti. Bu iş için mahsus başörtüsü getirmiş hanımlar vardı. İhtiyat ile davranmamış olanlar saçlarının ancak topuzunu örten ipek mendillerle saklanıyorlardı. Bu temaşaya şayan *[seyretmeye değer]* şeyi görmek için iskemlelere biniliyordu.

Nihal, nihayet etraftan kopan azim bir takdir sayhası *[bağırtısı]* içinde bir kırmızı fes, yakası işlenmiş bir siyah elbise, yanında beyaz bir tül altında elmasları parlayan bir baş görmüş idi. Ufak bir fasıla *[ara]*, derin bir gürültü, daha sonra... Nihal anlayamıyordu, havadan beyaz paralar düşmüş ve birden, kabarıp kabarıp sonra etrafa dağılıveren azim bir dalga şeklinde, bir intizar *[bekleme]* nefesi ile şişkin duran bu halk, o havadan dökülen şeyleri toplamak için yerlere dökülmüş idi.

Bu para yağmurları iki tarafa avuç avuç serpiliyor ve bu dalga oradan oraya parçalanarak, çırpınarak üzerine dökülüyordu. Bu beyaz şeyleri kapışıyorlar, kapışıyorlardı. Artık ne koltuk resmi kalmış, ne görülecek güvey kalmış idi; artık gidilebilirdi; fakat hayır, hiç kimse gitmiyordu, gitmeyeceklerdi; burada, birbirine bakarak, bu gürültü ile eğlenerek, öylece oturacaklardı.

Nihal, nihayet kendisini odasının mesut sükûnunda yalnız bularak ta uzaklarda bırakılan bu düğün evini, orada işitilen, görülen şeyleri düşündükçe karar veriyordu:

— Gelin olmak? Asla, diyordu.

Onu ne görücüler göreceklerdi, ne de ihtiyar bir kadınla Kalpakçılarbaşı'na göndereceklerdi. O, böyle evde, kendi evinde, kendi odasında, yalnız kendi kendisine, dünyada tek başına oturacaktı.

Sonra babasını düşünüyordu. Babası da beraber olsaydı, yine eskisi gibi, aralarında başka hiçbir kimse olmaksızın...

Onda babasına tekrar bir takarrüp *[yakınlaşma]* arzusu uyanıyordu, ertesi gün sabahleyin uyanır uyanmaz babasını görmek için yenilemeyecek bir ihtiyaç hissetti.

Böyle sabahleyin babasının odasına gitmek itiyadı ruhunun o kadar uzaklarda kalmış bir hatırası idi ki aşağıda, o bir vakitler onunla baş başa seneler geçirilen mini mini çalışma odasına girerken kendisini pek mutat *[alışılmış]* haricinde bir şey yapıyormuş zannediyordu.

Adnan Bey pencerenin yanında masasının üzerine eğilmiş yine bir şey hakkiyle *[kazımakla]* meşgul idi. Başını kaldırarak, biraz müteaccip *[şaşkın]*, Nihal'e baktı. Nihal babasının karşısında, dudaklarında bir tebessümle bekliyordu. Adnan Bey sordu:

— Küçük hanım nasıl oldu da bu sabah babasını görmeye geldi?

Nihal gülerek omuzlarını silkti. «Bilir miyim?» demek istiyordu. Evet, bilir miydi? Öyle, nasılsa, sebepsiz dünden beri babasını düşünmüş, sonra bu sabah ihtiyar *[istek]* haricinde, mahiyeti meçhul bir saikaya tebaiyyet ederek *[sebebe uyarak]* işte onun odasına gelmiş idi. Onun hissiyatında böyle birdenbire en büyük tebeddüller *[değişmeler]* vukua gelmek için bir kelime, bir nazar, bir hiç kifayet ederdi *[yeterdi]*. Kalbinde ufak bir ses vardı ve bu ses ona, babasından bu kadar uzak bulunmakta biraz da kendisinin sebep olduğunu söylüyordu. Onu artık affetmeli değil miydi?...

Küçük yer iskemlesini çekerek, bir kelime söylemeksizin, babasının ta karşısına oturdu, sağ dirseğini dizine dayadı, mini mini çenesini avucunun içine aldı ve gözlerinde derin bir tebessümle, artık işini bırakarak kendisini seyreden babasına baktı. Sanki onu muayene ediyordu.

Babası, demek, ihtiyardı. Bu fikir ona nereden gelmiş idi? Hâlâ kulaklarında bu ihtiyarlıktan bahseden müstehzi *[alaycı]* bir sesin insafsız bir kahkahaya benzeyen ihtizazı *[titreyişi]* vardı. Babasını şimdi sahih ihtiyar buluyordu; hatta biraz zayıflamış, biraz yanakları çekilmiş, biraz sararmış, kendi bildiğinden daha ziyade ihtiyarlamış... Birçok zaman babasını görmemiş gibi onu birden başkalaşmış olarak buluyordu.

— Nihal! Niçin bana öyle bakıyorsun?

Cevap vermedi. Dudaklarında bir şey titredi, tebessüme benzer bir şey; sonra bu gölge silindi, gözlerinden o hande *[gülme]* rengi uçtu, bu çocuk nasıyesinin *[alnının]* üstüne muzlim *[gizli]* bir endişe sisi düştü. Belki babasının da bahtı fena idi; belki onun da kalbinde bir keder, kim bilir nasıl bir keder vardı ki ağlıyordu; belki o da Nihal'le bu uzaklıktan mustaripti *[üzgündü]*. Şimdi babasından uzak kalmış olmak affolunamayacak bir töhmet *[suç]* kuvvetiyle kalbini buruyordu. Öyle bir şey söylemek istiyordu ki babasıyla arasında açılan mesafeyi bir saniye içinde silsin, yine onları eskisi kadar dost yapsın. Bir şey bulamıyordu. Ne söylemeliydi ki bu uzun sakit *[suskun]* kırgınlığı artık bir buse içinde unuttursun?

Elini uzatarak babasının bıraktığı tahta parçasını aldı:

— Ne yapıyorsunuz, babacığım?

Bu daha hiçbir şey değildi, Adnan Bey henüz ne yapacağına karar vermemiş idi. Hatırına bir fikir geliyordu; fakat...

— Beni yoracak bir fikir, diyordu; bir asma yaprağının üzerine konmuş bir salkım üzüm, üzüm tanelerini oyuk yapmalı, içlerini pamukla doldurup üzerlerine bu renge uyacak küçük kadife parçaları çekmeli... Anlıyor musun, Nihal? Zarif bir iğne yastığı...

Nihal bu fikri pek beğeniyordu:

— Ne güzel diyordu; onu bana verirsiniz değil mi?

Sonra birdenbire başka bir şey tahattur etti *[hatırladı]*; işte bu, yine baba ile kızı yekdiğerine takrip edecekti *[yaklaştıracaktı]*:

— Haniya, dedi; siz bir kere benim resmimi oymaya başlamıştınız da yarım kalmıştı. Nerede o parça?... Kim bilir, nerelere atıldı?...

Ayağa kalkmış, babasının köşede iş masasını dolduran tahta parçalarını, aletleri, o bir yığın kalabalığı karıştırıyor; o bahtiyar *[mutlu]* hayat devresinin yarım kalarak bir nisyan *[unutma]* köşesine atılan hatırasını arıyordu.

Adnan Bey onu tevkif etti *[durdurdu]*:

— Beyhude *[boş yere]* arıyorsun, Nihal? Onu bitirmek mümkün değil O zaman sen bir çocuktun, şimdi...

Nihal'i kolundan çekerek pencerenin yanına, vereceği hükmü vermek için onu daha iyi görmek üzere ziyaya götürüyor ve kızının artık bir çocuktan ziyade bir genç kız çehresine benzeyen sivrice simasına, alnını tetviç eden *[taçlandıran]* yumuşak saçlara, ince ve uzun kametine *[boyuna]* bakarak cümlesini ikmal ediyordu:

— Şimdi artık bir genç kızsın.

Rakik *[ince]* bir muhabbet havası içinde ruhu babasının bu nazarıyla kucaklaşırken Nihal'in kalbinde bir şey azim bir saadet hazzıyla eriyor gibiydi. Babasının kollarına atılacak ve tekrar beş dakika içinde babasını bulmuş olmak bahtiyarlığıyla ağlayacaktı, bunu yapabilmek için kuvvet bulamadı. Adnan Bey hâlâ ona bakıyordu. Nihal bir şey söylemiş olmak için:

— Genç kız, dedi; baba, bir çocuk genç kız olunca nihayet gelin olur, değil mi? Sizin haberiniz var mı? Ben karar verdim, bir daha değiştirilemeyecek bir karar: Küçük Nihal gelin olmayacak. Haniya bana küçükken sorardınız: Nihal, kime varacaksın, derdiniz. Ben, şüphesiz, ciddi bir kanaatle: Size, derdim... Telaş etmeyiniz, şimdi o fikirde değilim, fakat sizin yanınızda kalacağım, anlıyor musunuz, baba? Her zaman sizinle beraber...

Adnan Bey sesinde derin bir rikkat ihtizazıyla *[merhamet titreyişiyle]*:

— Lakin kızım, dedi; nihayet gelin olmaya karar vermek lazım gelecek. Bir gün, olabilir ki, baban, seni yalnız bırakmaya mecbur olur...

Nihal evvela anlamadı, sonra babasının titreyen gözlerinden anladı, yalnız ta ruhunun derinliklerinden kopan acı bir iniltiyle:

— Oo, dedi.

Bu mümkün müydü? Böyle şey olabilir miydi? Annesinden sonra bu da, babası da... Zihninde o kelimeyi söyleyemeyerek kendi kendisine:

— Kabil değil, diyordu.

Sonra babasına sokuldu:

— Söyleyin, bakayım, dedi; bana söyleyin ki bu dediğiniz şey mümkün değil...

Adnan Bey gülüyordu, ona sordu:

— Bu kararı nereden çıkardın, Nihal?

Babasına hakikati söyledi. Bu kararı işte dün gördükleri düğünden çıkarmış idi. Nihal şimdi çocukluğuna mahsus neşvesini *[neşesini]* bularak bütün tafsilatı maskaralaştıran bir tarz ile ellerinin, çehresinin bin türlü tuhaflıklarıyla düğünde gördüklerini, taklitlerle karıştırarak anlatıyordu.

Bu düğün hikâyesi Nihal'de yaşayan bir mudhike *[komedi]* kuvvet ve hareketini kesp ediyor, Adnan Bey'in gözlerinin önünden bütün bir düğün evi garibeleriyle, tuhaflıklar ile parça parça levhalarını sürükleyerek cereyan ediyordu. Nihal, iki kurşun kalemi darbesiyle bir hayat uyandıran bir ressam sanihasıyla *[ilhamıyla]* düğünün hayali bir manzarasını çizdikten sonra babasının karşısına geçiyor, ciddi görünmek için somurtan gelini taklit ediyordu.

— Düşününüz bir kere, diyordu; işte böyle, hep böyle, saatler geçecek, bütün gün geçecek, siz hep böyle somurtacaksınız. Sanki gelin olduğunuza pişmansınız, bütün bu görmeye gelenlere dargınsınız... Sizi ondan sonra, yok, ondan evvel...

O zaman Nihal parmağını kaldırarak ciddi bir vaiz vaziyetiyle:

— Başka bir şey daha var, bu ne kadar gülünçse o kadar iğrenç bir şey daha var, diyordu. O zaman o minderde oturan hanımı anlatmak için halının üstüne oturuyor, gözlerini kapayarak sazın gaşyeden *[kendinden geçiren]* nağmeleriyle başını ağır ağır iki tarafına sallıyor, ortaya boğuk bir sesle: «Oh! Ömrüne bereket!» duasını atıyordu.

Bu kadın onu alacak, Kalpakçılarbaşı'na götürecek, beğendirilecek bir meta zilletiyle *[eşya alçalmasıyla]* o güne kadar görülmemiş, tanınmamış bir adama satacaktı.

Nihal tekrar ayağa kalkarak:

— Anlıyor musunuz baba, asla, diyordu. Bunu söylerken ince sesinde ahenin bir metanet *[demirden bir sağlamlık]* vardı.

Adnan Bey gülüyordu:

— Lakin kızım, diyordu; bütün kızlar Kalpakçılarbaşı'nda gelin olmaz.

Birden Nihal'in ağzından bir sual fırlayacaktı:

— Başka nerede gelin olurlar? Kalender'de, Kâğıthane'de, Göksu'da... Ağzından çıkmamakla beraber bu sual onu o kadar korkuttu ki sapsarı oldu; fakat ta deminden beri bu düğünden bahsederken bir fırsat bulmak, biraz da Firdevs Hanım'dan, onlardan bahsetmek istiyordu. Lakin o zaman babası kaşlarını çatacak, en sert sesiyle ona «Nihal! Beni yalnız bırakır mısın?» diyecekti. Onlardan bahsetmemek için başka bir şey buldu:

— Bakınız itiraf edeyim, dedi; gelin olmak için bence bir sebep olabilir: Mücevher!.. Bilmezsiniz, babacığım, o gün ben gözyaşlarımla sarhoş oluyordum. Sanki bütün o elmaslar, zümrütler, yakutlar damarlarıma giriyor, başımı döndürüyordu. Onlardan herkeste vardı...

Şimdi biraz kızararak, bu itirafının hicabını *[utancını]* örtmek için tatlı bir tebessümle gözlerini babasının gözlerine sokarak ilave ediyordu:

— Hususuyla, birisinde, bilirsiniz ya kimde, bir zümrüt takımı vardı ki...

Bir şey onu boğuyor gibiydi, boğazında ikmal etmekten meneden bir tıkanıklık vardı, sükût etti. Adnan Bey onun saçlarını parmaklarıyla tarayarak gülüyor ve rakik *[ince]* bir sesle:

— Evet, diyordu; fakat bunun için gelin olmak icap eder. Ne zaman kararını değiştirirsen bana haber verirsin, o zaman küçük Nihal için de bir zümrüt takımı gelir.

Nihal bir kahkaha içinde cevap verdi:

— Zavallı zümrüt takımı!.. Küçük Nihal'e gelmek için ne kadar, ne kadar bekleyecek.

Bunun böyle bir şarta talik edilmesine *[bağlanmasına]* darılmıyordu, bugün babasıyla barışmış olmaktan o kadar bahtiyar idi ki bunun için değil, hiçbir şey için darılmayacaktı. Şimdi onda her şeyle, herkesle, bütün hayatıyla barışmaya bir ihtiyaç vardı; ruhunun muhabbet kabiliyetleri, bilinemez nasıl bir nesim nefhasıyla *[rüzgâr esintisiyle]* serpilip ziya, hararet *[ısı]* arayan bir gonca inkişafıyla açılıveriyordu. Hatta piyanosuyla bile barıştı. Bugün evin içi saatlerle Strauss'un[64] valslerini, Métra'nın kadrillerini dinledi. Behlül'den gidip kitap istedi. Mlle de Courton evvela kendisine gösterilmek şartıyla ona bazı hikâyelerin okunmasını tecvize *[izin vermeye]* başlamıştı. Kitap bahanesiyle Behlül'ün odasında yarım saat gecikti. Bugün iki iyi dost gibi gevezelik ettiler. Babasıyla barışmanın sanki şenliğini yapıyordu.

Bu ifrata taşan *[aşırılığa varan]* sevincinin içinde ara sıra kendi kendisine gülerek soruyordu: Mademki barışmak ancak onun elinde idi, neden şimdiye kadar beklemiş idi? Mlle de Courton'u taklit ederek kendi kendisine parmağını kaldırıyor ve: «Artık, bundan sonra uslu çocuk olacaksın, değil mi küçük Nihal?» diyordu.

Fakat böyle uslu çocuk olmakta devam edemedi, nihayet bir gün en umulmaz bir vesile ile o zamana kadar aralarında bir sert kelime bile teati edilmeyen Bihter'le Nihal'in arasında birdenbire muhasame *[düşmanlık]* başlamış oldu. Nihal haksızdı, bunu kendi kendisine de, Bihter için husumete *[düşmanlığa]* benzer bir his duydukça hep itiraf ederdi; bu kadına, babasının karısı olmaktan başka atfolunabilecek hiçbir husumet sebebi bulamıyordu. Fakat bu haksızlık onun için öyle bir ihtiyaç idi ki mutlak hükmüne tebaiyet edecekti *[uyacaktı]*; bu kadınla mümkün değil dost olamamış idi, onunla düşman olacaktı.

Bir gün sabahleyin Nihal babasının iş odasına gülerek, elinde bir kâğıt parçasını yarım saklayarak

---

(64) Johann Strauss (1825-1899) Avusturyalı besteci. Vals ve operetleriyle tanınır.

girdi. Bihter elinde küçük bir tüy süpürge ile duvardaki levhaların tozunu alıyordu. Nihal babasının yanına kadar sokuldu, hep gülüyordu, kâğıdı uzaktan gösterdi, sanki kapılmasından korkarak çekildi.

— Nedir o Nihal?

Nihal kollarını açarak:

— Müthiş bir hesap, dedi.

Şimdi Adnan Bey de gülüyordu, Nihal para istemeye geliyordu. Babasına anlattı. Bunu Matmazel'le beraber yapmışlardı, birçok şeyler, neler neler, küçük Nihal'in o kadar eksikleri vardı ki, kâğıda bakarak, saydıkça, babasına tuttuğu elinin parmaklarını kapayarak birer birer haber veriyordu. Evvela ayakkabı alacaklardı, bir; eldivenleri patlamıştı, bunları alacaklardı, iki... Alınacak şeyler taaddüt ediyordu *[çoğalıyordu]*. Nihal, istedikleri reddolunmamaya alışmış çocuklara mahsus bir şımarıklıkla:

— Gördünüz mü? diyordu; Cüzdanınızdan bir beşlik kâğıt aşırmak için kifayet edecek *[yeterli olacak]* kadar şeyler var..

Adnan Bey, Bihter'e sordu:

— Bugün Beyoğlu'na ineceğinizden haberim yoktu.

Ta yüksekte bir levhaya *[tabloya]* yetişmek için kanepenin üstüne çıkan Bihter başını çevirmeden cevap verdi:

— Ben de bilmiyordum.

Nihal fütursuz *[umursamazca]* cevap verdi:

— Biz Matmazel'le ineceğiz; öyle kararlaştırmıştık. Baba! Bize bu vapuru kaçırtırsanız geç kalacağız...

— Kızım, niçin annenin ineceği bir günü beklemiyorsun?

Nihal'in birden çehresi değişti. Cevap vermemek istediğini anlatan bir sesle dudaklarını şişirerek:

— Çünkü, dedi, sonra ilave etti:

— Bugün de Matmazel'le bir kaçamak yapmak istedik. Zannederim ki bir genç kız mürebbiyesiyle beraber sokağa çıkabilir.

Nihal'e bir kelime daha söylemek mevcut olmayan bir cidal *[kavga]* zemini yaratmak demekti, Adnan Bey parayı vermeyi tercih etti, Nihal çıktıktan sonra Bihter'e sordu:

— Nihal'le neyiniz var, Bihter?

Bihter işitmemiş gibiydi, fark etmemişçesine cevap verdi:

— Nihal'le?.. Hiç!..

Bugün Nihal, Beyoğlu'ndan avdet ettikten *[döndükten]* sonra odasına girince birden burada bir tebeddül *[değişme]* gördü. Odasında bir başkalık vardı, burasını boşaltıveren bir tebeddül vukua gelmiş gibiydi. Çarşafını çıkarmadan, ayakta, ne olduğunu anlayamayan gözlerle bakıyordu. Sonra birden anladı. Bülent'in yataklığı eksikti.

Bu o kadar beklenmeyen bir şey idi ki gözlerine inanamıyordu, belinden çarşafı sarkarak odasından çıktı, merdiven başına kadar koştu:

— Şayeste! Nesrin! Bülent'in yataklığını ne için kaldırdınız?

Kulağını dikerek cevap bekliyordu. Merdivenleri indi ve o zaman karşısında Bihter'i gördü:

— Ne koşuyorsun, Nihal?

Bihter muhakkak bir müsademeye *[çarpışmaya]* cesaretle mukavemet *[direnmek]* için karar vermiş gibiydi. Nihal:

— Bülent'in yataklığını kaldırmışlar, dedi.

Bihter metin *[sağlam]* bir sesle cevap verdi:

— Evet, ben kaldırttım, Bülent artık ayrı bir odada yatacak, geçen hafta kendisiyle öyle karar verdik...

Nihal dondu. Nasıl, nihayet Bülent'i büsbütün ondan alıyorlardı, haftada bir gece bile onu ablasına bırakmak istemiyorlardı ve bu, bu haksızlık Bülent'le ittifak edilerek *[birleşilerek]* yapılıyordu da, ona haber bile vermeye lüzum görülmüyordu, bilhassa *[özellikle]* onun evde bulunmadığından istifade edilerek... Oh!...

Ağzından bir kelime çıkamıyordu, gözlerinde hırsının ateşinden kurumuş bir kin nazarıyla Bihter'e bakıyordu, birden tuğyan etti *[coştu]*:

— Lakin siz, siz ne karışıyorsunuz, rica ederim? Şüphesiz Bülent'i aldatmış olacaksınız, o sizin yalan tebessümlerinizle... İşte yine gülüyorsunuz, fakat ben artık biliyorum, anlıyor musunuz, bu tebessümlerinizi biliyorum, onlarda zehirleyen bir şey var. İşte etrafınızdakiler, hep sizden zehirleniyorlar. Bülent sizin için mektebe gönderildi, şu kadar çocuk sizin için oraya atıldı, şimdi ablasının odasından da atılıyor. Onu nereye atıyorsunuz? Selamlığa mı atılıyor?

Bihter acı bir tebessümle dinliyordu, yavaş bir sesle cevap verdi:

— Haksızlık ediyorsun, Nihal? Ne için beş dakika sonra sana nedamet *[pişmanlık]* ettirecek bir tarzda lakırdı söylüyorsun? Düşünsen ya, Nihal! Bülent artık senin odanda yatamazdı, bu, kaideye mugayir *[kurala uymayan]* bir şey olurdu.

Nihal atıldı:

— Hayır, diyordu; yalan, yalan söylüyorsunuz!

Narin, mariz *[hastalıklı]* vücudu zapt olunamayan bir raşe *[titreyiş]* ile titriyordu, dudakları bembeyaz olmuştu, sesinde bir kısıklık, tırmalayıcı, ıslık çalıcı bir şey vardı:

— Bunlar hiçbir şey için yapılmıyor, yalnız beni, anlıyor musunuz? Bu evin içinde artık fazla gelen kızı kahretmek için yapılıyor. İtiraf etseniz a, niçin saklıyorsunuz, sanki? Siz beni herkesten uzaklaştırmak, yapayalnız bırakmak istiyorsunuz, işte geldiğinizden beri buna çalışıyorsunuz.

Bihter sapsarı, dudaklarını ısırarak dinliyordu. Nihal'i bu haliyle hiç görmemişti, şimdi o hırçın bir kız olmuş idi, hep o hiddetinden kısılan sesiyle, hiçbir şey düşünmeyerek, hiçbir şey dinlemek istemeyerek söylüyordu. Birden Bihter'e daha ziyade yaklaştı:

— Demin ne diyordunuz? dedi; aldanıyorsunuz, ben, asıl şimdiye kadar size söylenememiş şeylerden nedamet ediyorum. Ben sizi hiçbir vakit sevmedim, sevemedim, sizden nefret ediyorum, işitiyor musunuz? Sadece nefret!

Bihter'in kulakları uğulduyor; yukarıda tahtalar gıcırdıyor, dehlizde bir kapı yavaşça açılıyor, bütün evin halkı, Mlle de Courton, Şayeste ile Nesrin, Beşir, dudaklarında bir haz tebessümüyle onun tahkir edildiğini *[aşağılandığını]* dinliyorlar zannediyordu, Nihal'in son sözü çehresine birden bir al dalga fışkırtan bir kamçı oldu:

— Nihal, dedi; mürebbiyenizin yanına çıkar mısınız? Size daha verilecek terbiye dersleri olmalı...

Nihal'in cevabını işitmemek için Bihter döndü, Nihal cevap verememek hırsından titriyordu, Adnan Bey'in kapısı açıldı ve karşısında babasını gördü. Baba kız, dik, titremeyen, husumeti andıran bir nazarla bakıştılar. Adnan Bey sordu:

— Ne oluyor, Nihal?

Nihal cevap vermedi, boğuluyor gibiydi, artık hiddeti son kuvvet hamlesini sarf etmiş idi; şimdi bütün asabında bir gevşeklik, hemen oraya atılıverek ağlamak isteyen bir makhuriyet *[kahrolmuşluk]* vardı. Adnan Bey şimdi gözlerinde hiddetten ziyade merhamete benzeyen bir nazarla ona yaklaşmış idi:

— Kızım, dedi; biraz benim odama gelir misin?..

Birden, kendisini babasının odasında, onunla karşı karşıya, onu biraz dargın, biraz muaheze *[azarlama]* haliyle, vakur, ciddi bir sesle kim bilir neler söylerken, kim bilir kalbini nasıl ezecek nasihatlar verirken; kendisini, zelil *[alçak]*, aciz, hicabından *[utancından]* ağlayamayarak, makhuriyetinden söz söylemeye kuvvet bulamayarak, hemen orada bu biçare kalbin yeislerini *[üzüntülerini]* anlamamak isteyen babasının ayakları altında can çekişirken gördü ve birden hayalinde hayat bulan bu manzaradan o kadar korktu ki babasının uzanan elinden elini çekti, döndü, hiçbir cevap vermeyerek kaçtı.

Beş dakika sonra Nihal odasında yalnız, Bülent'in boş kalan yerine bakarak, kendisini o kadar haksız buluyordu ki nedamet etti. Şimdi aşağıya inmek, bu kadının tekrar yüzüne bakmak için nasıl kuvvet bulacaktı? Şimdi bu hiddet tuğyanını affettirecek, kendi nefsine karşı muhik *[haklı]* gösterecek bir sebep bulamıyordu. Kendi kendisinden o kadar utanıyordu ki ondan izahat talebiyle kapısına vuran Mlle de Courton'a odasını açmaktan imtina etti *[çekindi]*.

Bu vakayı herkes, sanki bir ittifak ile unutmuş göründü. Bihter, Nihal'le beyinlerinde *[aralarında]* hiçbir şey cereyan etmemiş *[geçmemiş]* gibiydi. Fakat nedameti tekrar bir muhasame *[düşmanlık]* vesilesi bulmak ihtiyacı takip ediyordu, artık onda bir şey vardı ki sebep olmadan taşıyor, ancak Bihter'e soğuk birkaç kelime içinde istiabı *[biriktirdiğinin]* fazlasını boşalttıktan sonra sükûn buluyordu. Artık küçük küçük münazaalar teakup ediyordu *[çekişmeler birbirini takip ediyordu]*; Bihter'in masum bir kelimesi fena tevil olunuyor *[yorumlanıyor]*, pek dostça bir musahabe arasında bir fikrine tuğyan ettirecek bir itiraz yapılıyor, kocasına söylenen bu sözün arasına tırmalayıcı bir kelime ile müdahale ediliyordu. Nihal artık tahammül edilmez hırçın bir kız oluyordu. Bihter'le küskünlükleri vardı ki günlerce sürerdi, bir kere Bihter'in bir sözünde tevehhüm edilmiş *[kuruntuya düşülmüş]* bir mana bahanesiyle peşkirini sofranın üzerine fırlatarak yemekten kalkmıştı; beraber yapılmak üzere kararlaştırılan seyranlar *[gezintiler]* oluyordu ki Nihal'in birdenbire zuhur ediveren *[ortaya çıkıveren]* rahatsızlıklarıyla teehhür ediyordu *[gecikiyordu]*. En olmayacak şeylerde Nihal bir muhalif vazı ittihaz ediyor *[karşıt tutum takınıyor]*; Bihter'i bir istihza *[alay]* kahkahasıyla tekzip etmek, haksız çıkarmak, utandırmak için her dakika bir fırsat bekliyordu ve Bihter'in sakin bir tebessümle, mutedil *[ölçülü]* bir kelime ile mukabele ettiği *[karşılık verdiği]* bu mücadelelerden kendisini mağlup çıkmış gördükçe Nihal büsbütün hırçın oluyor, büsbütün haksızlaşıyordu.

Bihter bir buhran *[kriz]* devresinin başladığına hükmetmiş idi. Onda teheyyüclere galebe çalan *[heyecanlanmaları kontrol eden]* bir nefse hüküm vardı ki Nihal'e karşı yalnız bir tedafü *[kendini koruma]* vaziyeti almasına müsaade ediyordu. Kendisine hasta bir kızını hırpalamayarak terbiye eden bir anne hareketini tersim etmiş *[çizmiş]* idi. Bir gün kocasına rica etti:

— Sizin küçük bir müdahaleniz bu buhranın pek çok sürmesinden başka bir şeye hizmet edemez. Bana vaat ediniz, bakayım, hiç karışmayacağınızı vaat ediniz...

Adnan Bey etrafında cereyan eden bu şeylerden iltizam ederek *[uzaklaşmayı yeğleyerek]* sanki habersiz kalıyordu; yanında vuku bulmuş bir münazaaya *[çekişmeye]* bile mühahale etmemek için dudaklarını ısırır, eline bir ceride *[gazete]* alırdı.

Bihter için bu bir cehennem hayatı oldu; en sakin, en emin zannolunan dakikalarda Nihal'le cenk etmek lazım geliyordu. Bütün sözlerinin, bütün hareketlerinin derhal bir niza *[çekişme]* vesilesi olarak yakalanmak üzere bu kızın teftiş nazarı altında tutulmasından mütevellit *[kaynaklanan]* daimi bir eza içinde idi; fakat bu buhran devresi başladıktan sonra en ziyade mustarip olan Nihal'di. Bu hırçınlıklar, biçare mariz ruhunu yakıp kavuran müthiş bir hummanın önüne geçilemez nöbetleri hükmünde idi. Devamı esnasında, onu, düşünemeyen bir çılgın yapar, vahşi bir sekr *[sarhoşluk]* lezzeti ile mest bırakır, sonra zedelenmiş asabıyla, titreyen renksiz dudaklarıyla, boğazına tıkanan bir azap ukdesiyle *[düğümüyle]* ve hep o ensesinden başlayarak şakaklarını geren ağrılarla bu mücadelenin içinden kafesinin tellerine çarpa çarpa hırpalanmış mecnun *[çıldırmış]* bir kuş haraplığıyla çıkınca kendisini bütün çılgınlıkları, bütün buhranları daha ziyade kuvvetle, daha ziyade vuzuh *[açıklık]* ile tahattur olunan bir hezeyan *[sayıklama]* nöbetinden uyanıvermiş bulur; bu hatıraların hicabından, herkesin o haksızlıkları muaheze edecek *[eleştirecek]* zannettiği nazarından kaçmak için odasına koşar, kapısını kilitler ve orada yalnızlığın içinde irileşmiş gözleriyle, takallüs etmiş *[kasılmış]* parmaklarıyla kendi kendisini parçalamak, yemek isterdi. Haksızlığını tamamıyla biliyordu, işte onu herkesin gözlerinde de okuyordu; «Lakin kızım, düşününüz, rica ederim...» diye başlayan Mlle de Courton'dan onu bir tebessümle, yanından geçerken mırıldanılmış bir kelime ile tasvip eden Şayeste ile Nesrin'e kadar herkes onun haksızlıklarına birer şahitti; kızların onu iltizam etmeleriyle *[yeğlemeleriyle]* haksızlıklarını daha çirkin bir mana kesp etmiş buluyor, kendisini onların derekesine *[alt basamağına]* inmiş, onlarla şerik *[ortak]* olmuş görmekten iğreniyordu. Lakin niçin, niçin böyle oluyordu? Mlle de Courton'un dediği kadar düşünmeye neden muktedir olamıyordu *[gücü yetmiyordu]*? O zaman bu haksızlıkları kendi nefsine, herkese affettirmek için fazla nümayişlere *[gösterilere]* lüzum görürdü. Babasıyla yine çocuklaşmak ister, Behlül'e sokulur, Bülent'i hediyelere boğar, nihayet Bihter'le, hiçbir şey vaki olmamışçasına, sokulgan bir refika *[arkadaş]* olurdu; fakat bu nümayişlerin arasında hisseder ki bütün etrafındakiler, hatta Bülent, ta gözlerinin içinde ona karşı bir hafi *[gizli]* muaheze nazarı saklıyorlar. Bihter'in kısılmış dudaklarında zapt olunan kelimelerin bir lerzişini *[titremesini]* fark ederdi ve artık daha ziyade nefsini zapt etmeyerek, nihayet herkesi kendi tarafına celp edecek *[çekecek]*, artık bu defa kendisini muhik *[haklı]* gösterecek bir vesile zuhur ettiğine kani olarak, geçmiş haksızlıklarının tamirini yeni bir haksızlıkta arardı. Lakin her defasında aldanırdı, bu mücadelelerin hiçbirinde ona hak verecek bir nazara tesadüf etmemişti. İstiyordu ki kendi kendisini haksız bulmakla beraber herkes ona hak versin, ona acısın. Evet, kendisine acınılmasını istiyordu, onun merhamete ihtiyacı vardı. Ta kalbinde bir şey ona kendisini çekerek saçlarını gözyaşlarıyla ıslatacak şefik *[sevecen]* bir kalp aratıyordu. O şefkat kalbi, o kerem sinesi kimin olabilirdi? Bunu tayin edemiyordu; fakat biliyordu ki o, gözyaşları, o derin bir rahmet menbaından saçlarına akacak sıcak yaşlar, kalbinin, biçare mecruh *[yaralı]* kalbinin yaralarını yıkayacak, zehirlerini tathir edecek *[temizleyecek]* ve yalnız o vakit işte kendisini mahveden bu müthiş, bu ciğerlerini kavuran hummadan şifayab olacak *[ateşten iyileşecek]*.

Bu kalp kimin kalbi olabilirdi? Bütün etrafındakilerin kalpleri ondan uzaklaşmış idi; hiç, hiçbir müşfik kalp görmüyordu ki o şifa verecek gözyaşlarını serpmeye muktedir olabilsin, şimdi artık hepsiyle yabancılaşmış idi, hepsiyle...

Zihninde acı bir hüsran nidası şeklinde bu kelimeyi tekrar ederken, öksüzlüğünün bütün yeisiyle *[üzüntüsüyle]* bu feryadı yalnızlığının matemine bir ıstırap enini *[iniltisi]* hükmünde atarken kendisini o kadar metruk *[terk edilmiş]*, o kadar yalnız görürdü ki hemen ölmüş bulunmak isterdi.

Sonra dışarda kışın siyah günleri penceresinden ona dalga dalga ölüm zulmetleri *[karanlıkları]* dökerken birden titrerdi, üşürdü. Ölmek! Kim bilir, bu ne güzel bir şeydi! Fakat ne korkunç bir şey... Asıl korkunçluğunda bir güzellik bulunuyordu. Siyah bir çukur, o, büsbütün beyazlaşmış çehresiyle sarı saçlarının arasında, beyaz, kar kadar beyaz kefenler içinde yatıyor ve ta yukarda, o siyah toprakların üstüne siyah bir semadan yavaş yavaş, bu genç kız mezarını okşar gibi yağmurlar dökülüyor; işte o şifa veren gözyaşları!.. Mademki bu hayatta sarı saçlarını onlarla ıslatacak bir kerem kalbi yoktu, bu gözyaşlarını mezarında bulacaktı; sema, kızına ağlayan bir anne matemiyle ağır ağır, yavaş yavaş, gözyaşlarını serperken mezarında, ruhuyla bunları içecekti, bu ölmüş genç kızın renksiz dudakları mesut bir tebessümle taravet *[tazelik]* bulacaktı; sonra, kim bilir, belki mezarların karanlık yollarından, o toprakların altında muhtefi *[gizlenen]* siyah dehlizlerden bir ölü, annesi, beyaz kefenleriyle sürüklene sürüklene, tırnaklarıyla toprakları deşe deşe, yol açacak, geceleri kızını yalnız bırakmamak için onun yanına gelecek, dudaklarıyla saçlarının arasında kulağını arayacak ve başkalarına, hayattakilere işittirmemek için yavaş bir sesle: «Nihal'im! Benim mini mini Nihal'im,» diyecek; «İşte ben, yalnız ben sana hak veriyorum.» Evet, mini mini Nihal'e yalnız o hak verecekti.

Böyle, odasında yapyalnız, ölümü düşünürken hulyasının nazarında bir genç kızın taze mezarını görür; elini çenesine dayayarak, gözleri kaybolmuş, sanki o mezarın başında matem tutardı.

Böyle ikiye inkısam etmek *[ayrılmak]* mümkün olsaydı! Ölmüş, mezarının içinde annesiyle öpüşen bir Nihal ve o mezarın başında, böyle eli çenesine dayanmış, sarı saçları perişan, gözleri insanların göremedikleri bir ufka küşade *[açılmış]*, kımıldanmayarak, yaşamıyormuşçasına yaşayarak, yalnız ağlamak için oraya dikilmiş bir heykel, fakat canlı, matem heykeli şeklinde bir başka Nihal...

Bu mateminin arasında onunla beraber ağlayacak birisine ihtiyaç duyar ve o zaman musikinin teselli eden giryelerine koşardı. Bu elim *[keder veren]* saatlerde parmakları piyanosunu inletecek şeyler bulurdu. Ya Chopin'den bir leyle[65] *[gece]*, ya Schumann'dan bir neşide[66] *[şiir]*, yahut Mendelsohn'dan bir hazin lahn[67] *[melodi]* içinde bu aletin ruhuyla onun mariz ruhu hüviyetlerini eritip mahveden bir deraguşun *[kucaklamanın]* vecde giren ihtizarlarıyla *[can çekişmeleriyle]* çırpınırlar; sonra birbirini kırarak, birbirini öldürerek son bir ıstırap şehiki *[hıçkırığı]* ile, havada derin bir matem zemzemesi *[ezgisi]* bırakarak, bitap, şikeste *[kırık]*, mecruh, sürüklene sürüklene sanki bir kenara düşerlerdi. İnleyen bu şeyler, biçare beşer hayatının o ifade edilmez ıstıraplarına gözyaşlarından dizilmiş bir lisan olan bu musiki ka-

---

(65) Frederic Chopin (1810-1849), Polanyalı besteci ve piyanocu. Burada noktürnleri kastediliyor.

(66) Robert Schumann (1810-1856), Alman besteci. Burada liedlerinden biri belirtiliyor.

(67) Felix Mendelssohn-Bartoldy (1809-1847), Alman besteci ve orkestra yöneticisi. Burada sözsüz melodileri kastediliyor.

sideleri Nihal'in asabından geçtikçe, onun acılarıyla zehirlendikçe daha hastalanarak başka bir mana, geceleri semaların hazin handelerinden *[gülüşlerinden]* mezarlara damlayan terahhum katrelerine *[acıma damlalarına]* benzer rakik bir elem ifadesi kesp eder-di *[kazanırdı]*. Nihal kendisini unuturdu; kısık dudaklarla, kuru gözlerle, bir bulut arasından gördüğü o siyah işaretlere dalgın, onların sakit *[sessiz]* lisanından canlanarak uçan şikâyetlerle kavrulmuş denebilecek nazarında hiçbir fikrin hayat leması *[parıltısı]* parlamaksızın, sanki hissiz, hayatsız, gaşyeden *[kendinden geçiren]* bir ölümün rüya dalgalarında asude bir cereyan *[rahat bir akıntı]* ile yüzerdi.

Chopin'in prelütlerinden biri vardı ki onu çalardı ve bunu ezberden, gözlerini kapayarak çalarken ta ruhunun içinde beyaz bir gece, son bir hayat gecesinin kefenli ufuklarını görürdü. Bu neşidenin, bilinemez neden, onda böyle bir ilham kuvveti vardı, ne vakit onu çalsa gözlerinin içine bütün kâinatı kefenlere saran bir beyaz gece, karanlıkla aydınlıktan, bulutlarla güneşlerden mürekkep *[oluşan]* bir gece, fakat ölmüş bir cihanın ölmüş bir gecesi sanih *[ilham]* olurdu.

Beyaz! Beyaz! Beyaz!.. Bu gecenin azim, yüksek ağaçları vardı ki beyaz başlarını, beyaz kollarını kaldırarak silkiniyorlardı; beyaz bulut kümelerinden yığıla yığıla göğüslerini germiş dağların arasında beyaz saçlarının beyaz köpüklerini savurarak yükselen dalgalarıyla bir deniz kabarıyordu; ta yukarıda, bir sukut vakfesi *[düşme duraklayışı]* içinde kalıvermiş kar tufanlarının arkasında beyaz bir ay... Sonra bütün bu beyazlıkların üzerinden koşan alay alay gölgeler, bu beyaz cihanı siyah bir memat *[ölüm]* nefesi içinde saran bulutlar ve her tarafta azim bir sükût; ne bulutlarda küçük bir zemzeme *[nağme]* ne dalgalarda hafif bir feşafeş *[hışıltı]*; hiç, hiçbir şey yok, yalnız bu ölmüş gecenin üstüne ta uzaklardan, kim bilir nerelerden, belki mevcut cihanın ötesinden kâinatın hayatına mersiye *[ağıt]* okuyan bir ses; nihayet kefenlerinin altında dinlenen bu ıstırap mahşerinin üstüne bir rahmet kevseri *[acıma suyu]* hükmünde dökülen son enin...

Ve bu son kâinat gecesinin tek temaşakârı *[izleyicisi]* olarak, bütün o karlarının altında incimat etmiş *[donmuş]* manzaraların kenarında kendisini görüyordu; bir kişi, bu ölmüş kâinatın içinde yapyalnız!... Şimdi de böyle değil miydi? Yapyalnız... O zaman rüyasıyla hakikatin müşabehetinden *[benzerliğinden]* titrer ve musikinin şifa verirken öldüren bu tesliyetlerinden *[avutmalarından]* silkinerek çıkmak isterdi.

Artık uyuşan, can çekişen asabı tekrar hayat bulmak için sarsılmak, hırpalanmak ihtiyacını duyardı; birden, demin inleyen alet çıldırır, kudururdu; demin havanın içine serpilen son elem nevhaları *[ağıtları]* henüz son ihtizar *[can çekişme]* nefesini vermeden bir sürat temrininin *[alıştırmasının]* kasırgaları patlar, çılgın deveranları *[dönüşleri]* içinde bütün hüzün neşidelerinin *[şiirlerinin]* inleyen bakiyelerini müthiş tarrakalarıyla *[gümbürtüleriyle]* boğardı.

Nihal bu velvelenin içinde sersemleşmek, düşünmemek için düşünmemek isterdi; sonra yorgun, göğsü şişkin, sapsarı, bu mücadelenin içinden çıkarak başını çevirince ihtiyar mürebbiyesinin *[öğretmeninin]* endişeli bir nazarla kendisine bakan gözlerini görürdü. O, bu musiki hummalarının hemen hepsinde bir gölge ihtirazıyla gelmiş, biraz uzakça oturmuş bulunurdu.

Onun uzaktan Nihal'e öyle bir bakışı vardı ki «Zavallı çocuk, kendisini öldürüyor.» demek isteyen derin bir merhamet manasıyla dolu idi. Evet, bu musiki hummaları, insafsız bir marazın *[hastalığın]* takip eden ateş nöbetleri kahrıyla bu zayıf çocuğu kırılmış bir halde bırakırdı. Bu musikinin tesliyetinde mest eden bir zehirli içki hıyaneti vardı.

O zaman Nihal'i almak, ona neşe verecek şeyler okumak isterdi; fakat Nihal bunlardan sıkılıyordu, mürebbiyesinden öyle kitaplar istiyordu ki ona ölümü düşündürsün. Mürebbiyesine itiraf ediyordu:

— Ölüm! Ölüm! Şimdi hep bunu istiyorum, derdi.

14

Bir gün Şayeste, Nihal'e inanılmayacak bir haber verdi. Firdevs Hanım'ın uzun bir misafirlik için yalıya geleceğini işitmiş idi. Şayeste tafsilat *[ayrıntılar]* da veriyordu. Hekimler, dizlerinin sızıları için onların yalısının rutubetinden bahsetmişler imiş, nihayet birçok tasavvurlardan sonra buraya gelmeye karar verilmiş...

Şayeste bitmez tükenmez tafsilat ile bu haberi verirken Nihal hareket etmeden, bir kelime söylemeyerek, inanılmayacak bir şey dinleyenlere mahsus sabit, mütehayyir *[şaşırmış]* nazarla duruyordu. Şayeste bitirince cevap vermedi.

Bu mümkün müydü? Bu karar kendisine karşı iltizam edilerek tertip olunmuş *[gerekli görülerek düzenlenmiş]* bir şey manasını kesp ediyordu. Demek Nihal bundan sonra Firdevs Hanım'la beraber, bir evde, yan yana yaşamaya mahkûm olacaktı. Lakin bu kadından o nefret ediyordu, hele o düğünden beri ona başka türlü yaratılmış, sair *[başka]* kadınların hiçbirine benzemez bir mahluk nazarıyla bakıyordu. Kabil değil, buna müsaade etmeyecekti. Birden karar verdi, artık babasına karşı da isyan edecek, bütün kuvvetiyle cenk edecekti.

Nihal aklına gelen bir şeyi hemen yapmalı, zuhur eden bir niza *[çekişme]* vesilesini derhal istimal etmeliydi *[kullanmalıydı]*; Şayeste'yi orada bırakarak yerinden kalktı, aşağıya indi; fakat sofada tevakkufa *[durmaya]* mecbur oldu.

Bugün bir cumartesiydi. Bülent henüz gelmiş idi, sofada onunla Behlül'e tesadüf etti. Bülent'le öpüştüler. Nihal sapsarıydı, dudaklarında ufak bir ihtizaz *[titreyiş]* vardı. Bihter'e koşmak, artık bu defa müthiş bir müsademe *[çarpışma]* ile her şeyi kırmak istiyordu.

Behlül sordu:

— Ne oluyorsun, Nihal? Sende yine bir şey var.

Nihal durdu. Birden kararını değiştirdi. Bu şaşılacak haberi onlara söylemekle kendisinin tarafına geçecekler bulacağına hüküm verdi. Behlül'e dedi ki:

— Elbette haberiniz vardır. Bize yeni bir misafir geliyormuş...

Behlül cevap verdi:

— Firdevs Hanım'dan bahsediyorsun zannederim. Lakin yanılıyorsun, Nihal, o bir misafir değil, senin annen demek olan bir kadının annesi...

Nihal birden taşan hiddetiyle cevap verdi:

— Evet, fakat o kadın buraya gelemez.

Behlül, Nihal'e yaklaştı ve bir büyük kardeş mülayemetiyle *[yumuşak huyluluğuyla]*:

— Nihal, dedi; eminim ki sen şimdi Bihter'e gidiyordun, ona şimdi bana söylediğini söyleyecektin, öyle değil mi? Beni biraz dinler misin, Nihal? Fakat kavga ederek, hiddetlenerek değil, sakin sinirlerle, dudaklarında bir tebessümle... Bilirsin ki bütün kavgalarımızla beraber biz yine dostuz, bir nevi kardeş, birbirini tırmalayıp da yine sevişen kardeşlerden... İşte bak gülüyorsun, mağlup oldun, hiddet bitti, artık beni dinleyeceksin.

Behlül, Nihal'i elinden çekerek odasına götürüyordu, Bülent onları takip ediyordu, Nihal'i bir koltuğa oturttuktan sonra Behlül bir yer iskemlesini çekti ve karşısına oturdu, Bülent yerde, ikisinin arasında idi.

Nihal yumuşamış, ihtiyarını *[iradesini]* başkalarına teslim etmiş bir vücut hükmünde idi, ufak bir tebessüm ince dudaklarını hafifçe açıyordu. Biraz evvelki Nihal'den o kadar başka bir şey idi ki şimdi Bihter'in yanında olsaydı beş dakika evvel söyleyebileceği şeyleri söyleyemeyecekti.

Behlül hep o mülayim *[yumuşak huylu]*, o bir kardeş sesiyle sordu:

— Değil mi Nihal? Bihter'e de, o kadın buraya gelemez, diyecektin.

Nihal başıyla, gözüyle inkâr ediyordu; Behlül diyordu ki:

— Yok, şimdi utanıyorsun da onun için itiraf etmiyorsun; ya bunu söyleyecektin; yahut buna benzer bir şey... Bak, beş dakika kifayet etti *[yetti]*, yapmak istediğin şeyden utanıyorsun. İşte bütün bu kış yaptığın şeyler için beşer dakika bekleseydin onların hepsi vuku bulmamış olacaktı...

Nihal hep o tebessümüyle susuyordu. O zaman Behlül anlattı. Firdevs Hanım'ın bu misafiretinden *[konukluğundan]* hiç kimse memnun değildi, hatta herkesten ziyade Bihter.

Nihal gözlerini açtı, nasıl o da, annesinin geleceğinden memnun değil miydi? Behlül:

— Seni temin ederim ki değil, diyordu; sana bunu izah etmek pek uzun, fakat ne kadar memnun olmayacak olursa olsun başkaları kendisine karşı memnuniyetsizlik gösteremez; hususuyla sen, Nihal, buna dair bir küçük işarette bile bulunamâzsın. Bu şimdiye kadar aranızda geçen kavgaların hiçbirine benzemezdi... Ondan sonra, Nihal; müsaade eder misin? Sana ne vakitten beri söylenmek istenip de söylenemeyen bir şey söyleyeyim?

Nihal biraz doğrularak o zamana kadar söylenemeyen, bu mühim şeyi bekledi. Behlül ciddi bir sesle söyledi:

— Nihal, sen bilmeksizin babanı meyus ediyorsun *[üzüyorsun]*...

— Nasıl? Ben, ben mi babamı meyus ediyorum?..

Bu sual ağzından bir feryat feveranıyla *[patlamasıyla]* çıktı. Behlül o sakin sesiyle devam etti:

— Evet, sen, mini mini Nihal, sen... Bilmeyerek, düşünmeyerek, biraz çocukluktan, biraz hırçınlıktan, fakat asıl kıskançlıktan... Senin bütün o Bihter'e yaptığın şeyler, o haksızlıklar, evet, itiraf edersin değil mi? Onlar hep birer haksızlıktan başka bir şey değildir. İşte bütün o nefsini zapt edemeyerek yaptığın kavgalar onu zedeleyecek birer sebep oluyor.

Behlül bu muhakeme silsilesini takip ediyordu, fakat artık Nihal anlayamıyor, vuzuh *[açıklık]* ile dinleyemiyordu. Bülent'in tasdik eden *[onaylayan]* çehresine bakarken gözlerinde bir sis, Behlül'ün sesini işitirken kulaklarında bir uğultu vardı. Kendisine birinci defa olarak söylenen bu şey o kadar beklenmeyen, o kadar umulmayan bir şey idi ki onu sersemletmiş idi. Kalbinde bir damar kopuyor gibiydi. Demek o babasını meyus ediyordu. Evet, bu doğru olmalıydı. Nasıl olmuştu da bunu kendisi düşünememiş ve şimdiye kadar hiç kimse ona bu hakikati söylememiş idi? Birden nefsini azim *[kendini büyük]* bir cinayet işlemiş olmak töhmetiyle *[suçlamasıyla]* gördü. Babasını meyus etmiş olmak... Evet, evet, bu böyleydi, böyle olmalıydı. Şimdi ne yapacaktı? Ne yapacaktı ki her şeyi unutturşun?.. Her şeyi affettirsin?.. Şüphesiz artık Firdevs Hanım'ın gelmesine ses çıkarmayacaktı, artık Bihter'le uğraşmayacaktı, fakat evvelkiler nasıl unutturulacaktı?

Behlül söylerken, o dinlemeyerek, Bihter'le geçen şeyleri birer birer tahattur ediyordu *[hatırlıyordu]*. Kendisini ne kadar haksız buluyordu. Nasıl kuvvet bulmuş da bunları yapmış idi?

Nihal Behlül'ün odasından başkalaşmış bir Nihal olarak çıktı. Behlül ona diyordu ki:

— Gördün mü, Nihal? Ne zaman kendinde hiddete benzer bir şey hissedersen biraz kavga arzularına meydan vermek için seninle küçük küçük mücadeleler de yaparız, fakat başkasıyla değil...

★ ★ ★

Bugün Nihal'in en sakin bir günü oldu. Saatlerle mürebbiyesinin ona okuduğu bir kitabı dinledi. Bugün Nihal için başka bir devrenin mebdeini *[başlangıcını]* teşkil edecekti. Bundan sonra artık hiç sesini çıkarmayarak, bütün o çılgınlıklara sevk eden isyan hissiyatını ezmek için zayıf kalbinde kuvvet bulmaya çalışarak makhuriyetinin sükûtu *[kahrolmuşluğunun sessizliği]* içinde kapanacak, babasını meyus etmemek için susacak, hep dudaklarını kısarak susacaktı.

O okurken Nihal hep bunu düşünüyordu. Bugün ihtiyar kızın da okurken dalgınlıkları vardı; elinden kitabı yavaşça indirerek, sanki bir girye *[gözyaşı]* bulutuyla örtülü gözlerini Nihal'e dikiyor, dalgın, uzun bir nazarla ona bakıyordu. Böyle, ikisinin arasında uzun bir dakika cereyan ediyor, bir şey söylemeyerek gözlerini zorla birbirinden ayırıyorlardı. İki defa Nihal sordu:

— Ne düşünüyorsunuz, rica ederim?

İhtiyar mürebbiye, bir şey söylemek için kuvvet bulmaya çalışıyormuşçasına dudakları kıpırdıyor, sonra:

— Hiç, diyordu.

Nihal onun bu tereddüdüne o gün fazla bir ehemmiyet vermemiş idi, şüphesiz ihtiyar kızın kendisine söylenecek bir şeyi yoktu, fakat ertesi sabah bu manasız şeyden müthiş bir hakikat çıktı.

Nihal'i sabahleyin kapısının arasından seslenen Mlle de Courton uyandırdı:

— Bonjour Nihal! Yatağında mısın, çocuğum? Ben gidiyorum, vapura ancak yetişebileceğim.

Bu pazar, ihtiyar kız sabah duasında bulunmak için erkenden Beyoğlu'na ineceğini bir gün evvel Nihal'e haber vermiş idi. Nihal yorganının altından başını çıkararak mürebbiyesine bağırdı:

— Rica ederim, çabuk avdet ediniz *[dönünüz]*, bugün hava güzel görünüyor, sizinle bir küçük seyran yaparız...

Bugün kışın son günlerinden biriydi. Soğuk fakat güzel bir gün... Nihal yatağından güneşin donuk, bir buz nefesiyle buğulanmış denebilen ziyasının penceresinden kayarak perdenin bir kenarını yaladığını görüyordu; çerçevenin dışarısında, beyaz bir süngere benzer, eriye eriye delik deşik olmuş, yumruk kadar bir kar parçası vardı ki uzun uzun fasılalarla birer katre *[damla]* salıveriyor ve bu katreler camın donuklukları arasında açılmış mini mini bir dereyi takip ederek, uzanarak, kıvrılarak, nihayet dağılarak kayboluyordu.

Nihal uzun uzun perdesini yalayan bu ziyaya, katre katre eriyen bu kar parçasına, o mini mini dereye baktı. Yatağının içinde bu güneşli günün latif hararetini düşünerek üşüyordu. Onun da beyninin üstüne, bu güneşin ziyalarını sisleyen buzlu nefese benzer, bir tabaka çekilmiş gibiydi. Bütün vücudundan küçük küçük titremeler akıyordu, ayaklarını çekerek yatağında büzüldü, yorganını çenesinin altına kıstırdı, hep o güneşe, kar parçasına, mini mini dereye bakıyordu; bugün mümkün değil yatağından çıkıp bu soğuk odada yıkanmaya, giyinmeye kuvvet bulamayacaktı; vehmen *[kafasında kurarak]* de suyun soğukluğunu hissediyor, omuzlarından birer buz mecrası *[yolu]* açılıyor, titreyerek yatağının içinde daha ziyade büzülüyordu. Bugün tembellik edecek, saatlerle yatağından çıkmayacaktı. Yatağından çıkmamak için bir sebep daha buluyordu: Mademki Mlle de Courton da bugün evde değildi...

Gözleri süzülüyordu, hep öyle, penceresine bakarken yavaş yavaş kirpikleri indi, ince mavi damarları görünen göz kapakları titredi, tekrar uyudu. Bir müddet uyudu; sonra birden gözlerini açtı, ona odasını sallamışlar gibi gelmişti, ilk önce anlayamadı, bir dakika sonra, tekrar aşağıdan yukarıya uçan koca bir kar parçası gelip penceresinin üstüne ezilerek yapışınca anladı. Aşağıda, şüphesiz Bülent, ablasının penceresini kar topuna tutuyordu.

Birden yatağından atlayarak penceresine koştu, tam o sırada, bir top daha, bu defa çerçevenin kenarına gelerek dağıldı. Nihal bahçeye baktı. Hep orada idiler. Adnan Bey, Behlül'le Bülent, kürklü geniş yakasını kaldırmış Bihter, henüz erimemiş karlardan toplamak için çömelen Beşir...

Başlarını kaldırarak ona bakıyorlardı, Bülent bir iki top daha hazırlıyordu, Nihal eliyle işaret ederek «Geliyorum!» dedi.

Beş dakika sonra bahçede idi. Havada latif bir hararet *[yumuşak bir sıcaklık]* vardı, güneş bu sabah vaktinden evvel uyanmış bir bahar getiriyordu. Nihal bu havayı teneffüs eder etmez *[solur solumaz]* hüviyetinin derinliklerine kadar ısındığını hissetti. Bahçenin yollarında karlar, yumuşamış, gevşemiş idi; beyaz donuk bir cam tabakasıyla örtülü zannolunan dallardan mütevali *[art arda]* katreler düşüyordu, bunlardan bir tanesi geçerken Nihal'in boynuna düştü. Bir sayha *[haykırış]* ile boynunu kıstı. Hep ellerinde birer topla onun takarrüp etmesine müterakkiptiler *[yakınlaşmasını gözlüyorlardı]*, tam o dakikada Bülent emir verdi:

— Ateş!..

Toplar Nihal'in üzerine döküldü, o, kolunu kaldırarak yüzünü saklıyordu; bir tanesi ta kulağının üstünden, saçlarının arasında dağıldı; Nihal parmaklarıyla saçlarını silkerek:

— Şimdi nöbet bana geldi, diyordu.

Sekerek yoldan atladı, orada, bir ağacın dibinde bir küme kar vardı; fakat öte tarafta Bülent de durmuyordu, o zaman ikisinin arasında insafsız bir harp başladı. Evvela muntazam bir harp şeklinde başlayan bu oyun yavaş yavaş, aralarında mesafe eksile eksile, toplar nihayet düşmandan evvel yetiştirilebilmek için telaşla alınan birer avuç kardan ibaret kalarak, bir boğuşma haline gelmişti. Etrafta hep gülüyorlar, Adnan Bey «Artık yetişir!» diye bağırıyordu. İkisi de bu harpten *[savaştan]*, yorgun, karlarla bulanmış, göğüsleri şişkin, çıktılar. Nihal kesik kesik soruyordu:

— Baba, Bülent yenildi, değil mi?

Bülent yenildiğine kani değildi *[inanmadı]*:

— Kim yenildi, diyordu, istersen yeniden başlayalım.

Buna hep mani oldular, Adnan Bey ilerleyerek Nihal'i kolundan çekti, artık harp bitmiş idi. Şimdi Bülent önlerinden koşarak sıçrıyor, yolun üzerine uzanmış bir dalı çekerek tam onlar geçerken silkiyordu. Babası ile Nihal, böyle, hatveden hatveye *[adımdan adıma]* bir kar tufanına tutuluyorlardı.

Bir aralık Adnan Bey, Nihal'e, yavaş bir sesle, söyleyeceğinden korkarak, sordu:

— Nihal, Mlle de Courton sana bir şey söyledi mi?

Nihal, müteaccip *[şaşırmış]*, fakat birden babasının bu sualiyle ihtiyar mürebbiyenin bir gün evvel kendisine bir şey söylemek için, gözlerinden fark olunan tereddüt arasında bir münasebet bularak, durdu ve babasına bakarak:

— Hayır, dedi.

Şimdi ikisi de durmuşlardı, bir hatve ötede, elinde yakalanarak hazırlanmış bir dalın ucuyla Bülent de muntazırdı *[bekliyordu]*. Adnan Bey dedi ki:

— Senden izin isteyecekti.

— Lakin o bu sabah erkenden gitti bile...

Adnan Bey:

— Hayır, öyle değil, Nihal, dedi; yalnız bugün değil, o, artık yorulduğundan bahsediyor. Biraz da memleketinde, kendi akrabasının yanında... Anlıyor musun, Nihal?

Nihal pek iyi anlıyordu. Cevap vermeyerek, kalbinde derin bir acıyla, gözlerini indirdi. Öteden Bülent soruyordu:

— Nasıl baba?.. Kim, kim?.. Mlle de Courton öyle mi?.. Ah şu, ihtiyar papağan! Nihayet memleketine bir seyahat mi düşünüyor?..

Nihal, gözlerinde birer katre yaş kuruyarak:

— Bülent, dedi, bize annelikten başka bir şey yapmayan bir kadın için böyle söz söylemekten seni menederim.

Bülent bir kahkaha içinde cevap verdi:

— Oh, evet, fakat onu ihtiyar bir papağan olmaktan menedemezsin. Sonra elinden dalı bırakıp karları silkerek başını çevirdi ve yolun ötesinde uzaklaşan, artık memleketine giden o ihtiyar papağanın hayaline seslenerek elini salladı:

— Uğurlar olsun, Matmazel! Sizin hısımlara benden çok çok selamlar!..

Nihal'in vereceği cevabı işitmemek için Bülent koştu, fakat Nihal cevap verecek bir halde değildi. Babasına da bir şey söyleyemiyordu, arkasında Behlül'le Bihter'in ayaklarını işitiyordu, başını çevirmeksizin, gözlerini kaldırmaksızın yürüdü; Adnan Bey de beraber yürüyordu.

Nihal kendi kendisine:

— Biçare ihtiyar kız, diyordu ve bir nakarat hükmünde içinden tekerrür eden *[tekrarlanan]* bu cümlenin arasında düşünüyordu. Düşünüyordu ki onun artık yorulduğundan bahsederek memleketine gitmek istemesi bir efsaneden başka bir şey olamazdı. Bihter'in ona karşı hiçbir vakit tamamıyla saklanamayan bir husumeti *[düşmanlığı]* vardı. Nihal'in bütün huysuzluklarına o bir müşevvik *[teşvik eden]* olmak üzere telakki ediliyordu. Kaç kereler Bihter bunu ihtiyar kıza ima etmiş idi. Onun evde vücudu *[varlığı]* Bihter'i rahatsız ediyordu. Şüphesiz bu onun tarafından tertip edilmişti. Nihayet bir gün kocasına: «Bu kadından beni kurtarın» demiş olacaktı. O zaman o biçare kızın bütün o senelerce bir dakika fasılaya *[kesintiye]* uğramayan fedakârlıkları unutularak kendisine anlatılmış olacaktı ki bu evin sükûnu onun artık Nihal'i yalnız bırakmasıyla mümkün olabilecek. Bu kendisine örtülü bir lisanla anlatıldıktan sonra nankör bir hizmetçi zilletiyle kovulmuş olmamak tesliyetini *[avunmasını]* bırakmak için ihtimal onun müsaade talep etmesine imkân vermişlerdi.

Ya bu adam, yarabbi! Ya bu baba nasıl görmüyor, hissetmiyor idi ki kızının elinden bütün sevdikleri böyle birer birer alındıktan sonra o yaşayamayacak, evet, böyle yapyalnız yaşayabilmek için artık kuvvet bulamayacak.

Nihal tekrar üşüyordu. Demin kendisini ısıtan bu güneşin hararetini artık hissetmiyor, yalnız bahçeye henüz indiği vakit boynuna damlayan kar damlasını duyuyordu; bu katre orada büyüyor, bütün vücudunu titreten bir buzlu su oluyordu.

Sonra da ona diyorlardı ki:

— Sen babanı meyus ediyorsun!..

Lakin, onu, işte onu da meyus ediyorlardı. Kim? Nasıl? Niçin? Bilmiyordu, fakat işte meyus idi. Bugün her zamandan ziyade... Demek şimdi ondan, onun zayıf kalbinden bu müthiş fedakârlığı da bekliyorlardı? Demek o bunun için ağlayacak olsa, isyan etse karşısına çıkacaklar ve:

— Nihal! Sen babanı meyus ediyorsun, diyecekler. Lakin kimdi asıl öyle olan?.. Bir aralık, ayağının ucuyla henüz yolun üzerinde erimeyerek mini mini adacıklar şeklinde kalan kar parçalarına dokunarak, gözlerini kaldırmaksızın, sakit *[sessiz]*, ağır ağır hatvelerle babasının yanında yürürken, bütün metanetini toplayarak, yavaş yavaş, itidal ile *[soğukkanlılıkla]*, adeta yalvararak, Mlle de Courton için müsaade talep etmek istedi: «Evet, artık yalnız onu bırakınız.» diyecekti; «Düşününüz, o giderse hayatımda ne azim bir boşluk açılacak. Bakınız şimdi etrafımda beni sevecek kimse yok, hep birer birer gidiyorlar. Evvela siz, baba, siz, sanki benden uzak bir yerdesiniz, artık beni duymuyorsunuz. Sonra onlar, Şakire Hanım'la Cemile, onlar da birer yabancı oldular; daha sonra Bülent, onun yalnız kendisini değil, benden kalbini de çaldılar; artık beni sevmiyor, hep beni sevmeyenlerle beraber düşünüyor... Şimdi, şimdi de Mlle de Courton; lakin baba, bana hastalıklarımda kim bakacak, yalnızlıklarımda kim refakat edecek? İşte bakınız, yalnız bunun vehmiyle *[kuruntusuyla]* üşüyorum. Bundan sonra bu evde hep üşüyeceğim. Gidenlerle beraber sanki evimiz de, o eski evimiz de parça parça koparak gidiyor. Siz bunu duymuyorsunuz, fakat ben hissediyorum, işte bütün bu ev değişmiş odalarıyla, sofalarıyla bir başka şey oluyor, katre katre ölerek yerine bir başka evin çehresi çıkıyor...»

Bunu düşünürken Firdevs Hanım'ın çehresini, bütün boyalarıyla, sahte gençlikleriyle, gizlenen fersudelikleriyle *[yıpranmışlıklarıyla]* o çehreyi görüyordu; bu çehre o eski evin ölmüş ruhu üstünde yükselen yeni ev, yabancı evdi.

Bunları değil, babasına hiçbir şey söylemedi; artık kendisini müdafaadan üşenen bir makhur *[kahrolmuş]*, mecalden kalmış keselanıyla *[kuvvetten kesilmiş bitkinliğiyle]* söz söylemeye hacet *[gerek]* görmüyordu. Hem buna ne lüzum vardı? O ne yapsa, ne söylese dinlenilmeyecekti. Hep o kadına itaat olunacaktı. Bunu şimdi tamamıyla hissediyordu. Babası onun elinde bir oyuncaktan başka bir şey değildi; fakat bu oyuncak ona karşı müthiş bir silah olarak kullanılıyordu. Halbuki babası fena bir adam değildi, bundan emin idi; o kızını yine seviyordu, evet, severek öldürüyordu...

Ne için bu böyle idi? Onu bilmiyor, bilmeye de lüzum görmüyordu; mademki ondan fedakârlık bekliyorlardı, işte o da her şeyi, kendisini de feda edecekti. Şimdi onlar bahçenin köşesini dolaşmışlar, yalıya götüren diğer bir yolu takip ediyorlardı; Nihal uzaktan yalının kapısında Behlül'le Bihter'i görüyordu. Onlara takarrüp etmeden *[yaklaşmadan]* evvel nazarında makhur bir teslimiyetle gözlerini babasına kaldırdı:

— Baba, dedi, ne vakit gidecek? Bugün avdet etmeyecek mi? Bu akşam beraber gezmeye gidecektik.

Mustarip ruhunun bütün sitemleri bu cümlenin içinde idi. Adnan Bey cevap verdi:

— Bu akşam gelecek, kızım. Sen ne vakit izin verirsen o vakit gidecek.

Nihal tekrar gözlerini indirmişti, Adnan Bey bir saniyelik bir tevakkuftan *[duraksamadan]* sonra ilave etti:

— Senin için başka bir mürebbiye arattırayım mı, Nihal?

Nihal birden başını kaldırdı:

— Ooh! Hiç lüzum yok, mademki Firdevs Hanım bize gelecekmiş!..

Babasının yanında daha ziyade duramadı, ağzından istemeksizin taşan bu cümleden sonra birden koştu, Behlül'le Bihter yalının kapısında onlara muntazır idiler *[onları bekliyorlardı]*. Nihal Bihter'e bakarak Behlül'e dedi ki:

— Behlül, haberin var mı? Mlle de Courton'u kovuyoruz.

Sonra elini uzatarak Behlül'ü elinden tuttu ve beraber gelmeye icbar ederek *[zorlayarak]* sürükledi; yalının uzun merdivenlerini beraber, Behlül'ün eli hâlâ Nihal'in elinde, çıktılar. En yukarıda, sofada, Nihal soluyarak durdu ve Behlül'ün elini bırakarak bütün vakayı, fedakârlığını, bu sakit *[sessiz]* faciayı tafsil eden *[açıklayan]* bir kelime olmak üzere:

— İşte, dedi.

Sonra eliyle tokatlarcasına piyanosunun iskemlesini döndürdü ve yüzü Behlül'e karşı oturarak, ellerini dizinin üstünde kilitledi, kelimelerin seri bir cereyanıyla *[akışıyla]* devam etti:

— Evet, işte şimdi artık benden memnun olabilirsiniz. Bir küçük itiraz bile etmedim. Bakınız, gözlerime, bir ufak damla bile yok. Halbuki, bilirsiniz ya, bu defa hepsinden mühim, hepsinden acı... Buna hiç ihtimal vermezdim, bu o kadar düşünülemeyecek bir şeydi ki beni en ziyade öldürecek bir çare bulmak vazifesini bana havale etselerdi ben bile bunu tahattur edemezdim, o kadar mümkün olmayan bir şey görünüyordu. Onlar bulmuşlar, bugün bana sadece kararı tebliğ ettiler *[bildirdiler]*: Gidecek dediler. Pekiyi, gitsin, anlıyor musunuz, gitsin, işte o kadar! Başka, benden başka bir şey daha istiyorlar mı?..

Kuru gözlerle Behlül'e bakıyordu. Behlül bütün felsefesinin metanetiyle *[dayanıklılığıyla]* beraber bu ıstırabın feci tesirinden mebhut *[şaşmış]* idi. Bu kız için azim bir rikkat *[merhamet]* duyuyordu.

— Benim mini mini Nihal'im, dedi, bilir misin? Sana acıyorum.

Kesik, kuru bir kahkaha ile gülerek Nihal cevap verdi:

— Sahih? Acıyor musunuz?.. Lakin ne için?.. Bunlar bütün birer çocukluktan başka bir şey mi?..

Sonra bu istihzayı *[iğnelemeyi]* bırakarak ciddi bir sesle ilave etti:

— Size bir hakikat söyleyeyim mi? Şimdi ben bu şeylerden lezzet alıyorum. Bilmezsiniz, bugün bu acı fedakârlığı yaptıktan sonra içimde öyle bir lezzet var ki...

Behlül tesirine galebe çalınamayan bir rikkat içinde idi. Titrek bir sesle dedi ki:

— Nihal, ister misin? Bundan sonra seninle dost olalım, her zaman için...

Nihal elini uzattı, sonra:

— Durunuz, dedi; mademki öyle, sizle çoktandır yapmadığım bir şeyi yapayım.

Eliyle ince kaşının ucunu gösteriyordu:

— Buradan öpmek istiyordunuz, değil mi? Mademki artık benim için bir iyi dost, bir büyük kardeş, ağabey olacaksınız. Şimdi, şuraya, yanıma oturunuz. Size piyano çalacağım, evet, saatlerle bütün sevdiğiniz, istediğiniz parçaları...

Asabi ellerle piyanosunun üstünü, yanında ayaklı hücreyi dolduran parçaları, defterleri Behlül'ün önüne yığıyor ve:

— Herkes bilsin ki, diyordu; Nihal'i öldürüyorlar da o, yine...

Cümlesini hareketiyle ikmal ediyor *[tamamlıyor]*, piyanosunun kapağını şedit *[şiddetli]* bir darbe ile arkasına atarak meşhur «Gece ve Gündüz» operetinden çıkarılmış velveledar *[gürültülü]* bir galop'un(68) şatır *[şen]* kahkahalarını evin içine serpmeye başlıyordu.

Behlül'ün, bu Tepebaşı temaşagâhının *[seyir yerinin]* sadık müdaviminin *[gediklisinin]*, kendine mahsus, en neşveli, en şetaretli *[şenlikli]* parçalardan mürekkep bir müntehabat *[seçmeler]* silsilesi vardı ki bunları hemen ezber bilirdi. Önünde yığılan kümeden birer birer çekerek Nihal'in önüne bırakıyordu: Gran Via'lar, Moscatte'lar, Les Cloches de Corneville'ler, Le Petit Duc'ler, Granatieri'ler,(69) bütün o çılgın musiki kahkahaları birbirini kovalayarak evi azim bir neşve tarrakasının *[sevinç gümbürtüsünün]* galeyanları içinde boğuyordu ve Behlül, arada bir ıslıkla refakat ederek, hatırında kalan bir nakaratı söyleyerek, Nihal'in yanında, gözleri yandan görünen ince soluk çehresine tesadüf ettikçe gecikerek, Beyoğlu'nun hummalı eğlencelerini ihtar eden *[hatırlatan]* bu şeyleri dinlerken, düşünüyordu.

---

(68) Galop: Bir tür hızlı dans.

(69) Belirtilen eserler, o dönemde sevilen İtalyan, Fransız operetlerinin adlarıdır.

15

Düşünüyordu ki işte bütün bir kış bunlardan uzak kalmış idi. Nihal'i dinlerken hayalinin içinde üzerine ziya tufanları, renk şelaleleri dökülmüş köşeler açılıyor, Odéon sahnesinin bir tarafını, Concordia'nın mecnunane *[delice]* bir âlemini görüyor; sonra çıplak omuzlar, kollar, mini mini zarif beyaz satenden iskarpinler bir tayaran-ı seri *[hızlı uçma]* ile gözlerinin içinde uçuyordu. O zaman kalbinde derin bir tahassür *[özlem]* hissediyordu, onun hayatı işte o âlemin heyecanları içinde yuvarlanmalıydı; nasıl olmuştu da koca bir mevsimin o bitmez tükenmez gecelerini bu hazin köhne yalının koltukları içinde, artık ihtiyarlayarak ölümün bürudetlerinden *[soğukluklarından]* mangal altlarına kaçan hasta kediler uyuşukluğuyla geçirmiş idi?

Şüphesiz Bihter'i seviyordu, hayatında hiç böyle derin ve uzun bir sevdası vuku bulmamıştı *[olmamıştı]*. Bu, elbette onun ilk ve son aşkıydı; lakin bu, hep böyle, aynı mülakatlar *[görüşmeler]*, aynı saatlerde söylenen aynı sözler, aynı vefa yeminleri ile teati olunan aynı buseler, izdivaca mahsus bir tarzda ve bir mealde *[anlamda]*, zemzemelerle *[nağmelerde]* sürüp gidecek miydi?

Yavaş yavaş bu muaşakanın *[sevişmenin]* hep bir çeşit lezzetleri arasında yenilikler, başkalıklar ister olmuştu, ilk haftalarda onları titreten, korkutan şeyler oluyordu; birbirine tamamıyla temellük edinceye *[sahip oluncaya]* kadar, muaşakalarında daha kat olunacak *[geçilecek]* mesafeler, daha göze alınacak tehlikeler kaldıkça, tatmin olunacak emellerin heyecanı hararetini hissederlerdi; fakat sonra, artık bu muaşakanın devamından başka beklenecek bir şey kalmayınca sakin saatler, o, sükûnu bir ihtizar *[can çekişme]* azabına benzeyen muttarit *[tekdüze]* saatler başlamıştı. O farz ettikleri ihtiraslardan, galeyanlardan, cinnetlerden, gözyaşlarından, birbirini daha ziyade sevmek için hırpalaşmaklardan, velhasıl o bir aşkın hayatını daima tazeleyen buhranlardan hiçbir şey yoktu; hatta birbirini kıskanmıyorlardı bile...

Behlül, zannının tamamıyla hilafına *[tersine]* olarak, Bihter'de yumuşak, gevşek bir kadın buluyordu; bir kaideye tebaiyet edercesine *[kurala bağlı olurcasına]* odasına gelişleri vardı ki Behlül'de fena bir tesir bile uyandırıyordu; bu muaşakada birbirini arzu etmeye vakit bulamıyorlardı. Behlül, pek sarih *[açık]* olmamakla beraber, bu kadının elinde kendisinin evet, asıl kendisinin bir kadın hükmünde kalmaya başladığını fark eder oluyordu. Odasında gelinip aranılan, her arzu olundukça alınıp tasarruf edilen *[sahip olunan]* kendisiydi. Pek iyi tahlil etmeksizin *[çözümlemeksizin]* bu muaşaka tarzından kendisine bir zillet *[alçalma]* çıkarıyor ve kalbinin ta derin, kendi nefsine karşı bile hafi *[gizli]* tutulan bir noktasından Bihter'e bir husumet *[düşmanlık]* hissediyordu.

Kendi tabirince bu nefis kadında sevdanın bir zevk nefaseti *[güzelliği]* eksikti; muaşakalarında *[sevişmelerinde]* Bihter o kadar maddileşiyor, Behlül'ün bütün haris *[hırslı]* arzularına öyle mağlubiyetle muvafakat ediyordu *[uyuyordu]* ki, belki bir fedakârlık olan bu şeyler, aleyhine çevrilerek onu bayağılaştıracak, muhteremiyetten *[saygınlıktan]* düşürecek zilletler hükmüne geçmiş oluyordu. Behlül'e hiçbir şey reddedilmiyordu, onun hiçbir arzusu fazla bulunmuyordu; halbuki o reddedilmeye, yalvarmaya, istenen şeyin zor istihsal edilmiş *[elde edilmiş]* olmasından lezzet almaya muhtaç idi.

Bir gece mutlak reddedilecek bir şey olmak üzere Bihter'i sarhoş etmek istemişti; Bihter isyan edecek, adi bir sefile zaafıyla onun bu hevesine muvafakat etmeyecek ümidinde idi; o zaman Behlül için bu kadının bir mesti garamını *[kendinden geçiren aşkını]* aramak, ona nail olabilmek *[ele geçirmek]* büyük bir saadet olacaktı; bilakis Bihter buna muvafakat edince onu sarhoş etmek Behlül'e iğrenç bir şey göründü. Bu, aralarında netice verilmemiş bir latife *[şaka]* hükmünde kalmış idi; fakat Behlül'ün kalbinde, hiç olmazsa, bunu reddetmemiş olmasından mütevellit *[doğan]*, ona karşı bir kin vardı.

Bu kin hakikatte Bihter'e hürmet edememekten neşet ediyordu *[meydana geliyordu]*. Erkekler bir kadını sevebilmek için ona hürmet edebilmelidirler; ismetlerinden *[namuslarından]* düşen kadınlar için, en şedit *[güçlü]* aşklar arasında bile, onlara bir zillet hissesi tefrik etmekten *[ayırmaktan]* hali *[boş]* kalmazlar; hissiyatını sarahatle *[açıklıkla]* tahlil etmekten çekinmekle beraber Behlül nihayet Bihter'de izdivaç hacլesinden *[gelin odasından]* kaçarak başka birinin mahremiyet hücresine giren bir kadın görmeye başlamıştı ve gece odasında, sobanın yanında koltuğun içine gömülerek Paul Bourget'nin,(70) o insafsız kadın mü-

(70) Paul Bourget (1852-1935), ünlü Fransız romancısı. Psikolojik romanlarıyla tanınır.

şerrihinin *[açıklayıcısının]*, birkaç sahifesini süzerken Bihter'in hem gelmesini ister, hem gelmesinden korkardı.

Bihter ona küsseydi, birkaç hafta, evet, yalnız birkaç hafta dargın olsalardı, Behlül, onu beş dakika yalnız görüp, nihayet affettirmeye muvaffak olmak için günlerce fırsat bekleseydi, sonra gözyaşları içinde tekrar birbirinin kollarına atılsalardı, öyle zannediyordu ki o zaman şimdi istemeksizin düşündüklerini düşünemeyecekti.

Bu bir mevsimlik muaşakanın son günleri Behlül için öyle bir devrenin başlangıç hengâmesi olmuş idi ki o devre esnasında ihtiyarsız *[isteksiz]*, henüz garam gınasının *[aşk bıkkınlığının]* başladığına bir celi vukuf hasıl olacak *[apaçık anlaşılacak]* kadar hissiyat sarahat kesp etmeksizin *[açıklık kazanmaksızın]*, sevilen kadına atfolunacak kusurlar bulunur, onu aşkın baharında tezyin eden *[süsleyen]* bütün hulya çiçekleri artık solgun görünür, bir vakitler sevmek için icat olunan sebepler yavaş yavaş sevmemek için birer sebep kuvvetini alır. Behlül'ün nazarında Bihter, hep o nefis ve müstesna kadındı; hep onun giyinişinde, söyleyişinde, oturuşunda, o yelpazesini açarken, peçesini iliştirirken, parmaklarının bir iki mahir *[hünerli]* darbeciğiyle saçlarına bütün simasının ifadesini değiştiriveren bir başka hal verirken, dudağının köşesinde o mini mini çukuru dalgalandıran tebessümüyle kaşlarını kaldırarak en adi bir kelimeye en güzel bir şiir güzelliğini verirken, bütün o hiçlerden mürekkep bin türlü şeylerde; hâlâ en evvel, ilk gördüğünde alınan tesir devam ediyordu. Bu kadını hiçbir zaman arzu etmekten hali kalmayacağına vâkıftı, fakat bu aşkın husul *[oluş]* ve devam kolaylığı, bu tehlikesiz, vakasız, gürültüsüz muaşakanın sükûnu onun saadeti içinde öyle uzun boş saatler bırakıyordu ki düşünmeye vakit buluyordu.

Kendi kendisini, böyle düşünürken fark ettikçe silkinir, düşünmemek isterdi. Aşkta, kalp, sükûta başlayıp da zihin melekelerini istimale *[yeteneklerini kullanmaya]* başlarsa o aşk öyle bir hasta çocuğa benzer ki damarlarında taze bir kan yerine müsemmim *[zehirleyici]* ilaçlar cevelan etsin *[dolaşsın]*. O, bu kıymettar hasta çocuğun damarlarına müsemmim ilaçlardan koymamak için kendisini düşünmekten menederdi.

Kaç kereler böyle düşünürken Bihter'e bu aşkın husulündeki ve devamındaki kolaylıklardan bir töhmet hissesi çıkarmış idi. O sukutu *[düşmeyi]*, bir akşam odasında en intizar olunmayan *[beklenmeyen]* bir dakikada, birinci defa olarak cesaret edilip söylenmiş iki kelime ile vuku bulan o mağlubiyeti, affedilmez bir kabahat olmak üzere telakki ediyordu *[kabul ediyordu]*.

Bihter, Behlül'e maharetini istimal için vakit bile bırakmamıştı. Kendisini, hüner sahnesinde hiçbir sanat eseri göstermeye henüz zaman bulmadan alkışlanan bir sanatkâr kadar alıklaşmış olarak, kollarında Bihter'le buluvermiş idi. O kadar kolay düşen bu kadın bütün aşkını vermekte yine o kolaylıkla devam ediyordu. İlk sukutu takip eden o kısa vicdan devresi azabı bile Behlül'ün nazarında birden perdesi düşüveren yarım kalmış, fena tertip olunmuş bir mudhike *[komedi]* hükmünde idi; o zamandan beri Bihter bu muaşakanın züllünü *[alçalmasını]*, ayıbını hiç hissetmiyor gibiydi. Lakin o züllü, o ayıbı şimdi Behlül duyuyordu. Kaç kereler o, kollarının arasında iken, birden silkinmek, «Lakin hissetmiyor musunuz ki bu aşk mülevves *[kirli]* bir şeydir!» demek arzularını hissetmiş idi. Kendisini affediyordu ve kendisini affetmek için bulunan sebepler bütün Bihter için fazla bir töhmet vesilesi oluyordu. Onu gelip alan kadın hâlâ gelip almakta devam ediyordu, onun ellerinde kendisini günahsız bir cinayet aleti masumiyetiyle görüyordu.

Böyle, bu memnu *[yasak]* aşkın mesuliyetini araştırmakla zihnini meşgul görürken birden kendisini muhakemeyi takipten meneder ve düşüncelerine karşı aşkını müdafaa edecek bir cümle bulurdu:

— İşte erkekler, derdi, asla memnun değildirler, artık sevmemek isterlerse bütün sukutun, gınanın kabahatlerini kadınlara yükletmek için çare bulduktan sonra sevmemek kabahatini de onlara bırakmak için biçareleri tezlil edecek *[aşağılayacak]* şeyler ararlar.

Halbuki Bihter'i sevememek, onun için telafi edilemeyecek bir zarar hükmünde idi; bu kadını kendi kendisine öyle leziz bir sevda kevserine *[cennet suyuna]* benzetiyordu ki doyduktan sonra yine, hep içilmekte devam olunsun. Onu kaybettiği dakikadan başlayarak tekrar şiddetle isteyeceğinden emin idi. Behlül bu muaşakada, kendi nabzı parmakları arasında, mariz *[hasta]* bir tabip gibiydi. Lakin maraz *[hastalık]* derin bir bürkân seyyalesinin *[yanardağ akışkanının]* gizli hıyanetiyle kaynamakta devam ediyordu.

Bihter için Firdevs Hanım'dan bile bir istihkar *[hor görme]* vesilesi çıkarıyordu. Bir vakitler İstanbul'un güzide zevk hayatında en parlak bir çehre olan bu kadın şimdi taze kalmak için gülünç çılgınlıklarıyla Behlül'e o kadar tuhaf, fakat iğrenç bir tuhaflıkla tuhaf görünüyordu ki Melih Bey takımının bütün şaşaasına, bu neticenin küsufundan *[örtmesinden]*, sanki tabaka tabaka bulutlar dökülüyor ve ta uzak müphem *[belirsiz]* bir ufukta Bihter'in çehresi bu bulutların gölgeleriyle örtülüyordu. Bu anne, bu kızın bir istikbal *[gelecek]* sahifesi gibiydi. Onu da uzun sandalyesinde sızılı dizlerini dinlendirirken henüz bıyıklanmış bir çocuğun elini çekerek sıktığını, defedilemez bir hayal rüyeti *[görmesi]* içinde, görüyordu. Firdevs Hanım'ın en müstesna bir zevk nefasetinden sonra yavaş yavaş hastalaşan fikrinden çıkmış o garip çehreler, o gülünç elbiseler, iflas etmiş bir gençliğin öyle tuhaf acılıkları idi ki bir mudhike olarak seyredilirken ağlanmak istenirdi.

Behlül hâlâ gözlerinin içinde şüphesiz dizlerinin sızılarından bağırmamak için dişlerini sıkan bu kadının, yastıklarla beslenerek yükseltilmiş açık sarı boyalı saçlarla, o siyahla aldan karıştırılmış garip elbisesinin pörsümüş kollarını açık bırakan cepkenleriyle ona bakan gözlerini görüyor ve bu gözlerle Bihter'in gözü arasında öyle bir müşabehet *[benzerlik]* buluyordu ki o hayalin arkasında ellisini geçmiş bir Bihter'in öyle bir mariz zevk ile boyanmış çehresini görmekten nefsini menedemiyordu.

Kendisine kabahat buluşları da olurdu. O, bu muaşakada ilk sevda tecrübesini geçirmeye çalışan bir çocuk beceriksizliğiyle davranıyordu. Bu aşkı, cereyanı sükûnundan çıkarmak, o aranılan ihtirasları, heyecanları hiç olmazsa icat etmek için o da bir şey yapmamış idi. Nihayet yorulmuş, izdivacın *[evlili-*

ğin] yumuşak yastıkları arasına hasta başını koyarak dinlenen bir sevda mefturu *[bezgini]* usluluğuyla işte uzun bir kış mevsimini bu sakin muaşakanın uykularında geçirmiş idi.

Nihal fasılasız, parçalar bittikçe kapayıp halının üstüne atarak, hoşuna gitmeyen bir şeyi bırakıp diğer birine başlayarak devam ediyordu. Önünde çalınacak şey kalmadıkça başını çevirmeden Behlül'e soruyordu:

— Başka? Başka?..

Evet, bütün bir mevsimi uykuda geçirmiş idi. Nihal'in çehresini yandan görüyordu, düşünürken gözleri bulanıyor ve Nihal'in ince siması sanki titrek sislerin arasında ihtizaz ederek *[titreyerek]* yükseliyordu. Nihal'e böyle bakarken onun çaldığı bir şeyi ıslıkla o da çalıyordu, birden merak etti. Bu ne idi?

— O nedir, çaldığın Nihal?

— Bilir miyim? Şimdi siz verdiniz...

Ve Nihal sağ eliyle devam ederek sol eliyle parçanın kapağını gösterdi, Behlül eğilerek bakıyordu:

— A, sahih, dedi...

Bu, bir sene evvel bütün Beyoğlu'nun ağzında dolaşan bir hava idi ki birinci defa olarak Concordia sahnesinde bir Hollandalı kızdan işitilmiş idi. O vakit Behlül bu parçayı mahsus getirtmiş idi. Nihal şimdi onu çalarken Behlül kendisini Concordia'da çılgın refiklerinin arasında görüyordu. Sahnede Kette, o çapkın kız, bütün küçük beyaz dişlerini gösteren bir hande *[gülüş]* içinde, beyaza benzeyen sarı saçlarıyla kendisine zarif bir kedi başı yaparak, en mülevves *[kirli]* manalar işrap eden *[kapalı anlatan]* bu parçanın açık saçık mısralarını, küçük sarı gözlerinin ilaveleriyle daha ziyade teyit ederek *[kuvvetlendirerek]*, birer birer, onun gençliğinden, güzelliğinden iğtinam olunacak *[yağmalanacak]* parçalara aç, haris, bekleyen halka birer sadaka nevinden atıyor ve bu halk, o genç ve güzel kızın çapkınlıklarıyla tutuşmuş doymayan heveslerin ateşiyle kuruyan ağızlarını açarak bütün göğüslerini şişiren arzuları boşaltacak bir uluyuşla nakaratı, onunla beraber tekrar ediyordu. Sanki bu nakaratın arasında, o sahnede zarif kedi başıyla etrafı taarruza davet eden bu kız, nihayet hırsından çıldırarak, cinnetinden böğürerek atılan halkı, vahşi bir kucaklayış içinde, kollarıyla sıkıyor, kemiklerini kırıyor gibiydi.

Halbuki herkes bu kızın iffetinden *[namusundan]* bahsediyordu, ona ancak on altı yaştan ziyade verilmiyordu, garip bir sergüzeşt *[serüven]* uyduruluyordu; babası Avustralya açıklarında gemisiyle beraber kaybolmuş bir gemici deniyordu; annesi, namusuyla yaşayan bir dul, kızını büyük şehirlerin küçük sahnelerinde dolaştırıyordu. Kette için bu sahnelerin çirkefi üstünde batmaksızın yüzen bir yasemin kalmak şöhreti, bu muhitlerde bütün heveslerini kolay istihsal etmekten *[ele geçirmekten]* usananlar için çıldırtıcı, kudurtucu bir emel uyandırıyordu. Concordia'yı zelil *[hor]* bularak istihkar edenler *[aşağılayanlar]* bile o kış buraya tatmin edile edile yorulmuş heveslerinin arasında feveran eden *[kaynayan]* açlıklarını getirmiş idiler. Lakin bütün vaatler, fedakârlıklar hep sahneden ileriye geçemiyor, bu halk bir kayadan seddin menaatine *[engelin sarplığına]* düşüp bayılan dalgalar acziyle bu sahnenin ayaklarında yıkılıp kalıyordu. Yalnız birkaç kere kendisinin yemeğe davet edilmesine muvafakat etmiş idi, fakat hep zayıf omuzları köhne matem elbisesinin altında sefil bir hayatın ıstıraplarını gösteren annesiyle beraber...

Ve, bu on altı yaşında kızın, bu küçük sahnelere mahsus edebiyatın en çapkınına en çapkın manalarla tercüman olan bu kızın, annesinin refakatinde sade bir akşam yemeğinden başka bir şey kabul etmemesinden bütün Beyoğlu'na bir çılgınlık gelmiş idi; herkes kendine âşıktı, herkes Concordia'da idi, herkes o nakaratı tekrar ediyordu.

Sonra birden, kış nihayetinde Kette unutuldu, üzerinden bir yaz geçti. Bu şöhretler öyle narin çiçeklere benzer ki üzerinden bir mevsim geçmek onları öldürmek için kifayet eder *[yeter]*. Bu kış Kette, yine Concordia'da idi, yine annesiyle beraber bir yemekten başka bir şey kabul etmiyordu; fakat artık kimse yoktu. Asıl Beyoğlu'nun hayatını terkip edenlerde *[oluşturanlarda]* bu kız için ilk cinnet devresi geçmiş idi, şüphesiz başka cinnet sebepleri bulunmuş idi. Bu tebeddül *[değişim]* neden neşet etmiş *[ileri gelmiş]* idi? Bilinemez... Kette hakkında türlü hikâyeler naklolunmuş idi. Hele bir tanesinin sıhhatine kanaat ediliyordu. Lahey'in zabıtaca müseccel *[belgelenmiş]* bir evinden, annesinden başka her şeyi olan o ihtiyar karı tarafından alınarak zengin bir izdivaç şikârına *[avına]* çıktığından bahsedilen bu kızın bütün yazı bir berber kalfasının evinde geçirdiğine yemin ediliyordu. Şimdi Kette kabul olunan yemeklerden annesini hazfe *[aradan çıkarmaya]* muvafakat ediyor deniyordu ve bir kış evvel Concordia'ya hayatını vakfedenler bu hikâyeye o kadar inanıyorlardı ki tecrübeye lüzum görmüyorlardı.

Kette için herkesle beraber çıldıran Behlül yine herkesle beraber bu hikâyeye inanmış idi, hatta onu tamamıyla unutmuş idi. Bugün düşüncesinin arasında, Nihal o parçayı çalarken uzun bir senenin nisyanı *[unutulması]* içine gömülen Kette'nin çehresi uyanıvermiş idi ve birden onu tekrar görmek için galebe çalınamaz bir arzu duydu.

Acaba hâlâ Concordia'da mıydı?

Bu suali kendi kendisine sorarken gülüyordu. O hayatın bu derece cahili kalacak kadar uzaklarında yaşayabildiğine şaşıyordu. Bu akşam gidecekti, hemen bu akşam Kette'ye bir yemek verecekti. Bir saniye içinde karar vermiş idi, sonra Bihter'i düşündü. Bu ona karşı bir hıyanet değil miydi? Bihter için bir merhamet duyuyordu, kendi kendisine: «Biçare kadın!» diyordu, Behlül'ün bir aralık bunu düşündüğüne vâkıf olsa kim bilir, ne kadar ağlayacaktı. Hayır, hayır, bu denaetini *[alçaklığını]* asla kabul etmeyecekti. Sonra birdenbire kendi kendisine:

— Lakin ahmak, dedi; sen bunu asıl Bihter için yapacaksın, onu daha ziyade sevmek için...

Hayır, hayır, gitmeliydi, Bihter'le aşkının devamı için buna ihtiyaç vardı, Nihal'den rica etti:

— Tekrar eder misin Nihal?..

O parçayı bir daha işitmek istiyordu, Kette artık kalbinde tamamıyla taze bir hayat bulmuş idi, evet gidecekti. Birden aklına bir şey geldi, bu defa maddi bir mâni vardı. Ona da bir çare buldu, tekrar ettirdiği parçada Nihal'i tevkif ederek:

— Nihal, dedi, ben sana ne kadar borçluyum?

Behlül, Nihal'e daima borçluydu, ikisinin arasında daima Behlül'ü medyun *[borçlu]* bırakan cari bir hesap *[alacak verecek hesabı]* vardı, Nihal cevap vermeyerek dudaklarını kıvırdı.

— Baksana Nihal, bugün seninle büsbütün dost oluyorum amma, bilirsin ya, ücretsiz iş yapmak pek de mizacıma muvafık *[uygun]* bir şey değil. Para çantan nerede, Nihal?..

Nihal, Behlül'ün bu teklifsizliklerine o kadar alışık idi ki başıyla ceketinin sol cebini gösterdi. Behlül çantayı avucuna boşalttı. Hepsini alıyordu, Nihal de o kadar zengin değildi, fakat ikisi de yarım zengin kalmaktansa iki sermayeyi bir yere getirerek yalnız birinin zenginleşmesi daha muvafıktı *[uygundu]*. Hem haftaya babasından para bekliyordu, birinci defa olarak bu sefer Nihal'e o ikraz edecekti *[borç verecekti]*:

— Değil mi Nihal?

Nihal pek iyi anlamayarak, dinlemeyerek başıyla:

— Evet, dedi.

— Ben gidiyorum Nihal, sana İstanbul'dan bir şey getireyim mi?

Nihal piyanoyu bırakarak çevrildi:

— İstanbul'a mı gidiyorsunuz? Hemen şimdi?..

Evet, hemen gidecekti, fakat kabahat Nihal'indi, bu piyanosuyla ona bu geceyi Beyoğlu'nda geçirmek hevesini vermiş idi. Nihal güldü ve cevap vermeyerek tekrar piyanosuna döndü.

★ ★ ★

Bihter, Behlül'e sofada eldivenlerini takarken tesadüf etti:

— Bir yere mi çıkıyorsunuz, dedi.

Behlül onun gözlerinden ictinap ederek *[kaçarak]* ve eldiveninin iliklenmekte güçlük gösteren bir düğmesiyle meşgul olarak:

— Evet, dedi, İstanbul'a kadar yalnız, inip çıkmak, ancak iki saatlik bir gaybubet *[kaybolma]*...

Birden yalan söylediğine nedamet etti *[pişmanlık duydu]*. Bu nedametinde hiddete benzer bir şey bile vardı, kendisini saatlerce kadar hesap göstermeye mecbur eden bu muaşaka artık isyan ettirecek bir yük oluyordu ilave etti:

— İhtimal bu gece avdet de etmem.

Bu son sözünün tesirini anlamak için gözlerini kaldırmıştı, Bihter'i sapsarı gördü. Genç kadın ufak bir tereddütten sonra:

— Lakin, dedi; bu geceyi bana vaat etmiş idiniz.

Behlül o vaadini unutmuş idi. Kendisini birden kaba, sert bir adam olmaya sevk eden bir tuğyanı *[taşkınlığı]* zor zapt etti. Nihayet bu kadın en küçük muhtariyetlerine *[özerkliklerine]* müdahale eden sevdasıyla can sıkacak bir şey oluyordu. Sert bir cevap vermemiş olmak için:

— Avdet etmemek muhakkak bir şey değil, dedi; bunu her ihtimale karşı söylüyorum. Böyle havalarda, böyle bir güneşle damarlarımda bir şey tutuşuyor, beni evin dar havasından kaçmaya, gezmeye, geniş, serbest ufuklara bütün ciğerlerimi açmaya sevk ediyor...

Bihter'e, mütebessim *[gülümseyen]*, bir çocuk aldatan gözlerle bakarak söylüyordu; birden tevakkufa *[durmaya]* mecbur oldu. Kendi sesinin, bu yalanın soğukluğundan üşüyerek sustu. Bihter'in şimdi o dudağının köşesinde, bir tebessümün gölgesiyle titreyen o bellisiz çukurda, acı, elim, aldatılan bir kadının, ilk emeller sukutunu *[düşüşünü]* hisseden bir kalbin ıstırap handesi *[gülüşü]* belirmişti. Bihter bu karşısında gülümseyen adamın, bu kendisine özür bulmaya çalışan sesin bir yalan olduğunu, kadın hissiyle, aldatılmaya başlanan, artık sevememekte takaddüm etmeyen *[önce davranmayan]* bir kadın hissiyle, anlamış idi. Bu nasıl bir yalandı? Ne için yalan söyleniyordu? Bilmiyordu, fakat yalandan emin idi, bunu Behlül'ün gözlerinde sarahatle *[açıklıkla]* görmüş idi.

Varlığının derinliklerinde bir şey öldürülüyormuşçasına azim bir azap duydu, bir kelime daha ilave etmeyi yahut bir kelime daha söylettirmeyi fazla buldu, cevap vermedi, fakat bakışında öyle bir şey vardı ki Behlül'e: «Yalan söylüyorsun!..» diyordu. Behlül bu nazarın beliğ *[doğru]* manasını anladı ve yalanının içinden başka bir yalanla çıkmak isteyerek:

— Doğrusunu söyleyeyim mi, Bihter, dedi, Nihal'den kaçıyorum, evet, asıl ondan... Düşün bir kere, birazdan o mürebbiyesi gelince kıyamet kopacak. Ben Nihal'i biliyorum, bütün tuğyanını sonraya saklıyor. Ondan başka, mademki hepsini söylemek lazım geliyor, biraz da Nihal'e acıyorum. Böyle meselelerde o kadar zayıf adam olurum ki, anlıyor musunuz? En iyisi bu gürültünün içinde bulunmamaktır...

Bihter, sakit *[suskun]*, sapsarı dinliyordu. Behlül başlandığı gibi bitmemek istidadını *[eğilimini]* gösteren bu nutkun içinden çıkmak istedi:

— Ondan sonra, dedi; kim bilir, belki gece kimsenin haberi olmadan...

Cümlesini bitiremedi, uzakta kavgaları işitilen Nesrin'le Şayeste'nin bir gürültüsünden ikisi de titrediler. Sofada, böyle, yavaş sesle bu muhavere *[konuşma]* affedilmez bir ihtiyatsızlık *[tedbirsizlik]* idi. Behlül yüksek sesle:

— Kızlara söyler misiniz, yenge? dedi, benim odamın ateşini yakmadan yatmasınlar. Belki gece avdet edecek *[dönecek]* olurum...

Yukarıda Nihal'in piyanosu devam ediyordu. Bihter başına bir şey düşmüşçesine sersem, bir dakika içinde onu en asude *[rahat]* zannolunan bir mesudiyetten en müthiş bir azaba atan bu vakanın mahiyetini düşünemeyerek, başının üstünde parçalanmış bir dünyanın intırakı velvelesine *[patlamasının gürültüsüne]* benzer bir gürültüyle yuvarlanan bu piyanoyu dinleyerek, bekliyordu. Kendi kendisine, beyninin bulutları arasında yalnız bir şey soruyordu:

— Demek, demek artık yalan başlamıştı?

Bu kısa muhaverenin bütün teferruatını şu dakikada unutmuş idi, tahattur etmek *[hatırlamak]* için nefsine cebretse *[kendini zorlasa]* bile muvaffak olamayacaktı; yalnız o yalan, Behlül'ün gözlerinde sarahatle okunan o yalan yaşıyordu. Sonra yavaş yavaş, başının üstünde hep o velveleli musikinin fırtınaları, azim kasırgalarının içinde parçalanmış dünyaların enkazını süpürüp götürürken, beyninin içinde bulutlar, parça parça hatıra kırıntıları bırakarak dökülmeye başladı. Burada, ayakta, iki dakika içinde bu kısa muhaverenin bütün azabı anlarını birer birer yaşadı, Behlül'ün o yalan söyleyen sesini hep o yalan kelimelerle birer birer işitti. Demek Nihal'e acıyordu, bunu söylemek onu muaheze etmek *[azarlamak]* demekti. Sonra o bulutlar daha uzak hatıra ufuklarını açarak, bütün unutulmuş, vukuunda ehemmiyet verilmeyerek zapta şayan *[değer]* bulunmamış şeyleri, şu son haftaların son mülakatlarına ait küçük küçük kelimeleri, yalnız şimdi birer mana kesp eden *[kazanan]*, birer kuvvet alan hiçleri gösterdi; iki dakika içinde genç kadın sevdası mebnasının *[yapısının]* yanında o vakte kadar görülmemiş, vücuduna imkân verilmemiş bir uçurumun müthiş, karanlık ağzını açarak barit *[soğuk]*, müncemit *[donmuş]* nefesiyle yüzüne soluduğunu hissetmiş idi. Yukarıya çıkıp Nihal'in yanından geçmek için kuvvet bulamadı, kocasının iş odasına atıldı.

Ve yukarıda mini mini Nihal, o saadetinin müthiş mateminin son darbesiyle bir daha sarsılan mariz, biçare vücudunu yerlere atarak, ıstırabından, ıstırabının tehevvüründen *[öfkelenmesinden]*, makhuriyetinin *[kahrolmuşluğunun]* aciz tuğyanından, boğazlanmış bir güvercin yeisiyle *[üzüntüsüyle]* çırpınmamak, kıvranmamak için, önüne geçen, hatırına gelen bütün çılgın parçalarla piyanosundan kıyametler koparırken hep o ensesinden beynini çekerek koparıyor zannolunan ağrılar dakikadan dakikaya şiddetini artıran pençeleriyle başını deliyor, çengelleriyle damarlarını söküyor gibiydi. Birden çocuk kolları gerilmiş, elleri piyanosunun üstünde donmuş, ensesine sanki saplanan bir çiviyle başını oynatamayarak, boğuk bir ıstırap sayhasıyla *[haykırışıyla]*, tevakkuf etti *[durdu]*. O zaman birinin koştuğunu, onu sallanırken kollarının arasında tuttuğunu, hafifçe kucaklayarak biraz evvel Behlül'ün oturduğu koltuğa koyduğunu hissetti. Bütün bu baygınlık yalnız bir dakika sürmüş idi; bu patlamadan geçen bir fırtına gibiydi; Nihal bu baygınlığın içinden mütebessim *[gülen]* gözlerle çıktı. O zaman dizlerinin dibinde, birer buz parçası kadar soğumuş ellerini avuçlarının içinde sıkarak, bembeyaz, bütün o rakik Habeş çehresi donuk bir beyazlıkla beyaz, Beşir'i gördü.

— Beşir, sen misin, dedi.

Evet, o idi. Bugün de bahçeden sonra, ona esir *[tutsak]* bir gölge sadakatiyle takip etmiş, orada, merdiven başında, cam kapının yanında beklemiş idi. Behlül'ü, Nihal'in kaşının ucundan öperken görmüş idi; sonra, o gidince, yavaşça daha ziyade yaklaşarak, bilinemez biçare mahrum beşeriyetinin *[insanlığının]* nasıl bir ihtiyacıyla, nasıl meyus bir merbutiyetle *[bağlılıkla]* ayaklarının altında ölmek istediği Nihal'in bütün ıstıraplarını hissederek, o ıstıraplarla kendi ruhunun da eridiğini, ezildiğini duyarak sessiz, hareketsiz beklemiş idi.

Gözlerinde bir saadet şeraresiyle *[kıvılcımıyla]* Nihal'e bakıyordu, Nihal hep o tebessümüyle onu daha ziyade temin etmek istedi:

— Küçük bir baygınlık! Yorgunluktan...

Sonra amiriyetini *[yöneticiliğini]* takınarak metin *[kuvvetli]* bir sesle ilave etti:

— Kimseye söylemeyeceksin, Beşir, anlıyor musun, öyle istiyorum.

O zaman Beşir'in gözlerinde bir saniye evvel tutuşan saadet şeraresi birden bir bulutla, bir girye *[gözyaşı]* bulutuyla örtüldü ve ruhunun ıstırabını daha ziyade saklamaya kuvvet bulamayarak, ince, rakik, o işlenmiş zarif bir oyuncağa benzeyen çehresini, Nihal'in dizlerine kapadı; ağladı, ağladı...

Nihal onu bırakıyordu; başını koltuğun arkasına yaslayarak, gözlerinde derin bir inbisat *[ferahlama]* handesiyle sanki bu dizlerine dökülen yaşların safvetinden *[saflığından]* azim bir tesliyet *[avunma]* duyarak duruyordu. Nihayet onun anlatılamayan ıstıraplarına işte açıktan açığa, saklanmaya lüzum görülmeden dökülecek gözyaşları bulunmuş idi ve bu gözyaşları Beşir'in saf ruhundan, onun da kim bilir nasıl inleyen katre katre zehirlerle kanayan mustarip ruhundan çıkıyordu.

16

Bugün Adnan Bey, Nihal'e bu müthiş darbeyi vurduktan sonra kalbinde, işte ne kadar zamandan beri örtülü, sanki ölmüş kalan, derin bir damarın, babalık damarının sızladığını hissetmiş idi. İzdivacından beri Nihal'in ruhunu hırpalayan işkence devrelerinin en küçük alametlerini *[belirtilerini]* bile kaçırmamış idi, bunlar onun nazarında öyle zaruri hadiseler idi ki vukuunu *[olmasını]* izdivacından evvel beklemeye başlamış ve sonra, Nihal'in ıstırapları karşısında onları zararsız, nihayet tehlikesiz geçecek fakat zevali *[sona ermesi]* zamana mütevakkıf *[bağlı]* bir hastalığın nöbetleri kabilinden telakki etmek itiyadıyla *[alışkanlığıyla]* kendisini bir müsebbip *[sebep olan]* mesuliyetinden tecrit eder *[sorumluluğundan ayırır]* olmuş idi. Hatta o işkence devrelerini teşdit ve tecdit edecek *[şiddetlendirecek ve yenileyecek]* şeylere, o şimdiye kadar Nihal'e vurulan darbelere, biraz ağır fakat netice itibariyle şifa veren birer tedavi çaresi nazarıyla bakmış idi. En evvel Nihal'i Bihter'e takrip etmek *[yaklaştırmak]* için kendisinin ondan tebaüdü *[uzaklaşması]* lüzumuna hüküm vermiş, kızından uzak kalmış idi; sonra onun zaafından istifade ederek evde sulh *[barış]* tesisine mania ihdas etmek istidadında *[engel oluşturmak kabiliyetinde]* bulunanların tebidine *[uzaklaştırılmasına]* karar vermiş, Şakire Hanım'la kocasını ve kızını çıkarmış idi. Şimdi, artık Bihter'e bir düşman sıfatıyla tanınan, karanlıklarda aile sükûnunu ihlal edecek *[huzurunu bozacak]* desise *[hile]* imal eder bir muzır *[zararlı]* misafir hükmünde telakki olunan o ihtiyar kızın tebidi mutlak lazım bir tedbir ehemmiyetiyle karar altına alınmış idi.

Adnan Bey, bir vakitler çocuklarına bir ikinci anne olarak telakki edilen Mlle de Courton hakkında bu yeni fikrin husulü *[oluşu]* sebeplerini tayin edemezdi. Bihter'in masum zannolunabilecek birkaç kelimesi, Nihal'in bir hırçınlığına karşı mürebbiyeye bakılarak sonra manalı bir tebessümle kocasına dikilen bir nazarı, o hiçbir şey söylemeksizin ifade edilen manalar, yavaş yavaş, bir iğnenin ucundan bir ipek kumaşa düşmüş bir yağ katresi nüfuz ve sirayetiyle *[yayılmasıyla]*, beyninin içinde büyüye büyüye nihayet onu istila etmiş idi. Lakin nihayet bu sabah darbeyi vurduktan sonra, şimdiye kadar Nihal'e vurulan darbelerin şifa verecek tesirinden şüphe veren bir korku, bugüne kadar aldanmış olmak, hayır, aldatılmış olmak korkusu, müthiş, elim *[acı veren]* bir korku, onun kalbini delmiş ve ateşten iğnesinin ucuyla o kalbin mensi *[unutulmuş]* bir köşesinde, bir ölü hissizliğiyle susan damarı, babalık damarını bularak, yakmış, sızlatmış idi.

Yoksa kızını öldürüyor muydu?

Nihal bahçede yanından kaçar kaçmaz bu sual karşısında, mahuf bir itham *[korkunç bir suçlama]* heyulası dehşetiyle titremiş idi. Bu suali zihninden defetmek istedi; buna cevap vermek için daha nafiz *[içe işleyen]*, daha salim bir nazarla *[sağlam bir bakışla]* meseleyi tahlil etmekte öyle azim bir mesuliyet, öyle acı bir yeis *[üzüntü]* keşfedilebilirdi ki ondan kendisini vikaye etmek *[korumak]* için düşünmemeye azmetti.

Biraz işle meşgul olmak için odasına çıktı. Kaç günden beri bir güzel ceviz köküne Bihter'in çehresini oymak için çalışıyordu.

Onu eline alırken, nasıl oldu bilinemez, belki garip bir deruni saik *[içten sebep]* ile gözleri, çoktan beri unutulmuş, nakıs hututuyla *[eksik hatlarıyla]* kırık tahta parçalarının arasına atılıvermiş bir başka çehreyi, Nihal'in o yarım kalmış çehresini araştırdı. Sonra, elinde Bihter'in başlanmış o çehresiyle, duramayarak, süzgün, kendi ihtiyarından *[isteğinden]* ziyade kalbinin müphem *[gizli]* bir ihtiyacına tebaiyet eden *[uyan]* iradesiz gözlerle odasının ta karanlık bir köşesinde, ne tamamıyla kaldırılmaya ne tamamıyla nazarlara maruz bırakılmaya cesaret edilemeyerek bir yığın ufak tefek arasında boğulmuş bir resme, ilk zevcesinin eskilikten silinmişe benzeyen bir resmine baktı ve zannetti ki bu resim, birdenbire, ne vakitten beri kendisini ihmal eden bu gözlerin ruhundan bu defa canlanarak, bir cisim kesp ederek, o karanlık köşede titreye titreye kabarıyor, ona yaklaşıyor; kinden, hırstan ateş saçan gözlerle gözlerine sokularak, ciğerleri sökülen bir ana acısıyla ona haykırıyor:

— Kızımı öldürüyor musun?

Şu iki senelik izdivaç ömrü bir mesuliyet hayatı mehabetiyle *[korkunçluğuyla]* gözlerinin önüne geliyor, küçük küçük, şimşek gibi bir cereyan ile tutuşup sönen, görünüp silinen levhalar *[tablolar]* şeklinde hep Bihter'le Nihal'i görüyordu; zihninde karısı ile kızı birbirini örtmek isteyerek kovalaşıyorlardı. İskemlesinde, bir elinde hâlâ o kök parçası ile kalbinde derin bir ıstırap yarasıyla düşündü. Bu cerihanın *[yaranın]* açılmasına beş on dakika kifayet etmiş idi *[yetmişti]*. Bir zaman oldu ki bu baba kızına avdet etmiş oldu; Nihal için derin bir ağlamak arzusu hissediyor ve bu arzuya nefsini teslim etmek istiyordu. Sonra kendisini mağlup eden bu merhametin neticelerinden, hususuyla artık itiraf edilmek lazım gelen bir hatadan o kadar korktu ki, karanlıkta bizi mütekarrip *[yaklaşan]* bir tehlikenin sadmesinden vikaye eden *[çarpmasından koruyan]* asabi tehaşi *[korkup çekinme]* nevinden ihtiyarsız *[düşünmeksizin]* bir hareket ile, muhakemesi, bu müşevveş *[karışık]* izleri takip etmekten geri çekildi. Fakat kalbinde Nihal için açılan bu yaranın ıstırabını uyutacak bir avuç tuz serperken diğer bir cerihanın sızlamasına mâni olamıyordu ve bu ikinci ceriha artık uyutulamıyor, ne vakitten beri ıstırabını takim *[yok etmek]* için üzerine serpilen tuzların altından hep, umulmayan inkişaflarla, biraz daha yırtılarak, biraz daha derinleşerek, ateşli ve zehirli, tekrar uyanıyordu.

Bu ceriha izdivacının yarasıydı. Bidayette *[başlangıçta]* küçük, bellisiz bir leke gibiydi, Bihter'le mesut olmak ümidi onu öyle mest bırakıyordu ki bahtiyarlığının arasında ufak bir iğne temasıyla sızlayan bu noktayı dinlememeye muvaffak oluyordu; fakat yavaş yavaş o iğne daha ziyade batmış, o nokta bir elim ceriha olmuş ve artık dinlememek, işitmemek mümkün olamamış idi. Bütün izdivaç hayatı bununla zehirleniyordu, bahtiyar görünmeye çalışırken kendisini müzeyyen *[süslenmiş]* görünüşler altında müthiş bir maraz saklayanlar kadar sahte buluyordu. Evvelce bahtiyarlığının taze neşvesi o ıstıraplarını örterken şimdi onlar bahtiyarlığını eziyor, boğuyordu. Kendi kendisine öyle sakit buhranları vardı ki bedbaht olduğuna karar verdi. Bu izdivaç bir müthiş hata idi; bunu nihayet, Bihter'i kollarının arasında camit *[cansız]* bir cisim ruhsuzluğuyla, ölmüş bir kadın hissizliğiyle, o deraguşların *[kucaklamaların]* heyecanlarından hisse alamayarak, gözlerini başka bir sevda hayali ararcasına onun gözlerinden ayırarak, vücudunu verip de asıl kadınlığının hararetini *[sıcaklığını]* vermeyerek, hissettikçe anlamış idi. Bihter onun olurken kendisini başkasına veriyor gibiydi. En har *[sıcak]*, en haris *[istekli]* buselerin altında dudaklarını müncemit *[donuk]* bir nefesle donmuş bulur ve o saniyede aşkının en müteheyyic *[heyecana gelen]* ateşlerinin üzerinden bir kar rüzgârı geçerdi. Bihter'in gevşek kollarla ona sarılışları vardı ki itiyor, reddediyor zannettirirdi; dudakları öyle buselerle uzanırdı ki ateşsiz, ruhsuz temaslarıyla rüyalarda alınan ölü, kuru buselere benzerdi; bütün aşklarında Bihter kendisini onun olmaksızın veriyordu.

Böyle nereden geldiği hissolunamayan bir soğuk rüzgârla, saadet haclelerinin duvarlarından sanki buzlar aktığını ve ta ruhunun derinliklerine kadar üşüdüğünü hissettikçe gözlerinde bir sitemle karısına bakardı. Bu nazarında ıstırabından sızlayan erkeklik gururunun muahezeleri *[darılmaları]* öyle celi *[açık]* bir ifade kesp ederdi ki birden Bihter onu tesliyeye *[avunmaya]*, hayır, onu daha ziyade mesut edememekten af talebine lüzum görür ve başını omuzuna koyarak, sakalının altına, bir vakitler Nihal'in yeri olan o kılsız noktaya, dudaklarını kor, küçük küçük temaslarla orasını öperdi.

Bu buselerde öyle bir yalan soğuklukları vardı ki Bihter'i omuzundan silkmek, bileklerinden tutmak, sarsmak, vahşi bir kıskançlıkla büsbütün kendisinin olamayan bu kadını hırpalamak arzuları duyardı. Onu kıskanıyordu, fakat kimseden değil, kendisinden, kendisinin ihtiyarlığından; onun güzelliğinden ve gençliğinden, nihayet ona tamamıyla tasarruf edememekten müthiş bir kıskançlık hissediyordu.

Arada bir isyan etmek isterdi, acı bir kelime ile onu tahkir ederek *[aşağılayarak]* intikamını almaya lüzum görürdü, kaç kereler ağlatmış idi; sonra o ağlarken kendisini hodkâm *[bencil]* bularak muaheze eder, bütün kıskançlıklarını utanılacak bir zül *[alçalma]* olmak üzere unutmak ve unutturmak isterdi. Bihter onu okşayarak, öperek odasından çıkarmak isterken o bütün yorgunluk, rahatsızlık bahanelerini muhik *[haklı]* bulmak için kendisini oyalamaya çalışırdı; fakat o aralık kapısının anahtarı kilidin içinde muharriş *[tırmalayan]* bir gacırtıyla dönerken kalbinde bir şey yırtılırdı.

Kendi kendisine:

— Muhakkak, beni sevmiyor, diyordu.

Kaç kereler, o buhranlar arasında, bu söz dudaklarının ucuna kadar gelmiş idi, ona:

— Beni sevmiyorsun, diyecekti; sonra bu suale karşı verilecek teminatta sevilmediğinin daha sarahati haiz *[sahip]* bir bürhanını *[delilini]* görmek korkusundan öyle titrerdi ki cesaret edemezdi.

Odasında, şüphe işkenceleri içinde, saatlerle uyuyamazdı. Bihter'in izdivacından evvel birisini sevmiş olabilmesine ihtimal vererek bu mevhum *[var sayılan]* aşkın mevhum hatırasını kıskanırdı. Belki bu aşk hâlâ onun kalbinden silinmemişti; belki o kadını tamamıyla kendisinin olmaktan meneden onun hâlâ yaşayan hatırasıydı. Kaç kereler bir emare *[ipucu]* bulabilmek, genç kadının geçmiş hayatında şüphe verecek bir nokta keşfetmek için onu mahir istintaklar *[ustaca sorgular]* içinde söyletmiş idi.

Bir gün kalbine, o vakte kadar hiç düşünülmemiş bir şüphe düştü: Behlül!.. Bu şüphe hiçbir vakadan mütevellit *[doğmuş]* değildi; onları bir gece yan yana, bir musavver risaleye *[resimli dergiye]* bakarken görerek, kendi kendisine bu genç adamın bir tehlike olabileceğini itiraf etmiş idi. Fakat Behlül, Bihter'den o kadar uzak görünüyor, Bihter, Behlül hakkında her zaman öyle meyilsiz bir lisan kullanıyordu ki ikisinin arasında bir tehlike vukuunun ihtimalinden korkmak Adnan Bey'e, çirkin, utanmaksızın itirafı mümkün olmayan, kaba bir kıskançlıktan mütevellit bir zelil *[aşağılık]* his göründü. Kendi kendisine bir daha bunu düşünmemek için vaat etmiş idi. Fakat o sırada fark ederdi ki ihtiyarının haricinde bir his onu Bihter'le Behlül'ü tecessüse *[araştırmaya]* sevk ediyor. O zaman nefsini bir ayıp irtikâbıyla itham ederek *[günah işlemesiyle suçlayarak]* başka şey düşünmek isterdi.

Bir defa yine onları düşünürken kendi kendisine:

— Mümkün değil, demiş ve hayalinde onlara karşı irtikâp olunmuş *[işlenmiş]* bir kabahati affettirmiş olmak için:

— Behlül! Hanıma söylesene, bize biraz ud çalsın, demiş idi.

Bir gün, Mlle de Courton'a izin verilmek için beyinlerinde *[aralarında]* karar verildikten sonra Behlül öyle bir şey bulmuş idi ki Adnan Bey'in, ihtiyarı haricinde zihnini tırmalayan şüpheleri, birden silmiş idi. Behlül amcasıyla yalnız bulundukları bir dakikayı intihap ederek *[seçerek]* ona sokulmuş ve ciddiyetle:

— Görüyorsunuz ya, demiş idi, ötekiler hep birer birer gidiyorlar. Bihter Hanım'da, Mlle de Courton'dan sonra beni göndermek arzusu uyanacak zannediyorum. Rica ederim, gülmeyiniz, bunu farz etmek için bende pek kavi *[güçlü]* sebepler var. Görünüşe bakmayınız, onun beni hiç sevmediğinden eminim. Demek istiyorum ki onda böyle bir arzu görünür görünmez bana gözünüzle bir işaret kâfidir. Size hakikati söyleyeyim mi? Bu yalı hayatından bıktım. Pera Palas'ta şık, zarif bir oda, ondan sonra...

Behlül, Bihter'in sesini işiterek susmuş idi. Adnan Bey'in şüpheleri Behlül'le Bihter'in arasında yalnız bir fazla takarrüp meylinin husulü *[yakınlaşma eğiliminin oluşması]* ihtimalinden ibaret kalır ve karısının mazisine kadar zihnini irca eden muhayyilesinde *[geri döndüren hayal gücünde]*, utanılmaksızın kıskançlığa hak verecek kadar, münasebetlerinin hususiyet kesp edebileceğini farza kuvvet bulunmazdı. Yalnız kalbinde Behlül'e derin bir kin vardı. Onun kadar şen, onun kadar genç ve artık onun kadar güzel olamamaktan mütevellit bir kin ki ne zaman onu Bihter'in yanında görse onun orada bulunmamasını arzu ettirirdi. Hususi *[özel]* hayatlarında bu genç adamın vücudu Bihter'e kocasının ihtiyarlığından bahseden mücessem *[cisimleşmiş]* bir lisan gibiydi.

Adnan Bey, Behlül hakkında bu hissini bir gün onun sefaretlerden *[elçiliklerden]* birine intisap *[kapılanma]* hevesini gösterdiği zaman anlamış idi. O zamana kadar Behlül'ün buna benzer fikirlerine muteriz iken *[karşıyken]* bu defa tasavvurunu birden tasvip etmiş *[uygun bulmuş]*, sonra kendi kendisine bu tenakuzu *[çelişkiyi]* fark ederek asıl sebebini bulmakta zorluk çekmemiş idi; evet, artık itiraf edilmeliydi ki bu genç adam onların hususi hayatlarında fazla geliyordu.

Behlül'ün, Mlle de Courton vesilesiyle söylediğinden Bihter'e bahsetmemiş idi, bugün bahçeden avdetten sonra odasında otururken düşüncelerinin arasında bunu tahattur etti *[hatırladı]*. Behlül gittikten sonra Bihter odasına girince sordu:

— Behlül gitti, değil mi?

Bihter yüzüne bakmaksızın cevap verdi:

— Evet, galiba gece de gelmeyecek...

Adnan Bey güldü:

— Bütün kışı o kadar uslu geçirdi ki kendisine bir gece izin verebiliriz...

Bihter ötede kanepenin üstüne oturmuş, eline işini almış idi, gözlerini kaldırmıyordu, Adnan Bey ilave etti, hep gülerek söylüyordu:

— Geçenlerde Behlül bana ne dedi, biliyor musun? Mlle de Courton'dan sonra nöbet kendisine geleceğinden korkuyor.

Bihter gözlerini kaldırarak bu sözün izahını bekleyen bir nazarla baktı:

— Anlamıyor gibisin, Bihter... Bütün gidenler senden biliniyor ya, Behlül de zannediyor ki artık o da evde fazla görünecek.

Adnan Bey yerinden kalkarak Bihter'in yanına oturdu, yüzünü yüzüne sokarak hep o tebessümü ile sordu:

— Behlül'ün galiba Beyoğlu'nda bir yer tutmak için hevesi var, şimdiden bir sebep icat etmek istiyor. Eğer böyle bir fikri varsa itiraz edecek ben değilim.

Bihter cevap vermiyordu, yüzüne bir kan tabakasının fışkırdığını hissederek kayıtsız görünememekten korkuyordu. Kalbinde küçük bir şüphe de doğmuş idi, tebessüm ederek söylenen bu sözler müthiş bir fırtına saklayan mahir bir istintak *[ustaca bir sorgulama]* da olabilirdi; boğularak:

— Şüphesiz, dedi.

Sonra bu kelimeye nedamet *[pişmanlık]* ederek ilave etti:

— Yani bence ehemmiyetsiz bir mesele demek isterim; yalnız rica ederim, eğer Behlül Bey gidecekse beni karıştırmasın, artık her giden için mesul *[sorumlu]* olmaktan usandım...

Bihter hiddetle söylüyordu, Adnan Bey daha ziyade güldü, daha ziyade sokuldu:

— Yok, itiraf et, Bihter, dedi; Behlül giderse memnun olacaksın zannediyorum.

Başını sallayarak:

— Belki, dedi.

Şakakları vuruyordu, şimdi bu muhavereden *[konuşmadan]* yalnız bir şey zihnini işgal ediyordu.

Demek Behlül gidecekti, yalnız bu gece değil her gün, her gece kimbilir kimlerle nerelerde kalacaktı. Ya o, bütün ruhu ile kendisini ona veren bu kadın ne olacaktı? Birden Behlül hakkında öyle taşmak isteyen bir husumet duydu ki hemen şu dakikada hepsini, evet, ondan intikam almak için bütün o mülevves *[kirli]* hıyanetlerini kocasına itiraf etmek istedi. Bir saniye içinde hayatı gözlerinin önünde yıkılıyor gibiydi. Sonra birden kendi kendisini aldatacak bir şey buldu:

— Lakin bunlar hep yalan olabilir. Bu gece ihtimal gelecek, belki gündüz, şimdi bir iki saat sonra avdet edecek...

Yalnız kalmak için azim bir ihtiyaç duydu, kocasıyla biraz daha beraber bulunursa kayıtsız kalamamaktan, kendisini idare edememekten korktu. Yemeğe davet etmek için kapıyı açan Şayeste onu kurtarmış oldu.

★ ★ ★

Bugün akşam üzeri, avdet eden Mlle de Courton'la beraber Nihal, biraz sonra Adnan Bey çıkmışlardı; Bihter yalıda yalnız kalmış idi. Bugünü bütün düşünememekle geçmiş idi, kendisini ihtiyarı *[isteği]* haricinde sürükleyen bir dalga üzerinde gibiydi. Onlar gittikten sonra Behlül'ün odasına girmiş, orada, bu güzel kış gününün incitmeyen serin havasını teneffüs etmekten bir bahar hazzı alarak, açık pencerenin yanında, Behlül'ün koltuğunda, nihayet saatlerle düşünmüş idi.

Güneşin son ziyaları baygın buselerle Kanlıca tepelerini yalıyor, ta ötede Beykoz'dan bati bir seyelan *[yavaş akıntı]* ile gelen beyaz bir bulut parçasının bir kenarı donuk şişe beyazlığı ile parlarken altında geniş bir hat tedrici *[yavaş yavaş]* koyulaşan bir gölge şeklinde duruyordu. Bu latif kış gününden istifade ederek Boğaz'ın sakin sularını okşayan sandallar, kayıklar geçiyordu; karşıda Şirket'in[71] bir vapuru siyah dumanlarını serperek yer yer yalıları gizlerken iri bir İngiliz şilebi, güvertesinde öteye beriye koşan dört beş başla, sakit, tenha, sanki yapyalnız, Karadeniz'e doğru ilerliyordu.

Her gün bu şeylere kayıtsız bakan Bihter bugün, burada düşünürken uzun uzun nazarlarla dalıyordu. Düşüncelerine yalnız bir netice verebilmiş idi; Behlül'ü beklemek. Bu gece gelmeyecek olursa artık her şeyin bitmiş olduğuna hüküm verecekti. O zaman artık sefil, bedbaht bir kadın olacaktı.

Eğer o gelmeyecek olursa bu geceyi nasıl geçirecekti? Aman yarabbi! Demek saadeti bu kadar küçük bir şeye merbut *[bağlı]* idi. Kendi kendisine:

— Lakin mümkün değil, diyordu; onu aldatmak için icat olunmuş bir yalan! Bunu keşfedememek için ne kadar ahmak olmalıdır.

Sonra kocasından işittiğiyle Behlül'ün sözlerini birleştiriyor, ikisinin arasında münasebetler buluyordu. O zaman azim bir makhuriyet *[kahrolmuşluk]* içinde:

---

(71) 1849'da Boğaziçi'yle Galata Köprüsü arasında vapur seferleri düzenlemek için kurulan Şirket-i Hayriye, daha sonra Denizcilik Bankası tarafından satın alınmıştır.

— Hayır, gelmeyecek, diyordu; artık bitti, hepsi, hepsi bitti.

Böyle kendi kendisine her şeyin bittiğinden bahsederken, hafif bir mırıltıyla rıhtımın kenarında çırpınan sulara bakıyordu. Bunlar, bu Boğaz'ın, ta mini mini bebekliğinden beri ona ninni söyleyen suları, kadim *[eski]* ve kalbinin sırlarına vâkıf birer muhip *[dost]* samimiyetiyle tekrar ediyorlar gibiydi:

— Evet, hepsi, hepsi...

Bütün hayatı bu denizin kenarında, fütur *[usanç]* getirmeyen ve nihayet bulmayan bir cereyan ile sahilleri yalayarak kim bilir ne kadar düşünceler, ne samimi hasbıhaller *[sohbetler]* toplaya toplaya geçen bu suların zemzemelerini *[nağmelerini]* dinleyerek geçmiş iken onları hiçbir zaman böyle vicdanına harim *[sırdaş]*, hissiyatına enis *[dost]* bulmamıştı. Onu kendi kendisiyle daha yalnız bırakmak arzusuyla manzarayı hafif hafif silmeye başlayan bir zulmet mukaddemesi *[karanlık başlangıcı]* yarı şeffaf tülden eteklerini salıvererek karşı sahili sisliyordu, tepede gurubun son bir şulesiyle *[aleviyle]* kırmızı birer göz şeklinde parıldayan bir çift pencere vardı ki yakuttan nigâhını *[bakışını]* çoktan kapamış idi, Kanlıca eteğinde parlayıp hemen sönüyor zannolunan birçok gözler açılıp kapanıyordu. Yavaş yavaş semalardan ruhu uyuşturan bir samt *[susma]* ve sükûn yağıyordu. Tabiata sakit *[sessiz]* bir ninni söyleniyor gibiydi. Birden, bu sükûn aramişini *[huzurunu]* yırtan bir ses, bir düdük sesi Bihter'i titretti; belki bununla geliyordu. Kalbinde bir şey onun her halde geleceğini temin ederken diğer bir şey ona «Aldanıyorsun, gelmeyecek, artık hepsi bitti, hepsi hepsi...» diyor, sonra gözlerinin altında gizli kahkahalarla sular tekrar ediyordu; hepsi hepsi...

İstemeksizin gözleri, bir köşesi görünen rıhtıma dikiliyor, oradan bir gölgenin belirmesini bekliyordu; bir aralık başını uzattı; arkalarından takip eden Beşir'le Nihal ve ihtiyar mürebbiye geliyordu, onlara görünmemek isteyerek çekildi. Şimdi bir cereyan inhinasıyla *[akıntı eğimiyle]* düşüncelerine başka bir mecra *[yol]* çizilmiş idi. Bu kız ona uzun bir işkence hayatı ihtar eden *[hatırlatan]* bir hayal tesirini icra etmiş idi. Birkaç müphem hutut *[çizgiler]* ile izdivacının bir tarihini yaptı. Onu acı, boş, beyhude ıstıraplarla, umulup da bulunmayan şeylere bedel mütemadi *[sürekli]* cenklerle zehirlenmiş buluyordu. Bu izdivaçtan ne beklemişti ve hâlâ ne bekliyordu? İşte tamamıyla sahip olmak itminanını *[güvenini]* duymaksızın, vaktiyle genç kızlık rüyalarını ziya tufanları içinde bırakan emellerin hepsine malik *[sahip]* demekti. Servet, tantana, ziynet; o hayalinde beslenen emeller bugün tasarrufunda idi; fakat bunlar öksüz çocuklar mahzunluğuyla, elim bir boyun büküklüğüyle duruyorlardı. Bu izdivaç ona genç kızlık emellerini vermiş, fakat kadınlığını aç bırakmış idi. Tamamıyla aldandığına, bedbaht bir kadın olduğuna çoktan karar vermiş idi. Sonra hayatının ufkunda bir saadet leması *[parıltısı]* belirmiş idi, bütün ruhuyla kendisini ona vermiş idi; bu zayıf ziyayı söndürebilecek hiçbir kuvvetin vücudunu *[varlığını]* düşünmemiş idi. Bugün birinci defa olarak bir serseri rüzgâr, bilinemez nereden esen bir hain nefes, o ziyanın, o güneşinin üstüne bir parça bulut sevk etmek istemiş idi. O sönerse ne olacaktı? Ebedi bir zulmet *[sonsuz bir karanlık]*...

Bunu düşünürken kendi kendisine gülmek istiyordu. Şimdi o gelecekti, iki kelime ile izahat verilmiş olacaktı, her şey bitecekti. Nihayet bugün onu bu derece korkutacak ne olmuş idi? Kendisini çocuk buluyordu. Daha son vapur gelmemiş idi. Sonra onun belki gece geleceğini düşündü. Lakin nasıl gelecekti? Bebek'e kadar araba ile gelecekti. Sonra? Hayalinde Behlül'ü gece karanlıkta, sandal içinde, kendisine gelmek için tehlikeler geçirerek, geliyor görüyordu. Ona ne kadar minnettar olacaktı!

Bir aralık odaya baktı, sobayı yakmaları için kızlara bir şey söylememiş idi, birden hissetti ki bunu söylemek için kuvvet bulamayacak. Oda karanlıktı. Bu saatte, sebepsiz burada bulunmak ona o kadar münasebetsiz göründü ki kalkıp gitmek istedi. İhtimal Adnan Bey avdet etmiş, onu sormuş idi; fakat şu dakikada, şu zulmet ve boşluğuyla karanlıkların uykuda ruhuna gömülen hatıralarıyla, mahrem bir telaki *[gizli bir buluşma]* yeri samimiyetini kesp eden *[kazanan]* bu oda onu daha ziyade alıkoymak istiyordu. Sanki Behlül'ü burada beklerse onun avdeti *[dönmesi]* ihtimali kuvvet peyda etmiş olacaktı *[kazanacaktı]*. Ondan başka, şimdi kendisini üşüten bu açık pencerenin altında, kendisini söylemeye davet eder bir tesliyet lisanı *[avunma dili]*, uzaktan uzağa gelen bir zemzeme var idi ki ona: «Söyleseniz a, ne için söylemiyorsunuz.» diyordu; «Bilseniz bize bu sahillerin pencerelerinden atılmış ne hafi *[gizli]* sırlar, ne kırık hulyalar, ne solgun çiçekler, ne yıpranmış emeller, ne ölmüş ümitler var! Bilseniz bu biçare hazin ölüleri, biz ne ruhu okşayan matem neşideleriyle *[şiirleriyle]* sallayarak, ne rakik *[ince]* ve nermin *[yumuşak]* köpüklerden kefenlere sararak, birer nazenin *[narin]* cenaze şeklinde yavaş yavaş, kehkeşanların teessüründen *[Samanyollarının içlenmelerinden]* damlayan mersiye *[ağıt]* katreleri altında, yuvarlaya yuvarlaya götürürüz. Bilseniz bize iltihak ederek *[katılarak]* akıp giden ne kadar ıstırap giryeleri vardır. Sizin de bize tevdi edilecek *[bırakılacak]* ölmüş bir hulyanız, arkasından dökülecek birkaç katre matem yaşınız mı var? Siz ki o kadar şen, o kadar şatır *[keyifli]*, ağlamaktan o kadar uzak idiniz. Demek hepsi bitti, hepsi hepsi...»

O zaman bu tesliyet lisanının arasında bir istihza *[alay]* kahkahası fark ediyordu ve bu sakit kahkahayı birisinin sesine benzetiyordu: Peyker'in...

Çoktan anlamış idi ki Peyker haklıydı. Küçük, fakir, adi bir izdivaç; fakat aşka, muhabbete müstenit *[dayalı]* bir izdivaç; bir izdivaç ki sizin ruhunuzu hararetinin feyziyle *[gürlüğüyle]* ısıtsın, size çocuklar versin; bir kocanız, bir eviniz, bir hayatınız olsun ki onlarla sizin aranızda başka hiç, hiçbir şey olmasın. Eniştesine dair takdir hissine benzeyecek bir fikir taşımamakla beraber Peyker'i bahtiyar buluyordu. Mademki kocasını seviyordu. O da kocasını sevebilseydi; fakat sevememişti ve asla sevemeyecekti.

Demek bütün bir hayat, işte bir hatanın kurbanı oluyordu. Bundan sonra saadet ümidi, saklanmak lazım gelen utanılacak bir aşktan ibaretti ve bu aşk, bir gün onun yüzüne müthiş bir tahkir *[aşağılama]* sillesiyle çarparak «Artık yetişir!» diyebilirdi. O zaman ne yapacaktı?

Tekrar bir düdük sesi onu sarstı, son vapur geçiyordu, beklemeye lüzum görmeksizin hissetti ki Behlül bu vapurda da değildir. Birden onda acı bir emniyet uyandı. Behlül gelmeyecekti ve kendisi, böyle ıstırabından kıvranırken o, bu gece başka bir kadının kollarında bulunacaktı.

Bu odada daha ziyade durmak istemedi; karşıdan karanlık gecelere mahsus rüyet *[görme]* hadisesiyle deniz küçülmüş, sahil yaklaşmış, etraf zulmetlerden istifade ederek birbirine sokulmuş gibiydi. Kanlıca tepeleri mühip *[heybetli]* zulmet kütleleri şeklinde Bihter'e takarrüp ediyor *[yaklaşıyor]*, onu ezmek istiyordu. Pencereyi açık bırakarak kalktı, aralık kapıdan bir ziya huzmesi tozlanarak odanın biraz içerisine kadar dökülebiliyordu. Bu karanlık ve boş yerde hafi bir cinayet ika edercesine *[işlercesine]* kendisini titreten bir şey vardı. Yürürken yüzüne soğuk bir hava mevcesi *[dalgası]* çarpıyor gibiydi. Vücudunda ihtiyarsız bir hiras lerzişi *[korku titremesi]* koşuşarak, bu zulmetlerin uyuyan vuhuşunu *[yabani hayvanlarını]* uyandırmaktan ihtiraz ediyorcasına *[çekiniyorcasına]* sol eliyle arkasından elbisesini biraz kaldırarak, sağ eliyle bir yere çarpmamak için siperlenerek yürüdü; ileride, kapının yanında halının bir parçası aralıktan kayan ziya tozlarıyla yaldızlanmış idi, oraya doğru ilerliyordu; birden, bir el sanki orada bir perde yırtarak zulmetleri bir ziya safhasıyla deldi. Kapıyı açmışlardı. Bihter titredi; henüz, bu birden açılan kapının eşiğinde kim olduğuna dikkat edecek kadar zaman bulmadan seri bir hareketle çekildi, arkasına bir kanepe tesadüf etti, dizlerinde galebe çalınamayan bir gevşeklikle oraya düşmek nevinden oturdu. Ancak o zaman eşikte dikilen gölgenin Mlle de Courton olduğuna vâkıf olabildi.

İhtiyar mürebbiye elinde birkaç kitapla karanlık odaya bakıyor, zulmetleri delerek içerisini görmek istiyordu. Bihter nefes almaktan korkuyordu. Şüphesiz hiç hoş olmayan bu tesadüften iki kelime ile çıkmak pek mümkün iken şu dakikada Bihter bir meşhut cürüm *[suç üstü]* halinde yakalanmış olmak perişanlığıyla selameti Mlle de Courton tarafından görülmemekte arıyordu. Herkesten ziyade bu kadının gözlerinde bir şey sezer idi ki onun ketumiyetini *[ağzı sıkılığını]* delmek isteyerek altında gizlenen hakikati görmeye çalışan bir nüfuzu *[etkisi]* vardı; ne zaman ihtiyar kızın bir burgu tesirini icra eden bu nazarına tesadüf etse: «Şüphesiz bu biliyor!» derdi. Nasıl olmuştu da bu sır onun nazarında taayyün etmiş *[belirmiş]* idi? En evvel manasız bir hiç onun vesveseli sinirlerini tahrik etmiş olacak, Behlül'le Bihter'in nefes alışlarına kadar teftiş altında tutularak nihayet muhakkak bir şey elde edilmemekle beraber delail *[deliller]* itibariyle bütün hakikat anlaşılmış bulunacaktı. Onun elinde bu hakikat Bihter'in aleyhinde o kadar müthiş bir silah olabilirdi ki Bihter silahı iptal edememeye o silaha malik *[sahip]* olandan kurtulmak suretiyle çare bulmayı düşünmüş idi. Onun için Mlle de Courton gönderiliyordu.

İhtiyar kız buna her zaman, fakat asıl düğüne gidilecek gün aranılmamış bir tesadüfle Bihter'le Behlül'ün sırlarına vâkıf olduğu ve o sırada kapısını vaktiyle kapayamadığı dakikadan başlayarak, intizar etmiş *[beklemiş]* idi. Onun için bir gün Adnan Bey dolaşık bir cümle ile artık Nihal'in bir mürebbiye refakatinden istiğna hasıl edecek *[ihtiyaç duymayacak]* yaşa geldiğinden bahse imkân bulabilmek üzere bir mukaddeme serdine *[ön konuşma yapmaya]* başlarken ihtiyar mürebbiye derhal meseleyi anlamış ve onu bu müşkül *[zor]* mukaddemeden kurtararak asalet haysiyetini velev *[soyluluk onurunu bile]* süslüce olsun kovulmuş olmak züllünden muhafaza etmiş idi. Adnan Bey'den kendisi izin istedi.

İhtiyar kız bu meselede en ziyade Nihal'i düşünüyordu ve ondan ayrılmayı o kadar müşkül görüyor idi ki zihninde o dakikayı hep uzatıyordu; nihayet artık o dakika daha ziyade uzatılamayacak kadar takarrüp edince *[yaklaşınca]* buna dair Nihal'e bir kelime söylemek için kuvvet bulamamış ve o vazifeyi babasına terk etmiş idi.

Bugün öğleden sonra avdet edince Nihal kendisini görür görmez birden:

— Hepsini biliyorum, hepsini, hepsini... Bana buna dair bir kelime söylemeyeceksiniz, anlıyor musunuz? Size ne gün gideceğinizi ben haber vereceğim, mümkün mertebe çabuk, belki yarın. Bir an evvel bitsin, çok sürecek olursa kuvvet bulamayacağım zannediyorum. Şimdi beni öpünüz ve hiçbir şey yok gibi gezmeye çıkalım...

Gezdikleri sırada Nihal bundan hiç bahsetmedi, neşeliydi, yalnız ara sıra ihtiyar mürebbiye onun gözlerini sıkarak kaşlarını kaldırdığına dikkat etmiş ve bir defasında sormuştu:

— Neden kaşlarınızı kaldırarak gözlerinizi kapıyorsunuz, çocuğum? Başınız mı ağrıyor?..

Nihal:

— Hayır, demiş idi, belki güneşten...

Eve avdet ettikleri zaman Nihal mürebbiyesine:

— Matmazel, demiş idi; ihtimal bu gece beraber geçecek son gecemizdir. Hemen yemekten sonra yukarıya çıkarız, sizinle o kadar çok şeylerden o kadar uzun uzun bahsederiz ki hiç olmazsa bir sene birbirimizi görmek hatırımıza gelmesin.

★ ★ ★

Mlle de Courton, Behlül'ün kapısında içeri girmeyerek duruyordu. Ufak bir tereddütten sonra seslendi:

— Behlül Bey! Orada değil misiniz?

Bihter karanlığın içinde fark edilmekten titriyordu, burada saklanmış olmak şimdi kendisine o kadar çocukça bir şey görünüyordu ki kendi kendisine hırsından «Ahmak!» diyordu. Bu saatte, hususuyla *[özellikle]* Behlül orada olmaksızın, bu odada bulunmak, pencerede hava almış olmak pek tabii bir şey idi ki yalnız saklanmış olmakla şüphe celp edebilirdi *[çekebilirdi]*. Bu, Mlle de Courton'un nazarında bütün içindeki sırlar bir dakikada okunan bir kitap kadar belagat kesp edecekti *[düzgün bir anlatım kazanacaktı]*. İhtiyar kız içeri girebilirdi, onu orada görebilirdi, o zaman?..

Bir an içinde Mlle de Courton'u büyük bir muzafferiyet sayhasıyla *[haykırışıyla]* üzerine atılıyor, kolundan tutuyor, «Ah, siz misiniz hanımefendi, siz, Behlül Bey'in odasında, kendinizi saklayarak, karanlıklarda gizleyerek, öyle mi? Siz, siz ki beni kovduruyorsunuz, lakin hanım, bu evden gidecek olan ben değil, sizsiniz...» diyor zannetti. İhtiyar mürebbiye eşikte kendi kendisine bir karar vermiş görünerek ilerledi, şüphesiz Behlül'e iade olunacak kitapları oraya hemen bırakıvermek fikrinde idi. Karanlıkta yürüyenlere mahsus bir mütereddit mişvarla *[tereddütlü tavırla]* ilerliyordu, Bihter'in önünden geçecekti.

O zaman ihtiyar haricinde sanki, mihaniki bir saik *[alışkanlığa ait bir sebep]* ile yerinden fırlanılarak, Bihter ayağa kalktı. Karanlıkta iki kadın nefes nefese, yüz yüze gelmişlerdi. Mlle de Courton kimse bulunmadığından emin olunan karanlık bir yerde birisine tesadüf edivermekten münbais helecanla *[doğan çarpıntıyla]*:

— Ah, hanımefendi, dedi; beni korkuttunuz. Behlül Bey'in kitaplarını getiriyordum...

Bihter cevap vermiyordu, ona böyle tesadüf etmek o kadar beklenmeyen bir şey idi ki Mlle de Courton da daha ziyade söylemeye kuvvet bulamıyordu. Bir saniye içinde Behlül'ün de orada olabileceğini, kendisinin onları karanlıkta bulmak maksadıyla geldiğine ihtimal verileceğini düşündü; Bihter'de böyle bir fikrin husulü onun vakarına nispetle *[ağır başlılığına göre]* o kadar zillet iras edecek *[alçalma verecek]* bir şey göründü ki bir kelime ile bu muhtemel zehabı tashih etmek *[olası zannı düzeltmek]* istedi:

— Sizi temin ederim ki, hanımefendi, diye başladı; fakat kendisinin her şeye vukufunu ima etmeksizin cümlesinde devama imkân yoktu, birden sesi tutulmuşçasına sustu. O zaman Bihter, bir dakika içinde, yarın kovulmuş bir hizmetçi zilletiyle bu evi terk edecek olan bu kadının yanında, kocasına hıyanet etmiş bir kadın ayıbını ve zilletini duyarak, boğulan sesiyle:

— Matmazel, dedi; Behlül Bey burada değil; ben de, bilmem niçin, pencerede biraz oturduktan sonra, burada uyuşmuş gibiydim.

Müziç *[rahatsızlık veren]*, ağır bir sükût ile karanlıkta, birbirine bakıyorlardı. Mlle de Courton, bu kadının ağzında günahının zelil bir itirafına benzeyen bu kelimelere cevap vermeyerek, karanlıkta aranmaksızın önüne çıkan bu sırrın yanından silinmek isteyerek iki adım daha ileriye attı ve Bihter ağır hatvelerle *[adımlarla]* çıkarken, o artık karanlığa alışmış gözleriyle Behlül'ün orada bulunmadığına kanaat bile hasıl etmek istemeksizin, kitapları yavaşça bir geridonun üzerine koydu.

★ ★ ★

Bu gece mürebbiyesiyle geç vakte kadar oturmak isteyen Nihal erkenden yatağına girmiş, fakat nihayet uykusuna mağlup oluncaya kadar onu, yatağının yanında alıkoymuş idi.

Mlle de Courton ona tasavvurlarından *[düşüncelerinden]* bahsetmiş idi: Evvela Paris'e gidecek, orada ancak bir ay akrabasından ihtiyar bir amcanın yanında misafir kaldıktan sonra ta vilayetlerden birinin kaybolmuş bir bucağında, harap bir kâşanenin *[sarayın]* henüz zamanın yumruklarıyla tepelenmeyecek kadar metanet *[dayanıklılık]* gösteren bir kanadında sakin bir örümcek ailesi meskenetiyle *[miskinliğiyle]* yaşayan hısımlarına iltihak edecekti *[akrabalarına katılacaktı]*. Bu sükût ve metrukiyet *[sessizlik ve terk edilme]* hayatını tatlı bir saadet rüyası şeklinde süsleyerek naklediyor, ikide bir eğilerek Nihal'in solgun çehresine dudaklarının ucuyla kondurulmuş bir buse içinde:

— Yalnız, diyordu; bu saadet içinde küçük Nihal'imi düşünerek ağlayacağım. Fakat sen de burada mesut olacaksın, saadetinden bana bahsedeceksin, değil mi Nihal?.. O zaman mini mini Nihal'imin de saadetinden haberdar oldukça artık ağlanacak bir şey kalmayacak.

Nihal yalnız dudaklarını buruyordu. Böyle saatlerle ihtiyar mürebbiye ona ninniler söylemiş oldu. Artık yarın sabahleyin ihtimal henüz Nihal uyanmadan ihtiyar papağan kafesinden uçmuş bulunacaktı; bütün eşyası –tebessüm ederek ilave ediyordu– Behlül Bey'in o kadar itirazlarına hedef olan şapkaları bile kutulara yerleştirilmiş, küçük bir işarete muntazırdı *[bekliyordu]*. Sonra Behlül'ün ismini söylerken ihtiyar kızın fikri bir saniye içinde garip bir mecra *[yol]* takip etti, ne kadar zamandır vicdanının üzerinde müthiş bir yük ağırlığıyla duran o sırrı tahattur etti *[hatırladı]*; o dakikaya kadar düşünülmemiş bir fikir olmak üzere zihni müphem, muavveç *[eğri]* birtakım izler takip ederek daha ziyade düşünemeksizin, ihtimal bir dakika sonra nedamet edilecek *[pişmanlık duyulacak]* bir sözü zapt edecek kadar kuvvet bulamaksızın Nihal'in yatağına tekrar eğildi ve artık süzülen gözlerine bakarak:

— Nihal, dedi; sana yalnız son bir nasihat olmak üzere söylüyorum, buna dair benden izahat istemeyeceksin. Ve bir saniyelik bir tevakkuftan *[duraksamadan]* sonra ilave etti: Behlül'den sakın...

Nihal bulanık uykulu gözlerini açtı, bu söz beyninin içinde müphem bir bulut arasında hemen geçiveren bir lema müşevveşiyetiyle *[parıltı karışıklığıyla]* geçmiş idi. Bunu birisinin söylediğinden bile emin değildi, tekrar gözleri kapandı, dudaklarında uçan bir tebessüm gölgesiyle:

— Lakin biz onunla bugün karar verdik. Artık dost olacağız, demek istedi, dudakları ufak bir titreyişle kıpırdandı, sonra birden beyninin üzerine uyuşturucu bir iksir döküldü, artık uyuyordu.

Mlle de Courton bu defa son veda busesini koymak üzere tekrar eğilirken Nihal uykusunun arasında ince kaşının ucunu birisine gösterecek:

— Buradan, diyordu.

★ ★ ★

Bihter bu gece odasında yalnız kalınca bugünün tarihini zihninde icmal etmiş idi *[toplamıştı]*. Bu bir günlük hadiseler o kadar umulmayan şeyler idi ki ancak bir senenin havsalasına *[anlayışına]* sığabilecek bir vakayi silsilesi *[olaylar zinciri]* hükmünde büyüyor, birbirine karışan tafsilat *[ayrıntılar]* ile bir buhran devresi kadar velveleli görünüyordu. Bir aralık Bihter asabında bu derece büyük tesir hasıl eden bu vukuat silsilesini asıl mahiyetlerine tenzil etmek *[indirmek]* istemişti. Bunların hiçbirinde korkulan manalar yoktu, ne Behlül aşklarına hıyanet edecekti, ne Adnan Bey bir şüphe hasıl etmişti, ne de ihtiyar mürebbiye kendisinden intikam almaya vesile aramış idi; sonra zihni bu muhakeme tarzının üzerinde bir rici *[geri giden]* hat takip ederek mülahazat *[düşünce-*

ler] silsilesi tersine neticeler çıkarıyordu. İhtiyar mürebbiyeyi yavaş, hain bir sesle kocasına bir şeyler anlatıyor görüyordu. İhtimal şimdi Adnan Bey kapısına tık tık vurarak, gündüz Behlül'e dair yarım kalmuş muhavereyi *[konuşmayı]* bitirmek isteyecekti. Halbuki o burada işkenceler içinde ezilirken Behlül kim bilir nerede kimlerin kollarında:

— Hayatımda yalnız siz, siz varsınız, diyordu. Kalbini mukavemeti *[direnmeyi]* kırarak bir ıstırap ile yoran, bu rüyet *[görme]* hayali içinde onu görürken hepsini unutuyordu; artık ihtiyar mürebbiye bildiklerini söyleyebilir, Adnan Bey gelip kendisinden izahat isteyebilirdi...

Ellerini karnına basarak vahşi bir kıskançlık azabıyla kıvranıyor, sonra birden, bir rüzgâr darbesiyle gıcırdayan sobanın külahını, rezeleri üstünde yavaşça sallanan bir pancur kanadını dinleyerek:

— Belki o geldi, diyordu.

Böyle, ancak bir saniye tutuşan bir ümit lemasından sonra kendisini salıvererek derin bir keselan *[uyuşukluk]* içinde artık gelmeyeceğine, artık hepsinin, hepsinin bittiğine elim bir kanaat ile hüküm verdi. O zaman gözlerini kapar ve şedit *[şiddetli]* bir ağrının ıstırabını uyutmak için kendisini unutmaya çalışan hastalara mahsus bir azmiyle gözleri kapalı, kaşlarının bir takallüsüyle *[kasılmasıyla]* dimağını faaliyetten tatil etmek isteyerek, dururdu. Bir aralık, böyle dururken kendisini uykudan uyanıyor zannetti; böyle, sandalyesinde uyuşarak uyumuş, saatler geçmiş ve uykusunun arasında onu birisi sarsarak:

— Lakin ne uyuyorsun? İşte geldi, demiş gibiydi.

Sahih *[gerçekten]* uyumuş muydu? Etrafına bakınıyordu, saat kaç olmalıydı, geridonun üstünde mum yavaş yavaş bir tarafından sızarak şamdanın yanında unutulmuş bir bağa tarağa damlıyordu. Yerinden kalkıp tarağı kaldırmak için üşendi; yine uyuşmak, hemen burada bir ölü hissizliğiyle kalmak istiyordu. Lakin Behlül, sahih, gelmiş miydi? Buradan kalkmak, yavaşça çıkmak, karanlıkta yine o odaya gitmek... Fakat ya gelmemişse? Bu defa kalbinin ta derin bir noktasında bu dakikaya kadar sakin kalmış bir damar, kadınlık gururunun damarı, terk edilmiş bir kadının isyan eden damarı titremiş idi. Birden kendisini böyle metrukiyetinin *[terk edilmişliğinin]* içinde hiçbir şey yapmayarak, dayak yemiş bir çocuk acziyle, o kadar sefil, o kadar müstahkar *[kahredici]* buldu ki yerinden fırlamak, bütün metanet ve kudretiyle ayağa kalkarak, etrafında yıkılan saadet hulyasının içinden yıkılmamış olarak çıkmak, kendisine bu hakaret sillesini vuran eli kıracak kadar kuvvet bulmak için karar verdi. Şimdi artık Behlül gelebilirdi, artık onu gidip odasında aramayacaktı. Bütün vakarı silkinerek ayağa kalkmış, esareti inanını *[tutsaklık dizginini]* parçalayan mütehevvir *[öfkeli]* canavar isyanıyla, daha ziyade itaat etmek, sürüklenmek istemeyerek irkilmiş idi. Artık Behlül'ü hatta düşünmemek istedi. Şimdi hiçbir şey olmamışçasına yatağına girip yatacaktı. Elbisesini koparırcasına çekip fırlatarak yatağına girdi; gözlerini kapamak, hiçbir şey düşünmeksizin hemen uyumak istiyordu; sonra gözleri açılarak ötede, söndürülmek tahattur olunmaksızın bırakılan muma dikildi; mum hep bir kenarından sızarak yavaş yavaş onun hayatına damlayan birer telehhüf katresiyle *[üzüntü damlasıyla]* ağır ağır, bağa tarağa akıyordu. Her dakika kalkıp onu söndürmek isteyerek, fakat vücudunu gevşeten azim bir rehavetle *[ağırlıkla]* hep bu işi bir dakika sonraya bırakarak, gözleri oraya mıhlanmış, fikri boş, uzun uzun bu ağlayan muma baktı.

17

Behlül ancak üç gün sonra avdet etti. Odasına girerken Bihter'e yalnız tesadüf etmek ihtimalinden korkuyor, ufak bir helecanı *[çarpıntıyı]* zor zapt ediyordu. Hıyanetini gözlerinde okuyacağından emin idi. Bu üç gecelik gaybubeti tevil edecek *[kaybolmayı başka şekilde açıklayacak]* bir yalan bulmaktan bütün icat mahareti acze düşmüştü. Ondan başka vücudunu şakrak, çılgın Hollandalının şebap *[gençlik]* ve neşve rayihasından *[kokusundan]* mürekkep bir canlı hale ile muhat *[kuşatılmış]* hissediyordu. Bihter'in hassas kadın şammesi *[koku duyusu]* bu muattar *[güzel kokulu]*. havayı elbette keşfedecekti.

Bu üç gece delice bir zevk humması içinde geçmiş idi. İlk gece Concordia çıkışında Kette bir arabaya atılarak –bu defa annesiz– Şişli'de bir eve götürülmüş idi. Onunla, gece, karanlıkta, bir araba içinde, tenha sokaklardan uçarken bu aşk seyranında *[gezintisinde]* bir kız kaçırmak yeniliğini bulmuş idi. Hâlâ Kette, onun üzerinde annesinin yanından ayrılmayan bir masum kız tesirini icra ediyordu. Ertesi gün, geç vakit ondan ayrıldıktan sonra Boğaziçi'ne avdet etmek niyetinde idi. Beyoğlu'nda mağazalarda, bir aralık şekerlemecide tesadüf olunan bir dostun yanında o kadar teahhür etmiş *[gecikmiş]* idi ki kendi kendisine:

— Artık vapur kaçmış olacak», demek için imkân bulmuştu. Kette'ye iki kelime göndermiş, onu yemeğe getirtmiş idi; kızı o kadar sarhoş etmiş idi ki o akşam Kette sahnede kendisini kaybederek göğsünden bir demeti koparıp Behlül'e atmış idi. Üçüncü gece Behlül Concordiya halkını Kette'den mahrum etmek istemişti; halk Kette için kudurup ayak teperken o bu latif *[güzel]* kızı yalnız kendisi için Şişli'nin o asude evinin küçük odasında hapsetmiş olacaktı...

Bu hevesi de geçtikten sonra Bihter'i düşünmüş idi. O, kim bilir, bu üç geceyi ne büyük azaplar içinde geçirmiş idi. Bu hıyaneti keşfetmesine müsaade edecek miydi? Onu aldatmak için ne yalanlar bulacaktı?

Bunları düşünürken Bihter'i arzu ediyor, Kette'den üç gece içinde hasıl olmuş bir gına *[bıkkınlık]* ile tekrar yalıda, o, gecelerin hıyaneti iştirakıyla *[ortaklığıyla]* çalınmış muaşaka *[sevişme]* saatlerine aşiyan olan odasını görmek, orada o saatlerin hazlarına kavuşmak istiyordu.

Kendisini odasında yalnız bulunca derin bir zevk duydu, sanki zorluk ancak oraya gelebilmekte idi. Odasının penceresi o günden beri açık kalmış idi. Rüzgârla içeriye serpilen yağmurlardan koltuğun bir kenarı, halı, beride tütün takımı ıslanmış idi. Odasında gürültüsüz gezinmeye, yürürken ayaklarını hafif basmaya lüzum görüyordu; uyandırılmaktan ihtiraz olunan bir hasta gibiydi. Şu dakikada Bihter gelecek olursa kendisine söylenecek müstahzar *[hazırlanmış]* bir şeyi yoktu.

Yavaş hatvelerle pencereyi kapamak için ilerlerken koltuğun üstünde ıslanmış beyaz bir şeye gözleri ilişti. Bunu alır almaz anladı: Bihter'in orada unutulmuş bir mendili... İhtiyarsız *[düşünmeksizin]* bunu dudaklarına götürdü, ıslanmış bir menekşe demeti rayihasıyla Bihter'i kollarının arasında zannetti. Bu mendil ona bütün hazin bir şiir takrir ediyor *[anlatıyor]*, onun gıyabında yine onun havasında yaşamış olmak için odasında, intizar *[bekleme]* işkenceleriyle penceresinin yanında geçirilmiş saatleri söylüyordu.

Kendi kendisine:

— Zavallı Bihter, diyordu ve elinde bu mendile bakarak, onun sâkit lisanından akan ıstırap ifadesine karşı af diliyordu.

Birden, bir kasırga cevelanıyla *[dolaşmasıyla]*, odasının kapısı itildi ve Nihal atılarak:

— Nihayet gelebildiniz, dedi, nerede idiniz, bakayım?..

Nihal parmağını tehditle sallayarak ilerliyordu, birden Behlül'ün elinde ıslak mendili gördü:

— Nedir o, elinizde ıslak mendil?.. Oo, burası bir göl olmuş! Bu sizin marifetiniz mi? –Çömelerek, perdelerin ucunu kaldırarak ıslak yerlere bakıyordu; sonra elini uzatıp mendili almak istedi.– Bunları mendilinizle mi kurulayacaksınız? A, mendil sizin değil, veriniz bakayım, Bihter'in mendili...

Bu küçük şeyle Nihal bütün hakikatin tarihine vukuf hasıl edecekmişçesine Behlül'de bir korku vardı, mendili Nihal'e verdi, Nihal kenarına bakarak ve sonra ucundan tutup ıslak halının üstüne atarak:

— Evet, onun, dedi. Sonra çapkın bir tebessümle Behlül'ün yüzüne bakarak:

— Babamı işitseniz, dedi; sizin için neler farzediyordu.

Behlül kızardı, fakat fütur *[bezginlik]* getirmemiş görünerek sordu:

— Neler?..

Nihal dudaklarını kıvırıyordu:

— Onları size Firdevs Hanım nakletsin. Bilirsiniz ya, genç kızlar, yanlarında unutularak söylenen şeyleri işitebilirler, lakin onları tekrar etmeye mezun değildirler... Şimdi Firdevs Hanım bizde! Haberiniz var mı? Dün geldi, Mlle de Courton gitti, o geldi... Size Nesrin'i çağırayım mı? Bu gölü kurutsun. –Tekrar mendil gözüne ilişti.– Bu nereden gelmiş? Onu da kendisine versinler...

Behlül mendil meselesine daha ziyade dikkat etmeyerek sordu:

— Nihal, ne diyordu baban? Söyle bakayım. Haniya senin hiçbir şey söylemeksizin her şeyi söyleyen bir ifaden vardır...

Nihal hep gülerek devam etti:

— Oh! Bilir miyim? Firdevs Hanım'a anlatıyordu. Pek iyi işitmiyordum ki... Sonra Bihter'le latife etmek için galiba: Ben de ara sıra Behlül'ün odasında misafir kalırım belki, diyordu. Nedir, rica ederim, başka bir odan mı var şimdi? Artık sen de gidiyor musun?..

Behlül anladı. Bu üç gecelik gaybubeti amcasının latifelerine bir vesile olmuştu. Tekrar içinden:

— Zavallı Bihter, diyordu. Kim bilir, bu latifeler onu nasıl işkencelerle kıvırmış idi. Nihal'in son sualine cevap vermiş olmak için:

— Çıldırdın mı, dedi. Behlül nereye gider? Hem bundan sonra Nihal'i, bu mini mini dostunu yalnız bırakabilir mi?.. Firdevs Hanım nihayet geldi, öyle mi? Bak, onunla ne iyi geçineceğiz, Nihal!.. O da bizimle dost olacak.

Sonra büyük bir sır tevdi ediyormuşçasına *[veriyormuşçasına]* eğildi ve gülerek yavaş sesle ilave etti:

— Herkesten ziyade Bihter'in düşmanı odur, bilir misin?

Behlül eğilerek bunu söylerken nefesi Nihal'in çehresini sıcak bir temas ile, ancak bir saniye, okşamış idi. Nihal bugün şu dakikada birinci defa olarak zapt olunamamış bir asabi tevahhuşla *[ürkmeyle]* çekildi. Artık bir kadın olduklarını hüviyetlerinde inkişaf ediveren bir vukuf lemasıyla gören genç kızlara mahsus bir his onu ürkütmüş idi. Ufak bir ihmirar *[kızarma]* ile Behlül'e gülerek cevap verdi:

— Bu da size mahsus fikirlerden...

Behlül:

— Sen bunu anlayacak kadar büyük değilsin, diyordu; şimdi beni yalnız bırakır mısın Nihal? Seninle bu meseleden, sonra uzun uzun bahsederiz...

Kayıtsızca ilave ederek sordu:

— Baban nerede, Nihal?..

Doğrudan doğruya Bihter'i soramamış idi. Nihal'den Adnan Bey'le Bihter'in odalarında beraber olduklarını haber alınca derin bir nefes aldı. Onları beraber görmek bu gaybubetten sonra ilk mülakatın *[konuşmanın]* güçlüğünü tahfif edecekti *[hafifletecekti]*. Beş dakika sonra Adnan Bey'in iş odasına girerken Behlül kendi kendisine metanetini tebrik ediyordu. Adnan Bey'in latifelerine kayıtsızca cevap verecek kadar kuvvet buldu. Adnan Bey onu itiraf edilmeyecek bir münasebet peyda etmiş olmakla ithama çalışıyor, Bihter'e bakarak:

— Göreceksiniz, diyordu; bu gece, ihtimal bir gece daha Behlül burada kaldıktan sonra yine haftalarca kaybolacak.

Behlül, Bihter'in arasında elim, müziç *[sıkıcı]* bir nazar teati ediliyordu *[karşılıklı bakılıyordu]*. Behlül gözleriyle:

— İnanıyor musunuz? Bunlar bütün bir yığın köhne latifeden başka bir şey değil, demek istiyordu.

Sonra Adnan Bey'e cevap veriyordu:

— Kim bilir, belki hakkınız var. Bütün bir kış uslu bir çocuk olduktan sonra artık her şey affolunabilir, değil mi?

Bihter bu muhavereye *[konuşmaya]* iştirak etmeyerek, gözlerini kaldırmayarak, hummalı ellerle bir çuha parçasını işlemekte devam ediyordu. Adnan Bey garip bir inat ile hep bu latifeyi tevsi etmek *[genişletmek]*, Bihter'i de muhavereye karıştırmak istiyordu. Behlül kayıtsız kalmakta devam ederek cevap veriyor, kendisini müdafaa ederken itirafa benzeyen gevşeklikler gösteriyor, sonra muhaverenin bir küçük fırsatından istifade ederek başka bir söz zemini hazırlamaya çalışıyordu. Bu her ikisi için, azim bir işkence oldu. Adnan Bey onları sıkmak istiyor gibiydi. Behlül birinci defa olarak kalbinde bir şüphe hissetti:

— Acaba biliyor mu?

Henüz Bihter'le doğrudan doğruya bir lakırdı etmemişlerdi, Behlül bir aralık bütün cesaretini toplayarak sordu:

— Anneniz gelmiş öyle mi, yenge? Nerede? Yukarda mı?..

Ayağa kalkmış idi. Çıkmadan evvel Bihter'in gözlerini aradı, fakat onlar hep o çuha parçasının üzerine merkuz *[dikilmiş]*, sakit ve derin bir kin ile dargın kaldı...

★ ★ ★

Firdevs Hanım'a Mlle de Courton'un odasını vermişlerdi; onu oradan, tekerlekli uzun sandalyesinin içine koyarak, sofaya çıkarıyorlar, sandalyeyi pencerenin yanına kadar itiyorlar; Boğaziçi'nin bu fersude *[yıpranmış]* çiçeğini, Kanlıca tepelerinin altında sayelenen *[gölgelenen]* yeşil sulara karşı, sanki bir hayatın mezarı kenarında, sabahtan akşama kadar hemen her vakit yalnız bırakıyorlardı. Behlül onu görmeyeli üç ay olmuş idi. Yalnız uzaktan uzağa ona ait şeyler işitirdi. Firdevs Hanım uzun, hâlâ bitmeye tahammül edemeyen bir gençlikten sonra birdenbire, genç kalabilmek için sarf edilen kuvvetler ihtiyarlığının sıhhat sermayesini perişan ederek, bir iflas neticesiyle, düşüvermiş idi. İskemlesinin üstünde o uzun, levent, hâlâ güzel kametiyle *[boyuyla]* yanarken usaresi *[öz suyu]* kuruya kuruya bir gün yolun bir kenarına düşüvermiş metin *[sağlam]* bir ağaç gibiydi. Dizleri artık sızıların daimi bir mahkûmu idi; sabahleyin yatağından kalkabilmek için muavenete *[yardıma]* muhtaç idi. En ziyade bu ihtiyaç, kalkabilmek için başka bir elden beklenen bu kuvvet sadakası, onu kudurtur, sonra kudurmuş bir hırs ile kendine uzanan eli ısırmak isterdi. Onun için Firdevs Hanım'ın yanında hizmetçileri on beş günden ziyade alıkoymak mümkün olamamıştı. Artık gelin olabilecek kadar para topladıktan sonra müsaade alan Katina'nın yerini sırasıyla sekiz kızdan hiçbiri tutamamıştı; hatta bir gün, kimsesiz kalarak, Firdevs Hanım'ı sandalyesine yatırmak için Peyker, Yakup'a müracaata mecbur olmuş idi. Sonra, bu âdet olmuş idi; ikide birde Firdevs Hanım'ın, kendi hizmetçisine karşı hırçınlıkları taşarak, Yakup çağırılırdı ve onun ellerinde bu hırçın hasta, sessiz, şikâyetsiz, muti *[itaat eden]*, yumuşak bir çocuk usluluğunu kesp ederdi *[kazanırdı]*. Bu erkek ellerinde öyle bir sihir hassası *[özelliği]* vardı ki Firdevs Hanım'ın yalnız kollarından, omuzlarından tutup bu pörsümüş bir yığın eti sandalyesine atmakla günlerce devam eder bir şifa sükûnu bahşetmiş oluyordu.

Firdevs Hanım'da âdeta kudurgan bir cinnet başlamıştı; artık herkesle, damadıyla, kızıyla, Feridun'la, ara sıra gelen Bihter'le kavga ediyor; sonra bu hırçınlıklarından herkes kaçışıp da onu sandalyesinde yalnız bıraktıkları vakit kendi kendine bağırıyor, söyleniyor, ağlıyordu. Artık küçük sarı yalının asude hayatında bu hastanın vücudu tahammül edilmeyecek bir yük oluyordu. Bir gün Firdevs Hanım kızının ikinci çocuğuna gebe olduğunu haber alarak püskürmüştü. Bunu ayıp, affedilmez bir kabahat olmak üzere telakki ediyordu *[karşılıyordu]*, artık evin içinde iki saat rahat bir uyku uyumak mümkün olmayacaktı; bunu mahsus, onun evden kaçmasına sebep olmak için yapmışlardı. Peyker annesinin bu çılgınlıklarına hiç cevap vermezdi. O akşam Nihat Bey eve, uzun bir müddetten beri karı koca tarafından beklenen, mühim bir haberle gelmiş idi. Memuriyetinin bir derece terfiiyle *[yükselmesiyle]* maaşının zammı nihayet kararlaşmış idi. Bu aile sevinci içinde Firdevs Hanım'dan büyük bir memnuniyet intizar edilirken *[beklenirken]* o bunu da kendisine karşı mürettep *[düzenlenmiş]* bir oyun olmak üzere telakki etmişti. Artık onun vücudundan tamamıyla istiğna edilebilirdi *[nazlanılabilirdi]*, bu evden kalkıp gitmek isterse kimse itiraz etmeyecekti, bu bir nevi *[çeşit]* kendisini kovmak demekti. Karı koca bu cinnet tuğyanının karşısında mebhut *[şaşmış]* , sükût ederken o bir çocuk taşkınlığıyla hıçkıra hıçkıra ağlamış idi.

O günden sonra Firdevs Hanım bu karı kocanın saadetinden bir intikam vesilesi buldu: Her sabah damadına, kızına:

— Haberiniz var mı? Bugün daha iyiyim, diyordu.

Onları afiyeti ihtimaliyle tehdit etmiş oluyordu. Bir gün tedavi eden tabibin yalının rutubetinden bahsetmiş olmasından fırsat bularak Nihat Bey'le müthiş bir kavga etmiş idi:

— Ben anlamadım mı, zannediyorsunuz, demiş idi; bu yalanı siz öğretmiş olacaksınız, benden kurtulmak için! Lakin unutuyorsunuz ki bu evden kovulması mümkün olan ben değilim, siz ikinizsiniz...

Nihat Bey artık taşmış idi. İşte gideceklerdi, onu yalnız bırakacaklardı, Firdevs Hanım bir kahkaha ile cevap vermiş idi: Yalnız mı? Lakin niçin yalnız kalsın, o da evlenecekti, evet, sadece evlenecekti, bunun için henüz gençti...

O zaman karı koca bu cinnetin karşısında birbirine bakarak sükût etmişlerdi. Ertesi gün Firdevs Hanım Nihat Bey'i görmek istemiş ve o yanına gelince:

— Kararımı değiştirdim, demiş idi; yalının rutubeti belki sahihtir, ben Adnan Bey'e gidiyorum.

İşte böyle bir gece içinde Firdevs Hanım, mariz *[hastalıklı]* dimağında doğuvermiş bir fikir neticesiyle, iki günden beri Adnan Bey'in yalısında idi. Burada kendisini o büyük sofanın bir köşesinde köhne, metruk *[kullanılmayan]* bir kırık sandalye kabilinden yapyalnız bırakılmış görünce derhal hissetmiş idi ki bu yeni hayatta elim can sıkıntılarından mürekkep *[oluşan]* uzun saadetlerle mütemadi *[sürekli]* bir azap saklıyor. Kızıyla damadı yalnız sabahları ve yemekten sonra geceleri onun yanında ufak, kısa tevakkuflarla *[duraksamalarla]* kanaat ediyorlardı; Nihal gelip geçtikçe bir rüzgâr savrukluğuyla duramıyordu; Nesrin'le Şayeste uzaktan bir tuhaf tebessümle bakarak geçiyorlardı. Firdevs Hanım, Adnan Bey tarafından buldurtulan bir Alman karının elinde bırakılmış idi. Yegâne eğlencesi uzun sandalyesinin yanına konulan bir masanın üzerinden ikide birde alınan bir küçük ayna, ufak bir pudra kutusu, bir sürmelik idi. Bunlar bir vakitler mini mini birer günah kabilinden çantasının içinde saklanırken şimdi üzerlerine bir mendil atılmaya bile lüzum görülmüyordu. Hatta Adnan Bey'in vücudu bile bunların ara sıra alınarak mesela gözünün bir kenarında bozulmuş bir sürmenin tamir edilmesine mâni olmuyordu.

Behlül bugün yukarda Firdevs Hanım'ı, Alman karısına dizlerini oğdururken, küçük aynasında şakaklarının saçlarını düzeltiyor buldu.

Firdevs Hanım, Behlül'ü bir meserret sayhasıyla *[sevinç haykırışıyla]* kabul etti:

— Ah! Siz misiniz? Nihayet gelebildiniz mi? Nerede idiniz, bakayım? Yok, yok oraya değil, şu iskemleyi alınız... Emma, bizi yalnız bırakınız... Aynasını masanın üzerine bıraktı ve Behlül'ün bir sualine cevap vererek:

— Ben mi, dedi; pek fena değil, hele iki günden beri büyük bir fark hissediyorum. İnanır mısınız? Bu iki gün içinde bir kere gelip aramadılar bile... Nihat Bey'le Peyker'den bahsediyordu, onlar için en olmayacak vesilelerle taşan bir husumeti *[düşmanlığı]* vardı. Şüphesiz kendisini salıvermiş olmalarını affedemiyordu:

— Bu herif hakkında muhabbete benzer hiçbir şey duyamadım. Yalnız nefsini, menfaatini düşünen bir adam! Oh, bilmezsiniz ki... Bakınız size bir şey söyleyeyim; şimdi Peyker'e bir çocuk daha yaptı, iki sene sonra bir tane daha, her iki senede bir Peyker otuz yaşında altı çocuk anası oluyor. Ondan sonra bir gün Nihat Bey onu ellerinde kollarında altı çocukla kendi haline bırakacak, kaçacak. Gülmeyiniz, onu Peyker'i sever mi sanıyorsunuz? Hep kendi işine geldiği için... Bihter niçin Adnan Bey'e verildi? Neden öyle yüzüme anlamayarak bakıyorsunuz? Artık Adnan Bey'den beklenecek bir şey kalmayınca, o vakit. –Bu düşünceyi takip ettikçe onlardan intikam alıyor gibiydi–:

— Göreceksiniz ya, diyordu; Bihter otuz yaşında, altı çocuktan sonra benden daha ihtiyar olacak. O zaman bana yalvarılacak, bugün bir nevi kovulan annenin elleri öpülecek...

Firdevs Hanım, Behlül'e bir küçük kelime için müsaade etmeyerek söylüyor; Peyker'i altı çocukla, otuz yaşında ihtiyar olmuş, kocasından ayrılmış, yalnızlığının, metrukiyetinin tesliyetini *[terk edilmişliğinin avunmasını]* annesinin affından bekleyerek, sefil, zelil, tasvir ettikçe garip intikam kevserinin *[suyunun]* lezzetinden mest olarak taşıyordu. Bu kadının anneliğinde öyle bir yırtıcılık vardı ki Behlül'ü korkutuyordu. Bu bir ana değil, kızlarının saadetine düşman bir rakip idi. Peyker'den sonra Bihter'den bahsetti. Onun bu izdivacına hiçbir zaman razı olmamıştı. Bu izdivacın neticesinden de emindi. Bihter'den bahsederken Behlül'ün gözlerine bakarak fazla izahat vermekten çekiniyor gibiydi. Yalnız hükmünün neticesini söyledi:

— Bihter de Peyker'e nazire *[karşılık]* yapacak. O da bir gün bana muhtaç olacak. Birbirini takip ederek ikisi de bugün böyle bir köşeye atılıveren Firdevs Hanım'ın ellerine kapanacaklar, lakin o zaman...

Cümlesini bitirmeden evvel tekrar elini uzatıyor, sürmeliğiyle aynasını alarak dökülmüş kirpiklerini tamir ederken ufak bir tevakkuftan sonra tekrar ediyordu. Lakin o zaman Firdevs Hanım affetmeyecek.

Bu söz ağzından bir gayz *[öfke]* ve kin hükmü kuvvetiyle düştükten sonra birden elinden aynasıyla sürmeliğini atarak fikri başka bir zemine sıçradı:

— Deminden beri size bütün lüzumsuz şeylerden bahsediyorum. Asıl size söylenecek başka bir şey var. Keşfediniz, bakayım?

Behlül masanın üzerine eğilip bakarak:

— Pek kolay, dedi; Créme Simon(72) bitmiş, Beyoğlu'na ilk çıkışımda sizin için ondan bir kutu almak...

Firdevs Hanım darılarak:

— Latifeyi bırakınız, rica ederim; dedi; size dair pek ciddi bir mesele. Sizi iki günden beri bunun için bekliyorum, bana öyle çapkın gözlerle bakmayınız, bütün ciddiyetinizi takınınız...

Behlül gülüyordu:

— Lakin mümkün olmayan şeyler teklif etmeyiniz, rica ederim. Ciddiyet! Siz beni hiç ciddi gördünüz mü?

— Hayatınızda birinci defa olarak gayret ediniz. Bakınız, size dört kelime ile söyleyeyim. Buraya gelip de sizi bulamayınca kendi kendime dedim ki: Bu çocuğu böyle kendi haline bırakmak hiç iyi değil. Bu hayat bir gün ona öyle bir cinnet yaptıracak ki tami-

---

(72) Bir Fransız kremi.

ri mümkün olmayacak. O halde ona öyle bir şey yaptırmalı ki, anlıyor musunuz?

— Anlamamak ne kadar mümkünse, o kadar anlamıyorum. Bana bir cinnet yaptırmamak için başka bir şey yaptıracaksınız, öyle mi? Lakin dünyada en güzel şeyler çılgınlıklardan mürekkeptir. Ben o sizin dediğiniz çılgınlıklardan yapmayacak olursam hayatıma tamam olmamış nazarıyla bakarım. Beni öyle bir cinnet yapmaktan menedebilmek için nasıl bir çare buldunuz?..

Firdevs Hanım biraz doğrularak cevap verdi:

— İzdivaç!..

Behlül bir kahkahayı zapt edemedi:

— Yanlış işittim, zannederim. Ne dediniz, rica ederim? İzdivaç mı? Lakin işte asıl tamir kabul etmeyecek bir cinnet ve ahmakça bir cinnet! Bence izdivaç üç sebeple yapılır: Ya ikide birde nezleye uğrarsınız, ıhlamurunuzla hatminizi içirecek, arkanıza kızgın pamuk sokacak[73] birisine muhtaç olursunuz; ya çoraplarınızı delerseniz evde örecek bir kadın bulundurmak istersiniz; yahut iki senede bir defa daha baba olmaya heves edersiniz, sizin küçük damat bey gibi. Ben tabibimin tavsiyesiyle üzerimde kırmızı mühür mumu taşıyalıdan beri nezleden kurtuldum. Size de tavsiye ederim, anlaşılan tabiplerin nezleye karşı bundan daha nafiz *[içe işleyen]* bir ilaçları yok. Delinip de örülmüş çoraplar hakkında galebe çalınamaz bir nefret taşırım. Çocuklara gelince: Başkaları-

(73) Eskiden soğuk alma, nezle ve bronşiti önlemek için, hardallı kızıl pamuğa kolonya ve su dökülür, göğse ve sırta bastırılırdı.

nın çocukları için çıldırırım, fakat küçük Behlül'lere şimdiden husumet ediyorum. Şu halde?

— Dördüncü bir sebep daha var ki unutuyorsunuz. Bence erkekler asıl sizin gibi yaşamamak için evlenmelidirler. Nihayet erkeklerin hayatında bir saat çalar ki bütün o gelip geçici sevdaları bırakarak hayatta saadeti bir genç kızın ellerinde aramak zamanını ihtar eder *[hatırlatır]*.

— İşte oldukça şiir çeşnisinde *[lezzetinde]* bir cümle! Bilir misiniz? Böyle sözlerin beni mağlup etmekte garip bir kuvveti vardır. Cümlenizde bir ikinci şiir daha var: Genç kız!.. Genç kızlar bence hiç tanınmamış, henüz tecrübe olunmaya muhtaç mahluklardır. Fakat bu şiirin tecrübesini diğerlerinden usandıktan sonraya bırakacağım.

Firdevs Hanım mağlup olmamaya karar vermiş gibiydi:

— Evet, fakat genç kızlar yalnız bir kere tecrübe olunur ve onların saf sinelerine tevdi olunacak *[gönüllerine bırakılacak]* emeller lüzumundan fazla çürümemiş, yıpranmamış olmak lazım gelir.

Behlül bir tebessümle cevap verdi:

— Siz bu cümlelerinizde devam ederseniz ben şimdiden hezimet ilan ederim. Lakin bana malik olacak kadar bahtiyarlığa şayan *[mutluluğa değer]* bulduğunuz genç kız kim oluyor?..

Behlül bu sualini irat ederken *[sorusunu sorarken]* sofanın camlık kapısı açılmış, Beşir girmiş idi; galiba Firdevs Hanım'a bir şey söyleyecekti. Onun beklediğine ehemmiyet vermeyerek devam ettiler. Firdevs Hanım diyordu ki:

— Anlamadınız mı? Hâlâ anlamıyor musunuz? Lakin Nihal, sadece Nihal!.. Bu fikir bende buraya gelip de onu büsbütün değişmiş, üç ay içinde büyüyüvermiş görünce doğdu.

Behlül uzun bir «Ooo!..» ile ayağa kalkmış idi, bir kahkaha içinde sordu:

— Siz ne vakitten beri böyle harikalar doğurmaya başladınız?.. Nihal... Lakin siz ona bir koca değil bir hoca arayınız. Hem, bakınız, şimdi aklıma geliyor, Nihal'in kocası olmak mümkün değil. Azim bir mâni var: Ben Nihal'in borçlusuyum. İşte şimdi, siz anlamıyorsunuz. Hesap ettim, tam ona dört lira ile bilmem kaç kuruş borçluyum, faizleri de hesap ederseniz...

Firdevs Hanım artık darılıyordu:

— Ama siz bütün latife ediyorsunuz. Nihal'i, bu mücevher parçasını başka birisine mi bırakacaksınız?

Behlül, Beşir'e bakarak Firdevs Hanım'a cevap verdi:

— Lakin yanılıyorsunuz, Nihal bir mücevher parçası değil bir ateş parçasıdır. Onunla kavga etmediğimiz bir gün yoktur... Değil mi Beşir?..

Beşir orada hareketsiz, nefessiz, donuk gözlerle, duruyordu. Behlül'ün kendisine bu hitabını işitmemiş gibiydi. O zaman Firdevs Hanım sordu:

— Ne istiyorsun, Beşir?

Beşir bir uykudan uyandı ve söyleyeceğini tahattur etmek *[hatırlamak]* isteyerek ufak bir tevakkuftan *[duraksamadan]* sonra cevap verdi:

— Beyefendi soruyor, eğer izin verirseniz buraya bir küçük sofra kurduracaklar, bu akşam beraber yemek için...

Firdevs Hanım hemen muvafakat etti *[razı oldu]* ve Beşir indikten sonra hâlâ kendisine gülümseyerek bakan Behlül'e:

— Siz istediğiniz kadar gülünüz, dedi; Nihal'i siz alacaksınız, mademki ben öyle karar verdim...

Behlül biraz eğildi ve şüphesiz bu muhavereyi *[konuşmayı]* bir latife ile bitirmek isteyerek en çapkın sesiyle:

— Lakin, dedi; siz henüz başkalarının izdivacıyla fikrinizi meşgul edecek kadar gençlikten uzaklaşmış değilsiniz. Nihal biraz daha büyüyünceye kadar bu evin içinde beni izdivaca razı edebilecek birisi daha var ki...

Firdevs Hanım bitirmesine müsaade etmedi ve bu defa büsbütün darılarak:

— Susunuz bakayım, dedi; ben ciddi meselelere karışan latifelerden hiç hazzetmem.

Sonra birden bir şey daha tahattur etti:

— Ha, size söylenecek bir şey daha unutuyordum: Bu Nihal meselesinden ben birisine daha bahsettim...

Garip gözlerle Behlül'e bakarak o birisinin keşfedilmesine muntazır duruyordu *[bekliyordu]*. Firdevs Hanım'ın gözlerinde öyle delici bir nazar vardı ki Behlül cevap veremedi ve zapt olunamayan bir zaaf ile gözlerini indirdi. Firdevs Hanım sadasının bütün tabiiyetiyle *[doğallığıyla]* haber verdi:

— Bihter'e...

Ve küçük bir tevakkufu müteakip *[izleyen]* elini tekrar aynasına uzatarak ilave etti:

— O bu izdivacı pek tabii buluyor...

Behlül derhal anlamış idi. Bu kadın, şüphesiz görülmüş, işitilmiş hiçbir şeye istinat etmeksizin *[dayandırmaksızın]* yalnız bir faraziyeyi *[varsayımı]* takip ederek hakikati yoklamak istemişti. İlk tecrübe Bihter'de yapılmıştı. Bihter bu tecrübeden nasıl çıkabilmiş idi? Kendisi hemen bulunuveren bir mukabele *[karşılık]* ile bu kadının hasıl olabilen şüphelerini izaleye *[gidermeye]* çalışarak:

— O, tabii muvafakat edecek, demiş idi; pekâlâ bilir ki benimle Nihal arasında bir izdivaçtan sonra ikimiz de bu evde oturamayız, şu halde, anlıyor musunuz?..

Firdevs Hanım gözlerinde tuhaf bir hande *[gülüş]* ile bakıyordu, anlamıyor gibiydi; Behlül öyle sakat bir mütalaa *[konuşma]* zeminine girmiş idi ki devam ederse idare edememekten korktu. Muhavere bitmeksizin kesilmiş oldu. Behlül bu kadının her şeyi anlamış olduğuna hüküm veriyordu. Bu kadında kızlarının saadetine öyle sönmek bilmeyen bir husumet vardı ki bu sır onun ellerinde Bihter'e karşı müthiş bir silah olabilirdi. Birden Bihter'le muaşakalarının yeni bir tehlike devresine girdiğini anladı. Bundan sonra bu sandalyesine mıhlanmış kadının gözleri karanlıkları, duvarları delerek hafi *[gizli]* bir düşman hıyanetiyle onları takip edecekti. İhtimal yine en güzel tahaffuz *[korunma]* çaresi bu izdivaç latifesinde idi. Bu dakikaya kadar Bihter'le bir mülakatın güçlüğünden kaçarken bu dakikada aksine onunla mülakata lüzum gördü. Fakat nasıl görüşecekti? Bihter'in tekrar onun odasına gelmesine ihtimal vermiyordu.

Muhaverenin bu inkıtaından mütevellit *[kesilmesinden doğan]* azaptan Behlül'ü Firdevs Hanım kurtardı:

— Behlül Bey! Rica ederim, Emma'yı çağırır mısınız? dedi.

18

Bu izdivaç meselesi evin içinde tuhaf bir latife olarak bir müddet çalkandı. Adnan Bey açıkça latife ediyor, ne zaman Behlül'le Nihal'i görse: «Nişanlılar!..» diye gülüyordu. Nesrin'le Şayeste bile buna gülüyorlardı. En ziyade gülenler Nihal'le Behlül'ün kendileriydi. İkisinin arasında bu sık sık tekerrür eden *[tekrarlanan]* bir oyun oluyordu.

Bu izdivaç latifesi çıktıktan sonra, ona herkesle beraber çocukça bir oyundan başka türlü nazar etmemekle beraber, bazı dakikalar olurdu ki Behlül, Nihal'in yanında kalbini eriten bir şey duyardı ve o zaman ihtiyarsız kendi kendisine:

— Lakin bu izdivaç pek mümkün olmayacak bir şey de değil, derdi.

Sonra ötekini düşünürdü:

— Ya Bihter? Bihter ne olacak?

Bihter'e ilk hıyanetinden, Kette'den sonra bir aralık ikisinin arasında her şey bitmiş zannolunabilirdi. Günler geçmiş idi, Bihter'le beş dakika yalnız kalamamıştı. O hep dargın çehresiyle duruyordu; artık Bihter'in o üç gecelik gaybubeti *[kaybolmayı]* affetmeyeceğini, hatta izahat bile istemeyeceğini zannetmiş idi. Fakat Bihter'i tamamıyla kaybetmiş olduğuna da ihtimal vermek istemiyordu; onun yine küçük bir kaza ile kollarına avdet edeceğine *[döneceğine]* emin idi. Bu emniyet Bihter'in kayıtsızlığından eza duyan gururuna karşı bir nevi tesliyet kabilinden idi. Bihter'in gelip ondan izahat talep etmemesi onu azim bir yükten kurtarmış olmakla beraber bu dargınlık devresi artık yorulmaya başlayan aşkına bir istirahat fasılası ihzar etmiş *[dinlenme arası hazırlamış]* oluyor, hatta ona yine Kette'ye avdet etmek, o genç sarı kızla yarım bırakılan sevda nûşabesinin *[ölümsüzlük suyunun]* son cüralarını *[yudumlarını]* da toplamak için fazla bir serbestlik bırakıyordu. Kette'den sonra Bihter'e daha har *[sıcak]* ve muhteris *[istekli]* döneceğini farz ederken aksine o çapkın kız için nefsinde henüz tatmine muhtaç hevesler buluyordu. Yalnız bir şeyi itiraf etmek istemiyordu. Bihter'den usanmış olmak!.. Bu, aşk hayatında nefaset zevkine büyük bir leke sürmüş olacaktı. Onun fikrince Bihter o kadınlardan biri idi ki onlara karşı hıyanet edilir, fakat hiçbir vakit terk edilmiş olmak züllü *[alçalması]* bırakılamaz. Behlül, hatta Bihter tarafından terk edilmek, bu kadın tarafından metrukiyetin acılarını tatmak için bir heves bile duyuyordu.

Artık kendi tarafından sebebiyet verilmiş bir rabıta tecdidi vuku bulmaksızın *[bağ yenilemesi olmaksızın]* Bihter'in odasına gelmeyeceğinden günler geçtikçe kuvvet kesp eder *[kazanır]* bir emniyet hasıl etmiş iken bir gece onun ne vakitten beri terk edilen bu sevda aşiyanına *[yuvasına]* avdetini görmüş idi. Bihter şüphesiz teahhur etmiş *[gecikmiş]* izahatın teatisi için geliyordu. Sonra bu izahat o kadar çabuk teati olunarak o kadar kolay kabul edilmiş oldu ki Behlül şaşmış idi. Bihter kadınlık gururuna karşı bir borç ifa etmiş *[ödemiş]*, meselenin dış yüzünü kurtarmış olmak için inanmış, aldanmış, aldatılmasına müsaade etmiş idi. Bu odaya, hakikatte, aldanmak için tekrar gelmiş idi. Artık Bihter'de haysiyet hissi onlardan biriyle, o vücutlarını her sevda talibine satanlardan bir sefile ile müşarekete *[ortaklığa]* mâni olmuyordu. Bu kadın, o hıyaneti keşfetmekle beraber gözlerini kapıyor, tekrar kendisini saran bu kolların arasında bir sefile hayalinin ihtizazını *[titreyişini]*, onun rayiha bakiyesini görmemek, duymamak için kendisini sahte bir itminanın *[güvenmenin]* siyah duvarları içinde saklıyordu.

Behlül karşısında isyan etmiş, gururunun tuğyanıyla *[taşkınlığıyla]* yükselmiş bir Bihter göreceğinden emin iken onu böyle aldatılmaya muvafakat etmiş görünce kendisini üşüten bir hisse mâni olamamış idi. Artık Bihter için başkalarıyla, kim bilir kimlerle bir müşareket *[ortaklık]* başlamış oldu. Behlül ikide birde gaybubet ediyor ve bütün gaybubetlerinden sonra hep aldatılmaya mütevekkil *[boyun eğen]* bir muvafakatle gelen Bihter'i daha ziyade küçülmüş, mümtaziyetinden *[seçkinliğinden]* daha ziyade kaybetmiş buluyordu. O zaman insafsızlıklar yapar, bu kadını tahkir etmek *[aşağılamak]* isterdi. Şimdi beraber bulundukları geceler, birbirini didiklemekle geçiyordu. İkide bir Bihter bir gurur bakiyesiyle ona mukabele ettikten sonra, henüz bir buse bile teati edilmeksizin, fırlar giderdi; fakat yine hep rabıtayı tecdit eden *[yenileyen]* o olur, kavgaların mesuliyetini kendisine tahmil etmiş *[yüklemiş]* bulunurdu.

Yavaş yavaş bu kadın Behlül'ün elinde ezilecek, hırpalanacak, sonra en mülevves *[kirli]* heveslere alet edilecek sefil bir mahluk oluyordu; muaşakalarına bile bir sefalet rengi geliyordu, Behlül bu güzide *[seçkin]* sevdanın mümtaziyetini muhafazaya itina etmez *[korumaya özen göstermez]* olmuş idi; Bihter kollarının arasında her defa bir parça daha onlardan biri oluyor ve ara sıra irkilmek isteyen haysiyeti isyanda devam etmek için kuvvet bulamıyordu.

Behlül kaç kereler ona Firdevs Hanım'dan bahsetmiş idi. Onun için:

—Hepsini biliyor, bir gün göreceksiniz ki bu kadın bildiğinden bizi haberdar edecek, derdi.

Bihter, Behlül'ün bu korkusuna cevap verirdi:

— Biliyorsa ne olabilirdi sanki?..

Adnan Bey'den bahsetmek için ikisinde de kuvvet yoktu, yalnız Nihal'le izdivaç latifesinden bahsedildikçe Behlül temin ederdi ki bu, evin içinde hasıl olabilecek şüpheler için, en nafiz bir tahaffuz *[etkili bir korunma]* çaresiydi. Bu latifeden bahsolunurken Bihter'in dudaklarında elim bir azap hattı irtisam eder *[üzüntü çizgisi görünür]*, donuk bir nazarla, bir kelime söylemeksizin, Behlül'e bakardı. Bir latife olmak üzere başlayan bu tasavvur, hissediyordu ki, Adnan Bey'in kalbinde bir latifeye şayan olan ehemmiyetten ziyade kabule mazhar oluyor *[ulaşıyor]*. Behlül'ün her kim ile olursa olsun hıyanet etmesine zımni *[gizli]* bir muvafakat gösteren bu kadın, bu izdivaç latifesinden öyle müthiş bir ıstırap duyuyordu ki Behlül'ü Nihal'e lakırdı söylerken gördükçe sapsarı kesiliyordu. Bir gece itiraf etmiş:

— Bu latife beni öldürüyor, demiş idi.

Behlül bir kahkaha içinde onu öperek:

— Çıldırdınız mı, dedi; Nihal'le bir izdivaç! Olacak şey mi? Unutuyorsunuz ki Nihal bir çocuktur. Ondan sonra, bu latifeyi menetmek de mümkün değil...

Bu teminat Bihter'i iskât ederdi *[razı ederdi]*, fakat o ıstıraptan kurtaramazdı. Evet, Nihal bir çocuktu, fakat on beş yaşında bir çocuktu; evet, bu latife menedilemezdi, fakat sonra bu latifenin tahakkuk edebilmesine *[gerçekleşmesine]* nasıl mümanaat olunacaktı *[engellenecekti]*? Kendi kendisine bunu sorarken ellerini kilitleyerek, ıstırabından kıvranırdı.

Behlül bu latifeye her zaman kayıtsız kalamıyordu. Arada sırada gözleri Nihal'e dalarak onun ince simasının rakik *[ince]* şiiriyle ruhunda eriyen bir şey duyar ve kendi kendisine sorardı:

— Kim bilir? Belki aranılıp bulunamayan şiir ve sevda bundadır.

O zaman ihtiyarsız *[elinde olmayarak]* aşk hayatını tahlil eder *[çözümler]*, bütün eski hatıralarını birer saniye tekrar yaşar, nihayet Bihter'in parlak siyah saçlarıyla Kette'nin beyaza benzeyen sarı saçları birbirine dolanarak iki çehreden mürekkep bir müşevveş *[karışık]* sima tersim ettikten *[çizdikten]* sonra bu hatıra silsilesini son bir düğümle bağlardı. Nihayet? Evet, nihayet ne olacaktı?.. Bunların hepsinde bir şiirsizlik, hatıralarının bu çiçeklerinde bir kuruluk, bir cansızlık buluyordu. Kim bilir? Belki, sevdanın ruhu, hayatın şiiri, böyle henüz açılmamış bir goncanın saf sinesinde gizliydi.

Nihal'le münasebetlerinde her vakit kendisini idare edemiyor, her gün ağabeylik sıfatından bir zerre kaybolarak Nihal'i bir genç kız sıfatıyla görmeye başlıyordu. Nihal'i ince omuzlarından tutmak, yüzünü saçlarının sarı dalgalarına sokarak, onun taze ruhunu bir narin çiçeğin müphem rayihası *[belirsiz kokusu]* kabilinden teneffüs etmek *[solumak]* için çılgınca bir heves duyuşları olurdu. Sonra kendi kendisini tekdir ederek *[azarlayarak]* Nihal'e günlerce kayıtsız kalmak için çalışırdı. O zaman izdivaç latifesinin, ikisinin arasında gülmeye yeni bir vesile teşkil eden bir oyundan ibaret kalmasına dikkat ederdi.

★ ★ ★

Bir gün Behlül bir ceride *[gazete]* kenarına kurşun kalemiyle tuhaf bir baş çizerken Nihal odasına girmiş ve kendisini görmemişçesine devam eden Behlül'ün etrafında dönüp dolaştıktan sonra nihayet arkasında durarak omuzunun üstünden kurşun kalemini tutmuş idi. Behlül sanki onun vücudunu hâlâ fark etmemiş, elinde hareketten kalmış kurşun kalemiyle, omuzundan sarkarak ince bileği dudaklarına sürünen Nihal'in küçük eliyle, bir kelime söylemeyerek, bir ufak hareket etmeyerek duruyordu. Sonra yavaşça parmakları kurşun kaleminden tırmanarak Nihal'in parmaklarını tuttu. Nihal elini çekmeyerek bırakıyordu. Behlül elinde bu ince, rakik eli, dudaklarının kenarında o mavi damarları görünen sanki şeffaf bileği hissedince kalbinde bir şeyin eridiğini duymuş idi. Bu eli çekerek dudaklarına götürdü ve onu, zapt edilemeyen bir his zaafı içinde kokladı. Nihal hâlâ elini çekmeyerek, göğsü Behlül'ün arkasından omuzuna biraz yaslanmış, bırakıyordu; ikisinin ruhunu esiri bir deraguş *[hafif bir kucaklama]* içinde eriten bir mestlik *[baygınlık]* dakikası geçmiş idi. Birden Nihal silkinerek, hüviyetinde uykuda kalmış bir şey uyanıvererek, elini çekti ve Behlül'ün yanına oturarak:

— Nişanlı bey, dedi; bana anlatır mısınız? Niçin sanki evlenirler?..

Bu sualinde öyle tuhaf bir safvet *[saflık]*, gözlerini açarak cevap bekleyişinde öyle hoş bir çocukluk vardı ki, Behlül demin onu mağlup eden kısa şiir dakikasının perişan bakiyesinden sıyrılarak güldü:

— Çünkü, dedi.

O kısa mağlubiyet dakikasından sonra Behlül tekrar kayıtsızlığa avdet edebilmek için büyük bir cehdetmiş *[çaba göstermiş]* idi. Nihal'in sualine yalnız bir «Çünkü!..» ile cevap veren Behlül bir dakika evvel Nihal'in elini ihtiyarsız bir hareketle çekip dudaklarına götüren Behlül değildi.

Nihal, Behlül'ü taklit ederek:

— Çünkü!.. Çünkü, dedi. Bilir misiniz? Siz bu kelimeyi telaffuz ederken kime benzediniz? Mlle de Courton'a... Onun da bana böyle cevap verişleri vardı. Ne zaman cevabı müşkül *[zor]* bir şey sorulacak olsa –Nihal, Mlle de Courton'u, Fransızcasıyla taklit ediyordu– başını sallar, çünkü, derdi. Ah! Bu yarım kalan çünküler bana ne kadar şeyler kaybettirdi. İşte şimdi de herkesin ne için evlendiğine vâkıf olamayacağım.

Nihal bunu söylerken tuhaf bir fütur vazı *[kederlilik hali]* takınıyordu, birden aklına başka bir şey geldi:

— Durunuz, dedi; bana başka bir şeyi anlatınız. Evlenmek için sevmek lazımdır, değil mi? Bunu biliyorum, hatta bu sevmek, anlaşılan mesela benim babamı, Bülent'i, şunu, bunu sevişimden başka bir şey! Şu halde bu nedir, rica ederim ki o bir sevmeklere benzemiyor?

— İşte küçük bir sual ki Nihal, beni sana anlatılamayacak şeylere sevk edebilir. Mesela –en iyisi misalleri yakından intihap etmektir *[seçmektir]*– Mesela, Nihal, sen beni nasıl seviyorsun?..

Nihal gözlerini kapayarak, omuzlarını kaldırdı:

— Bilir miyim, dedi; hatta sizi seviyor muyum? Zannediyorum ki sevmiyorum; her halde, nasıl söylemeli? Evlenmek için sevmiyorum. İşte, bakınız, bir şey itiraf edeyim, bu izdivaç latifesi *[evlilik şakası]* beni ilk önce pek iyi eğlendiriyordu, fakat şimdi iş değişti; tamamıyla!.. Artık bundan sıkılıyorum!..

Nihal'in bunu söyleyişinde öyle hoş, öyle çocukça bir şikâyet tarzı vardı ki onun latife eden sesine, sirayet etmemesi *[geçmemesi]* mümkün olmayan bir rikkat ihtizazı *[incelik titreyişi]* ilave ediyordu. O söylerken Behlül dalgın gözlerle bakıyordu. Bir müddetten beri onun karşısında böyle ihtiyarından hariç dalgınlıkları vardı. Onda o vakte kadar dikkat edilmeyen, görülüp de anlaşılmaksızın geçiliveren şeyler buluyordu. Nihal her manasıyla güzel değildi, onda güzellikten daha iyi bir şey vardı ki, kaidesizliğiyle, tuhaflığıyla, gözü eğlendirerek cezbediyordu: Hoşluk... Bütün vücudu, bütün siması ince şeylerden mürekkepti; garip bir tesadüf latifesiyle isminden bile ince ve uzunca boyuna fazla bir narinlik sirayet ediyordu. Sonra, bu incelikler, renklerin müphemiyetiyle imtizaç ederek *[belirsizliğiyle uyuşarak]*, onun tozlu zannedilen donuk sarı saçlarından, üzerine düşen her endişe sayesinde kâh koyulaşır kâh açılır gözlerinden, hafif bir saz altında nadir ve ancak mahsus pembe mevceler tayaran eden *[dalgalar uçuşan]* teninden daha ziyade bir incelikle inceleşerek, Nihal'i, bir ressamın fırçasında unutulmuş renklerin tesadüfi bir hediyesine, fakir hatlar ve renkler içinde çizilivermiş bir hurda çehreye benzetirdi. Nihal'in maneviyatına da bu cismaniyetin mahfazasından *[kutusundan]* müebbet bir çocukluk sirayet etmiş idi. Bugün on beş yaşında bir genç kız iken herkes için bir çocuk kalan Nihal yarın bir kadın, bir zevce, bir valide sıfatlarıyla yine bir çocuk kalmaya mahkûm gibiydi. Behlül bu çocuklukların en yakın bir şahidi idi. Nihal şu uzun buhran devresini hep ıstıraplarının, ruhunda harabeler bırakan işkencelerin çocukça isyanlarıyla geçirmiş idi. Bugün, şu dakikada, karşısında, kendine mahsus çocukça bir eda ile ellerini kilitleyerek artık bu izdivaç latifesinin usanç verdiğinden bahseden Nihal yine bir çocuktu; fakat o ıstırap devresinin çocuklukları altında derin bir ruh azabı saklayan Nihal'in belki bu çocukluğunun, şu itirafının altında da bir şey, onu mustarip eden, henüz mahiyeti anlaşılmamış yeni bir ruh hadisesi saklıydı. Behlül bunu kendi kendisine sorarken mest eden, uyuşturan bir şiir nefhasından *[esintisinden]*, kalbinde çürümüş kalan sevda çiçeklerine taze bir hayat serpiliyor gibiydi. Bu genç kızın saf ruhunda ilk haşyet lerzişini *[korku titreyişini]* uyandırmış olabilmek, onun şeffaf rüyalarına ilk şiir ve hulya nurlarını serpmek, yıpranmış, her türlü ihtiraslardan artık yorgun çıkmış kalbi için öyle nezih *[temiz]* ve mücella *[parlak]* bir yeni hayat ufku açıyordu ki Behlül tekrar bir dakika mağlup olarak Nihal'e:

— Lakin bu seni niçin sıkıyor, dedi; bu latifenin ciddiyet kesp etmesine bir mâni var mı?

Bu sual öyle ihtiyarsız, öyle bir dakikalık samimiyetle mühtez *[titrek]* idi ki Nihal, sanki kendisini birden korkutan bir şeye karşı, büyümüş gözlerinin sabit bir nazarıyla baktı. Sonra Behlül'ün sualinin yalnız ilk kısmına cevap vererek:

— Bu beni neden sıkıyor, biliyor musunuz, dedi; size anlatmaya çalışayım; fakat, bakınız, bu biraz karışık bir şey, ben de pek iyi anlamıyorum ki... Herkesle beraber bu latifeye gülerken, birdenbire, içimde darılmak, latifeyi bir kavgaya çevirmek için heves duyuyorum. O zaman babama, Firdevs Hanım'a sert bir cevap vermemek için kendime cebrediyorum *[zorluyorum]*. İşte durunuz, size bir şey daha söyleyeyim, ben ki size hiçbir şeyi söylemekten sıkılmam, değil mi? Bunu pekâlâ bilirsiniz. İnanır mısınız? Şimdi size bunları anlatırken sıkılıyorum. Hep böyle, sizden artık sıkılır oldum. Gördünüz mü bir kere? Biz ki dost olmaya karar vermiş idik, bu latife çıktıktan sonra artık mümkün olmayacak. Bana gücenmezseniz, size bir şey daha itiraf edeyim? Şimdi mümkün mertebe sizden, hatta herkesten, bütün bu latifeyi yapanlardan uzak kalmak, kendi kendime kapanmak istiyorum; evin içinde herkes her vesile ile bundan bahsediyor, yalnız biri, Beşir... Oh, bilseniz, şimdi herkesten ziyade onu seviyorum. Anlıyor musunuz, demek istiyorum ki siz de bu latifeden bahsetmeyecek olsanız sizi de yine sevmeye başlayacağım.

Behlül bu saf çocuk kalbinin bu bilinmeksizin taşan itiraflarını, mebhut *[şaşkın]*, dinlemiş idi. Nihal bitirdikten sonra elini uzattı, Nihal'in elini tuttu ve sesinde ufak bir lerzişle:

— Hayır, aksine... Bundan bahsedelim, Nihal; ne için sanki bu latife neticesiz bir oyundan ibaret kalsın, dedi.

Nihal elini çekmek isteyerek güldü:

— Bakınız, şimdi sıra bana geldi.

Ve yine Mlle de Courton'un taklidini yaparak ilave etti:

— Çünkü!...

Behlül onu söyletmek istiyordu:

— Hayır, söyle, söylesene, çünkü?.. Çünkü neden?..

Nihal tereddütsüz cevap verdi:

— Çünkü, çünkü evlenmek için sevmek lazım değil mi? Bunu herkes söylüyor, demin siz de tasdik ediyor *[onaylıyor]* gibiydiniz. Şu halde mademki ben sizi sevmiyorum. Seviyorum, fakat, anlıyor musunuz?

Nihal nihayet elini çekerek ayağa kalkmış idi, Behlül'ün karşısında duruyordu. Behlül de ayağa kalktı ve bu defa bir itirafın samimiyetiyle:

— Lakin işte ben seni seviyorum, Nihal, dedi; ben de buna ilk önce garip bir latife olmaktan ziyade ehemmiyet vermemiş iken işte bugün, hususuyla bu dakikada, işitiyor musun Nihal, amcama gidip: «Artık bu latife bir latife olmak için lüzumundan fazla devam etti, Nihal'i bana veriniz ve iş bitsin.» demeye bir mâni görmüyorum...

Bu cümle ağzından bir hamlede çıkmış idi. Nihal, dudakları bembeyaz, duruyordu; şakakları vuruyordu. Birden bir hışıltıyla başlarını çevirdiler; Bihter, sapsarı, odanın kapısını iterek girmişti. Behlül dudaklarını ısırdı. Bihter işitmiş miydi?..

Bihter tutuk bir sesle:

— Behlül Bey, dedi; bugün İstanbul'a inecek misiniz? Size havale olunacak *[verilecek]* bir iş var!

Bihter bunu söylerken Behlül'e bakan gözlerinde vahşi bir mana vardı, Nihal durmayarak odadan çıkıyordu, Behlül müthiş bir hiddet tuğyanını zor zapt ederek yalnız:

— Evet, demiş idi.

Nihal odadan çıkar çıkmaz, henüz onun uzaklaşmasını beklemeyerek, Bihter oturdu ve her şeye hazır bir kadın hırsıyla, göğsü şişkin, gözlerinde derin bir azim manasıyla:

— Artık bu latife lüzumundan fazla sürdü, siz de teslim edersiniz ki bu daha ziyade *[fazla]* süremez, dedi.

Birden, Behlül'de, böyle her türlü tehlikeye karşı odasına gelen bu kadına karşı yenilemez bir isyan hissi uyanmış idi, derhal cevap verdi:

— Ben de şimdi Nihal'e bundan bahsediyordum. Bu latifenin bir hakikate tebeddülü *[çevrilmesi]* zamanı artık geldi, zannediyorum.

Bihter'in biçare makhur *[kahrolmuş]* aşkı sanki göğsünü yırtan bir iniltiyle sızladı; ağzından bir hırıltıyla, boğulurcasına bir sayha *[haykırış]* ile, boğuk, vahşi bir ses çıktı:

— Ah, dedi, bir saniye devam edemeyerek durdu, sonra taşarak:

— Demek, nihayet itiraf ediyorsunuz, nihayet bütün oyunlar bitti, artık beni aldatmaya bile lüzum görmüyorsunuz, öyle mi? Fakat bu izdivaç olmayacak, anlıyor musunuz? Her şey, evet her şey, hatta Kette... Bakınız, ismini bile biliyorum, evet hatta Kette, yalnız Nihal değil, yalnız bu izdivaç olmayacak.

Behlül artık her şeyi kırmak, bu kadını tahkir etmek *[aşağılamak]* ve bu defa unutulmayacak bir hakaretle aralarına bir adavet *[düşmanlık]* koymak için bir saniye içinde karar verdi:

— Bu latifeden başka bir şey daha var ki asıl o lüzumundan fazla devam etti. Size ceplerimi karıştırarak mektuplarımı okumak, odamın kapılarında içeride söylenen şeyleri dinlemek hakkını veren münasebet nihayet tahammül olunamaz bir esaret oluyor. O münasebet size beni bir izdivaçtan menetmek hakkını veremez.

Bihter bu dakikada, Behlül'le muaşakasında ezilen, tahkir olunan *[aşağılanan]*, her şeye tahammül eden Bihter değildi; Bihter Behlül'ün tasavvur ettiği *[düşündüğü]*, görmek istediği Bihter, kendisine verilen hukuku yırtıcı tırnaklarla müdafaaya gelen bir Bihter olmuş idi. Derhal cevap verdi:

— Bir izdivaçtan belki, fakat bu izdivaçtan menetmek bence bir hak değil, hatta mutlak bir vazifedir –vahşi bir hande ile gülüyordu– amcanızın kızıyla izdivaç!.. O amcanızın ki... –Birden, tehevvürle *[öf-*

keyle] ayağa kalktı– lakin anlamıyor musunuz ki bugün, şimdi o burada iken içeriye giren kadın, onun yüzüne karşı da haykırabilirdi: «Seni aldatan bu adam şu dakikaya kadar beni de aldatıyordu. O senin için bir koca olamaz, çünkü daha evvel kendisini başka birisine vermiş idi: Bana!..» diyebilirdi. Bu izdivaç! Lakin bu mülevves *[kirli]* bir şey, daha fena: Bu bir cinayet...

Behlül bu tehdidin karşısında titremişti, fakat mağlup olmamak istedi:

— Unutuyorsunuz ki aramızda ondan daha mülevves bir şey, ondan daha büyük bir cinayet var...

Bihter bir adım geri çekilerek bu zalim hakarete yalnız uzun bir nefretle cevap verdi:

— Ooh, dedi.

Demek bu aşk, bir vakitler bu adamın ağzında onu ihya eden *[canlandıran]*, bütün çürümüş hislerini tasfiye eden *[temizleyen]* muazzez *[değerli]*, mukaddes bir şey olmak üzere temin edilirken bugün, o yalanlara inanan biçare kadının yüzüne mülevves bir cinayet olarak fırlatılıyordu. Bir an içinde Bihter ikide birde aşklarının keşfedilmesi ihtimaline karşı bu adamın ağzında tekerrür eden o rüya zemzemesini *[ezgisini]*, o yeşil sevda yuvasını tahattur etti *[hatırladı]*; bu yalana inanmış idi, bu adamın bütün yalanlarına inanmış idi. Ooh! Ne acı aldanış!.. Birbirine bir kelime söylemeyerek, gözlerinde derin bir adavetle *[düşmanlıkla]* bakıyorlardı; bir saniye oldu ki Bihter kendisini tahkir eden bu adamın karşısında hemen oraya yığılıvererek ağlamaktan korktu ve burada daha ziyade kalmak istemeyerek bir kelime ilave etmeksizin yürüdü.

Son bir ümidi vardı. Bellisiz bir ümit... İhtimal bu adam onu böyle salıvermek istemeyecekti, o çıkarken koşacak, ellerine sarılacak, «Hayır, aramızda yalan olan bir şey varsa o da bunlardır, ötekiler sahihti, evet, yalnız onlar sahih!..» diyecekti. Fakat Behlül, hareket etmeden, bu kadına bir rica nazarını bile diriğ ederek *[esirgeyerek]*, çıkmasına müsaade etmiş idi.

★★★

Nihal, Behlül'ün odasından ayrıldıktan sonra yukarıya çıkmış, sonra Firdevs Hanım'ın yanında babasını bulmuş idi. Firdevs Hanım onu eliyle çağırarak: Nihal! Bakınız, babanız ne diyor, demiş idi. Nihal, mütecessis *[meraklı]*, yaklaşmış idi. O vakit, Adnan Bey, gülerek, hâlâ bir latifeden bahsedercesine anlatmış idi. Mademki artık Nihal gelin olacaktı, o kadar hoşuna giden zümrüt takımının alınmasına bir mâni kalmamış demekti.

Firdevs Hanım her bulunan fırsattan istifade ederek Adnan Bey'i her gün bir parça daha bu izdivaç fikriyle istinas ettiriyordu *[alıştırıyordu]*. Bugün beyinlerinde *[aralarında]* bir şey daha karara bağlanmış gibiydi. Nihal henüz cevap vermeden o ilave etti:

— Nihal! Biz bir şeye daha karar verdik. Sizi birkaç gün sonra halanıza, Ada'ya gönderiyoruz. Bir kere bu küçük hava tebdili *[değişikliği]* sıhhatinize lazım, ondan sonra halanız ihmal edildiğinden o kadar şikâyet ediyormuş ki...

Nihal bu fikre karşı sevincini saklamamıştı:

— Sahih mi baba, diyordu, bilseniz burada, o gittikten sonra öyle sıkılmaya başladım ki...

Nihal, Mlle de Courton'dan bahsediyordu. O gittikten sonra bu evin içinde, uzun bitmez tükenmez can sıkıntılarından mürekkep saatler başlamıştı. Artık herkesten sıkılıyordu, kitap okuyamıyordu, bu evin havasında onu boğan bir darlık vardı. O zaman kızlardan birini ve Beşir'i alır, rıhtıma çıkar, uzun uzun, serin hava ile inşirah *[ferahlık]* duyarak, yürürdü.

Behlül'le izdivaç latifesinden ilk önce eğlenmişti; sonra bu, onu, bilmeksizin sıkan bir şey oldu. Geceleri ihtiyarsız bunu düşünüyor; uykusu kaçıyordu. Kalbinde bir ses vardı ki ona: Behlül'den sakın, diyordu. Bu ses Mlle de Courton'un sesine benziyordu. Sahih, o kendisine böyle bir şey söylememiş miydi? Pek iyi tahattur etmiyordu *[hatırlamıyordu]*. Bir gece, sanki rüyasında, onun kulağına birisi, galiba Mlle de Courton, eğilmiş ve bu iki kelimeyi fısıldamış idi. O zamandan beri bu iki kelime onun kulaklarında kalmış idi.

Bir kere kendi kendisine cesaret ederek:

— Mademki bir kız için mutlaka gelin olmak lazım, şu halde bir başkasıyla olacağına, demişti.

Bunu bir kere söylemeye cesaret ettikten sonra artık istemeksizin tekrar etmiş idi ve her tekrar ettikçe büyük bir kabahat işlemişçesine kendi kendisinden kaçmak isteyerek yalnız kalmaya çalışırdı. Birkaç gün, kendi kendisine ahdederek *[söz vererek]*, bu izdivaç latifesini tahattur etmemek için gayret etti;

fakat o latife evin içinde, her hatvede *[adımda]* takip ediyordu. Asıl Behlül'den sıkılmaya başlamıştı. Onunla artık tamamıyla bir kardeş olamıyordu. Kendisinde zapt olunamayan asap isyanları keşfediyordu. İkisinin samimiyetine, bu latife icat olunduktan sonra, sanki meçhul bir elin parmaklarından buzlu katreler serpiliyordu.

Nihal bir şeye daha dikkat etmiş idi: Bundan mecbur olmadıkça bahsetmiyordu. Bunu kendisine karşı mültezem bir ictinap vazına hamleden *[gerekli bir çekinme haline yoran]* Nihal, sonraları Bihter'in bu izdivaçtan memnun olmadığına hüküm vermiş idi. Bu bakımdan o latife Nihal için bir kıymet kesp etmiş oluyordu. Bihter'i tazip eden *[boşuna yoran]* bir şeyin devamını men'e muvafakat edemeyerek herkesin bundan bahsetmesine bir zımni müsaade, hatta gizli teşviklerde bulunuyordu.

Bir gün Şakire Hanım'la Cemile gelmişlerdi. Onlar pek uzun fasılalarla ve ancak bir gece için gelirlerdi. Bu defa mühim bir haberle geliyorlardı. Cemile gelin oluyordu, söz kesilmişti, hemen nikâh olacaktı. Onu bir dökmecinin oğluna istemişlerdi, iyi bir çocuk deniyordu, babasının dükkânından işliyordu, Süleymaniye'de bir evleri vardı. Şakire Hanım'ın ağzında bu tafsilat uzun hikâyelere zemin oluyordu. Nihal sevincinden Cemile'ye sarılıp yanaklarından öperken Nesrin de yalıda cereyan eden şeyden onları haberdar etti:

— Haberiniz yok, dedi; bizim de düğünümüz var...

Şakire Hanım'a anlattılar. Artık ondan bir latife olmak üzere bahsetmiyorlardı; Nihal sanki işitmeyerek, hep Cemile ile meşgul, onların gevezeliklerine müsaade etmişti. Yalnız bir aralık Şakire Hanım'ın Şayeste ile Nesrin'e gözünün ucuyla bir şey göstererek:

— E, dediğine dikkat etmişti. Hiçbir şey ifade etmeyen bu sualin zengin manaları var gibiydi. Nihal onları bir hafta alıkoydu. Bu müddet zarfında o sualin manalarını izah edecek şeylere tesadüf etmek ümidinde idi. Onlar gittikten sonra o sualin ehemmiyetini artıracak bir şeye vâkıf olamamıştı, fakat hep hayalinde Şakire Hanım'ın gözünün ucuyla birisini göstererek:

— E, deyişini görüyor ve bununla, bilinemez nasıl, Bihter'in memnun olmayışı arasında bir münasebet buluyordu.

Bugün Ada'ya gitmek tasavvuru çıktıktan sonra Nihal odasına girdi. Mlle de Courton'a başlanmış bir mektup bitirecekti. Ondan üç uzun mektup almış ve bunlara adeta birer küçük kitapla mukabele etmiş *[karşılık vermiş]* idi. Mürebbiyesine her şeyden, binlerce ufak tefeklerden sahifelerle tafsilat vererek bahsediyordu. Yalnız şimdiye kadar bir şeyden bahsedememişti: Behlül'den.. Her şeyden ziyade bundan bahsetmek için heves duyuyordu, fakat tam bu hevese mağlup olmak raddesinde *[derecesinde]* iken bir ses ona: «Behlül'den sakın!..» derdi. Bugün mektubuna bir yaprak daha ilave ederek bu Ada seferinden bahsederken: «Yalnız Beşir'i alacağım,» diyordu. Sonra birdenbire kalemi başka bir zemine sıçrayarak ilave etti: «Bakınız, az kaldı size Beşir'den bahsetmiyordum. Beşir hasta... Evin içinde bunu benden başka gören yok. Ben onun hastalığından bahsederken kendisiyle beraber herkes gülüyor. Fakat bana inanınız; Beşir hasta! Bunu nasıl tarif edeyim? Onun şimdi öyle bir gevşek yürüyüşü, nazarında öyle sönmüş bir şey, renginde öyle cilasını solduran bir donukluk, gülüşünde bile bir şey yırtılıyormuşçasına öyle acı bir mana var ki bunları fark ettikçe Beşir'ime ağlamak istiyorum...»

★ ★ ★

Nihal yanılmıyordu; Beşir hasta idi. Onu gittikçe incelten, sanki seneler geçtikçe makus *[ters çevrilmiş]* bir netice ile küçülten bir şey vardı ki bu rakik *[ince]*, zarif, mini mini Habeşi, mafsalları *[eklemleri]* kopmuş zannolunan sarkık kollarıyla, şimdi merdivenleri sürte sürte çıkan gevşek bacaklarıyla bütün vücudunun, omuzlarında daimi bir yükün yorgunluk kahrı eziyormuşçasına, derin bir çöküklüğüyle, kırılmış bir oyuncağa benzetiyordu. Bir şey söylemek üzere gelirken, verilen bir emri dinlerken, kendisini unutuşları oluyordu ki bunlardan silkinip çıkabilmek için kuvvetinin fevkinde cehdlere *[üstünde çabalamalara]* lüzum görüyordu. Nihal ona: «Lakin ne oluyorsun, Beşir?» dedikçe, incelmiş dudaklarını açarak beyaz, mücella *[parlak]*, muntazam dişlerini gösteren bilinemez nasıl derin, meçhul elemlerle acı bir tebessüm içinde «Hiç!..» derdi ve bu hiç, bu anlaşılmamış, anlaşılmayacak ruhun yeislerini, kendisince bile halledilemeyen, mahiyeti bilinemeyen o müthiş muammayı *[bilmeceyi]* her lisandan daha beliğ *[düzgün]* ve müessir *[dokunaklı]* bir ifade ile icmal etmiş *[özetlemiş]* olurdu. Bu müebbet meçhul kalacak ruhun o karanlık dertleri öyle elim ve kahir *[kahreden]* bir hiçten ibaret idi ki bu kelime, onun zehirlerle ölüyor zannolunan tebessümünün içinde hafi *[gizli]* bir derdin feryadıyla inleyen bu hiç, her şeyi söylemiş, her şeyi izah etmiş oluyordu.

Bir gün Nihal rıhtımda bozuk bir kaldırımdan atlamak için onun elini istemiş idi, eldiveninin arasından hissetti ki Beşir'in bu serin havada çıplak eli ateşler içinde yanıyor:

— Beşir! Ateşin var, hasta mısın Beşir? Haydi eve, eve gidelim. Sana sıcak bir şey, hemen yatağına yatarsın...

Nihal ona çay kaynatmış, içine bolca konyak koyarak zorla içirmiş idi. Nihal'in bu ufak tefek takayyütlerinin *[üstüne düşmelerinin]* arasında Beşir ölmekten bahtiyar *[mutlu]* gibiydi. Lakin Nihal'in ibramlarına *[zorlamalarına]* karşı onu bir günden ziyade yatakta alıkoymak mümkün olamıyordu; yalnız bu meselede gülerek, gülmekle kendisini affettirmiş olarak Nihal'e itaatsizliklerde bulunuyordu. İkide birde Nihal ona hastalığından bahsettikçe başını sallayarak:

— Hiçbir şeyim yok, derdi. Ve bu cevabında öyle bir kavi *[güçlü]* itimat vardı ki herkes Nihal'e güler, Nihal bile aldandığına hüküm verirdi.

Sonra onun olmayacak vakitlerde, gece soğuklarda bahçede, rıhtımda seyeranları *[gezintileri]* haber alınmış idi; selamlıktan şikâyet olunmuş idi, Şayeste ile Nesrin bir gece hırsız var zannıyla korkarak yorganlarının altında saatlerle büzüldüklerinden bahsetmişlerdi. Beşir'e soruldukça gâh inkâr eder, gâh:

— Uyuyamadım da, derdi.

Bir gün birdenbire, Nihal'le bir seyrandan avdeti müteakip onu bir gıcık tutmuş, saatlerle, kıvranarak, kuru kuru öksürmüş idi. O günden sonra hep bu gıcık tekerrür ediyor; evin içinde, bütün yalıyı çürük bir göğüs gibi gümleten öksürükler işitiliyordu.

O zaman Nihal şaşırır, ne yapmak lazım geleceğine karar veremezdi. Bir gün Bihter ona yine bir şeyler kaynatırken tesadüf ederek:

— Bu ne telaş, demişti; soğuk almış, o kadar, geceleri ayazlarda dolaşmasaydı...

Mayıs sıcak günleriyle geldikten sonra Beşir'in öksürüklerine de bir itidal *[ölçülülük]* gelmiş oldu; fakat o, bu gıcık nöbetlerinden, ezilmiş, ihtiyar olmuş bezannettiren bir düşkünlükle çıkmıştı. Nihal ona beraber Ada'ya gideceklerini haber verdikten sonra:

— Seninle beraber bol bol güneşlerde gezeriz, değil mi Beşir, demiş idi. Ondan sonra Bülent'e de haber göndeririz, o da mektepten doğru oraya gelsin. Yine hep beraber merkeplere bineriz. Yalnız içimizde zavallı Mlle de Courton eksik...

Beşir, bu Ada haberiyle bütün eski neşvesini *[keyfini]* bulacak kadar sevinmişti, sonra bir aralık gözlerine müphem bir endişenin gölgesi düşerek bir şey soracak zannolundu, fakat sormadı...

19

Nihal, Nesrin'i ve Beşir'i beraber almıştı, Nihal'in on beş gün için bir misafirliğe geleceğini haber alan halasının takayyüdüyle *[çabalamasıyla]* ona bütün beyazlardan mürekkep bir oda hazırlanmıştı. Bu, içine mücevher kırpıntıları doldurulmuş azim *[büyük]* bir gümüş tabak iltimaıyla *[parıltısıyla]* parıldayan denize, Heybeli'nin yeşil sırtına nazır *[bakan]* küçücük bir oda idi ki pencerelerinin üstünde uçuyor zannolunan beyaz tül perdeleriyle, köşede küçük karyolasının beyaz cibinlikleriyle, üzerlerine beyaz keten örtüleri çekilmiş koltuklarıyla Nihal'i ruha ferah veren bir temizlik tebessümleri içinde istikbal etti *[karşıladı]*. Burası o kadar beyaz, önünde serilen denizden, ötede parlayan güneşten, vâsi *[geniş]* ufuklara doğru medit *[uzayan]* iltimalarla ilerleyen semadan o kadar aydınlık idi ki yalının o ağır perdeleri, sık kafesleri altında bunalmış ciğerlerine çoktan beri beklenen bir baharın taze havalarını doldurmuş oldu. Ellerini çırparak, ihtiyar halasının yanaklarını öperek:

— Ne güzel! Ne güzel, diyordu.

Halbuki burada güzel olarak sanki göğsünü beyaz gömleği içinde vâsi ufuklara serbest açan bu taze odanın baharından başka bir şey yoktu: Ne bir levhacık *[tablocuk]*, ne bir ziynet, hiç, hiçbir şey yoktu. Nihal çıplak beyaz duvarlara bakarak halasına:

— Bu oda büsbütün benim, yalnız benim olsun, olmaz mı? diyordu.

İhtiyar hala gülerek:

— Yalnız senin olmasında biraz güçlük görüyorum, diyordu; ihtimal sonra, mesela bu yaz nihayetinde onu seninle beraber paylaşmak isteyen biri vardır.

Nihal halasına tekrar sarılarak:

— Aman, hala, siz de mi başladınız, şimdi, diyordu; ben asıl bunun lakırdısından kaçtım.

İhtiyar hala hep gülerek, manalı bir sesle:

— Kim bilir, diyordu...

Sonra ilave etti:

— Behlül'ü de bütün kış görmedim. Beni bir kere gelip aramadı. Pek mümkündür ki bu sırada, şu fırsattan istifade ederek...

Nihal kızarıyordu:

— Öyle ise ben kaçarım.

Sonra birden taşıveren çocukluğuyla sordu:

— Hala! Onun için Beyoğlu'nda bir oda tutacak deniyordu. Bu ne için sanki?.. Siz biliyor musunuz? Şimdi galiba ona da istiskal *[kovarcasına davranma]* başladı...

İhtiyar hala izdivaçtan beri Adnan Bey'in uzaklarında yaşamıştı. Bihter'i evvelden görmüş olmakla tanırdı. Bu izdivaç hakkında yeğenine pek serbest, fikirlerini söyledikten sonra aralarına bir nevi *[tür]* yabancılık girmiş idi, yalnız kendisine senede birkaç kere gönderilen Nihal'le Bülent'in ziyaretlerinden ibaret bir irtibat bakiyesi *[bağlantı artığı]* bırakılmış idi.

Lakin bu sene, Nihal gelmeden bir hafta evvel, Adnan Bey halasına gelerek kendisini affettirmiş ve uzun bir hasbıhal *[söyleşi]* ile Nihal'in mutasavver *[düşünülmüş]* izdivacından bahsetmiş idi. İzdivaç meselelcrinde bir vazife ifa etmek *[yerine getirmek]* için bütün yaşlanmış kadınlara mahsus merak ile hala derhal muvafakat göstermiş *[razı olmuş]*:

— Ooh, ne âlâ, demiş idi; iki yeğen çocukları!..

Bugün Nihal'in son sözünden sonra aralarında bir hasbıhal açılmış oldu, Nihal halasına yalının yeni hikâyelerinden bahsetti. İhtiyar hala:

— Bütün bu şeylerin içinde en mühimminden bahsetmiyorsun, diyordu.

Ve Nihal:

— O nedir, diye sorarken hala öyle tuhaf gülüyordu ki Nihal kızararak:

— Aman, hala, böyle yaparsanız beni iki günde kaçırırsınız, diyordu.

Bir cumartesiydi; Nihal odasından, akşam üzeri, sokağa çıkmak üzere hazırlanmış olarak indi; arkasında yalnız omuzlarından tutturularak aşağıya kadar dökülen kolsuz bir yeldirme, başında saçlarını ancak örtebilen hafif bir Japon tülü vardı. Beyaz gazlarla boğulmuş bir leylak kadar taze, narin esiri *[uçucu]* bir güzellikle güzeldi. İhtiyar hala bu ince çiçeği yalnız gözleriyle öperek sordu:

— Çıkıyor musun, Nihal?

Nihal:

— Evet, hala, izin verirseniz, dedi; sizin arabayı alıyoruz, yalnız Beşir'le ben... İskeleye kadar gideceğiz, bu akşam mutlak Bülent gelir. Ondan sonra, belki biraz çamlara doğru çıkarız, değil mi hala? Bu gece mehtap hemen akşamdan başlıyor, zannederim.

Hala gülümsüyordu:

— İskeleye Bülent için gidildiğinden emin misin, Nihal?

Nihal evvela anlamayarak durdu,-sonra birden kıpkırmızı oldu. Bu sual kendisince bile tamamıyla hallolunamamış bir noktaya dokunarak sanki orada bir hafif örtü altında gizli bir şeyi yırtıvermiş idi. Lüzumundan fazla telaş etti:

— Aman hala! Hep böyle yapıyorsunuz, diyordu; gördünüz mü bir kere? Şimdi gidemeyeceğim. Benim şu küçük seyranımı *[gezintisi]* bozdunuz...

O zaman ihtiyar halaya ısrar etmek, gözlerini indirerek dargın duran Nihal'e adeta yalvarmak lazım geldi: Niçin sanki? Nihal'in bu derece saygısını artık fazla buluyordu, mademki Behlül artık onun için bir namzet *[sözlü]* demekti, hatta Bülent'ten ziyade Behlül'ün beklenmesinde daha tabiilik vardı, o küçük mehtap seyranı Behlül'le yapılacak olsa bile itiraz edecek olan ihtiyar hala değildi. Yalnız...

İhtiyar hala artık yumuşayan, gülümseyen Nihal'in damarlarına nüfuz edici *[işleyici]* sesiyle ilave ediyordu:

— Yalnız, çok geç kalmazsınız, değil mi Nihal? Bunu hiçbir şey için söylemiyorum. Beşir yine öksürüyor, anlıyor musun çocuğum? Gece, rutubet!.. Bana öyle geliyor ki bu çocuk hep durmadan üşüyor...

İhtiyar hala aldanmıyordu. İlk iki gün zarfında gıcıktan, öksürükten kurtulmuş zannolunan Beşir ondan sonra birdenbire yine öksürmeye başlamış idi. Ada'nın mebzul *[bol]* güneşleri altında, onda ısınamayan, üşümekte devam eden bir şey var gibiydi. Şimdi elbisesini delecek kadar çıkık duran omuz kemiklerini sıkarak, bütün vücudunu sarstıkça artık ağrılar veren o muannit *[inatçı]* öksürükleri zapt etmek istiyormuşçasına dirseklerini böğürlerine basarak bir yürüyüşü vardı ki onun içinden gelen titreyişlerle üşüdüğünü, donduğunu farz ettirirdi.

Ve, Beşir üşüyordu, Beşir donuyordu; onun ruhunda birdenbire Afrika çöllerinin kızgın kumlarıyla yanan havasına bir iştiyak *[özlem]* uyanmış, senelerden beri örtülü duran bir hatıra köşesi yırtılarak gözlerinin önüne ateşler içinde kaynaşan bir sahra *[çöl]* sermiş idi. Hayalinin güneş dolu, o kızgın yazına karşı bir türlü ısınamayarak üşüyor, hep omuzlarını sıkarak, böğürlerine basarak donuyordu. Sonra onu artık gülmekten, artık hayatı sevmekten meneden bir şey vardı. Bu ne idi, bilmiyordu; sakit *[suskun]*, şikâyetsiz ihtizarında *[can çekişme]* öyle bir mana vardı ki onu ıstırabının mahiyetini tarif edemeyerek sızıldayan bir çocuğa benzetirdi. Her şeye, hatta kendi nefsine karşı kayıtsız oluyordu. Artık o herkesin etrafında dolaşan, koşan Beşir değildi; tenha köşeler arardı. Ekseriyet üzere arandıkça kendisini olmayacak bir yerde, uzak bir kenarda unutmuş, donuk gözlerle hiçbir şey düşünmeyerek, vâsi *[geniş]* bir çölün payansızlıklarında *[sonsuzluklarında]* kaybolmuş, bulunurdu. Kendi nefsinden bile habersiz olduğuna delalet eden *[gösteren]* dalgınlıkları oluyordu. O sıralarda kendisine hitap olunurken boş gözlerle bakar, dinler, dinler ve anlamazdı.

Ada'da, o ilk iki günden sonra, tekrar öksürük başlayınca Nihal halasına rica ederek Beşir'i muayene ettirmiş idi. Ona hiçbir şeyi yok denmiş idi; fakat katran kokuları neşreden ilaçlar yollamışlar, çam altlarında uzun seyranlar tavsiye etmişlerdi. Nihal müphem bir suretle keşfediyordu: Demek bir şey vardı. Üç günden beri kendisinden ziyade Beşir'i düşünerek halasının tek atlı açık arabasını alıyor, Beşir'i yanına oturtarak çamlara gidiyordu. Bu seyranlar esnasında Beşir bir kelime söylemeyerek, fakat mesut, fakat böyle hep hasta olmak isteyerek, dudaklarında acı bir tebessümle gülümserdi.

Bu akşam tekrar çıkacaklarını söylerken Nihal, Beşir'e:

— Bülent gelecek, demişti.

Beşir bu defa arabanın arkasında kalmak istemişti, Nihal arabayı yalnız idare ediyordu; uzaktan vapurdan çıkanları görebilmek için halasının küçük sedef dürbününü almıştı. Arabayı deniz kenarına kadar götürdü ve iskeleye çıkanlar görülebilecek bir noktada durdurdu. İskele kalabalıktı, Ada, pazar misafirlerini kabule hazırlanmıştı. Mekteplerinden çıkacak çocuklarını bekleyen anneler, görülmekten haz olunan çehrelere tesadüf helecanıyla *[çarpıntısıyla]* henüz görünmeyen vapura bakan genç kızlar vardı.

Nihal bu öbek öbek toplanan açık, şuh elbiselerden mürekkep zümrelere uzaktan bakarken kendi kendisine soruyordu: Sahih, Bülent için mi gelmiş idi? Sonra kendisi cevap vermek istemeyerek Beşir'e soruyordu:

— Beşir! Bülent kaçta mektepten çıkıyor? Hesapça bu vapurda olacak değil mi?..

Beşir işitmeyerek susuyordu. Uzaktan vapurun düdüğü işitilmiş, bu bekleyen halkı pürvaat *[vaatle dolu]*, bir selam ile titretmiş idi. Zümreler birbirlerine daha sokuluyor; iskelenin başında daha toplu bir küme teşkil ediyor, koşuşanlar oluyor, uzaktan bir mızıka işitiliyor, vapuru istikbal etmek için sahilden beş altı sandal ayrılıyordu. Artık akşam olmuş idi. Kahveler lambalarını yakıyorlardı.

Tekrar bir düdükle şimdi iskeleye yanaşmak üzere olan vapuru bir an evvel görmek için ayaklarının üstünde yükselenler vardı, Nihal dürbününü alarak arabada ayağa kalktı ve güvertenin üzerinde birbirinin üstüne yığılan yolculara bakarak Beşir'e sordu:

— Bundan başka vapur var mı?..

Beşir şüphesiz işitmiyordu. Yerinden kalkmayarak, dalgın, bu kaynaşan halka bakıyordu. Şimdi yolcular çıkmaya başlamıştı. Anneleriyle öpüşen çocuklar, elinde çantalarıyla gelmiş misafirler, iskele başında bekleyen zümrelere selamlar tevzi ederek *[dağıtarak]* nihayet bir tanesine iltihak eden *[katılan]* babalar vardı. Birden Nihal oturarak:

— İşte, dedi.

Sonra Beşir'e bakarak, kıpkırmızı, ilave etti:

— Bülent yok!

Şu halde Beşir'e gösterilen kimdi? Beşir derin bir elemle gözlerini Nihal'e dikerek bu sakit sualin cevabını bekliyordu.

Nihal:

— Bizi görmeyecek, Beşir, diyordu.

Ve eliyle iskeleyi göstererek:

— Oraya gidip haber verir misin?

Beşir bir kelime ilave etmeyerek arabadan atladı. Behlül iskeleden çıkmıştı, Beşir yetişebilmek için biraz koşmaya mecbur oldu. Behlül, Nihal'i uzaktan eliyle selamladı. Bir dakika sonra arabada, yanında idi:

— Geleceğimden nasıl haber aldın? diyordu.

Nihal kamçısını şaklatarak:

— Bilmiyordum, dedi; ben Bülent'i bekliyordum. Hain çocuk!.. Niçin gelmedi sanki? Haber de göndermiştim...

İskelenin kalabalığını arkada bırakarak Nihal arabasının latif bir inhinasıyla *[eğilmesiyle]* bir yarım daire çizdi ve bir müddet sahili takip ederek Behlül'ün yüzüne bakmaksızın; gözleri, şimdi denizin maviliklerini koyulaştıran sisler içinde kaybolmuş, uzun uzun Bülent'ten bahsetti. Artık sevmediğine yemin ediyordu. Onunla yavaş yavaş bütün kalp rabıtaları çözülmüş, şimdi aralarında derin bir yabancılık hüküm sürmeye başlamış idi. Bülent başkalarına sokulmak için ondan uzaklaşmak istemişti. Nihal bundan bahsederken omuzlarını silkerek:

— Öyle olsun, diyor, bu metrukiyete *[terk edilmişliğe]* karşı kayıtsız görünmek istiyordu.

Sonra, yavaş yavaş, Bülent'in bu hıyanetten mütevellit *[doğan]* acılarını saklayamadı, Behlül'le biraz daha samimi hasbıhalden çekinmedi, itiraf etti:

— Onu benden kaçıyor gördükçe ağlamamak için, bilseniz, ne kadar güçlük çekiyorum, dedi ve şimdi dolaşık sokaklardan kurtularak, büyük caddeye çıkan arabasını biraz tevkif ederek *[durdurarak]* sordu:

— Nereye gidiyoruz?

Behlül:

— Nereye istersen... Herhalde eve değil, dedi; böyle, yan yana, iki kişi, arabada sallandıkça kendimi latif bir rüya içinde zannediyorum.

Nihal güldü ve bu küçük tevakkuftan *[duraklamadan]* huysuzlanan atın kulaklarına kamçısıyla dokunarak:

— Lakin yanılıyorsunuz, iki kişi değiliz, dedi, Beşir'i unutuyorsunuz...

Bu zarif iki tekerlekli arabanın hafif, mevzun *[düzgün]* ve muttarit *[tekdüze]* salıntısıyla ikisi de yavaş yavaş sallanıyorlardı; araba iki kişi için o kadar

dar idi ki dizginleri idare edebilmek için biraz önde oturan Nihal'in omuzu Behlül'e dayanmış oluyordu. Maden[74] tarafında büyük caddeyi takip ediyorlardı; hafif bir rüzgâr Nihal'in yeldirmesini açıyor, ince örtüsünü uçurarak arkaya atıyordu. Yol o kadar tenha idi ki Nihal rüzgârın bu saygısızlıklarından telaş etmiyordu. Yanlarından pek nadir arabalar geçiyor, şurada burada artık avdet eden birkaç yaya zümresine tesadüf olunuyordu. Etrafı yarı bir müphemiyet *[belirsizlik]* içinde bırakan gecenin ilk esmerlikleri gittikçe koyulaşıyordu. Nihal, yolun tenha ve Kartal[75] kıyısının oraya düşüvermiş uzun siyah bir buluta benzeyen manzarasına karşı bir noktasında, birden karanlıktan korktu ve tekrar dizginleri çekerek sordu:

— Saat kaç rica ederim? Devam edecek olursak geç kalmaz mıyız? Bilirsiniz ya, ben karanlıktan o kadar korkarım ki...

Behlül:

— Hayır, hayır, devam edelim, dedi; ta yukarıda, çamlara kadar. Bak, Nihal senin karanlıkta korktuğuna vâkıf oldukları için fener çekiyorlar.[76]

Behlül parmağıyla başlarının üstünde henüz donuk, üzerine pembe toz serpilmiş sarı kâğıttan bir fener şeklinde duran ayı gösteriyordu. Araba tekrar yürümeye başlamıştı. Birden Behlül, Nihal'e bir şey daha gösterdi. Biraz ileride, yolun kenarında yan yana iki araba duruyordu. Nihal baktı, arabalardan bi-

---

(74) Heybeliada'nın doğu tarafı

(75) Maltepe ve Pendik arasındaki ilçe.

(76) Eskiden yerleşim yerlerinde gece yola çıkan büyüklerin önünde bir kişi fener taşırdı.

rinde iki kadınla diğerinde bir erkek gördü. Erkek gülerek, yılışarak bir şeyler söylüyordu. Behlül yavaşça mırıldandı:

— Bir muaşaka *[karşılıklı sevme]*! O başımızın üstünde parlayan fener yok mu, Nihal? Onun kadar muaşakalara revaç *[değer]* veren bir şey yoktur.

Birden Nihal tam arabaların yanından geçerken zor zapt edilmiş bir hayret sayhasıyla:

— A, ben bunları tanıdım; dedi; bunlar kimler biliyor musunuz?..

Arabaları geride bırakarak geçmişlerdi. Nihal anlattı: O arabada iki kadından biri, genci, düğün evinde muganniye *[kadın şarkıcı]* taklitleri yapan dul kadın idi; yaşlısı da haniya şu her evlenecek kızlara ellerini öptürdükleri kadın idi. Nihal ilave ederek:

— Beni gelin olmaktan iğrendiren kadın, diyordu.

Behlül:

— Herhalde bu defa bir izdivaçtan başka bir şeyle meşgul görünüyor, dedi.

Nihal pek iyi anlamayarak bakıyordu. Behlül, Nihal'in son cümlesine de cevap vermek isteyerek istizaha *[açıklama istemeye]* mâni oldu:

— Lakin artık seni gelin olmaktan meneden bir şey kalmadı, değil mi? Ben öyle zannediyorum ki bu gece, muaşakalara o kadar revaç veren bu fener başımızın üstünde bizi teşvik ederken, nihayet sen de öyle bir kelime söyleyeceksin ki...

Nihal gülerek ve arabayı çeviriyormuşçasına bir vaziyet alarak:

— Öyle ise dönelim, dedi.

Behlül eliyle mâni oldu:

— Hayır, daha doğrusu, gidelim, hep böyle gidelim. Ta sen muvafakat kelimesini veresiye kadar gidelim...

Behlül sesinde bir teessürle *[içlenmeyle]* söylüyordu. Artık beş günden beri, Bihter'le o elim muhavereden sonra, Nihal'le bu izdivacı ruhunun tek şifa çaresi olmak üzere telakki ediyordu *[kabul ediyordu]*. Bu beş gün zarfında yalıdan kaçmış, Bihter'i düşünmemiş idi. Bütün hüviyetini bu genç kızın sevda şiiri, mest eden bir zülal *[saf su]* içinde eritiyor gibiydi. Yalnız onu düşünmüş, yalnız bu pakize *[saf]* saadetin içinde beyaz rüyalarıyla yaşamış idi. Nihayet bir gün Firdevs Hanım'la son bir mübaheseden *[konuşmadan]* sonra Adnan Bey takaddüm ederek *[önce davranarak]* Behlül'e:

— Halanın yanına gidebilirsin, onun malumatı var, dedi; eğer Nihal muvafakat ediyorsa...

Bugün Behlül, Nihal'den bu muvafakati istihsal etmek *[elde etmek]* azmiyle geliyordu. Amcasının o müsaadesinden sonra Nihal'in muhtemel olmayan bir reddine tesadüf etmek korkusuyla titremişti. Şu dakikada Nihal'e bundan bahsederken Behlül bütün o tecrübelerle dolgun hayatını yaşamamış, henüz ilk aşk kelimesini, ilk kalp feryadını tercüme edecek lisan bulamayan bir çocuk gibiydi. Nihal'e biraz sokularak, hep o titrek sesiyle devam etti:

— Bilmiyorsun Nihal, baban bana ne dedi: «Eğer Nihal muvafakat ederse...» Anlıyor musun, Nihal? Bütün hayatın saadeti bence senin yalnız bir kelimene muallak *[bağlı]* duruyor, yalnız bir küçük evet;

dünyada beni insanların en bahtiyarı edecek... Seninle ne güzel, ne mesut bir çift teşkil edeceğiz...

Nihal, dalgın, dudaklarında bir tebessümle, gözlerini çevirmeyerek, hep kamçısının ucuyla atın kulaklarını okşayarak, dinliyordu; birden hatırına bir şey gelerek silkindi ve yavaşça, saçlarını Behlül'ün yüzüne takrip eden *[yaklaştıran]* bir hareketle dönerek:

— Lakin susunuz, dedi; Beşir'i unutuyorsunuz. Sonra, sonra...

Behlül omuzlarını silkti:

— Şimdi de Beşir, dedi; sonra, sonra, lakin ne zaman? Yalnız bir küçük kelime! O kadar çabuk söylenecek bir şey ki...

Nihal tekrar ondan gözlerini çevirdi, şimdi kamçısının asabi darbecikleri hayvanın kulaklarına çarpıyordu ve hayvan ürktükçe araba daha ziyade sallanarak onları birbirine daha takrip ediyordu:

— Şimdi, şimdi, Nihal, anlıyor musun, yalnız bir küçük evet...

Behlül'ün bu sözü kulaklarında, istirhamlar dökerek *[yalvararak]*, sanki helecanından çırpınarak tekerrür ediyordu; Nihal, sapsarı, bir kelime söylememek için dudaklarını sıkarak, gözlerini yumdu ve uzun bir baş eğmesiyle «Evet» dedi; sonra birden kamçısının uzun bir temasıyla atın karnını okşayarak arabayı yıldırım süratiyle sürdü, Fransızca olarak:

— Lakin susunuz, rica ederim, dedi; birazdan, yukarıda, çamlıkta... Sizin Beşir'den haberiniz yok, haberiniz yok. Beşir hasta...

Sonra derin bir göğüs geçirerek ilave etti:

— Ve fena hasta...

Gelmişlerdi, Nihal arabayı çamlığın eteğinde tevkif ederek:

— Şimdi biraz dinleniriz artık, dedi.

Behlül arabadan atlayarak elini Nihal'e uzattı:

— İner misin, Nihal?

Nihal cevap vermeyerek elini verdi ve yeldirmesini toplayarak atladı, şimdi başının ince tülü omuzlarına düşmüştü. Behlül terbiyeleri *[dizginleri]* toplayarak Beşir'e verdi:

— Dikkat et, Beşir, dedi.

Nihal'le yan yana, şimdi üzerine sarı parlak bir toz serpilmiş zannolunan yolun kenarına kadar ilerlediler. Önlerinde, ta ayaklarının altında dik bir bayır, daha sonra sahilin eteklerini saklayan, üzerinde dağınık çamlarla, bir set vardı; burada nezaret münkati olarak *[görüntü kesilerek]*, gözleri ta ötede erimiş mavi bir yaldız donukluğuyla serilen denizi görüyordu. Nihal kollarını açarak, tabiatın bu füsun levhasını deraguş etmek *[kucaklamak]* isteyen bir vaziyetle:

— Ne güzel! ne güzel! dedi. Ve bu manzaranın ihtişamındaki samimi şiir ile ikisi de mebhut, başka bir kelime ilave etmeyerek, bir hareket edecek olurlarsa bu havadan, ziyadan terkip edilmiş esiri *[hafif]* bir levha rikkatiyle *[inceliğiyle]* titreyen hayal serabı siliniverecekmişçesine hareketsiz, sessiz uzun uzun baktılar. Deniz, derin bir uyku sükûtu içinde gibi, yukarıdan sarı bir ateş şişesi şeklinde afaka sekr *[sarhoşluk]* veren bir zülalin selsebilini isar eden *[suyunu serpen]* kamerin altında, baygın, melül *[bezgin]* bir rüya içinde uzun nefeslerle göğüs geçirerek, seriliyor; uzakta müphem gölge yığıntılarıyla duran sahillerin muavveç rişelerine *[eğri saçaklarına]* sokularak daha mahrem, daha samimi köşeler, gizlenecek, siperlenecek tenha, mahfi *[gizli]*, muzlim *[karanlık]* etekler arıyor; beride, ancak siyah birer sırtı görünen Adaların, meçhul bir uçurumdan fışkırıvermiş binlerce sarı gözlerinin hain ateşleriyle bakıyor zannolunan bu mühip *[heybetli]* siyah devlerin önünden kaçarak, ta uzaklara, bitmez tükenmez ufukların uzak enginlerine doğru imtidat ediyordu *[uzuyordu]*. Ve aydan dökülen ziya şelalesi ile yaldızlanarak böyle serilip uzanan deniz o uzak ufuklarda semalarla birleşiyor gibiydi; onların bu visal *[birleşme]* noktasında beyaz bir fecr *[tan ağarması]* hattı inkişaf ederek, parıldayan bir toz galeyanı *[coşkunluğu]* içinde, sanki orada tutuşup yanmış bir güneşin hâlâ şaşaalı külleri savrularak, kaynaşıyordu.

Bu denizin uyuşturan sükûnundan öyle nüfuz eder bir hazin mana, o kadar ruha yakın bir melal *[sıkıntı]* vardı ki Nihal'le Behlül kalplerinde bir bellisiz keder, birer küçük kelime teatisinden bile meneden sükût ihtiyacı hissediyorlardı.

Nihal kendisinde, metruk, böyle uyuyan bir denizin sükûn kenarına bırakılıvermiş, ebedi bir nisyana *[unutuşa]* mahkûm, bir çocuk hüznünü duyuyordu. Hayatta bütün sevdikleri insafsız birer hıyanetle onu itmişler, reddeylemişlerdi; dünyada yapyalnız, tek başına bırakılmıştı. Bu sakin gece ile diğer bir gece arasında, o Chopin'den sevdiği parçayı çaldıkça hayalinde uyanan beyaz gece arasında bir mukarenet *[yakınlaşma]* hasıl oluyor ve onu ölmüş bir dünyanın içinde yalnız kalmış olmak melaliyle eziyordu: yalnız, yapyalnız; bütün sevdikleri tarafından unutulmuş, terk edilmiş!..

Denizin o uçsuz bucaksız enginlere doğru imtidatlarına bakıp dalarken bir şey onu çekiyor, ta uzaklarda bir yere atmak için sürüklüyor zannediyordu. Ne tutunacak bir himaye eli, ne kendisine cesaret verecek bir şefkat nazarı vardı. Etrafında hiç, hiç kimse yoktu; o zaman bu yalnızlık vehminin haşyetleriyle *[korkularından]* titreyerek, başını döndüren bu geniş ateş sahrasından, o uzak ufukların galeyanlı enginlerinden gözlerini ayırıyor ve bakmaksızın, yanında Behlül'ün vücudunu hissettikçe korkunç bir rüyanın dehşetiyle uyandıktan sonra kendisini yatağında bulmaktan mütevellit bir emniyet, bir inşirah *[gizli bir ferahlık]* sükûnu buluyordu. O vakit hafi bir itminan *[emin olma]* hazzı ile, sakin yalnızlıktan kaçarak, hissedilmeyen bir takarrüple *[yakınlaşmayla]* Behlül'e sokuluyordu.

Yan yana, omuzları hemen birbirine temas ederek, duruyorlardı. Behlül de derin bir fütur *[bezginlik]* ile uyuşmuş gibiydi; uzakta esmer beyazlıklarıyla müşevveş *[belirsiz]* levhaya, metruk bir hatıranın, bir hayatın silinmiş çizgilerine benzeyen şehre bakıyordu ve açıkça fark olunamayan levhalarıyla, siyah kümelerin altında bellisiz beyazlıklara boğulan safhalarıyla bu manzara eski bir rüyayı andırıyordu. Böyle, eski bir rüyaya benzeyen bu levhanın karşısında kendi hayatını, ihtimal bu geceden başlayarak Nihal'in bir kelimesiyle son sahifesi kapanacak, artık işte böyle soluk çizgileriyle, silik safhalarıyla metruk bir harabeye dönecek olan hayatını düşünüyordu. Daha şimdiden o hayat, uzun senelerin fasılasıyla ayrılmış, uzaklaşmış gibiydi; bütün o çehreler, hatta Bihter, hep o düne ait hatıralar, arada böyle vâsi bir denizle, ta ötede, o eski rüyaların yıkıntılarına gömülmüş idi. Şimdi onun yanında taze bir emel çiçeği muhteriz *[çekingen]* bakışlarıyla ona yeni bir hayat ufku vaat ediyordu. Ve Behlül, Nihal'i biraz daha yaklaşmış, biraz daha sokulmuş hissettikçe onu ellerinden tutmak, çekmek, buradan daha uzağa, daha harim *[gizli]* bir yere, çamların gölgelerine götürmek, orada ormanların içinden gelen sıcak nefesler arasında dizlerine kapanarak, ellerini öperek:

— Beni sev, Nihal, demek istiyordu. Sonra bunu düşünürken Nihal'e yıpranmış, kirlenmiş bir kalpten başka bir şey verememekten, bu çocuğun yanında şifa kabul etmeyen bir hastalıkla malul *[sakat]* kalmaktan azim bir fütur duyuyordu. Bir dakika geldi ki kendisinden korktu: Nihal'i mesut edeceğinden emin miydi? Bu suali kendi kendisine hiç irat etmemişti *[söylememişti]*, belki bu da bir mevsimlik, bir hevesten ibaretti. Sonra Bihter'i düşündü: Onunla her şey bitmişti; şimdi aralarında hiçbir münasebet kalamazdı. O günden sonra yalıda yalnız iki saatlik bir zaman için bulunmuş ve Bihter'i görmemiş idi. Bir kere izdivaca kati surette karar verilince, Bihter, her isyan hamlesini müteakip çocukça bir gevşeklik gösteren bu kadın bu emrivakiye zaruri muvafakat gösterecekti.

Birinci defa olarak Nihal sükûtu bozarak:

— İşitiyor musunuz? dedi. Bu sakin gecenin sükûnu içinde Adaların hayat ve levhası derin bir uğultuyla gürlüyordu. Sanki bu uyuyan denizin altında görünmez bir şelalenin boğuk, ancak hissolunan bir iniltisiyle, ayaklarının altındaki topraklarda, başlarının üstündeki rüzgârlarda ufak bir ihtizaz *[titreme]* vardı; Nihal parmağını kaldırarak Behlül'ü dinlemeye davet ediyordu; o zaman bu ihtizazın arasında gecelerin sırlarla dolu sinesinden çıkan bir başka ihtizaz, ince, müphem bir şey, sanki müterennim *[ezgili]* bir nefes, havai bir rübabın *[sazın]* tellerine tesadüf etmiş avare bir nefha *[esinti]* duydular ve bu o kadar rakik *[ince]*, o kadar hafif idi ki ancak işitiliyordu.

İlk önce muhteriz, kendisini saklamak isteyen bir gönül sırrı korkaklığıyla küçük çırpıntılar, havaları okşuyor gibiydi; sonra bu zemzemenin muhteriz mevceleri *[şarkının çekingen dalgaları]* altın rüyalar altında uyuyan denizlerin, çamları yumuşak temaslarla öperek geçen rüzgârların uyanmak için fırsata muntazır teranelerini *[bekleyen nağmelerini]*, o tabiatın uykuda zamanlarına mahsus sükûta benzer nağmelerini ikaz etmiş oldu; bütün tabiatın üzerinden seyyal *[akıcı]* bir titreme geçti, sanki gecelerin ruhu derin bir terennüm *[şakıma]* hazzı içinde inledi.

Behlül cevap vererek:

— Bir mandolin! dedi. Bir mandolin! Kim bilir nasıl bir gizli derdi gecelere tevdi etmek *[bırakmak]* isteyerek ya bir çam dibinde aya karşı hüzünlerini döken yahut serseri dalgacıkların üstünde havalara bir selam bırakan küçük bir mandolin!..

Nereden geldiğine dikkat edemedikleri bu ses ikisinde de, bu gece, bu muhteşem levhanın sükûtu içinde garip bir tesir hasıl etti; birbirlerine daha yakın olmak, onların da kalbinde bir hafi *[gizli]* sadayı terennüme davet eden bu müphem zemzeme arasında daha ziyade sokulmak istediler; Nihal ufak bir hareketle Behlül'ün kolunu aldı:

— Zannederim ki geç kalıyoruz, dedi.

Behlül titreyen eliyle, Nihal'in koluna asılan elini tutarak:

— Hayır, dinleyelim, diyordu. Elinin altında Nihal'in de eli titriyordu, fakat bu defa bu küçük el, vurulmuş bir kuş teslimiyetiyle, çekilmiyor, kendisini salıveriyordu.

Bir dakika vuzuh *[anlaşılırlık]* kesp edecek zannolunan o ses, bu gece, şurada bu iki eli yekdiğerine birleştirdikten sonra ihtiraz *[sakınma]* ile silinmek isteyerek, tekrar kaybolmaya, örtülmeye başlamış idi. Bir müddet, birbirinden ayrılmayarak, tekrar onu işitmek ümidiyle dinleyerek, duruyorlardı. Birden arkalarında, biraz uzakta, gecelerin bu mesut sükûnunu yırtarak, boğuk bir öksürük sesi işittiler.

Nihal titredi:

— İşitiyor musunuz? Beşir yine öksürüyor, dedi ve elini Behlül'ün kolundan çekmeyerek onu dönmeye mecbur etti:

— Gidelim artık! Biliyor musunuz? Bu gecelerin rutubeti onun için ne fenadır...

Beşir hep çamlığın kenarında, arabanın üzerinde idi. Oraya geldikleri zaman daha sihirli bir levhanın karşısında bulundular. Behlül:

— Bak çamlara. Nihal, dedi; yalnız beş dakika, yirmi hatvelik *[adımlık]* bir seyran! Bunu reddedemezsin, Nihal!..

Behlül şimdi hâlâ elinin altında duran o küçük ele hafif bir tazyik *[baskı]* ile hükmederek Nihal'i çekiyordu. Uzaktan Beşir'e bağırdı:

— Şimdi geliyoruz, Beşir!..

Yoldan çıkmışlardı, çamlıkta idiler; Behlül ufak, dar, muavveç *[engebeli]* izler takip ederek Nihal'i hep biraz daha ileriye götürüyordu. Nihal üç dört adımda bir:

— Lakin korkuyorum, diyordu. Bilmem neden, fakat korkuyorum. Bütün bu gölgeler, bu ağaçlar canlanacak, birden bize hücum edecekler zannediyorum.

Sonra birden durarak parmağıyla gösteriyordu:

— Bakınız! İşte uzun siyah bir yen, iri parmaklarla bir el, görüyor musunuz? Bize uzanıyor.

Kesik kesik bu korkularıyla kendisi de eğleniyor, fakat korkmakta devam ederek, kaçarcasına biraz daha seri hatvelerle *[adımlarla]* yürüyor. Behlül'e biraz daha sokuluyordu. Sonra birdenbire ilerlemek istemeyerek, korkulu gözlerle sanki gölgelerin arasında titreyen bir şeylere bakarak yavaşça Behlül'ün kulağına:

— Hayır, hayır, artık yetişir! İşte burada duralım, diyordu; yahut geri dönelim, evet, geri dönelim... O zaman Behlül'ün koluna asılıyor ve bütün tabiatın meçhul hayalleriyle dolu zannolunan sükûnundan mütevellit bir haşyetle, ayaklarının altında boğuk bir hışıltıyla ezildikçe böyle çiğnenmekten sanki hiddet eden otlara, ancak potinlerinin ucuyla basabiliyordu. Behlül ona:

— Çocuksun, diyordu; bütün yolun kenarını takip ediyoruz, biraz eğilsek arabanın fenerini fark edeceğiz. Ondan sonra bu masum ormandan ne için korkmalı? Bak ne güzel, Nihal! Sen bunu güzel bulmuyor musun?

Nihal eliyle yüzünü kapayarak:

— Güzel, evet, güzel, fakat korkunç, diyordu. Gözlerinin önünde orman bir sırta tırmanarak gittikçe koyulaşan, sarıdan ziyade yeşile benzer ziyalar altında nihayet donuklaşmış gölgelere boğularak imtidat ediyordu *[uzuyordu]* ve bütün bu ormandan çıkan garip bir nefes, sanki muzlim *[karanlık]* derinliklerin acibelerle *[tuhaflıklarla]* dolu göğsünde uyuyan perilerin bir hayat nefesi, ta içerilerden mırıltılar getirerek, görünmez kanatlarla çamların arasında çırpınarak, uçuyor gibiydi. Daha uzakta, bir derin uğultu içinde, Ada'nın velvelesi, ormanın karanlıklarında açılmış bir uçuruma iniltilerle yuvarlanan, her şeyi mukavemet edilemez *[direnilemez]* bir seylabe *[sel]* ile sürükleyerek götüren bir mühip *[tehlikeli]* çağlayan farz ettiriyordu. Onlar ormanın henüz kenarında idiler; Nihal artık daha ziyade gitmekten imtina ediyordu *[çekiniyordu]*. Yukarıda yeşil bir yağmur altında çalkalanıyor zannolunan çamlık, hemen oraya çökmeye müheyya *[hazır]*, yüksek bir set, fakat canlı zulmetlerle *[karanlıklarla]* geniş geniş nefes alan bir set korkunçluğuyla titriyordu. Daha yakınlarında, yer yer, açık tirşeye meyyal *[eğilimli]* meydancıklar, ayın yeşil bir rüya rengine boyanarak akan ziyalarıyla, geniş birer inbisat *[ferahlama]* handesi şeklinde gülümsüyordu.

Bunlardan birinin içinde idiler. Nihal:

— İster misiniz? Burada oturalım, dedi; fakat yalnız bir dakika, biraz korkuyu unutacak kadar... Şimdi geri dönecek olursak, ne zannediyorum, biliyor musunuz? Bütün bu orman, bu arkamızdan uzun elleriyle kollarını uzatan çamlar, hareket edecek, koşacaklar, bizi tutacaklar, sonra...

Bunu söylerken omuzlarından akan bir titreme seyyalesiyle yeldirmesinin içine sarınıyordu. Hemen oraya, latif *[hoş]* bir büzülüşle, çömeldi; Behlül ayakta ona bakıyordu. Bir saniye birbirine karşı, gözleri bu yeşil aydınlığın içinde bakışarak durdular. Nihal, böyle Behlül'ün gözlerinin altında dururken onu yerinde sallayan, sanki azim bir zaaf içinde bayıltarak oraya düşüverecek, ihtimal bir dakika içinde öldürüverecek bir şey duyuyordu. Birden kendisinde uyanan başka türlü, mahiyeti meçhul bir korku ile bağırmak istedi:

— Lakin beni tutunuz, beni buradan götürünüz! Arabaya, eve; evet, evet, eve, eve!..

Bu dakika evde, odasında, o beyaz yatağının içinde bulunmak istiyordu; şimdi yalnız arkasında siyah heyulalarıyla duran ormandan değil, karşısında bakan bu adamdan da korkuyordu. Bu gece fena bir rüyaya benziyordu. Korkusunu unutmak için en evvel hatırına gelen bir şeyle Behlül'e hitap etti:

— İtiraf ediniz ki bu gece buraya gelmek epeyce tuhaf bir fikir...

Behlül işitmiyor gibiydi. Hep o dalgın gözleriyle Nihal'e bakıyordu; sonra, birden, oraya, Nihal'in dizlerinin dibine oturarak titrek bir sesle:

— Nihal, dedi, beni bir parça seviyor musun?

Nihal, ufak, kesik bir kahkaha ile güldü:

— İşte! Anlaşılan bunu söylemek için gelmiş olacağız. Lakin bu o kadar sade bir şey ki bundan bahsetmek için buraya kadar gelmeye hiç hacet yoktu.

Nihal böyle başlayan muhavereyi *[konuşmayı]* bir latife *[şaka]* zemininden çıkarmamak istiyor gibiydi; büyük bir cebir *[zorlayış]* ile, dudaklarında bir tebessümle söylüyordu. Behlül pek samimi, hatta biraz münfail *[gücenmiş]*, cevap verdi:

— Seni temin ederim ki, Nihal, dedi; bu gece, şu dakikada, bu meseleye dair en küçük bir latifenin beni pek ziyade kıracak bir ehemmiyeti olabilir. İşte, sen de, evet, sen de hiç latifeye meyyal değilsin. Bana cevap vermemek için zorla gülmek istiyorsun, zorla... İnkâr etme! Bu anlaşılıyor. Şu halde neden söylememeli? Evet, neden Nihal? Muhakkak, beni bir parça, pek çok değil, fakat bana kifayet edecek *[yetecek]* kadar seviyorsun. Bunu söyleyivermek o kadar sade bir şey iken...

Nihal hep o tebessümüyle cevap vermek istedi:

— Lakin yanılıyorsunuz; ben sizi pek çok seviyorum. Hususuyla *[özellikle]* artık kavgalarımız bittikten sonra!.. Şimdi sizinle bir dosttan daha fazla, sadece birer kardeş değil miyiz?

Behlül acı bir tebessümle baktı, bu tebessümünde öyle derin bir serzeniş *[başa kakma]* vardı ki Nihal'in dudaklarından o latife etmek isteyen tebessümü birden silinerek:

— Behlül, dedi, bana söyler misiniz? Ne için benimle teehhül etmek *[evlenmek]* istiyorsunuz? İtiraf ediniz ki bu bir latifeden başka bir şey değildi. Siz her şeye ihtimal verebilirdiniz; buna, bu latifeye, mini mini Nihal'le, haniya şu Japonya yelpazelerinin resimlerine benzeyen kızla bir teehhüle ihtimal veremezdiniz. Öyle tesadüf etti ki sizin önünüze sandalyesine esir, boş saatlerine eğlence arayan bir kadınla, genç karısıyla rahat kalabilmek için fırsat bekleyen bir baba çıktı. Bunların elinin altında ilk zuhur edecek *[ortaya çıkacak]* talibe verilmeye mahkûm bir kız vardı: En evvel, en yakın olduğunuz için siz hatıra geldiniz. Siz de biraz hayatınızdan yorulmuş, bezmiş idiniz, ufak bir tahavvül *[değişim]* arıyordunuz. Önünüze bu latife yuvarlanınca elinizi uzattınız. Kendi kendinize: İşte âlâ *[iyi]* bir oyuncak, dediniz; bir müddet eğlenmek için pek iyi bir çare! Sonra kırılınca, bozulunca atmak bir şey değil...

Nihal yine ufak bir tebessümle Behlül'e baktı, sonra latif bir hareketle, kırık oyuncağını atan bir çocuk vaziyetiyle ilave etti:

— Artık öyle zannediyorum ki bu oyuncağı atmak lazım geliyor.

Behlül, sakit *[suskun]*, dinlemişti. Telaşsız, hafif ve sakin bir cereyan ile söyleyen Nihal bitirince cevap verdi:

— Lakin işte ben asıl onu atmak istemiyorum, anlıyor musun? Evet, mini mini Nihal, evet Japonya resimlerine benzeyen kız, mademki öyle söylüyorsun öyle olsun. Sen bir oyuncaksın, hayatımda artık yapılan, eğlenilen şeylerden bezildikten sonra tesadüf olunmuş bir oyuncak; fakat kırılıp atılacak bir şey değil, pek kıymetli, hayata tek irtibat bağı olarak alıkonacak, her zaman için, işitiyor musun, en yumuşak, en nazik çiçekler arasında saklanacak bir oyuncak!.. Bilsen Nihal, sana böyle söylerken kendime ne kadar şaşıyorum! Hep değişmiş, başkalaşmış bir Behlül! Çünkü sen beni değiştirdin; evet, evet, büsbütün... Senin çocukluğundan, safvetinden *[saflığından]* bana bir şey sirayet etmiş *[bulaşmış]* oldu; sanki hayatımın birkaç senesi, bütün o boş emellerle dolmuş sahifeleri birden yırtılıverdi. Senin karşına çocuklaşmış, hatta ne için itiraf etmeyeyim, temizlenmiş olarak çıktım. Bana o mini mini elini uzatıverirsen ben kurtulmuş bir adam olacağım. Mesut, artık başka emeller arkasından koşmaya lüzum görmeyecek, kendisine mukadder saadete vasıl olduktan *[ulaştıktan]* sonra orada, bahtiyarlığının içinde yaşayacak bir adam... İtiraf et ki, Nihal, senin de böyle bir ele, böyle bir sıyanet *[koruma]* ve refakat eline ihtiyacın var...

Nihal, gözleri inmiş, eli yeldirmesinin bir kenarını kıvırarak, göğsü ufak bir helecanla şişkin, dinliyordu. Behlül devam ediyordu:

— Evet, ihtiyacın var, Nihal. Ben sanki senin bütün o acılarını, o gizli gizli ağlayan yeislerini *[üzüntülerini]* hissetmiyor muyum? Sen şimdi kendini herkesten, bütün kalplerden uzak buluyorsun; bütün sevdiklerinin arasında yapyalnız... Sen ki sevilmeye o kadar muhtaçsın...

Birden Behlül sustu, daha ziyade eğildi, Nihal'in gözlerini görmek istiyordu:

— Ağlıyor musun, Nihal! Evet, evet, işte ağlıyorsun. Lakin ne için? Mademki bu yalnızlığın içinde seni seven, seni her zaman sevecek bir kalp var. Sen de bir parça, evet, bir parça, seviyorsan... Seviyorsun, değil mi Nihal? Ancak bir parça, bak şimdi gülüyorsun işte... Seninle muhabbetimizin içine girer, etrafımızdakilere dikkat etmeyerek, hiçbir şeye ehemmiyet vermeyerek, onun içine girer, onun içinde, yalnız birbirimizle meşgul, saklanırdık. İşte böyle münevver *[aydınlık]* bir orman, başımızın üstünde bizi ziyalarıyla okşayan bir ay, yeşil bir yuva, bir saadet aşiyanı *[yuvası]* ki hep tekerrür *[tekrar]* eden yıldızlı rüyalarla bizi uyutsun...

Nihal artık ağlamıyordu, gözlerinde henüz bir nem bakiyesiyle, kendisine bu yıldızlı rüyaları vaat eden adama bakıyordu. Şu dakikada bu çocuğun elemli ruhunda nasıl bir sevda ihtiyacı uyanmış idi ki bu saadet zemzemesini böyle bitmez tükenmez saatlerle dinlemek arzusunu veriyordu. Bunu dinlerken iki senelik hüsran hayatını o hayatın işkencelerini düşünüyordu; daha sonra, garip bir hayal hadisesiyle bu düşüncelerinin arasında anne çehresine benzeyen müphem bir gölge görüyordu.

Sevilmek! Sevilmek! Mariz *[hasta]* ruhunda yalnız bu feryat vardı. İşte şimdi onu seven biri vardı, dizlerinin dibinde bu tekrar olunuyordu ve kendisinden, buna mukabil *[karşılık]* yalnız bir parça sevilmek isteniyordu. O da Behlül'ü bir parça sevmiyor muydu?

Kaç kere bunu söylemek için cesaret etmek istemişti, fakat kendisini meneden bir şey vardı. Zannediyordu ki onu söyleyecek olursa Behlül gülecek, eğlenecek, bütün etraftan, bu çamların arasından binlerce istihza *[alay]* kahkahası patlayacak, ona: Lakin çocuk! Seninle eğlendiler, diyecekler. O zaman? O zaman artık ölmek lazım gelecek...

Daha sonra, kalbinde müphem *[belirsiz]* bir şey uzaklardan gelen bellisiz bir ses: «Behlül'den sakın.» diyordu. Bu ne demekti? Bunu ne zaman işitmiş idi? Bu mesut hulyanın içinde rahat bırakmayan bu ses nereden geliyordu?

Ve Behlül'ün hep o rakik, müteessir *[etkili]* sadası o saadet teranesiyle kulaklarını okşuyordu:

— Muvafakat ediyorsun, değil mi Nihal? Söyle bakayım, yalnız bir kelime, bir küçük kelime, ondan sonra buradan kalkar gideriz, arabamıza biner uçarız, ihtiyar halaya: İşte size bir çift bahtiyar getirdik, deriz. Evet, değil mi Nihal?

Nihal başını eğdi ve ta Behlül'ün kulağına, kendisiyle eğlenecek olanlardan saklıyorcasına, bir hafi nefese benzeyen bir sesle:

— Evet, dedi.

O zaman Behlül bu narin, zarif başı iki elleriyle çekti ve ta kaşının ucundan, o incecik çizginin kenarından öptü. Şimdi uzaktan sesler, hayvan hatveleri, kesik kahkaha parçaları işitiliyordu. Nihal ayağa kalkarak:

— Yoldan geçiyorlar, dedi, artık biz de gideriz. Kim bilir ne kadar geç kaldık...

Ağaçların arasından arabanın fenerini gördüler; daha sonra Beşir'in boğuk, medit *[uzun]* bir öksürüğünü işittiler. Nihal:

— Beşir yine öksürüyor, dedi.

Sonra göğsünü göstererek ilave etti:

— Bilir misiniz? O böyle öksürürken burada, göğsümde bir şey yırtılıyor zannediyorum.

20

Nihal sabahleyin kalkar kalkmaz penceresini açtı. Akşamdan karar verilmiş bir işi vardı: Mlle de Courton'a mektup yazmak ve bu defa, o vakte kadar hiç bahsedilememiş bir şeyden, Behlül'den, saadetinden bahsetmek. Karşıda, Heybeli'nin yeşil sırtları, beyaz binaları güneşin mebzul tufanları altında yıkanıyor, hafif bir nesim *[rüzgâr]*, muattar *[güzel kokulu]* buselerle Nihal'in sarı saçlarını öpüyordu ve önünde güneşli mavi dalgalarını seren denize bakınarak beyaz oda, bu sabah handesinde daha başka bir inbisat *[yayılma]* hazzı ile gülümsüyor gibiydi.

Nihal mesut idi; pek iyi bilmeksizin, gece, hemen yemekten sonra, halasından, herkesten, hele Behlül'den kaçmak, sanki mürüvvetsiz *[iyiliksever olmayan]* bir dakikanın sert temasıyla bu nazik saadet rüyasının incinmesinden korkarak odasına çekilmek istemişti ve burada kendisini yalnız bulunca birden taşan bir ihtiyaç ile o dakikada, yanında, bu mahremiyetin samimiyetinde saadetinden bahsolunabilecek birisini istemiş idi, öyle birisi ki onun vücuduyla bu yalnızlık muhtel olmuş *[bozulmuş]* olmasın, öyle birisi ki ona yalnız uzaktan bakan bir hayal-i şefkate *[şefkat hayaline]* benzesin. Mlle de Courton'u düşünmüş idi; söylenecek şeyleri ona söyleyecekti, ona yazarken ihtiyar kızın behiç *[şen]* ve mütebessim *[gülümseyen]* çehresini görecek, onun gözlerinin altında, kitab-ı kalbinde *[kalbinin kitabında]* açılıveren bahar sahifesini takrir edecekti *[anlatacaktı]*. Bu sahife bu saadetler, güneşler vaat eden sahife o kadar meyus ve gözyaşlarıyla harap olmuş sahifelerden sonra geliyor, onların acılıklarına öyle incila *[parlama]* ve neşve ile hatime *[son]* veriyordu ki onu dinlerken ihtiyar kız da Nihal kadar mesut olacaktı. Son gece, mini mini Nihal'ine öyle söylememiş miydi? Onun mesudiyetinden haber aldıkça bahtiyar olacağından bahsetmemiş miydi?

Sonra, yazmak üzere, iskemlesine oturunca, mumunun titrek ziyasıyla gözleri boş kâğıdının üzerine dikilmiş, dalmış ve bu münevver sahifenin ilk kelimesini bulamamıştı. Onda hafi, hallolunamayan bir korku, bu saadetin gaşyeden *[kendinden geçiren]* havasında onu ufak bir lerzişle titreten bir nefes vardı ki bahtiyarlığına büsbütün nefsini teslim etmekten menediyor ve bu yeni şeffaf ufkun üzerine sanki ancak mahsus, ince bir zulmet *[karanlık]* hattı çiziyordu.

Kendi kendisine bu hissi anlamak istemişti. Yalnız kalbinde derin bir ıstırap noktası acılığıyla sızlayan bir şey buluyordu. Bu izdivaç onun değil başkalarının saadeti için düşünülmüş, onlar için yapılmış idi. Bilinemez nasıl muavveç *[eğri]*, muzlim *[karanlık]* izler takip ederek babasını, gizli gizli, Firdevs Hanım'la, Behlül'le bu izdivacı hazırlıyor, büsbütün rahat kalmak için bu hırçın kızdan kurtulmaya çalışıyor görüyordu. O zaman babasına azim bir kin ile düşman oluyordu. Kaç kereler bu hissin sevkiyle, onlardan intikam almak için, bu latifeye nihayet verecek bir isyana cesaret etmek istemiş idi; fakat her defasında onu meneden, galebe çalınamaz *[karşı konulamaz]* bir zaaf ile bu latifenin devamını arzu ettiren bir gevşeklik hissetmiş idi. Behlül'ü seviyor muydu? Kendi kendisine bu suali irat ederken verilecek cevaba kuvvet vermek için başını sallamaya lüzum görerek:

— Zannetmem, diyordu, fakat yine kendi kendisine itiraf olunan bir hakikat vardı: Behlül'ü belki sevmiyordu, lakin onun tarafından sevilmek istiyordu. Bahtiyar olmak için bunu kâfi buluyordu; sonra bu gece o latife, bir hakikatle bitiverince birden Nihal kalbinin o zamana kadar meşkûk *[şüpheli]* kalan satırlarını okuyuvermiş oldu. Evet, o da Behlül'ü seviyordu. Ve kim bilir ne vakitten beri? Evet, onu seviyordu, yalnız ona zevce olabilirdi. Bunu artık itiraf ettikten sonra büyük bir yükten kurtulmuş oldu.

Ve bu, böyle idi de yine bahtiyarlığından bahsedebilmek için bu beyaz kâğıdın üstüne konacak bir kelime bile bulamıyordu. Yazmaktan vazgeçti, sabahleyin yazacaktı, söylenecek şeylerin heyecanı geçtikten sonra sükûn ile yazabileceğinden emin idi; fakat bu sabah, penceresinden geniş bir dalga ile giren güneşin altında, bu mavi denizin karşısında yalnız iki satır yazabildi:

«Matmazel,» diyordu; «nihayet mini mini Nihal'iniz yalnız yaşamaktan vazgeçerek elini birisine uzatıyor, pek tanıdığınız birisine ve mini mini Nihal o kadar bahtiyar, o kadar bahtiyar ki size bu birkaç kelimeden başka yazacak bir şey bulamıyor.»

Nihal giyinirken kapısına vuruldu ve halasının sesi:

— Nihal, açar mısın? diyordu.

Nihal kapısını açtıktan sonra hala perişan bir çehre ile, dağınık beyaz saçlarla girdi:

— Nihal, haberin yok, dedi; Beşir bir fena gece geçirdi ki!.. Dün gece üşümüş olacak bu gece bütün ateşler içinde yandı, yalnız şimdi baygın uyuyor. Nihal sapsarı; gözlerinin etrafında seri ihtizazlar *[titremeler]* uçarak dinliyordu. İhtiyar hala derin bir yeis ile başını sallayarak ve Nihal'in yataklığına dayanarak ilave etti:

— Bu çocuk... Öyle zannediyorum ki...

Bitirmedi. Nihal'le birbirine bakıyorlardı. Nihal ellerini kilitleyerek azim *[büyük]* bir yeis *[üzüntü]* ile:

— Lakin bir çare; bir çare halacığım? Beşir'i kurtarmalı. Değil mi halacığım, Beşir kurtulur, değil mi?

Nihal'de öyle bir meyus telaş, bu istimdadında *[yardım istemesinde]* öyle bir feryat vardı ki ihtiyar hala birden bulunan sükûn ile teminat vermeye lüzum gördü. Şüphesiz o kadar korkulacak bir şey değildi. Tabibe haber gönderilmişti. O katranlar iki gün içinde bile iyi tesirler icra etmişti. Yalnız dün gece, rutubetten öksürükler iştidat etmiş *[şiddetlenmiş]* olacaktı. Bu uykudan sonra büyük bir itidal *[yumuşaklık]* muhakkaktı.

Beşir'i yatağında, baygın, uyuyor buldular. Nihal yatağın yanında, bir kelime söylemeyerek, gözyaşlarını salıvermeye müheyya *[hazır]*, gözleri Beşir'in bir gece içinde süzülüvermiş, büsbütün donuklaşmış çehresine dikilerek, hâlâ gelmeyen tabibe sabırsızlanarak, bekliyordu. Bir aralık Beşir gözlerini açtı, en evvel, donuk, sanki hâlâ uyuyan gözleriyle

Nihal'i gördü; başının bir cehdi *[çabası]* ile doğrulmak, yastığının üstünde kalkmak istedi, sonra yavaşça, dalgınlığının arasında bulanık gözleriyle Nihal'e gönderilecek bir tebessüm bularak tekrar uyudu. Nihal istimdat ederek etrafına bakıyordu. O zaman Behlül'ü tahattur etti *[hatırladı]*. O nerede idi? Nesrin haber verdi. İskeleye gitmişti.

Tabip uzun, bitmek tükenmek bilmeyen intizarlardan *[bekleyişlerden]* sonra geldi. Nihal hep ayakta, yatağın yanında, uyuyan Beşir'e bakarak beklemişti. Muayenede bulunabilmek için kuvveti kifayet etmedi. Odanın kapısında bekledi. Tabip onu temin etti:

— Sizi beyhude korkutmuş, dedi; biraz dikkat, biraz soğuktan, hususuyla *[özellikle]* –söylerken gülüyordu– gece seyranlarından tahaffuz *[gezintilerinden sakınmak]*...

İkmal etmiyor *[tamamlamıyor]*, küçük bir tebessümle zayıf bir ifakat *[iyi olma]* ümidi bırakarak Nihal'in elini sıkıyordu:

— Ondan sonra, küçük hanım, diyordu, hasta odaları hiçbir vakit, hiç kimse için pek iyi bir yer değildir. Anlıyorsunuz, değil mi?

Nihal dinlemiyor, işitmiyordu. Tekrar Beşir'in odasına girdi. O, uyanık, yatağının içinde oturuyordu. Nihal'i görünce güldü. Tabibin yalnız odadan bir geçmesiyle Beşir iyi olmuş gibiydi. Nihal:

— Nasılsın Beşir, dedi.

Beşir cevap vermeden evvel etrafına baktı ve odada Nesrin'den başka kimse görmeyerek Nihal'e:

— Buradan gidelim küçük hanım, dedi.

Nihal:

— Şüphesiz, gideceğiz elbette, fakat birkaç gün sonra; sen biraz kalkmalısın, davranmalısın, diyordu. Beşir hep başını sallıyordu. O bugün, hemen şimdi gitmek istiyordu. Hiçbir şeyi yoktu, şimdi isterse ayağa kalkacaktı. Nihal gülüyor, onu bir çocuk aldatırcasına hiçbir şey vaat etmeden her şeyi umduran kelimelerle oyalıyordu.

Bugün öyle yemeğinde Nihal, ihtiyar hala ile yalnız, karşı karşı, bir kelime söylemeyerek, zihninde bütün Beşir, hemen hiçbir şey yemedi.

★ ★ ★

Nihal öğle uykusundan sonra odasından çıkarak Beşir'den haber almak üzere iniyordu, birden köşkün önünde bir arabanın tevakkufunu *[durmasını]*, bir dakika sonra Bülent'in sesini işitti ve atıldı:

— Bülent! Sen misin Bülent?..

Bülent, Behlül'le beraberdi. Dün akşam gelmediğine nedamet *[pişmanlık]* etmiş, sonra bugün ablasına koşmak için Köprü'ye inmiş idi. Bülent anlatırken çehresinde ezberlenmiş bir mudhike *[komedi]* oynayanlara mahsus bir şey vardı, ara sıra Behlül'e bakarak gülümsüyor gibiydi. Nihal dikkat etmeyerek, hatta tamamıyla dinlemeyerek onlara Beşir'den bahsetti:

— Artık Beşir! Kimbilir, diyor ve kendine mahsus asabi vaziyetiyle ellerini kilitleyerek cümlesini müthiş ve muallak *[sonuca bağlanmadan]* bir sual halinde ikmal etmiyordu *[tamamlamıyordu]*.

Bülent, Beşir'in odasına gitmek için yürüdü, Nihal de tekrar buraya avdet etmek için bir hareket etti, fakat Behlül elini uzattı ve onu tevkif ederek *[durdurarak]*:

— Nihal, dedi, seni bugün burada yalnız bırakmaya mecbur oluyorum, şimdi İstanbul'a inmek lazım geliyor.

Sesinde öyle garip bir kuruluk vardı ki Nihal şu cümleden ziyade bu sesten tuhaf bir tesir hasıl etti. Ufak bir sükûttan sonra:

— Sizi bugün hep burada kalacaksınız, zannediyordum, dedi.

Behlül o zaman dolaşık, uzun cümlelerle izah etti. Tamamıyla unutulmuş bir iş vardı ki demin birdenbire kendisini iskelede görünce aklına gelmiş idi. Eğer mini mini Nihal'den izin almaya lüzum görmemiş olsaydı hemen vapura atılıp gidecekti. Fakat yarın akşam, elbette, artık onu alıkoyacak bir sebep kalmayarak...

Nihal zapt olunamayan bir sayha *[haykırma]* ile:

— Demek yarın akşam geleceksiniz, dedi, sonra birden kıpkırmızı olarak, şüphesiz kalbinin bu safvetinden utanarak kayıtsız görünmüş olmak için ilave etti:

— Size bir zahmet versem yaparsınız, değil mi? Geçerken posta kutusuna atılacak bir mektup! Bilirsiniz a, kime?..

Nihal, Behlül'ü daha ziyade söyletmek istemedi. O söylerken, bir dakika evvel o izahati *[açıklamayı]* verirken, kendisini mustarip eden bir şey hissetmiş idi. Biraz daha evvel pek dikkat etmeksizin Bülent'i dinlerken de ona benzer bir his kalbini tırmalamış idi. Mektubu almak için odasına çıkıyordu, Behlül onu takip etti. Behlül soruyordu:

— Sana ne getireyim, Nihal?..

O zarfı kaparken cevap veriyordu:

— Her şey yahut hiç, bir şey getirmeyiniz; mektubumu unutmayınız, yetişir...

Sonra bunu söylerken birden bu mektubu düşündü. Bu mektup onun saadeti müjdesini isale *[ulaştırmaya]* memur olan bu kâğıt parçası!.. Bilinemez nasıl, kalbinden ancak bir saniye içinde geçen bir hiras raşesi *[korku titreyişi]* arasında bu mektubu artık bir parça yalan olmuş buldu; fakat bu his o kadar bellisiz bir iz bırakarak o kadar çabuk geçmiş idi ki Nihal'i, onu Behlül'e uzatmaktan menedemedi. Behlül cebinden cüzdanını çıkarıyor, tuhaf vaziyetlerle fazla ihtiyatlar *[tedbirler]* alıyor görünerek Nihal'in küçücük mektubunu kaybolmayacak masun *[korunan]* bir yere koymaya lüzum görüyordu:

— Burada, diyordu; mini mini Nihal'in mektubu artık kaybolamaz. Behlül dünyanın içinde, dünya göklerin içinde kaybolabilir; Mlle de Courton'un mektubu yine buradan kaybolamaz.

Nihal müphem *[belirsiz]* bir tebessümle gülüyor, fakat cevap vermiyordu. Behlül cüzdanını çıkarırken bir küçük kâğıt parçası yavaşça kaymış, hemen oraya, Behlül'ün ayaklarının dibine düşmüş idi. Nihal bunu görür görmez:

— Bir kâğıt düşürdünüz, demek için ağzını açmak üzere idi, sonra birden doğuveren bir his onu tevkif etti. İstedi ki bu kâğıt orada kalsın, onu görsün, okusun. Öyle zannetti ki bu kâğıt ona Behlül'ün ne için gitmek istediğinden bahsedecek... Demin kendisine gösterilen sebepler asıl söylenmemek istenen bir sebebi saklamak için tertip olunmuş *[düzenlenmiş]* şeylerdi, bundan emindi. Sonra Nihal'de kısa bir mücadele başladı. Başkasına ait bir şeye nasıl elini uzatacaktı? Kendisinden saklanan bir şeyi ne hak ile alacaktı?

Bu suallere cevap vermemek için Behlül'ün artık orada durmamasını, hemen çıkıp gitmesini arzu ediyordu; o gittikten sonra, bu kâğıtla yalnız kalınca, artık tecessüs *[merak]* galebe çalacak, onu okuyacaktı. Birden, bu, o kadar ehemmiyet kesp etti *[kazandı]* ki eğer onu okuyamamak lazım gelse çıldıracağına, yaşayamayacağına hüküm verdi.

Behlül cüzdanını cebine koymuş idi, hâlâ kâğıdı görmüyordu:

— Bana gücenmedin, değil mi Nihal, diyordu. Nihal cevap vermek için kuvvet bulamadı, başıyla cevap verdi. Sapsarıydı. Behlül çıkarken Nihal bütün mafsallarını *[eklemlerini]* gevşeten bir zaaf ile duvara dayandı. Nihayet kâğıt orada kalmış idi. Dakikalar geçtikçe onun ehemmiyeti artıyordu, sanki onda birçok garip sırlar vaat eden bir hain tebessüm vardı. Nihal'in kulaklarında bir şey uğuldayarak, hareketsiz, göğsü bir helecan ile şişkin, dinliyordu. Behlül'ün evden çıkmasına muntazırdı. Daha evvel cesaret edemeyecekti. Uzun dakikalar geçti. Sonra bir araba gürültüsü işitildi. Nihal pencereye koştu. Arabada Behlül başını çevirerek eliyle onu selamladı, bir dakika sonra bir toz kasırgası içinde kayboldu. O zaman Nihal kâğıda koştu, onu aldı, açtı, evvela donuk bir zihinle, bulanık gözlerle, sanki bir bulut içinde, anlamayarak okudu. Yalnız iki satırdan ibaret bir şeydi. «Hepsini itiraf etti. Artık o tasavvur *[niyet]* mümkün değil. Bu akşam her halde burada bulununuz.»

Nihal geniş bir nefesi inşirah aldı. Bunda hiçbir şey yoktu, sonra ancak bir saniyelik bir inşirahı müteakip kalbine ateşnâk *[ateşli]* bir şiş saplanıyor zannetti. Birden bu iki satır müthiş bir kitab-ı hakikat *[gerçek kitabı]* kesilivermiş idi. Tekrar okudu. İmza yoktu. İnce, büyümek için kuvvet bulamayarak kavrulmuş çocuklara benzeyen harflerden mürekkep *[karışık]* bir yazı, bir kadın yazısı, Firdevs Hanım'ın yazısı...

Evet, bu Firdevs Hanım'ın yazısıydı. Nihal bu iki satırın altında şimdi bir imza değil, Firdevs Hanım'ın kendisini, çehresini, hain nazarlarıyla bir muzlim *[karanlık]* kuyunun içinden bakıyor zannolunan gözlerini görüyordu.

Artık mümkün olmayacak olan tasavvur neydi? Kim hepsini itiraf etmiş idi. Elinde kâğıda bakarak ondan daha ziyade esrar istiyor, ona: «Söylesene! Ne için susuyorsun? Artık sen de hepsini itiraf edebilirsin!» diyordu.

Sonra birden, sanki bu kâğıt parçası yırtılarak, ortasından Bihter'in çehresi çıktı. Bihter, evet, Bihter'di, itiraf eden oydu. O zaman Nihal'in beyninin içinde bir bulut, her şeyi dumanlandıran, siyah bir örtü ile boğan bir bulut parçalandı. Artık düşünemiyor, şimdi, zihninde patlayarak başını kırmak isteyen sualleri işitmemek için çalışıyordu ve yine o asap buhranı zamanlarında ensesinden saplanıyor zannolunan çiviler, yavaş yavaş dönen, döndükçe daha ziyade saplanarak delen burgularıyla beynini deliyordu.

Birden ayağa kalktı ve elinde kâğıdı sıkarak:

— Ben de, ben de gideceğim, dedi.

Yüksek sesle söylüyordu. O zaman, artık zihninde gitmek kararından başka bir şey yaşamayarak, giyindi. Halasına ne diyecekti? Elbette denecek bir şey bulacaktı. Nesrin'e bağırdı. O gelince kati sesiyle:

— Gidiyoruz, dedi.

Ve onun hayretine kızarak birden hiddetlendi, kısılan sesiyle bağırdı:

— Ne duruyorsun? Ne için öyle yüzüme bakıyorsun? Sana söylüyorum, gidiyoruz, anlamıyor musun? Hemen şimdi...

İhtiyar hala, Nihal'in sesini işiterek koşmuş idi. Bu hemen verilivermiş kararı anlamıyor, kendisine gücenildiğine atfediyor, Nihal'den izahat istiyordu. Nihal hazırlanmakta devam ederek:

— Hiç, hiç, diyordu; hiçbir sebep yok, sizi nasıl temin edeyim, halacığım? Haniya benim arada sırada nasıl tuhaf fikirlerim vardır. İşte onlardan biri, öyle bir fikir! Yarın sabahleyin yine avdet edeceğim *[döneceğim]*...

Hararetli hararetli, kesik kesik söylüyor, sonra geçerken kendisine anlayamayarak bakan halasını öperek kapıdan Nesrin'e sesleniyordu:

— Ne kadar uzattın, Nesrin? İşte sen böylesin.

Artık yapacak bir şey kalmayınca, arkasında çarşafıyla, halasının karşısına oturdu ve kuru gözlerle ona bakarak, bir kelime söylemeksizin, sağ ayağının seri darbecikleriyle tahtaya vurarak, bekledi. Hala tekrar sordu:

— Demek hiçbir sebep yok?

Nihal gözlerini süzerek, başını sallayarak sakit *[sessiz]* bir cevapla: «Hiç! Hiç!» demek istiyordu. Odaya Bülent girdi. Bir şey söylemeden ablasına baktı. Nihal onu sanki görmemişti. Bu oyuna, velev *[hatta]* masum olsun, tavassut *[aracılık]* eden bu çocuk, kendisini bedbaht etmek isteyenlerle iştirak eden *[katılan]* bir müttehim *[suçlu]* hükmünde idi. Bülent anlamayarak demin Behlül'ün, şimdi Nihal'in bu azimetleriyle *[gidişleriyle]* Firdevs Hanım'ın o küçük tezkereyi *[belgeyi]* göndermek için kendisini buraya kadar sevk etmiş olmasının büyük bir münasebeti olduğuna hüküm veriyordu. Neydi o küçük kâğıt parçası ki böyle halasının asude *[sakin]* köşkünde birden bir fırtına gibi patlayıvermiş idi?

Nihal'e söz söylemeye cesaret edemeyerek istifsar eden *[soran]* gözlerle bakıyordu. Nihal'in gözleri hep kendisinden kaçındı. Yalnız Nesrin hazırlanmış olarak çıkınca Bülent cesaret ederek sordu:

— Abla! Beni de beraber alır mısın?

Nihal yalnız bir kelime ile, kati ve itiraz kabul etmeyen bir kelime ile cevap verdi:

— Hayır!..

Halasıyla öpüştüler:

— Bir iki gün sonra yine buradayım, hala! Benim beyaz odama dokunmayınız, diyordu; sonra ta merdivenin altında bir şey tahattur ederek *[hatırlayarak]* arkasından inen halasına döndü, ilave etti:

— Beşir'ime iyi bakarsınız, değil mi hala? Ben asıl sizin için fakat bir parça da onun için avdet edeceğim...

Nihal halasına eliyle son bir selam göndererek sofanın kapısından geçerken medit *[uzun süren]* bir hayretle donup kaldı. Karşısında Beşir vardı. Şimdi pek bol gelerek üzerinde bir cübbe genişliğiyle duran elbisesini giymiş, hazırlanmış, dudakları, o zavallı kavrulmuş soluk dudakları beyaz dişlerini mesut bir tebessümle açarak, gözlerinde onu dirilten, yeni bir hayatın şulesini *[alevini]* uyandıran bir hande *[gülüş]* ile, Beşir orada idi; o da beraber gidecekti...

Nihal:

— Mümkün değil, diyordu. Beşir hep o tebessümüyle, hep o hande şulesiyle, birinci defa olarak Nihal'e itaat etmiyor, yapacağından emin bir adam kuvvetiyle bir kelime söylemeyerek Nihal'in el çantasını alıyordu. Bütün ısrarlar onun inadına karşı tesirsiz kaldı.

O, yoldan geçen bir arabaya seslenmiş, kimseyi dinlemek istemeyerek köşkün merdivenlerini inmiş idi. Nihal'le Nesrin takip ettiler. Vapura yetişemediler. Nihal bunu düşünememişti. Behlül'le bir vapurda bulunmamak ancak tesadüfün bir lütfuydu. İskelede, hamallar içinde bekledi. Vapur, iskeleyi terk edinceye kadar Nihal'i düşünmekten meneden bir şey vardı. Nesrin iki üç kere Nihal'i söyletmek istemişti, o yalnız kaşlarını kaldırarak susuyordu. Ensesinde beynini delen ağrılardan mustaripti. Vapur hareket edince makinenin gulgulesi *[gürültüsü]* onu sanki bir rüyadan uyandırdı. Yerinde doğrularak baktı. Nesrin ile yalnızdı. O da kendisine bakıyordu. Tekrar Nihal'den sordu:

— Niçin böyle birdenbire gitmeye kalktınız, sanki? Yoksa yalıdan bir haber mi geldi?

Nihal, sakin, cevap verdi:

— Hayır, hiçbir şey yok. Sonra birden hiddet etti, böyle istintak edildiğine *[sorgulandığına]* kızıyordu. Önünde bir alay niçinlere tesadüf etmeksizin bir adım atmak mümkün olmuyordu. Şimdi herkes onun işine karışıyordu. Canı inmek istemişti, iniyordu, sonra? Bu kadar adi bir şeye neden karışıyorlardı? Şimdi evde de herkes soracaktı. En evvel babası...

İşte bakınız, ona asıl ona böyle inmek istediğinin sebebini anlatacaktı. Ve Nesrin'in yüzüne haykırarak:

— İşitiyor musun? Asıl ona, diyordu.

Birden boğazında bir şey tıkandı. Bir gözyaşı tuğyanı ile taşacak zannolundu, sonra bu ukde *[düğüm]* boğazında kilitlendi ve ağlamayarak, bir kelime ilave etmeyerek başını arkasına dayadı, gözlerini kapadı, vapurun sallantısıyla hafifçe sallanarak düşünmek istedi.

Evet, ne için iniyordu? O iki satırı görür görmez her şeyden evvel aklına Ada'dan gitmek, eve dönmek fikri gelmiş ve bu fikir geldikten sonra başka bir şey düşünmeye vakit bulamamış idi. Şimdi ne yapacaktı? Bu sual zihninde tırmalayan bir kalemle irtisam ederken kendisini babasının karşısında görüyordu. O kâğıdı avucunun içinde buruşturarak babasının yüzüne atacaktı:

— İşte, kızınızın hayatını böyle ezdiniz, buruşturdunuz, bir paçavra yaptınız; şimdi artık onu pencereden atabilirsiniz, diyecekti.

Demek, bu annesinin yerine gelen kadın, bu babasının karısı, bu her şeyi onun elinden yavaş yavaş, insafsız bir gazap ile birer birer alan mahluk nihayet son saadeti de almak için tırnaklarını uzatıyordu. Demek onu aldatmışlardı? Demek bu izdivaç bir latife idi? Hain, onu öldürmek için tertip edilmiş bir müthiş oyundu?

Dizlerinin dibinde Behlül'ü görüyor, onun yalvaran, derin bir rikkat *[incelik]* içinde titreyen sesini işitiyordu. Behlül ona yeşil bir ay altında bir aşk yuvası hararetiyle açılan ormanın eteğinde:

— Seni seviyorum, mini mini Nihal, diyordu. Lakin şimdi, evet şimdi, bu sabahtan beri, o gittikten sonra, o da Behlül'ü seviyordu. Hatta anlıyordu ki onu her zaman sevmiş idi. Onun için saadet imkânı yalnız bu izdivaçta idi. Bu sabaha kadar nasıl bahtiyar idi! Mlle de Courton'a yazılan mektubu düşündü: Mini mini Nihal o kadar bahtiyar, o kadar bahtiyar ki, demişti. Yarım saat sonra mini mini Nihal o kadar bedbaht, o kadar bedbaht olmuş idi ki...

Yalancı kâğıt! Ve acı bir tuhaflıkla bu kâğıt şimdi Behlül'ün cebinde, o yalan saadet müjdesiyle gizli gizli gülüyordu. Birazdan Behlül'ün elleri onu posta kutusuna atacaktı. Birkaç gün sonra o yalan söyleyen kâğıt da uzaklarda Nihal'i düşünen birini aldatırken, kimbilir, Nihal burada ne olacaktı?

Demek bu izdivaç olmayacaktı? O iki satırı zihninde tekrar etti: «Hepsini itiraf etti... Artık o tasavvur mümkün değil... Bu akşam her halde burada bulununuz!»

Birden kalbi bir ümitle titredi. Belki bu hiçbir şey değildi! İhtimal başka bir tasavvurdan, ona hiç taalluku *[ilgisi]* olmayan şeylerden bahsediliyordu. Sonra bu ümide karşı kalbinde hain bir sesin istihza *[alay]* kahkahasını işitiyor ve bir demir elin göğsünü delerek ciğerlerini söktüğünü hissediyordu. Ve bir saniye içinde, bilinemez nasıl serseri birtakım fikirlerin birbirine iltihakından *[karışmasından]* tutuşan bir vukuf leması *[anlama parlayışı]* içinde bu iki satırın arasında gizlenmiş hakikati, asıl o müthiş hakikati gördü. Bu ancak bir saniye içinde parlayan bir şerare *[kıvılcım]* idi. O zamana kadar yalnız kendisini bedbaht etmeye çalışan bir kadının hıyanet-i simasından *[yüzünün hainliğinden]* başka bir şey görmemişti. Bu simanın arkasında şimdi o mülevves *[kirli]*, o çirkin hakikatin çehresini gördü.

Demek böyle idi?..

Gözlerini açarak Nesrin'e baktı. İhtimal bu hepsini biliyordu. Yalnız o değil herkes, herkes biliyordu, ancak kendisinden saklamışlardı. Onu daha ziyade bedbaht etmek, daha nafiz *[içe işleyen]* bir silahla öldürmek için. Onunla beraber aldatılan bir bedbaht daha vardı: Babası!.. Biçare adam! Sonra birden onunla beraber, aynı darbe ile bedbaht olmakta garip bir tesliyet *[avunma]* buldu. Bu darbe onu öldürecekti, fakat babasından intikam almış olarak... Bu, kalbini öyle vahşi bir lezzetle dolduruyordu ki babasından intikamını alarak onu öldürecek olan bu darbeyi takdis etti *[yüceltti]*.

Nihayet o hak ve zafer, ihraz etmiş *[kazanmış]* oluyordu; ölerek, can vererek, fakat nihayet anlaşılmış olarak! Babasına gülerek koşacaktı, kâğıdı ona gösterecekti:

— İşte, diyecekti, görüyor musunuz? Behlül kızınıza koca olamayacak, çünkü o annemin yerine gelen kadının âşığıdır. Bu, mini mini Nihal'inizi bir parça öldürecek, fakat ne beis *[sakınca]* var? Mademki siz İstanbul'un en nefis kadınına malik *[sahip]* oldunuz...

Bunu söylerken nasıl gülecek, sonra böyle gülerken bu babanın ayaklarına düşerek hep öyle, ölmekten mesut, kahkahalarının içinde, ne kadar bahtiyar, can verecek! Evet, işte Ada'dan bunun için kaçmak, eve bunun için avdet etmek *[dönmek]* istemişti. Babasından intikamının tamam olması için ölmesi lazım geliyordu. Bu fikre karşı bir tesliyet hiffetiyle *[hafifliğiyle]* ayağa kalktı. Artık düşünmemek için pencereden baktı. Vapur Heybeli'den, acele etmeyerek, konuşa konuşa binen yolcuları alıyordu. Uzun uzun bunları seyretti. Vapur iskeleden ayrıldıktan sonra o hâlâ gözlerinin önünde kaçışan dalgalara bakıyordu. Berrak bir sabahtan sonra havada şimdi bir bulanıklık, yağmura bir istidat *[eğilim]* vardı. Zihninde hiçbir şey olmayanlara mahsus bir kayıtsızlıkla havaya takayyüt etti *[dikkat etti]*, uzun uzun etrafa mütekarrip *[yaklaşan]* bir yağmur haber vererek dağılan dumanları takip etti, dönerek Nesrin'e:

— Galiba yağmura tutulacağız, dedi; yazık yeni çarşafına!..

Şimdi çarşafına, bu bahar için Bihter'le beraber yapılan bellisiz yeşil kumlu nefti çarşafına acıyordu. Sonra birden kendi kendisine:

— Mademki artık öleceğim, dedi. Demek biçare Nihal artık sahih ölecekti. Bu nefti çarşafı bir öksüz kıza verirlerdi. Sonra bütün o sevilerek yapılan elbiseler, çarşaflar, o çekmesinin gözlerini dolduran bin türlü ufak tefek, hepsi birer birer hatırına geldi. Bunlar artık hep beyhude, atılacak, öksüzlere verilecek şeylerdi. Halbuki bunların hepsinde onun bir gönül rabıtası *[bağı]* gizliydi, onlarla kalbinin arasında sıkı münasebetler vardı. Bunları, hatta bundan sonrası için düşünülen şeyleri, hepsini unutmak lazım geliyordu. Kadife kaplı iri bir kutu birden gözlerinin önünde açılıyor, ona yeşil gözlerinin münevver *[ışıklı]* handeleriyle bakıyordu. Ve bundan, bu zümrüt takımından da vazgeçilecekti; mademki artık gelin olmayacaktı.

Demek böyle idi?

Zihninde şimdi bu sual tekrar canlanıyordu, yine oturmuş, yine vapurun sallantısıyla hafif hafif sallanarak gözleri kapalı, düşünüyordu. Mütehacim bir teakuba *[saldırgan bir takip etmeye]* hatırasında küçük küçük tafsilat *[ayrıntılar]* uyanıyordu. Şayeste ile Nesrin'in o zaman anlaşılmayan, ancak şimdi birer mana kesp eden sözlerini tahattur ediyor, sonra onun mutasavver *[niyetlenilmiş]* izdivacından bahsedilirken Şakire Hanım'ın gözlerinin ucuyla garip birisini göstererek «E?..» deyişini görüyordu. Birden aklına mendil geldi, bir gün Behlül'ün odasında, onun elinde görülmüş o ıslak mendil. O gün bu mendilin hiçbir manası yok iken yine onu meşgul etmiş idi. Bir şey düşünerek değil, yalnız Bihter'in mendilinin orada, Behlül'ün elinde bulunmuş olmasından mütevellit *[doğan]* bir eza duymuş, sonra bunu tamamıyla unutmuş idi. Şimdi, aylardan sonra bu manasız şeyi, şu dakikada, bu düşüncelerin, bu işkence saatinin arasında neden tahattur etmiş idi?

Demek o daima Behlül'ün odasına gidiyordu. O halde onu, evet bu her şeyden habersiz çocuğu ne için aldatmışlardı? Demek Behlül onu sevmemişti. Sevmiyordu; dün gece, dizlerinin dibinde yalan söylüyordu? Doğruldu, gözlerini açarak ta ruhunun sızlayan bir yarasından kopup gelen feryadı zapt etmek için kıvrandı. Nesrin karşısında uyukluyordu.

Onun karşısında hep böyle uyumuşlardı. Lakin artık onları uyandıracaktı; hele babasını, evet, babasını gidip artık sarsacak ve:

— Artık uyanınız, diyecek; işte vakit geldi, kızınızı öldürdünüz.

Ağlayamıyordu, hep boğazında onu tıkayan bir ukde *[düğüm]* vardı ki gittikçe daha ziyade sıkışarak onu boğmak istiyordu. Ve hep kuru gözleriyle, uyuklayan Nesrin'e bakarak ellerini göğsüne basıyor; artık bir karışıklık içinde, müzdehim *[kalabalık]*, perişan bir cereyan ile zihnini dolduran düşünceler arasından, uzun uzun fasılalarla *[aralıklarla]* silkinerek kendi kendisine soruyordu.

Demek böyle idi?

★ ★ ★

Boğaziçi vapurunda geniş bir nefes aldı. Nihayet geliyorlardı. İkide birde başını çevirerek pencereden bakıyordu. Onu düşünmekten meneden geveze hanımlarla beraberdiler. Beşiktaş'tan binen bir hanım vardı ki Nihal'le beraber Köprü'den binen iki hanıma bir dakikalık bir muarefeden *[tanışmadan]* sonra veremden ölmüş bir kızının faciasını anlatıyor ve ağlıyordu. Nihal pencereden Beylerbeyi'nin üstünde azim siyah bir küme halinde, muallakta *[boşlukta]*, parçalanmaya müheyya *[hazır]* duran buluta bakarak kendi kendisine:

— Ölmek, veremden ölmek, genç, henüz bir çocuk iken, ne güzel, diyordu. Ve babasını ağlıyor görüyordu.

Daha sonra Küçüksu Köşkü'nü[77] gördü, gözleri bir şey arayarak Göksu'nun methalini *[girişini]* uzun uzun seyretti, burada verilen ziyafeti tahattur ediyordu. En evvel o gün sabahleyin taşmış idi. Biçare Mlle de Courton, Nihal'in taşkınlıklarına mâni

---

(77) Anadolu Hisarı ile Kandilli arasında bulunan bir mesire yeri ve burada bulunan köşk.

olabilmek için ne kadar telaş etmiş idi. O da, evet o da bütün hakikati biliyordu. Onun kulağına o cümleyi söyleyen o idi: Behlül'den sakın!.. Bu cümleyi ihtiyar mürebbiyenin sesiyle işitiyordu ve asıl şu dakikada bu iki kelimenin içinde mühlik muhataralar *[öldürücü tehlikeler]* haber veren manalar buluyordu. O gün Göksu'da, ağacın dibinde, yüreğinin üzerinde birer taş sıkletiyle *[ağırlığıyla]* duran o küçük kederlerini söylerken ihtiyar kız onu nasıl bir şefkat nazarının sıcak deraguşlarıyla tesliye etmiş *[kucaklamalarıyla avutmuş]* idi; şimdi o yüreğini koparan, ezip hırpalayan artık o küçük kederlerden biri değildi, bütün hayatının, bütün saadetinin bir inkırazıydı *[bitmesiydi]*. Bu adam, daha dün gece onu uyuşturan bir zemzemenin *[ezginin]* kanatlarıyla yeni açılan parlak bir ufka götüren Behlül, demek sakınılacak bir yırtıcı mahluk idi ki onun biçare masum kalbini yırtmak, son katresine *[damlasına]* kadar onun kanını içmek istemişti. Ve bu canavarı Nihal sevmişti. Sahih sevmiş miydi? Kendi kendisine:

— Hayır, aksine diyordu; şimdi ona adavet *[düşmanlık]* ediyorum.

Göksu, Hisar'ın(78) eski duvarları, ta uzaklarda kalmıştı, o hâlâ dalgın gözlerle bakıyordu. Geldiklerini Nesrin haber verdi. Nihayet, evet nihayet gelmişlerdi. Rıhtımda, öksürmemek için bol esvabının içinde omuzlarını kısarak Beşir önden yürüyordu. Nihal yalının pencerelerine bakıyordu. Birden kendi kendisine sordu:

---

(78) Burada Anadolu Hisarı kastediliyor.

— Ya değilse, ya olmayacak bir şüphe üzerine yanılmışsa!..

Bu tezkere bugün gelmiş bir şey olmayabilirdi. Kim bilir ne zamana ait, nasıl bir meseleye dair bir şeydi. İhtimal Behlül bugün onu bırakmak için mücbir *[zorunlu]* bir işini tahattur etmiş idi *[hatırlamıştı]*. Belki bir dakika sonra yalıda her şey mutat *[alışılmış]* halinde bulunacaktı ve Behlül orada olmayacaktı, hatta gece bile gelmeyecekti. O zaman ne kadar sevinecekti. Bu çocukluğuna gülecek ve sebebini söyleyemeksizin Behlül'den af isteyecekti:

— Beni affediniz, işte yalnız o kadar, diyecekti. Hatta ondan sonra Bihter'i bile sevecekti, onun masumiyeti tahakkuk ettikten *[anlaşıldıktan]* sonra şimdiye kadar kendisini Bihter'i sevmekten meneden bütün çocuklukları unutacaktı.

Yalıda, karşılarına gelmek için merdivenlerden atılarak koşan Şayeste'den sordu:

— Behlül Bey geldi mi?.. Şayeste hayret etti. Behlül Bey kaç günden beri görünmemişti. Ada'da değil miydi?

Nihal onun suallerine cevap vermiyordu. O gelmemişti. Ona bu lazımdı. Şayeste'nin boynuna atılacak onu öpecekti. Gelmemişti ve gelmeyecekti. Şimdi Nihal bundan emin idi. Kendi kendisine:

— Ne çocukluk, diyor ve çarşafını Nesrin'in kollarına atarken bu çocukluğa gülüyordu.

Adnan Bey, Bihter'le beraber Firdevs Hanım'ın yanında idi. Bihter sofaya çıkınca hep şaştılar. Nihal gülüyordu; babasına:

— Sizin için –sonra diğerlerine bakıp ilave ederek– hepiniz için geldim, diyordu, yarın sabahleyin Nihal yine kaçacak.

Bihter'le öpüşmüştü, Firdevs Hanım'a alnını uzattı, sonra beyaz odasını, ihtiyar halasını, seyranlarını *[gezinmelerini]* geveze bir kanarya şuhluğuyla anlattı. Tuhaf kelimeler buluyor, halasının taklidini yaparak kesik kahkahalarla gülüyordu. Hatta Bihter'e akşam Behlül'le beraber çamlığa çıkarken bir garip tesadüf vuku bulduğundan *[olduğundan]* bahsederek:

— Keşfediniz bakalım, kime tesadüf ettik, diyordu. Bihter sapsarı, yalnız Nihal'in Behlül'le beraber araba ile gezdiklerine dikkat ederek takayyüt etmiyor *[ilgilenmiyor]* görünmemek için: «Kime?» diyordu.

Adnan Bey gülerek soruyordu:

— Demek nişanlılar dün akşam seyrana çıktılar?

Nihal ona yalnız bir kahkaha ile cevap vererek Bihter'e tesadüfünü anlatıyordu. Birden kendisini tamamıyla saadetine avdet etmiş *[mutluluğuna dönmüş]* buluyordu. İçinde öyle bir sevinç vardı ki onu babasını, Bihter'i, Firdevs Hanım'ı öpmeye, sonra:

— Haberiniz yok, ben asıl öyle bir çocuklukla indim ki, demeye sevk ediyordu.

Bihter'e anlatırken kendi kendisine karar veriyordu:

— Yarın sabahleyin yine Ada'ya... O, şüphesiz buraya uğramadan doğru Ada'ya avdet edecek.

Sonra birden, o behiç, saadet nasıyesinde *[alnında]* bir keder hattı çizildi:

— Ah, dedi, size Beşir'den bahsetmedim, lakin Beşir ölüyor.

O zaman uzun uzun anlattı. Beşir'i görmek istediler, Nesrin'i gönderdiler, Adnan Bey tabibe haber gönderilmek üzere Bihter'den rica ediyordu. Nesrin haber getirdi; Beşir avdet eder etmez, başı dönmüş, titreyerek, hatta soyunmadan yatağına girmiş idi.

Hep telaş ettiler. Adnan Bey'le Bihter koştular, Nihal onları takip ediyordu, sonra birden dönerek Firdevs Hanım'ın yanına geldi ve kulağına eğilerek:

— Babama söyleyiniz ki Nihal muvafakat etti *[razı oldu]*, dedi ve kaçtı.

21

Ana ile kız arasında izahat seri ve şedit *[şiddetli]* oldu. Behlül'le son mülakattan başlayarak, bir müddet eğlenmeye vasıta ittihaz edilen *[sayılan]* ve artık usanılan aşkı, bir hakaret sillesi içinde iade olunacak mülevves bir şey gibi yüzüne fırlatıldıktan sonra bu kadında yalnız bir his yaşamaya başlamıştı: İntikam... Ondan, onlardan intikam almak! Bu hissin içinde Behlül'le Nihal'i birleştiriyor, onları aynı gayz *[öfke]* ve adavetin *[düşmanlığın]* mengenelerinde boğmak istiyordu.

Bu aşk onun her şeyiydi. İzdivacında bütün aldanan emellerini bu aşka koymuş, ona bütün ruhunu, bütün benliğini vermişti. Behlül'le bu aşk aynıyla Adnan Bey'le o izdivaç kabilinden başlamıştı. Melih Bey takımının bütün irsi menkulatına malik *[soya çekimle taşınanlara sahip]* olarak doğan bu kadına güzide *[seçkin]* bir izdivaç lazımdı, bu izdivaç ki altından küçük bir anahtarla gelsin. Bu izdivaç ancak bir Adnan Bey'le mümkün olabilirdi. Başka hiçbir şey düşünmemiş, Adnan Bey'e elini uzatmıştı. Fakat anlamakta gecikmemiş idi ki elini uzatmakla kalbini vermiş olmuyor. O mini mini altın anahtar bütün emellerinin önünde kapıları açmış idi, fakat o emellerin demir kapılarını en hafif bir temasıyla inkıyada *[boyun eğmeye]* mecbur eden altın parçasının karşısında kalbi, kendi kalbi mesdut *[kapalı]* kalmış idi. O zaman bu izdivaç ile boş kalan gönül boşluğunu, o aşksızlıktan mütevellit boşluğu doldurmak için izdivacının yanında bir garam *[aşk]* hayatı icat etmek lazım gelmiş idi. Bunu uzaklarda aramak icap etmiyordu. Eteklerinin etrafında arzularla dolu gözlerle kendisini deraguş eden biri vardı, bir adım atmış idi ve kendisini Behlül'ün kollarına vermiş idi. Yalnız bir adım, fakat bu adımın altında bir uçurumun ağzı muhtefiydi *[gizliydi]*.

Onu görmemek istemişti. Ona izdivacının boşluklarını unutturacak bir rüya lazımdı, işte o kadar!.. Gözlerini kapayıp artık izdivaç hayatını görmemek istedikçe bu rüyaya avdet ediyordu. Lakin bu ancak bir rüya idi, devam edemezdi. Bunun hummaları, kâbusları vardı; bu rüya artık hayatı için o kadar lazım, o kadar zaruri bir şey olmuş idi ki o hummalara, o kâbuslara tahammül etmek istedi. Behlül'ün hıyanetlerine karşı kendisini aldattı, sonra inkâr olunamayacak bürhanlar *[tanıklar]*, delililer karşısında artık nefsini iğfale *[kendini aldatmaya]* muvaffak olamayınca tahammül etti; daha sonra hakaretlere, zilletlere *[alçalmalara]*, her şeye tahammül etti; bu öyle bir fedakârlık idi ki onu bu vahşi lezzetle işkenceler vererek bahtiyar ediyordu.

Fakat Nihal'le izdivaç latifesinin karşısında ta ruhunun derin bir noktasında aşkını tehdit eden bir tehlike duymuş ve buna isyan etmişti. Bu izdivaç olmayacaktı. Behlül büsbütün kendisinin olacaktı. O güne kadar aşkının endişesiyle hareket eden bu kadın bir dakika içinde anlamıştı ki artık bu aşk yaşayamayacak ve birden karar vermişti: Evet, bu aşk ölecekti, lakin etrafına musibetler serperek...

Nihal'e acımıyordu, onun için birikmiş kinleri vardı, bütün eski tahammülleri birer intikam hakkı kuvvetiyle bu kız hakkında birer adavet vesilesi teşkil ediyordu; fakat bütün bu husumetin fevkinde *[üstünde]* bir şey vardı ki henüz dün bir çocuk olan Nihal'de bugün birdenbire bir rakibenin inkişaf etmesiydi *[belirmesiydi]*. Nihal'e asıl bunu affetmiyordu.

Bu izdivacın vukuundan sonra kendisi için başlayacak işkence hayatı o kadar ağır idi ki onun tahakkukunu menetmek üzere her şeyi feda etmeye karar vermiş idi. Fakat bu son çareden, gidip Adnan Bey'e bütün hakikati itiraf etmekten daha evvel müracaat olunacak bir tedbir var idi ki, ta izdivacından beri kendisini sönmez bir kin ile takip eden, Firdevs Hanım'ın ellerinde hazırlanmış bu oyunu yine o ellerle bozdurmaktan ibaret idi. Bu kadının gözlerinde, bütün o kaybolmuş, bir daha avdet etmemek üzere gitmiş gençliğinin, güzelliğinin hüsranlarıyla siyahlanmış ruhundan çıkıyor zannolunan derin ve muzlim bir nazar vardı ki Bihter'e initaf ettikçe *[döndükçe]*, bu genç ve güzel kadını titreten bir yırtıcılık kesp ederdi. Hiçbir zaman ana ve kız olamayan bu iki vücut birbirine düşman olmak için o kadar yakın idiler ki Firdevs Hanım'ın yalıda vücudunu, Bihter, bir tehlike devresi olarak telakki etmiş idi. Validesinin hep o kendisini takip eden nazarı hıyanetler düşünüyor gibiydi, bu gözlerden hep karanlıklarda parlayan yeşil kedi gözlerinden duyulan haşyete *[korkuya]* benzer bir hisle titrerdi.

Bir gün birden onun her şeye vukufuna kanaat hasıl etmişti. Sonra bu izdivaç meselesini Firdevs

Hanım'ın icat fikrinden çıkmış bir latife olmak üzere görünce annesiyle bir muhaceme *[saldırı]* devresinin artık açıktan açığa başladığına hüküm vermiş idi. O günden beri bu iki düşman bu müthiş mudhikeyi nikablarının *[örtülerinin]* altında gıcırdayan dişlerini saklayarak oynuyorlardı.

Nihal, Ada'ya gönderilince Bihter karar vermişti: Artık nikabları açmak lazım geliyordu. Ve o gün annesiyle yalnız kaldıktan sonra doğrudan doğruya Firdevs Hanım'ın uzun sandalyesine giderek yanına oturmuş ve Emma'ya kendisi emir vereek:

— Bizi yalnız bırakınız, demişti.

Anne ve kız derin bir nazarla, birbirine atılmadan bakışan iki düşman nazarıyla bakıştılar. İkisi de ihtiyarsız *[iradesiz]* yine bir defa bir gece, açık sarı yalının şehnişininde, karanlıkta teati ettikleri nazarı tahattur ettiler. O zaman henüz bu nazarın ifade ettiği husumet karanlıklar içinde gömülmüş gibiydi, o zaman henüz mutasavver *[niyetlenilmiş]* bir izdivacın karşısında bir ana ile kız idiler; bugün o mana vuzuh kesp etmiş idi, tamamıyla açık idi, şimdi büsbütün iki düşman idiler. Bihter sakin ve kati bir sesle sordu:

— Nihal'i Ada'ya siz gönderttiniz, değil mi? Elbette Behlül'ü de göndereceksiniz.

Bu öyle bir sesle söyleniyordu ki asıl manası hakkında Firdevs Hanım'ın tereddüt etmesine imkân yoktu. Bihter'in cenk etmek azmiyle geldiğinden emin idi; fakat en sade, en asude sesiyle, hatta ufak bir tebessümle cevap verdi:

— Evet, zannederim ki cumartesi akşamı o da Ada'ya gidecek.

Gözlerinde tuhaf bir hande ile Bihter'e bakıyordu, Bihter bu tebessüme dikkat etmemiş göründü:

— Demek bu izdivaç ciddiyet kesp ediyor *[kazanıyor]*?

Firdevs Hanım başını eğerek:

— Galiba! Adnan Bey karar vermiş görünüyor; dedi. Sonra bu müşkül muhaverede *[konuşmada]* sual iradı vazifesini kendisine alıkoymak isteyerek sordu:

— Lakin taaccüp ediyorum *[şaşırıyorum]* ki Adnan Bey'in kararlarına benden ziyade senin vâkıf olmaklığın lazım gelirken bu meselede benden izahat istiyorsun.

Bihter tereddüt etmeksizin cevap verdi:

— Bunun sebebini anlamaklığınız icap ederdi. Bu izdivaç tasavvurunu Adnan Bey'in zihnine siz soktunuz, yine sizin çıkarmaklığınız lazım geliyor; size onun için müracaat ediyorum.

Firdevs Hanım biraz doğruldu:

— Adnan Bey'in zihnine bu tasavvuru koymak için pek çok sebepler buldum, fakat onu çıkarmak için bir sebep görmüyorum.

Bihter cevap vermeden evvel acı bir tebessümle baktı, sonra gözleri annesinin gözlerinde:

— Pekâlâ bilirsiniz ki bu izdivaç mümkün değil, dedi.

Firdevs Hanım bir hayret sayhasını *[haykırışını]* zapt edemiyordu:

— A, ben de aksine bu derece mümkün bir izdivaç tasavvur edemiyordum; hatta, yanılmıyorum zannederim, yine sen, evet, sen, burada bundan ilk bahsedişimizde, Nihal'le Behlül arasında bir izdivacı pek tabii buluyordun.

Bihter bu muhavere *[konuşma]* tarzından birden sıkıldı:

— Anne, dedi; açık konuşalım, olmaz mı? Siz pek iyi bilirsiniz ki karar verdiğim şeylerde hiçbir kuvvetle galebe alınamayacak inatlarım vardır. Bu izdivaç olmayacak, bunun için şimdiden her şeye karar verdim.

Firdevs Hanım sadece:

— Neye, dedi.

Bihter artık hiddetleniyordu, yanaklarına bellisiz bir humret *[kızıllık]* tabakası fışkırıyor, dudaklarında ufak bir ihtizaz başlıyordu; sabırsızlanmışçasına bir hareket ederek:

— Muhaverenin imtidadını *[uzamasını]* istiyorsunuz, öyle mi? Pekiyi öyle olsun, dedi ve gözlerini annesinin gözlerinden ayırmayarak, şimdi o dudaklarının bir tebessümle beliren çukurunda bir ıstırap takallüsüyle *[kasılmasıyla]* fütursuz *[umursamaz]* ilave etti:

— Bakınız ne yapmaya karar verdim. Bugün, bu saatte sizden beklenen şeye muvafakat etmeyecek olursanız hiç ses çıkarmamak, onun, bilirsiniz ya kimin, damadınızın, avdetini beklemek ve gidip ona demek ki: Siz kızınızı Behlül'e veriyorsunuz; pek güzel, fakat o işte hemen bir seneden beri karınızın âşığıdır!..

Bihter tane tane, yavaş yavaş, tam bir sükûn ile, gayet tabii bir şey söylercesine fütursuz, annesinin gözlerinden ayrılmayan gözlerinde gittikçe teeyyüt eden *[belli olan]* vahşi bir tebessümle devam ediyordu. Firdevs Hanım'ın dudaklarında bir tezyif *[alay etme]* ve istihkar *[hor görme]* handesi beliriyordu, kızını devam etmekten meneder bir hareketle doğrularak dişlerinin arasından:

— Utanmaz!.. dedi.

O zaman Bihter devam ederek ilave etti:

— Kocamın yüzüme atılmasına mâni olarak diyeceğim ki: «Yok, ne için hiddet ediyorsunuz? Karınızın, Firdevs Hanım'ın kızı olduğuna vâkıftınız, teessüf olunur ki onun yanında bir de Behlül bulundu. Bu kadına teşekkür ediniz ki bugün size gelip, kızınızı bu adama vermeyiniz ve bu kadını, annesiyle, hususuyla annesiyle beraber evinizden kovunuz, diyor.»

Bihter sustu, anne ile kız bu defa bütün yırtıcılıklarıyla bakışıyorlardı, müziç *[rahatsızlık veren]*, yarım dakikalık bir sükût ile göğüsleri şişkin durdular; Firdevs Hanım'ın kilitlenmiş zannolunan dişlerinin arasından boğuk bir kelime daha çıktı:

— Terbiyesiz!..

Bihter derhal cevap verdi:

— Yok, aksine!.. Sizden alınan terbiyeyi inkâr etmiyorum zannederim. Hususuyla size yeni bir şey öğretmiş de olmuyorum. Ne Firdevs Hanım'ın kızı olduğumu, ne de Behlül'le aramızda bir münasebet bulunduğunu bilmez değildiniz. İtiraf ediniz ki bu izdivacı bir parça da, hatta tamamıyla, o münasebeti bildiğiniz için icat ettiniz. İster misiniz, artık müsalaha *[barışma]* akit edelim? Mademki benden sonra, Adnan Bey sizi almayacak...

Firdevs Hanım hiddetinden boğuluyor gibiydi, haykırdı:

— Bihter!..

Bihter elini uzattı:

— Hizmetçilere duyurmak hiç hoş bir şey değil. İsterseniz sizinle anne kız meseleyi halledelim. Bakınız size ne şartlar teklif ediyorum: Behlül buradan gidecek; –acı bir feragat *[vazgeçme]* manasıyla başını sallayarak tekrar etti– evet, buradan gidecek, bir daha avdet etmemek üzere, siz bunu iki kelime ile yaparsınız. İzdivaç! Aslında bir oyuncaktı, tahta parçalarından yapılmış bir şey; parmağınızın ucuyla dokunsanız...

Firdevs Hanım:

— Lakin yanılıyorsun, dedi, onlar birbirini seviyorlar, bu izdivacı bozmak hiç kolay değil...

Bihter sesinin bütün sertliğiyle cevap verdi:

— Kolay olmasa bile, mademki birbirini seviyorlar, hususuyla bunun için bu izdivacı bozmak lazım geliyor...

Sonra birden bütün yeisinin *[üzüntüsünün]*, ıstırabının taşıveren hamlesiyle bu defa o haykırarak:

— Lakin, yarabbi! Anlasanıza, ölüyorum. Onların gözümün önünde seviştiklerinden, gözümün önünde... Ben işkenceler içinde kıvranırken, onların saadetlerinden ölüyorum...

Bu, zapt olunamamış bir feryat idi, bu feryattan sonra bütün kuvvetleri söndü, artık ketmolunmaya *[gizlemeye]* kuvvet bulunamayan bir feveran *[taşkın-*

lık] ile annesinin dizlerine atıldı ve hüngür hüngür, bu müthiş azapta birinci defa olarak bol bol, ağladı, ağladı...

Pazar sabahı, Firdevs Hanım, ne yapacağına karar veremeksizin Bülent'i aldatarak Ada'ya gönderiyordu. Bülent'e küçük zarf verilirken yalnız:

— Kimse görmeden Behlül'ün kendisine, denilmiş idi. O da iskele başında Behlül'e tesadüf edince onu çekmiş, ta tenha bir köşeye kadar götürerek yavaşça, küçük zarfı eline sıkıştırmış idi.

En evvel Behlül'de bir isyan hissi uyanmıştı. O zamana kadar münasebetlerinden hiçbirinde bu kadar ısrar görmemişti. Demek Bihter o asılıcı, usandırıcı kadınlardan biri idi ki onlarla dost olarak münasebet kesilemez. Mademki bu kadın kendisiyle uğraşmak, beraber geçirilen muaşaka *[sevişme]* saatlerini birer intikam silahı hükmünde istimal ederek *[kullanarak]* izdivacının önüne çıkmak istiyordu. Behlül deruni *[gönülden]* bir hitap ile:

— Öyle mi istiyorsun? Pekâlâ öyle olsun, diyordu. Bülent'in yanında kayıtsız kalabilmek için onun gevezeliklerine cevap vererek kendi kendine kararlar alıyordu:

Nihal'e bir yalan uyduracaktı, doğru oraya gidecek ve Firdevs Hanım'ın yanına çıkarak:

— Her şeyi itiraf etti, öyle mi, diyecekti; bende de size itiraf olunacak bir hakikat var. Behlül, Nihal'i seviyor, hatta Nihal de Behlül'ü seviyor ve o kadar sevişiyorlar ki onları hiçbir kuvvet ayıramayacak.

Bu kararların arasında hafi *[gizli]* bir korku onu titretiyordu. Bihter şimdi onun nazarında her şeye muktedir *[güçlü)* bir kadın hırçınlığıyla temessül ediyordu *[canlanıyordu]*. Bihter, annesine gidip o günahı itiraf eden bu kadın, tehdidini icra ederek, Nihal'e de gidebilir; ona da hakikati söyleyebilirdi.

O zaman?

Bu heyecan ile eve avdet ederse kendisini idare edememekten, Nihal'e söylenecek yalanı söyleyememekten korktu. İstanbul'a inilebilecek zamana kadar olan saatleri ondan uzaklarda geçirmek istedi. O zaman hatırına bir fikir geldi:

— Bülent seninle bir seyran yapalım, ister misin, dedi. Kolunu uzatarak bütün Ada'yı ihata eden *[çeviren]* bir daire tersim ediyordu *[çiziyordu]*.

Bülent ilk önce muvafakat etti, sonra karnını göstererek:

— Lakin Bülent'in karnı aç, dedi. O zaman Behlül ona nevaleler *[yiyecekler]* aldı, küçük bir sahra *[kır]* ziyafeti tedarik etti *[düzenledi]*, bir arabaya bindiler. Behlül kendisine o kadar emin idi ki bu seyrandan her müşkülü tesviye edecek *[düzleyecek]* bir çare ile avdet edeceğine kanaat ediyordu. Arabada mahir *[ustaca]* suallerle Bülent'i istintak etti *[sorguladı]*. Vesileler bularak Bülent'i Bihter'e dair söz söylemeye davet ediyordu.

Bu tezkere verilirken Firdevs Hanım'la beraber miydi? Bülent, Ada'ya gelmek üzere yalıdan çıkarken onu görmüş müydü? Nihal için bir şey söylememiş miydi? Bu sualleri maharetle Bülent'in gevezeliklerinin arasına seriyor, sonra alınan cevaplardan Bihter'in halini anlamak istiyordu.

Bu istintak neticesinde Bihter asude, itidaline *[ölçülülüğüne]* malik olarak temessül ediyordu. Behlül kendi kendine:

— Belki itilaf *[anlaşma]* mümkün, diyordu.

Birden arabayı tevkif ettirdi:

— Burada duralım, dedi.

Burası dün gece Nihal'le beraber durdukları yerdi. Arabadan atladılar. Bülent'e:

— Ben aç değilim, dedi. Boğazında onu tıkayan bir şey vardı.

Dün gece, burada nasıl mesut idi! Nihal'i yanında hissettikçe bütün hayatının o beyhude hatıralarına nasıl bir nefret ve istikrah *[tiksinme]* fırlatıyordu! Bugün ufuk bulanmış idi, dün gecenin o incilası *[parlaması]* bugün solgun bir iğbirar *[tozlanma]* sisi bırakarak uçmuş; uzak bir rüya hatırası olmuştu. Kendi kendisine, şimdi onu istila eden derin bir fütürdan silkinmek isteyerek:

— Hayır, diyordu; bir rüya değil, bütün ötekiler rüya, Bihter rüya ve fena bir rüya idi, asıl Nihal bir hakikat, hayatımda yegâne bir hakikat!..

Demek Nihal'i seviyordu; on sekiz yaşında, henüz mektepten çıkmış bir çocuğun, pencerede görülmüş bir hayal için bütün mevcudiyetine hükmeden zaafıyla, o da Nihal'i, bu çocuğu seviyordu? Daha dün bu, gülünecek bir latife iken demek bugün hayatına hükmeden bir hakikat olmuş idi?

Evet, yalnız bu saf ve taze sevda doğru idi; bütün evvelkiler birer yalan, hain birer yalandı. Bu sevda, ona on sekiz yaşını, mektep çocukluğunu, o safvet hayatının beceriksizliklerini iade etmiş idi. Dün gece onun dizlerinin dibinde yaşayan beş on dakika, hayatının en temiz, en güzide bir zamanıydı, onun küçük ellerine dokunurken ruhunun en pakize *[temiz]* derinliklerinde henüz yaşamaya başlayamamış bir şiir hayatı dirilmiş idi.

Şimdi önüne geçmek isteyen bu maniayı *[engeli]* kıracak, Bihter'i çiğneyerek Nihal'e gidecekti. Lakin bu kadın isterse Behlül'ü mahvedebilirdi. Onunla bir itilafın husulüne *[anlaşmanın yapılmasına]* çalışmalıydı. İcap ederse ona yalvaracak, ellerine sarılacak:

— Ne lüzumu var, diyecek, ne için bir fena kadın oluyorsunuz? Benden intikam almak için Nihal'i öldüreceksiniz!..

Buna karar verdi; evet, yalvaracak, icap ederse bu kadının dizlerine kapanarak, ellerine sarılarak, bütün o muazzez muaşaka *[yüce sevişme]* saatleri hürmetine dost kalabilmek için yalvaracaktı. Bu karardan sonra bir hiffet *[hafiflik]* duydu. Bülent'e:

— Haydi, dedi. Ona en müşkül *[zor]* oyunları oynamak için en küçük bir karar kifayet ederdi. Nihal'e oyununu oynadıktan sonra yolda, o iki saatlik vapur seferinde de kendisine karşı, tesadüf olunan dostlara karşı oyununu oynamak lazım geliyordu ve ara sıra, şuh bir muhavere arasında bugün Ada'dan müfarekati *[ayrılması]* sebebini tahattur ettikçe bu kadar kayıtsız gülebildiğine şaşıyordu. Kendi kendisine:

— Tebrik ederim, Behlül! Sen metin *[dayanıklı]* bir adamsın, diyordu. Bihter'e de aynı metaneti *[da-*

yanıklılığı] gösterecekti; fakat Köprü'de Boğaziçi iskelelerine doğru yürürken birden durdu. Buraya kadar bir an evvel gidip Bihter'i görmek, saadetini tehdit eden tehlikeyi bir saat evvel izale etmek *[yok etmek]* için sabırsızlanıyordu; burada o müşkül muhavere dakikasından korktu, onu mümkün mertebe uzaklaştırmak istedi. Beyoğlu'na çıkacak, bir araba tutacak, uzun bir seyran yapacaktı. Oraya son vapurla gidecekti ve o müşkül muhavere, yine odasında, henüz düne ait hatıraların henüz sıcak nefeslerinin arasında cereyan edecekti, bir fırsat dakikası bularak ona yine eski istirham *[yalvarış]* sadasıyla, ta aşklarının ilk mestlik devresine ait sesiyle:

— Bu gece, odamda, diyecekti. Ve emin idi, o yine gelecekti, geldikten sonra da gözyaşlarının içinde aşkını feda edecekti.

22

Nihal bir cenkten çıkmışçasına yorgun, bu fütursuzluk mudhikesini *[umursamazlık komedisini]* oynamak için son kuvvetini sarf ettikten sonra sanki kemikleri kırılmış, odasına girer girmez kapısını kilitledi. Artık akşam olmuştu. Behlül muhakkak gelmeyecekti. Demek bu korku bir çocukluktan ibaretti. Bunu nasıl farz edebilmiş idi? Kendi kendisine gülmeye çalışıyordu. Bu meseleyi düşünmemek için penceresini açarken adeta yüksek sesle:

— Biçare Beşir, dedi.

Böylece düşüncelerini Beşir'e sevk etmek istiyordu.

Hava tamamıyla örtülüydü, başının üstünde siyah kümelerle birbirinin üstüne yığılan bulutlar vardı. Şüphesiz yağmur yağacaktı. Nihal hemen oraya, penceresinin kenarına dirseğini dayayarak oturdu. Derin bir gulgule *[gürültü]* ile uzaklarda gök gürüldüyor, tek tük iri iri damlalar ağaçların tozlarla örtülü yapraklarına damlıyordu. Onun da başında böyle küme küme yığılan bulutlar ve ta uzaklarda, beyninin derinliklerinde gürüldeyen uğultular vardı. Sonra bulutların arasında seri, seyyal *[akışkan]*, mavi bir şule ile şimşekler tutuşurken o da bir raşe *[titreyiş]* ile sarsılarak, beyninin içinde tutuşup sönüveren şimşeklerle:

— Gelmeyecek, diyordu. Ve tekrar Beşir'i düşünmek istiyordu. Artık Beşir'in öleceğine bugün kanaat hasıl etmişti. Fakat kendi kendisini, Beşir'i düşünememekten, ona tamamıyla acıyamamaktan muaheze ediyordu *[kızıyordu]*. Ne için ağlamıyordu?

Gözlerini açarak şimdi bahçeye, daha sık, daha bol düşen o iri yağmur tanelerine bakıyordu. Bunlardan pencerenin güneşten kavrulmuş tahtalarına düşenler vardı. Elini uzattı, sıcak temaslarıyla bu sıcak yağmur damlaları eline dökülüyordu. Yukarıda, gittikçe kararan semanın üzerinde is renginde bulutlar teakup ediyor *[birbirini takip ediyor]*, ara sıra derinden, daha sonra pek yakından, hemen, başının üstünden gök gürültüleri çatlayarak yağmur daha mebzul *[çok]* bir cereyanla dökülüyordu. Hava ratıp *[nemli]* ve yağmurun ilk sıcaklığından sonra biraz serin idi. Bu defa maviden ziyade kırmızı bir alevle siyah bulutlar yırtıldı; o zaman yağmur, artık ince ve sık bir mebzuliyetle *[çoklukla]*, bahçenin kumlarını şişirerek, ağaçları yıkayarak düştü, düştü. Artık Nihal'in gözlerinin önünde siyah bir duvar çekiliyor gibiydi. Gece oluyordu.

Elini çekmiş idi, mendiliyle kuruluyordu. Ve böyle, uzun uzun elini kurularken düşünüyordu ki artık bundan sonra Behlül gelemezdi. Ne kadar bahtiyar idi. Hemen yarın sabahleyin Ada'ya, beyaz odasına koşacaktı. Behlül de oraya gelecekti, ihtimal kendisinden evvel gelmiş olacaktı.

Birden bir ses, babasının sesinden başka bir erkek sesi işitti, sofada Firdevs Hanım'ın yanında sanki birisi vardı, nefes alamadı. Behlül müydü? Biraz pencereden çekilerek dinliyordu, sonra bir ses daha işitti: İnce bir kadın sesi. O zaman tahattur etti: Bu gece için Peyker'le kocasının geleceklerinden bahsolunmuştu.

Sofada gülüşülüyordu. Bütün seslerin üstünde Firdevs Hanım'ın küçük kahkahaları tayaran ediyordu *[uçuyordu]*. Nihal kendi kendisine:

— Islanmış olacaklar, diyordu. Sonra bu kahkahalara kızdı. Beşir aşağıda ölmeye mahkûm iken onlar gülüyorlardı.

Kalbinde bir ukde *[düğüm]* ile tekrar uzun uzun yağmuru seyretti. Yağmur gittikçe inceleşiyor; semada, hemen örtülmek üzere, parça parça mavilikler görülüyordu. Birden bu siyah bulutlar yırtıldı, parça parça koptu, artık yağmıyordu; bulut parçaları, aralarında gittikçe genişleyen mavilikler, fakat gece mukaddemelerine *[başlangıçlarına]* mahsus esmer mavilikler bırakarak yekdiğerinden uzaklaşıyor; sonra hepsi birden harekete gelerek, birbirinin arkasından, kanatları gergin, acib *[garip]*, iri kuş alaylarını andırarak, uçuyorlardı. Nihal, dalgın, bunlara bakıyordu. Bir aralık sema temizlenmiş göründü, sonra birden esmerliğine sanki bir tabaka gölge daha düştü ve dakikalar geçtikçe bu gölge tabakaları, daha seri, daha koyu, sıklaşıyordu. Artık gece idi.

Nihal kendi kendisine, derin bir inşirah *[ferahlık]* nefesi ile tekrar etti: «Gelmeyecek.» Evet, gelmeyecekti. Karanlık odası ona pek kasvetli *[iç sıkıcı]* göründü. Artık bu odanın yalnızlığından kaçmak istedi. Dışarda hâlâ gülüşüyorlardı. Demin onu kızdıran bu kahkahalar şimdi, tersine, onu cezbediyordu. O da gülecekti. Ayağa kalkmak istedi; fakat onda bütün azasını gevşeten, en küçük bir hareketten üşendiren azim bir keselan *[bitkinlik]* vardı. Bu yağmur, bu ilk önce sıcak sonra serin ratıp *[nemli]* hava, şimdi bahçeye yığılıyor zannolunan karanlıklar, aşağıda taze ıslak topraklardan yükselen ağır bir rayiha *[koku]*, her şey, onu derin bir uyuşukluk içinde uyutmak istiyordu. Gözleri kapanıyordu, uzaktan parça parça gelen sesler, bir uyku içinde kesik kesik, kopuk kopuk, örtülüyordu. Hatta düşünmüyordu...

İçinden, dışarıda kendisini davet edenlere cevap veren bir ses:

— Geliyorum, diyordu.

Sonra gözleri kapalı, bu uyuşukluğun içinde, açık sesle:

— Gelmeyecek, diyor ve kendi sesiyle uyanarak bulanık gözleriyle açık pencereye, karanlık odasına bakıyor ve bu uyuşukluktan silkinemeyerek, mukavemet edilemez bir kuvvet tekrar gözlerini kapıyordu.

Böyle, uyuyor muydu? Ondan, asabını ezen tesürlerden *[duygulanmalardan]* sonra, uykuya benzeyen uyuşukluklar olurdu ki onu uzun bir hastalık kadar sarartır, zayıflatır, gözlerinin altına mavi gölgeler kordu. Böyle ne kadar zaman kaldı?

Kendisine iskemlesinden kalkıyor, odasında yürüyor, mumunu yakarak aynasında saçlarını düzeltiyor, kapısını açarak çıkıyor gibi geliyordu. Artık aydınlık bir yerde idi, etrafta kalabalık vardı, hep gülüşüyorlardı, o da beraber gülüyordu; sonra birden, bir saniyelik vukuf arasında, kendisini, yine iskemlesinde uyuşmuş, karanlık odasında, şimdi üşüten penceresinin yanında bu uykudan silkinemiyor hissediyordu. O zaman yanında birisinin bulunmasına ihtiyaç duyarak:

— Baba, demek istiyordu; fakat sanki boğazını sıkıyorlar, ağzını kapıyorlardı.

Birden:

— Geldi, dedi. Ve gözleri, korku ile dolu, karanlığın içinde açıldı. Geldi!..

Bu ses odanın içinde başka birinden çıkmış gibiydi. Sanki birisi, karanlıkta, soğuk bir nefesle onun yüzüne haykırmış idi:

— Geldi!..

İskemlesinden fırladı. Kendi kendisine:

— Evet, geldi, şimdi orada belki onunla beraber, diyordu. Bundan emin idi: Behlül gelmiş idi. Karanlıkta, elleriyle araştırarak, bir sairfilmenam *[uyurgezer]* yürüyüşüyle kapıya ilerledi.

★★★

Bir fırsat dakikasından istifade ederek Bihter annesine:

— Eminim ki Nihal'in hepsinden haberi var, demiş idi. Anne kız, uzun, yekdiğerinden rey istifsar eden *[düşünce soran]* sâkit bir nazarla bakışmıştılar. Sonra Bihter ilave etmiş idi:

— Behlül gelmeyecek...

Firdevs Hanım kati bir sesle, bu meselelerde verilecek hükümlerinin isabetinden emniyetle yalnız:

— Gelecek, demişti. Ancak bu kadarcık bir muhavereden sonra Bihter'de bir intizar *[bekleyiş]* azabı başladı. Behlül'ün geldiğinden bir an evvel haber almak için olmayacak vesilelerle aşağılarda dolaşıyordu. Eniştesiyle Peyker gelince onların yanında, bir aralık kendisini unutmuş, hatta Feridun'la iskemlelerin arasında bir küçük yarış bile yapmış idi.

Fakat gece oluyordu, Nesrin elinde şemasıyla *[mumlu fitiliyle]* sofanın büyük avizesini yakıyordu. Demek Behlül gelmeyecekti, demek bu gece izdivacının son gecesiydi. Eniştesiyle Peyker gittikten sonra, kocasıyla beraber odalarına çekilirken, o kendi odasında kalacak ve orada hepsini, hepsini itiraf edecekti. Bunu düşündükten sonra birden orada Nihat Bey'in, tuhaf bir hikâyesini dinlerken gülen kocasına baktı, onun bu mütevekkil *[boyun eğen]* neşvesinin yanında duramadı. İçinden:

— Biçare adam, bu gece kendisini bekleyen şeyden ne kadar uzak, diyordu.

Şimdi buradan kaçmak istiyordu. Bir müddet yalnız kalmaya muhtaç idi. Bir aralık bir bahane icat ederek Nihal'in odasına gitmek, onu görmek, ondan bir şey anlamak arzusunu duydu. O, odasında yalnız ne yapıyordu? Buna kuvvet bulamadı. Aşağıya indi. Kendisine işler icat ediyordu. Yemek odasına uğrayarak sofraya nezaret etti, Şayeste'ye fena silinmiş bir tabak için çıkıştı. Sonra Beşir'i tahattur etti. Onun odasında gecikti. Beşir'i istintak etti *[sordu]*. O, yatağından çıkmış, oturuyor, kendisini pek iyi buluyordu. Bir aralık Bihter, Beşir'le Ada'ya müteallik *[ilgili]* görüşmek istedi:

— Ada'da üşümüş olacaksın, dedi. Beşir donuk beyaz gözleriyle ona bakarak hiçbir cevap vermedi. Beşir'in bu bakışında öyle bir adavet *[düşmanlık]* vardı ki Bihter devam etmek istemedi.

Bu katran kokularıyla dolu odada daha ziyade duramadı, bunalıyordu. Onu gittikçe daha ziyade istila eden bir heyecan içinde idi, o itiraf dakikasına kadar böyle hummalar içinde kayıtsız kalmak icap edecekti. Bu ne müthiş işkence idi. Fakat bir kere itiraf ettikten sonra, o zaman artık müsterih *[gönlü rahat]* olacaktı.

Beşir'in odasından çıktıktan sonra dehlizi *[koridoru]* geçti, sofaya çıktı, Adnan Bey'in iş odasına girmek üzere ilerliyordu, Behlül'ün odasının kapısını açık gördü.

Gelmiş miydi?

Ancak bir saniye imtidat eden *[süren]* bir tereddütle durdu. Bu bir saniye içinde, odanın karanlığında bir gölge hareket ediyor zannetti. Birden döndü. Artık kocasının odasına da girmeyecekti. Şimdi Behlül'le yalnız kalmaktan korkuyordu. Yukarıya çıkmak için merdivene teveccüh ediyordu *[yöneliyordu]*. Arkasından takip olunduğunu hissetti, tam merdiven başında idi, bir adım daha, artık Behlül kendisini takip edemezdi. Yukarıdan kocasının sesi, Feridun'un kahkahaları işitiliyordu, fakat bu adımı atamadı.

Behlül orada, ta yanında idi. Başını çevirdi. Behlül yavaş bir sesle:

— Niçin benden kaçıyorsunuz, dedi, yalnız bir dakika, ikimizin de selameti *[esenliği]* için...

Bihter cevap vermeyerek, bir hareket edemeyerek ona bakıyordu. Behlül ilave etti:

— Nihal'in hepsinden haberi var. Tezkere onun elinde...

Bihter vahşi bir tebessümle güldü. Hâlâ cevap vermiyordu. O zaman Behlül taştı:

— Lakin siz gülüyorsunuz, bu ikimizi de mahvedebilir. Buna müsaade edemezsiniz.

Behlül tehdit edercesine Bihter'e yaklaşıyordu:

— Hususuyla aramızda masum bir kız, bir çocuk var. Bu onu öldürmek için kâfidir. Anlıyor musunuz?

Bihter hâlâ o vahşi tebessümüyle gülüyordu. Birden, pek yakından, zapt olunamamış bir öksürük işittiler; Beşir'in öksürüğü... Behlül Bihter'in gözlerine bakarak:

— Beşir, dedi, Beşir burada mı?

Ve birden anladı. Sapsarı oldu. Demek Nihal inmiş idi? Demek her şeyi anlamış idi? Derin bir keselan ile Bihter'e bakıyordu, sonra amir *[yönetici]* bir sesle:

— Bu gece geleceksiniz, dedi. Bihter, cevap vermeyerek, merdivene dönüyordu; o dakikada merdivenden, yavaşça, sessiz, gürültüsüz, sanki bir gölge kayıyor, düşüyor ve hemen oraya yığılıveriyordu.

Bihter bir dehşet sayhasını *[haykırışını]* zapt edemedi:

— Nihal!.

Behlül koştu, Nihal orada, ayaklarının altında, gerilmiş asabıyla, kilitlenmiş çenesiyle, uzanmış kollarıyla, dimdik, bir ölü sarılığıyla yatıyordu. Behlül diz çöktü, Nihal'in başını kaldırmak istedi. Bu baş kıvrılmıyordu, Nihal'in dudakları kısılmış, bütün saçlarının dibi bol bir terle ıslanmıştı. Behlül çıldırmışçasına:

— Öldürdük, biz öldürdük, diyor, sonra Bihter'e bakarak ilave ediyordu:

— Anlıyor musunuz? Biz, ikimiz...

Bir korku buhranı içinde bağırdı:

— Koşunuz, Nihal, Nihal bayıldı...

Şimdi hep koşuyorlardı. Herkesten evvel Adnan Bey, anlamayarak merdivenlerden atılmış idi. Sonra Nihal'i, orada, başı Behlül'ün kolunda, merdivene uzanmış görünce anladı. Bütün vücudu titriyordu, eğildi; Nihal'i kucağına aldı. Boğuk bir sesle Nihal'in yüzüne eğilerek, bu açılmayan gözlere rica edercesine:

— Nihal! Nihal! Bana baksana! Nihal, diyordu.

Şimdi herkes orada idi, Peyker, Bihter'den soruyordu:

— Ne oldu? Nasıl oldu, diyordu; Bihter merdivenin kenarına dayanmış, hareketsiz, bu etrafında cereyan eden şeylerden habersiz, donuk gözlerle bakıyordu.

Adnan Bey, Nihal'i bir çocuk hiffetiyle kaldırdı, merdivenden çıkarıyordu. Babasının kucağında, böyle, çıkarken, Nihal geniş bir nefes aldı ve gözlerini açarak babasına uzun bir nazarla baktı, sonra bu nazarla ifade edilmek istenen şeyler söylenerek, gözleri tekrar kapandı.

Sofadan geçerken Firdevs Hanım, yerinden kımıldanamayarak, telaşlı bir sesle soruyordu:

— Ne oldu, rica ederim? Nihal mi düştü?

Behlül takip ediyordu. Nihat Bey hizmet arz ederek:

— Bir tabip bulmak icap ederse, diyordu. Nihal'in odasının kapısında Adnan Bey arkasından gelenlere eliyle rica etti. Kimsenin girmesine muvafakat etmek istemedi. Kendisi tedavi edecekti.

Nihal'in buna benzer baygınlıklarını tahattur ediyordu; beş yaşına kadar iki kere, şedit *[şiddetli]*, bir kere hafif baygınlıklar gelmiş idi; ondan sonra, uzun fasılalarla Nihal'de bunu andıracak asabi *[sinirli]* haller eksik değildi. Bu defa biraz şedit görünüyordu, fakat biraz kolonya ile...

Adnan Bey, Nihal'i yatağında soyarken kendisini dinlemeyerek giren Behlül'e, Peyker'e bu izahatı veriyordu. Nihal gözlerini bir kere daha açarak etrafındakilere baktı. Adnan Bey etrafa rica ederek:

— Yalnız kalsak daha iyi olacak, dedi.

Peyker çıktı, Behlül kalmak istiyordu, Adnan Bey ısrar etti:

— Hayır, hayır, kimseyi istemem, diyordu; göreceksiniz ki yarım saat sonra Nihal yatağından kalkacak. –Sonra Şayeste'ye de izin verdi– Nesrin kalsın, diyordu.

Adnan Bey'in kalbinde birden bir şüphe uyanmış idi. Nihal'in o gün Ada'dan birdenbire avdetini Nihal için pek tabii bir çocukluk olmak üzere telakki etmiş *[saymış]* iken Nihal'i Bihter'le Behlül'ün ayakları altında serilmiş görünce kendi kendisine:

— Bir şey var, demiş idi. Bu şüphe müphem *[belirsiz]* ve o şeyin nevi, mahiyeti düşünülmeksizin peyda olmuş *[oluşmuş]* bir histen ibaretti. Sonra, bütün bu kargaşalık arasında, bilinemez nasıl bir hisle, gözleri Bihter'i aramıştı. Bihter ne için orada değildi? Neden herkesle beraber ve herkesten ziyade o telaş etmiyordu?

Nihal'in bileklerini ovuştururken kendi kendisine bunu soruyordu. Sonra, birden ellerinin içinde Nihal'in bileklerini o kadar zayıf, terden şakaklarına yapışan sarı saçlarının altında simasını o kadar süzük ve solgun buluyordu ki, ihtimal bu çocuğu kendi saadetine, hep kendisini düşünmesine feda etmiş olmaktan mütevellit bir azap ile kalbi kıvranıyordu.

Nesrin'le yalnız kaldıktan sonra bir müddet bir şey soramamıştı, onu tevkif etmekten maksadı Ada'dan nasıl olup da avdet ettiklerine dair istizahatta *[açıklama isteğinde]* bulunmaktı. Bir aralık Nesrin'e:

— Kapıyı kapar mısın, dedi. Sonra, kapı kapanınca, cesaret edemedi. Nihal'e bakıyordu.

Nihal şimdi baygın olmaktan ziyade rahat, derin bir uykuda görünüyordu, elleri kolları gevşemiş idi, uzun uzun, muntazam nefeslerle göğsü kalkıp iniyordu. Onu şimdi bu çocuğun yanında ağlamaya sevk eden bir his vardı. Birden bütün haksızlıkları birer birer, insafsız bir muaheze *[eleştri]* manasıyla gözlerinin önünden geçiyordu. İtiraf ediyordu ki bu izdivaç bir hata, müthiş, ihtimal tamir edilemeyecek bir hata idi. Evet, bu nasıl tamir olunabilirdi? Bir gün belki, bu hatanın kurbanı, bu mini mini Nihal, bu bir nefesle sönüverecek kadar nahif *[zayıf]* çiçek, böyle birden, artık bir daha başını kaldırmamak üzere düşüvermez miydi?

Sanki bu hatanın affı temennisiyle eğildi; Nihal'in çenesine, o biraz keçi çenesini andıran zarif sivri çenesine dudaklarını uzattı.

Odanın kapısı gıcırdadı. Giren kimdi? Belki Bihter'di. Başını kaldırıp bakmaya, onu görmeye cesaret edemiyordu. Nihal'in, sıcak, çok güneş altında kalmış bir çiçek nefesine benzeyen, rayihasını teneffüste *[kokusunu solumakta]* gecikiyordu. Kapı tekrar açıldı, kapandı, birisinin odada bulunduğunu fark etti, Adnan Bey o zaman başını kaldırdı ve yataklığın ayak ucunda Beşir'i gördü.

Beşir orada, dirilmiş bir heyula heyetinde duruyor ve kavrulmuş dudakları titreyerek, beyazları donmuş gözlerinde vahşi bir hande ile, bütün simasını geren derin bir ıstırapla Nihal'e bakıyordu; sonra gözleri titreyerek Adnan Bey'e dikildi, bir şey söylemek isteyerek dudakları kıpırdandı; daha sonra birden döndü, odanın kapısına kadar giderek sürmeledi ve dönerek, söylemeye davet bekleyen gözlerle baktı.

Adnan Bey sordu:

— Ne oluyorsun, Beşir?

Beşir kuru bir sesle:

— Küçük hanımı öldürüyorlar, dedi; artık hepsini söyleyeceğim. Ve yataklığın demirine dayanarak, gözleri Adnan Bey'in gözlerinden kaçınarak, başladı. O hepsini biliyordu, kaç geceler soğuklarda, yağmurların altında, karanlık köşelerde gizlenerek, sofanın şehnişininde saatlerle onları bekleyerek, yorulmaz bir tecessüsle *[merakla]* takip etmiş idi.

Söylemeye, kendisini kemiren bu sırrı haber vermeye kuvvet bulamamış idi. Beşir anlatırken, perişan bir tarzda bütün gördüklerini, bildiklerini böyle dökerken ikide birde:

— Size neden haber vermedim, diyor, sonra bu sualine cevap veremeyerek:

— Haberiniz olsaydı belki böyle olmazdı, mütalaasıyla *[düşüncesiyle]* Adnan Bey'in yüzüne bakıyordu.

Adnan Bey sapsarı, bir hareket edemeyerek, bir kelime söyleyemeyerek, kulaklarının içinde işittiklerini bir kargaşalık buhranına boğan uğultularla, gözlerini Beşir'den ayırmayarak dinliyordu. Beşir bugün Ada'dan avdeti nakledíyordu:

— Bülent Bey geldi, Behlül Bey İstanbul'a indi, diyordu, sonra malumatına burada bir vukuf fasılası *[anlama arası]* açarak son vakaya atlıyordu.

O, bugün bir şeye, bir büyük vakaya muntazırdı *[olayı bekliyordu]*; bu vakayı, odasında, yarı giyinmiş, yatağının kenarında mevut *[vaat edilmiş]* bir şey beklercesine beklemiş idi. Beşir bitirdikten sonra, bütün kuvvetleri birden sönerek, oraya, Nihal'in yatağının kenarına çöktü ve iki elleriyle yüzünü kapayarak hüngür hüngür ağlamaya başladı.

Adnan Bey başının üstünde bir dünya parçalanmışçasına, ezilmiş gibi, hâlâ gözlerini Beşir'den ayırmayarak duruyordu; sonra birden taşan çılgın bir tehevvürle *[öfkeyle]*, bir şeyler kırmak, bir şeyler öldürmek isteyen bir feveran *[köpürme]* ile kalktı.

Ne yapacağını bilmiyordu, odanın içinde dönüyordu. Bihter! Bihter! Ona Bihter lazımdı; kollarından tutacak, Bihter'i kıracaktı. Aralık kapısına koştu.

★ ★ ★

Bihter bu hiç beklenmeyen vakadan sonra, kollarında Nihal'i çıkaran kocasını takip edemeyerek, orada, bir hareket etmeksizin donmuşçasına kalmış idi. Şaşkın gözlerle etrafına bakarak kendisini oradan ayıracak bir başka vakaya intizar ediyordu *[olayı bekliyordu]*.

İşte şimdi bütün tasavvur edilen neticelerden başka bir neticenin karşısında idi. O kâğıt, Nihal'e her şeyi haber verecek olan o iki satır, onun elinde idi; sonra, yavaşça, merdivenlerden inerek burada onları işitmiş, hepsini öğrenmiş idi. Şüphesiz, şimdi, babasına söylüyordu; babasının boynuna sarılarak, hıçkırıklar içinde:

— Baba! Sizin bana koca yapmak istediğiniz adam Bihter'in âşığı imiş, diyecekti. O zaman Adnan Bey, çıldırarak, onu, onların hepsini kollarından tutarak atacaktı.

Kocasına gidip o hakikati itiraf etmek için kendisinde kuvvet bulan bu kadın hakikatin bu suretle meydana çıkmış olmasına karşı titriyordu. Demek buradan, böyle, mülevves bir alüfte zilletiyle *[kirli bir fahişe alçalmasıyla]* atılacaktı ve iki gün içinde bu vaka bütün halka yayılacak, bu memleketin havasında, etrafında handeler serperek, çalkanacaktı. O zaman, Bihter için Firdevs Hanım'ın hayatı başlayacaktı. Etraftan kendisine gülümseyerek bakmak için salahiyet *[yetki]* bulan gözler açılacak, yalının şehnişinine mektuplar atılacak ve...

Bütün vücudundan buzlar akıtan bir raşe *[ürperme]* ile titriyordu.

.... Ve bunları kabul etmek lazım gelecekti. Bunları reddedemeyecekti. Ne salahiyetle? Firdevs Hanım'ın kızı değil miydi? Kocasının evinden kovulmamış mıydı? Bu zillet hayatı boynuna dolanmış bir zincir idi ki onu boğuncaya kadar sürüklemek icap ediyordu.

Kollarını uzatarak boğazını sıkmak üzere uzanan bu zinciri atmak istedi. Her şeye, her şeye, hatta ölüme katlanacaktı, yalnız buna değil... Merdivenden birisi iniyordu. Titredi. Belki kocasıydı. Hayır, bu Behlül'dü ve onun karşısında durdu. Ona perişan, mecnun *[çıldırmış]* gözlerle bakıyordu. Birden boğuk bir sesle:

— Ben gidiyorum, dedi.

Tehlikeyi ancak Nihal'in odasından çıkarıldıktan sonra hissetti. Bu vaka ile her şeyin meydana çıkacağını ancak o zaman anlayarak birden karar vermiş idi: Buradan kaçmak!..

Bihter, kilitlenmiş dişlerinin arasından:

— Alçak, dedi, Behlül ona yaklaştı, gözlerini gözlerine sokarak: Ne için? Siz, yalnız siz sebepsiniz, diyordu. Her şey pek güzel bitmek mümkün iken...

İkmal edemedi *[tamamlayamadı]*. Bihter bir adım geri atmış idi, Behlül'ün yüzüne bir şey düştü. Bu o kadar ani idi ki Behlül birden anlamadı, sonra bir hamlede bu kadının üstüne atılmak, onun kollarını kırmak hevesiyle çıldırdı, fakat derhal bulunan bir itidalle *[soğukkanlılıkla]* geri döndü ve odasına uğramaya lüzum görmeyerek, Bihter'e son bir kudurmuş nazarla, merdivenlerden atıldı.

İşte o da gidiyordu. Bihter ne yapacaktı? Beşir'in dehlizden çıktığını, merdivenleri yavaş yavaş tırmandığını gördü. Öyle zannetti ki geçerken derin ve vahşi bir lezzetle ona bakıyor. Artık herkeste bu nazarı bulacaktı. Hatta annesinde, hatta hemşiresinde, hatta, eniştesinde; hususuyla bu herifin her vakit onun gözlerini inmeye mecbur eden gözlerinde bu nazar ne çirkin manalar kesp edecekti *[anlamlar kazanacaktı]*.

Yaşamak, böyle, bu nazarların altında yaşamak? Lakin ne için yaşayacaktı? O zaman ölümü düşündü. Evet, ölecekti. Birden aklına bir şey geldi. Kocasının odasında, yataklığın yanında, küçük dolabın çekmecesinde, sedef kaplı kabzasıyla bir zarif oyuncağa benzeyen bir şey vardı ki onun küçücük ağzını şuraya, işte kalbinin elim bir ceriha *[yara]* ile sızlayan şu noktasına koysa ve ancak bir saniyelik bir metanetle, yalnız küçük bir tazyik *[baskı]* ile dokunsa, her şey, her şey bitecekti. Ve o zaman yaşayan sefil bir mahluk için diriğ edilen *[esirgenen]* merhamet bir ölü için diriğ olunmayacaktı...

Bu fikir ona bütün kuvvetlerini iade etmiş oldu. Yürüdü, merdiveni çıktı. Sofada, köşede, Firdevs Hanım'ın etrafında eniştesiyle Peyker'i gördü. Üç baş birbirine sokulmuş idi. Onu görünce başlarını kaldırarak baktılar. Tevakkuf etmeden *[durmadan]* geçti.

Dehlizin önünde Emma halının üstüne oturmuş Feridun'a kibritlerle bir oyun yapıyordu. Çocuk kollarını uzatarak:

— Teyze, dedi. Kenarda Şayeste ile Nesrin, duvara dayanmış, görüşüyorlardı. O geçerken vaziyetlerini tebdil etmediler *[değiştirmediler]*. Arkasından onu gülen gözlerle takip ediyorlar zannetti. Nihal'in odasının önünde bir lahza tevakkuf eder *[bir an duraksar]* gibi oldu: Ya buraya girse? Belki henüz hiçbir şey meydana çıkmamıştı...

O anda bu riya *[iki yüzlülük]* fikrine karşı bir nefret duydu. Artık riya yetişmemiş miydi? İki adım daha attı ve kocasının odasına girdi. Küçük dolaba koştu, çekmecesini çekti. İşte orada idi. Aldı ve onu eline alırken düşündü ki ihtimal şimdi kocası da gelecek, onu arayacaktı. Bu, pek mümkündü. Lakin mademki ortada öldürülecek bir müttehim *[suçlu]* var, –bunu düşünürken vahşi bir tebessümle gülüyordu– bu vazifeyi o, kendisi ifa edecekti *[yapacaktı]*.

Odasına girerek aralık kapısını sürmeledi. Kaç kereler kocasının hukukuna karşı böyle kapanan bu kapı işte nihayet onun intikam hakkına karşı da kapanıyordu.

Kendisini odasında, elinde o zarif bir oyuncağa benzeyen şeyle, yapyalnız, karanlıkta bulunca titredi. Bütün kuvvetleri birden söndü. Sahih *[gerçekten]*, bunu yapacak mıydı? Böyle genç, güzel, henüz yaşamaya vakit bulmaksızın...

En evvel mumunu yakmak istedi. Her halde karanlıkta ölmeyecekti. Kendisini bir defa daha görmeksizin ölmek... Demek öldükten sonra artık her şey bitecekti, o da, kendisi de bitecekti, artık bir daha yaşamamak üzere? Karanlık, bitmez tükenmez bir karanlık içinde ebedi bir gölge olacaktı?

Elinden silahı bırakmayarak sol eliyle kibrit kutusunu arıyordu; birden aralık kapısının, bir dakika evvel sürmelenen bu kapının gıcırdadığını, birisinin onu açmak istediğini işitti ve birden dizlerini gevşeten bir kesiklik ile bulunduğu yerde duramayarak gözleri karanlıkta, hâlâ, gittikçe şiddet kesp eden bir gıcırtıyla sarsılan kapıya dikilmiş bakıyor ve elinde sedef kaplı kabzayı sıkıyordu.

Bu kapı karanlıkta kudurmuş bir intikam hırsı ile gıcırdayan yırtıcı, parçalayıcı, bir ağız idi ki ona vahşi bir hande ile sırıtan dişlerini gösteriyor gibiydi; gözleri oraya dikilmiş, beyni donmuş, titriyordu. Bu bir korkunç rüya mıydı?

Sonra, bir saniye içinde bütün hakikat nazarında seri levhalarla deveran ederek *[tablolarla dönerek]* tecelli ediyordu *[beliriyordu]*. Ve o zaman gittikçe kilitlenen parmaklarının arasında sedef kabzayı daha ziyade sıkıyordu, o kadar ki avucunun acıdığını hissediyordu. Bunu ne için sıkıyordu? Bu menhus *[uğursuz]* şeyi ne için kaldırıp o dişleri gıcırdayan müthiş ağzın önüne atmıyordu? Onu, sahih, kendisini öldürmek maksadıyla mı gidip almıştı?

Şimdi o eline yapışmış, dişleriyle oraya kilitlenmiş bir canavar idi; onu silkip atamıyordu. Şimdi o, bu canavarın mahkûmu idi; sanki kendi iradetinin *[isteğinin]* haricinde bir kuvvetle bu küçük zarif oyuncağın siyah ağzı kıvrılıyor, kıvrılıyor, ona çevrilmek istiyordu. Ve artık kapı sarsılıyordu; örtülü, müthiş fırtınalar saklayan bulutlar altında bir sesle kocası ona:

— Açınız, diyorum, lakin neden açmıyorsunuz, diyordu.

Demek o ne bu kapıyı açmaya, ne bu sese cevap vermeye, ne bu adamın karşısına çıkmaya kuvvet bulamıyordu? Demek böyle zelil *[alçak]*, sefil ve müstahkâr *[hakarete uğramış]*, titriyordu; hatta kaçamayarak, hatta yalan söyleyemeyerek, hatta:

— Sizi aldatıyorlar, demeye kuvvet bulamayarak?.. Ve elinde hep o küçük zarif oyuncağın siyah ağzı kıvrılıyor, kıvrılıyor, ona çevrilmek, karanlıkta onu bulmak istiyordu.

Şimdi o ses, sarsılan kapının arasından, adeta yalvararak:

— Bihter, diyordu, açınız, rica ederim. Anlamıyor musunuz? Rica ediyorum...

O karanlıkta bir adım atmıştı; dişlerini sıkıyordu ve odanın o yığın yığın zulmetlerine gülen asabi, geniş bir hande ile sanki çehresi yırtılıyordu; birden titreyen dizlerine bir şey, bir alçak sandalye, dokundu; ayaklarının önünde onu yürümekten meneden bir duvar yükseldi. Oh!.. Açamayacaktı, o adamın karşısına çıkamayacaktı ve elinde hep o küçük zarif oyuncağın siyah ağzı kıvrılıyor, kıvrılıyor, ona çevrilmek, karanlıkta onu bulmak istiyor ve ikna eden bir sesle:

— Evet, güzel, genç, nefis kadın, senin için yapılacak yalnız bu var, diyordu.

Kendisini aldatmak isteyen bu hain şeyi silkip atacaktı, ölmeyecekti; bu güzel, genç, nefis kadın yaşayacaktı; sonra birden, artık kırılmaya müheyya *[hazır]*, çatırdayan kapının karşısında, bileğinin mukavemetine bir keselan *[güçsüzlük]* geldi, sanki onu bir kuvvet büktü, mağlup etti, nihayet o siyah ağız kıvrıldı, kıvrıldı, bir yılan hıyanetiyle, karanlıkta, o elim aşk cerihasıyla sızlanan noktayı buldu.

★ ★ ★

Nihal ancak üç gün odasında hasta kalmıştı, fakat üç aydan beri nekahet hali devam ediyordu.

Babasına tabipler:

— Burada kalmayınız, kızınıza Ada'nın mebzul güneşleri, sık çamları altında uzun seyranlar yaptırınız, demişlerdi ve üç aydan beri Ada'da, ihtiyar halanın tek atlı arabasında sabah akşam baba ile kıza tesadüf olunuyordu.

Biri daha ihtiyar, diğeri daha çocuk olmuş gibiydiler; onların pek az görüşerek, fakat birbirine pek çok sokularak arabada yan yana bir duruşları, çamlıkta biri ötekinin koluna asılarak bir yürüyüşleri vardı ki onlara, birbirinden şifa bulan iki hasta halini verirdi.

Baba ile kız arasında ne Behlül'e, ne Bihter'e dair bir küçük kelime teati edilmemiş idi. O menhus *[uğursuz]* hatıradan kaçıyorlardı, maziden son seneleri unutmuş gibiydiler; istikbal *[gelecek]* için, nadir dakikalarda iki kelime ile, hulyalar kuruyorlardı:

Adnan Bey ihtiyar mürebbiyeye uzun bir mektup yazmış ve ondan kısa bir cevap almış idi: Mlle de

Courton kış iptidasında *[başlangıcında]* gelecekti, Şakire Hanım'la kocası, Cemile'lerini gelin ettikten sonra artık o iki taze güvercini yuvalarında rahat bırakarak hayatlarının son senelerini yalıda ikmal edeceklerdi, Bülent mektepte geceleri kalmayacaktı. Yine bahçede uzun koşuşlar olacak, o küçük mutfağın parlak takımları arasında kitaplarda bulunmuş tarifnamelerle tatlılar yapılacaktı. Hayat yine onlar için müebbet bir bayram olacaktı, mademki artık baba kızına, kız babasına avdet etmişlerdi.

Yalnız Beşir eksikti. Nihal:

— Oh!.. Biçare Beşir, der, sonra bu feci hatırada tevakkuf etmek istemeyerek ilave ederdi:

— Değil mi, baba? Ne kadar güleceğiz, haniya evvelleri nasıl gülerdik...

Ve mesut zamanının mesut kahkahalarından birini bulmaya çalışarak, kesik, kuru, içinde bir ıstırap şuhkası *[hıçkırığı]* ağlayan bir kahkaha ile kollarını babasının boynuna dolar, dudaklarını uzatır, ta çenesinin altından o kılsız noktadan öperdi.

★ ★ ★

Ağustos nihayetinin bir akşamıydı, baba kız yine seyranlarına çıkmışlardı; artık döneceklerdi, birden Nihal terbiyeleri *[dizginleri]* babasının elinden aldı:

— Rica ederim, biraz daha, baba, dedi, sonra babasına donuk beyaz bir safha şeklinde parlayan ayı göstererek ilave etti:

— Bakınız, bize fener çekiyorlar.

Bunu söylerken dudaklarında bir tebessüm *[gülümseme]* vardı, sonra bu tebessüm elim bir hüsran manasıyla dudaklarının üstünde kaldı. Başı biraz öne mütemayil *[eğilmiş]*, gözleri süzgün, artık esmerleşen yolun üstünde bir hatıranın uçan hayalini takip ederek daldı. İşte onlar, mesut nişanlılar, tek atlı arabalarının hafif seyranıyla uçarak, mesut, kalpleri aşklarıyla dolu, başlarının üstünde sevişenler için çekilen bir fenerle, koşuyorlar, koşuyorlardı.

Nihal kamçısıyla atın karnını okşayarak bu müphem saadet hayaline yetişmek, kendisinden kaçan bu şeyi yakalamak istiyordu. Sonra birdenbire silkinerek, artık ümidini kaybetmişçesine, durdu:

— Burada biraz inelim mi, dedi.

Onunla beraber burada yarım saatlik bir istiğrak *[kendinden geçme]* içinde neler duymuştu!.. Yine deniz uzak bir feşfeşe *[fışırtı]* ile mahrem neşideler *[gizli şarkılar]* söylüyor, yine ay beyaz ziyalarıyla etrafa baygın bir inbisat *[ferahlama]* handesi yayıyordu; fakat... Nihal düşünmemek için, görmemek için kalbinde acı bir düğümle, babasının koluna asılıyor, onun omuzuna başını koyuyor. Ve kendi kendisine:

— Artık hep böyle, diyordu.

Evet, hep böyle ve bununla mesut olacağına yemin ediyordu. Gözlerini kapayarak o saadet hatırasını muazzez bir mevta *[ölü]* hatırası hükmünde, ta kalbinin derinliklerine defnedecek ve babasının koluna asılarak, başını omuzuna koyarak mesut olmak için çalışacaktı.

Bunu düşünürken babasını yavaş yavaş çekerek götürüyordu, çekti, çekti, bir de çamlığa, o yeşil sevda aşiyanına *[yuvasına]*, o bir zümrüdün içinde oyulmuş rüyaya avdet etmek istiyordu; sonra çamlığın ta kenarında durdu; ilerlemekten onu meneden sanki bir el vardı.

Orada durarak bakıyordu; belki onlar içeride idiler, o mesut nişanlılar: Behlül'le Nihal... Acı bir tebessümle dudakları titriyordu, birden bunu düşünmemek için nefsine cebretti *[kendini zorladı]*, zihninden geçen bu şeyin babasını mahzun etmesinden korkuyordu. Artık bundan sonra hayatını babasına medyun *[borçlu]* değil miydi? Yalnız ona?..

Şimdi bu baba kız yaşamak için birbirine merbut *[bağlı]*, muhtaç idiler. Bunu tekrar ederken zihninden bir şimşek süratiyle bir korku geçiyordu: Ya ikisinden biri yalnız kalırsa? Sonra bu korkudan kaçmak için babasını çekiyor:

— Artık kaçalım, diyordu ve gözlerini kapayarak, kalbi bir dua ile o korkuya cevap veriyordu:

— Beraber, hep beraber, yaşarken ve ölürken...

Dr. FITZHUGH DODSON
- ÇOCUK YAŞKEN EĞİLİR
- BABA GİBİ YAR OLMAZ

MARIA MONTESSORI
- ÇOCUK EĞİTİMİ (Montessori Metodu)

Prof. Dr. ÖZDEMİR NUTKU
- OYUN - ÇOCUK - TİYATRO

Prof. Dr. STANLEY I. GREENSPAN
- MEYDAN OKUYAN ÇOCUK
- ÖZEL GEREKSİNİMLİ ÇOCUKLAR

YVETTE WALCZAK - SHEILA BURNS
- BOŞANMA VE ÇOCUK ÜZERİNE ETKİLERİ

Prof. Dr. TÜRKAN KUTLUAY MERDOL
- OKUL ÖNCESİ DÖNEM EĞİTİMİ VEREN KİŞİ VE KURUMLAR İÇİN BESLENME EĞİTİMİ REHBERİ

Doç. Dr. MESUDE ATAY
- İŞİTME ENGELLİ ÇOCUKLARIN EĞİTİMİNDE TEMEL İLKELER

Prof. Dr. FÜSUN AKKÖK
- İLK ÖĞRETİMDE SOSYAL BECERİLERİN GELİŞTİRİLMESİ (Öğretmen El Kitabı)
- İLK ÖĞRETİMDE SOSYAL BECERİLERİN GELİŞTİRİLMESİ (Anne-Baba El Kitabı)
- BAYAN PERŞEMBELER

ROBIN GOLDSTEIN
- ANA BABALIK SANATI (İlk Beş Yıl)

Doç. Dr. NİLÜFER DARICA
RAELYNNE P. REIN / RACHEL REIN
- ÇOCUĞUNUZUN BECERİLERİNİ NASIL GELİŞTİREBİLİRSİNİZ?

NORMA E. CUTTS - NICHOLAS MOSELEY
- ÜSTÜN ZEKÂLI VE YETENEKLİ ÇOCUKLARIN EĞİTİMİ

Prof. Dr. PERİHAN ARSLAN - Prof. Dr. NAZAN BOZKURT
Uzm. ŞEBNEM GÜMÜŞÇÜ - Uzm. ÜLKÜ PİŞKİN
- OTİZM VE OTİSTİK ÇOCUKLAR

RENATE FISCHER - TIETZE
- APTAL ÇOCUK YOKTUR!

KATHARINA ZIMMER
- BENİ ANLAYIN LÜTFEN

LESLIE HAMILTON
- ÇOCUKLARA OYUNLAR

JEFREY A. MILLER
- ÇOCUKLARDA DEPRESYON

M. DICHLER - S. MOUSS
- ANNE ADAYLARININ EŞLERİNDEN İSTEDİKLERİ

Prof. Dr. İSMAİL ERSEVİM
- HİPERAKTİF ÇOCUKLAR VE RİTALİN

HÜSEYİN EGEMEN
- ARMONİDE ÇÖZÜMLEME VE UYGULAMASI

HÜSEYİN EGEMEN
- KEMAN METODU Cilt 1

TÜRK YAZARLARI

MEHMED RAUF
- EYLÜL

RAHİM TARIM
- MEHMED RAUF'UN ANILARI
- KÜLTÜR, DİL, KİMLİK

ŞEMSETTİN SAMİ
- TAAŞŞUK-I TALAT VE FİTNAT

EMİN NİHAT
- MÜSAMERETNAME

NABİZADE NÂZIM
- ZEHRA ve KARABİBİK

NAMIK KEMAL
- İNTİBAH

AHMET MİDHAT EFENDİ
- FELATUN BEY İLE RAKIM EFENDİ
- MÜŞAHEDAT

SAMİ PAŞAZADE SEZAİ
- SERGÜZEŞT

RECAİZADE MAHMUT EKREM
- ARABA SEVDASI

HALİD ZİYA UŞAKLIGİL
- AŞK-I MEMNU
- MAİ VE SİYAH
- SARAY VE ÖTESİ
- MENSUR ŞİİRLER
- KÜÇÜK FIKRALAR
- BİR ÖLÜNÜN DEFTERİ
- BİR YAZIN TARİHİ
- SANATA DAİR

HALİDE EDİB ADIVAR
- MOR SALKIMLI EV
- ATEŞTEN GÖMLEK
- VURUN KAHPEYE
- YOLPALAS CİNAYETİ
- SİNEKLİ BAKKAL
- HAYAT PARÇALARI
- KALP AĞRISI
- ÂKİLE HANIM SOKAĞI
- ZEYNO'NUN OĞLU
- DAĞA ÇIKAN KURT
- TÜRKÜN ATEŞLE İMTİHANI
- DÖNER AYNA, SEVDA SOKAĞI
- MEV'UT HÜKÜM
- TÜRKİYE'DE ŞARK - GARP MESELESİ VE AMERİKAN TESİRLERİ

HÜSEYİN RAHMİ GÜRPINAR
- GULYABANİ
- MÜREBBİYE
- NİMETŞİNAS
- KUYRUKLU YILDIZ ALTINDA BİR EVLENME

- İKİ HÖDÜĞÜN SEYAHATİ
- MEZARINDAN KALKAN ŞEHİT
- ŞIPSEVDİ
- EFSUNCU BABA
- BEN DELİ MİYİM?
- CADI
- ŞIK, ÖLÜM BİR KURTULUŞ MUDUR, ÖLDÜREN ÖPÜCÜK
- TESADÜF, ŞEYTAN İŞİ
- UTANMAZ ADAM
- İFFET, DÜNYANIN MİHVERİ KADIN MI, PARA MI?
- METRES
- DELİ FİLOZOF
- CAN PAZARI
- EŞKIYA İNİNDE
- İNSANLAR MAYMUN MUYDU?
- ACI GÜLÜŞ (Tebessüm-i Elem)
- BİR SEVDA DENKLEMİ (Bir Muadele-i Sevda)
- KAYNANAM NASIL KUDURDU?
- SON ARZU
- CADI ÇARPIYOR
- HÜSEYİN RAHMİ'NİN MEKTUPLARI VE TİYATRO ELEŞTİRİLERİ
- GAZETECİLİKTE İLK YAZILARIM
- BASIN VE BASIN ÖZGÜRLÜĞÜ ÜZERİNE YAZILAR
- ZORLA AHLAKSIZ OLDUK

FÜGEN ÜNAL ŞEN

- SONBAHAR YAKIN
- KUTUDA BÜYÜR HAYAT

TARİH DİZİSİ

CEMAL KUTAY

- ÇERKEZ ETHEM (Tamamlanmış Dosya)

KARDEŞ KİTAPLAR DİZİSİ

ATİLLA DAMAR

- ÜÇ KIRMIZI BÖĞÜRTLEN

GÜLTEN KARLI

- GÖL KIYISINDA
- YENİ BİR DÜNYA

DERYA EDİS

- UÇAN SERÇE NASIL ÇİZİLİR?
- MASALLARIN GÜLÜ DEDEM

ŞİİR DİZİSİ

ÜMİT YAŞAR OĞUZCAN/ TÜM ESERLERİ

- ŞİİR DENİZİ I. cilt
- ŞİİR DENİZİ II. cilt
- AŞKA DAİR NESİRLER
- RUBAİLER DÖRTLÜKLER
- TAŞLAMALAR HİCİVLER I. cilt

• TAŞLAMALAR HİCİVLER II. cilt
• ANILAR DÜŞÜNCELER

ALPAY KABACALI
• AŞK ŞİİRLERİ ANTOLOJİSİ

ERAY CANBERK
• DÜNYA AŞK ŞİİRLERİ ANTOLOJİSİ

ATİLLA BİRKİYE
• AŞK VE HÜZÜNDÜR İSTANBUL
(Elli Şairden Doksan Beş İstanbul Şiiri)

TİYATRO DİZİSİ

Prof. Dr. ÖZDEMİR NUTKU
• ATATÜRK VE CUMHURİYET TİYATROSU

HALİDE EDİB ADIVAR
• SİNEKLİ BAKKAL / Uyarlayan: Sevgi Sanlı

BİLGİ DİZİSİ

ATİLLA ODABAŞ
• SÜS VE SERA BİTKİLERİ
Üretimden Bakıma Tüm Özellikleri

MUSTAFA AKAY
• KEDİ BAKIMI
• KÖPEK BAKIMI
• PAPAĞAN BAKIMI

TUNCEL ALTINKÖPRÜ
• AKVARYUM DÜNYASI
• AKVARYUM BALIKLARININ ÜRETİLMESİ
• KÖPEK DÜNYASI
• MUHABBET KUŞLARI
• KANARYA

FİKRET AKTOROS
• PRATİK SAĞLIKLI YEMEKLER

Prof. Dr. PERİHAN ARSLAN - Prof. Dr. NAZAN BOZKURT
• SAĞLIKLI ZAYIFLAMA REHBERİ

Prof. Dr. AYŞE BAYSAL
• VEJETARYEN BESLENME

SEMA TEMİZKAN
• BİZANSLI YEMEKLER
(Musevi, Rum, Ermeni Mutfağından Seçmeler)

J.E. KLAUSNITZER
• KENDİ KENDİNE IQ TESTLERİ

S.J. STOIN - H.E. BOOK
• EQ DUYGUSAL ZEKÂ VE BAŞARI

H. J. HEYSENCK
• KENDİ ZEKÂNI KENDİN ÖLÇ

ALİ PÜSKÜLLÜOĞLU
• ÇOCUK ADLARI SÖZLÜĞÜ